A anatomia
da influência

Harold Bloom

A anatomia da influência

Literatura como modo de vida

Tradução
Ivo Korytowski e Renata Telles

1ª reimpressão

Copyright © 2011 by Harold Bloom. Todos os direitos reservados.

Grafia atualizada segundo o Acordo Ortográfico da Língua Portuguesa de 1990, que entrou em vigor no Brasil em 2009

Título original
The Anatomy of Influence

Capa
Adaptação de Marcos Davi sobre design original

Revisão
Joana Milli
Ana Kronemberger

Revisão técnica
Jun Shimada

CIP-Brasil. Catalogação na Fonte
Sindicato Nacional dos Editores de Livros, RJ

B616a
    Bloom, Harold
        A anatomia da influência: Literatura como Modo de Vida / Harold Bloom; tradução de Ivo Korytowski, Renata Telles. – 1ª ed. – Rio de Janeiro: Objetiva, 2013.

        Tradução de: The Anatomy of Influence.

    ISBN 978-85-390-0541-3

        1. Cânones da literatura. 2. Literatura – História e crítica. I. Título.

13-03444
                    CDD: 809
                    CDU: 82.09

[2022]
Todos os direitos desta edição reservados à
EDITORA SCHWARCZ S.A.
Praça Floriano, 19, sala 3001 — Cinelândia
20031-050 — Rio de Janeiro — RJ
Telefone: (21) 3993-7510
www.companhiadasletras.com.br
www.blogdacompanhia.com.br
facebook.com/editoraobjetiva
instagram.com/editora_objetiva
twitter.com/edobjetiva

Para John Hollander

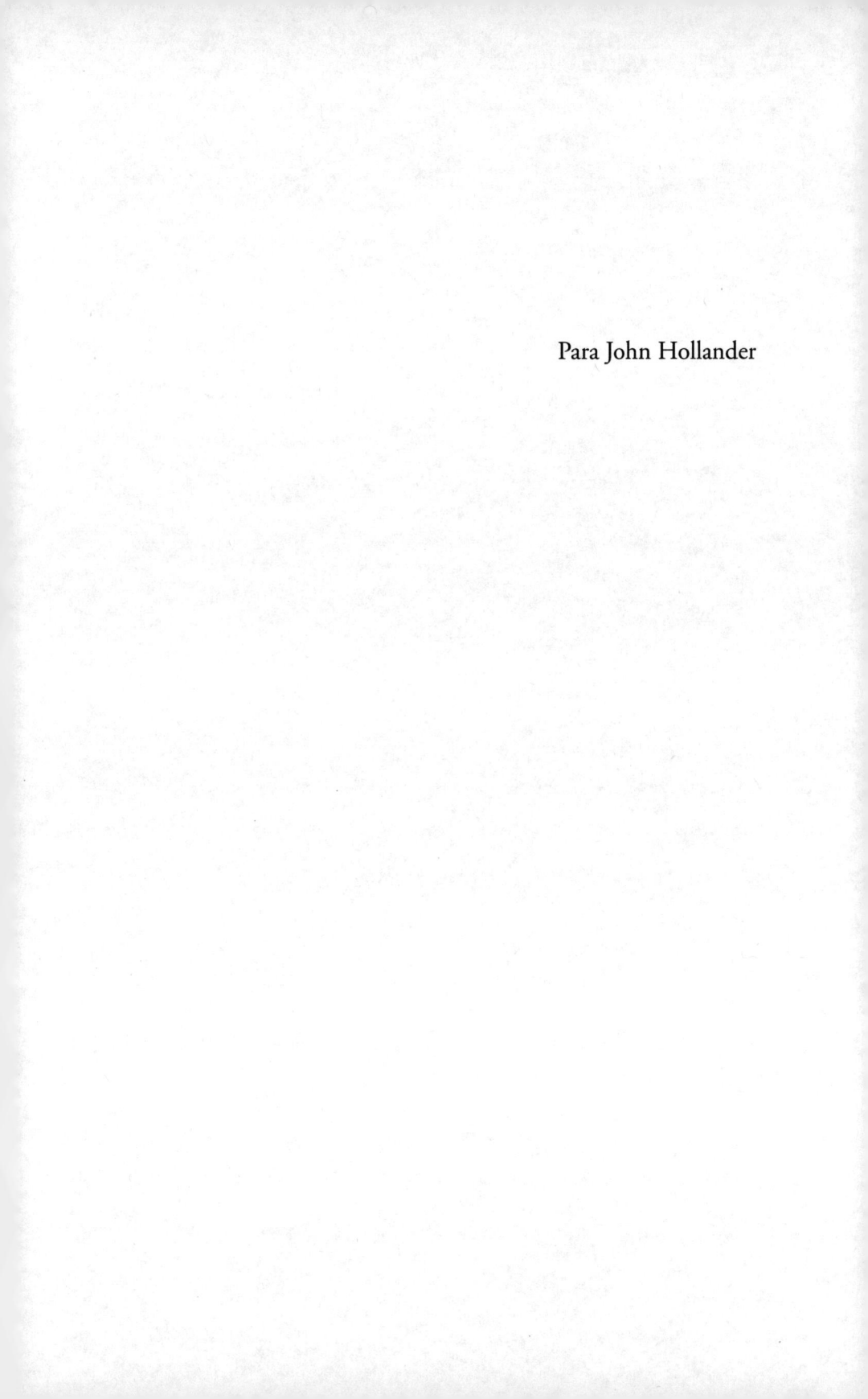

Para a *crítica* de arte precisamos de pessoas que demonstrem a insensatez de buscar ideias em uma obra de arte, mas que, ao mesmo tempo, guiem incessantemente os leitores no labirinto infinito de conexões que constitui a matéria da arte, e os levem às leis que servem de base a essas conexões.

LEON TOLSTOI, *carta a Nikolai Strakhov*

SUMÁRIO

Praeludium 11

O PONTO DE VISTA DE MEU TRABALHO COMO CRÍTICO

Amor literário 15
Sublime estranheza 30
A influência de uma mente sobre si mesma 41

SHAKESPEARE, O FUNDADOR

As pessoas de Shakespeare 53
O poeta rival 69
A elipse de Shakespeare 86
A posse em várias formas 105
Hamlet e a arte do conhecimento 116
O Hamlet de Milton 125
Joyce... Dante... Shakespeare... Milton 144
Dr. Johnson e a influência crítica 165

O SUBLIME CÉTICO

Angústias de influência epicurista 173
O desvio lucreciano de Leopardi 211

Os herdeiros de Shelley 223
Condição do fogo de quem? 250

WHITMAN E A MORTE DA EUROPA NA TERRA DO ANOITECER

Emerson e uma poesia ainda por ser escrita 269
O cômputo de Whitman 280
A morte e o poeta 304
Notas visando uma suprema ficção do eu romântico 321
Perto da vida 330
Mão de fogo 345
Os pródigos de Whitman 383
Desfecho 437
Agradecimentos 439
Anexo 441
Créditos 444
Índice 447

PRAELUDIUM

Quando comecei a escrever este livro no verão de 2004, tinha em mente uma obra ainda mais barroca do que esta que ele veio a se tornar. Meu modelo seria *A anatomia da melancolia* (1621), de Robert Burton, um labirinto de mil páginas que me fascina desde a juventude. Meu herói e mentor, Dr. Samuel Johnson, leu Burton à exaustão, assim como meu amigo Anthony Burgess, já falecido, e um amigo ainda vivo, Angus Fletcher, que é meu guia e minha consciência crítica.

Mas Burton foi minha ruína. Mesmo antes de uma série de contratempos e doenças que me debilitaram, não conseguia encarar o desafio. Neste livro, sobrevivem sinais da maravilhosa loucura de Burton, e, ainda assim, talvez tudo que eu tenha em comum com ele seja uma obsessividade de certo modo parecida. Sua melancolia emanava de seu fantástico conhecimento: ele escrevia para curar sua própria erudição. Meu livro identifica a melancolia literária como o *agon* da influência, e talvez eu escreva para curar minha própria sensação de ter sido excessivamente influenciado desde a infância pelos maiores autores ocidentais.

Nesta, que é minha reflexão final sobre o processo de influência, comento cerca de trinta escritores, metade deles britânicos, mais de um terço americanos, e alguns europeus continentais. Não me parecem escolhas arbitrárias: escrevi sobre todos eles antes, nos mais diversos livros e ensaios, mas me esforço aqui para dar novo frescor às minhas apreciações, não as baseando em formulações prévias.

Cinco destes capítulos têm Shakespeare como foco, e, já que ele é presença constante, provavelmente um terço do livro lhe é dedicado. Há três capítulos sobre Walt Whitman, mas ele também está amplamente presente em muitos outros, de modo que outra parte considerável do livro lhe pertence. O que tenho a dizer a respeito de ambos os poetas tem pouco a ver com quaisquer dos estudos sobre eles atualmente em voga. Shakespeare é simplesmente o escritor dos escritores, e sua influência sobre si mesmo se tornou minha preocupação obsessiva. Walt Whitman, nos quatro séculos de literatura do Novo Mundo em idiomas ocidentais — espanhol, inglês, português, francês, iídiche —, é o escritor mais forte e original da Terra do Anoitecer, como primeiramente reconheceu D. H. Lawrence. Sua solidão interior ecoa a do Edgar de Shakespeare e tem como companheiros Samuel Johnson, Lord Byron e discípulos de Lucrécio, como Percy Bysshe Shelley, Walter Pater, Giacomo Leopardi e Wallace Stevens. Entre os solitários deste livro, encontram-se também Ralph Waldo Emerson, James Joyce, Lawrence, os videntes ocultistas W. B. Yeats e James Merrill — que no fundo tiveram vidas essencialmente introvertidas — e meu herói pessoal da poesia americana, o órfico Hart Crane.

Os 55 anos em que lecionei literatura em Yale me ensinaram melhor do que eu mesmo sou capaz de ensinar aos outros. Isso me entristece, mas seguirei lecionando enquanto puder, pois me parece que o ensino compõe uma tríade com ler e escrever. Tive grandes professores: M. H. Abrams entre os vivos, Frederick A. Pottle entre os que se foram. Aprendi conversando com poetas, alguns dos quais são discutidos aqui e outros não. Aos 80 anos, é difícil separar o aprendizado do ensino, a escrita da leitura.

A crítica literária, como aprendi com Walter Pater, deve consistir de atos de apreciação. Este livro é em primeiro lugar uma apreciação, de proporções que não voltarei a almejar. Na conclusão de *A anatomia da melancolia*, Burton insiste: "Não sejas solitário, não sejas ocioso." Samuel Johnson diz o mesmo. Todos tememos a solidão, a loucura, a morte. Shakespeare e Walt Whitman, Leopardi e Hart Crane não curarão esses medos. Ainda assim, esses poetas trazem-nos fogo e luz.

New Haven, Connecticut
31 de julho de 2010

O ponto de vista de meu trabalho como crítico

AMOR LITERÁRIO

Quando eu era muito jovem, a liberdade me acenou por meio dos primeiros poetas que amei: Hart Crane, William Blake, Percy Bysshe Shelley, Wallace Stevens, Walt Whitman, William Butler Yeats, John Milton e, acima de tudo, William Shakespeare em *Hamlet*, *Otelo*, *Rei Lear*, *Macbeth* e *Antônio e Cleópatra*. A sensação de liberdade que propiciavam me despertou para uma exuberância primordial. Se mulheres e homens em princípio se tornam poetas por meio de um segundo nascimento, meu próprio sentimento de ter nascido duas vezes fez de mim um crítico incipiente.

Não me lembro de ler nada de crítica literária, mas apenas biografias de escritores, até a graduação. Aos 17 anos, comprei o estudo de Northrop Frye a respeito de William Blake, *Fearful Symmetry* (Temível simetria), logo após sua publicação. O que Hart Crane foi para mim aos 10, Frye tornou-se aos 17: uma experiência avassaladora. A influência de Frye sobre mim durou vinte anos, mas cessou bruscamente em 11 de julho de 1967, meu aniversário de 37 anos, quando acordei de um pesadelo e passei o dia inteiro compondo um ditirambo, "The Covering Cherub; or, Poetic Influence" (O querubim protetor; ou Influência poética). Seis anos depois, o poema se transformara em *A angústia da influência*, um livro que Frye, de seu ponto de vista platônico cristão, corretamente rejeitou. Agora, aos 80 anos, eu não teria paciência para reler nada de Frye, mas sei quase toda a obra de Hart Crane de memória, recito grande parte dela diariamente e continuo a ensiná-la. Vim a valorizar outros críticos contemporâneos — principalmente William Empson e Kenneth Burke —, mas também já os dispensei como leituras. Ainda leio Samuel Johnson, William Hazlitt, Walter Pater, Ralph Waldo Emerson e Oscar Wilde, assim como os poetas.

A crítica literária como tento praticá-la é em primeiro lugar *literária*, ou seja, pessoal e apaixonada. Não é filosofia, política ou religião institucionalizada. Em sua melhor forma — Johnson, Hazlitt, Charles Augustin Sainte-Beuve e Paul Valéry —, é uma espécie de literatura de sabedoria e, logo, uma meditação sobre a vida. Porém, qualquer distinção entre literatura e vida é enganosa. Para mim, a literatura não é meramente a melhor parte da vida; é ela mesma a forma da vida, que não possui nenhuma outra forma.

Este livro me remete à questão da influência. Quando criança, fui tomado pela urgência dos primeiros poetas que amei. Entre os 10 e 12 anos, lia pelos brilhos,* para usar a expressão de Emerson. Eles pareciam se memorizar em mim. Vários poetas seguiram-se, e há muitas décadas que os prazeres de tê-los de cor e ser possuído por eles me sustentam.

Quando alguém internaliza em si os maiores poetas britânicos e americanos, após alguns anos suas complexas relações uns com os outros começam a formar padrões enigmáticos. Era já estudante de pós-graduação e escrevia uma tese de doutorado sobre Shelley quando comecei a perceber que a influência era o problema inevitável que tinha de resolver — se pudesse. As considerações de então sobre a influência me pareciam meros estudos de fonte, e me intrigava que quase todo crítico com que me deparava supunha de maneira idealista que a influência literária era um processo benigno. Talvez minha reação a isso tenha sido um tanto exagerada, pois era um jovem muito emotivo. Levei de 1953 até o verão de 1967 para clarear minhas ideias. Foi então que acordei em meu estado de terror metafísico e, após um café da manhã atordoado com minha esposa, comecei a escrever o ditirambo que viria a se tornar *A angústia da influência*.** Concluí-lo me tomou em torno de três dias — e minhas reflexões me descon-

---

* No original, "read for the lustres". (N. da T.)
** O título original deste livro é *The Anxiety of Influence*. Adotamos ao longo desta edição o título da edição portuguesa da editora Cotovia, Lisboa, 1991. Alguns estudiosos argumentam que uma tradução mais adequada para o português seria *A ansiedade da influência*.

certavam. Por quê? Percebi que eu estivera pensando nele havia muito tempo, nem sempre conscientemente.

Dizer que o presente cultural tanto deriva da anterioridade quanto reage a ela é um truísmo banal. Os Estados Unidos do século XXI se encontram em estado de declínio. Reler o volume final da obra de Gibbon nos dias de hoje é assustador, porque o destino do Império Romano parece ser um esboço retraçado e retomado pela presidência imperial de George W. Bush que perdura até hoje. Estivemos à beira da falência, lutamos guerras pelas quais não podemos pagar e espoliamos nossa população pobre, tanto a urbana quanto a rural. Nossas tropas incluem criminosos, e entre nossos "prestadores de serviço" estão mercenários de muitas nações, lutando de acordo com suas próprias regras ou sem regra alguma. Influências sombrias do passado americano ainda se imiscuem entre nós. Se somos uma democracia, o que pensar dos elementos palpáveis de plutocracia, oligarquia e da crescente teocracia que regem nosso Estado? Como devemos tratar das catástrofes autoinfligidas que devastam nosso meio ambiente? Tão grande é nosso mal-estar que nenhum escritor pode abrangê-lo sozinho. Não temos um Emerson ou um Whitman entre nós. Uma contracultura institucionalizada condena a individualidade como arcaica e deprecia valores intelectuais, mesmo nas universidades.

Essas observações servem apenas como uma especulação inicial para a constatação tardia de que minhas curiosas revelações sobre a influência vieram no verão de 1967 e me guiaram então em uma postura contrária ao grande despertar do fim dos anos 1960 e início dos 1970. *A angústia da influência*, publicado em janeiro de 1973, é uma teoria breve e gnômica da poesia como poesia, livre de toda história, exceto da biografia literária. É uma leitura difícil até para mim, pois é carregada de expectativas ansiosas instigadas por sinais dos tempos — o que o livro evita mencionar. A fé no estético, na tradição de Walter Pater e Oscar Wilde, é o credo do livro, mas acompanha-o um refrão de mau agouro, inspirado pela influência de Kierkegaard, Nietzsche e Freud. Na época, não percebia isso conscientemente, mas agora minhas considerações sobre a influência poética me parecem também uma tentativa de forjar uma arma contra a iminente enxurrada ideológica que em breve arrastaria muitos de meus alunos.

Ainda assim, *A angústia da influência* foi mais que isso para mim, e evidentemente para muitos leitores em todo o mundo nos últimos 45 anos. Traduzido para muitos idiomas em que não sei ler assim como para os que domino, continua sendo publicado no exterior e nos Estados Unidos. Talvez por ser uma derradeira defesa da poesia e um grito contra sua assimilação por qualquer ideologia. Os detratores me acusam de adotar uma "ideologia estética", mas, assim como Kant, acredito que o estético demanda profunda subjetividade e está além do alcance da ideologia.

Desleitura (*misreading*) criativa era o tema principal de *A angústia da influência* e não é menos importante em *A anatomia da influência*. No entanto, mais de quarenta anos de perambulação pelo ambiente inóspito crítico atenuaram a visão angustiada que me acometeu em 1967. O processo da influência está sempre ativo em todas as artes e ciências, assim como no direito, na política, na cultura popular, na mídia e na educação. Este livro já será longo o suficiente sem tratar das artes não literárias, mesmo que eu fosse mais versado em música, dança e artes visuais do que sou. Obcecado pela literatura imaginativa, confio em meus instintos a seu respeito, mas sei pouco do direito ou da esfera pública. Mesmo na universidade estou isolado, a não ser por meus próprios alunos, já que sou um departamento de um homem só.

No prefácio à segunda edição de *A angústia da influência*, que se concentra em Shakespeare e seu relacionamento com Marlowe, já repensei o que escrevi. Lá reconheci minha dívida com o Soneto 87 de Shakespeare — "Adeus, és precioso demais para que eu a ti possua" [*Farewell, thou art too dear for my possession.*] —, que me forneceu termos que viriam a se tornar palavras-chave críticas: *misprision** (má avaliação), *swerving* (desvio) e *mistaking* (engano). O Soneto 87 é um lamento primorosamente modulado pela perda do amor homoerótico, mas se encaixa extraordinariamente bem na situação de nosso atraso em termos culturais.

A anatomia da influência oferece um olhar retrospectivo diferente. Abrangendo uma abundância de autores, eras e gêneros, reúne meu perío-

---

* As palavras em inglês *misreading* e *misprision* aparecem sistematicamente neste livro e em toda a obra de Bloom. O prefixo inglês *mis* ocorre para contemplar as ideias de inexatidão, incorreção, distorção, desvio, falsidade etc. No entanto, não há um equivalente direto na língua portuguesa para esses dois vocábulos. Para *misreading*, optou-se aqui por usar "desleitura", opção feita pela editora portuguesa Imago na edição de *Um mapa da desleitura* (*A map of misreading*). Para *misprision* optamos por "má avaliação". Há quem sugira traduzir *misreading* por "leitura desviante" ou "leitura errônea" e *misprision* por "malversação", ou "encobrimento" ou ainda "apropriação".

do de pensamento e escrita sobre a influência — principalmente de 1967 a 1982 — a minhas reflexões mais públicas da primeira década do século XXI. Esforço-me aqui por utilizar uma linguagem mais sutil, que interprete meus comentários anteriores para o público leitor em geral e reflita as mudanças do meu pensamento a respeito da influência. Algumas dessas mudanças foram provocadas por transformações no clima geral da crítica, e outras pela clareza advinda de uma longa vida vivida com e através das grandes obras do cânone ocidental.

Na literatura, a angústia da influência não precisa ser um sentimento do escritor ao chegar tardiamente à tradição. É sempre uma angústia *alcançada* em uma obra literária, quer seu autor a tenha sentido ou não. Richard Ellmann, o proeminente estudioso de Joyce e o amigo querido de quem ainda sinto saudade, afirmou que Joyce não sofria da angústia da influência, mesmo em relação a Shakespeare ou Dante, mas lembro-me de dizer a Ellmann que a falta dessa angústia pessoal em Joyce não era, para mim, a questão. *Ulisses* e *Finnicius revém* manifestam considerável epigonismo, mais em relação a Shakespeare que a Dante. A angústia da influência existe entre poemas, não entre pessoas. O temperamento e as circunstâncias determinam se um poeta posterior *sente* angústia em qualquer nível de sua consciência. Tudo o que importa para a interpretação é o relacionamento revisionário entre poemas conforme ele se manifesta em seus tropos, imagens, dicção, sintaxe, gramática, métrica e postura poética.

Northrop Frye insistia que a grande literatura nos emancipa da angústia. Essa idealização é falsa: sua grandeza resulta do fato de dar inevitável expressão a uma nova angústia. Longino, formulador crítico do sublime, afirmou que "belas palavras são na verdade a luz peculiar do pensamento". Mas qual é a origem dessa luz em um poema, em uma peça, em uma história, em um romance? Ela está *fora* do escritor e deriva de um precursor, que pode ser uma figura composta. No que diz respeito ao precursor, a liberdade criativa pode ser evasão, mas não fuga. Deve haver um *agon*, uma luta pela supremacia ou ao menos pela suspensão da morte imaginária.

Nos muitos anos que antecederam e sucederam à publicação de *A angústia da influência*, estudiosos e críticos literários relutaram em enxergar a arte como uma disputa pelo primeiro lugar. Pareciam esquecer que a competição é um elemento central de nossa tradição cultural. Os atletas e políticos, é claro, não conhecem nada além disso. Contudo, nosso patrimônio, na medida em que é grego, impõe essa condição a toda a cultura e a sociedade. Jakob Burckhardt e Friedrich Nietzsche inauguraram a recuperação moderna do *agon* grego, que é agora aceito pelos estudiosos da Antiguidade Clássica como um princípio condutor da civilização grega. Norman Austin, comentando Sófocles em *Arion* (Árion) (2006), observa que "a poesia antiga era dominada por um espírito agonista praticamente sem igual. Atleta competia contra atleta; rapsodo contra rapsodo; dramaturgo contra dramaturgo, sendo todas as competições realizadas como grandes festivais públicos". A cultura ocidental permanece essencialmente grega, uma vez que o componente hebraico rival desapareceu, fundindo-se ao cristianismo, que tem ele próprio uma dívida com o gênio grego. Platão e os dramaturgos atenienses tiveram de confrontar Homero como seu precursor, o que significa enfrentar o invencível, mesmo para um Ésquilo. Nosso Homero é Shakespeare, que, apesar de inevitável, os dramaturgos fariam melhor em evitar. George Bernard Shaw percebeu isso muito lentamente, e a maioria dos dramaturgos tenta se esquivar do autor de *Rei Lear*.

Minha ênfase no *agon* como um aspecto central dos relacionamentos literários encontrou, contudo, uma resistência considerável. Era como se muito dependesse da ideia da influência literária como um modo de transmissão descomplicado e amistoso, um presente oferecido com graça e recebido com gratidão. *A angústia da influência* também inspirou certos grupos marginalizados a afirmar sua superioridade moral. Por décadas, fui informado de que escritores mulheres e homossexuais não competiam, mas cooperavam em uma comunidade de amor. Asseguravam-me com frequência que artistas negros, hispânicos e asiáticos também se elevavam acima da mera competição. O *agon* era aparentemente uma patologia restrita a heterossexuais brancos do sexo masculino.

Porém, agora, na primeira década do século XXI, o pêndulo oscilou para o outro extremo. Na esteira dos teóricos da cultura franceses, como o historiador Michel Foucault e o sociólogo Pierre Bourdieu, o mundo das letras é frequentemente representado como uma esfera hobbesiana de pura estratégia e conflito. Bourdieu reduz a realização literária de Flaubert à sua capacidade quase marcial de grande romancista que avaliava os pontos fracos e fortes de seus concorrentes literários e tomava-os como base de seus posicionamentos.

O relato de Bourdieu sobre relacionamentos literários, atualmente em voga, com sua ênfase no conflito e na competição, possui uma afinidade com minha teoria da influência e sua ênfase no *agon*. Mas há também diferenças fundamentais. Eu *não* acredito que os relacionamentos literários possam ser reduzidos a uma busca nua e crua por poder mundano, embora possam, em alguns casos, incluir tais ambições. O que está em jogo nessas lutas, para os poetas fortes, é sempre *literário*. Ameaçados pela perspectiva da morte imaginária, de sua inteira possessão por um precursor, sofrem de um tipo distintamente literário de crise. Um poeta forte busca não apenas vencer o rival, mas afirmar a integridade de seu próprio eu escritor.

A ascensão do que denomino Novo Cinismo — um conjunto de tendências críticas que têm suas raízes nas teorias francesas de cultura e englobam o Novo Historicismo e sua laia — me faz reexaminar minhas considerações anteriores sobre a influência. Nesta, que é minha sentença final sobre o tema, defino a influência simplesmente como *amor literário, atenuado pela defesa*. As defesas variam de poeta para poeta. Mas a presença avassaladora do amor é vital para o entendimento de como a grande literatura funciona.

A anatomia da influência reflete a respeito de uma ampla gama de relações de influência. Shakespeare é o Fundador, e começo com ele, passando da influência de Marlowe sobre Shakespeare para a influência de Shakespeare sobre escritores que vão de John Milton a James Joyce. Os poetas de língua inglesa posteriores a Milton tendiam ao confronto com ele, mas os Altos Românticos ingleses também tiveram de estabelecer sempre uma trégua com Shakespeare. Wordsworth, Shelley e Keats, de maneiras muito diferentes, tiveram de trabalhar uma relação entre Shakespeare e Milton em sua poesia. Como veremos, a defesa de Milton contra Shakespeare é uma repressão altamente seletiva, enquanto a de Joyce é uma apropriação total.

Continuo voltando a Shakespeare nos capítulos que se seguem não por ser um bardólatra — e eu sou —, mas porque ele é inevitável para todos os que vieram depois em todas as nações do mundo. A exceção é a França, onde Stendhal e Victor Hugo resistiram quando seu país rejeitava o que se considerava "barbarismo" dramático. Shakespeare é agora o verdadeiro escritor global, aclamado, encenado e lido na Bulgária e na Indonésia, na China e no Japão, na Rússia e onde quer que seja. As peças sobrevivem à tradução, à paráfrase e ao transmembramento porque seus personagens estão vivos e são universalmente relevantes. Isso faz de Shakespeare um caso especial para o estudo da influência: seus efeitos são grandes demais para serem coerentemente analisados. Emerson disse que Shakespeare escreveu o texto da vida moderna, o que me induziu à afirmativa amplamente malcompreendida de que Shakespeare nos inventou. Estaríamos aqui de qualquer modo, é claro, mas sem Shakespeare não nos teríamos enxergado como o que somos.

No decorrer deste livro, contrasto com frequência a presença de Shakespeare com a de Walt Whitman, a resposta da Terra do Anoitecer à Velha Europa e a Shakespeare. Whitman, à exceção do notório Edgar Allan Poe, é o único poeta americano que possui uma influência mundial. Ter suscitado a poesia de D. H. Lawrence e Pablo Neruda, de Jorge Luis Borges e Vladimir Maiakovski, é ser uma figura de variedade rara, bastante diferente da encontrada em leituras fracas de nosso bardo nacional. Identifico em Whitman fortes influências, como Lucrécio, Shakespeare e Emerson. Ainda mapeio a influência de Whitman sobre escritores posteriores, a começar por Stevens, Lawrence e Crane, com seu ápice em poetas da minha própria geração: James Wright, Amy Clampitt, A. R. Ammons, Mark Strand, W. S. Merwin, Charles Wright e John Ashbery, entre outros.

Os contornos gerais deste livro são cronológicos: suas quatro seções vão do século XVI ao XXI. Mas há múltiplas travessias, tanto no tempo quanto no espaço. Shelley aparece em diversos capítulos como uma forte influência sobre Yeats, Browning e Stevens e também como um cético relutante. Whitman, também presente em muitos capítulos, se mostra em pelo menos dois aspectos-chave. Ele é *o* poeta do Sublime Americano, mas é também um importante representante do Sublime Cético e, como tal, aparece ao lado de Shelley, Leopardi, Pater, Stevens e dos lucrecianos mais velados — John Dryden, Samuel Johnson, Milton e Tennyson. A estrutura da influência literária é labiríntica, não linear. No espírito da passagem de Tolstoi que serve de epígrafe a este livro, busco aqui guiar os leitores por parte do "infinito labirinto de conexões que constitui a matéria da arte".

Como *A anatomia da influência* é praticamente meu canto do cisne, o meu desejo é dizer em um só lugar grande parte do que aprendi a pensar a respeito de como a influência funciona na literatura imaginativa, particularmente em inglês, mas também em um punhado de escritores em outros idiomas. Às vezes, durante as longas noites que enfrento enquanto me recupero lentamente de meus muitos percalços e doenças, pergunto-me por que sempre fui tão obcecado por questões de influência. Minha própria subjetividade desde os 10 anos de idade foi formada pela leitura da poesia, e, em um momento agora esquecido, comecei a me intrigar com as influências. As primeiras de que me lembro incluíam a de William Blake sobre Hart Crane, a de Milton e Wordsworth sobre Shelley, a de Walt Whitman sobre T. S. Eliot e Wallace Stevens e a de Keats sobre Tennyson. Aos poucos, percebi como transcender ecos e alusões e encontrar a questão mais crucial da transmissão de posturas e visão poéticas. Yeats foi uma questão especial para mim, já que sua relação com Shelley e Blake era palpável, mas seus anseios mais profundos eram bastante contrários aos deles.

Minha maneira de escrever sobre a influência literária é amplamente percebida como tendo base no complexo de Édipo freudiano. Mas isso é simplesmente um engano, como expliquei antes, ainda que em vão. Seria mais apropriado falar do complexo de Hamlet que Freud tinha — ou, melhor, que eu e você temos. Os maiores conflitos de Hamlet são com Shakespeare e com o Fantasma, que era interpretado pelo dramaturgo. O *agon* entre Hamlet e seu criador foi o tema de um pequeno livro que publiquei em 2003, *Hamlet — Poema ilimitado*. Minha preocupação de então era o combate oculto com o espírito do pai pelo prêmio no nome Hamlet. Quando Hamlet, ao retornar do mar, luta com Laertes junto ao túmulo de Ofélia, grita exultante que é "Hamlet, o dinamarquês".

Desnomear o precursor e ao mesmo tempo ganhar o próprio nome é a busca dos poetas fortes ou rigorosos. Walter Whitman Jr. se transmutou em Walt, mas, de modo ambivalente, se manteve discípulo de Emerson. Whitman nunca foi transcendentalista. Era, na verdade, materialista epicurista: "O quê é incognoscível." Emerson, o Sábio de Concord, declarou-se livre de precursores: "O que posso obter de outro nunca é ensino, mas somente provocação" — um lema mais adequado a um profeta que a um poeta. Como o bom ladrão que era, Shakespeare esvazia qualquer distinção entre ensino e provocação e saqueia onde bem entende. Whitman tende a limitar suas fontes porque sua autorrepresentação exige que ele se torne sua própria autoridade suprema.

Meus alunos me perguntam com frequência por que grandes escritores não podem recomeçar do zero, sem nenhum passado nas costas. Só lhes posso dizer que simplesmente não funciona assim, já que na prática, como no vocabulário de Shakespeare, inspiração significa influência. Ser influenciado é ser ensinado, e um jovem escritor lê para buscar instrução, como Milton leu Shakespeare, Crane leu Whitman ou Merrill leu Yeats. Mais de meio século como professor me mostrou que sou melhor como provocação a meus alunos — uma constatação que se transferiu para minha escrita. Essa posição me priva de alguns leitores na mídia e na academia, mas eles não são meu público. Gertrude Stein observou que se escreve para si mesmo e para estranhos, o que traduzo como falar tanto comigo mesmo — que é o que a grande poesia nos ensina a fazer — quanto com aqueles leitores dissidentes em todo o mundo que, solitários, instintivamente procuram qualidade na literatura, desdenhando dos lêmingues que devoram J. K. Rowling e Stephen King enquanto se atiram dos penhascos em direção ao suicídio intelectual do oceano cinza da internet.

O efebo, como os atenienses chamavam o jovem futuro cidadão, é minha palavra para o jovem leitor profundo que mergulha na solidão para a qual se retira a fim de encontrar a imaginação de Shakespeare. Ainda me lembro do impacto inicial de Shakespeare quando li *Macbeth* aos 13 anos. Foi-me concedido um tipo de abundância que eu nunca antes conhecera. Não conseguia aceitar minha total identificação com a intensa interioridade de Macbeth que Shakespeare parecia me impor. Hoje creio que a imaginação proléptica de Macbeth seja de certa forma a do próprio Shakespeare, assim como a agilidade cognitiva de Hamlet e o vitalismo de Falstaff também sejam reflexos dos atributos de seu criador. Shakespeare nos é tão desconhecido que essas podem ser conjecturas obstinadamente equivocadas, a não ser pelo fato de eu tratar aqui de Shakespeare como o poeta-em-um-poeta, uma formulação que preciso esboçar.

Mais de quarenta anos após minha explicação da influência, ainda não havia esclarecido minha ideia do poeta-em-um-poeta. Mas acho que agora consigo dar conta de fazê-lo, galvanizado em parte pela redução de todas as relações literárias ao vil interesse próprio. Quando penso em W. B. Yeats como uma personalidade, sou assombrado por suas imagens de si mesmo, da estética década de 1890 com Lionel Johnson, Ernest Dowson e Arthur Symons até o velho histriônico de *On the Boiler* (Na caldeira), que prega uma eugenia fascista. Esse não é o *poeta* Yeats, provavelmente o maior poeta vivo do mundo ocidental até sua morte em 1939. Quando recitamos "The Second Coming" (O segundo advento) ou "Leda and the Swan" (Leda e o cisne), é difícil não se entregar à violência encantatória, embora seja possível aprender a questioná-la. Para Yeats, seu vício em um poderoso orgulho de proclamações antitéticas é crucial, mas não é o que eu chamaria de *poeta-em-um-poeta*, o Yeats profundo. "Chuchulain comforted" (Chuchulain confortado), o mais verdadeiro poema de morte de Yeats, funde heroísmo e covardia em uma única canção: "Haviam transformado suas gargantas e tinham gargantas de pássaros." Essa é a voz do poeta-em-um-poeta, livre de toda ideologia, inclusive dos tipos ocultos que Yeats criou em grande parte para si próprio, contando com a sra. Yeats como médium para as assombrações.

O que quero dizer com o poeta-em-um-poeta é aquilo que, mesmo no maior dos poemas — *Rei Lear* ou *Paraíso perdido* — é a própria poesia e não outra coisa. Não me refiro ao que meu falecido amigo Robert Penn Warren chamava de "poesia pura", uma busca mais francesa do que americana. O poeta da sensibilidade do século XVIII, William Collins, escreveu uma robusta "Ode on the Poetical Character" (Ode ao caráter poético), cujo espírito perdura no extraordinário fragmento de Coleridge, "Kubla Khan", que tem sobre mim um efeito similar ao de "Voyages II" (Viagens II) de Hart Crane. A música cognitiva extática — em Collins, Coleridge, Crane — comunica o que não pode ser transmitido discursivamente. O poeta-em-um-poeta seculariza o sagrado, fazendo com que busquemos análogos explicativos. O daimon ou gênio nos remete a formulações da Grécia antiga e, por fim, nos traz de volta ao "eu real" (*real me*) ou "mim eu mesmo" (*me myself*) de Walt Whitman, o "sombrio demônio e irmão" (*dusky demon and brother*) da persona whitmaniana.

E. R. Dodds, cujo estudo clássico *Os gregos e o irracional* literalmente destruí de tanto reler, distingue a psique do daimon, baseando-se primeiramente em Empédocles e em seguida no que há de mais misterioso em Sócrates. A psique é o eu empírico ou a alma racional, enquanto o daimon divino é um eu oculto ou a alma não racional. Do helenismo a Goethe, o daimon foi o gênio do poeta. Ao falar do poeta-em-um-poeta, refiro-me precisamente a seu daimon, sua potencial imortalidade como poeta e, assim, efetivamente, a sua divindade. Faz sentido abrir uma nova perspectiva sobre Homero tendo em vista o daimon, uma vez que a psique na *Ilíada* e na *Odisseia* é tanto sopro quanto duplo. Antes de Shakespeare, Homero era *o* poeta por excelência. Ao escolher o daimon em oposição à psique como o poeta interior, minha intenção é puramente pragmática. A questão é: por que a poesia é *poesia* e não outra coisa, seja história, ideologia, política ou psicologia? A influência, que figura em todas as partes da vida, intensifica-se na poesia. É o único verdadeiro contexto para o poema forte porque é o elemento em que reside a autêntica poesia.

A influência persegue a todos nós como o vírus da gripe, o *Influenza*, e podemos sofrer uma angústia de contaminação quer compartilhemos da influência ou sejamos vítimas do *Influenza*. O que permanece livre em nós é o daimon. Não sou poeta, mas posso falar do leitor-no-leitor — e também como um daimon que merece ser apaziguado. Em nossa era da tela — de computador, televisão, cinema —, as novas gerações crescem aparentemente destituídas de seus daimons. Temo que desenvolvam novas versões do daimônico e que uma cultura visual acabe com a literatura imaginativa.

Em *Defesa da poesia*, Shelley estabeleceu um padrão para se pensar a respeito da influência que conscientemente segui desde *A angústia da influência* até *A anatomia da influência*. O que Shelley quer dizer com *influência* nesta famosa passagem?

> Pois a mente em criação é como uma brasa se apagando, que alguma influência invisível, como um vento inconstante, desperta para um brilho transitório. Esse poder surge de dentro, como a cor de uma flor, que desvanece e muda ao se desenvolver. A parcela consciente de nossa natureza é incapaz de profetizar sua aproximação ou sua partida. Se essa influência pudesse perdurar em sua pureza e força originais, suas consequências seriam de uma grandeza imprevisível.

Assim como Shakespeare, quando se refere a *influência*, Shelley quer dizer inspiração. Na penúltima frase de *Defesa da poesia*, poetas são equiparados à "influência que não é impulsionada, mas que impulsiona". Shelley foi o mais idealista dos principais poetas da língua inglesa. No entanto, conhecia por experiência própria a natureza dupla da influência: o amor pela poesia de Wordsworth e uma forte ambivalência com respeito a um poema como "Ode: Intimations of Immortality" (Ode: intimações da imortalidade). De *Alastor* a *O triunfo da vida*, Shelley se debateu contra sua própria desleitura de Wordsworth, um engano altamente criativo que nos deu "Ode to the West Wind" (Ode ao vento oeste) e outros poemas líricos supremos.

Mas por que "desleitura"? Lembro-me de muitas refutações que, dos anos 1970 em diante, me acusavam de favorecer a dislexia, por assim dizer. A desocupação e a maledicência nunca nos abandonam. Há desleituras fortes e fracas durante a leitura, mas leituras corretas não são possíveis se uma obra literária for sublime o bastante. Uma leitura correta meramente repetiria o texto, ao mesmo tempo afirmando que ele fala por si mesmo. Não fala. Quanto mais poderoso um artifício literário, mais depende da linguagem figurativa. Essa é a pedra fundamental de *A anatomia da influência*, assim como de todas as minhas outras incursões na crítica. A literatura imaginativa *é* figurativa ou metafórica. E, ao falar ou escrever sobre um poema ou romance, recorremos nós mesmos à figuração.

Durante muitos anos, meu falecido amigo e colega Paul de Man e eu discutimos durante nossas caminhadas. Na maior parte das vezes, a discussão se voltava para a convicção de Paul de que encontrara a verdade sobre a crítica. Segundo ele, ela deveria adotar uma postura epistemológica ou irônica com respeito à literatura. Minha resposta era: seja qual for a perspectiva adotada em relação às figurações, ela própria teria de ser figurativa, como era claramente seu estilo filosófico. Praticar a crítica propriamente dita é pensar poeticamente a respeito do pensamento poético.

A glória e o perigo da linguagem altamente figurativa estão no fato de nunca podermos delimitar com certeza seus possíveis significados e efeitos sobre nós. Quando Hart Crane, meu poeta preferido e primeiro amor entre os poetas, nos dá "peônias como crinas de pôneis" [*peonis with pony manes*] ("Virginia", em *A ponte*), ficamos inicialmente encantados com a precisão da argúcia, embora possamos então questionar a elevação de uma flor à categoria de animal. Essa metamorfose ascendente na escala do ser é uma característica do apocalipse blakeano, e a influência de William Blake aqui sentida está presente em toda a obra de Crane. Muito mais inteligente do que geralmente se supõe, Crane tinha um lado místico e oculto, daí suas leituras do *Tertium Organum* de P. D. Ouspensky e seu profundo interesse em mitos da Atlantis platônica perdida. Lê-se *A ponte* de maneira muito diferente se seus verdadeiros modelos forem as épicas visionárias de Blake. Crane mergulhara em Blake e na obra *William Blake: His Philosophy and Symbols* (William Blake: sua filosofia e seus símbolos), de S. Foster Damon, que obteve do cunhado de Damon, o maravilhoso poeta John Brooks Wheelwright. A própria ponte do Brooklyn, o emblema fundador da breve épica de Crane, assume uma aura diferente em um contexto blakeano. A relação blakeana não limita seu significado, mas sim traça um caminho pelo labirinto literário.

Ainda que eu tenha passado a vida tentando, ninguém que escreva a respeito da angústia, mesmo que seja mais textual do que humana, pode escapar a Sigmund Freud. Em se tratando da angústia, prefiro o filósofo Søren Kierkegaard a Freud, mas Anna Freud mapeou os mecanismos de defesa, e meus estudos sobre a influência têm uma dívida com ela. O pai de Anna definiu a angústia como *Angst vor etwas*, ou "expectativas ansiosas".

A teoria de Freud a respeito da mente ou da alma, depois de cerca de um século, continua viva e valiosa, enquanto seu cientificismo está praticamente morto. Insisto em que o enxerguemos como o Montaigne ou o Emerson do século XX. A mais bem informada história da psicanálise é *Revolution in Mind* (Revolução em mente), de George Makari, que acaba de ser publicado enquanto escrevo estas páginas. Makari conclui corretamente que a psicanálise é a mais importante teoria moderna da mente, citando seus conceitos de defesa e conflito interno. Como defino aqui a influência como amor literário temperado pela defesa, Freud é uma presença inevitável neste livro; porém, é apenas uma presença entre muitas.

A defesa (*Abwehr*) é um conceito agonístico na psicanálise, mas é também dialético e, portanto, esplendidamente adequado a quaisquer teorias de influência. Apaixonamo-nos e, temporariamente, não temos defesas, mas, após algum tempo, desenvolvemos um arsenal de gestos apotropaicos. Somos animados por um impulso que deseja que retornemos ao investimento narcisistas do ego em si mesmo. O mesmo se dá com os poetas. Possuído por toda a ambivalência de Eros, o escritor novo porém potencialmente forte luta para afastar quaisquer apegos totalizantes. A mais poderosa das defesas freudianas é a repressão, que evolui de uma preocupação social — o tabu do incesto — até se tornar parte do legado biológico. Isso, é claro, é uma figuração, e mesmo Freud às vezes literalizava uma de suas próprias metáforas.

Este livro mapeia variedades de defesa, da repressão à apropriação, passando por muitas relações literárias diferentes, de John Milton a James Merrill. Ao longo de todo o texto, há uma preocupação com nossos dois precursores dominantes, Shakespeare e Whitman — tanto com as defesas empregadas por eles quanto com aquelas que produziram em seus sucessores. Mas entre Shakespeare e Whitman há muitos caminhos, alguns dos quais serão familiares, outros não. O triunfo sem precedentes de Shakespeare sobre Marlowe; a lição de humildade da derrota de Milton por Hamlet; o poder extraordinário do epicurista cético Lucrécio sobre gerações de poetas crédulos e incrédulos; o *agon* vitalício de James Merrill com Yeats; o ainda pouco reconhecido impacto de Whitman sobre os anglófilos americanos Henry James e T. S. Eliot; a apropriação milagrosa de Dante e Petrarca por Giacomo Leopardi, até o nobre retorno de John Ashbery a Whitman.

Há muitos candidatos a melhor livro de Freud, mas dou preferência a sua revisão em 1926 de sua teoria anterior sobre a angústia: *Inibições, sintomas e angústia*. Nele, Freud se livra de seu estranho argumento de que toda angústia provém do desejo reprimido e o substitui pela fecunda noção de que a angústia é um sinal de perigo, relacionado ao terror da criança frente a seu desamparo.

Um poeta potencialmente forte está longe de ser desamparado e pode ser que nunca receba um sinal de angústia com respeito ao passado literário; mas ela ficará registrada em seus poemas.

SUBLIME ESTRANHEZA

É com um misto de afeição e divertimento que me recordo vividamente de meu primeiro ensaio escrito para William K. Wimsatt Jr., que me foi devolvido com o ressoante comentário: "Você é um crítico longiniano, o que abomino!" Muito tempo depois, soube por um boato que meu fervoroso ex-professor se abstivera de votar em minha eleição para professor vitalício, dizendo a seus colegas: "Ele é uma peça de artilharia naval de 45 centímetros, com tremendo poder de fogo, mas nunca acerta o alvo cognitivo."

O único tratado que temos do mais apropriadamente chamado Pseudo-Longino deveria ser traduzido como "Sobre as alturas". Mas agora não podemos mais prescindir de *Sobre o sublime*, embora *sublime*, como termo, ainda seja inadequado. O mesmo ocorre com *estético*, cujo antigo sentido grego de "perspicaz" Pater — após a popularização do termo por Wilde — quis restaurar.

Ser um crítico longiniano é celebrar o sublime como a virtude estética suprema e associá-lo a certa resposta afetiva e cognitiva. Um poema sublime transporta e eleva, permitindo que a "nobreza" de espírito do autor engrandeça também seu leitor. Para Wimsatt, contudo, ser um crítico longiniano significava rejeitar um princípio-chave da Nova Crítica, de cuja tradição era ardoroso proponente.

A Nova Crítica era a ortodoxia reinante quando eu era um aluno de pós-graduação em Yale — e continuou sendo por muitos anos. Seu messias era aquela criatura bicéfala, o Pound/Eliot, e seu traço distintivo era um compromisso com o formalismo. O significado do dito "objeto crítico" só poderia ser encontrado dentro do próprio objeto; informações a respeito da vida de seu autor ou as reações de seus leitores eram consideradas meramente enganosas. A contribuição do próprio Wimsatt para o cânone da Nova Crítica inclui dois ensaios altamente influentes, "The Affective Fallacy" (A falácia afetiva) e "The Intentional Fallacy" (A falácia intencional), ambos coescritos com o filósofo da arte Monroe Beardsley. Publicado inicialmente em 1949, lançou um grande ataque contra a crença então generalizada de que o significado e o valor de uma obra literária poderiam ser apreendidos de "seus resultados na mente de seu público". Wimsatt atribuiu essa suposta falácia afetiva a dois de meus próprios precursores críticos: o sublime Longino e Samuel Johnson.

A Nova Crítica há muito já não domina os estudos literários. Ainda assim, os inúmeros modismos críticos que a sucederam não foram muito mais receptivos aos longinianos. Nesse sentido, a Nova Crítica e o Novo Cinismo são improváveis cúmplices no crime. Na longa Era do Ressentimento, a experiência literária intensa é mero "capital cultural", um meio para alcançar o poder e a glória dentro da "economia" paralela que Bourdieu rotula de campo literário. O amor literário é uma estratégia social, mais afetação que afeto. Mas críticos fortes e leitores fortes sabem que não podemos entender a literatura, a *grande* literatura, se negarmos a autores e leitores o amor literário autêntico. A literatura sublime exige um investimento emocional, não econômico.

Dando de ombros àqueles que me descrevem como um "teórico do sublime", reafirmo alegremente minha paixão pelos difíceis prazeres do sublime, de Shakespeare, Milton e Shelley a Yeats, Stevens e Crane. Se a "teoria" não se tivesse tornado um mero jargão nos estudos literários, eu poderia ter aceitado ser descrito como um teórico do Sublime Americano, a tradição inventada por Emerson, levada à glória enaltecedora por Whitman e ao mesmo tempo ridicularizada e exemplificada por Stevens.

É de bom grado que me declaro culpado também das acusações de que sou um "incessante canonizador". Não pode haver tradição literária viva sem canonização secular, e juízos de valor literário não têm importância se não forem explicitados. Ainda assim, a avaliação estética tem sido vista com desconfiança por críticos acadêmicos desde pelo menos o início do século XX. A Nova Crítica a considerava um empreendimento demasiadamente confuso para o estudioso e crítico profissional. Northrop Frye afirmou que a avaliação deveria ser implícita, e desde 1967 essa foi uma das desavenças entre nós. Mas as raízes do Novo Cinismo nas ciências sociais produziram uma postura ainda mais clínica. Falar da *arte* da literatura é visto como uma violação da responsabilidade profissional. Qualquer acadêmico literário que emita um juízo de valor estético — melhor, pior ou igual — corre o risco de ser sumariamente desprezado como um reles amador. Assim, o professorado literário censura o que o senso comum afirma e até seus membros mais implacáveis reconhecem, pelo menos em privado: a grande literatura existe *sim*, e identificá-la não é só possível, mas também importante.

Durante mais de meio século, venho tentando enfrentar a grandeza diretamente, uma postura que não está exatamente em voga, mas não vejo outra razão de ser para a crítica literária nas sombras de nossa Terra do Anoitecer. Com o decorrer do tempo, os poetas fortes resolvem essas questões por si próprios e os precursores permanecem vivos em sua progênie. Em nossa paisagem inundada, os leitores utilizam sua própria perspicácia. Mas um avanço pode ser de alguma ajuda. Se você acredita que o cânone com o tempo se selecionará por si próprio, pode ainda assim seguir um impulso crítico para apressar o processo, como fiz com as obras tardias de Stevens, Ashbery, Ammons e, mais recentemente, Henri Cole.

Como crítico veterano, continuo lendo e ensinando porque não é pecado um homem cultivar sua vocação. Meu herói da crítica, Samuel Johnson, afirmou que somente um imbecil escreveria por qualquer motivo outro que não o dinheiro, mas agora essa é apenas uma motivação secundária. Sigo escrevendo motivado pela esperança stevensiana de que a voz que é grande dentro de nós se erga para responder à voz de Walt Whitman ou às centenas de vozes inventadas por Shakespeare. A meus alunos e aos leitores que nunca conhecerei continuo clamando pela ação do sublime do leitor: enfrentem apenas os autores capazes de lhes dar uma sensação de que há sempre algo mais por vir.

O tratado de Longino nos diz que a literatura sublime transporta e engrandece seus leitores. Ao ler um poeta sublime, como Píndaro ou Safo, experimentamos algo parecido com a autoria: "Passamos a acreditar que criamos o que somente ouvimos." Samuel Johnson invocou precisamente essa ilusão de autoria ao elogiar o poder de Shakespeare de convencer-nos de que já sabíamos o que ele na verdade nos ensinou. Freud identificou esse aspecto do sublime no estranho,* que retorna da fuga da repressão como "algo familiar e há muito estabelecido na mente".

Ainda não sabemos ao certo quando nem por quem *Sobre o sublime* foi escrito; muito provavelmente, os fragmentos que sobreviveram foram compostos no primeiro ou terceiro século da era cristã. Mas a teoria de Longino só alcançou influência generalizada após a publicação da tradução de Nicolas Boileau para o francês, em 1674. A tradução de William Smith para o inglês seguiu-se em 1739, culminando no que Wimsatt, lastimando-se, descreveu como "a tendência longiniana" de "todo o século XVIII".

O tratado de Longino exalta o sublime embora envolva também a ambivalência: "O maravilhoso acompanha sempre uma sensação de desalento." Mas essa ambivalência é sutil se comparada aos paradoxos completos dos herdeiros modernos de Longino. De Edmund Burke a Immanuel Kant, William Wordsworth a Percy Bysshe Shelley, o sublime é ao mesmo tempo magnífico e tenso. A obra *Uma investigação filosófica sobre a origem de nossas ideias do sublime e do belo* (1757), de Burke, explica que a grandeza do objeto sublime provoca tanto deleite quanto horror: "O infinito tem uma tendência a encher a mente daquele tipo delicioso de horror, que é o efeito mais genuíno e o teste mais verdadeiro do sublime." A experiência sublime é uma combinação paradoxal de dor e prazer. Para Shelley, o sublime é um "prazer difícil", uma experiência avassaladora, por meio da qual renunciamos a prazeres simples em favor de outros quase dolorosos.

No final do século XIX, o crítico Walter Pater contribuiu para teorias do sublime em sua descrição incisiva do Romantismo como o acréscimo da estranheza à beleza. A "estranheza" é para mim *a* qualidade canônica por excelência, a marca da literatura sublime. A pesquisa etimológica do termo *estranho* confirma o significado original da palavra latina da qual se derivou: "estrangeiro", "exterior", "externo". Estranheza é inquietação: o estranhamento do familiar ou lugar-comum. Esse estranhamento tende a se manifestar de modo diferente em escritores e leitores. Mas em ambos os

---

* No original, "the uncanny". O termo alemão é *das Unheimliche* e pode ser entendido como o oposto do que é familiar. (N. da T.)

casos a estranheza torna palpável a profunda relação entre a sublimidade e a influência.

No caso do leitor forte, a estranheza assume com frequência uma forma temporal. No maravilhoso ensaio "Kafka e seus precursores", Jorge Luis Borges evoca o estranho processo por meio do qual o romancista e ensaísta Franz Kafka teria influenciado o poeta Robert Browning, que o precede em muitas décadas. O mais *estranho* nesses momentos borgianos não é o fato de o poeta anterior parecer ter escrito o novo poema, mas sim de o novo poeta parecer ter escrito o poema do poeta anterior. Exemplos desse tipo de reordenamento cronológico, em que um poeta forte milagrosamente precederia seus precursores, abundam nas páginas que se seguem.

A influência de Freud sobre nossa ideia do sublime é um exemplo dessa reversão borgiana. O conceito do sublime, desde Longino até o Romantismo e mais além, está incorporado na ousada apropriação de *das Unheimliche* (de Friedrich Schelling) por Freud, de modo que o Sábio de Viena se torna a fonte parental à qual "o Estranho" retorna. Se Freud triunfa aqui sobre a tradição crítica literária ou se é incorporado por ela é algo que me parece ambíguo. Porém, não se pode reformular o sublime no século XX, ou agora no XXI, sem enfrentar Sigmund, cujo nome hebraico, Salomão, era-lhe muito mais adequado, uma vez que Freud não era nada wagneriano. Pelo contrário, era parte integrante da sabedoria hebraica, "Weisheit, o rabino", como o chamou indiretamente Stevens. "O olho de Freud era o microscópio da potência", afirmou Stevens com memorável lugubridade, e a magnífica resistência derradeira do Sublime Americano em *As auroras boreais do outono* é tão freudiana quanto ermersoniana-whitmaniana. Longino, Kant, Burke e Nietzsche são todos herdeiros de Freud.

Para um escritor forte, a estranheza *é* a angústia da influência. A condição inevitável da sublime ou alta literatura é o *agon*: Píndaro, os tragediógrafos atenienses e Platão lutaram com Homero, que sempre vence. A grande literatura recomeça com Dante e tem seguimento em Shakespeare, Cervantes, Milton e Pope. Implícita na famosa celebração do sublime por Longino — "Cheios de prazer e orgulho, acreditamos ter criado o que ouvimos" — está a angústia da influência. O que é minha criação e o que foi meramente ouvido? A angústia é uma questão de identidade tanto pessoal quanto literária. O que é o eu e o que é o não eu? Onde terminam as outras vozes e começa a minha? O sublime transmite ao mesmo tempo poder e fraqueza imaginativos. Transporta-nos para além de nós mesmos, desencadeando o estranho reconhecimento de que nunca se é plenamente o autor de sua própria obra ou de seu próprio eu.

Há mais de meio século, eu almoçava ocasionalmente em Londres com o douto Owen Barfield — advogado, historiador da consciência, crítico literário, visionário e autor de dois livros perenes, *Poetic Diction* (Dicção poética), de 1928, e *Saving the Appearances* (Salvando as aparências), de 1957. Embora ambos aceitássemos a definição de Pater, segundo o qual o Romantismo é o acréscimo de estranheza à beleza, tenho com Barfield uma dívida eterna por seu aditamento a Pater: "Tem de ser uma estranheza de *significado*." Isso, por sua vez, levou Barfield a uma distinção útil: "Não é correlata do espanto, pois o espanto é nossa reação a coisas que estamos conscientes de não entender muito bem ou pelo menos de entender menos do que pensávamos. O elemento de estranheza na beleza tem o efeito contrário. Surge do contato com uma *consciência* de uma espécie diferente da nossa; diferente, porém não tão remota que não possamos compartilhá-la parcialmente, como de fato sugere, neste caso, a mera palavra 'contato'. A estranheza, na verdade, desperta deslumbramento quando não entendemos: imaginação estética quando entendemos."

Quando nos entregamos completamente à sua leitura, Shakespeare nos surpreende pela estranheza, que considero ser sua qualidade mais notável. *Sentimos* a consciência de Hamlet ou Iago, e nossa própria consciência se expande estranhamente. A diferença entre ler Shakespeare e ler praticamente qualquer outro autor é a maior ampliação de nossa consciência para o que inicialmente deve parecer uma estranheza de aflição ou deslumbramento. Quando vamos ao encontro de uma consciência mais ampla, metamorfoseamo-nos em uma aceitação provisória que suspende o juízo moral enquanto o deslumbramento se transforma em um entendimento mais imaginativo.

Kant definiu o sublime como aquilo que desafia a representação. Eu acrescentaria que a turbulência do sublime, para não nos subjugar, necessita da representação. Começo este livro considerando que o autor de *A anatomia da melancolia* escreveu para curar sua própria erudição e que eu mesmo também escrevo para curar a sensação de que fui desde a infância excessivamente influenciado pelas grandes obras do cânone ocidental. Samuel Johnson, meu precursor crítico, também via a escrita como uma defesa contra a melancolia. O mais empírico dos poetas, Johnson temia "a fome da imaginação", mas ainda assim cedia a ela quando lia a poesia que mais amava. Sua mente extraordinariamente ativa, quando indolente, era levada à depressão, e precisava do trabalho para alcançar a liberdade. Muito diferente de Shakespeare, com suas muitas mentes, do inescrupuloso Milton ou do genial Pope. Entre os poetas, o temperamento de Johnson se assemelhava mais ao de Lucrécio, o materialista epicurista que ele, moralista cristão, condenava, ou ao de Leopardi, um visionário do abismo que teria enchido o grande classicista inglês de temor.

Pater foi para mim o mais importante crítico depois de Johnson e, como Johnson, escrevia e pensava sobre a literatura de uma maneira literária. A estética de Pater, da qual essencialmente partilho, é totalmente lucreciana; preocupa-se profundamente com os efeitos da obra sobre seu leitor: "O que significa para *mim* esta canção ou imagem, esta personalidade envolvente apresentada na vida ou em um livro? Que efeito produz de fato sobre mim? Seria prazer? E, em caso afirmativo, que tipo ou grau de prazer? Como minha natureza é modificada por sua presença e sob sua influência?" Pater libertou a palavra *estético* da filosofia alemã, devolvendo-lhe o antigo significado grego de *aesthetes*, "aquele que percebe". Percepção e "sensação" são os termos dominantes da crítica de Pater. Para o epicurista Pater, ver é pensar, o que explica seus "momentos privilegiados", que o Stephen Dedalus de Joyce chamava de "epifanias".

Lucrécio, para quem a morte não é exatamente a mãe da beleza, instou-nos em *Da natureza* a não nos preocupar com a morte, pois nunca a experimentaremos. De modo parecido pensa Pater, que modelou a si mesmo a partir das odes de John Keats e de sua peça de Shakespeare preferida, *Medida por medida*, com seu famoso "Contas certo com a morte" [*Be absolute for death*]. Ele cita a frase de Victor Hugo, "Os homens estão todos condenados à morte com indultos indefinidos", e essa observação o leva a sua mais notória eloquência:

> Dispomos de um intervalo, depois do qual nosso lugar não mais nos conhece. Alguns passam esse intervalo em estado de letargia, outros em grandes paixões; os mais sábios, pelo menos entre "os filhos deste mundo", na arte e na música. Pois nossa única chance está em expandir esse intervalo, em encaixar tantas pulsações quanto possível

no tempo que nos é dado. As grandes paixões podem nos dar essa sensação acelerada de vida, êxtase e sofrimento de amor — as diversas formas de atividade entusiasmada, desinteressada ou não, que surgem naturalmente para muitos de nós. Certifique-se apenas de que seja mesmo paixão — de que lhe renda esse fruto de uma consciência acelerada e multiplicada. A paixão poética, o desejo de beleza e o amor da arte pela arte possuem um grau inigualável dessa sabedoria. Pois a arte chega até você propondo francamente lhe oferecer nada além da mais alta qualidade para cada um de seus momentos, simplesmente pelo bem desses momentos.

["Conclusão", *The Renaissance: Studies in Art and Poetry* (A Renascença: estudos em arte e poesia). (1868)]

Silenciosamente, Pater rouba a "arte pela arte" da resenha de Swinburne sobre Baudelaire de 1862. Porém, como a maior parte da obra de Pater, esse lema tem sido ampla e debilmente mal-entendido de 1873 até hoje. Qualquer mal-entendido que dure quatro gerações possui mérito próprio, mas eu ressaltaria que tanto o perspicaz "a natureza imita a arte" de Wilde quanto o moralizador "a arte pela vida" de Lawrence são vulgarizações desse sutil crítico estético. O que Pater analisa é o *amor* pela arte com o objetivo de acelerar e aprimorar a consciência. Vivemos de momentos e em momentos cuja qualidade é elevada pela apreensão estética; momentos estes que não têm nenhuma teleologia, nenhum valor transcendente. Não poderia haver um epicurismo mais puro.

Dos anos 1970 em diante, minhas reflexões sobre a influência se dedicaram a escritores de literatura imaginativa, sobretudo poetas. *A anatomia da influência* fará o mesmo. Mas a angústia da influência, uma angústia perante a expectativa de ser inundado, não está, é claro, restrita a poetas, romancistas ou dramaturgos — nem a professores, sapateiros ou quem quer que seja. É também um problema para os críticos. Contudo, quando tratei pela primeira vez dessas questões, restringi minhas observações a leitores e poetas: "Todo bom leitor *deseja* essencialmente se afogar, mas, se o poeta se afoga, torna-se apenas um leitor." Décadas depois, estou perfeitamente ciente de que, tanto para o crítico quanto para o poeta, talvez a representação seja a única defesa. Poesia e crítica, cada uma a seu modo, implicam a aceitação da avassaladora enxurrada de imagens e sensações que Pater chamava fantasmagoria. Tanto Johnson quanto Pater experimentaram diferentes gêneros de escrita, mas ambos deixaram sua marca principal como críticos. Para eles, a literatura não era um mero objeto de estudo, mas um modo de vida.

Para mim, Johnson continua sendo o maior crítico literário de toda a tradição ocidental. Basta um olhar de relance em uma boa e abrangente coletânea de seus escritos para ver a variedade dos gêneros nos quais ele se aventurou: poesia, breves biografias, ensaios de todos os tipos, resenhas de livros, dicionários, sermões, tratados políticos, relatos de viagem, diários, cartas, orações e uma invenção sua, as biocríticas, em *The Lives of the English Poets* (As vidas dos poetas ingleses). Acrescente-se a peça teatral *Irene* — um fracasso — e a novela *A história de Rasselas* — um grande sucesso — e tem-se uma pequena noção das energias inquietas e bastante perigosas de Johnson.

Johnson deveria ter sido o grande poeta do período entre a morte de Pope e o advento de Blake, mas foi inibido por um verdadeiro temor reverente a Pope. Johnson abandonou sua condição de poeta, louvando a perfeição de discernimento, a invenção e o estilo verbal de Alexander Pope. E, no entanto, Johnson conhecia exemplos melhores de discernimento e invenção: Homero, Shakespeare, Milton... Não é que Johnson fosse um idólatra de Pope; ele destruiu merecidamente o *Ensaio sobre o homem*: "A penúria de conhecimento e a vulgaridade de sentimento nunca foram tão bem disfarçadas."

Uma culpa complexa, porém, impediu que Johnson alcançasse a posição do poeta forte que seus dons mereciam e exigiam. Sem dúvida, a culpa humana era filial, independente de quão imerecida. Michael Johnson, seu pai, tinha 52 anos quando Samuel, seu primeiro filho, nasceu. O pai tinha uma livraria na cidade de Lichfield. Um homem melancólico e um fracasso em tudo que fazia, durante seus meses finais, pediu ao filho, este próprio dado à "vil melancolia", que cuidasse de sua banca de livros em uma cidadezinha próxima. Impedido pelo orgulho, Johnson recusou o pedido do pai, que não tardou a morrer. Exatos cinquenta anos depois, o admirável crítico foi a Lichfield, tomou uma "carruagem para Uttoxeter e, passando pelo mercado em um horário de grande movimento, descobri-me a cabeça e assim permaneci, com ela exposta durante uma hora diante da banca que meu pai outrora usara, sujeito ao escárnio dos espectadores e à inclemência do clima".

A complexidade e o sofrimento humano de Samuel Johnson são capturados naquela hora de exposição, exposta às forças da natureza e à ridicularização pública. Todos nós conhecemos, em alguma medida, a culpa das origens. Minhas próprias memórias de meu pai, um homem taciturno e contido, começam com ele me trazendo uma tesoura de brinquedo como presente de aniversário de 3 anos, em 1933, quando a Depressão o deixara desempregado, assim como a muitos outros trabalhadores do setor têxtil. Chorei, então, com o páthos provocado pelo presente e, ao escrever isto, estou prestes a derramar lágrimas novamente. Tendo amado Samuel Johnson desde meus 16 anos, quando li pela primeira vez o livro de Boswell a seu respeito e comecei a ler sua produção crítica, invariavelmente me pegava tentando entendê-lo por meio de meu amor, ou em todo caso tentando me conhecer melhor por meio de seu exemplo.

Considero Johnson meu precursor crítico, já que considero minha obra, desde *A angústia da influência* até hoje, muito mais johnsoniana que freudiana ou nitzscheana, seguindo o grande crítico em sua busca pela compreensão da imitação literária. Recorro a Johnson em se tratando de Shakespeare e Milton, Dryden e Pope, e ele, com seu talento para transformar os quatro em epígonos seus, como se os tivesse influenciado, traz novo frescor a minha reflexão sobre eles. Esse deslocamento imaginativo específico não marca o trabalho crítico de Dryden e Coleridge, Hazlitt e Ruskin, ainda que ressurja com Pater e sua escola Estética: Wilde e Yeats, Virginia Woolf e Wallace Stevens.

O crítico vivo que mais alimenta meu espírito é Angus Fletcher, que desempenha um papel abençoado para mim desde que nos conhecemos, em setembro de 1951. Nomeio Fletcher o crítico canônico de minha geração porque ele ensina o que é pensar poeticamente sobre o pensamento poético. Os pensamentos, enfatiza sempre, são reconhecimentos *parciais*: o reconhecimento absoluto acaba até mesmo com a mais poderosa das obras literárias. Afinal, como pode a ficção continuar quando a verdade impera? *Dom Quixote* parece ser a grande exceção, mas, por outro lado, o Cavaleiro recusa magnificamente qualquer autorreconhecimento definitivo até sua derrota, quando abandona sua persona e abraça a morte piedosa.

Leio Fletcher e experimento o que gostaria que fossem meus próprios pensamentos voltando a mim "com certa majestade alienada", nas palavras de Emerson. Esse é o reconhecimento sublime ou parcial do crítico.

Qual pode ser a função da crítica literária na Era da Desinformação? Vejo aspectos dessa função, mas são apenas vislumbres. A apreciação subsequente à avaliação aberta é vital. Para mim, Shakespeare é a Lei; Milton, o Ensino. Blake e Whitman, os Profetas. Sendo judeu, e não cristão, não preciso deslocar os Evangelhos. O que seria um messias literário? Quando eu era jovem, ficava perplexo diante dos críticos modernistas ou dos Novos Críticos. Hoje, suas polêmicas são tão irreais que não consigo retomar meu fervor contra eles. Completar 80 anos teve um efeito estranho sobre mim, que não senti aos 79. Não vou mais lutar contra Ressentidos e outros "maria vai com as outras". Estaremos todos misturados quando voltarmos ao pó comum.

Ler, reler, descrever, avaliar, apreciar: essa é a arte da crítica literária para os dias de hoje. Lembro a mim mesmo que minha postura sempre foi muito mais longiniana do que filosófica, no estilo de Platão ou Aristóteles.

A INFLUÊNCIA DE UMA MENTE SOBRE SI MESMA

Paul Valéry, o mais importante poeta e crítico francês do século XX, sempre se referiu a Stéphane Mallarmé como seu mestre. As meditações sobre sua relação — tanto pessoal quanto literária — com seu precursor inspiraram em Valéry os mais fecundos pensamentos sobre a influência produzidos no século XX, com a possível exceção de "Kafka e seus precursores", de Borges. Infelizmente, Borges idealizou sua explicação da influência literária ao rejeitar qualquer noção de rivalidade ou competição com os precursores. Shelley certa vez observou com grandeza que toda a literatura imaginativa formava um abrangente poema cíclico; Borges foi além, fundindo todos os escritores em um só, um Homero Shakespeare Aí Vêm Todos,* uma combinação que foi joyceana antes de se tornar borgiana.

Valéry, na tradição cartesiana, admitiu com realismo as ambivalências de sua devoção amorosa a Mallarmé:

> Uma mescla de amor e ódio, uma intimidade impiedosa — com uma crescente adivinhação mútua, ou proximidade, uma fúria por

---

* No original inglês *Here Comes Everybody*, ou *HCE*, um dos nomes do protagonista de *Finnicius revém*, de James Joyce. A tradução de Donaldo Schüler, "o Homem a Caminho Está", mantém a sigla original. (N. da T.)

penetrar mais rápido e mais a fundo o querido inimigo que é ele próprio como o combate, como uma corrida entre apenas dois — como o coito.
Um jogo acirrado de xadrez pode servir de modelo.
Regras do jogo
Prova da existência do homem.
...
Se eu *adorava* Mallarmé, era precisamente meu ódio pela literatura e o sinal desse ódio, que ainda era inconsciente.

[*Leonardo. Poe. Mallarmé* (1972)]

Isso levou Valéry a uma reflexão posterior:

Dizemos que um autor é *original* quando não conseguimos acompanhar as transformações ocultas que outros sofreram em sua mente; queremos dizer que a dependência *do que ele faz* para com *o que outros fizeram* é excessivamente complexa e irregular. Há obras semelhantes a outras e obras que são o oposto de outras, mas há também obras cuja relação com as produções anteriores é tão intrincada que ficamos confusos e as atribuímos à intervenção direta dos deuses.
(Para analisar o assunto mais a fundo, teríamos de discutir também a influência de uma mente sobre si mesma e de uma obra sobre seu autor. Mas este não é o lugar.)

Aqui, as defesas da mente são cruciais, uma vez que o modo como um poeta resiste à influência de outro é algo indiscernível da inteligência estética. Debater-se com a influência de Mallarmé se converteu em um combate contra o Anjo da Morte para ganhar o novo nome: Valéry. Mallarmé, assim como Leonardo da Vinci, se tornou um sinônimo do poder da mente. Mas poder sobre o quê?

Na tradição anglo-americana, o poeta miltoniano-wordsworthiano afirma o poder da mente sobre um universo de morte. Valéry, como o Poe francês e Mallarmé, deseja o poder de sua mente apenas sobre a própria mente, uma busca mais cartesiana que shakespeariana. A figura central da literatura francesa não é Rabelais, Montaigne ou Molière, nem Racine, Victor Hugo, Balzac, Baudelaire, Flaubert ou Proust. É Descartes, que ocupa na França o lugar que em outras nações é reservado a Shakespeare, Dante, Cervantes, Goethe, Tolstoi ou Emerson. Podemos chamá-lo de lugar do Fundador. A influência literária na Grã-Bretanha, na Itália, na Espanha, na Alemanha, na Rússia e nos Estados Unidos não difere radicalmente de um país para outro. Na França, porém, que tem como Fundador um filósofo, essas questões são ordenadas de modo diferente. Assim, Valéry considera o sublime "uma beleza inteiramente dedutiva, cartesiana". Estranhamente, ele está descrevendo *The Domain of Arnheim* (O domínio de Arnheim), de Poe, uma obra significativamente melhorada (como tudo o que escreveu Poe) pela tradução para o francês.

Valéry se afastou por um tempo de sua poesia, talvez a melhor da língua francesa desde Victor Hugo. Amantes de Baudelaire, Rimbaud e Mallarmé contestariam minha comparação, mas não o próprio Valéry, que observou corretamente que Hugo "alcançou em sua velhice ilustre o ápice do poder poético". Embora esparso e seletivo, em seus melhores poemas Valéry se aproxima da magnificência de Hugo. Contudo, pouco antes de Mallarmé se tornar seu mentor, passou por uma fase, em que a poesia foi substituída pela "busca da autoconsciência como um fim em si". Para elucidar essa consciência, que Valéry admitia ter origem na literatura, o poeta e crítico precisou se afastar da poesia.

A busca da autoconsciência como um fim em si mesma é uma viagem interior significativa se você for Hamlet ou Paul Válery, mas, para a maioria de nós, é provável que descambe para o solipsismo. Aqueles que agora insistem em separar ou unir a literatura e a vida se tornam burocratas do espírito, professores de Ressentimento e Cinismo. Valéry, com sua suprema inteligência, concluiu seu grande poema sobre o cemitério marinho com o clamor admonitório de que o vento estava aumentando e que era preciso tentar viver.

"A influência de uma mente sobre si mesma e de uma obra sobre seu autor" é central para as especulações de Valéry sobre a literatura. Mas como aprenderemos a estudar a influência da mente de Shakespeare sobre si mesma e de *Hamlet* sobre seu dramaturgo? Mediante que procedimento podemos contemplar a relação de Walt Whitman em "Crossing Brooklyn Ferry" (Travessia da barca do Brooklyn) e nas três extraordinárias elegias ("Out of the Cradle Endlessly Rocking [Do berço infindamente embalando], "As I Ebb'd with the Ocean of Life" [Ao vazar com o oceano da vida] e "When Lilacs last in the Dooryard Bloom'd" [Da última vez que lilases floriram no pátio] com o *Folhas de relva* original de 1855, que continha o que posteriormente viria a se chamar "Song of Myself" (Canção de mim mesmo) e "The Sleepers" (Os adormecidos)? Uma observação imediata seria que a autoinfluência só nos deveria interessar no caso dos escritores mais fortes. O efeito de *Ulisses* sobre *Finnicius revém* é uma questão crucial; a influência do jovem Updike sobre suas obras posteriores só pode interessar àqueles que o estimam.

Henry James, o mestre da criação autoconsciente, é um tema adequado para a investigação valériana, assim como Leopardi, Eugenio Montale, Hart Crane e Wallace Stevens, todos os quais se desenvolveram em relação a suas imaginações anteriores. Goethe, o monstro da autoconsciência, fez uma celebrada transição de uma poesia de autonegação para uma de renúncia, embora eu permaneça um tanto cético quanto ao objeto de sua renúncia, se é que de fato renunciou a algo. Quando chegou a sua fase mais importante, o precursor de Freud era seu eu anterior.

Shakespeare, no papel de "bardo supremo", como o denominou o espirituoso W. H. Auden, tem de ser o paradigma da autoinfluência. Shakespeare nutre uma bela fadiga após seu extraordinário *Antônio e Cleópatra*. *Coriolano* e *Timão de Atenas* fogem da alta tragédia, e os assim chamados romances tardios — que são tragicomédias — insinuam um afastamento do daimon. *Cimbeline* é uma antologia da autoparódia, e até *Conto de inverno* e *A tempestade* atenuam intensidades anteriores. Como o criador de Falstaff e Hamlet se tornou o artífice que nos deu Iago e Cleópatra? Eles compartilham uma curiosa qualidade, antes aceita como lugar-comum, embora agora descartada pela crítica shakespeariana. Não posso imaginar Lear ou Macbeth separados de suas peças, mas Falstaff, Hamlet, Iago e Cleópatra possuem uma existência independente em nossa consciência. A arte de Shakespeare de pôr um personagem em primeiro plano é tal que nos deleitamos em transpor esses homens e mulheres para outros contextos, especulando sobre como se sairiam em outras peças ou ao lado de outros personagens. Como isso é possível? Cada um desses quatro é feito de palavras e habita um espaço fixo. Não obstante, a ilusão de vitalismo é especialmente forte neles, embora o uso do termo *ilusão* vá contra minhas convicções mais profundas. Se Falstaff e Hamlet são ilusórios, então o que somos eu e você?

Traumatizado por uma lesão grave há alguns anos, consegui me recuperar física, porém não mentalmente. Sem conseguir dormir, passava as noites tentando me tranquilizar com a ideia de que, afinal de contas, estava em meu próprio quarto, e fitava as estantes, sabendo o que havia e o que não havia ali. Minha percepção de minha própria realidade estava abalada e era necessário um esforço para recuperá-la. Contudo, não é preciso se esforçar para unir a literatura e a vida, como tentaram gerações de historiadores e sociólogos, pois quando teriam as duas se encontrado separadas? Não temos como localizar o próprio Shakespeare em suas peças e seus poemas, mas podemos aprender, mediante releituras profundas e reflexão prolongada, a influência de seus primeiros textos sobre sua produção tardia. Procurar o escritor Shakespeare em sua obra é uma busca vã, mas procurar a obra no escritor pode ser uma iniciativa enriquecedora.

O que um poeta e dramaturgo poderia fazer após escrever *Rei Lear*? Para nossa estupefação, Shakespeare acrescentou a seu repertório *Macbeth*, *Antônio e Cleópatra*, *Coriolano*, *Conto de inverno* e *A tempestade*, entre outras obras. Shakespeare, como seus protagonistas, se entreouvia e, como eles, entreouvia "Shakespeare". Também como eles, o bardo mudou. Stevens, caminhando pela praia em *As auroras do outono*, observou como a aurora boreal está sempre ampliando a mudança. O movimento de *Hamlet* para *Otelo* e daí para *Rei Lear* e além ampliou a mudança de um modo nunca antes visto na literatura imaginativa ocidental.

Valéry, até onde sei, nunca encontrou a hora e o lugar certos para "discutir a influência de uma mente sobre si mesma e de uma obra sobre seu autor". Este livro é minha hora e meu lugar para fazê-lo. A autoinfluência é um conceito valériano, e *A anatomia da influência* é em parte uma investigação valériana, uma exploração de como certos escritores fortes, sobretudo Shakespeare e Whitman, foram possuídos por seus precursores e depois, por sua vez, os possuíram. Shakespeare e Whitman ambos incorporaram uma vasta gama de fortes influências para então se tornarem *as* fortes influências das gerações futuras. A influência de Shakespeare é tão generalizada que é muito fácil perder de vista sua arte colossal. Whitman é a influência mais constante da poesia americana pós-whitmaniana. Ele é e sempre será não apenas o mais americano dos poetas, mas a poesia americana propriamente dita, nosso defensor apotropaico contra a cultura europeia. Não obstante, o poder de Shakespeare e Whitman é palpável não apenas em sua longa linhagem de herdeiros literários, mas também em seu autodomínio: a maneira como cada um deles esgotou seus precursores para finalmente se desenvolver em relação a sua própria obra anterior.

Shakespeare e Whitman não são os únicos escritores que merecem esse tipo de investigação valériana. Já nomeei outros candidatos: James, Leopardi, Montale, Crane, Stevens. Sigmund Freud é outro. Mas escolho priorizar Shakespeare e Whitman como dois casos exemplares do fenômeno identificado por Valéry. O termo autoinfluência, conforme utilizado por mim, não significa autorreflexão nem autorreferência, assim como não sugere narcisismo nem solipsismo. É uma forma sublime de autodomínio. Se esses dois escritores passaram a habitar um mundo criado por eles próprios, isso não reflete fraqueza, mas sim força. Os mundos criados por eles nos criaram.

A investigação valériana resulta do interesse que sempre tive pela influência literária. A fim de entender o que faz da poesia poesia e não outra coisa, é preciso localizar o poema em relação a seus precursores. Essas relações são a morada essencial da verdadeira poesia. E, em raros casos, elas nos levam de volta à obra do próprio poeta. Meu amigo e mentor Kenneth Burke disse certa vez que o crítico deve perguntar o que, ao criar uma obra específica, o escritor pretendia fazer para si próprio. Mas eu alteraria a lei de Burke: o crítico deve perguntar não apenas o que o escritor pretendia alcançar como pessoa, mas o que pretendia alcançar *como escritor.*

Inevitavelmente, *A anatomia da influência* mapeia minhas próprias copiosas angústias da influência: Johnson, Pater, tradições judaicas, Freud, Gershom Scholem, Kafka, Kierkegaard, Nietzsche, Emerson, Kenneth Burke, Frye e, acima de tudo, os poetas. Esta minha última reflexão sobre a influência — a questão que me preocupa há mais de cinquenta anos — mostra evolução em relação a meus comentários anteriores a respeito do assunto — sobretudo talvez *A angústia da influência*, que é até hoje minha exposição mais importante. Nesse sentido, *A anatomia da influência* é também uma investigação valériana, mapeando a influência de uma mente sobre si mesma e de obras sobre seu autor.

Mais que qualquer outro de meus livros, este é um autorretrato crítico, uma meditação contínua sobre os escritos e as leituras que me definiram como pessoa e como crítico. Agora, aos 80 anos, continuo intrigado com perguntas específicas. Por que a influência sempre me foi uma preocupação obsessiva? Como minhas próprias experiências de leitura definiram meu modo de pensar? Por que alguns poetas me encontraram e outros não? Qual o fim de uma vida literária?

Recentemente, assisti com tristeza a partes de um DVD que minha esposa trouxe para casa, um filme ambivalente chamado *O bom pastor*, que retrata uma universidade de Yale que eu afirmaria nunca ter existido se não tivesse sido um estudante de pós-graduação marginal e um instrutor do corpo docente da instituição no início e em meados da década de 1950. Não sendo um dos favoritos daquela pseudouniversidade centrada nos integrantes da sociedade secreta Skull and Bones e abominando o que ela representava, sobrevivi subjugando minha natureza dócil e ensinando os bárbaros que eram meus alunos com uma agressividade e uma hostilidade iniciais nas quais agora mal posso acreditar de tão contrárias ao meu manso e tímido caráter judeu. Bem mais de meio século mais tarde, ainda encontro alguns remanescentes de meus primeiros alunos de Yale e, às vezes relutantemente, trocamos lembranças. Quando lhes digo que era impossível ensiná-los, alguns afirmam que talvez tivessem aprendido mais se eu tivesse demonstrado um mínimo de afeto. Recordo-me vagamente de ter desejado que alguns deles fossem vendidos aos piratas da Berbéria, que teriam métodos mais adequados de instrução.

Quando eu tinha por volta de 24 anos, essa tropa de estudantes era o aparente inimigo, no mínimo porque partiam do princípio de que *eles* eram os Estados Unidos e Yale, enquanto eu era apenas um visitante. Após quase seis décadas, considero-me um perpétuo visitante em Yale, mas começo a acreditar que — ai de mim! — todos o são.

Tento ensinar no que considero ser o espírito dos sábios — Akiva, Ismael, Tarfon —, mas percebo que eles me teriam enxergado como outro dos *minim*, como meu herói Elisha ben Abuya, proscrito como o Estrangeiro, *Acher*, ou o Outro, um herege gnóstico. Mas agora somos poucos remanescentes. Contando os Estados Unidos, Israel e a Europa, não restam sequer 12 milhões entre os que ainda afirmamos uma identidade judaica.

Desde sua origem, minha vocação como professor foi e torna-se agora, na velhice, ainda mais judaica. Tentei construir uma cerca em torno do cânone ocidental laico, minha Torá, que inclui o Tanakh ou Antigo Testamento, mas cede à primazia estética e cognitiva de Shakespeare. A resposta à pergunta hebraica "Onde encontrar a sabedoria?" é multiforme, porém mais universal em Falstaff, Rosalinda, Hamlet, Cleópatra e no afilhado de Lear, Edgar.

Às vezes me sinto inquieto, dividindo os poucos anos de magistério que me restam entre Shakespeare e a arte de ler poesia. Mas o que mais poderia ensinar? Não sou qualificado para instruir sobre o Pirkei Avot, muito menos sobre os formidáveis tratados do Talmude Babilônico. Como a cultura judaica pode ser ampliada pela leitura profunda de *O mercador de Veneza* ou de "Song of Myself"? Não pode, e devo reconhecer que esse não é meu papel.

Meus alunos atuais — por escolha minha, todos de graduação — são maravilhosamente diversos, já que Yale os atrai como uma universidade internacional ainda renomada por seus estudos literários. A presença de tantos asiáticos e asiático-americanos me ajuda a entender melhor a verdadeira função que ainda tenho aos 80 anos. Qualquer que seja sua tradição pessoal, o professor ensina em nome de padrões e valores estéticos e cognitivos que não são mais exclusivos do Ocidente.

Nenhum crítico e estudioso pode afirmar dominar todas as tradições, tanto orientais quanto ocidentais. O foco de minhas aulas em Shakespeare proporciona uma porta de entrada para a reação asiática. Se existe um único autor universal, deve ser Shakespeare, que abarca em seu heterocosmo toda a humanidade. E será que é de fato um heterocosmo? Pode-se dizer isso de Dante, Cervantes, Tolstoi, Dickens e até Whitman, mas Shakespeare parece ter usurpado a realidade. Pelo puro bem da teoria, isso não é possível, mas só Shakespeare sustenta a ilusão de que suas mulheres e seus homens caminham entre nós.

O cinismo abunda. A realidade está se tornando virtual, os livros ruins desbancam os bons, a leitura é uma arte agonizante. E daí? Aqueles que seguem lendo profundamente — uns poucos remanescentes, em todas as gerações e todas as terras — preservarão o que souberem de cor. Não almejo com esta reflexão nenhum idealismo literário, mas somente observação empírica. Sendo um populista — *não* um popularizador —, recebo todos os dias uma enxurrada de mensagens me pedindo que continue defendendo a fé de que a literatura canônica é necessária se quisermos aprender a ver, ouvir, sentir e pensar. Divirto-me um pouco quando os jornalistas nos garantem que as guerras do cânone terminaram — "apesar dos esforços de Harold Bloom", para citar um deles. Mas essa opinião não representa a maioria dos inúmeros comentários escritos sobre mim. A crítica literária não pode reverter os declínios autênticos da alta cultura, mas pode testemunhá-los. Envelhecendo, intensifico minha busca pessoal por obter mais vitalidade do texto literário.

Toda influência literária é labiríntica. Autores epígonos vagueiam pelo labirinto como se uma saída pudesse ser encontrada, até que os fortes entre eles percebem que os meandros do labirinto são todos internos. Nenhum crítico, por melhores que sejam suas intenções, pode ajudar um leitor profundo a escapar do labirinto da influência. Aprendi que minha função é ajudá-lo a se perder.

Shakespeare, o Fundador

AS PESSOAS DE SHAKESPEARE

Tendo trabalhado como professor pelos últimos 55 anos, coordeno há muito tempo dois grupos de estudo, um sobre Shakespeare e outro sobre diversos poetas, de Chaucer a Hart Crane. Minha experiência nos dois grupos é muito diferente. Com Shakespeare, tento desemaranhar a retórica, como faço com Milton, Keats ou Crane, mas então surgem obstáculos imprevistos a nossos esforços. Falstaff transcende até mesmo a exuberância de sua dicção e suas imagens, e Hamlet parodia nossa analítica de forma sublime. Ensinando Shakespeare, ensina-se a consciência, o impulso e suas defesas, os distúrbios do ser humano, os abismos da personalidade, a distorção do éthos e sua transformação em páthos. Ou seja, ensina-se a amplitude do amor, do sofrimento, da tragédia familiar. Temos uma ponta de esperança de alcançar um pingo do desapego ou do desinteresse do próprio Shakespeare, mas, desiludidos, somos levados a reconhecer que nossas supostas emoções eram na verdade os pensamentos de Shakespeare.

A imitação da arte pela vida é uma concepção muito antiga, embora tenha sido notoriamente revitalizada por Oscar Wilde. Se os protagonistas de Shakespeare são de fato "livres artistas de si mesmos", como sugere Hegel, não deveríamos nos surpreender quando nos levam a desejar para nós mesmos essa liberdade, ainda que não possamos ser Falstaff ou Cleópatra. Isso é algo que os atores sabem melhor que a maioria de nós. Encenam

Shakespeare com o propósito de afirmar sua própria liberdade disciplinada perante o desafio de papéis grandes demais para serem compreendidos: Hamlet, Lear, Otelo, Macbeth. Ainda assim, os próprios papéis ameaçam as peças: Hamlet e Lear não podem ser limitados, aprisionados ou confinados pelo texto de Shakespeare. Rompem, inclusive, os receptáculos que lhes foram destinados.

No mundo acadêmico, os caprichos da moda recuam quase ao mesmo tempo que o inundam. Entre os dias de Johnson e os nossos, os críticos shakespearianos de maior importância para mim são Maurice Morgann, Samuel Taylor Coleridge, William Hazlitt, Algernon Charles Swinburne e A. C. Bradley. Até mesmo em nossa péssima época tivemos Harold Goddard, William Empson, Kenneth Burke, Frank Kermode e A. D. Nuttall, que reiteraram que a importância de Shakespeare se deve principalmente ao fato de serem seus homens e mulheres representações perenes de seres humanos complexos. Em que se baseia esse entendimento? Ele precede toda crítica sobre Shakespeare e, nesta época tardia, só podemos esperar que transmute a opinião em verdadeira crítica se seu desenvolvimento se der em um espírito similar ao do próprio Shakespeare. Ao mencionar aqui o espírito do próprio Shakespeare, refiro-me a sua ampla distância ou indiferença, a "ressonância do oposto" de que fala Kierkegaard. A arte de escrever versos, réplicas, que expressam uma paixão retumbante e de intensidade imaginativa total, nos quais é possível, não obstante, captar a ressonância de seu oposto — esta é uma arte que nenhum poeta praticou, exceto pelo singular Shakespeare. Essa ressonância proporciona nossa compaixão por Iago, Edmundo e Macbeth, que, por negação, tanto falam conosco quanto falam *por nós*. Hazlitt afirmou: "Somos Hamlet." Mais sombrio seria dizer: "Somos Iago." Dostoievski, que, ao contrário de Tolstoi, recebeu Shakespeare com gratidão, não gostaria que disséssemos: "Somos Svidrigáilov" ou "Somos Stavrogin". Shakespeare, porém, é maior. Ninguém gostaria de ser o grosseiro Bertram de *Tudo bem quando termina bem*, ainda que quase todo mundo que conheço tenha um quê de Parolles: "Simplesmente o que sou me fará viver."*

O milagre da representação shakespeariana é seu poder de contágio: uma centena de personagens principais e mil figuras secundárias se amon-

---

* "Merely the thing I am shall make me live."

toam em nossas ruas e se infiltram em nossas vidas. Dickens e Balzac, Austen e Proust, de modo mais seletivo, têm algo dessa força capaz de contagiar um heterocosmo. Joyce, se o quisesse, poderia ter superado todos eles, mas concentrou sua energia na linguagem, concedendo apenas a Leopold Bloom — Poldy — personalidade e caráter de variedade e escopo shakespearianos.

Joyce invejava Shakespeare por seu público no Globe Theatre, que, por sua amplitude, suscitava uma arte que atraía todas as classes sociais e níveis de alfabetização. Depois de aprender com Marlowe, Shakespeare educou aquele público muito além de seus limites. Então, formadas por Shakespeare, as plateias enfureceram Ben Jonson ao rejeitar *Catilina* e *Sejanus*, suas tragédias rigidamente clássicas. Hoje, lê-las me faz estremecer, constrangido por esse moralista e poeta excelente, cujas obras *Volpone* e *O alquimista* continuam maravilhosamente encenáveis e legíveis. Para o público, as tragédias romanas de Shakespeare tinham estragado as de Jonson, compreensivelmente ressentido com isso.

A *consciência* é a *matéria poética* que Shakespeare esculpe como Michelangelo esculpe o mármore. *Sentimos* a consciência de Hamlet ou Iago, e nossa própria consciência se expande estranhamente. A experiência de ler Shakespeare resulta em uma maior ampliação de nossa consciência em direção ao que inicialmente deve parecer um estranhamento de pesar ou assombro. Quando vamos ao encontro de uma consciência ampliada, nos metamorfoseamos em uma aceitação provisória que põe de lado o julgamento moral, enquanto o assombro se transmuta em um entendimento mais imaginativo.

As consciências mais amplas de Shakespeare são as de Falstaff, Hamlet, Iago e Cleópatra. Esta é uma opinião comum e precisa. Quase igualmente enigmáticas são algumas das mentes mais limitadas nas peças: Hal/Henrique V, Shylock, Malvólio, Vicêncio, Leontes, Próspero, Otelo, Edmundo, Macbeth. Para mim, o mais estranho e enigmático é Edgar, que desafia a compreensão de quase todos os críticos e com quem praticamente ninguém simpatiza. Mas o fracasso é nosso: assombrados por ele, nos recusamos a reinventar sua estranheza para nós mesmos.

Isso se deve em parte ao perspectivismo shakespeariano, que com frequência nos dá personagens com uma habilidade de autocompreensão superior à que conseguimos alcançar. Hamlet é notoriamente interpretado por diretores, atores e estudiosos de maneira tão superficial que chega a parecer transparente. Se você não consegue sequer saber ao certo se seu tio, aquele Caim assassino, é de fato seu pai biológico, o que é possível saber? Se tudo é questionável, será mesmo plausível a ficção da causa e efeito? Os mais dignos discípulos de Hamlet são Nietzsche e Kierkegaard, livres artistas de si mesmos. Nietzsche enfatiza que tudo o que podemos expressar já está morto em nossos corações. É por isso que Hamlet vem a sentir tamanho desprezo pelo ato da fala. Kierkegaard nos instrui a escutar a "ressonância do oposto" cada vez que Hamlet manifesta uma convicção ou um sentimento.

O próprio Shakespeare não é nem nietzschiano nem kierkegaardiano, nem ateu nem cristão, nem niilista nem humanista, assim como não é mais Falstaff do que Hamlet. Todos e ninguém, como observou Borges. Não obstante, convenço-me de que o encontro mais estranhamente em certas falas do que na maioria das outras. Ninguém fala por ele ou como ele, mas algumas falas parecem evocar uma autoridade peculiar. A diatribe do "porco boquiaberto" de Shylock me dói mais do que gostaria de admitir, embora eu não saiba por quê. Estaria ele mais para louco ou malvado? Ou, ainda que seja meio a meio, será que podemos duvidar de que teria mutilado Antônio com prazer — um papel que imagino ter sido representado pelo próprio Shakespeare, enquanto Burbage retratava Shylock com exuberância?

A vivacidade, a energia sobrenatural, o espírito linguístico: são essas as marcas dos grandes vilões, tanto cômicos quanto trágicos — de Shylock, Iago, Edmundo, Macbeth. Ainda assim, essa exuberância é excedida pelas formas gigantescas e ininterpretáveis de Falstaff, Hamlet e Cleópatra. O entusiasmo de Falstaff é altamente positivo, apesar de seu subtexto de inevitável rejeição. A despreocupação de Cleópatra, movida por seu talento sexual, é quase tão exuberante quando a de Falstaff. Hamlet, o teólogo negativo do palco e usurpador da orientação de Shakespeare, tornou-se tão familiar para todo o cosmos que nos surpreendemos inesperadamente toda vez que voltamos a encarar o cerne de seu mistério, sua recusa do poder de Shakespeare de representá-lo, uma recusa que ameaça nos transformar — quem quer que sejamos — em tantos Guildensterns:

> Pois veja só que coisa mais insignificante você me considera! Em mim você quer tocar; pretende conhecer demais os meus registros; pensa poder dedilhar o coração do meu mistério. Se acha capaz de

me fazer, da nota mais baixa ao topo da escala. Há muita música, uma voz excelente, neste pequeno instrumento, e você é incapaz de fazê-lo falar. Pelo sangue de Cristo!, acha que eu sou mais fácil de tocar do que uma flauta? Pode me chamar do instrumento que quiser – pode me dedilhar quanto quiser que não vai me arrancar o menor som.*

Lembramo-nos tão bem disso que é provável que nos faça sorrir, como quando um bom amigo chega para nos dizer o que já sabíamos. Contudo, somos, em relação a Hamlet, um público de oportunistas. Não o conhecemos. Se há algo em que ele e Shakespeare concordam, esse algo é sua irremediável estranheza. Por que ele mistura flautas com alaúdes, como reconhece ("Dai-me o nome do instrumento que quiserdes")? *Segredo* aqui é mais que algo oculto ou uma habilidade musical: é um sinônimo ou um nome para o próprio Hamlet. D. H. Lawrence iniciou um poema com "É Ísis o segredo? / Deve estar apaixonada por mim". O que sabemos antes de tudo sobre "Hamlet, o segredo" é que ele não nos ama, assim como não ama mais ninguém na peça, exceto talvez o falecido Yorick. Iago amava Otelo até que esse deus mortal passou por cima dele. Hamlet tem uma afinidade profunda com Edmundo, o Bastardo sem amor. A crítica não consegue sondar os limites de Edmundo, assim como não consegue sondar seu meio-irmão Edgar, que é consumido pelo amor que tem tanto por Gloucester quanto por Lear.

O intelecto de Hamlet é rápido demais para nossa compreensão. Nele fundem-se flauta e alaúde. Ele é em todos os sentidos um instrumento abrangente para a interpretação, seja ela musical ou teatral. De todos os protagonistas trágicos, ele é o *homo ludens* por excelência, assim como o são o tragicômico Falstaff e Cleópatra, a destruidora de gêneros. Esses três fazem o papel de si mesmos no teatro mental de Shakespeare. Em certa medida, muitos de nós fazemos o mesmo, mas rapidamente nos deparamos com um pesar social e familiar e acabamos por nos render, satisfeitos e apequenados dentro do que o mundo e nosso próprio ambiente nos permitem ser.

---

* As citações de *Hamlet* foram retiradas da edição da L&PM, com tradução de Millôr Fernandes. (N. da E.)

Falstaff é simpático em excesso e Cleópatra é narcisista demais para sondar o cerne de nossos segredos. Mas Hamlet é extraordinariamente agressivo e nos acusa de indolência e decoro. Esse tipo de coisa é o cerne de sua estranheza. Não é nem um descontente nem um oportunista — e odeia Elsinor. Nenhum outro protagonista de Shakespeare abomina tão claramente a peça em que está condenado a sofrer e atuar.

Por que, então, obtém o afeto de tantos através dos tempos? Cheguei a pensar que era simplesmente por não precisar ou desejar nosso amor ou nossa estima, mas isso agora me parece equivocado. Ele impede o suicídio de Horácio não pela consideração exagerada que dedica e esse homem correto, mas por temer que sua reputação seja prejudicada após sua partida. Ainda assim, ele sem dúvida merece uma má reputação. Assassina Polônio sem remorso, sem se importar com quem ataca, e leva os patéticos Rosencrantz e Guildenstern a uma execução gratuita. Seria possível argumentar que ele excede moralmente o ardiloso Cláudio em monstruosidade. Isso se não mencionarmos seu crime mais hediondo: a maneira sádica como leva Ofélia à loucura e ao suicídio. Essas não são aberrações de seu caráter grotesco; isso é Hamlet, o dinamarquês.

Nietzsche refutou as ideias de Coleridge, segundo as quais Hamlet pensava demais, observando que o príncipe pensava bem até demais e assim, por meio de seus pensamentos, chegou à verdade, que é em si fatal. Se há algum equívoco nisso, pode ser porque Nietzsche subestime o quanto a viagem de Hamlet ao país desconhecido o leva para além do niilismo. Os niilistas de Dostoievski — Svidrigáilov, Smerdyakov e Stavrogin — não estão na categoria ficcional de Hamlet. Quem mais está? Eu começaria com Iago, Edmundo e Leontes e, além de Shakespeare, não saberia onde buscar outros.

Hamlet está no centro do cosmos literário, tanto oriental quanto ocidental. Seus únicos rivais são cômicos — Dom Quixote — ou beiram a divindade, como o Jesus incrivelmente enigmático do Evangelho de Marcos, que não tem certeza de quem é e insiste em perguntar a seus discípulos estúpidos: Mas quem ou o que dizem que sou? Dom Quixote, por outro lado, afirma saber exatamente quem e o que é, assim como quem pode ser se quiser. Hamlet me parece ainda mais estranho do que o Jesus de Marcos e o herói de Cervantes. Não quer saber quem é. Como poderia suportar ser filho de Cláudio? Sabe o que não quer ser: o vingador em uma tragédia sangrenta.

Hamlet, o príncipe e ator, é de um tipo de mistério ou estranheza. Sua peça, notoriamente, é de outro, que rompe com as convenções teatrais e com a tradição literária. Joseph Loewenstein argumentou com sabedoria que *Hamlet* é uma peça agonística que, retornando a Virgílio, supera Thomas Kyd e Christopher Marlowe — além de Robert Greene, que difamara Shakespeare. Não se sabe ao certo quanto de Eurípides Shakespeare teria lido, e talvez eu esteja confundindo Eurípides com Montaigne, uma referência palpável tanto para a peça *Hamlet* quanto para o príncipe Hamlet. O mal-estar euripidiano com os deuses, que viria a se tornar mais forte em *Rei Lear*, parece ser aqui mais um elemento da amplitude de Shakespeare. Nada pode dar certo em Elsinor porque a natureza do cosmos está torta.

Angus Fletcher, comentando as últimas obras de Wittgenstein e sua visão bastante ambivalente de Shakespeare, observa que o filósofo é totalmente metafórico na caracterização do bardo. Fascina-me o fato de Fletcher estar menos preocupado do que eu com as reservas tolstoianas de Wittgenstein em relação a Shakespeare. Wittgenstein considerava Shakespeare demasiadamente inglês, que é como afirmar que Tolstoi era demasiadamente russo. No entanto, Fletcher se preocupa com uma interessante formulação, que denomina "iconografias do pensamento", e não se incomoda com a depreciação do "pensamento na literatura" por Hume, J. L. Austin e Wittgenstein. "Depreciação" definitivamente não é uma palavra precisa para a postura de Wittgenstein com respeito a Shakespeare, mas o que ele estende com uma mão aberta retórica, qualifica com punho cerrado. O Shakespeare de Wittgenstein é mais um "criador de linguagem" que um poeta, uma descrição que não consigo entender. Contudo, a metáfora é o instrumento de Shakespeare tanto para a criação de linguagem quanto para o pensamento. Diferentemente de Aristóteles, Wittgenstein se esquiva do trabalho da figuração, o que pode explicar por que desvalorizou Freud, classificando-o como um mero — ainda que poderoso — mitólogo. As "novas formas linguísticas naturais" de Wittgenstein são, como observa Fletcher, os próprios contornos do pensamento. Consideremos a desconcertante cascata de metáforas utilizada por Hamlet para pensar ou as figuras de pensamento do próprio Shakespeare nos Sonetos. Fletcher mostra que o pensamento de Shakespeare abarca um escopo maior de atividades mentais do que o filosófico. Elas incluem "percepções, cognições de todos os tipos, juízos, ruminações, análises, sínteses e figurações intensificadas de estados interiores".

Ao ler Tolstoi, Wittgenstein foi capturado — como todos nós — pelo que parece ser o grito da própria terra. Tolstoi é um artista total da narrativa, na qual a arte em si é a natureza. Shakespeare é diferente — exceto nos Sonetos — porque pensa por meio de seus personagens, e os mais fortes entre eles pensam por metáforas e com metáforas. Ainda não sabemos o suficiente sobre nosso pensamento mediante, por e com metáforas. Não obstante, arrisco a reflexão nietzschiana, segundo a qual toda metáfora é um engano em nome da vida. Hart Crane, o mais intensamente metafórico de todos os poetas, é negligenciado como pensador por ser tão difícil sua "lógica metafórica". "Adágios de ilhas" é uma expressão usada por Crane para descrever o lento movimento de balanço de um pequeno barco atravessando ilhotas, embora seja na verdade uma referência velada à relação sexual homoerótica. Em 1945, Stevens escreveu um poema sutil com um título excruciante: "Thinking of a Relation Between the Images of Metaphors" (Pensando em uma relação entre as imagens de metáforas). As pombas, sagradas para Vênus, estão cantando, mas os robalos estão no fundo da água, com medo das lanças aquáticas dos índios que caçaram seus ancestrais. Um pescador, de olhos e ouvidos abertos, supostamente representa o poeta, que oferece à pomba a singularidade da sobrevivência mediante o domínio da metáfora:

> O pescador pode ser o único homem
> Em cujo peito a pomba, pousando, se aquietaria.*

Já que a pomba, assim como o sabiá e o tordo-solitário de Whitman, anseia pela realização, sua transposição metafórica em pescador é um sinal da usurpação da paixão pelo pensamento, uma vitória shakespeariana. Stevens está consciente de que não podemos determinar nenhuma relação precisa entre o pensamento e a poesia, mas em Shakespeare, mais do que em qualquer outro, eles se fundem.

Freud sugeriu que somente grandes almas — inclusive a sua própria — poderiam liberar o pensamento de seu passado sexual, da curiosidade do bebê acerca de suas origens. A recordação era a condição da liberdade. Shakespeare, o sublime da literatura, não tinha nenhuma ilusão de que o

---

* The fisherman might be the single man / In whose breast, the dove, alighting, would grow still.

pensamento pudesse ser dessexualizado. A poesia de Donne, Jonson, Sidney, Spenser e, acima de tudo, Marlowe e Marvell, também refuta a idealização de Freud. Milton, o efebo relutante de Shakespeare, nos traz Satã, o pensador trágico, como o arquétipo desse dilema. Freud quis preferir Milton a Shakespeare, mas era um leitor inteligente demais para realizar o deslocamento.

Fletcher contrasta admiravelmente o modo de pensar de Satã com o de Dom Quixote. Satã, solipsista magnífico, só pode manter um diálogo consigo. O Cavaleiro e Sancho *podem* escutar e influenciar um ao outro por meio da conversa. Em Shakespeare, parece-me que ninguém nunca ouve ninguém de fato: quem mais Hamlet consegue ouvir além do Fantasma? Antônio, agonizante, não consegue convencer Cleópatra a compreendê-lo porque ela está desempenhando o grande papel de Cleópatra. Próspero não escuta, assim como Lear e Macbeth também não. A tragédia em Shakespeare tem muitas raízes e muitas consequências, das quais uma foi nos convencer a não escutar uns aos outros.

Contudo, em última instância é equivocado falar de Shakespeare, o pensador. Milton, o pensador, é possível, assim como Hamlet, o pensador. Mas Shakespeare, o especulador, ou Shakespeare, o conjecturador, são epítetos mais adequados ao poeta e dramaturgo que nos transforma em ouvintes feridos pelo espanto. Shakespeare, o inventor, seria admirável, mas poucos ainda entendem o que Samuel Johnson quis dizer com "a essência da poesia é a invenção".

A filosofia começa com o assombro, mas caminha para o provável. Shakespeare nunca abandona o possível, e lá permanecemos com ele.

O gênero tem pouca relevância para se compreender Shakespeare. Em seus contornos mais amplos, sua obra caminhou da comédia para a tragédia e daí para uma fase final, que alguns estudiosos se enganam ao denominar romance. *Conto de inverno* e *A tempestade* não pertencem a nenhum gênero, mas pode ser útil chamá-las de tragicomédias. Suas duas principais realizações, a meu ver, são a Falstaffíada (*Henrique IV, Partes 1 e 2*, e a elegia de Mistress Quickly para Sir John em *Henrique V*) e *Hamlet*. Chamar as peças de Falstaff de histórias não esclarece nada; talvez seja melhor identificá-las como tragicomédias. *Hamlet*, um poema ilimitado, continua sendo, após quatro séculos, a peça mais experimental já escrita. As comédias sombrias e as tragédias de sangue que se seguiram foram possibilitadas pela escrita de *Hamlet*.

A sucessão dos maiores personagens de Shakespeare começa com Falstaff e Rosalinda e passa por Hamlet, Iago, Lear, Macbeth e Cleópatra, até chegar a Próspero. A riqueza imensa da invenção de Shakespeare abrange ainda o bastardo Faulconbridge, Julieta, Bottom, Shylock, Hal/Henrique V, Brutus, Malvólio, Otelo, Edmundo, Edgar, Antônio, Leontes, Caliban e muitos outros. Porém, a tríade principal continua sendo Falstaff, Hamlet e Cleópatra, o cerne de um mundo inventado.

No fim do *Simpósio* de Platão, Sócrates explica a Aristófanes e Agaton — um jovem dramaturgo trágico — que autores deveriam ser capazes de escrever tanto comédias quanto tragédias. O desafio foi finalmente aceito por Ben Jonson, que fracassou nas tragédias, e por Shakespeare, ainda único entre os dramaturgos do mundo por seus feitos em ambos os gêneros. Molière compôs comédias e Racine, tragédias, assim como Schiller e Goethe. A obra de Kleist não pertence a nenhum gênero, mas é sombria, assim como a de Tchekhov, Ibsen, Pirandello e Beckett — todos mestres da tragicomédia.

Shakespeare apresenta muitos paradoxos para os quais não existem respostas, sendo um deles a questão de como o mesmo dramaturgo poderia ter escrito *Como gostais* e *Otelo*, *Sonho de uma noite de verão* e *Rei Lear*, *Noite de reis* e *Macbeth*. Contudo, até mesmo essa questão é menos enigmática do que a de como *alguém* poderia ter escrito *Hamlet*. De todas as obras literárias que já li, ela continua sendo a mais desafiadora. Por que seu protagonista ocupa todo o espaço imaginativo? Todo o resto da literatura ocidental ou se prepara para ela ou reside em sua sombra perene.

Não existe distinção crítica entre o príncipe e a peça que seja útil. Quantos leitores e espectadores nesses quatro séculos tiveram a estranha convicção de que Hamlet é seu companheiro secreto, uma "pessoa real" largada de alguma forma em um palco, onde se vê cercada por atores? Superando Pirandello, o mestre siciliano, em sua especialidade, Hamlet parece protestar contra a ideia de estar em qualquer peça, sem falar no quanto ele despreza o que considera a peça errada para alguém com sua genialidade. De fato, uma tragédia sobre vingança é um veículo absurdo para uma consciência ilimitada. Qualquer personagem descontente poderia acabar com Cláudio no primeiro ato ou, mesmo se impedido momentaneamente, poderia insistir como um monomaníaco até alcançar seu objetivo. Somente Hamlet percebe que sua busca é metafísica, talvez um *agon* com Deus ou com os deuses para conseguir tomar o nome Hamlet de seu suposto pai. Quem é o usurpador: Rei Hamlet, o guerreiro, Rei Cláudio, o adúltero, ou o Príncipe Negro?

Em *The Question of Hamlet* (A questão de Hamlet) (1959), Harry Levin observou com precisão que, em *Hamlet*, tudo é questionável, inclusive os questionamentos da peça. "O que sei?" poderia ser o lema da peça. É evidente que o príncipe leu Montaigne tão profundamente quanto seguimos lendo Freud, que nos ensina a questionar nossa própria psicologia moral.

Nunca é demais enfatizar a ampla consciência de Hamlet. Em rapidez mental, nenhum outro personagem em toda a literatura ocidental é páreo para o príncipe. Onde mais a inteligência é dramatizada de maneira tão convincente? O Alceste de Molière vem à mente, mas mesmo ele é de uma amplitude intelectual por demais limitada. Não há circunferência na mente de Hamlet: seus círculos de pensamento se movem em espiral para fora e para baixo. Perguntar-se por que Shakespeare dotou Hamlet com o que suponho ser toda a amplitude da força cognitiva do próprio poeta me parece arriscado, pois como poderíamos conjecturar uma resposta? Em seu estado mais incandescente, a mente poética muda nosso conceito de motivação, que foi um dos ensinamentos de Kenneth Burke. A motivação shakespeariana em seus maiores vilões — Iago, Macbeth, Edmundo — é incorporada de modo a parecer infundada. Iago se sente traído pelo comandante por quem, como alferes, estava preparado para morrer. Macbeth, sexualmente frustrado em seu enorme desejo por sua mulher, evidentemente espera recuperar sua masculinidade perante ela. A Edmundo realmente falta motivação: quem acreditaria nele quando afirma que precisa defender sua condição de bastardo? O que é o desejo para Edmundo? Ele não se importa com Goneril ou com Regan, com Gloucester ou com Edgar, com Lear ou com Cordélia. Será que se importa com sua própria vida? Ele a desperdiça enfrentando um vingador anônimo que vem a ser seu meio-irmão transfigurado. De uma inteligência monstruosa, Edmundo suspeita da identidade de seu adversário e do provável resultado do embate, mas, para o bastardo usurpador, o ardil de aparência displicente é uma necessidade, assim como para Hotspur ou para a poesia de Yeats.

Foi o próprio Yeats que, em uma carta brutal para Sean O'Casey, explicando a recusa de *The Silver Tassie* (A taça de prata) pelo Abbey Theater em 1928, reconheceu a relação:

> A ação dramática é o fogo que deve consumir tudo exceto a si mesmo; não deve haver espaço em uma peça para nada que não lhe pertença; toda a história do mundo deve ser reduzida a um papel de parede diante do qual os personagens devem se posicionar e falar.
>
> Entre as coisas que a ação dramática deve consumir estão as opiniões do autor; enquanto está escrevendo, não cabe a ele saber nada que não seja parte daquela ação. Você imagina por um momento que Shakespeare educou Hamlet e Rei Lear dizendo-lhes o que pensava e aquilo em que acreditava? A meu ver, Hamlet e Lear educaram Shakespeare, e não tenho dúvida de que, no processo dessa educação, ele descobriu que era um homem completamente diferente do que acreditava ser e que tinha crenças completamente diferentes das que pensava ter. Um dramaturgo pode ajudar seus personagens a educá-lo pensando e estudando tudo o que lhes dá a linguagem que estão buscando às cegas por meio das mãos e olhos do autor, mas o controle deve ser dos personagens, e é por isso que os antigos filósofos acreditavam que um poeta ou dramaturgo estava possuído por um daimon.

Deixando de lado a clara injustiça de se referir a *Hamlet* e *Rei Lear* para destruir a peça mediana de O'Casey, essa me parece ser uma afirmação clássica da verdadeira relação entre Shakespeare e suas principais criações. Yeats, um dos maiores poetas líricos da língua inglesa, cortejou o daimon, mas não se poderia dizer, mesmo da melhor de suas peças, que ateia fogo em suas opiniões. Seria Shakespeare único em seu estranho desapego? Há também Molière, Tchekhov e Pirandello, embora não Racine ou Ibsen, que tiveram ambos sua própria eminência, mas que eram dados a visões próprias sobre as formalidades da tragédia.

Shakespeare e Dante, enfatizou Yeats em *Autobiographies* (Autobiografias), foram poetas que alcançaram uma unidade de ser em suas obras que nos proporcionou "a recriação do homem por meio da arte, o nascimento de uma nova espécie de homem". Se isso é verdade, então Dante recriou apenas a si mesmo, o Peregrino. Shakespeare, como pessoa, continuou pertencendo à velha espécie. Já Falstaff, Rosalinda, Hamlet, Iago, Macbeth e Cleópatra foram uma nova reinvenção do humano.

Em última instância, confundir Shakespeare com Deus é legítimo. Outros escritores — tanto orientais quanto ocidentais — alcançam a sublimidade e podem nos dar de um a três seres memoráveis, inclusive suas autorrepresentações. A singularidade de Shakespeare prevalece: cerca de cem papéis principais e mil secundários que existem de modo estranhamente separado de nossas percepções. Em sua originalidade cognitiva, sua amplitude de consciência e sua criatividade linguística, Shakespeare supera todos os outros, embora necessariamente apenas em grau — e não em tipo. Contudo, esse dom praticamente único de produzir seres humanos completos, de tremenda profundidade, é tão desconcertante que foge à nossa compreensão. Quando achamos que conseguimos, somos novamente feridos pelo espanto. Em algum momento estranho, a diferença de grau se transmuta em diferença de tipo.

A *estranheza*, de um tipo específico, sempre foi uma marca da mais elevada literatura imaginativa. Contudo, o mundo absorveu Shakespeare de tal forma, especialmente desde o início do século XIX até agora, que precisamos lê-lo novamente como se ninguém nunca o tivesse lido. Como nossos teatros estão em declínio, a melhor maneira de lê-lo é em solidão, sem esquecer que ele escreve para entreter um público de uma apresentação ao vivo, em que cada pessoa está consciente de estar cercada por outras, muitas delas desconhecidas. Podemos imaginar que o momento determinante na vida e no trabalho de Shakespeare foi quando assistiu pela primeira vez a *Tamburlaine*, de Marlowe, e percebeu o fascínio do público pela poderosa retórica marloviana.

A audácia, a eloquência, às vezes um nobre páthos — todos são parte do dom e do escopo de Marlowe. Não obstante, Fausto, o Duque de Guise, Barrabás e até Eduardo II são maravilhosas caricaturas, mas não pessoas. O Volpone de Ben Jonson seria um ser humano monstruoso se a arte de Jonson não o quisesse como emblema. Middleton, Webster, Ford, Beaumont e Fletcher emergem da sombra de Shakespeare em uma explosão de possibilidades humanas reconhecíveis, mas neles permanece apenas o *grito* do humano. Encaixar Shakespeare em sua época é uma descortesia para com seus colegas e rivais. De uma maneira periférica, pode ser útil para uma introdução ao autor, mas ele esclarece os contextos muito mais do que eles o elucidam.

Antes de mim, Harold Goddard já havia identificado o Bastardo Faulconbridge em *Rei João* como o personagem com o qual Shakespeare alcança a representação plena do ser humano. Como filho biológico de Ricardo Coração de Leão, Faulconbridge não é invenção de Shakespeare, mas foi tirado de uma peça anterior, *The Troublesome Raigne of King John* (O tumultuado reinado do Rei João). Transfigurando a derivação, o Bastardo de Shakespeare enuncia o que pode ser de fato o credo de seu dramaturgo ao iniciar uma carreira madura:

> E não apenas no que diz respeito a vestes e emblema,
> À forma exterior e a ornamentos visíveis,
> Mas com um movimento íntimo, suprirei
> Doce, doce, doce veneno aos lábios da época,
> Que embora não hei de fazer para enganar,
> Para evitar ser enganado pretendo aprender.
>
> (Ato I, cena1, 210-15)

Poderia servir como o lema do Príncipe Hamlet, mas o Bastardo também tem sangue real. "O movimento íntimo" e a palavra "doce" repetida três vezes modificam paradoxalmente o "veneno" que é a verdade: assim como para Faulconbridge, a aspiração é grande demais para Rei João. Algo em Shakespeare, talvez já em 1590, esforça-se por alcançar uma arte maior do que a até então vista pelo palco londrino.

A grandeza é endêmica em Shakespeare, até mesmo nos Sonetos, nos quais uma ironia generalizada continua a nos eludir. O Jovem e Belo Nobre, muito possivelmente uma combinação dos condes de Southampton e Pembroke, é encrenca na certa, perpetuamente elogiado por Shakespeare como o objeto de um amor total embora seja claramente um moleque narcisista e mimado, um sadomasoquista perdido em um sonho platônico de si mesmo. Rejeita-se o uso de mera ironia com ele: não seria suficiente. Empson é praticamente o único a reconhecer isso. Shakespeare não nos indica o que está ocorrendo na sequência — se é que se trata de uma sequência, porque todos os Sonetos são altamente tropológicos. Sem dúvida existem histórias por trás deles. É claro que Shakespeare, como a maioria dos verdadeiros poetas da época, dependeu de mecenas aristocratas até que a participação que adquirira em sua companhia teatral lhe proporcionasse uma renda sólida. Perdura em todos os Sonetos algo de uma atmosfera aristocrática altamente culta e bastante decadente. Muito valorizado, mas nunca totalmente aceito pelo conde de Southampton e, mais tarde, pelo de Pembroke, podemos supor que Shakespeare fundiu os dois refinados jovens, assim como os Poetas Rivais e, possivelmente, também duas ou até três Damas Negras.

Repito-me porque meu assunto é a ruptura do gênero, e Shakespeare é sempre grande demais para qualquer gênero. Se há uma ruptura do gênero, então o mesmo ocorre com o processo de influência, que não pode respirar onde o gênero se estilhaça. A desleitura criativa dentro de um gênero é coerente. Já entre diferentes gêneros, nossa percepção da influência vacila. Por quê? Os críticos descreveram o vasto efeito de Shakespeare sobre o romance do século XIX: russo, alemão, francês, escocês, italiano, inglês, americano. Dostoievski, Goethe, Stendhal, Scott, Alessandro Manzoni, Dickens, Melville foram todos poderosos criadores, e ainda assim os empréstimos tomados a Shakespeare tendem a se acotovelar em seus textos e quase nunca deixam de ser intrusivos. O toque de Falstaff no velho Karamazov me incomoda, assim como Wilhelm Meister representando Hamlet é também uma distração. *A Cartuxa de Parma* poderia ser ainda melhor sem sua aura de *Romeu e Julieta*, e alusões a Shakespeare tornam lento o ritmo de *Redgauntlet* e de *O coração de Midlothian*. Os amantes de Manzoni são vívidos mais que o suficiente sem o realce shakespeariano, enquanto Pip e David Copperfield diferem de certa forma do Príncipe Hamlet, ainda que tenham um quê deste. *Pierre* surpreende mais do que todos ao afundar sob o peso de Hamlet, e nem mesmo Capitão Ahab é páreo para Macbeth, a quem ecoa com demasiada facilidade.

O fardo é que Shakespeare, mais até que Dante, é imenso demais para que seus sucessores o comportem, a menos que seja adaptado à forma de um ancestral lírico, o feito de Keats em suas grandes odes ou de Whitman em sua surpreendente alusão ao afilhado de Rei Lear, Edgar, em "Crossing Brooklyn Ferry". Na dramaturgia, Shakespeare precisa ser tratado obliquamente, como fizeram Ibsen, Tchekhov, Pirandello e Beckett.

Caso contrário, produzem-se paródias involuntárias de tragédia, como as de Arthur Miller.

Alguns estudiosos conjecturaram que Shakespeare abandonou a carreira de ator enquanto trabalhava em *Medida por medida* e *Otelo*, o que me parece correto. Talvez em *Hamlet* tenha representado tanto o papel do Fantasma quanto o do Primeiro Ator e, em *Tudo bem quando termina bem*, o papel do rei francês, mas não se atreveu a representar Vicêncio em sua conturbada despedida da comédia, a maravilhosamente rançosa *Medida por medida*. Molière atuou até o fim, como o personagem título de *O doente imaginário*, mas Shakespeare sempre fora um ator de tipos, sempre coadjuvante de Richard Burbage e do bufão da companhia — primeiro Will Kemp, depois Robert Armin. Um novo tipo de perspectivismo surge em *Medida por medida* e *Otelo*, conforme Shakespeare aprende a confiar mais em seu público.

Em 14 meses consecutivos, de 1605 a 1606, Shakespeare escreveu *Rei Lear*, *Macbeth* e *Antônio e Cleópatra*. Tinha entre 41 e 42 anos e estava claramente em seu auge como dramaturgo. *Rei Lear* e *Macbeth*, assim como *Otelo*, são tragédias de sangue, mas a que gênero pertence *Antônio e Cleópatra*? Com direção e atuações adequadas, é a mais engraçada de todas as peças shakespearianas, embora como dupla tragédia ofusque *Romeu e Julieta*. A tragicomédia e a peça histórica não se encaixam nas avassaladoras conclusões do quarto ato, com a morte de Antônio, e do quinto ato, com a sublime autoimolação de Cleópatra em contraste com o suicídio inepto de Antônio. Ainda assim, a dolorosa morte de Antônio nos parece diminuída pela soberba atuação de Cleópatra: damos muito mais atenção a ela do que a ele. A morte de Cleópatra é digna de seu mito autodramatizado, mas amenizada pelo diálogo extraordinário que trava com o bobo vendedor de áspides: "Será que me comerá?" Assim como *Hamlet*, *Antônio e Cleópatra* é um poema ilimitado, que está além de qualquer gênero. A. C. Bradley, que contestou sua dimensão trágica, não obstante exaltou Cleópatra como análogo inexaurível de Falstaff, Hamlet e Iago.

Ainda não conseguimos chegar à altura desses personagens ou de suas peças.

O POETA RIVAL

Rei Lear

Em *Tamburlaine*, um ataque descarado contra *qualquer* tipo de moralidade social, Christopher Marlowe associa a poesia, o amor e a guerra como expressões intimamente relacionadas de poder. Marlowe, por temperamento e convicção, não era cristão. Sua dialética do poder e da beleza é tão pagã quanto a de Tamburlaine. Exceto por sua adoração ao poder, Marlowe não tinha ideologia.

As peças e os poemas de Shakespeare estão além da religião institucional, assim como estão além de qualquer ideologia política. Temendo sofrer o destino de Marlowe — que foi assassinado pela CIA elisabetana, a quem servira —, Shakespeare não se permitiu nenhuma crítica explícita a nenhum contemporâneo. Ainda assim, seu daimon o impeliu a romper com a tradição humanista da Renascença de modo mais profundo do que Marlowe necessitara ou desejara. Não estamos em condições de perceber a amplitude da originalidade de Shakespeare porque estamos inseridos em sua retórica, quer o tenhamos lido ou não, e seus tropos são em grande parte sua própria criação.

Shakespeare claramente não exalta o poder: mesmo Henrique V é apresentado de maneira ambivalente, e não é sentimentalismo afirmar que Falstaff, tanto em sua glória quanto quando é rejeitado, significou mais para Shakespeare e seu público do que o rei herói da Inglaterra. Em Falstaff, de certo modo, Shakespeare se emancipa de Marlowe, embora ainda as peças de *Henrique V* em diante ainda carreguem alguns traços. Com frequência me pergunto o que Marlowe teria achado de Sir John. Os mundos de Tamburlaine, do Duque de Guise, de Eduardo II, de Barrabás e do Dr. Fausto seriam reduzidos a caricaturas se o ser vivo que é Falstaff irrompesse neles.

Contudo, sem Marlowe, Shakespeare não teria aprendido como ganhar um imenso poder sobre o público. Tamburlaine *é* Marlowe, o poeta dramaturgo. Shakespeare, que conseguiu por um milagre esconder a dinâmica interna de sua arte, parodia Marlowe de maneira complexa em *Titus Andronicus*, mas não se liberta de seu perigoso precursor em *Ricardo III*. Em certos aspectos, Marlowe nunca foi completamente exorcizado. E como poderia ter sido? Imagino o jovem Shakespeare assistindo a uma encenação de *Tamburlaine* e observando o público, fascinado. A possibilidade do sublime do poder — *Rei Lear*, *Macbeth*, *Antônio e Cleópatra* — nasceu no momento do impacto de Marlowe sobre Shakespeare.

Como se supera um grande original como Marlowe, de quem se foi aprendiz? Marlowe e Shakespeare se conheciam; não poderiam tê-lo evitado. Shakespeare, evidentemente uma pessoa cautelosa, dedicada à autopreservação, deve ter tido o cuidado de evitar Marlowe, um homem ágil com sua adaga, morto, na verdade, por sua própria adaga não em um suicídio, mas em um assassinato encomendado pelo Estado. Embora a retórica marloviana, empregada ironicamente, ainda possa ser percebida em uma peça tão tardia quanto a pós-falstaffiana *Henrique V*, eu enfatizaria mais uma vez a principal dívida de Shakespeare com Marlowe: o exemplo de como obter um poder assombroso sobre um grande público por meio da retórica. O enorme vocabulário de Shakespeare — mais de 21 mil palavras, das quais cerca de 1.800 foram cunhadas por ele — ofusca Marlowe, e a retórica madura — a partir de 1595, aproximadamente — rompe não apenas com a de Marlowe como com a de todo o humanismo renascentista. Porém, a lembrança de *Tamburlaine* e seu público fascinado estaria sempre presente na consciência de Shakespeare.

Esse tipo de relação de influência talvez seja único. A postura de Eurípedes perante Ésquilo ou a de Dante perante Guido Cavalcanti é muito diferente da de Shakespeare ao contemplar um novo teatro em *Tamburlaine*. Não estou desvalorizando Marlowe ao observar que seu gênio é superado pela interioridade dos maiores personagens de Shakespeare. Porém, a invenção de um controle dramático *sobre o público*, recrutado como aliado ou vítima em potencial pelas jactâncias de Tamburlaine, é um avanço inigualavelmente estranho.

Marlowe se regozija com a "persuasão patética" através da qual Tamburlaine converte seus obstáculos em aliados e sugere claramente que o poder retórico do personagem espelha a captura do público por Marlowe. Iago é um dos triunfos decisivos de Shakespeare sobre sua condição de aprendiz da misteriosa arte de Marlowe. Nós, o público, estamos sob o domínio de Iago e somos capazes de compartilhar da alegria demoníaca que sente ao descobrir sua genialidade. Não chegamos a fazê-lo plenamente, embora Shakespeare, como sempre, não nos dê nenhuma orientação moral. Como moralista cristão, Dr. Johnson reagiu de maneira veemente contrária à recusa shakespeariana a moralizar, até que finalmente o Grande Cã da crítica literária caiu no absurdo de preferir a revisão de *Rei Lear* feita pelo poetastro Nahum Tate, que termina com o casamento de Cordélia e Edgar.

No entanto, Shakespeare se afastou de Marlowe, no qual as máximas morais abundam mas se invertem facilmente, rumo a uma nova liberdade e distanciamento, diferente de qualquer outra postura na literatura imaginativa. Ben Jonson era um rígido moralista clássico, assim como Marlowe era totalmente ambíguo em seus juízos aparentes. Muito antes de Samuel Johnson, Shakespeare sabia que o bem e o mal da eternidade eram pesados demais para as asas da sagacidade. Uma das invenções de Shakespeare — profetizando Nietzsche — foi um novo tipo de perspectivismo, no qual o que vemos e ouvimos é o que somos.

Não é possível pensar com coerência sobre os propósitos mais profundos da imensa arte de Shakespeare. Nossa filosofia ou teologia ou política são postas de lado por ele com total indiferença. A ideologia não significa nada para ele. Seus representantes em transcendência — Hamlet — e em imanência — Falstaff — expõem toda idealização como pura hipocrisia. A ação é desacreditada por Hamlet; a "honra", a responsabilidade e o serviço ao Estado são ridicularizados a ponto de serem reduzidos a nada por Falstaff.

Como é possível que Shakespeare, que não tinha nenhum objetivo com relação a nós, tenha superado qualquer outro escritor — até mesmo Dante, Cervantes e Tolstoi — em sua capacidade de revelar todo o fardo de nossa mortalidade? Não obstante, ele, o menos tendencioso dos dramaturgos, nos ensina sobre a realidade de nossas vidas e a necessidade de enfrentarmos nossas limitações humanas comuns. Digo "ensina", mas o uso dessa palavra é enganoso, uma vez que Shakespeare, até onde podemos dizer, não tem desejo nenhum de nos instruir.

É possível escrever sobre Shakespeare, relê-lo e ensiná-lo a vida toda e continuar considerando-o um enigma. Milton, que deseja ser monista, segue sendo binário e talvez tenha vivido em conflito até o fim: *Sansão agonista* dificilmente seria considerado um poema dramático cristão. É miltoniano e, portanto, pessoal. *Macbeth*, assim como *Rei Lear*, parece-me ser o que William Elton descreveu como uma peça pagã para um público cristão. Shakespeare não pode ser discutido com base em categorias como o eu monista ou o eu dividido. O falecido A. D. Nuttall teve em *Shakespeare, the Thinker* (Shakespeare, o pensador) um maravilhoso último livro, que celebra a liberdade do poeta e dramaturgo em relação a toda ideologia. Eu, porém, tendo a evitar a filosofia quando o assunto é Shakespeare, a menos que se queira considerar Montaigne um filósofo. Uma consciência cética de que nossas vidas estão perpetuamente em fluxo, de que estamos sempre passando por mudanças, separa Montaigne e Shakespeare de Platão. Montaigne, que sabe tudo o que importa, professa nada saber. Shakespeare, que possui uma capacidade sobrenatural de captar qualquer insinuação, pista ou indireta, nada professa.

Arrisco afirmar que o maravilhoso distanciamento de Shakespeare tem origem em grande parte em sua relação de influência com Marlowe, que exalta o agonístico na arte, no amor, na guerra. Exceto nos sonetos do Poeta Rival, Shakespeare raramente expressa esse *agon*, pondo de lado Príncipe Hal/Henrique V. A luta de Shakespeare contra a anterioridade literária opera nas entrelinhas. Suas principais influências depois de Marlowe são a Bíblia de Genebra, Ovídio e Chaucer. Eles lhe oferecem matéria poética, que ele saqueia alegremente onde quer que a encontre. Após *Ricardo III* e alguns momentos em *Henrique V*, Shakespeare não encontra mais quase nada em Marlowe de que possa se apropriar. A consciência de sua eterna dívida com Marlowe é outra questão, sobre a qual só podemos especular. Chaucer plagia Boccaccio, a quem nunca menciona quando cita autoridades literárias. Contudo, o exemplo de Boccaccio foi ainda mais importante: contar histórias sobre histórias, o recurso de Chaucer, é extraído do precursor italiano.

Talvez Shakespeare pudesse ter se tornado quem se tornou sem Marlowe, mas seu poder espantoso de nos trazer pesar ou assombro enquanto assistimos a uma encenação ou representamos uma cena no teatro da mente poderia ter sido abreviado ou pelo menos adiado. Shakespeare tirou de Marlowe sua *ideia* de público para depois aprimorá-la.

Os vestígios do humanismo renascentista nas peças e poemas de Marlowe podem ser estranhamente discordantes, embora permaneçam, mas a usurpação do poder é um maquiavelismo tão baixo que teria assustado a Erasmo. Não sabemos como o público ateniense foi afetado pelos três grandes tragediógrafos. Norman Austin aponta que, assim como Platão, tinham seu *agon* com Homero. Quando reflito sobre a ousadia de Marlowe, considero-a sem precedentes, embora sua audácia seja obscurecida pela amplitude de Shakespeare. Grande niilista, Marlowe enxergava toda ideologia como absurda. Desconfiado dos ideólogos do Estado que haviam assassinado Marlowe e destruído o espírito de Thomas Kyd mediante tortura, Shakespeare assumiu uma postura de espantoso distanciamento, embora esta palavra seja arbitrária. Ninguém conseguiu descrever com exatidão a posição de Shakespeare em relação a sua própria criação. Nossa melhor esperança é identificar as interseções entre suas primeiras e últimas peças. E aqui, creio que seja vital a relação em constante evolução de Shakespeare com Marlowe. Nas primeiras peças, como *Titus Andronicus*, Marlowe é uma presença imponente que ameaça sobrepujar Shakespeare; nas últimas peças, como *Rei Lear* e *A Tempestade*, Marlowe é uma posse, incorporada pelo esforço de Shakespeare para superar sua própria gigantesca arte.

Shakespeare emprega a palavra *influência* em dois sentidos: um influxo astral e inspiração. Mas de quem é o alento que anima as primeiras obras de Shakespeare, desde as peças sobre Henrique até *Rei João*? Suponho que Shakespeare teria respondido: "De Marlowe." Rapidamente a influência deixou de ser inspiração no Shakespeare maduro, mas há uma grande ironia, provavelmente autodirecionada, nessa conversão do influxo oculto em um processo de absorção do precursor. A palavra latina para "inspiração", a divina *afflatus*, reflete a tradição de invocar uma musa, que desde Homero nos é tão familiar.

Nos Sonetos, Shakespeare é inspirado de maneira ambígua pelo terrível Jovem e Belo Nobre, uma musa tão destrutiva quanto a Dama Negra.

Da musa trágica — ou da cômica — as peças não nos dizem nada explícito. Quando *Henrique IV, Parte 1* começa, Falstaff já deixou há muito tempo de ser uma influência sobre o Príncipe Hal. Se resta em Hal alguma transferência de afeto filial por Falstaff, ela é ofuscada por uma ambivalência negativa, que brinca com a ideia de enforcar o reprovável cavaleiro, como uma espécie de vingança por ter sido influenciado.

Empson e Barber sugeriram que a relação entre Falstaff e Hal espelha o vínculo entre Shakespeare e o conde de Southampton nos Sonetos. Seria essa uma indicação de uma influência prévia de Shakespeare sobre o nobre — e seu subsequente ressentimento? O impulso assassino de Hal se assemelha ao elemento reprimido de escritores epígonos que enfrentam seus únicos precursores. Na necessidade obsessiva que tem Hal de provar que Falstaff é um covarde, há mais uma vez uma analogia com a má avaliação do predecessor.

Lastimavelmente apaixonado por termos legais, Shakespeare, cujo Jack Cade gritara para seus seguidores que a primeira coisa a ser feita era matar a todos os advogados, fascina-me por seu uso de *misprision* (má avaliação), *swerving* (desvio) e *mistaking* (engano) no soberbo Soneto 87:*

> "Farewell, thou art too dear for my possessing,
> And like enough thou know'st thy estimate;
> The charter of thy worth gives thee releasing;
> My bonds in thee are all determinate.
> For how do I hold thee but by thy granting,
> And for that riches where is my deserving?
> The cause of this fair gift in me is wanting,
> And so my patent back again is swerving.
> Thyself thou gav'st, thy own worth then not knowing,
> Or me, to whom thou gav'st it, else mistaking,

---

* Adeus, és precioso demais para que eu a ti possua / E muito provável parece que conheças tua cotação; / O alvará de teu valor concede-te a liberdade tua; / Meus títulos a ti todos vencidos estão. / Pois como posso reter-te senão com tua anuência, / E tamanha riqueza que fiz eu para merecer? / Da causa desse belo dom tenho carência, / Meu privilégio, pois, desvia-se, para a ti reverter. / A ti próprio deste, teu valor então desconhecendo, / Ou quanto a mim, a quem o deste, tendo-se enganado, / Assim teu grande dom, de má avaliação procedendo / Ao lar então retorna, após melhor apreciado. / Tive-te então apenas em sonho lisonjeador: / Dormindo, rei; acordado, nem sequer senhor.

> So thy great gift, upon misprision growing,
> Comes home again, on better judgement making.
> Thus have I had thee as a dream doth flatter:
> In sleep a king, but waking no such matter."

Retiro do prefácio à segunda edição de *A angústia da influência* parte de meu comentário sobre o Soneto 87:

> Nesse soneto 87, "desvio" (*swerving*) e "má avaliação" (*misprision*) ambos dependem de "engano" (*mistaking*) como uma irônica superestima ou superestimação. Se Shakespeare lamenta, pesaroso, com certa reserva cortês, a perda do conde de Southampton como amante, benfeitor ou amigo, esta não é (felizmente) uma questão sobre a qual se possa ter certeza. Um poema palpável e profundamente erótico, o Soneto 87 (de modo não intencional) pode também ser lido como uma alegoria da relação de qualquer escritor (ou pessoa) com a tradição, sobretudo aquela personificada em uma figura que se considera seu próprio precursor. O eu lírico do Soneto 87 está ciente de que recebera uma oferta que não poderia recusar, o que é uma sombria intuição da natureza da autêntica tradição. *Misprision* ("má avaliação"), para Shakespeare, ao contrário de *mistaking* ("engano"), indicava não apenas um equívoco ou uma má interpretação, mas tendia também a constituir um jogo de palavras, pois o termo *misprision* poderia sugerir um "aprisionamento injusto". Talvez *misprision* em Shakespeare signifique também uma subestimação desdenhosa; de uma forma ou de outra, ele pegou o termo legal e lhe deu uma aura deliberada de má interpretação. O "desvio" (*swerving*), no Soneto 87, é um retorno apenas secundariamente; indica, antes de tudo, uma infeliz liberdade.

Hoje eu revisaria isso, perguntando-me se a alegoria ou ironia da relação de Shakespeare com um precursor não seria aqui algo deliberado. O Poeta Rival que aparece e desaparece nos Sonetos me parece cada vez mais ser Marlowe — e não George Chapman, que dificilmente seria um agonista à altura de Shakespeare. O Soneto 87 é homoerótico e é possível que paire sobre ele também a sombra de uma angústia poética anterior. Desviando-se de Marlowe,

Shakespeare encontrou a liberdade de seu próprio e autêntico gênio dramático para internalizar seus protagonistas, inclusive a infeliz liberdade da tragédia: Hamlet, Otelo, Lear, Macbeth. Marlowe, que está mais para grande poeta ovidiano do que para dramaturgo, não tinha interesse em qualquer interioridade que não fosse a sua. Tamburlaine, o Duque de Guise, Barrabás, Eduardo II e Fausto são todos Marlowe, não seus alter egos. Assim como Ben Jonson, seu discípulo antitético, Marlowe se contenta com caricaturas, vazios nos quais pode instilar suas hipérboles incrivelmente eficazes. "O altivo navegar a plena vela de seus grandes versos" [*The proud full sail of his great verses*] é como Shakespeare se refere ao meio encantatório em um soneto sobre o Poeta Rival.

Assimilar Marlowe a sua própria musa destrutiva — o conde de Southampton ou ainda outra — é algo que mesmo um poeta sem a amplitude de alma de Shakespeare teria feito. *Integrar* Marlowe a uma ambivalente musa masculina é um toque do sublime negativo e mais digno da singularidade de Shakespeare. Após o assassinato de Marlowe em uma taverna em Deptford, seu fantasma assombra Shakespeare de maneira bastante surpreendente em *Como gostais*, a mais animada das peças de Shakespeare.

Em minha hipótese não comprovada, o fantasmagórico Marlowe habita também o formidável Edmundo, o arquivilão de *Rei Lear*. William Elton foi de grande ajuda ao observar a confluência proléptica de Don Juan e Maquiavel em Edmundo — um amálgama evidentemente visível na persona pública de Marlowe e totalmente ausente no incolor Shakespeare. Nunca conheceremos a verdadeira orientação psicológica de Marlowe, muito menos sua postura religiosa. A CIA de Francis Walsingham não apenas o exterminou, mas também torturou seu amigo Thomas Kyd para obter uma confissão declarando ser Marlowe ateu e sodomita. Edmundo venera a deusa Natureza e, despreocupado, seduz tanto a Goneril quanto a Regan.

Um dos principais topoi inexplorados em Shakespeare é a luta entre os meios-irmãos inimigos Edmundo e Edgar. Shakespeare nos apresenta dois enigmas: por que Edmundo busca o poder e o que pensar do recalcitrante Edgar? Um importante crítico moderno define Edgar como um "personagem fraco e sanguinário", o que é totalmente falso. Um exegeta mais eminente, o falecido A. D. Nuttall, identificou um elemento de sadismo em Edgar — o que contesto —, mas o enxergava, de maneira interessante, como um gesto expiatório de Shakespeare pelos tormentos a que o público de *Rei Lear* era exposto.

Acho que nem Edgar nem Edmundo podem ser compreendidos em separado. Mesmo em relação mútua, nada garante que seja possível a compreensão plena de qualquer um dos dois meios-irmãos. Edmundo consome sua autocompreensão com uma ironia titânica, enquanto Edgar desafia todos os limites razoáveis, punindo-se por sua ingenuidade em relação a Edmundo. Intelectualmente, Edmundo é superior e possui um potencial perigoso para o interesse próprio livre de qualquer afeto, inclusive amor, moralidade e compaixão. Edgar, por outro lado, descobre a realidade de maneira lenta, porém certa, o que o torna o inevitável vingador de seu pai e o destruidor ineludível de Edmundo, que simplesmente não tem nenhuma chance contra o meio-irmão em seu duelo final até a morte.

Edgar é filho legítimo do conde de Gloucester e afilhado de Lear. Shakespeare pula vários reis intermediários para apresentar Edgar, ao fim da peça, como o relutante novo rei da Bretanha, seguindo Lear. A tradição, conhecida por boa parte do público de Shakespeare, falava do atribulado reinado de Edgar, que lutou contra a invasão do reino pelos lobos. Sutilmente, Shakespeare prefigura durante toda a peça o destino sombrio de Edgar. Há um fluxo contínuo de mudança radical à medida que Edgar se desenvolve, enquanto Edmundo se desdobra continuamente até receber sua ferida mortal. Só então ele começa a mudar — um momento devastador que chega tarde demais para salvar Cordélia, cujo assassinato ele havia encomendado.

Talvez Nuttall esteja parcialmente correto em arriscar que Shakespeare projeta sobre Edgar a inquietação do próprio dramaturgo com o sofrimento de seu público, de modo que o conde de Gloucester, o cego suicida, se torne nosso representante. Eu iria ainda mais além de Nuttall e sugeriria que Edgar, em todo o decorrer da peça, é um autorretrato cada vez mais sombrio de elementos cruciais da mente poética de Shakespeare. Edmundo, que é excessivamente teatral, regozija-se com seu poder retórico marloviano sobre todos com quem fala. Seria por isso que Edmundo e Lear nunca se dirigem um ao outro, embora estejam juntos no palco no início e no encerramento da tragédia?

Na história do teatro, Shakespeare, como observo sempre, é o mestre maior da elipse. É preciso interpretar o que ele deixa de fora — um desafio que enfrentamos desde *A comédia dos erros* até *A tempestade*. Em *Rei Lear*, muito é deixado a cargo de nossa própria perspectivização, cujo desafio maior são as personalidades antitéticas de Edgar e Edmundo. Meditando sobre sua relação catastrófica, sinto-me tentado a conjecturar que essa relação se assemelha à existente entre poemas, assim como àquela entre poetas. Shakespeare, o mais sutil dos dramaturgos, fez com que ambos os meios-irmãos fossem difíceis de compreender, embora *possam* ser compreendidos depois que os conhecemos profundamente, ao contrário de Lear, que está além de nosso entendimento. Edmundo é sedutor e Edgar parece inspirar antipatia, mas é essa a nossa fraqueza como leitores. (Não direi "como público", pois todas as encenações de *Rei Lear* a que tentei assistir foram lamentáveis. O grande rei é demasiado sublime para ser representado no palco, e Edgar é um papel complexo demais para ser assimilado por qualquer teatro que não o teatro da mente. Não me ocorre nenhum outro papel na obra de Shakespeare que tenha sido representado de forma tão inepta quanto o de Edgar.)

A busca de Edmundo pelo poder carece de afeto e, portanto, resiste inicialmente a qualquer tipo de analogia. Pode-se observar que Edmundo não *precisa* de ninguém, nem mesmo de si próprio. Ele busca, contudo, o controle retórico sobre todos, no que poderia ser um tributo shakespeariano à energia singular de Marlowe. Raramente tenho a sensação de que Shakespeare confia exclusivamente no poder da retórica para cativar seu público. Sua ironia é vasta demais para isso e é melhor exemplificada pelo monarca da argúcia, Falstaff, que ridiculariza a tudo e a todos, não se dignando sequer a poupar a si próprio. Se introduzíssemos Sir John em *Rei Lear* — uma ideia escandalosa —, ele enfureceria o frio Edmundo ao desmascará-lo de imediato. A. C. Bradley nos pediu que imaginássemos Hamlet enfrentando Iago e levando o Maquiavel veneziano ao suicídio ao parodiá-lo imediatamente. Falstaff e Hamlet compartilham o gênio da desmistificação em Shakespeare; às vezes, de minha maneira desregrada, sigo meu saudoso amigo, o falecido Anthony Burgess, no exercício mental de imaginar como Hamlet e Falstaff teriam se saído na mesma peça. Nenhum deles é dado a silêncios ou viciado em escutar e possivelmente teriam um diálogo de surdos, mas talvez as duas consciências mais amplas de toda a literatura imaginativa superassem as expectativas.

Edmundo, o marloviano, exerce um poder ambivalente sobre o público; Edgar, o shakespeariano, não. Uma das vantagens de dominar os usos da má avaliação na literatura é aprender a interpretar Edgar, um desafio no qual a crítica até agora fracassou. Meus alunos se surpreendem quando chamo sua atenção para o fato de que Edgar tem mais falas na peça do que qualquer outro personagem, à exceção de Lear. A importância de Edgar para o público da época de Shakespeare pode ser julgada pela página de rosto do Primeiro Quarto: "Sr. William Shak-speare: A verdadeira crônica da vida e da morte do Rei Lear e de suas três filhas. Com a vida infeliz de Edgar, filho e herdeiro do conde de Gloucester, e seu soturno e fictício humor de Tom de Bedlam."* Shakespeare utiliza o termo *soturno* no sentido de uma espécie de loucura melancólica, mas também de pesar. Estranhamente, Edmundo é o primeiro a mencionar Tom de Bedlam (I, ii, 134-36), no momento exato em que Edgar realiza sua primeira entrada: "Aí vem ele, como a catástrofe da comédia antiga. Minha deixa é a maldita melancolia, com um suspiro como os de Tom de Bedlam." [*Pat! He comes like the catastrophe of the old comedy. My cue is villainous melancholy, with a sigh like Tom o' Bedlam.*]

Como Edgar não ouve essa fala, fica sugerida uma espécie de ligação oculta entre os meios-irmãos. Edmundo, tão dramatúrgico quanto Iago, enfrenta um oponente mais ingênuo do que o formidável Otelo. Edgar é crédulo, amável, inocente e sem malícia e rapidamente se torna o tolo ou a vítima de Edmundo. Shakespeare não nos apresenta os motivos que levam Edgar a descer ao fundo da escala social e assumir o disfarce de Tom, o louco: "Pobre Tom! / Já é algo. Edgar, nada sou." [*Poor Tom! / That's something yet. Edgar I nothing am.*] Essa descida total em nada sugere um personagem fraco ou sanguinário, embora fique clara uma tendência masoquista à autopunição. Quando o pobre Tom e o louco Rei Lear se encontram (II, iv), admiramo-nos com a habilidade histriônica de Edgar, que poderia se ter feito de louco a vida inteira. Poucas passagens em Shakespeare são tão evocativas quanto a resposta de Edgar à pergunta que lhe faz o rei: "A este ponto chegastes?" [*Art thou come to this?*]

> Quem há de dar alguma coisa ao pobre Tom, a quem o Maligno levou através do fogo e da chama, do vau e do redemoinho, do pântano e do atoleiro. Pôs facas sob seu travesseiro, amarras em sua sacada, veneno de rato em sua sopa. Fez orgulhoso seu coração por montar um cavalo baio trotão por sobre pontes de quatro polegadas,

---

* Tom de Bedlam era uma expressão usada na Inglaterra elisabetana para se referir aos mendigos saídos do manicômio de St. Mary of Bethlehem (Sta. Maria de Belém), sendo Bedlam uma corruptela de Bethlehem.

perseguindo sua própria sombra, tomando-a por traidora. Deus abençoe tuas cinco faculdades! Tom está com frio — tá tá, tá tá, tá tá. Deus te proteja dos turbilhões, das estrelas funestas e das infecções! Sê caridoso com o pobre Tom, a quem o Maligno atormenta. Aqui poderia pegá-lo agora, e aqui, e aqui também, e mais aqui.

A abnegação voraz é o caminho descendente de Edgar rumo a um tipo de sabedoria limitada. Ele busca um caminho de subida tortuoso que o leve a salvar seu pai, embora nada possa explicar plenamente por que Edgar "brinca" com o desespero do pai — como ele próprio admite. Há também o impulso de vingar a honra da família exterminando Edmundo, o que Edgar faz com assustadora facilidade no duelo culminante. Fazer o papel de Tom de Bedlam é uma formação em violência interna e, em certa medida, fingir-se de louco aproxima Edgar da loucura, seguindo os passos de Hamlet. Quando o rei insano se dirige ao afilhado disfarçado como seu "filósofo", a interminável ironia de Shakespeare indica de modo convincente o papel de mentor exercido pelo pobre Tom na descida de Lear rumo ao abismo. A fúria do Bobo e os refrãos desconexos de Edgar se combinam para enlouquecer ainda mais a figura de autoridade suprema a quem ambos catastroficamente amam.

William Elton, meu falecido amigo, no esplêndido *King Lear and the Gods* (Rei Lear e os deuses), foi meu precursor na iniciativa de rastrear o desenvolvimento de Edgar. Elton estava interessado nas relações de Edgar com as deidades pagãs da peça. Eu, porém, procuro uma mudança de ênfase, um acompanhamento do desenvolvimento difícil de Edgar até que por fim, no texto do Primeiro Fólio, tome o lugar do duque de Albânia como o infeliz novo monarca da Bretanha. Referir-se à jornada psíquica de Edgar como "difícil" é minimizar suas transformações. Ele termina a quarta cena do terceiro ato com versos extraordinários que — não temos provas do contrário — são do próprio Shakespeare:

> Child Rowland to the dark tower came,
> His word was still, "Fie, foh, and fum,
> I smell the blood of a British man."*

---

* Dom Rolando a torre negra veio, / Logo a senha dizendo: "Pim, pom, pum, / De sangue britânico já sinto o cheiro."

Duas cenas mais tarde, esse sangue será o de seu pai, o conde de Gloucester, jorrando das órbitas onde antes ficavam os olhos arrancados pelo duque da Cornualha. Há geralmente uma prolepse das atrocidades cometidas em *Rei Lear*, e ela tende a ser proferida por um dos filhos de Gloucester. O lema da alta tragédia poderia ser o resumo aforístico que Edgar faz sobre Lear, Gloucester e sua prole: "Ele com as filhas e eu com o pai!" Goneril, Regan e até Edmundo são periféricos nesse aforismo. Lear e Cordélia, Edgar e Gloucester são centrais. Os dois filhos amorosos foram teimosos em sua insubordinação, enquanto ambos os pais amorosos foram cegos, sobretudo antes da cegueira literal de Gloucester e da loucura de Lear. Edgar profetiza sua própria "cura" radical para o impulso suicida de Gloucester e vê em retrospecto o silêncio de Cordélia, que precipitou a dupla tragédia. As condições de filho e filha, assim como a de pai, são consideradas trágicas por Edgar, que fala pela peça. Se ele atua ou não como porta-voz de Shakespeare é algo que não se pode dizer ao certo, mas está claro que mais ninguém nesse drama exerce esse papel. Talvez porque, em um apocalipse, ninguém pudesse fazê-lo.

Os precursores de Edmundo são Aaron, o mouro, e Ricardo III — ambos versões exageradas de Marlowe. A criação de Iago — que está no patamar de Falstaff, Hamlet e Cleópatra — marcou o fim triunfante da veia marloviana em Shakespeare. Marlowe volta em Edmundo, mas subjugado pela natureza shakespeariana. Sua alegre promessa a Goneril, "Seu nas fileiras da morte" [*Yours in the ranks of death*], é uma verdadeira profecia:

> Estava prometido às duas; todos os três
> Agora nos casamos num instante.*

Só um marloviano exagerado marcaria um encontro duplo com Goneril e Regan — e Edmundo nos deleita ao fazê-lo. Já entre Edgar e deleite há uma antítese. Alguém na peça precisa sofrer por todos os outros, e Shakespeare escolhe Edgar. Ao eliminar Edmundo, ele acaba de vez com Marlowe. Nada vem do nada. Quem é o intérprete e — se é Shakespeare — que poder buscou conquistar sobre seu próprio texto?

---

* I was contracted to them both; all three / Now marry in an instant.

Rei Lear, ambientada na Bretanha de aproximadamente um século após o rei Salomão — quer isso tenha sido imaginado por Shakespeare ou não —, parece modelar seu magnífico monarca no governante hebreu e não em Jó, como acreditaram muitos estudiosos. Há alusões ao livro de Jó, mas também a Eclesiastes e a Sabedoria de Salomão. Para um drama pagão, *Rei Lear* é rico em ecos bíblicos, dos quais são ainda mais sutis os referentes ao Novo Testamento. Essas alusões não constituem um padrão de significado, como em Blake, D. H. Lawrence ou Faulkner. Shakespeare evoca auras, mas evade doutrinas.

Jaime I, o mais sábio tolo do mundo cristão, que adorava ser comparado com Salomão, poderia ser lembrado como Jaime, o Sábio, não fosse por seus absurdos. Até hoje, é o único intelectual entre os monarcas britânicos. Lear, assim como Otelo e Macbeth, não se destaca por sua inteligência: não é aí que residem suas qualidades majestosas. Não há mais ninguém em toda a literatura que possa competir com os enormes afetos de Lear, suas emoções turbulentas e sublimidades explosivas. Ele é criado em uma escala tão grandiosa que nem mesmo em Shakespeare se encontra rival capaz de desafiá-lo. Hamlet, o intelectual, é o mais próximo em eminência, mas abandona a esfera do público durante todo o quinto ato, no qual dependemos totalmente da mediação de Horácio entre nós e o príncipe.

Todas as tentativas de ler *Rei Lear* como um drama cristão positivo, esperançoso, são fracas e não convincentes, mas a peça é tão drástica que são compreensíveis — embora deploráveis — as tentativas desesperadas de suavizá-la. É a mais angustiante de todas as obras literárias de todos os tempos. Shakespeare nos puxa para dentro dela, nos esgota, e depois nos solta em meio ao niilismo. Lear não é salvo nem redimido, Cordélia é assassinada e Edgar sobrevive como um rei guerreiro que, de acordo com uma tradição inglesa, acaba morrendo em luta contra os lobos que tomam conta do reino.

Edgar, depois de Hamlet, é o enigma central da tragédia shakespeariana. É impossível chegar a qualquer conclusão categórica a seu respeito. Ele proclama que a maturidade é tudo, enquanto sua própria carreira demonstra que a maturidade é uma catástrofe. Por todo o labirinto de *Rei Lear*, as curvas sinuosas da inteligência de Shakespeare, que permanecem desapegadas em *Hamlet* e *Otelo*, parecem forçar vínculos autorais com os perplexos sobreviventes Kent, Albânia e, acima de tudo, Edgar.

Em *Rei João*, uma das primeiras peças de Shakespeare, o Bastardo Faulconbridge se torna às vezes quase um representante do jovem autor, que ainda fazia seu aprendizado dramático com Marlowe. Hamlet se rebela contra seu aprendizado com Shakespeare e — em minha leitura — leva sua rebelião contra a peça a um limite extremo ainda não igualado na história do teatro. Em outras palavras, Shakespeare emprega Hamlet para romper com todos os cânones da representação cênica. Do ato II, cena 2, até o ato III, cena 2, nenhum público conseguiria absorver o que se desenrola à sua frente. Ainda assim, Hamlet é representado por Burbage como Shakespeare advertindo um ator — possivelmente interpretado pelo próprio Shakespeare, fazendo o duplo papel do ator que interpreta o rei e do Fantasma. A piada interna teatral teria certamente deixado a casa cheia em alvoroço. Uma identificação momentânea de Hamlet com seu criador é logo esvaziada, mas James Joyce não nos deixaria esquecê-la.

Ninguém deveria identificar "Shakespeare" com Edgar e sua incrível recalcitrância, cuja obstinação benigna supera até mesmo Cordélia. Afinal, o próprio Edgar é afilhado de um rei e o próximo monarca da Bretanha. Quem representou Edgar em 1609 na corte de Jaime I? Até hoje eu imaginava que Robert Armin fazia o papel do Bobo, já que Burbage-como-Shakespeare-como-Hamlet reclama da falta de disciplina de Will Kemp, e Kemp sem dúvida era ainda o Coveiro em *Hamlet*. Shakespeare dispensou Kemp, dançarino e comediante, depois disso, e ele foi substituído por Armin — que, apesar de feio, tinha uma voz agradável — como o bufão principal da companhia. Inclino-me agora a sugestões que me precedem — não me lembro de onde —, de que Edgar, o personagem com o maior número de falas depois de Lear, foi interpretado por Armin, a segunda maior estrela da constelação do Globe, após Burbage. Ninguém duvida que Burbage acrescentou Lear, Macbeth e Antônio a suas interpretações de Hamlet e Otelo. Quem quer que tenha representado Iago certamente recebeu o papel de Edmundo e, supõe-se, o mesmo menino fez o papel de Cordélia e do Bobo, que nunca estão juntos no palco.

Armin como Edgar é uma visão que pode ajudar a revisar mal-entendidos sobre o papel, que, de todos os shakespearianos, é o que mais se assemelha a Proteu. Dar a Armin o papel de Edgar teria sido uma experiência brilhante, e eu talvez esteja inclinado a aceitá-la, porque todos os atores que já vi como Edgar foram absurdos: ou um mau ator ou um ator mal escolhido, guiado por um diretor irremediavelmente perdido.

Reginald Foakes, um astuto crítico shakespeariano, observa que "Edgar está mais vividamente presente quando foge". Com seu estilo de Proteu, quando para de correr, Edgar se metamorfoseia em um irrefreável vingador contra quem o bélico Edmundo não tem a menor chance e por quem acaba sendo eliminado. Em uma peça de incontáveis ironias trágicas, esse adversário implacável que destrói Edmundo foi criado pelo próprio Edmundo ao vitimar seu crédulo irmão, dando início assim à longa peregrinação na qual o mendigo Tom de Bedlam por fim se transforma em um cavaleiro sem nome e, então, no novo rei.

Idealizar Edgar não o traz para mais perto de nós, mas considerá-lo cruel também é um distanciamento. É imensa a dificuldade de caracterizá-lo. Ao contrário de Edmundo, de diversão e animação encantadoras, uma mistura de Maquiavel e Don Juan, Edgar não tem nenhum senso de humor nem nenhuma desenvoltura. Para sobreviver, se disfarça, finge um estoicismo que nunca sentiu, esquiva-se do afeto — da melhor maneira que pode — e se castiga por meio de uma descida voluntária ao estrato mais baixo do reino, a degradação como um louco errante mendigando por comida, abrigo e roupas.

Por que então me sinto impelido a encontrar nesse estranho papel um porta-voz de seu criador — não Shakespeare, o homem, mas Shakespeare, o dramaturgo de *Rei Lear*, que extrapola os limites da arte? Nada do que Edgar *diz* o liga a Shakespeare. Contudo, as atitudes — e faltas de atitude — de Edgar, suas evasões e suas energias negativas, parecem indicar que o autor tinha certo remorso por impor tamanha agonia aos leitores e ouvintes de uma obra literária tão consternadora quanto a pintura apocalíptica de Ticiano sobre Apolo esfolando Mársias. Vi essa obra exposta há muitos anos na Galeria Nacional de Arte em Washington, D. C., por empréstimo do Museu Kroměřížska, da República Tcheca. Lembro-me de ficar parado diante da pintura, atônito, por mais de uma hora, até que meu amigo, o falecido pintor Larry Day, que me levara para vê-la, murmurou subitamente: "É o quarto ato de *Rei Lear*, não é?"

A agonia é apenas uma das mudanças de figurino de Edgar, o que talvez explique seus ecos sutis na sexta parte de "Crossing Brooklyn Ferry", de Walt Whitman. Quando lemos *Rei Lear*, muitas perspectivas, como se fossem ondas de penumbra, atravessam nosso espírito horrorizado, e Shakespeare não privilegia nenhuma delas. Há apenas três sobreviventes. O duque de Albânia, creio, abdica em decorrência de sua culpa por se ter visto forçado a lutar contra os invasores que vieram resgatar Lear. O conde de Kent, leal até o fim, deseja apenas viajar ao país desconhecido para onde fora seu rei. Em toda a obra de Shakespeare, nenhum monarca sobe ao trono com tão pouca esperança quanto Edgar. No Primeiro Fólio, o quarteto final lhe é designado, e o repetido uso da primeira pessoa do plural soa mais a um plural majestático do que a uma referência inepta a um governo conjunto de Albânia e Edgar. Muitos na plateia sabiam que o rei Edgar histórico também veria muito em sua vida, mas certamente não chegaria aos 80 anos de Lear:

> Ao peso deste triste momento precisamos nos render
> Dizer o que sentimos, não o que deveríamos dizer;
> O fardo maior carregou o mais velho; nós, os jovens
> Nunca veremos tanto, nem tanto havemos de viver.

O distanciamento é o traço em comum entre Edgar e Shakespeare. Esse distanciamento — ou algo do tipo — pode ser entendido como a postura de Shakespeare perante todos os seus personagens. Quando Edgar engana Gloucester na tentativa de suicídio, tem a triste esperança de curar com brincadeiras o desespero do pai. Ao contrário de seu meio-irmão e inimigo, Edgar não tem o menor talento para brincar com a vida dos outros. Encena-se aqui algo oblíquo. Edmundo, com seu estilo marloviano, tem em grande medida — assim como Iago — o mesmo talento que tinha Shakespeare para arruinar as vidas das personagens que cria. Edgar só consegue fazê-lo de maneira inepta, mas não tem em si nada de marloviano. Das sombras que habitam as tragédias do Bardo, eu o qualificaria como a mais shakespeariana de todas.

A ELIPSE DE SHAKESPEARE

A tempestade

Afora Chaucer e Marlowe, o principal precursor de Shakespeare foi a Bíblia inglesa: a Bíblia dos Bispos até 1595 e a Bíblia de Genebra a partir de 1596, o ano da criação de Shylock e Falstaff. Ao falar da influência da Bíblia sobre Shakespeare, estou me referindo não à fé ou espiritualidade, mas às artes da linguagem: dicção, gramática, sintaxe, figuras de linguagem e lógica do argumento. Consciente disso ou não, Shakespeare tinha consequentemente como principal modelo de estilo de prosa o mártir protestante William Tyndale, cuja eloquência direta constitui cerca de 40% da Bíblia de Genebra — e uma porcentagem ainda maior no Pentateuco e no Novo Testamento. Como o pai do próprio Shakespeare era um católico dissidente, muitos estudiosos atribuem simpatias católicas ao poeta e dramaturgo — um juízo que considero bastante dúbio. Não sei se Shakespeare, o homem, era protestante ou católico, cético ou ocultista, hermetista ou niilista — embora suspeite desta última possibilidade. Porém, o teatrólogo se inspirou com frequência na arquiprotestante Bíblia de Genebra durante seus últimos 17 anos de produção. Milton também preferia a Bíblia de Genebra, embora me pergunte cada vez mais se o Milton tardio não era uma seita pós-protestante de um só membro, antecipando-se a William Blake e Emily Dickinson.

Entre outros precursores, foi Ovídio quem transmitiu a Shakespeare seu amor pelo fluxo e pela mudança — as qualidades que Platão mais abominava. A princípio, Marlowe praticamente dominava Shakespeare, mesmo na paródia deliberada que é *Titus Andronicus* e no maquiavélico Ricardo III. Porém, pelo menos de *Ricardo II* em diante, Shakespeare chegou a uma má avaliação tão poderosa do dramaturgo que todos os traços de Marlowe se tornaram ilusões sob um rígido controle. Chaucer foi tão crucial para parte da criação das personalidades fictícias de Shakespeare quanto Tyndale foi para aspectos de seu estilo. Em outros escritos, segui *The Swan at the Well: Shakespeare Reading Chaucer* (O cisne no poço: a leitura de Chaucer por Shakespeare) de Talbot Donaldson ao descrever o efeito da Mulher de Bath sobre Sir John Falstaff — e sigo pensando que Shakespeare tirou de Chaucer a ideia de representar pessoas que são transformadas pelo entreouvir de suas próprias falas. Contudo, mesmo Chaucer, o mais poderoso escritor da língua inglesa à exceção de Shakespeare, não foi o precursor definitivo que Shakespeare se tornou para si próprio a partir de 1596, quando completou 32 anos e deu vida a Shylock e Falstaff.

Podemos falar de um "Shakespeare agonista"? Creio que tal poeta nunca existiu. Pode-se falar de um "Chaucer agonista", que reconheceu autoridades inexistentes, mas se recusou a mencionar Boccaccio. "Milton agonista" seria um apelido pejorativo, mas Shakespeare incorporou suas influências: Ovídio e Marlowe na superfície, William Tyndale e Chaucer bem mais a fundo.

Contextualizar Shakespeare, em seu estilo mais antigo ou mais recente, me cansa. Shakespeare e o dramaturgo Philip Massinger, seu contemporâneo, parecem iguais quando se permite sua interpretação à luz da história de sua época. No entanto, a obra de Massinger é de interesse apenas de poucos estudiosos especializados. Já a de Shakespeare mudou a todos, inclusive Massinger, e continua nos mudando, a você, a mim, e até mesmo aos historicistas e cínicos. O que Shakespeare deixa de fora é mais importante do que aquilo que incluem outros dramaturgos elisabetanos e jacobinos. Todos os muitos elementos da estranheza de Shakespeare poderiam com razão ser reduzidos à sua tendência elíptica em expansão permanente, seu desenvolvimento da arte de deixar coisas de fora. Com uma confiança pertinente em seus poderes mágicos tanto sobre as classes mais baixas quanto sobre a elite, escreveu cada vez mais para algo agonístico em si mesmo.

Aldous Huxley possui um ensaio certeiro intitulado "Tragedy and the Whole Truth" (Tragédia e toda a verdade), no qual argumenta que os homens em Homero, mesmo após a perda dos companheiros de bordo, sentam-se para degustar carne e vinho e depois dormem para esquecer a perda. Isso contraria a tragédia sofocliana, na qual a perda é irrevogável e infinitamente sombria. Na tragédia shakespeariana, o homérico e o sofocliano se fundem —, e a Bíblia inglesa se mantém sempre por perto. Os gêneros desaparecem em Shakespeare porque, ao contrário do que afirma Huxley, ele deseja dar a si mesmo e a você tanto a tragédia quanto toda a verdade. Hamlet, por mais afetado que esteja pelo que parece ser o fantasma de seu pai, não consegue parar de gracejar no estilo de Yorick — seu autêntico misto de pai e mãe —, e se dirige desrespeitosamente ao Fantasma como "velha toupeira" (*old mole*).

Para acomodar a tragédia e toda a verdade ao mesmo tempo, é preciso deixar de fora o máximo possível sem deixar, contudo, de indicar as ausências. Nenhum leitor atento duvida da tragédia ou de toda a verdade das torturantes peças *Otelo* e *Rei Lear*, ambas campos de especulação em que é fácil se perder sem perceber o próprio desvio. Quando digo a um público ou a um grupo de discussão de alunos que o casamento de Otelo e Desdêmona provavelmente nunca foi consumado, quase sempre enfrento opiniões divergentes. Algo semelhante ocorre quando insisto que o enigmático Edgar é o outro protagonista trágico de *Rei Lear* e que é de longe seu personagem mais admirável, apesar dos muitos defeitos, um herói da persistência levado a erros de julgamento por um amor avassalador que ele não consegue aprender a suportar. Os ouvintes céticos se opõem de maneira compreensível a minhas interpretações: se estão corretas, por que Shakespeare faz com que seja tão difícil chegar a elas?

Invertamos essa objeção: o que se esclarece em *Otelo* se o mouro nunca tiver consumado seu casamento? O que se torna ainda mais devastador em *Rei Lear* se seu centro pragmático for Edgar — e não o padrinho arruinado que ele ama e venera? A vulnerabilidade do heroico mouro ao gênio demoníaco de Iago se torna muito mais compreensível, sobretudo se Iago suspeita da relutância ambivalente de Otelo em possuir Desdêmona. Edgar é a mais profunda encarnação da autopunição em Shakespeare, da cisão do espírito no processo defensivo. Considerando Edgar de maneira mais profunda, realinhamos a tragédia de Lear, pois somente Edgar e Edmundo nos dão perspectivas outras que não a do próprio Lear sobre a queda do grande rei em seu abismo. Esta, que é a mais elaborada das tragédias domésticas de

Shakespeare, depende, para sua coerência final, da interação entre Lear e seus sentimentos incrivelmente intensos, de Edmundo e sua frieza, livre de todo afeto, e de Edgar e seus sofrimentos obstinados — inclusive sua apatia, o "soturno e fictício papel" de Tom de Bedlam, como descrito na página de rosto do Primeiro Quarto.

Sempre que procuro, em vez de fontes, precedentes de Shakespeare, chego com maior frequência a Chaucer do que à Bíblia inglesa, a Ovídio ou ao ovidiano Marlowe. William Blake, em comentário sobre a Mulher de Bath, parece tê-la interpretado como a encarnação do que ele teme: a Vontade Feminina. Hoje em dia, considero necessário enfatizar que Blake encontrava a Vontade Feminina tanto em homens quanto em mulheres. Chaucer, o peregrino, deleita-se com Alice, a Mulher de Bath, assim como nós. Contudo, mesmo tendo se utilizado da atividade generosa de seus quadris para se livrar de seus três primeiros frágeis maridos, há uma elipse pouco antes da conveniente partida de seu quarto marido rumo ao próprio funeral, liberando-a para o amor da sua vida, seu jovem quinto companheiro, que ela lamenta copiosamente. É claro que o inconveniente quarto marido foi despachado com facilidade.

Com Chaucer, Shakespeare aprendeu a esconder sua ironia, expandindo-a até que não pudesse ser apreendida pela mera visão. Com Hamlet, sequer chegamos a ouvi-la. Nenhum outro personagem literário diz tão raramente o que quer dizer ou quer tão poucas vezes dizer o que diz. Isso levou o clerical T. S. Eliot, que tinha ambivalências não resolvidas em relação à própria mãe, a julgar erroneamente que Hamlet era J. Alfred Prufrock e a peça de Shakespeare, "sem dúvida alguma um fracasso artístico". Com a possível exceção de *Rei Lear*, *Hamlet* é com certeza o sucesso artístico supremo da literatura ocidental. Eliot, um grande poeta, ainda que tendencioso, foi sem dúvida um dos piores críticos literários do século XX. Esse profeta antissemita, que dominou o mundo acadêmico da minha juventude, foi incapacitado pelo refinado desprezo que mantinha por Sigmund Freud — o Montaigne de sua época.

Richard Ellman me afirmou que Joyce sempre defendeu a brilhante leitura de *Hamlet* feita por Stephen em *Ulisses* na cena da Biblioteca Nacional. Implícita nessa interpretação está a ideia de que o amor paternal de Shakespeare por seu Hamlet repete o modelo do amor de Falstaff por Hal — um modelo que William Empson e C. L. Barber encontraram nos

Sonetos, no amor traído de Shakespeare pelos condes de Southampton e Pembroke.

A maior elipse de *Hamlet* é seu longo prelúdio implícito, durante o qual morreu sua alma. Temos que conjecturar por que e como isso se deu, pois a magnitude de sua doença mortal precisa ter precedido em muito a morte de seu pai e o segundo casamento de sua mãe. Nossa pista crucial é a relação do príncipe com Yorick, que carregou o menino nas costas milhares de vezes e trocou tantos beijos com a criança faminta por afeto. O emblema de *Hamlet* é o príncipe já adulto segurando o crânio de Yorick e fazendo suas perguntas cruéis e sem resposta.

Há uma relação oculta entre o longo mal-estar de Hamlet e o enigma singular e deslumbrante da peça, a lacuna mimética entre a cena dois do segundo ato e a cena dois do terceiro ato. O que se vê e se ouve não é a imitação de uma ação, mas representações de representações anteriores. O pacto entre o palco e o público é abolido em favor de uma dança de sombras em que só é real o manipulador Hamlet. Destruindo seu próprio gênero, a peça nos traz assim um Hamlet sem pai. Shakespeare persegue Hamlet, que sempre consegue escapar, um duende fugindo com a coroa de Apolo.

Como pode uma peça enfatizar tanto o sentido de uma autoconsciência apocalíptica quanto a transcendência da representação teatral que simplesmente purga a consciência do eu no quinto ato? Isso leva apenas a novas perguntas nesse labirinto de elipses: por que Hamlet retorna a Elsinore após sua viagem abortada à Inglaterra? Ele não tem — nem quer arquitetar — um plano. Por que cair na armadilha óbvia do duelo com Laertes? Se de fato não sabemos absolutamente nada a respeito daquilo que deixamos para trás, tanto faz partirmos em um momento ou em outro, mas Hamlet certamente sabe mais que o resto de nós sobre o significado e a natureza do tempo. Escutamos sete de seus solilóquios, mas precisamos desesperadamente de um oitavo, que Shakespeare se recusa a fornecer.

Há muitas outras elipses em Shakespeare. Das maiores figuras de Shakespeare — Falstaff, Hamlet, Iago, Cleópatra —, somente Hamlet tem pais, por mais dúbio que seja um deles. Em 1980, R. W. Desai sugeriu que Cláudio fosse o pai de Hamlet. Porém, nem nós nem o príncipe sabemos há quanto tempo começara a relação sexual entre o tio e a mãe. Hamlet, cujo *modus operandi* é não dizer o que quer dizer nem querer dizer o que diz, não expressará essa perplexidade por mais que ela o entorpeça. Exterminar um tio assassino é uma coisa, matar o pai é outra bem diferente.

Hamlet reivindica seu nome próprio, não mais o de seu suposto pai, tendo atirado o Fantasma ao Mar do Norte, por assim dizer. Ele retorna como Hamlet, o dinamarquês, talvez reconhecendo que o sátiro Cláudio poderia muito bem ser seu pai fálico. Não sabemos — ele tampouco. Yorick, o pai imaginativo que amou e criou o menino até que este completasse 7 anos, pode ser visto como a maior elipse da tragédia elíptica de Hamlet. Ninguém precisa se deixar enganar pela repulsa de Hamlet ao ver o crânio de Yorick. Mesmo do outro lado do afeto, Hamlet no cemitério lastima por Yorick como seu verdadeiro pai maternal, o autor de sua argúcia.

De Falstaff, Shakespeare diz apenas que o sagaz gordalhão serviu como pajem para João de Gante, pai do rei Henrique. De Iago, suspeitamos apenas que, como alferes de Otelo, inicialmente venerava seu capitão como o deus da guerra. Da Serpente do Nilo antes de Antônio, nos é dito apenas que Pompeu e César desfrutaram dela, mas César foi o único — antes de Antônio — a gerar um filho bastardo. Por que nos dar tamanha grandeza e todavia nos contar tão pouco?

Os bastardos de Shakespeare começam com o maravilhoso Faulconbridge, em *Rei João* para depois se tornarem mais sombrios, com o cruel Dom João de *Muito barulho por nada*. O gênio espetacular da bastardia é Edmundo, ainda que Bruto e Hamlet estejam ambiguamente a caminho. Na segunda parte de *Henrique IV*, o duque de Suffolk fala orgulhoso antes de ser conduzido à execução: "A mão bastarda de Bruto / Apunhalou Júlio César" (Ato IV, cena 1, 136-37). Plutarco menciona o escândalo — descrito por Suetônio — segundo o qual Bruto era filho de César, e Shakespeare o insinua sem dizê-lo abertamente em *Júlio César*. É evidente que Bruto e César sabiam dos reais laços que os uniam, e Hamlet e Cláudio não conseguem fugir deles.

O Stephen de Joyce ecoa as elipses de Shakespeare na cena da Biblioteca Nacional, na qual nos é dito que a paternidade é sempre uma ficção. Perspicaz, Joyce contesta isso ao insistir que Poldy Bloom é judeu. Joyce, o próprio Bloom e a cidade de Dublin inteira estão de acordo com essa identificação, mas são de pouca monta contra o Talmude. O pai de Poldy é o judeu húngaro Virag, mas sua mãe e sua avó eram católicas. Isso vira o

Talmude de cabeça para baixo. O judaísmo conservador simplesmente não queria saber quem era seu pai: somente o filho de uma mãe judia é judeu — e ponto final.

Diz-se que Picasso afirmou não se importar com quem o influenciasse, mas que não queria influenciar a si mesmo. Concordo, contudo, com Paul Valéry, que considera a autoinfluência um sinal de uma proeza literária singular, uma forma sublime de autodomínio vista apenas nos mais fortes dos escritores fortes. A candidata mais revigorante à investigação valériana só pode ser a má avaliação de Shakespeare por Shakespeare. Como exemplo de influência de si mesmo, Shakespeare estabelece as condições para a advertência valériana: precisamos aprender a compreender a influência de uma mente sobre si mesma. A depender da forma de contagem, Shakespeare escreveu 38 peças, das quais aproximadamente 25 são totalmente dignas dele. Os gostos variam: como devoto de Falstaff, não consigo suportar *As alegres comadres de Windsor* — e *Os dois cavalheiros de Verona* não é muito melhor, apesar de um cachorro adorável. Para mim, *Titus Andronicus* é uma paródia marloviana, como se o jovem Shakespeare estivesse dizendo: "Se eles querem sangue, então tomem!"

O bastardo Faulconbridge em *Rei João* inicia o verdadeiro Shakespeare. Porém, o primeiro triunfo do autor é o que sigo chamando de Falstaffíada: as duas partes de *Henrique IV* e a elegia em prosa *cockney* de Mistress Quickly para Sir John em *Henrique V*. O sucesso instantâneo de Falstaff transformou a carreira de Shakespeare: o aprendizado com Marlowe terminou, e teve início uma autoconfiança absoluta. Falstaff substituiu Marlowe na posição de precursor de Shakespeare.

Isso não chega a ser uma negação dos outros precursores: Ovídio, Chaucer, o Novo Testamento de Tyndale, Montaigne. Contudo, como reconheceu Giambattista Vico, só conhecemos o que fazemos por conta própria, e Shakespeare conhecia Falstaff. Deixe de lado o que os estudiosos seguem repetindo sobre o imortal Falstaff, embora tenham Hal/Henrique V a seu lado. A plateia e os leitores de Shakespeare se apaixonaram por Falstaff porque ele carregava a bênção secular: "Dá-me vida!" Hamlet, Iago, Lear e o Bobo, Edgar e Edmundo, Macbeth: esses não são para nós embaixadores da vida. Cleópatra é e não é; Bernard Shaw a condenou de forma certeira, como a Falstaff, ao lamentar ser a mente de Shakespeare muito menos ampla do que a do criador de *César e Cleópatra*.

Falstaff gerou Hamlet, e o Príncipe Negro possibilitou Iago e Macbeth. O que os gnósticos chamavam *pleroma*, a plenitude, está sempre presente em Falstaff. Hamlet se desvia com ironia do gigante da comédia — um desvio ao qual Shakespeare responde com a realização antitética da representação cênica em *Medida por medida* e *Otelo*. Lidas juntas, *Medida por Medida* e *Otelo* são uma sinédoque abrangente para a arte de Shakespeare como dramaturgo, seja qual for a interpretação escolhida para duque Vicêncio, que vai desde um benevolente interventor até um estraga-peças do tipo de Iago.

No esquema de revisão que proponho, *Rei Lear* e *Macbeth* são juntas uma *kenosis* radical, a destruição do pleroma falstaffiano. Pode-se ver um sublime compensatório na resposta daimônica de Shakespeare, *Antônio e Cleópatra*, o horizonte mais distante de sua carreira, do qual se retira asceticamente em *Coriolanus*. *Conto de inverno* e *A tempestade* aparecem como uma glória final, um candor sempre fresco, forçado mas ainda assim familiar em sua chegada. Leontes, Hermione, Perdita e Autólico são uma versão de *finale*; Próspero, Ariel e Caliban são outra bem diferente. Falstaff teria muito a dizer a Autólico, mas pouco ou nada a Ariel. *A tempestade* é um litoral muito mais selvagem do que *Conto de inverno* — e também a peça mais surpreendente de seu poeta, insuperável, sua última e melhor comédia e uma guinada extraordinária até mesmo para o mais autorrevisionista de todos os autores.

Tracemos uma linha de volta pelo sombrio abismo de tempo que vai de *A tempestade* (1611) até *Henrique IV*, partes I e II (1569-98). Esses 15 anos de criação ofuscam qualquer outro feito individual da literatura ocidental — uma afirmação audaciosa, visto que inclui os antigos gregos, romanos e hebreus, Dante, Cervantes, Montaigne, Milton, Goethe, Blake, Tolstoi, Whitman, Proust, Joyce e outros esplendores comparáveis. Chamemos essa linha solitária de *agon* perpétuo entre Shakespeare e Shakespeare, o das obras anteriores e o das posteriores. Próspero, Leontes, Coriolanus, Antônio, Macbeth, Lear, Otelo, Hamlet, Falstaff: será que esses nove têm alguma sublimidade em comum? Passemos ao outro sexo. Miranda, Hermione, Perdita, Volumnia, Cleópatra, Lady Macbeth, Cordélia, Desdêmona, Ofélia: será que compartilham algo? Tão variados são os homens e as mulheres de Shakespeare — e esses dois campos minados excluem bufões e a maioria dos vilões — que é provável que o fato de terem sido todos concebidos por uma única mente deixe de nos admirar. Essa admiração é importante, porque, se eles não tivessem feito uma diferença, nós seríamos diferentes do que somos.

Falstaff é a matriz a partir da qual emanou a arte madura de caracterização de Shakespeare. Nem mesmo o bastardo Faulconbridge, Julieta, Bottom e Shylock ecoam a riqueza existencial de Falstaff. Ele é irmão da Mulher de Bath e rival histriônico de Cleópatra. A reação do público contemporâneo de Shakespeare ao cavaleiro gordo guarda uma precisão crítica que corremos o risco de perder, ainda que Samuel Johnson, A. C. Bradley e Harold Goddard enxergassem Falstaff claramente.

Não conheço nenhuma abordagem crítica recente que explique como se ativa o sentido em um personagem dramático. Falstaff é como se ativa o sentido, assim como o são Hamlet, Iago e Cleópatra. Próspero é como o sentido reflui e se esvai, pois mesmo Próspero é um dos tolos do tempo. Falstaff não. Morrendo, ao som da música em prosa *cockney* de Mistress Quickly, ele volta a ser criança, sorrindo para as pontas de seus dedos e entoando o salmo 23. Ele passa a vida pedindo em vão ao tempo que fique fora de seu caminho. Não obstante, não vemos um triunfo do tempo sobre Sir John Falstaff. O amor traído alcança a vitória; seria isso uma derrota total?

Falstaff, por meio da superabundância, do excesso, do transbordamento, cria sentido. Tal criação só pode ocorrer porque Falstaff cria amor, riso, um regozijo por simplesmente ser, o êxtase da existência. Há uma redução em grande medida proposital no longo movimento de Shakespeare entre Falstaff e Próspero, que esvazia o sentido e termina triunfante, porém em desespero, deixando sua ilha rumo a Milão, onde um em cada três pensamentos será sobre sua sepultura. Ariel é liberto em seus elementos, fogo e ar, enquanto Caliban é reconhecido, terra e água juntas, uma adoção fracassada, porém agora uma coisa de escuridão que de fato pertence a Próspero.

De Próspero, o anti-Fausto, pouco ouvimos; Ariel e Mefistófeles são tão diferentes que o paralelo funcional entre eles não consegue chegar à consciência do público. Mas o próprio Próspero é difícil de assimilar:

> Sob o meu comando,
> as tumbas libertam seus defuntos,
> graças à minha arte.*
>
> (Ato V, cena 1, 48-50)

Um mago hermetista que ressuscita os mortos não tem espaço na doutrina cristã. Analogias entre Shakespeare e Próspero em particular oscilam: estão e não estão presentes. Shakespeare ressuscita os poderosos mortos — Júlio César, Marco Antônio, Henrique V, Henrique VIII — por meio de sua arte mágica de representação. Suas peças históricas, assim como suas comédias e tragédias, não pertencem a gênero nenhum e são de fato histórias alternativas que triunfaram sobre os fatos. É claro que Ricardo III foi um rei benevolente e Henrique VII, um vilão, mas Shakespeare alterou isso para sempre.

Em Milão, a administração do principado — na qual fracassara — será a primeira preocupação de Próspero. Reeducar Caliban, a segunda. Com isso, sobra apenas a morte para concluir uma existência desprovida de alegria. Quer interpretemos Próspero como o maior dos magos brancos, como um estafado diretor teatral ou como o próprio Shakespeare, seria esse o encerramento adequado para uma comédia final? *A tempestade* é uma peça incrivelmente original, ainda mal lida e encenada, porém curiosamente frágil. Se substituíssemos Trínculo por Falstaff, explodiria a última peça escrita de modo exclusivo e incontestável por Shakespeare.

Será que não há como lançarmos nosso anzol para resgatar o livro afundado de Próspero? Em nossos palcos, a atual obsessão com o glorioso e deplorável Caliban deveria dar lugar a uma maior alegria de Ariel, que inebriou Shelley e Hart Crane. A peça pertence a Próspero e Ariel, não a Caliban, embora a ilha de fato *seja* dele. Robert Browning nos deixou um monólogo dramático extraordinário, "Caliban upon Setebos" (Caliban sobre Setebos), que prefiro imensamente a *The Sea and the Mirror* (O mar e o espelho), de W. H. Auden, embora seu Caliban — supostamente após sua reeducação em Milão — fale no tom das últimas obras de Henry James, que partilhava da paixão de Shelley e Browning por *A tempestade*.

---

* As citações de *A tempestade* foram retiradas da edição digital Saraiva de Bolso, com tradução de Barbara Heliodora.

Lembro-me de sair de uma apresentação da paródia de George C. Wolfe de *A tempestade*, que retratou Caliban como um heroico combatente libertário caribenho e adicionou Ariel, um oponente igualmente ferrenho de Próspero, como uma rebelde caribenha. No tempo de vida que ainda me resta, *A tempestade*, como Shakespeare a concebeu, provavelmente não será encenada novamente. Talvez isso não importe: a leitura e o estudo da verdadeira peça continuarão, e os modismos sociopolíticos gradualmente desaparecerão. O que me entristece é que, quase ao fim de sua obra, Shakespeare escreveu talvez sua comédia mais engraçada, embora o riso que ela provoca não seja similar ao vitalismo agressivo de Falstaff ou à argúcia essencialmente sombria de Cleópatra. O poder cômico de *A tempestade* se baseia em uma ironia tão sofisticada que só a compreendemos lentamente:

> Gonçalo: Como é luxuriante a relva! Como é verde!
> Antônio: O chão é bem tostado.
> Sebastião: Com um nadinha de verde.
> Antônio: Ele não perde nada.
> Sebastião: Não, mas confunde a verdade inteiramente.
>
> (Ato II, cena 1, 52-56)

Cada um vê aquilo que é. O bondoso Gonçalo contempla um paraíso na terra, enquanto Antônio e Sebastião, respectivamente o usurpador consumado e o potencial, enxergam as coisas como elas são, e de maneira favorável a uma potencial usurpação. Se *A tempestade* ainda oferece um espelho da natureza, é apenas da natureza humana. Caliban é suposto como apenas meio-humano, e Ariel sequer humano, mas Antônio, Sebastião, Tríncul0 e Estéfano são demasiadamente humanos.

O único ser humano na peça que é mais que um esboço é o mago Próspero, umas das personalidades mais enigmáticas criadas por Shakespeare. Ele é um daqueles professores que estão sempre convencidos da desatenção de seus ouvintes. "Note bem" e "Ouviu?" são repetidos com frequência por ele. Talvez, perto do fim da empreitada de Shakespeare, Próspero perceba cada vez mais uma verdade em todas as peças: ninguém escuta de fato o que os outros dizem. Aqui a vida imitou Shakespeare: quanto mais o lemos, menos escutamos uns aos outros. Como Cleópatra, estamos sempre repetindo: "Não, deixe-me falar!"

O rabugento Próspero, sempre à beira da cólera, é capaz de se dirigir a Ariel como se ele fosse Caliban: "Mentira, coisa vil!" Ainda assim, estamos com Próspero e a seu favor, já que *A tempestade* não nos deixa outra escolha. Mesmo reconhecendo que ele foi traído, sua frieza é perturbadora. Nós o perdoamos graças a sua grande recuperação nos atos IV e V, em especial porque sua ansiedade temporal revela a nossa. Ele está sempre querendo saber a hora. No entanto, quase se esquece da conspiração de Caliban, Estéfano e Tríncuro para matá-lo: "O minuto de sua trama / É quase chegado." Seu imenso poder sobre o espaço ilusório não o liberta em absoluto do tempo.

Por que Shakespeare, no discurso de renúncia de Próspero, estende a "magia bruta" do mago à chocante impiedade de ter ressuscitado os mortos?

> Sob o meu comando,
> as tumbas libertam seus defuntos,
> graças à minha arte.

O tom não tem nenhum traço de culpa, mas por que Próspero se permitiu essa atividade extravagante? O mago renascentista — digamos, Giordano Bruno ou Dr. John Dee — talvez buscasse aperfeiçoar a natureza (como na alquimia), mas não desejaria ressuscitar os mortos. Próspero ofusca Dr. Dee, o astrólogo real às vezes apontado como seu modelo. O mínimo que se pode afirmar a respeito de Próspero é seu espantoso poder. O Fausto de Marlowe faz truques insignificantes; Próspero é o autêntico "favorecido" e dominou a realidade, exceto pelo penoso enigma do tempo.

A arte da elipse de Shakespeare triunfa de forma tão evidente em *A tempestade* que nossa tendência é não perceber como ela domina a peça. Após a tempestade ilusória inicial, *nada acontece*. Se em *Otelo* há um excesso de trama, *A tempestade* é um experimento sem trama. Mesmo o evidente ato de abdicação da magia branca é ambíguo. A autoridade de Próspero não diminui no final, e não acredito em sua renúncia ovidiana. Ele não é nenhuma Medeia, e quebrar seu cajado e afundar seu livro são promessas para um futuro que está além do escopo de *A tempestade*.

Encenado como alegoria pós-colonial ou sátira anti-imperialista, é claro que o drama de Próspero deixa de ser uma comédia. Porém, essa deveria ser a última comédia de Shakespeare, de um tipo que ainda não aprendemos a assimilar. Nunca temos certeza do que está ou não acontecendo na peça, mas essa parece ser a essência da Nova Comédia shakespeariana. Qualquer conhecimento que a obra pudesse nos trazer seria obtido à custa de seu poder sobre nós. O poder só se torna cômico se é ridicularizado. Eu sugeriria que Próspero, mais favorecido do que Fausto, é não obstante um protagonista tragicômico, mas Caliban e todos os seres humanos na peça também o são, exceto pelos jovens amantes, Miranda e Ferdinand. Ariel também é isento de comédia.

Chamo *A tempestade* de tragicomédia, pois é uma definição mais apropriada do que a de romance para seu gênero estranho, ainda que tragicomédia defina melhor *Conto de inverno* do que *A tempestade*. Ninguém morre nem é ferido física ou espiritualmente em *A tempestade*, mas simplesmente não temos um gênero no qual possamos enquadrar a originalidade final de Shakespeare em toda sua grandeza. Suspeito que, se questionado, ele teria respondido "comédia", mas querendo com isso dizer meramente que está tudo bem quando termina bem, não importando como modifiquemos o "bem" final.

Como assimilar a Próspero o conceito de comédia? Para o público do tempo de Shakespeare e dos séculos seguintes, Caliban não era nada além de cômico. Sem dúvida, não foi representado pelo principal bufão da companhia de Shakespeare, Robert Armin, que era admirado por seus dotes como cantor — o que provavelmente faz dele o Ariel. A tradição cênica anterior a nossa Era do Politicamente Correto provavelmente daria ao público um Caliban meio-peixe ou meio-anfíbio. Não me parece uma ideia pior do que o Caliban herói rebelde da maioria de nossas encenações atuais.

Na cultura, a autenticidade envolve um aumento dos alicerces, de acordo com Hannah Arendt em *Entre o passado e o futuro* (1961). Por consenso geral, Shakespeare aumenta os alicerces teatrais em *A tempestade* ao demonstrar a liberdade do dramaturgo em relação à história. Todas as tentativas de análise de *A tempestade* pelo Novo Historicismo se mostraram fracas e já estão tristemente obsoletas. O frescor dessa peça elíptica escapa de todo sistema sociopolítico. Como aprisionar o vento?

Marlowe, o perigoso precursor de Shakespeare, encerrou sua carreira truncada com Doutor Fausto. Próspero parodia e supera Fausto, até em seu nome. O primeiro Fausto, segundo a tradição cristã, teria sido Simão, o Mago de Samaria, que foi a Roma, onde adotou o pseudônimo de Fausto

— o "favorecido" — e teria falecido em uma competição de levitação com São Pedro. Shakespeare, suponho, escreveu *A tempestade* em uma competição tardia com a última peça de Marlowe, 18 anos após seu assassinato.

Shakespeare parodia o Fausto de Marlowe em *Ricardo II* e alude diversas vezes à obra e à morte de Marlowe em *Como gostais*, a menos marloviana das comédias. Em *A tempestade*, ele talvez tente um exorcismo altamente pessoal de um fantasma teatral que o seguira assombrando, embora de uma nova maneira, mediada por seu *agon* com suas obras iniciais. Shakespeare sem dúvida conheceu Marlowe pessoalmente, embora tenha mantido uma distância da retórica teatral que o estimulara em *Titus Andronicus* e nas peças sobre *Henrique IV*, culminando em *Ricardo III*, altamente marloviana. Contudo, algo nele, imagino, foi sempre grato ao gênio de Marlowe, mesmo quando seu precursor não muito mais velho foi se tornando cada vez menos um exemplo de arte e de vida. O conhecimento proibido, um lugar-comum em Marlowe, não é marca de continuidade entre *Dr. Fausto* e *A tempestade*, uma vez que Próspero vai irrepreensivelmente muito além de Fausto em sua busca hermética. Mas esse é um hermetismo purgado da busca por Deus, purificado de fato de qualquer anseio transcendental. A arte de Próspero é uma ciência que domina a natureza por meio de espíritos ou anjos, Ariel e seus pares. Não se trata exatamente de uma alegoria da arte de Shakespeare nesta peça, no mínimo porque *A tempestade* trabalha intensamente pela eliminação de qualquer imagem antecipatória que tentemos assimilar à sua interpretação. Somos todos transformados em Miranda, de quem se espera que "fique sentada e ouça o final de nossos infortúnios marítimos". Somos convencidos a ficar sentados na expectativa de ouvir alguma revelação do mágico Próspero, mas não recebemos nada. Em termos dramáticos, ele não tem nada a nos oferecer. Uma invenção de Shakespeare então resultaria em uma paródia, e *A tempestade* seria, como *Cimbeline*, cheia de absurdos.

O que não é em nada absurdo em *A tempestade* é a vontade de poder de Próspero sobre os elementos e sobre todos na peça, inclusive sobre si próprio. Uma vontade assim tão esmagadoramente forte vem à custa da compaixão humana, e nunca encontrei um espectador ou leitor que gostasse de Próspero. Não é apenas sua severidade nervosa que nos incomoda. Mais perturbador é o efeito de sua arte mágica. Se a tempestade inicial é uma mera ilusão, como podemos confiar em qualquer evento ou aparência nessa peça em que tudo foi criado por ele? A ilha é encantada: será que existe algum limite para esse encantamento?

O amor de Miranda e Ferdinand não é ilusório, embora também seja tramado por Próspero. Ele garante o contexto, embora não a magia natural de seu apaixonamento mútuo. O domínio de Próspero sobre o local não pode controlar o tempo ou a atemporalidade criada pelos amantes. Segue-se uma comédia sardônica quando o poder do tempo quase destrói Próspero, que está prestes a perder sua deixa:

> Esqueci-me da vil conspiração
> De Caliban e seus confederados
> Pra me matar. A hora de seu plano
> Quase chegou.
>
> (Ato IV, cena 1, 139-42)

A limitação da arte de Próspero é o tempo. Nenhuma outra peça de Shakespeare — nem mesmo *A comédia dos erros*, que transcorre entre o nascer e o pôr do sol — é representada de modo que o tempo transcorrido e o tempo de encenação sejam praticamente o mesmo. Esperamos que uma lírica ou uma meditação sejam ficções de curta duração; essa não é nossa experiência do drama shakespeariano. *A tempestade* é uma peça experimental tensa; poderia muito bem se chamar *Tempo*. Próspero sabe que nosso indulto não é tão indefinido quanto gostaríamos; somos todos — homens e mulheres — condenados. Ele teve três trabalhos, dos quais somente dois eram esperados: a reintrodução segura de sua filha por meio de um casamento dinástico; a restituição de seu ducado de Milão, pelo qual ele não tem nem aptidão nem entusiasmo; a surpreendente manutenção de sua adoção fracassada de Caliban, a coisa de escuridão que ele reconhece como sua. Em todos os três empreendimentos, Próspero reconhece implicitamente o triunfo do tempo.

Desde Coleridge até hoje — embora esteja agora fora de moda — há alguma insinuação de identidade entre Próspero e Shakespeare, uma noção acrítica que se justifica em certa medida ao considerarmos quão absurdo seria combinar Leontes com seu criador. Ainda que não inquiete tanto minha imaginação, considero *Conto de inverno* esteticamente superior a *A tem-*

pestade. O drama de Próspero, Ariel e Caliban perturba o espírito; não tem nenhum Autólico ou Perdita para nos deleitar. Henry James parece ter dado a *A tempestade* primazia sobre o resto da obra de Shakespeare; talvez seja por isso que W. H. Auden surpreenda em *The Sea and the Mirror* (O mar e o espelho), fazendo com que Caliban fale indubitavelmente à maneira das últimas obras de James. *A tempestade* nos provoca a criar algo nosso a partir dela. Shelley e Hart Crane se encontraram em Ariel, enquanto Robert Browning extraiu de *A tempestade* seu monólogo dramático "Caliban upon Setebos" (Caliban sobre Setebos), subestimado até hoje. É um desenvolvimento muito mais sutil do que nos permite nossa má consciência atual sobre a criatura grotescamente patética, porém sublime, de Shakespeare.

Não consigo pensar em outra peça de Shakespeare que realmente se assemelhe a *A tempestade*. Mesmo *Conto de inverno* possui afinidades com *Péricles* e *Cimbeline*, mas *A tempestade* se destaca das outras três tragicomédias tardias e da parte — ainda mais brilhantemente fria — escrita por Shakespeare de *Os dois nobres parentes*. Beckett parece objetivo se comparado a *A tempestade*, até hoje a peça mais elíptica que conheço. Enquanto *Hamlet* ainda aparenta ser a mais experimental das peças devido à descomedida sequência que vai do ato II, cena 2, até o ato III, cena 2, *A tempestade* consegue alcançar coerência ao mesmo tempo que deixa de fora a maior parte do que esperamos que nos seja dado. Onde estamos, afinal? Shakespeare escandalizara Ben Jonson dando um litoral à Boêmia em *Conto de inverno*. Ele vai ainda além em *A tempestade*, posicionando as Bermudas no Mediterrâneo, em algum ponto entre a Itália e Túnis. O clima na Ilha Encantada é magnífico, exceto quando Próspero é levado a criar a ilusão de uma tempestade. As paisagens terrestre, marítima e celeste também são ilusórias, uma vez que Ariel e seus colegas espíritos estão constantemente ocupados ordenando sensações e percepções. E há sempre música no ar, sendo Ariel e seus companheiros espíritos cantores. Porém, como sempre diz o pobre Caliban em seus lamentos, a ilha não é nenhum paraíso, já que os espíritos o beliscam e aguilhoam constantemente para discipliná-lo e corrigi-lo.

Shakespeare se desfaz de todas as regras da representação cênica, ao mesmo tempo que impõe um enquadramento temporal restrito e uma unidade de espaço aparente. Na verdade, escreve como se ninguém, inclusive William Shakespeare, jamais tivesse escrito uma peça antes de *A tempestade*. Sem precursores, é seu próprio pai. A abertura, a tempestade marítima do título, é memorável por seu contramestre, franco e realista, que grita "Use sua autoridade!" ao amável e bondoso Gonçalo, certamente o personagem mais doce de toda a peça. Mas nenhuma autoridade — a não ser a de Próspero — poderia acalmar a tempestade. Na primeira cena, não há como saber que na verdade não há tempestade nenhuma. Como foi Shakespeare quem escolheu o título, intriga-nos o fato de ter dado à peça o nome de um não evento.

Shakespeare trabalhara no perspectivismo desde o início de sua carreira, mas só alcançara seu domínio absoluto com *Antônio e Cleópatra*. Se você simplesmente quiser enxergar Cleópatra como uma meretriz imperial e Antônio como sua vítima em declínio, pode fazê-lo, e isso lhe mostrará, assim como aos outros, exatamente quem você é. Se você a enxergar como uma sublimidade e Antônio como o grande amor de sua vida, isso mostrará algo diferente. Shakespeare passa adiante a escolha e evita julgamentos. Com *A tempestade*, todas as perspectivas são possíveis ao mesmo tempo, então não é preciso escolher. A vontade mágica de Próspero prevalece.

Shakespeare justapõe diretamente as pragas mútuas de Caliban e Próspero, pupilo e professor, à primorosa interação entre o lamento de Ferdinand e a canção de Ariel. Como efeito estético, é extraordinário até mesmo para Shakespeare:

Ferdinand: De onde vem a canção? Da terra ou ar?
Já não se ouve; e estou certo que serve
Algum deus desta ilha. Ali, sentado,
Chorando inda uma vez o pai perdido,
Vinda das águas ouvi essa música
Acalmando sua fúria e minha dor
Com sua melancolia. Eu a segui, a segui
Ou ela me atraiu. Mas acabou.
Não; já começou de novo.

Ariel [canta]: Teu pai repousa a cinco braças;
Seus ossos hoje são coral,
Em pérolas seus olhos traças

Nada dele acaba, afinal.
E só mudado pelo mar
Em algo rico, algo sem par,
Ninfas, seus sinos vão dobrar,

Coro: Ding, dong.

Ariel: Ouve! Ouve, eu ouço — Ding, dang, dong.

Ferdinand: A canção me recorda meu pai morto.
             Não veio de coisa morta, nem um som desses
             Se deve à terra. Inda o ouço lá do alto.

(Ato I, cena 2, 388-408)

A terra desolada, de Eliot, e os poemas líricos de Shelley e Hart Crane se encontram e misturam nessa matriz de tanta poesia posterior na língua. Ao som dessa música, Miranda e Ferdinand se encontram, apaixonam-se de imediato e, assim, consumam o autêntico triunfo da arte de Próspero. Por esse único momento, somos enganados pela ilusão de que Próspero propicia a uma epifania natural toda sua glória — embora não seja isso o que deseja.

Como a peça é de Próspero — e não de Ariel ou de Caliban —, Shakespeare corre o risco de nos alienar completamente com a rigidez do mago. A pobre Miranda, ansiosa, fala por todos nós quando diz a Ferdinand, enfeitiçado: "Meu pai, senhor, tem índole melhor / Do que o que diz." Sim e não, pois Próspero é de uma introspecção com a qual nunca nos deparamos antes nem em Shakespeare nem em qualquer outro escritor. A viagem labiríntica ao recôndito do ser, inaugurada por Shakespeare de Hamlet a Macbeth, terminou com Cleópatra e seu Antônio. Essa matriz de escuridão está presente em Vicêncio e Ângelo de *Medida por medida*, mas só nos é revelada em rompantes. Quando a introspecção profunda retorna em Leontes, é um horror, a aranha no copo.

Supõe-se que Próspero seja diferente em consequência de suas artes mágicas. A cada vitória de seu ocultismo, ele se tornara mais inacessível para si próprio e, consequentemente, para nós. Se o conhecimento proibido tem um preço alto, ele traz, não obstante, resultados muito diferentes para os magos de Marlowe e de Shakespeare. Fausto é arrastado para o inverno; Marlowe morre em agonia em uma taverna em Deptford. Próspero parte com Caliban para Milão, onde, a cada três pensamentos, um será sobre a sepultura, que aguarda até o maior dos magos. Shakespeare parte logo depois para Stratford para viver sem atores e espectadores. Não sabemos por quê. Ao contrário de Dante, Whitman e Joyce, o poeta de *A tempestade* não pretendia escrever nenhum Terceiro Testamento, nenhuma nova Bíblia.

Enquanto secularista de tendências gnósticas e, acima de tudo, enquanto esteta literário, prego a bardolatria como a mais benigna das religiões. O pintor J. M. W. Turner e seu apóstolo crítico, John Ruskin, viam o sol como Deus. Para mim, Shakespeare é Deus. Tropologicamente, quem quiser pode chamá-lo de sol. O Primeiro Fólio para mim é também o Primeiro Testamento. Como foram sábios seus editores, que, aconselhados por Ben Jonson, o iniciaram com *A tempestade*, reconhecendo que essa comédia estranha se recusava a ser um apocalipse.

A POSSE EM VÁRIAS FORMAS

Os sonetos

O crítico formalista L. C. Knights zombou da crítica de A. C. Bradley, que se baseava nos personagens, com uma pergunta atrevida: "Quantos filhos teve Lady Macbeth?" Seu objetivo com a pergunta era indicar o absurdo de tratar personagens fictícios tanto como criaturas vivas quanto como objetos válidos de estudo. Mas eu a considero uma excelente pergunta e me inclino a conjecturar: somente um, assassinado com seu primeiro marido.

Ainda mais intrigante é a questão de por que essa mulher de tanta carga erótica escolheu se casar com Macbeth. Seu casamento começou como o melhor em toda a obra de Shakespeare. E, se isso é uma piada, é uma piada de Shakespeare. Como a combinação amorosa que era, baseada em desejo e ambição, foi sanguinário desde o início, muito antes do assassinato do rei Duncan. Lendo-se o texto atentamente — como fiz em *Shakespeare: a invenção do humano* —, vê-se a sugestão de um Macbeth atrapalhado pelo desejo esmagador que sente por sua esposa — e tão ansioso e apressado que sexualmente está sempre perdendo sua deixa. Ele é muito mais eficiente no campo de batalha do que sozinho com sua esposa.

Lembro-me de assistir em Londres, há muitos anos, a Michael Redgrave como um Macbeth assustador na medida certa e a Ann Todd como uma Lady Macbeth vibrante. Quando ela gritou "Libertai-me do meu sexo!", curvou-se, agarrando o que rei Lear e o Soneto 129 chamaram de "inferno". Assim como sem dúvida muitos outros espectadores do sexo masculino, fiquei de fato comovido.

Considero estranho que a conheçamos apenas como "Lady Macbeth". Por que Shakespeare não dá um nome próprio a essa mulher fundamental? O plano de seu criador é excluí-la de grande parte da peça que a condena à loucura e ao suicídio. Assim como a Samuel Johnson, a frase "Teria morrido mais adiante" me inquieta. Não haverá ocasião para essa fala no mundo que Macbeth transformou em uma falsa criação. É estranho que, em uma tragédia da própria imaginação, a morte da esposa quase não pese na consciência de Macbeth.

A cena do fantasma de Banquo levanta novamente a questão que talvez seja a principal nessa tragédia assustadora: foi por uma ocasião desolada como essa que os Macbeth cometeram assassinato para tomar o trono? Os senhores não esperam que lhes deem a ordem de partida, mas partem a mando de sua rainha furiosa, felizes por escaparem com vida. Macbeth, que não tem filhos, assassina os filhos de Macduff depois que Fleance foge para fundar a linhagem de reis escoceses — e ingleses — dos Stuart. Uma grande voz, que não é a de Macbeth, interrompe constantemente seus solilóquios, o que não ocorre no caso de Hamlet, cujas várias vozes emanam de um centro coerente. A posse em várias formas faz de *Macbeth* o mais estranho dos dramas de Shakespeare. Nietzsche reconheceu *Macbeth* como uma peça livre de toda moralidade: não a denominou niilista, mas é uma obra gnóstica, ainda no *kenoma*, o vazio cosmológico que vem de *Rei Lear*. Em ambas as tragédias, Criação e Queda são um único acontecimento. O público *é jogado* em um vazio. Porém, a gnose de Shakespeare é sua própria. Edmundo e Macbeth são ambos demiurgos; não poderiam, contudo, ser mais diferentes um do outro. Edmundo está alheio a qualquer tipo de afeto até receber sua ferida mortal de Edgar. Depois de Lear, Macbeth é o personagem de Shakespeare que vivencia as emoções mais turbulentas.

O que Hamlet fez com o próprio Shakespeare é um eterno objeto de debate. Quem saiu vencedor no *agon* entre criatura e criador? Meu breve livro sobre essa luta, *Hamlet: poema ilimitado*, foi recebido com reações diversas, o que não me surpreendeu, uma vez que o tema é controverso. Falstaff se recusou a se manter preso às duas partes de *Henrique IV* sem que com isso destruísse a coerência dessa grande peça dupla. Seria esse o maior feito de Shakespeare? Mas Hamlet rompeu com seus receptáculos, assim como fez Jeová na Criação. Deus arruinou muitos mundos antes deste. Shakespeare, o Deus da literatura, arruinou *Hamlet* — ou então o próprio Hamlet arruinou sua peça. Mas o que é a "ruína" no âmbito do estético?

Owen Barfield, na maravilhosa obra *Poetic Diction: A Study of Meaning* (Dicção poética: um estudo sobre o significado), lembra-nos de que o sentido original do verbo *to ruin* ("arruinar") é "precipitar-se em direção ao colapso". Em Shakespeare, tanto o verbo *arruinar* quanto o substantivo *ruína* têm uma aura: o esplendor de Lear em sua loucura ou o de Antônio em sua queda. Na ruína, experimentamos um prazer que supera o do viajante do mundo. T. S. Eliot teria sido mais sensato se tivesse descrito o enigma infinito da luta de Shakespeare com seu próprio anjo, Hamlet, como uma ruína sublime em vez de um fracasso estético. Essa disputa não é vencida nem pelo príncipe nem pelo dramaturgo. É muito semelhante à luta de Jacó contra o Anjo da Morte, que resulta na bênção do patriarca hebreu com o novo nome, Israel, ainda que à custa de uma coxeadura definitiva — uma visão irônica do destino do povo judeu. Quem recupera um nome novo: Hamlet, Will Shakespeare ou ambos?

Enquanto luta com Laertes junto ao túmulo de Ofélia, o príncipe grita: "Sou eu, Hamlet, o dinamarquês." Esse é o nome antigo mas recém-tomado de seu pai fantasmagórico. Shakespeare, ao criar Falstaff, já recuperara seu nome das vinganças do tempo. *Hamlet* confirmou a vitória.

"Ainda sou Shakespeare?" Essa é a pergunta implícita nos momentos de crise do desenvolvimento da arte sempre viva de Shakespeare. Shylock e Falstaff surgiram praticamente juntos, seguidos por Hamlet e Malvólio cerca de quatro ou cinco anos depois. Com pressa, seguiram-se Iago e o duque Vicêncio, Edgar e Lear, Macbeth e Cleópatra. Leontes e Próspero vieram quatro ou cinco anos depois. Essa cronologia é aproximada e útil apenas para a progressão nesses momentos de crise. Minha escolha dessas 12 figuras é arbitrária, exceto pelo fato de que, *para mim*, elas são como os números do relógio. O fogo completo é a morte, que veio, porém, cinco anos depois de Próspero. Os poucos escritores de nossa era comparáveis a Shakespeare escreveram até a morte, mas Shakespeare abandonou sua arte. Por quê? Nunca saberemos, mas, pelo menos em seus três últimos anos de vida, ele parece não ter criado nada. Por que a figura responsável pelas maiores realizações imaginativas deu de ombros e renunciou muito antes de seus 50 anos?

Lembro-me de discutir isso muitas vezes com meu amigo, o romancista Anthony Burgess, que se atinha de modo ferrenho à crença de que o poeta e dramaturgo sofrera de sífilis. Baseava-se para isso nos Sonetos 153 e 154, no "Epílogo" de Pândaro em *Troilo e Créssida* e nas invectivas de Timão contra as prostitutas em *Timão de Atenas*. No seu esplêndido romance sobre Shakespeare *Nada como o sol*, Burgess divulga vividamente essa suposta doença, mas sem qualquer outro indício. Comentei com Burgess que as peças e os poemas poderiam ser usados em inúmeras interpretações opostas à sua, ao que ele, cordial, concordou. Outros bardólatras sugeriram que Shakespeare acumulara dinheiro mais do que suficiente para a aposentadoria em Stratford e simplesmente se cansara de escrever para o teatro. Acho que, sendo ele tão majestoso, uma hipótese tão fraca não lhe faz justiça. De minha parte, prefiro especular sobre seu mergulho no descanso do silêncio.

Em quase todos nós, o desapego se encrespa e se transforma em indiferença; não em Shakespeare. Precisamos de uma palavra mais precisa do que *desapego* para a postura de Shakespeare nas peças e nos sonetos, mas nunca sei ao certo qual poderia ser. *Indiferença* não é o termo correto. Shakespeare se importa mais com Falstaff do que a maioria dos estudiosos; contudo, permite que ele, sua mais rica singularidade, morra arruinado por um amor traído. *Distanciamento* se aproxima mais, uma vez que Shakespeare é o mais elíptico dentre os grandes escritores.

Não temos como saber se os Sonetos se distanciam de seu autêntico eu ou somente de sua representação, uma vez que o eu lírico quer que o tomemos como um poeta ator, e não como uma interioridade. Ele se recusa a *se entreouvir*; é uma negativa — seja ela ausente ou presente — que lhe permite a blasfêmia audaciosa do Soneto 121, em que se apropria das palavras de Jeová a Moisés (Êxodo 3,14), "Eu sou o que sou" [*I am that I am*]:

> "'Tis better to be vile than vile esteemed,
> When not to be receives reproach of being,
> And the just pleasure lost, which is so deemed
> Not by our feeling but by others' seeing.
> For why should others' false adulterate eyes,

> Give salutation to my sportive blood?
> Or on my frailties why are frailer spies,
> Which in their wills count bad what I think good?
> No, I am that I am, and they that level
> At my abuses reckon up their own;
> I may be straight though they themselves be bevel;
> By their rank thoughts my deeds must not be shown,
>   Unless this general evil they maintain:
>   All men are bad and in their badness reign."*

Não entendo por que Stephen Booth — um admirável exegeta — acredita que a alusão à autodenominação de Jeová faz com que o eu lírico "soe insolente, presunçoso e estúpido". Se de algum modo Shakespeare não aceita certo grau de autorrepresentação no Soneto 121, como pode o poema ser coerente? A alusão pode muito bem ser irônica, no sentido de que Shakespeare compreende profundamente um deus que dá nome a si mesmo: "Estarei [onde e quando] estiver", ou mesmo "Quando eu não estiver aqui, então não estarei". Will — que, em inglês, significa "a vontade" mas é também o apelido do poeta William — está no centro, e não os "outros", "que com maus olhos veem o que para mim é divino" [*Which in their wills count bad what I think good*].

Seria o Shakespeare dos Sonetos também o criador de Falstaff, Hamlet, Iago e Cleópatra? Em *Motives of Eloquence* (Motivos da eloquência) (1976), Richard Lanham, o retórico renascentista de nossa época, enfatizou o desapego do narrador em "Vênus e Adônis": "O que pensamos a respeito dele? Ele tem um poder poético rico, mas nenhum juízo para acompanhá-lo. A ele, Shakespeare emprestou sua pena, mas não sua mente." Talvez os Sonetos não sejam narrados inteiramente por Shakespeare,

---

* Antes ser vil que como vil ser estimado, / Quando o não ser como se fosse sofre censura / E o justo gozo perdido, assim considerado / Não pelo que sentimos, mas por alheia conjectura. / Por que há dos outros o corrompido olhar / De julgar este meu sangue libertino? / Ou hão de minhas fraquezas espiões mais fracos vigiar, / Que com maus olhos veem o que para mim é divino? / Não, eu sou o que sou, e os que me estão a condenar / Tomam como medida desmandos próprios seus; / Posso ser correto ainda que se deixem desviar / Suas ideias podres não devem julgar os atos meus, / A menos que dessa lei comprovem a verdade: / Todos os homens são maus e reinam em sua maldade.

mas por alguém que compartilha a mente do poeta e dramaturgo. Lanham observou também que há tantos "eus" quanto há Sonetos. Alguns desses "eus" conseguem transformar "injúria em poesia" — segundo a formulação de C. L. Barber —, enquanto outros ficam aquém ou talvez não desejem exatamente tal "transmembramento da canção" (Hart Crane). Quando Shakespeare se contém nos Sonetos, dá preferência à lírica sobre o drama. Não obstante, o poeta de *Sonho de uma noite de verão*, do ato V em Belmonte de *O mercador de Veneza*, de *Romeu e Julieta* e de *Ricardo III* é o dramaturgo lírico por excelência. A fusão se desfaz nos Sonetos.

Anos atrás, em uma aula, um de meus alunos observou durante uma discussão que muitos dos Sonetos dependem da narração por Shakespeare de seus próprios sofrimentos e humilhações como se fossem os de outra pessoa. Sim e não, lembro que respondi, uma vez que nunca são apresentados como se fossem de fato dolorosos e humilhantes. A menos que Shakespeare tenha profetizado o apotegma de Nietzsche, "aquilo que não me destrói me fortalece", nos é apresentada uma reticência que depende em grande medida da exclusão do páthos. Ainda assim, a retórica dos Sonetos não é ovidiana-marloviana.

O ensaio mais esclarecedor que já li sobre o tema é "Pitiful Thrivers: Failed Husbandry in the Sonnets" (Lastimáveis afortunados: administração fracassada nos Sonetos) (1985), de Thomas M. Greene. Eis a pungente conclusão de Greene:

> Os Sonetos podem ser todos lidos como tentativas de lidar com formas cada vez mais dolorosas de custos e despesas. O desejo burguês de equilibrar o orçamento cósmico e o humano parece ser frustrado por uma falha radical no universo, na emoção, no valor e na linguagem. Essa falha já é expressa no início pelo amigo onanista que "alimenta a chama de tua luz com teu próprio alento"* [*feed'st lights flame with selfe substantial fewell*]. No Soneto 73, o fogo metafórico jaz em suas cinzas como que em um leito de morte, "consumido pelo que o alimentava" [*consum'd with that which it was nurrisht by*]. Isso se torna, no terrível Soneto 129, "glória ao se provar; pesar após provada" [*ablisse in proofe and proud and very wo*] — um verso sempre emendado sem necessidade. A vulnerabilidade dos Sonetos está no

---

* Da tradução de Thereza Christina Rocque da Motta. (N. da T.)

fato de que refletem sem cessar essa falha, dependem obstinadamente de economias incapazes de corrigi-la e usam uma linguagem tão rica, tão carregada de "diferença", que chega a ser erosiva. Pode-se dizer que a vulnerabilidade dos Sonetos se assemelha àquela falha inominada que aflige seu eu lírico, mas, no caso deles, a falha não chega a ser desastrosa. Eles não são consumidos pela economia extravagante que os produziu. Seu esforço para, apesar dos deslizes, resistir, compensar e registrar, equilibra sua perda com estoque. Deixam-nos com o incrível custo — e recompensa — de seu esforço volitivo. A vulnerabilidade é inseparável do esforço que nos leva até eles: os custos "do poeta" e os custos de Shakespeare.

A observação gnóstica de Emerson — "Há uma rachadura em tudo o que Deus fez" — é similar à "falha radical no universo, na emoção, no valor e na linguagem" de Greene. Porém, é esse o cosmos de Hamlet, de Lear e de Macbeth. A força mais que esmagadora das principais tragédias é contornada nos Sonetos, exceto, talvez, pela marcha fúnebre do Soneto 129 e pela ladainha de "Morte é a paixão" do Soneto 147 — o poema erótico mais aterrorizante que conheço. Mais uma vez, o que compeliu — se é que esse é o termo correto — Shakespeare a se conter?

Somente a força da mente do próprio Shakespeare poderia se defender de si mesma. Shakespeare, quase todos os leitores profundos concordam, destacou-se por seu poder intelectual, sua sabedoria e sua vitalidade linguística, mas essas três qualidades juntas são superadas por seu dom maior: a criação de personalidades. Prefiro a palavra *pessoas*, embora isso reacenda discussões tediosas. Nem mesmo Cervantes e Tolstoi são capazes de repovoar um heterocosmo de forma tão prodigiosa.

Das duas relações intensamente eróticas nos Sonetos, cada uma poderia ser ao menos uma duplicação: Southampton *e* Pembroke, Mary Fitton *e* Emilia Bassano *e* Lucy Negro). Talvez até o Poeta Rival seja uma triplicação (Chapman, Jonson, Marlowe), o que seria menos provocativo do que considerar que o Jovem e Belo Nobre e a Dama Negra sejam compostos. Muitos de nós, senão a maioria, percebemos ao olhar para trás que os afetos e relações ao longo da vida tendem a formar padrões recorrentes. A fusão reimagina singularidades eróticas, não importa quão intensas e prolongadas, e faz com que pareçam apenas ficções de duração — tão parecidas com poemas e narrativas literárias que nos geram desconforto.

A ênfase que Greene dá às flutuações de valor é cruelmente sustentada pela linguagem do comércio e da economia nos Sonetos. Trata-se de uma linguagem sistematicamente irônica? Creio que não, embora um ironista tão proeminente quanto Shakespeare escape a nossa compreensão. O Soneto 87 — "Adeus, és precioso demais para que eu a ti possua" [*Farewell, thou art too dear for my possessing*] —, com base no qual tentei fundar uma poética da influência, acumula uma quantidade extraordinária de linguagem comercial e infinitamente paradoxal em seu poder de referência: "precioso" (*dear*), "possua" (*possessing*), "cotação" (*estimate*), "alvará" (*charter*), "valor" (*worth*), "títulos" (*bonds*), "vencidos" (*releasing*), "anuência" (*granting*), "determinado" (*determinate*), "riqueza" (*riches*), "merecer" (*deserving*), "dom" (*gift*), "carência" (*wanting*), "privilégio" (*patent*), "reverter" (*swerving*), "deste" (*gav'st*), "enganado" (*mistaking*), "má avaliação" (*misprision*), "procedendo" (*growing*). Esses termos se amontoam nos primeiros 11 versos do poema; seria esse o temido fim de uma parceria erótica ou financeira? Segundo certa tradição, Shakespeare comprou sua parte da companhia de teatro de Lorde Chamberlain com mil libras emprestadas de seu patrono, o conde de Southampton.

O criador de Hamlet negocia a mercadoria que Emerson viria a denominar "o grande eu criativo". O dramaturgo de Falstaff e Hamlet, Iago e Cleópatra transcende qualquer pragmática da autoconfiança. E, no entanto, o poeta dos Sonetos embarca em uma busca tão proustiana por pequenas e grandes provas de traição e desvalorização que poderia evocar os sofrimentos mais cômicos de Swann e Marcel — exceto por Shakespeare ter passado por tudo isso por um homem e uma mulher que, para surpresa de todos, combinavam com ele e de fato faziam claramente seu estilo.

Na esfera cômica, a visão erótica de Shakespeare é concluída em *Medida por medida*, enquanto, na tragédia, culmina em *Timão de Atenas*. As tragicomédias finais — que *não* são romances — se consomem no fogo da loucura ciumenta de Leontes e na postura de Próspero, que está além do desapego. Nos Sonetos, Shakespeare não revela nada de sua própria personalidade, ao mesmo tempo que representa o Jovem e Belo Nobre e a Dama Negra como campos minados sexuais. Como leitores, podemos murmurar que eles merecem um ao outro — um juízo que é alheio a Shakespeare.

Não obstante, a misoginia provocada por sua Dama Negra — uma postura que não é evidente em nenhuma das peças — não é justificada por ele, assim como sua celebração infinita do Jovem e Belo Nobre não apresenta nenhuma boa qualidade do aristocrata, que é mimado e letal. Southampton/Pembroke é meramente belo, enquanto Mary/Emilia/Lucy é fogosa, profetizando a Cama Elétrica de lady Emma Hamilton, que se tornou a Terra Prometida do almirante Horatio Nelson a bordo do *Vitória*.

Mesmo nos Sonetos, nossas próprias perspectivas nos são permitidas, mas sempre sob o risco de nos expormos enquanto o poeta permanece recluso. Ninguém — a não ser o narrador dos Sonetos — é capaz de ter qualquer afeto pelo Jovem e Belo Nobre, mas não conheço quase nenhum leitor do sexo masculino que não compartilhe meu desejo pela Dama Negra. Nenhum outro poema de amor na língua inglesa tem um efeito tão sinistro quanto o do Soneto 147:*

> My love is as a fever, longing still
> For that which longer nurseth the disease,
> Feeding on that which doth preserve the ill,
> Th' uncertain sickly appetite to please.
> My reason, the physician to my love,
> Angry that his prescriptions are not kept,
> Hath left me, and I desperate now approve
> Desire is death, which physic did except.
> Past cure I am, now reason is past care,
> And frantic mad with evermore unrest;
> My thoughts and my discourse as madmen's are,
> At random from the truth vainly expressed:
>   For I have sworn thee fair, and thought thee bright,
>   Who are as black as hell, as dark as night.

---

* Meu amor é como febre, sempre a ansiar / Pelo que nutre e prolonga a enfermidade / Do que preserva o mal a se alimentar / Do volúvel apetite buscando a saciedade / Meu juízo, médico de meu desejo / Vendo que sua receita não fora seguida / Deixou-me, e desesperado agora vejo / Morte é a paixão, pelo doutor proibida./ Sem o cuidado do juízo, já não me resta cura. / Delirante estou, minha inquietação aumentando; / Pensamentos e palavras revelam-me a loucura, / Inverdades aleatórias inutilmente expressando: / Pois te jurei bela, pensei-te clara e pura, / Tu, negra como o inferno e como a noite escura.

Apaixonar-se por uma enfermidade do eu, muito próxima de uma doença mortal, é ir além do princípio do prazer. Não consigo me lembrar de nenhuma menção dos traços do jovem amado, mas tenho perfeita ciência de que os olhos da amante são negros como o corvo, sem dúvida como as duas bolas de piche que ostenta Rosalina em *Trabalhos de amor perdidos*. Qualquer que fosse a relação de Shakespeare com o conde de Southampton ou com Pembroke — ou com ambos —, ela era a própria temperança se comparada ao fogo da Dama Negra — ou Damas Negras. "Morte é a paixão": um final tão grandioso do aparente* não alcança a perfeição nem da obra nem da vida. Somente por um momento, o poeta narrador se une a Iago e a Edmundo.

Os "lastimáveis afortunados" do Soneto 125 habitam o mesmo cosmos que se inicia dois sonetos depois? A linguagem de despesas, títulos e usura prevalece, mas a transação é mais claramente erótica, não comercial. A respeito da Dama Negra, Greene se arrisca a afirmar que "talvez seja na obra a única afortunada que não é lastimável".

Ninguém defenderia as "lealdades" dos Sonetos, mas, visto que não contêm tratos eternos, seria justificado qualificá-los como tratos "de mau gosto"? Nesse triângulo, nenhuma promessa válida foi feita, nenhuma garantia foi oferecida. Ninguém manifesta uma postura que não seja de disposição. Exceto pelas Rimas Pétreas de Dante, nenhum "poema de amor" apresenta uma hostilidade tão definitiva.

Shakespeare não compõe os Sonetos *como* Shakespeare, o criador de Falstaff, Hamlet, Rosalinda e Feste. A argúcia está demasiadamente sitiada nos Sonetos por uma rígida contenção do éthos e do páthos; o logos reina praticamente inconteste. Esse "praticamente" reflete a leitura sensível de Rosalie Colie em *Shakespeare's Living Art* (A arte viva de Shakespeare) (1974), que enfatiza o papel do estilo como responsável pelo trabalho do éthos nos Sonetos. Os Sonetos não são comédia nem tragédia. São romances incipientes, interiorizados em seu eu lírico e narrador — se não, talvez, em seu poeta. Contam uma história? Tudo o que acontece ocorreu antes e ocorrerá novamente. A Falstaffíada/Henriquíada conta uma história que, em um sentido profundo, termina quando nos encontramos pela primeira vez com Falstaff e Hal. Ninguém

---

* No original, "a finale of seem", expressão retirada do poema *The Emperor of Ice Cream*, de Wallace Stevens. (N. da T.)

triangulou sua história sombria: Henrique IV e Hotspur não são a Dama Negra nem o Poeta Rival. Teria Shakespeare experimentado uma sensação de pesadelos repetidos quando (e se) sofreu com o conde de Pembroke o mesmo que com o de Southampton? Felizmente não sabemos e nunca saberemos.

Não há um Falstaff nos Sonetos; o Falstaff-em-Shakespeare está presente neles como um dilema ou dificuldade — e não como argúcia ou um clamor vitalista. Empson precisou encontrar Falstaff no Shakespeare dos sonetos porque seu Falstaff — assim como o próprio poeta e crítico — era bissexual. Hal/Henrique V tem essa dupla orientação; Falstaff nunca é um homem duplo, seja no Eros ou em seu repúdio ao tempo, à morte e ao Estado. Não é que Falstaff — como Hamlet ou mesmo Cleópatra — seja bom demais para sua(s) peça(s), mas sim que elas não são boas o bastante para ele. Nada, nem mesmo outras obras de Shakespeare, se equiparam à dupla peça de *Henrique IV*, mas mesmo essa riqueza homérica e aristofânica não é capaz de conter Sir John, que, como a própria vida, rompe todos os receptáculos que pretendam conter sua força.

E Shakespeare, o poeta? Será que rompe os receptáculos nos Sonetos? Leia-os do começo e até o fim. Do Soneto 19 em diante ("Tempo devorador, cega as garras do leão" [*Devouring time, blunt thou the lion's paws*]), você se deterá diversas vezes: 20, 29, 30, 40, 53, 55, 66, 73, 86, 87, 94, 107, 110, 116, 121, 125, 129, 130, 135, 138, 144, 146 e 147, entre eles. São duas dúzias de poemas que escolhi pessoalmente; é possível que outros escolham de modo diferente. Quaisquer que sejam seus escolhidos, eles chegarão muito perto dos limites da arte.

Conhecer Shakespeare é obter conhecimento. Ele mesmo provavelmente não teria discordado do ensaio de Francis Bacon, "Do amor", que provavelmente leu: "Que é impossível amar e ser sábio." Em Samuel Johnson, isso se tornou "O amor é a sabedoria dos tolos e a tolice dos sábios." Esse me parece um lema adequado para os Sonetos de Shakespeare.

HAMLET E A ARTE DO CONHECIMENTO

O tempo leva, meu senhor, uma bolsa às costas
Onde deposita esmolas para o esquecimento.
— Ulisses para Aquiles, *Troilo e Créssida*

A posição da tragédia *Hamlet* no cânone de Shakespeare é sugestivamente paralela à do Evangelho de Marcos na Bíblia inglesa. É notável que o Jesus de Marcos encontra seu caminho de volta à seção J ou jeovista dos textos do Gênesis, Êxodo e Números. Seu deus é Jeová, e não o Deus das tradições sacerdotal e deuteronomista. Seu Jeová é pessoal, apaixonado e, portanto, muito distante de um deus teológico. Sem dúvida, é estranho que eu diga isso, mas há algo do Jesus de Marcos, brusco e surpreendente, na aura do príncipe Hamlet.

Há uma frequente controvérsia sobre a categorização de *Hamlet* como uma peça mais protestante ou mais católica. Nenhuma das duas, eu sugeriria, embora o protestantismo esteja mais próximo, no mínimo porque a postura de Hamlet perante a divindade não é intermediada. Ele não é uma figura faustiana e não gritaria, como faz o estudioso condenado de Marlowe: "Vê, vê onde corre o sangue de Cristo no firmamento!" Sua consciência se volta cada vez mais para dentro, afastando-se das crenças e entrando no labirinto de questionamentos, no qual esteve, antes dele, o Montaigne da edição de John Florio.

Montaigne se perguntou: "O que sei?" Hamlet, como condiz ao filho de um rei, não poderia formulá-lo dessa forma. Em vez disso, ele desafia seu público: "O que sabeis?" — consciente de que sabemos menos do que ele. Isso torna mais sugestiva a última fala que dirige diretamente a nós:

> Todos vocês que estão pálidos e trêmulos diante deste drama;
> que são apenas comparsas ou espectadores mudos desta cena,
> Se me sobrasse tempo – mas a morte, essa justiceira cruel,
> é inexorável nos seus prazos – Oh, eu poderia lhes contar... Mas que assim seja.
>
> (Ato V, cena 2, 334-38)

Somos figurantes no palco ou espectadores diante dele? Dos papéis com falas na peça, Horácio, o brigão Fortimbrás e o almofadinha Osrico sobrevivem. Somente Horácio nos representa, mas Hamlet também está pronto para deixar que nos representemos. Com que finalidade? O que ele poderia nos ter contado?

Eu costumava achar que seria algo pessoal, uma descoberta do que ele próprio representara. Agora já não estou tão certo. Quanto mais leio, ensino e medito sobre *Hamlet*, mais estranha a peça se torna para mim. Recorro a minha variante do que Kenneth Burke me ensinou: o que Shakespeare tentava fazer por si mesmo, como pessoa, poeta e dramaturgo, ao compor *Hamlet*?

James Joyce respondeu a essa pergunta pessoal invocando as mortes do pai de Shakespeare e de seu filho Hamnet. Em uma de nossas noitadas juntos regadas a Fundador, Anthony Burgess, discípulo de Joyce, seduziu-me com um insight joyceano: Anne Hathaway superara-se, cometendo adultério com ambos os irmãos de Shakespeare. Sendo menos barroco a esse respeito, prefiro perguntar: o que pretendia Shakespeare fazer por si mesmo como dramaturgo com sua obra magnífica e revolucionária, a peça mais experimental já escrita até hoje?

Falstaff já cativara Londres; Hamlet confirmou a conquista. Os dois trouxeram glória a Shakespeare, mas seu incessante *agon* com a totalidade da literatura o levou adiante, à sublimidade gnóstica de *Rei Lear* e *Macbeth*. A Criação e a Queda se tornaram um único acontecimento nas últimas obras de Shakespeare. Seriam elas uma catástrofe simultânea também em *Hamlet*?

Seja quem for o Demiurgo responsável pela criação do príncipe Hamlet, ele parece ter sido o que Melville denominou uma "mão anárquica" despedaçando a "integridade humana". É compreensível que atrizes se aventurem a representar Hamlet: de certa maneira, ele é o andrógino hermético anterior à Criação-Queda. Definir certas características da consciência como masculinas ou femininas pode ou não ser correto. O que é correto é enxergar e dizer que Hamlet contém praticamente todas as mulheres e todos os homens.

Observada a certa distância, essa afirmação pode parecer uma loucura. Suponhamos que Peter Alexander — e, depois dele, Harold Bloom — estivessem certos ao atribuir a desaparecida *Ur-Hamlet*, de cerca de 1588, ao próprio Shakespeare e não ao amigo de Marlowe, Thomas Kyd. Em 1604, um escritor observou que a tragédia "agradaria a todos, assim como o príncipe Hamlet". Essa observação segue a opinião de Gabriel Harvey, que em 1600 afirmou que a tragédia de Hamlet agrada "aos mais sábios". Não vou perguntar, quatro séculos mais tarde, quem dentre nós são os mais sábios. O que G. K. Chesterton escreveu em 1901 ainda hoje reflete minha percepção tanto de Falstaff quanto de Hamlet: "Falstaff não era nem corajoso, nem honesto, nem casto, nem moderado, nem limpo, mas possuía a oitava virtude capital para a qual um nome nunca foi encontrado. Hamlet não foi feito para este mundo; mas Shakespeare não ousa dizer se o príncipe era bom ou mau demais para ele" ("The True Hamlet") (O verdadeiro Hamlet). Sem dúvida, Falstaff era bom demais para este mundo, enquanto Hamlet era tanto bom quanto mau demais para se adequar a nosso mundo, que continua sendo uma versão ampliada de Elsinor.

O verdadeiro castelo e fortaleza em Elsinor não poderia ser maior. Fui levado para vê-lo em 2005, quando estive na Dinamarca para receber o Prêmio do Bicentenário de Hans Christian Andersen. A experiência visual me deixou maravilhado e mudou tardiamente minha opinião sobre alguns aspectos da peça. Não sabemos onde e como Shakespeare viveu entre meados e o fim da década de 1580. Teria ele viajado para o exterior com uma companhia de atores ingleses que, quem sabe, chegaram até mesmo a encenar *Ur-Hamlet*? Isso não passa de mera especulação de minha parte, por mais que me inquietassem o tamanho e o brutalismo áspero da fortaleza de Elsinor com a intuição de que ele esteve lá. O grande salão no qual ocorre o duelo é gigantesco, e a posição imponente da fortaleza sobre a água transmite uma convicção vívida do tamanho do poder da monarquia dinamarquesa ainda no tempo de Shakespeare. Acima de tudo, o tamanho de Elsinor, a aspereza sublime de contexto tanto do lado de dentro quanto do de fora, permanecem na memória como o palco da vida abreviada e a morte precoce de Hamlet.

Precisar a precocidade dessa morte é, no entanto, impossível. Shakespeare, elíptico e loucamente aleatório nesse drama sem lei, nos apresenta um Hamlet universitário no início, supõe-se que com 20 anos ou menos, e um homem de 30 anos na cena do cemitério. O tempo transcorrido na peça não deve passar de uma ou, no máximo, duas semanas. Isso não importa quando comparado a elipses maiores. Há quanto tempo vem durando o relacionamento sexual entre Gertrudes e Cláudio? Houve cumplicidade, ainda que passiva, de Gertrudes no fratricídio? Quão intenso foi para Hamlet o romance — se é que existiu — com Ofélia? E, mais importante que tudo isso: como é que o príncipe Hamlet está tão familiarizado não apenas com a companhia de atores do próprio Shakespeare, mas também com o contexto que torna relevantes as intrigas teatrais londrinas? É legítimo supor que ele tenha passado mais tempo no Globe do que se dedicando aos estudos na Universidade Luterana de Wittenberg.

Na peça, Hamlet é bem mais que um diretor de teatro amador. Suas advertências aos atores — claramente dirigidas ao bufão Will Kemp, em especial, que deve ter feito o papel do Coveiro — parecem mais ser a expressão irrefutável do próprio Shakespeare do que qualquer parte das outras 38 peças que podemos atribuir com confiança ao maior poeta e dramaturgo do mundo.

Fico muito triste quando a Bíblia cristã é tratada como uma única obra, como, digamos, no caso da Bíblia do Rei Jaime. Há inúmeras razões para meu descontentamento, sem falar no cativeiro da Bíblia judaica, que se vê arrastada pelo triunfalismo cristão. Contudo, já expus meu posicionamento a esse respeito por escrito — para alguns, demasiadas vezes. William Shakespeare, de Stratford, escreveu mesmo quase tudo que lhe é atribuído; podemos ignorar os partidários de Marlowe, Oxford, Bacon ou Middleton. Reconheço que os textos são multiformes e frequentemente pouco confiáveis, de modo que não se pode saber ao certo o que está ou não está em *Hamlet* ou *Rei Lear*. E não vou apelar para nossa experiência mútua com encenações de Shakespeare, uma vez que não raro saio no primeiro intervalo, concluindo que, aos 80 anos, não tenho mais por que aguentar diretores pretensiosos, que deveriam ser fuzilados às primeiras luzes da alvorada.

Sou um leitor comum que relê Shakespeare do começo ao fim a cada ano, tanto dentro quanto fora da sala de aula. Não era sua intenção ter as obras que escreveu no decorrer de um quarto de século consideradas um esforço unitário, mas seus amigos reuniram quase todas as peças em 1623, sete anos após sua morte, no que hoje chamamos Primeiro Fólio. Ben Jonson orientou os atores editores, sem dúvida refletindo sobre sua própria audácia em ter publicado suas *Obras* em um fólio em 1616 — que, no entanto, não continha suas peças. Ainda assim, Jonson não só incentivou os amigos de Shakespeare; ele prefaciou o Primeiro Fólio com um grande poema dedicado à memória de Shakespeare e a suas peças, muitas das quais provavelmente lera pela primeira vez. O poema, composto de oitenta versos dispostos em dísticos soberbos, trata implicitamente as peças como a obra de uma vida, ou seja, como uma unidade. Jonson nos insta a "Ver como o rosto do pai / Vive em sua prole", o que faz das peças individuais filhos e filhas de Shakespeare. Eu gostaria de acreditar que *Titus Andronicus* e *As alegres comadres de Windsor* não se parecem muito com o pai, embora até elas tenham seus admiradores. *Titus Andronicus* enxergo como uma paródia, um pastiche de Marlowe, Thomas Kyd e George Peele, enquanto *As alegres comadres de Windsor* arremeda a grandeza de Falstaff nas duas partes de *Henrique IV*.

O precursor imediato de Shakespeare foi Marlowe, que era apenas alguns meses mais velho, mas que, como universitário, se beneficiou de uma vantagem inicial. Marlowe foi assassinado em 1593, quando ele e Shakespeare tinham 29 anos. Se Shakespeare tivesse morrido com Marlowe, teria nos deixado as três partes de *Henrique VI* e *Ricardo III*, porém não muito mais, se os estudiosos estiverem corretos em relação às datas. Por mais popular que *Ricardo III* seja até hoje, não se equipara às peças de *Tamburlaine*, a *O judeu de Malta* e a *Fausto*. Se Marlowe tivesse sobrevivido, teria continuado a se desenvolver, mas provavelmente não mudaria. Nenhum escritor jamais se transformou como fez Shakespeare entre 1594 e 1613. Em pouco menos de duas décadas, escreveu pelo menos 27 peças imortais, acompanhadas por poemas curtos que estão entre os melhores da língua inglesa.

Assim como ocorre com Macbeth, Iago e Edmundo, todos vilões inquestionáveis, Hamlet está cercado por uma atmosfera de conjecturas: sua imaginação é proléptica, seu *modus operandi* é a profecia. Macbeth é sobrenatural; possui clarividência e sofre de alucinações. Iago prenuncia o Satã de Milton, no qual Angus Fletcher encontra a obra-prima da negatividade e do isolamento trágicos. O que perturba Satã é sua ascendência mista: Hamlet, Macbeth, Iago. Ele tem pouco da mistura vibrante de Don Juan e Maquiavel inglês encontrada em Edmundo, embora sinta desejo tanto por Eva quanto por Adão. Seu desespero cosmológico é o de Hamlet; suas angústias temporais são as de Macbeth; sua sensação de mérito não reconhecido é a de Iago. Em *Colors of the Mind* (Cores da mente), Fletcher ilumina com generosidade a iconografia do pensamento caído em Satã, condenado aos rigores da infinita autojustificação, o dilema do solipsista. Quando eu era mais jovem, minha paixão era por Satã; agora sou mais cauteloso, visto que o solipsismo não pode morrer sua própria morte. Com sombria eloquência, Fletcher distingue Satã de seu principal precursor, Hamlet: "Milton criou a maior e mais heroica imagem do herói como pensador sofredor ou, usando uma personificação, do pensamento como sofrimento. Pois, ao contrário de Hamlet, que morre em um desvairado melodrama de duelos, o antagonista derrotado de Jesus pode apenas observar enquanto seu oponente se dirige em silêncio para a casa de sua Mãe."

Não teria Fletcher marcado as cartas? Ou teria Milton feito isso por ele? Mas poucos acham adequada a morte do herói da consciência ocidental no duelo envenenado com Cláudio. A Hamlet, um Redentor tão enigmático quanto o Jesus de Marcos, é oferecido nada mais que derrubar Cláudio, não um poderoso oponente, mas um frenético Maquiavel a quem ninguém daria uma nota de aprovação. Milton, afetado por Shakespeare de maneira muito mais profunda do que se dava conta, realiza seu próprio sacrifício ao escrever a crônica de Satã. Onde está Lúcifer, o Satã não caído? Quando vemos Hamlet pela primeira vez, ele já está arruinado. O Fantasma não pode lhe fazer nada que o príncipe já não tenha feito a si mesmo. É o homem errado, no lugar errado, na hora errada e está ciente disso. Satã começa no lugar certo, mas por que Milton não o representa? Temo que esse seja o tributo de Milton a Hamlet, Macbeth, Iago e ao inevitável precursor, Shakespeare.

Tente imaginar os dois primeiros cantos de *Paraíso perdido* com um Lúcifer em toda sua glória, antes da queda; bastaria ouvir o som de suas asas para que nos detivéssemos. Nosso Adversário parece causar problemas suficientes sem essa sublimidade adicional. Ofélia elogia um Hamlet que nunca vemos; Satã estuda as nostalgias, mas já está aleijado por angústias temporais. Não consigo localizar o Satã propenso a ataques de raiva, descrito por C. S. Lewis. Algo deu errado com o herói vilão, mas até hoje ninguém conseguiu explicar o quê.

Milton, indômito, poderia nos ter dado um Lúcifer não caído, se assim tivesse desejado; alguns traços dele sobrevivem. Shakespeare, mesmo no cemitério, nos oferece vislumbres de um Hamlet angelical, mas nunca nos deixa ver o príncipe em toda sua plenitude. Ainda assim, é por meio do pensamento que tanto Satã quanto Hamlet chegam à desolação da realidade. A vida do homem é pensamento, e todos nós somos anjos caídos: Satã, Hamlet, Shakespeare, o leitor.

A sabedoria é tanto hebraica quanto grega, mas a crítica literária foi totalmente grega em suas origens e tendenciosamente ideológica quando malformada por Platão. Shakespeare joga com a transcendência, principalmente para obter efeitos cômicos, mas não vê utilidade nas Formas transcendentais de Platão, que são de pouco interesse para uma mente que ama a mudança. A metamorfose, para Shakespeare, é outra maneira de pensar em seu teatro mental, em que Hamlet segue no posto de monarca da argúcia. Quaisquer que sejam suas enfermidades — e elas parecem ser todas ocasionais —, Hamlet supera todos os concorrentes — inclusive Édipo — em *reconhecimento*, talvez o ato central do pensamento na literatura imaginativa. Fletcher cita o jogo de palavras de Heidegger sobre o vínculo etimológico entre *thinking* (pensar) e *thanking* (agradecer), de modo que a memória é transformada tanto em cognição quanto em louvor, como ocorre nos Salmos. O reconhecimento, nesse contexto, não precisa ser a solução — e normalmente é apenas solução parcial, uma vez que o reconhecimento pleno conclui o pensamento na literatura.

Em um estudo posterior, *Time, Space, and Motion in the Age of Shakespeare* (Tempo, espaço e movimento na era de Shakespeare) (2007), Fletcher identifica nossa noção de tempo restante com a ampla visão shakespeariana da "natureza". Essa própria noção foi ampliada por Shakespeare a partir do "reconhecimento" aristotélico, definido pelo filósofo como "a passagem da ignorância para o conhecimento" — conhecimento este que é difícil de aceitar. Há grandes figuras que recusam a tragédia, em especial

Falstaff e Dom Quixote. Ambos são inteligentes demais para não saber que o que recusam é a catástrofe do reconhecimento. Em Shakespeare, abundam os personagens que recusam o reconhecimento: Bottom, Shylock e Malvólio estão entre eles. Falstaff, um pensador incessante e poderoso o suficiente para ter desafiado mesmo a Hamlet, Rosalinda e Cleópatra, desconfia até do reconhecimento parcial. Fletcher nos mostra como essa recusa floresce no solilóquio, no qual ninguém se aproxima da arte gigantesca de Shakespeare. Os solilóquios de Hamlet, agora evitados por muitos diretores e atores, são as obras-primas de Shakespeare, o pensador.

Exportável para o mundo inteiro, exceto para a França — apesar de Stendhal, Victor Hugo e Balzac —, o solilóquio shakespeariano morre no palco francês. Voltaire considerava Shakespeare "bárbaro", e o teatro francês anterior a Alfred Jarry e os absurdistas evitava o monólogo dramático. A práxis heroica de Racine é fornecer sempre um interlocutor ou pelo menos um espectador no palco. Nunca vi um estudo dos solilóquios de Shakespeare inteiramente digno deles, mas eles são uma grande arte dentro de sua arte e constituem a estrada real para seu aprimoramento de nossa própria noção de personalidade. *Ouvimos* Falstaff, Hamlet e Iago, mas eles *entreouvem* a si próprios e mudam por meio desse entreouvir-se. A vontade, como desejo mais profundo, é surpreendida por esse entreouvir, e poderíamos dizer que Shakespeare, que jogava o tempo todo com seu primeiro nome,* desenvolveu um entreouvir da vontade ao mesmo tempo que abandou gradualmente o entreouvir-se.

Reviso aqui meu entendimento anterior segundo o qual a reinvenção do humano por Shakespeare estaria concentrada na mudança por meio do entreouvir-se. Exceto por um crítico discordante mas inteligente, que observou que o que se entreouvia era o próprio Shakespeare, minha reflexão foi recebida com silêncio ou inépcia (Shakespeare *não* inventou a lâmpada; Edison o fez). Minha dívida intelectual nessa área era para com John Stuart Mill, que escreveu que a poesia não é ouvida, mas sim entreouvida. Mas mediante que agente psíquico ou componente de glória?

O segredo de Shakespeare, seu guia pelo labirinto da influência exercida sobre ele por sua própria mente e obra, foi uma descoberta que eu deveria ter denominado "o eu mesmo" ou "o entreouvir-se da vontade".

---

* O jogo de palavras ao qual o autor se refere é entre *will* (vontade) e *Will* (apelido de William).

Em Shakespeare, o que forma a identidade não é a psique nem a alma, mas o daimon, o pneuma, a centelha da vontade, o que Nietzsche e Yeats denominavam "eu antitético" em oposição ao "eu primário". Não acredito que Shakespeare fosse um hermetista (Frances Yates) ou um gnóstico ofita eventual (A. D. Nuttall), mas o maior dos poetas tinha sua própria maneira de conhecer, que nunca poderemos decifrar de todo a não ser por meio de infinitas leituras profundas. Ao possuirmos Hamlet de memória, ele deixa de ser meramente inteligente ou louco como todos nós. G. Wilson Knight afirmou que pertencia a Hamlet a "embaixada da morte" daquele país desconhecido. D. H. Lawrence reagiu aos solilóquios de Hamlet da mesma maneira que aos poemas de Whitman. Hamlet/Shakespeare e Walt/Whitman eram ao mesmo tempo "conhecedores obscenos" — uma expressão de Lawrence — e mentes que desbravaram o novo caminho.

O HAMLET DE MILTON

William Empson declarou ser *Paraíso perdido* "horrível e maravilhoso", semelhante às esculturas astecas ou do Benim ou aos romances de Kafka, e afirmou ainda que seu Deus era maravilhoso por ser tão horrível. Desvio-me aqui da análise de Empson em *Milton's God* (O Deus de Milton) (1961). Enquanto leio a épica dramática, encontro nela pelo menos dois deuses: um deles, um tirano celestial irascível; o outro, um Espírito que prefere o coração puro e correto de John Milton a todos os templos de adoração.

Que Espírito é esse? Em sua edição, Alistair Fowler, que vê no Deus de Milton uma figura paterna universal, identifica o Espírito com o Espírito Santo paulino, o que não teria agradado a John Milton e sua seita de um membro só — assim como Blake, Shelley, Emerson, Whitman, Dickinson e outros descendentes da Luz Interior miltoniana. Eu preferiria me referir ao Espírito como os sinos que derrubam a torre solitária de Milton e seguem batendo ele não sabe onde. Internalizando a musa como sua própria imagem de voz, Milton adora sua própria inspiração. Como poderia ser diferente? Os assombrados por Shakespeare, o único público de Milton em sua época e agora, são leitores que podem entrar no teatro mental do Globe. Shakespeare tinha seus espectadores, invejados por Milton e Joyce.

Na velhice, o tempo urge, o que me deixa pouco disposto a tolerar a ignorância erudita. Desprezo como irrelevante qualquer um que tente argumentar que Shakespeare escreveu como um cristão fervoroso, fosse ele protestante ou católico dissidente. Mas será que Milton era cristão? Milton acreditava em Milton de maneira bastante aberta, e acreditava também em Shakespeare, bem mais que na Bíblia inglesa. A Bíblia e Homero, Virgílio e Dante, Tasso e Spenser foram para Milton recursos fecundos. Shakespeare é diferente: ele vem sem ser convidado.

Shelley afirmou certa vez que o Diabo deve tudo a Milton, mas o Satã de Milton devia o solilóquio a Hamlet. Em certo sentido, tudo o que Hamlet e Satã dizem é solilóquio: seus espíritos mútuos definham gloriosamente no ar da solidão. Ambos se dirigem — nos momentos fundamentais — somente a si mesmos, pois quem mais parece ser real? Não acreditamos no amor de Hamlet por ninguém — exceto por Yorick, quando o príncipe era criança — nem no de Satã, com a diferença de que Satã desejaria ao menos amar a si mesmo, enquanto Hamlet não quer nem isso.

Macbeth deu a Satã sua angústia proléptica; Iago, sua sensação de mérito ferido; e Edmundo, um desejo de defender os bastardos. Hamlet, contudo, deu a Satã o próprio Satã: a prisão do eu. *Sansão agonista*, uma demonstração deslumbrante do gênio retórico de Milton, rompe com a influência de Shakespeare à custa da expulsão da interioridade. Apenas alguns ecos shakespearianos se infiltram em *Sansão agonista* — e destoam. Quando Manoá se refere ao ocorrido com Sansão como "triste mudança", a expressão serve apenas para indicar o abismo entre Antônio, o herói hercúleo, e o campeão hebreu. Nada ilustra tão claramente a personalidade shakespeariana de Satã quanto a especulação lunática. Como ele poderia ser encaixado em *Sansão agonista*?

Descartando sua rejeição por T. S. Eliot, que o qualificou como outro Lord Byron de cabelos cacheados, o Satã de Milton é sem dúvida um dos sublimes heróis-vilões, à altura da companhia visionária de seus precursores shakespearianos Hamlet e Iago, Edmundo e Macbeth, e com descendentes como o capitão Ahab, Shrike de *Miss Corações Solitários* e o juiz Holden de *Meridiano de sangue*, de Cormac McCarthy. Em conversas telefônicas transatlânticas com o falecido A. D. Nuttall, um amigo com quem nunca me encontrei, ele gostava de me lembrar da exclusão rigorosa por Milton de qualquer menção a Prometeu em *Paraíso perdido*. Ainda assim, Orc, o Prometeu de Blake, e o Prometeu ascendente de Shelley me acompanham sempre que reflito sobre a maior criação de Milton, o Satã shelleyano do Alto Romantismo de *Paraíso perdido*. Nem Byron nem Blake, mas Shelley: Satã também não para até ser detido, e ele nunca é detido. Apesar de idolatrar tanto ao sagrado Milton quanto ao supremo Shakespeare, rejeito o palpável mau gosto de um Satã vaiando à margem do mar Morto. Esse Satã não existe, e Milton sabia.

O que mais amamos em Satã, nosso parente perverso? Às vezes o imagino no palco iídiche de minha juventude, na interpretação completa de Maurice Schwartz, como o vi interpretando Shylock e Lear. Um Satã mais iídiche teria tido a insolência necessária, herdada por Schwartz de Jacob Adler e Boris Thomashefsky, ambos, infelizmente, anteriores a meu nascimento, em 1930. Mas essa teria sido uma insolência com páthos, semelhante a Schwartz como Shylock, largando o escalpelo com um arrepio ao se aproximar de Antônio, o trêmulo gói, e gritando com um tremor que sacudiu o Second Avenue Theater: "*Ik Bin doch a Yid!*" Não que eu consiga imaginar tio Satã murmurando "Bem, afinal de contas, *sou* judeu", mas sim porque ele recusa o papel de indivíduo vulgar que lhe propõem T. S. Eliot e C. S. Lewis. Satã não foi aluno de Harvard nem de Yale, de Oxford nem de Cambridge. Sem dúvida estudou assiduamente o Talmude até ser expulso por rabinos furiosos, levados a reconhecer outro *Acher*, o Estranho que rejeitaram em Elisha ben Abuya, com quem me identifico há mais de sessenta anos.

Dos estudos recentes sobre *Paraíso perdido*, *The Satanic Epic* (A épica satânica) (2003), de Neil Forsyth, é meu preferido. Forsyth sugere que o Deus de Milton talvez seja tão herói-vilão quanto seu Satã, mas se nega a enxergar a recusa de Milton a retratar Lúcifer (Satã antes da queda) como uma falha ou um declínio em relação à plenitude shakespeariana. Esse distanciamento miltoniano do pleroma de Shakespeare é meu tema aqui.

Imagine se a tragédia inconclusa de Milton, *Adam Unparadised* (Adão expulso do paraíso), tivesse sido composta por Shakespeare. Seus personagens principais teriam sido Lúcifer, Adão, Eva e Deus: três heróis-vilões e uma heroína sagaz. Cristo, um desastre ainda pior do que Deus em *Paraíso perdido*, não teria aparecido. Lúcifer talvez se parecesse com o príncipe Hamlet, enquanto Adão combinaria aspectos de Otelo, o marido extremoso, e de Edgar de *Rei Lear*, com seu aprendizado lento. Deus, é claro, seria Lear, e Eva, a síntese de Rosalinda e de outros esplendores cômicos em Shakespeare.

A originalidade maior de Shakespeare sempre foi imaginar a mudança; ele teria se deleitado em representar o entreouvir-se de Lúcifer, então sofrendo mudanças ao som da música de surpresa permanente. Ovidiano até a alma, o dramaturgo amava a mudança; o quase platônico Milton empregou Circe, a mestra das transformações bestiais, como o símbolo de toda metamorfose. Com um desejo tão forte por Eva quanto o de Adão e Satã, o poeta épico, não obstante, a associa à homérica Circe. Shakespeare nos faz admirar Rosalinda como uma deusa de transformações eróticas, uma casamenteira praticamente universal. E, embora ela advirta Orlando de que, como mulher, está sujeita a mudanças, seu amor, na verdade, é constante, assim como o de Eva por Adão.

Lúcifer é o Satã antes da queda, que Milton nunca nos mostra de fato. As origens de Lúcifer — o portador da luz, no latim de São Jerônimo — encontram-se na antiga luminosa Estrela da Manhã: Ashtar, Faetonte, Helel — este último contido em Isaías, 14, *Helel ben Shahar*, o iluminado Filho da Aurora —, aplicados ao rei derrotado da Babilônia. Assimilada à queda do Querubim Protetor, o príncipe de Tiro em Ezequiel, a Estrela da Manhã se tornou a visão do Satã anterior à queda. Mas onde está ele em Milton?

No final do terceiro canto, o heroico Satã, viajando para o Novo Mundo do Éden — "deleite" em hebraico —, para no topo do monte Nifate, na fronteira entre a Síria e a Armênia. No início do quarto canto, ele profere um solilóquio (versos 32-113), que foi escrito anos antes de *Paraíso perdido* e que, a princípio, seria o início de *Adão expulso do paraíso*. Aqui, o personagem se dirige primeiro ao sol, depois a si próprio. O modelo mais explícito é o início do *Prometeu acorrentado* de Ésquilo, mas escondida nessas tonalidades sonoras está a voz do Príncipe da Dinamarca:*

> Tu, que, de glória amplíssimo coroado,
> Olhando estás dessa área onde só reinas,
> Que pareces o Deus do novo Mundo,
> A cuja vista todas as estrelas
> A própria face ocultam respeitosas...

---

* Todos os trechos citados de *Paraíso perdido* foram retirados da tradução de António José de Lima Leitão. O original deste trecho encontra-se no Anexo.

A voz dirijo a ti, não como amigo,
Porém sim articulo, ó Sol, teu nome
Para te assegurar quanto aborreço
Tua luz que à lembrança me recorda
O ledo estado de que fui banido!
De tua esfera muito acima outrora
Glorioso me assentei; porém, ousando
Guerrear nos Céus, dos Céus o Rei supremo,
De lá me arrojam a ambição, o orgulho,
Mas... ai de mim! por quê?... Justo e benigno,
De tal retribuição credor não era,
Ele que o ser me deu, que nessa altura
Me colocou imerso em brilho, em glória,
Sem nunca me exprobrar favor tão grande:
Nenhum custo me dava o seu serviço.
Que me cumpria tributar-lhe menos
Que a fácil recompensa dos louvores?
Graças assim lhe eu dava, oh! tão devidas!
Mas seu bem todo em mim tornou-se em males,
Meu coração encheu de atroz malícia:
Tão alto erguido, à sujeição repugno;
Ao mais sublime grau quero elevar-me,
De todos muito acima, — e num momento
Ver-me quite de dívida tão árdua
Qual a da gratidão, imensa, infinda,
Que a pagar custa e em dívida está sempre.
Assim de seus favores deslembrado,
Nem mesmo vi que uma alma agradecida,
Se sempre deve, está sempre pagando,
Que ao mesmo tempo se endivida e salda!
Onde há ônus aqui? Feliz eu fora,
Se o poderoso Deus me houvesse feito
De inferior jerarquia um simples anjo!
Assim nunca esperança desmedida
Me ateara da ambição o horrendo fogo!...
Que digo?! Outro poder de igual grandeza

Igual tentâmen em meu lugar fizera;
Mesmo eu, como inferior, me unira co'ele.
Mas porventura não ficaram firmes
Outros grandes poderes, rechaçando
Todas as tentações próprias ou de outrem,
Ganhando imensa glória em tal repulsa?
E não possuías tu, como eles todos,
Suficiente valor, vontade livre?
Possuía-los decerto: então... como ousas
Queixas fazer sem teres de que as faças,
A não ser desse amor que, igual e livre,
Um Deus benigno repartiu com todos?...
Amor, que é para mim o mesmo que ódio,
Esta desgraça eterna em mim causando!...
Então seja esse amor também maldito!
Mas não!... Maldito eu seja porque injusto
Livremente escolhi contra meu senso
O que tão justamente agora eu sofro!
Quanto sou infeliz! Por onde posso
Fugir de sua cólera infinita
E de meu infinito desespero?...
Só o Inferno essa fuga me depara:
Eu sou Inferno pior! o outro, cavando
No fundo abismo, abismo inda mais fundo,
E ameaçando engolir-me em tais horrores,
Para mim fora um céu se o comparasse
Com este Inferno que em mim mesmo sofro!
Ai de mim! que afinal ceder me cumpre!
E como hei de mostrar que me arrependo?
Por que modo o perdão obter eu posso?
Só pela submissão... Palavra horrível!
Meu nobre orgulho atira-te bem longe,
Repele-te a vergonha que eu sentira
À vista dos espíritos imensos
Que seduzi, fazendo outras promessas
Que de vil submissão muito distavam,

Blasonando-lhes pôr em cativeiro
O Onipotente Regedor do Empíreo.
Que dor infanda!... Pouco eles conhecem
Quão cara a vã jactância hoje me custa!
Imerso em que tormentos se debate
Meu triste coração no entanto que eles
Por monarca do Inferno hoje me adoram!
Subi mui alto com diadema e cetro;
Depois... cheio de horror caí tão baixo:
Eis-me só na miséria soberano;
É própria da ambição esta alegria!
Inda mais: — se eu pudesse arrepender-me
Ou, por decreto da divina graça,
Alcançar meu estado primitivo,
Logo essa elevação em mim erguera
Pensamentos de orgulho que anulassem
Quanto jurara submissão fingida:
Anularia a prístina grandeza
Votos que entre torturas se exprimiram
Como írritos e vãos, — que nunca pode
A reconciliação ser verdadeira,
Quando do ódio mortal o ervado acúleo
Tão profundas feridas tem aberto!
Seriam deste modo mais horríveis
A recidiva culpa, a nova pena;
Comprara intermissão de pouca dura,
E obtida mesmo assim com dor dobrada,
Para afinal curtir mais crus tormentos!
O meu flagelador tudo isto sabe:
Assim, de dar-me a paz dista ele tanto
Como eu de lha pedir; eis para sempre
Perdida toda a sombra de esperança!
Em vez de nós, expulsos, exilados,
Criada já existe a prole humana,
Prazer novo de Deus, e este amplo Mundo
Para morada deleitosa dela.

Foi-se a esperança... e não regressa nunca!...
Co'ela o medo se foi, foi-se o remorso!
Para mim não há bem que já exista!
Serás meu bem, ó mal! por ti ao menos
O império universal com Deus divido,
E na porção maior talvez eu reine:
O homem e o Mundo o saberão em breve.

Profundezas sob profundezas: essa é a autoconsciência infinita de Hamlet. Não importa que Satã seja um teísta obcecado e Hamlet não. Dois intelectos angelicais habitam um abismo comum: o eu interior pós-iluminista em constante expansão, do qual Hamlet é precursor, intermediário entre Lutero e Calvino e, posteriormente, entre Descartes e Spinoza. A mente de Milton é tão poderosa que quase repele Hobbes e produz o último poema heroico, que podemos definir como o domínio da dialética pela retórica.

A retórica de Satã no topo do Nifate enfatiza a infinitude da obrigação: "Ver-me quite de dívida tão árdua / Qual a da gratidão, imensa, infinda, / Que a pagar custa e em dívida está sempre." [*The debt immense of endless gratitude, / So burdensome still paying, still to owe.*] Ele então culpa a si mesmo, embora não de maneira convincente, dado o relato de Rafael no quinto canto de como a rebelião começou. Empson, com razão, culpou a Deus por ter iniciado toda a confusão:

> Hear all ye angels, progeny of light,
> Thrones, dominations, princedoms, virtues, powers,
> Hear my decree, which unrevoked shall stand.
> This day I have begot whom I declare
> My only Son, and on this holy hill
> Him have anointed, whom ye now behold
> At my right hand; your head I him appoint;
> And by myself have sworn to him shall bow
> All knees in heaven, and shall confess him Lord:
> Under his great viceregent reign abide
> United as one individual soul

For ever happy: him who disobeys
Me disobeys, breaks union, and that day
Cast out from God and blessed vision, falls
Into utter darkness, deep engulfed, his place
Ordained without redemption, without end.*

(Canto V, versos 600-615)

Isso é tão escandaloso que um crítico gnóstico como eu não poderia ficar mais satisfeito. É como estar empanturrado de brechas para refutações, e *não* acredito que Milton o tenha concebido como mais que uma mera armadilha para os desavisados e os de pensamento literal. Ele sabia que o poema tinha de passar pelo censor — o que ocorreu sem problemas — e foi muito além das técnicas sutis de Leo Strauss para "escrever nas entrelinhas". *Paraíso perdido* é quase sempre fracamente mal-entendido, pois os estudiosos nunca se dão conta de que Milton também compartilha com Chaucer e Shakespeare a ironia "grande demais para ser vista" (como a qualificou G. K. Chesterton). As ironias miltonianas talvez sejam as maiores entre os três escritores: nem Chaucer nem Shakespeare defenderam o lado perdedor em guerras civis envolvendo diferenças religiosas, usurpação, regicídio e enormes traições. Chaucer serviu tanto a Ricardo II quanto a seu usurpador, Henrique IV, evidentemente sem nenhum peso na consciência, e Shakespeare evitou problemas tanto durante o reinado de Elizabeth I quanto o de Jaime I. Porém, Milton serviu a Cromwell e então, após a retomada do poder por Carlos II, compôs a maior parte de sua obra-prima. Se Satã é subversivo, o mesmo pode ser dito de seu criador, o poeta e profeta da revolução de

---

* Ouvi vós todos que da luz sois filhos, / Dominações, virtudes, principados, / Poderes, tronos: escutai atentos / Este decreto meu irrevogável. / Hoje nasceu de mim este que vedes, / E meu único Filho aqui o aclamo; / Ungido tenho-o neste sacro monte: / Vosso chefe o nomeio. Hão de as falanges / Dos Céus sublimes adorá-lo todas, / E hão de seu soberano confessá-lo: / Por mim mesmo o jurei. Ficai unidos / Sob o reinado seu em dita eterna, / Quais de uma alma porções indivisíveis. / Quem negar-se ao seu mando, ao meu se nega; / Cerceia toda a união que a mim o enlaça; / Nesse dia será fora do Empíreo / E da visão beatífica expulsado, / E cairá na escuridão eterna, / Golfo profundo, horrível, tormentoso, / Sem dó, sem redenção, sem fim, sem pausa.

Cromwell. Satã e Milton, porém, compartilham mais que apenas um talento para a subversão.

    Seria insincero *Paraíso perdido*? O que mais o melhor poema longo da língua inglesa poderia ou deveria ser? Chaucer e Shakespeare investem sua exuberância criativa no desvelamento do humano. Milton não tem esse talento sobrenatural, embora supere todos os outros poetas de língua inglesa à exceção desses dois ícones. Chaucer, apesar de sua abjuração tardia, não foi um poeta dado a grandes devoções: a Prioresa e sua história medonha não superam o Oficial de Justiça e o Frade, patifes esplêndidos, ou seu sublime companheiro, o obcecado Vendedor de Indulgências. Quem conhece — ou se importa com — os credos de Shakespeare, o poeta e dramaturgo? O abismo, para mim, é a única resposta segura. Por que os estudiosos superam em obsessão o Vendedor de Indulgências ao tentar delimitar a fé de Milton, o poeta épico? Satã é o Hamlet de Milton; outro herói da consciência. Assim como Hamlet, Satã, no auge de sua força, não acredita em nada. Quando fraco, torna-se cristão e descamba para o mau poeta do nono canto. Em minha última conversa telefônica com Nuttall, concordamos que, no final, Milton não acreditava em absolutamente nada — a não ser talvez em sua própria Luz Interior. Suas afinidades eram com Henry Vane, o Jovem, Thomas Ellwood e os Quakers, e, como insistiu Christopher Hill, com os muggletonianos e sua deliciosa alcunha. O Deus de *Paraíso perdido* é um pesadelo de má poesia e religião maligna, justificando tudo o que Shelley e Blake disseram a seu respeito. Milton, com suas divergências profundas, queria acreditar em sua própria retidão e pureza. Sua vocação era sua crença: a poesia homérica.

    Os cinco solilóquios de Satã seguem na esteira das sete conversas de Hamlet consigo mesmo. Lidos em justaposição, esses monólogos estabelecem Hamlet como o principal precursor de Satã. Mas não há um verdadeiro *agon*; a consciência de Hamlet é muito mais ampla do que a de Satã. A profundidade não precisa ser comparada: tanto o príncipe quanto o anjo habitam um abismo. Hamlet é único porque transborda de sentido. O contexto não pode confiná-lo. Satã dá continuidade aos sentidos, mas não consegue criá-los: Hamlet é um intérprete supremo, Satã, um caso para interpretação.

    Apesar de todo seu suposto solipsismo, Hamlet tem um interesse genuíno por todos que encontra, inclusive pelo almofadinha Osrico. Não fica claro se Satã é capaz de conceber outras individualidades. Ainda assim, o leitor atento simpatiza com Satã, sobretudo quando este enxerga Deus como um usurpador, Cristo como um emergente e Abdiel como um oportunista. De quem é o poema, afinal de contas? De Satã, de Eva, de Adão, nessa ordem, a menos que se queira argumentar que é do leitor. No entanto, é certo que não vejo o poema como meu nem como de Milton. Como narrador, Milton tenta com bravura usurpar o posto de Satã, o que leva ao maior defeito do poema: a editorialização. Satã faz por merecer sua má eminência; Milton demonstra falta de espírito esportivo quando deveria ter mais gratidão pela estrela maior entre seus pupilos.

Um dos melhores estudos sobre Milton, a obra Paradise Lost *and the Genesis Tradition* (*Paraíso perdido* e a tradição do Gênesis) (1968), de J. M. Evan, demonstrou a urgência com que o poeta teve de resistir aos autores irreconciliáveis do Gênesis: o jeovista do século X a.C. e o escritor sacerdotal do século V a.C. O Deus do jeovista é uma pessoa de personalidade feroz; a deidade do escritor sacerdotal é uma abstração sem sangue. O Deus de Milton, assim como o do jeovista, é humano, demasiado humano. A recente biografia *John Milton: Life, Work, and Thought* (John Milton: vida, obra e pensamento), de Gordon Campbell e Thomas N. Corns, começa caracterizando seu personagem principal como uma pessoa "com defeitos, autocontraditória, egoísta, arrogante, apaixonada, implacável, ambiciosa e esperta". Tudo isso é verdadeiro e ainda mais verdadeiro em relação a Jeová e ao Deus de Milton: o poeta e a divindade hebraica arcaica foram feitos um para o outro.

Milton, na minha leitura, inaugurou a tradição literária do protestantismo sem o cristianismo, que seria seguida por Blake, Shelley, Emerson, Whitman, Dickinson, pelas irmãs Brontë, por Browning, Hardy e Lawrence, entre outros. *Paraíso perdido* é a épica protestante inglesa, mas *não é* um poema cristão. O Filho mal parece o Jesus do evangelho de Marcos, e Milton demonstra a mesma aversão pela crucificação da qual eu mesmo partilho. Montado na carruagem da Deidade Paterna, o Filho de Milton lidera um ataque blindado contra Satã e o exército rebelde, expulsando os anjos caídos do céu e lançando-os ao abismo. As chamas da carruagem incendeiam as legiões de Satã e, na prática, criam o inferno quando os derrotados desabam. Milton, um poeta muito mais irônico do que em geral se pensa, mostrou-nos a criação do inferno pelo Filho.

Se o Deus e o Filho da épica são tão ambíguos, seu Satã também deve ser. Somente Adão e Eva dividem com Satã a glória do poema, e estão livres da pulsão de morte dele além do princípio de prazer. A épica satânica e a épica adâmica divergem, mais devido a Eva que a Adão. Ele tem suas limitações, algumas talvez não pretendidas por Milton. Eva não tem nenhuma que importe, e isso não pode ter sido o que Milton, o homem, pretendia transmitir. Mas Milton, o poeta, supera-se em *Paraíso perdido* e transcende o homem político.

Lembro-me da primeira vez que li o poema, aos 13 anos, vibrando com Satã e me apaixonando por Eva. Naquela época, me apaixonava com frequência por heroínas fictícias, e encontrei Eva após um ano de paixão pelas heroínas de Thomas Hardy, com destaque para Eustacia Vye em *The Return of the Native* (O retorno do nativo) e Marty Shouth em *The Woodlanders* (Os silvícolas). Quase chorei quando Marty South cortou seus belos cabelos compridos e me juntei a Milton e Satã em seu desejo pelos cachos rebeldes de Eva. A heterossexualidade ferrenha de Milton se situa aproximadamente a meio caminho entre os desejos exaustivos de Browning pelas mulheres e o sofrimento erótico de Shakespeare nos sonetos da Dama Negra.

Comparado ao de Milton e Satã, o desejo obrigatório e amoroso de Adão por Eva é revigorante. Apesar da postura patriarcal arcaica de Milton — ele teria praticado a poligamia se fosse permitida —, sua criatividade se libertou dele e nos deu uma Eva naturalmente superior a seu Adão. A ironia shakespeariana constantemente apresenta em seu teatro heroínas muito mais vitais que seus homens: Julieta, Rosalinda, Lady Macbeth, Cleópatra, Imogênia e tantas outras. A selvageria da ironia miltoniana é o que a distingue da defesa chauceriana e da invenção shakespeariana; não está de maneira alguma claro que Milton pudesse controlá-la mesmo quando queria. Ele deseja dominá-la? Creio que não, sendo essa uma das razões pelas quais *Paraíso perdido* é tão infinitamente surpreendente. Do ponto de vista psicológico, esse monista exemplar está sempre caindo no dualismo, seja na metafísica, seja na teologia. A cabeça e o coração são monistas, mas também opostos um ao outro, e sua luta permite um cerco de contrários no palco cosmológico da mais importante épica da língua inglesa.

Aprendi a ler Milton com profundidade pela primeira vez com um breve livro, *An Anatomy of Milton's Verse* (Uma anatomia do verso de Milton) (1955), de W. B. C. Watkins. Comprei-o assim que foi publicado e desde então venho relendo essa introdução a Milton. Watkins, agora raramente consultado, foi um crítico de imenso talento e cultura que escreveu sobre Shakespeare, Spenser, Samuel Johnson, Swift e Laurence Sterne, além de Milton. Lembro-me de que a primeira coisa que me chamou a atenção foi um parágrafo extraordinário em *An Anatomy of Milton's Verse* que ressalta como funciona o monismo de Milton:

> Nunca é demais enfatizar uma verdade fundamental sobre Milton que tem repercussão infinita em sua obra. No auge de sua criatividade, ele aceita toda a gama que vai do físico, especificamente dos sentidos, até o supremo Divino como *absolutamente contínua*. Essa aceitação contente significa que ele está livre para falar de qualquer ordem de ser (inclusive matéria inanimada) em termos sensuais idênticos como o grande denominador comum. Para nossos propósitos, não há necessidade de questionar isso ou de buscar uma reconciliação lógica com suas crenças intelectuais, uma vez que estamos interessados exclusivamente em sua prática e em sua tentativa notável, porém não de todo bem-sucedida, de tornar tudo o que tem a dizer ao mesmo tempo perceptível aos sentidos e inteligível à mente. Poucos poetas (Lucrécio, Dante, Spenser e, ocasionalmente, Wordsworth) chegaram tão perto de tornar tão tangíveis conceitos normalmente abstratos.

Watkins indicou com perspicácia a prefiguração de *Finnicius revém* por Milton. O que ele capta é o surpreendente lucrecianismo de Milton, partilhado, como veremos, por Shelley, Whitman e Stevens, assim como por Joyce. As percepções de Watkins foram expandidas no estudo freudiano *The Sacred Complex* (O complexo sagrado) (1983), de William Kerrigan, de acordo com o qual o "cristianismo miltoniano é o complexo de Édipo". Parece razoável, embora eu concorde com Nuttall na afirmação de que *Paraíso perdido* transcende o *agon* edipiano e transforma a religião miltoniana naquilo que eu chamaria de Alto Romantismo. O Deus interior de Milton não é nem Jeová nem Jesus, embora possa ser chamado de hermético. Nessa leitura, há mais de Deus em Eva e Adão do que em Satã, no Messias ou na Deidade Paterna de *Paraíso perdido*.

Nuttall observou com astúcia que "Milton é inteligente demais para seu próprio monismo". Infelizmente, Nuttall se deixou impressionar um pouco demais pela "vontade ética" de Milton, que, como concluiu em *The Alternative Trinity* (A trindade alternativa) (1988), levou o poeta épico a desposar a heresia gnóstica: "Mesmo monista, o Milton ariano foi surpreendido pelo componente gnóstico de sua própria mente, que o levou a uma espécie de revolução dentro do Altíssimo." Pergunto-me: se Milton é inteligente demais para seu próprio monismo, não seria também apaixonado e sensual demais para seu próprio "dualismo"? Em *The Matter of Revelation* (A questão da revelação) (1996), John Rogers fez uma defesa douta de um Milton "vitalista" e encontrou assim mais um caminho para sair do labirinto teológico de *Paraíso perdido*:

> De certo modo, a meta declarada de Milton de "asserir a Eterna Providência" talvez alcance seu significado último da raiz latina, *asserere*: declarar livre um escravo. *Paraíso perdido* só pode engendrar sua teologia de livre-arbítrio, sua política de autogoverno e seu éthos de individualismo libertando a providência das amarras tirânicas de uma lógica autoritária.

O Deus criador do sétimo canto é um vitalista no sentido monista do século XVII: imbui toda substância de energia animada, autopropulsora e autorrealizável. Mas Milton compôs o sétimo canto, expandindo de maneira brilhante o relato bíblico do início. O Deus Milton não só está presente na Criação e a representa para nós; ele realiza um transmembramento de ambos os textos — jeovista e sacerdotal — do evento cosmológico. Se o poder crescente do sétimo canto de fato equilibra as eloquentes energias de Satã ou não é algo sobre o qual hoje tenho dúvidas, e prefiro encontrar o rival poético de Satã somente em Eva e nas quatro invocações de Milton. Poderíamos nos referir a elas como os solilóquios do próprio Milton?

Como Shakespeare lidaria com a transição de Lúcifer para Satã? Iago e Edmundo já haviam caído quando os encontramos pela primeira vez, e Macbeth está tão aberto ao mundo da noite que mal precisa cair. Hamlet, contudo, começa e termina como um Lúcifer, a Estrela da Manhã e da Tarde de todos aqueles que pensam bem demais. Apesar de certos gestos verbais, não consegue encontrar nada transcendental, exceto seu próprio espírito. Uma maneira ainda não testada de ler o drama de Hamlet seria considerando-o uma busca pela descoberta de valores fora de seu autoconhecimento que o vinculassem à vida. Embora ele acredite — ou diga que acredita — que encontrou uma justiça imediata em Horácio, suspeito de sua descoberta. Não seria esse um mecanismo shakespeariano para nos converter todos, espectadores e leitores, em Horácios idólatras? Há sempre algo que falta em Horácio, mas *essa* elipse é nossa. Shakespeare, com uma ironia benigna, lembra-nos de que há sempre algo faltando em nós.

Hamlet é de uma riqueza excessiva tão desconcertante que levamos algum tempo para enxergar quão elíptico é em si próprio. A vacuidade adoradora de Horácio pode facilmente passar a ser nossa, mas é muito difícil se tornar um ouvinte versado de Hamlet, e virar um anti-Horácio também não ajudaria. Satã não tem um Horácio — e precisa de um. Seu parceiro Belzebu ganha de Horácio em insipidez, sendo meramente o capacho de Satã. Horácio tende a modificar diplomaticamente as observações de Hamlet, embora concorde em grande parte com elas, mas Belzebu é apenas um instrumento. Não há, portanto, ninguém que sirva como mediador entre nós e Satã a não ser Milton, o narrador, que frequentemente estraga o heroísmo de Satã com o tipo de editorialização beata que deveria ter deixado para C. S. Lewis e T. S. Eliot.

Um Satã sem mediação traz outros problemas de representação, e todos eles prejudicam a criação por Milton de um Lúcifer de esplendor intocado. A aversão rigorosa a qualquer referência a Prometeu em uma épica tão arcaica e clássica como *Paraíso perdido* é uma indicação da ansiedade miltoniana, pois Lúcifer e Prometeu formam uma tríade com Hamlet, como insinuou majestosamente Victor Hugo. Vamos dar um passo ainda mais além da sublimidade de Hugo: a tríade é uma identidade. Lúcifer, Prometeu e Hamlet são todos portadores da luz: todos roubam o fogo do céu. Hamlet sabe de tudo porque saqueou tudo. Assim como Shakespeare, seu irmão sombrio, Hamlet é um larápio. Montaigne usurpou a imagem de Sócrates, fazendo o papel de Xenofonte contra Platão. Hamlet faz de Montaigne *seu* Sócrates, enquanto Shakespeare por sua vez sonhou com Falstaff como o Sócrates de Eastcheap.

Prometeu e Hamlet são inventores — no sentido mais amplo da palavra — e têm em comum as artes do engano: a esperteza, a dissimulação, o mentir como quem diz a verdade. Mas isso é vê-los da perspectiva de um deus celestial, e não de sua própria. Lúcifer, suponho, era grandioso demais para esse tipo de evasiva sutil antes de cair no estado de Satã. Pode ser difícil distinguir Lúcifer em sua plena glória de Cristo em Apocalipse, 22,16, e as duas figuras são associadas novamente na exaltação do Círio Pascal na véspera da Páscoa.

Nuttall defendia que a ausência total de menções a Prometeu em *Paraíso perdido* se deve a sua relevância exagerada, que poderia tentar os leitores a uma leitura subversiva ou gnóstica da épica. Como Nuttall nos mostra que Milton tenta a si mesmo a tal leitura, permaneço cético. Prometeu é a imagem da rebelião contra o pai e se incorpora muito rápido a Satã. Mas, como uma figura do pensamento novo, teria uma ligação mais próxima com Hamlet do que com Satã. De quem Hamlet é filho? Não o sabemos, assim como ele também não o sabe, pois mais uma vez surge a questão: quando começou o caso entre Cláudio e Gertrudes?

Traçando a psicogênese de *Paraíso perdido*, Kerrigan revela como Milton ficava dividido em relação a seu venerado pai: obediência, exceto *como poeta*. Assim como Satã, o poeta-em-Milton não conhece nenhum momento em que não fosse como agora. Isso permitiu a transcendência de qualquer angústia da influência em relação ao Milton pai, um compositor de talento e escrivão bem-sucedido, e também a postura do poeta perante a Bíblia, as épicas clássicas e sua progênie em Dante, Tasso e Spenser. Por que tal liberdade não se deu em relação a William Shakespeare? Para o Satã de *Paraíso perdido*, o fogo prometeico teve de ser roubado de Hamlet, o dinamarquês. A permanente angústia da influência de Milton foi para sempre sua obrigação para com Shakespeare. Os solilóquios de Lúcifer não são os cinco de Satã. São as sete viagens de Hamlet em direção ao abismo cada vez mais profundo da autoconsciência.

Em sua juventude, Milton considerou a possibilidade audaciosa de escrever seu próprio *Macbeth* e, inevitavelmente, nunca foi além do título. Em *Paraíso perdido*, escreveu seu Hamlet, mas sem o Príncipe da Dinamarca como protagonista: Satã é o Hamlet caído. Lúcifer não aparece na épica de Milton porque seria, muito palpavelmente, Hamlet. Essa afirmação é arbitrária? Recorro a Neil Forsyth como uma testemunha que me corrobora:

> A simpatia que somos convidados a sentir por cada um deles tem um contexto similar — seus magníficos e atormentados solilóquios;

e em ambos os casos acabam sendo vítimas de tramas paralelas de vingança planejadas, porém, em segredo e, portanto, sem o conhecimento deles. No caso de Hamlet, a vilania evidente da conspiração de Cláudio reforça nossa simpatia temerosa pelo herói, enquanto Shelley, Empson e outros exímios leitores testemunharam ter tido reações similares ao Satã de Milton e a seu Deus maligno.

Esse é decerto um começo justo; leituras justapostas dos solilóquios de Hamlet e de Satã são relevantes aqui, mas me contento em deixá-las a cargo de leitores. Em vez disso, volto-me para os solilóquios do próprio Milton nas invocações da épica, acerca da qual paira a tríade Hamlet, Satã e Prometeu. Por mais maravilhosos que sejam os cinco monólogos interiores de Satã, não desafiam as quatro invocações, que são de uma ambivalência hamletiana e uma eloquência memorável. Hamlet e Milton, assim como Satã, são histriônicos: violentamente cientes de estarem no palco do teatro mental do leitor. Todos eles querem a peça, mesmo que às custas da épica.

Hamlet — e, depois dele, Milton e Satã — desejam manifestar o poder de sua mente sobre "um universo de morte" (*Paraíso perdido*, Canto II, verso 622). O método de Hamlet depende de incessantes autoquestionamentos — mais ao estilo de Satã do que do próprio Milton. Todos os três, entretanto, são poetas ambiciosos que alcançaram o sublime. Em Milton e Satã, os sinos derrubam a torre e seguem batendo não se sabe onde. Hamlet é diferente: a torre solitária de sua consciência infinita põe por terra seu dom poético, e ele escolhe o silêncio.

Ignoro todos os críticos acadêmicos — chatos e pedantes — que me dizem que Shakespeare e Milton são poetas dramáticos, enquanto Hamlet e Satã são meros personagens. Bobagem. Hamlet e Satã são poetas que se apresentam por conta própria e se dissociam com violência de seus rivais, Shakespeare e Milton. Para uma análise de Hamlet e Shakespeare como agonistas, recomendo a meus leitores que consultem meu *Hamlet: poema ilimitado*. Aqui, o que me interessa é o *agon* de Milton com Shakespeare e o de Satã com Milton. A luta com Shakespeare é oculta; o mal-estar de Satã com Milton é o núcleo de *Paraíso perdido*.

Hamlet se rebela contra sua inserção em uma tragédia de vingança, um subgênero que mal chega a ser digno de sua incrível percepção de si. Ele merece um drama cosmológico, semelhante a *Rei Lear* ou *Macbeth*, mas é possível que em 1600 Shakespeare não estivesse preparado o bastante para escrever um. Satã é colocado numa tragédia cosmológica, talvez bem mais do que Milton achava que merecia o Lúcifer caído. Como teria sido um confronto entre Hamlet e o Pai entronado de *Paraíso perdido*? Cláudio e o suposto Deus da épica têm algumas qualidades em comum, e o usurpador desgraçado está longe de ser um rival poderoso para Hamlet. Ele costuma não entender o que seu estranho sobrinho está dizendo. Está claramente aquém do nível de Hamlet, assim como estaria o Deus de Milton se o Príncipe da Dinamarca fosse seu Velho Inimigo.

Exceto por um punhado de obstinados, o suposto Deus de *Paraíso perdido* agora carece de defensores. É um professor de almas velho e desagradável, sofre de mau humor e tem um prazer sadomasoquista em fazer ameaças. Não é com certeza o Jeová do escritor jeovista, e não consigo imaginar por que Milton o concebeu. É possível assumir uma postura pós-empsoniana e argumentar perversamente que ele é tão mau que chega a ser bom, mas para isso seria necessária uma boa dose de vinho.

O Deus de Milton é "o Pai", o que angustia a muitos de nós por inúmeras razões, muitas vezes conflitantes. Um labirinto em que, tal qual o Minotauro, o Pai pode ser assassinado é o modelo gnóstico adotado por céticos eruditos, de Denis Saurat a A. D. Nuttall. Tenho uma boa certeza de que é possível associar a Luz Interior de Sir Henry Vane e dos muggletonianos ao templo de um só devoto de Milton, mas a Cabala e o gnosticismo ofita continuam distantes do abismo sombrio de *Paraíso perdido*. Robert Fludd e o hermetismo renascentista parecem mais próximos, mas seriam, na melhor das hipóteses, análogos nebulosos. Milton talvez *pareça* mais normativo do que William Blake, mas será que o é? Suas heresias, se somadas, são impressionantes, porém secundárias. O que mais importa é seu temperamento áspero. A religião, a política e a moral são todas consequências de seu orgulho, que, entre os poetas, só se equipara ao de Dante.

O orgulho de Satã é praticamente igual ao de seu criador — Milton, não Deus. Não é comum falar do orgulho do príncipe Hamlet, mas ele está presente mesmo quando censura a si próprio. Quando afirmado, é avassalador: "Sou eu, / Hamlet, o dinamarquês." O orgulho satânico é hierárquico; o orgulho de Hamlet é vocacional: *um orgulho de dramaturgo*. Evidentemente, Shakespeare se esquivou *dessa* sensação de glória. Os Sonetos são em grande parte dominados pelo orgulho poético, que parece ser a razão pela qual o Poeta Rival é invocado de forma notável. Mesmo como poeta lírico, Shakespeare é um ator deplorável, e nesse sentido se assemelha a Hamlet, a não ser pelo fato de que este parece abandonar a ambivalência somente quando está atuando.

Satã tem praticamente tanto senso de humor quanto Milton, notoriamente o mais forte entre os autores totalmente desprovidos de espírito cômico. Se há algum mérito em minha sugestão de que o Lúcifer de antes da queda teria se assemelhado a Hamlet, é possível ver mais uma vez por que Milton não poderia nos dar uma representação de Lúcifer. O Lúcifer anterior à queda teria sido ironicamente histriônico, como Hamlet. Pai e Filho, enquanto público, não teriam achado graça nas paródias de Lúcifer, concebidas por este, quem sabe, com um *scherzo* de sátira teológica. Porém estou indo longe demais com isso.

Hamlet é sua própria plateia ideal, o que também se aplica a Falstaff, embora me acalme pensar que Iago e Edmundo também atuam para seu próprio prazer. As ironias de Satã são pobres, óbvias demais para merecerem atenção. As ironias do próprio Milton em si também são pobres, indignas do maior poeta da língua inglesa depois de Chaucer e Shakespeare. Jonathan Swift, o ironista total mas perigosamente sutil, seria um modelo impossível para Milton. Chaucer e Shakespeare, porém, tinham muito que ensinar a Milton, mas ele não se preocupou em aprender. Um Lúcifer semelhante a Hamlet violaria a intensidade visionária de *Paraíso perdido* e, sem dúvida, as perdas teriam sido maiores do que os ganhos se Milton tivesse aceitado o desafio shakespeariano.

JOYCE... DANTE... SHAKESPEARE... MILTON

Se Joyce e Proust são o sublime da literatura ocidental do século XX, talvez haja outros poetas, romancistas, contistas e dramaturgos importantes que se aproximem dessa eminência, mas é improvável que mesmo Kafka, Yeats ou qualquer outro que se queira citar se mostre tão central quanto os criadores de *Ulisses, Finnicius revém* e *Em busca do tempo perdido*. Os dois só se encontraram uma vez, a uma mesa de jantar parisiense. Joyce lera um pouco de Proust, mas não vira nada de extraordinário, enquanto Proust nunca ouvira falar de Joyce. O gênio irlandês lamentava sua visão e suas dores de cabeça, enquanto o visionário de Sodoma e Gomorra reclamava de sua digestão. Nem mesmo suas enfermidades eram compartilhadas, embora posteriormente Joyce tenha comparecido em silêncio ao funeral de Proust.

Shakespeare pairava sobre ambos, embora de maneira muito mais ampla em Joyce. Flaubert também era um ancestral comum, ainda que menos crucial que Dante para Joyce. Proust foi o humorista irônico do ciúme sexual, assim como Shakespeare foi seu ironista trágico. O Poldy de Joyce em *Ulisses* escapa da destruição pelo ciúme erótico: a curiosidade do homem bom é demasiadamente humana para esse abismo infernal.

Entre os principais escritores da língua inglesa, o *agon* de Joyce com Shakespeare só é comparável ao de Milton. É possível que o cego Milton e o quase cego Joyce, que trabalhou por pelo menos 16 anos em *Finnicius revém*, tenham se baseado em lembranças de declamações de Shakespeare em voz alta para si mesmos, uma vez que tanto *Paraíso perdido* quanto *Finnicius revém* às vezes parecem câmaras de ressonância cheias de revelações shakespearianas. A grande diferença é que as ressonâncias de Joyce são explícitas, enquanto os ecos miltonianos com frequência parecem involuntários. Mais do que James Joyce, teria então Milton sido um *ouvinte* ferido pelo espanto de Shakespeare ou teria Joyce escolhido a máscara de manipulador para disfarçar sua própria ferida com fertilidade?

Comecei a ler *Finnicius revém* quando era estudante de graduação na Universidade de Cornell, em outubro de 1947, e encontro essa data anotada ao lado de minha assinatura no meu primeiro exemplar do livro, assim como em minha cópia gasta de *Skeleton Key to* Finnegans Wake (Chave mestra para *Finnicius revém*), de Joseph Campbell e Henry Morton Robinson (1944). Felizmente, meus primeiros esforços foram reforçados por minha participação nos grupos de discussão informais de Thornton Wilder durante meu período de pós-graduação em Yale. Um pouco mais tarde e com menos energia, como um jovem membro do corpo docente, eu mesmo imitei Wilder, liderando outro seminário informal, usando então uma edição de 1958 da Viking Press, que se encontra agora à minha frente enquanto escrevo, cheia de anotações marginais um tanto quanto blakeanas. Nos anos subsequentes, discuti *Finnicius revém* primeiro com Matthew Hodgart, depois com Anthony Burgess. Hodgart enfatizava a presença de Shakespeare, enquanto Burgess estava mais interessado em Lewis Carroll como gênio dominante da épica onírica de Joyce. Toda leitura crítica de textos difíceis é em maior ou menor grau mediada por outros, mas menciono essas mediações porque Wilder, Hodgart e Burgess me ajudaram a chegar a entendimentos bastante complementares do livro.

Interessavam-me na época e ainda me interessam hoje diversas questões interligadas. O fato de *Finnicius revém* não ter gerado uma miríade de interpretações opostas seria um dos custos do vasto experimentalismo de Joyce — diferentemente, digamos, do que ocorreu com a Bíblia, Platão, Dante, Shakespeare, Cervantes, Milton? Seria a complexidade superficial ou textual desse livro-sonho um tanto discrepante de uma simplicidade subjacente? A *estranheza*, a mais canônica das qualidades literárias, existe em *Hamlet* sob todos os aspectos. Em última instância, careceria a história de vida de H. C. Earwicker, o Homem Comum de Joyce, dessa qualidade canônica? Não é possível invocar um Leitor Comum johnsoniano-woolfiano como o verdadeiro juiz de *Finnicius revém* porque o livro não teve muitos leitores comuns. Burgess, buscando-os, editou *A Shorter* Finnegans Wake (Um *Finnicius revém* mais curto) (1968), no qual insistiu no "simbolismo fácil" do livro, uma insistência precisa, talvez até demais.

Aos 80 anos, costumo acordar duas vezes por dia: a primeira entre as duas e as quatro da manhã e uma segunda vez depois de, algumas horas mais tarde, ter dormido por mais uma hora ou duas. Parei de sonhar com o passado, um país estrangeiro que já não visito mais, e em vez disso tenho pesadelos com o que se parece vagamente com o presente. Freud é agora para mim um intérprete de sonhos menos convincente. Creio que a intenção de Joyce é nos convencer de que sonhamos uma única cavalgada universal, mas a mitologia joyceana, de modo estranhamente similar à de Freud, é shakespeariana. Somos feitos da matéria dos sonhos, e nossa breve vida acaba em sono eterno. Shakespeare não afirma nem nega a ressurreição: afirmação e negação lhe são igualmente estranhas. O sonhador Earwicker de Joyce brinca com um mito da ressurreição, mas Earwicker não é James Joyce, enquanto a fusão de Stephen-Bloom em *Ulisses* foi um retrato do artista quando homem maduro. Não obstante, Joyce — como Giordano Bruno Nolano — era hermetista e talvez menos irônico em seu esoterismo que Yeats, que às vezes se pretendia mais cético do que era de fato. Hodgart levava o ocultismo eclético de *Finnicius revém* bastante a sério, e, como seu aluno — ele foi meu monitor em Pembroke College, Cambridge —, também o levo. Vários críticos, em especial o brilhante A. D. Nuttall, identificaram uma espécie de gnosticismo em Shakespeare, assim como em Marlowe, Milton e Blake. Sendo eu mesmo um gnóstico inveterado, custa-me confiar em minhas próprias percepções a esse respeito, mas vou alegremente na esteira de outros e do próprio *Finnicius revém*.

No relato biográfico *James Joyce and the Making of* Ulysses (James Joyce e a criação de *Ulisses*) (1934), o pintor Frank Budgen conta a afirmação de Joyce em certa ocasião: "No meu caso, o pensamento é sempre simples." O pensamento shakespeariano é infinitamente complexo: senhor da linguagem e criador de inúmeros personagens, também impressiona pela originalidade cognitiva pura. Joyce se considerava o verdadeiro rival de Shakespeare, e seu poder sobre a linguagem *é de fato* shakespeariano.

Em *Ulisses*, ele cria Leopold Bloom, um ser humano completo, capaz de discursar com Sancho Pança e Sir John Falstaff. Os personagens de *Finnicius revém*, Earwicker e sua família, não são pessoas, mas sim formas gigantescas, assim como o Albion de Blake e sua mulher e filhos. *As quatro zoas*, *Milton* e *Jerusalém*, de Blake, são marcados por seu poder cognitivo e pela frequente magnificência da linguagem. Joyce tinha uma inteligência enorme, mas escolheu expressar seu dom na forma de engenho e astúcia. Não pretendo com isso depreciá-lo. Como seguidor de Vico e Bruno, Joyce acreditava em uma espécie de sabedoria ancestral. Samuel Beckett, que ofereceu a primeira e a melhor das interpretações de *Finnicius revém*, lamentavelmente se baseava mais em Descartes e Arthur Schopenhauer do que em Vico e Bruno. A filosofia só interessava a Joyce na medida em que podia contribuir para seu arsenal de palavras.

A originalidade conceitual estava certamente implícita em Joyce, mas ele preferiu investir seu desejo criativo em outra área. Assim como Proust, Joyce tinha uma curiosidade infinita, e ambos eram acima de tudo cômicos em sua genialidade. *Finnicius revém*, ainda mais que *Ulisses*, é humorístico, e não tragicômico. Os leitores que perseverarem em *Finnicius revém* rirão com o livro, como fazem com Shakespeare, Dickens e Proust. Resta, porém, a opção deliberada de Joyce pela simplicidade intelectual. Será que *Finnicius revém* gera esplendor mitológico suficiente para compensar sua evasão do que se pode chamar *pensamento* literário?

A experiência mostra que a resposta é afirmativa e enfática. Hodgart me recomendaria lembrar os textos de Wagner, dos quais desgosto, mas que ainda assim me perturbam por sua força mítica. Joyce absorve praticamente todas as mitologias, desde o Livro Egípcio dos Mortos até a Bíblia e os helenos, mas o tom fundamental de *Finnicius revém* é a mitologia nórdica, inclusive a ibseniana e a wagneriana.

Leitores profundos de Joyce raramente se surpreendem com sua fusão extraordinária de naturalismo e simbolismo, que o alia a Thomas Carlyle e também a Walt Whitman, entre outros. A afinidade com Carlyle é maior: quando releio *Sartor Resartus*, sinto uma influência excessiva de *Finnicius revém*, embora a obra-prima de Carlyle, que agora ninguém mais lê, seja na verdade uma combinação de Goethe, Novalis, Jean Paul e fontes germânicas afins. Assim como Joyce abandonara o catolicismo irlandês, Carlyle desistira do calvinismo escocês. O Professor Diogenes Teufelsdröck não é nem de longe tão universal quanto Tim Finnegan, mas *Sartor Resartus*, assim como *Finnicius revém*, tira seu título de uma canção, uma velha canção rural escocesa em vez de uma balada irlandesa americana. O alfaiate escocês, remendado — e portanto editado —, é similar ao operário de construção irlandês americano, que, bêbado, cai de uma escada. Gosto de imaginar Carlyle tentando ler *Finnicius revém*. Teria ficado escandalizado, mas talvez encontrasse nele algo de sua própria extravagância.

Etimologicamente, *extravagância* significa "vagar além dos limites", e *Finnicius revém* vai muito mais além na transgressão de todos os limites do que *Sartor Resartus*. Carlyle escreveu uma paródia de autobiografia espiritual, mas um dos grandes paradoxos joyceanos é a versão de Stephen do artista como o Motor Imóvel de Aristóteles, que é refutada pelas alegorias esmagadoramente familiares tanto de *Ulisses* quanto de *Finnicius revém*. Talvez Joyce lute contra isso; ele é mais Poldy que Stephen, mais Earwicker que Shem, o Escriba, embora os romances familiares de *Finnicius revém* sejam muito mais fabulistas do que os de *Ulisses*. Edna O'Brien, em sua breve biografia de Joyce (1999), capta o caráter irlandês do conflito e do desejo doméstico com mais vividez que qualquer outra pessoa o fez até hoje.

Parte da universalidade de Joyce, assim como da de Shakespeare, está em sua capacidade de representar o que Freud denominou "romances familiares". *Finnicius revém* é resgatado com frequência de suas mitologizações pela intensidade do desejo mal reprimido de Earwicker por Isabel, sua filha. A interpretação de Freud para *Rei Lear* era joyceana antes de Joyce, mas tem pouco a ver com a peça de Shakespeare e reflete mais o amor parcialmente evitado de Freud por sua filha, Anna.

Nunca é demais enfatizar o *agon* entre Joyce e Shakespeare: as épicas em prosa do irlandês navegam no rastro de Shakespeare, que seria um título alternativo apropriado para *Finnicius revém*.* Joyce parece ter conhecido a Shakespeare tão bem quanto a Dante. A criação linguística extraordinária da saga de Earwicker é tão shakespeariana quanto uma defesa contra Shakespeare, algo muito semelhante ao que faz Beckett quando passa a escrever em francês pelo medo de seguir produzindo obras tão joyceanas quanto o delicioso *Murphy* e o insatisfatório *A Dream of Fair to Middling Women* (Um sonho de mulheres de razoáveis a medianas). Ao traduzir seu

---

* O título original de *Finnicius revém* é *Finnegans Wake*, e a palavra *wake* tem também o significado de "rastro". (N. da T.)

próprio francês de volta para o inglês, Beckett produziu obras que não eram joyceanas nem em modo nem em estilo e juntou-se a Joyce, Proust e Kafka como o quarto membro do grupo dos mestres da ficção em prosa do século XX, superando Thomas Mann, Joseph Conrad, D. H. Lawrence, Virginia Woolf e William Faulkner.

Só nos é possível especular sobre o que Joyce teria escrito se não tivesse morrido pouco antes de completar 60 anos. Com relação a Shakespeare, que morreu aos 52 anos, não temos por que nos lamentar: o maior de todos os escritores já tinha deixado de criar peças teatrais uns três anos antes. Cervantes, Tolstoi e Henry James seguiram escrevendo até o fim, mas Shakespeare simplesmente se aposentou. Por alguma razão, após sua participação em *Os dois nobres parentes*, escrita em colaboração com John Fletcher, ele perdeu o interesse. Mas Joyce teria sem dúvida continuado a escrever, evidentemente uma épica sobre o mar. Qual teria sido a presença de Shakespeare nesse projeto? Teria ele sido mesmo exorcizado em *Finnicius revém*? É possível contemplar uma épica marítima sem lutar com Shakespeare, como fez Melville em *Moby Dick*? Só há duas ou três referências a Melville em *Finnicius revém*; ele provavelmente teria interessado mais a Joyce nessa épica final.

Em *Ulisses*, como os críticos vieram a entender, Joyce nos oferece o retrato do cidadão Shakespeare por meio de Poldy, visto por Dublin e por si mesmo como judeu embora tanto sua mãe quanto sua avó fossem católicas irlandesas e ele tivesse passado por três batismos distintos. Mas então Stephen — menos convincentemente — quer se ver como Shakespeare, embora tente demonstrar que Shakespeare era judeu. Às vezes me pergunto por que Stephen não antecipa o argumento de Kenneth Gross, em *Shylock Is Shakespeare* (Shylock é Shakespeare) (2006). Falstaff, Hamlet, Iago, Cleópatra, Malvólio e muitos outros também eram Shakespeare, mas nenhum deles era usurário, e Shakespeare era, sempre pronto a recorrer à lei para recuperar o valor devido a juros exorbitantes. Poldy Bloom não é agiota e Stephen é uma espécie de esponja, mas, combinados, são o Shakespeare de Joyce. *Ulisses* é mais uma busca por Shakespeare do que uma viagem rumo à infiel Molly, enquanto *Finnicius revém* é o fim da busca, uma vez que Joyce considerava seu livro final um rival à altura de Shakespeare, uma magnífica câmara de ressonância de seu precursor, que ecoava ele próprio o cosmos.

Seria um despropósito absurdo falar da "influência de Shakespeare" sobre *Finnicius revém*. *Hamlet* se encontra em toda parte no romance de Joyce, com *Macbeth*, *Julio César* e *Sonho de uma noite de verão* quase tão presentes. Se Shylock é Shakespeare, então Falstaff é Bloom — não Poldy, mas sim Harold — e o Falstaff de *Finnicius revém* não é uma mera távola ou meseta de campos verdes, mas uma "verdadeira meseta de campos bardesolados!"* Fico mais feliz com isso do que com "fraudstuff"** e sua meia dúzia de variantes em *Finnicius revém*. Enquanto comentário sobre praticamente toda a literatura, *Finnicius revém* com muita frequência serve a Joyce como um Midrash de Shakespeare. Na esteira de Matthew Hodgart e Adaline Glasheen, há um estudo primoroso de Vincent John Cheng chamado *Shakespeare and Joyce* (Shakespeare e Joyce) (1984), que oferece um catálogo de alusões shakespearianas em *Finnicius revém*, e estudos subsequentes desenvolveram o que talvez seja um assunto infinito. Desafiado por Shakespeare como por nenhum outro — nem mesmo por Dante —, Joyce caça seu rival como o capitão Ahab caça a Baleia Branca. Assim como o capitão não consegue derrotar Moby Dick, Shakespeare não é definitivamente arpoado por Joyce, mas nem Milton nem Melville chegam tão perto de triunfar sobre o Leviatã da literatura.

Será que uma rede de alusões tão vasta quanto *Finnicius revém* pode ser ainda considerada um produto da influência? Sim, mas somente porque depois de Shakespeare tudo se torna de fato posterior a ele. Alexandre Dumas, pai, observou que, depois de Deus, foi Shakespeare quem mais criou, um apotegma citado na cena de *Ulisses* na Biblioteca Nacional. O fato de acreditarmos ou não em Javé, Jesus ou Alá pouco afeta a compreensão de que, em alguns aspectos, Shakespeare nos inventou tal como somos desde então. Quando afirmei exatamente isso em meu livro *Shakespeare: a invenção do humano*, fui seriamente criticado tanto por secularistas quanto por fiéis. Mas continuo defendendo minha posição, ampliando a excelente observação de Nuttall, citada anteriormente, de que sem Shakespeare nunca teríamos visto tanto do que já estava lá.

Embora tenha sido um criador de linguagem tão notável quanto Shakespeare, Joyce não conseguiu inventar mulheres e homens na escala shakespeariana. Repovoar Dublin foi um projeto amplo, mas Shakespeare

---

* A referência original, "*a verytableland of bleakbard fields*", retirada de *Finnicius revém*, é um jogo de palavras, fundindo os termos "veritable" (verdadeira) e "tableland" (planalto, meseta). (N. da T.)
** Palavra-valise utilizada em *Finnicius revém* com diferentes significados, entre eles, em alusão a *fraud* (fraude), *foodstuff* (comida), Freud e Falstaff. (N. da T.)

povoou um heterocosmo, um mundo alternativo às vezes mais natural que a natureza. *Finnicius revém* se concentra em Dublin, embora seu centro esteja em todos os lugares, inclusive em quase todos os textos sagrados. Joyce, que a vida inteira fugiu de uma educação jesuíta, tinha uma sensibilidade tão secular quanto Proust ou Beckett, Mann ou Valéry, Eugenio Montale ou Wallace Stevens. Todos os sete podem ser contrapostos a grandes escritores como Kafka, Crane, Rainer Maria Rilke e Yeats — figuras que percebem a realidade de uma transcendência da qual eles próprios não podiam partilhar.

Finnicius revém é uma escritura sem credo, como Shakespeare talvez seja agora uma escritura mundial. Miguel de Unamuno considerava *Dom Quixote* a autêntica escritura espanhola e se referia ao cavaleiro de triste figura de Cervantes como "nosso Senhor". Shakespeare e *Finnicius revém* são escrituras somente nesse sentido. Em seus melhores exemplos, a literatura imaginativa possui a aura de uma gnose, por mais distante que esteja do gnosticismo. Então me refiro a *Finnicius revém* como gnose, ainda que não tenha um conhecimento pleno da obra. Os exegetas mais devotos de *Finnicius revém* possuem um conhecimento de cada detalhe linguístico do livro. Aprendi a lê-lo do começo ao fim, mas apenas recorrendo continuamente ao auxílio deles, que não é a maneira como leio Shakespeare e a Bíblia, Dante e Milton, Blake e Whitman — ou mesmo *Ulisses*, a propósito. Se eu vivesse o bastante, poderia aprender *Finnicius revém* mais a fundo, e talvez o faça. Por enquanto, conheço-o apenas o suficiente para respeitar seu tipo de conhecimento, embora ainda me sinta desconcertado por sua simplicidade — talvez apenas aparente — de trama e personagens.

A invocação dos livros sagrados do mundo por Joyce é uma defesa contra a transformação de *Finnicius revém* em um puro *agon* com Shakespeare? Isso é mera especulação, sobretudo considerando que Lewis Carroll e Jonathan Swift são tão canônicos para Joyce quanto a Bíblia, o Livro Egípcio dos Mortos e o Alcorão; de fato, *Algumas aventuras de Silvia e Bruno*, de Carroll, e *O conto de tonel*, de Swift, provavelmente provocavam maior reverência em Joyce do que o Novo Testamento. Assim como Shem, o Escriba, Joyce é seu próprio Cristo, assim como Walt é o de Whitman, enquanto a ressurreição de Finnicius/Earwicker está mais próxima do Livro dos Mortos do que dos Evangelhos. Quer Joyce gostasse disso ou não, a forma da ressurreição em *Finnicius revém* é shakespeariana, ainda que pelo simples fato de que Shakespeare é o próprio *Finnicius revém*.

Macbeth exercia um fascínio especial sobre Milton e Joyce. Por quê? De todos os protagonistas shakespearianos, Macbeth se destaca por nos inspirar simultaneamente repulsa moral e identificação imaginativa. Entendo por que isso intrigava a Milton, mas Joyce nunca desejou que seus leitores experimentassem nenhuma dessas duas relações com nenhum de seus personagens. Lembro-me de discutir com Matthew Hodgart a questão de por que *Macbeth* interessava muito mais a Joyce em *Finnicius revém* do que em *Ulisses*. Hodgard sugeriu de maneira convincente que considerava Joyce uma espécie de herege, maniqueísta ou gnóstico, em rebelião contra o dogma católico, e que há certos elementos dualistas gnósticos em *Macbeth*. Anos mais tarde, Anthony Burgess, ele mesmo um católico não mais praticante de fortes tendências maniqueístas, fez a mesma observação em resposta a meu questionamento. Ambos eram estudantes mais profundos de *Finnicius revém* do que eu era então ou do que sou agora. Hodgart queria enfatizar a postura espiritual, heterodoxa, de *Finnicius revém*, enquanto Burgess me instava encantadoramente a perceber que o gnosticismo e a alegria não eram em absoluto fenômenos antitéticos. As saudações rabelaisianas de William Blake ao "Velho Pai-de-ninguém nas alturas" (*Old Nobodaddy aloft*) estão entre os exemplos que poderiam ser citados, assim como os ultrajes parodísticos de *Miss Corações Solitários* e *Um milhão de dólares*, de Nathanael West.

Joyce, assim como seu discípulo Samuel Beckett, tinha uma argúcia sombria e um enorme intelecto, e começo a duvidar da simplicidade superficial da história e das pessoas que emergem do labirinto linguístico de *Finnicius revém*. Assim como Leopold Bloom, que por ser metade judeu é um estranho para seus concidadãos dublinenses, o protagonista de *Finnicius revém* é um forasteiro, um escandinavo protestante casado com uma mulher de família eslava. Porter — evidentemente, seu nome quando acordado — sonha todo o livro, que poderia ser descrito como uma épica visionária incestuosa, uma vez que o desejo culpado do herói é por sua filha, Isabel. Shelley e Byron compartilhavam uma preocupação com o incesto, que Byron consumou com sua meia-irmã e que o jovem Shelley talvez tenha desejado — em vão — com *suas* irmãs. O incesto, afirmava Shelley, era a mais poética das circunstâncias. *Finnicius revém* concorda e transforma o *Prometeu libertado* de Shelley em "Promiscuous Onebound".*

---

* Há no original um jogo de palavras entre *Prometheus Unbound* (Prometeu libertado) e "Promiscuous Onebound" (Promíscuo preso a um). (N. da T.)

Seriam todos os sonhos incestuosos? Essa pode ser uma pergunta absurda, e não obstante *Finnicius revém* é o sonho dos sonhos de toda a literatura. Não existe nada de uma escala tão enorme quanto a do Livro da Noite de Joyce. Ou será que podemos considerar toda a obra de Shakespeare um vasto sonho, como Joyce parece fazer em *Finnicius revém*?

O *Paraíso* de Dante, assim como o resto da *Divina comédia*, é uma ficção onírica apresentada como verdade. Joyce amava Dante sem quase nada da ambivalência que lhe provocava Shakespeare. Contudo, apesar de sua dicção de muitas falas, a sintaxe de *Finnicius revém* permanece shakespeariana. Dante estava a uma distância segura em termos linguísticos: o italiano de Joyce era excelente, mas a maioria dos leitores de *Ulisses* e até de *Finnicius revém* se sentem à vontade com o inglês e, em maior ou menor grau, são assombrados por Shakespeare. Quanto de Dante se infiltra em *Finnicius revém*?

Nenhum estudo acadêmico publicado até hoje sobre Joyce e Shakespeare se aproxima da sensibilidade de *Joyce and Dante* (Joyce e Dante), de Mary T. Reynolds (1981), de quem me recordo como uma amiga que me foi apresentada em Yale pela brilhante Mary Ellmann na década de 1970. Um chá com as duas Marys era sempre uma deliciosa mistura de risadas e aprendizado. Mary Reynolds me ensinou que Stephen e Poldy em *Ulisses* são figuras duais não apenas de Shakespeare, mas também de Dante. Vico, o guia de Joyce em *Finnicius revém*, observou que Dante teria sido o poeta perfeito não fosse por sua infeliz imersão na teologia. Esse continua sendo um ponto de vista italiano, mas não anglo-americano, exceto no antiteológico Joyce, que tinha profunda aversão pelo "Deus carrasco" do cristianismo. Pessoalmente, leio Dante como um pensador que implicitamente prefere a si próprio a Santo Agostinho, mas os estudiosos anglo-americanos sufocam a *Divina comédia* sob Santo Agostinho e São Tomás de Aquino. O princípio essencial de Vico é de que só conhecemos o que fizemos por conta própria. W. B. Yeats afirmou que somente os grandes poetas conhecem a realidade, pois eles próprios a criaram. Joyce vai além de Vico e Yeats, a um lugar onde William Blake precedera *Finnicius revém* em *seu* livro da noite, *As quatro zoas*, abandonado por Blake em manuscrito. O Dante de Joyce pertence apenas a Joyce, assim como seu Shakespeare também era só seu. Proust não tenta tomar todo o espaço para si, embora tenha quase alcançado esse feito. Joyce, incorporando a tudo e a todos, pretendia ocupar todo o espaço literário. Em *Finnicius revém*, não há limites para o escopo de Joyce. Assim como Milton, Joyce teve de usurpar Dante e Shakespeare a fim de se tornar o Joyce absoluto.

À exceção de Shakespeare, a *Divina comédia* resiste à usurpação com maior tenacidade do que qualquer outro feito literário ocidental, inclusive Platão e a Bíblia. Somente um mestre da invenção da linguagem poderia desafiar Dante e Shakespeare, os gênios da invenção linguística que provocaram a resposta de Joyce, *Finnicius revém*. A maestria linguística espantosa de Dante se manifestou tanto em sua invenção da terça rima quanto em sua imposição, praticamente sozinho, do toscano florentino como a linguagem literária italiana. Joyce estava altamente consciente da dimensão em que Shakespeare remodelara Chaucer e William Tyndale para criar a linguagem literária inglesa: Yeats e Beckett não eram celtas, e o inglês shakespeariano nunca lhes pareceu alheio. Joyce, o mestre maior do inglês desde Milton, enxergava-o não obstante como um idioma adquirido, embora não tivesse falado nenhum outro quando criança. Talvez se sentisse menos afastado do toscano de Dante do que do inglês de Shakespeare.

Joyce, como sabemos, guiou Samuel Beckett, então com 22 anos de idade, enquanto este escrevia o ensaio "Dante... Bruno... Vico... Joyce", ainda hoje uma introdução crucial a *Finnicius revém*. Em sua obra *Enigmas and Riddles in Literature* (Enigmas e charadas na literatura) (2006), Eleanor Cook considera um dos melhores exemplos de transmissão linguística em *Finnicius revém* a apropriação por Joyce da entrada de Dante no Éden, contida no canto 27 do *Purgatório*. Caminhando lado a lado da cantante Matilda, somos apresentados à perfeição dos vales do Paraíso Terrestre. Mas, para Dante, esse é apenas um prelúdio para o enigma da chegada de Beatriz. Joyce não chega a nos revelar a charada sagrada e aclama o Paraíso Terrestre como mais do que suficiente.

Espiritualmente, Joyce foi cauteloso ao assimilar Dante. Com Shakespeare, essa cautela não foi necessária, pois com ele Joyce não tinha reservas miltonianas. Comentadores mais beatos, especialmente C. S. Lewis, inundaram-nos com a suposta devoção de Milton. Sigo Empson, Nuttall e Neil Forsyth em sua observação de que, como teodiceia, *Paraíso perdido* seria um desastre em vez do esplendor dramático herege que manifestamente é. Isso justifica em parte a melhor postura de Milton perante nós, seus leitores, mas dificilmente justifica o comportamento do Deus de Milton — o que não creio que Milton pretendesse, ainda que insista no contrário. Forsyth identifica o gênero oculto de *Paraíso perdido* como uma tragédia de vingança shakespeariana, metamorfoseada no mais ilimitado de todos os poemas, *Hamlet*. Pessoalmente, tenho mais carinho por Satã do que por Hamlet, mas o príncipe da Dinamarca ofusca até mesmo ao príncipe das sombras como o herói ocidental da consciência e da cognição. Teria Milton admitido Hamlet em sua suposta épica, como Joyce fez em *Ulisses* e *Finnicius revém*, ou teria Hamlet forçado o portão?

Em se tratando da alusão e de seus desafetos, o *magister ludi* é John Hollander em *The Figure of Echo* (A figura do eco) (1981). Hollander evita distinguir entre alusões intencionais e o que eu chamaria de alusões insubmissas, e divide a alusão de Milton e autores posteriores em cinco tipos de eco: acústico, alegórico, esquemático, metafórico e metaléptico, ilustrando esse último estilo com um maravilhoso excurso sobre o tropo de transposição, ao qual costumo me referir como síndrome de Galileu. Milton, tentando superar o escudo de Aquiles em Homero (*Ilíada*, 9.373) e o escudo de Radigundo em Spenser (*A rainha das fadas*, Livro V, Canto 5, verso 3), compara o "escudo ponderoso" de Satã à lua vista pelo telescópio de Galileu:

> ... his ponderous shield
> Ethereal temper, massy large and round
> Behind him cast; the broad circumference
> Hung on his shoulders like the moon, whose orb
> Through optic glass the Tuscan artist views
> At evening from the top of the Fesole,
> Or in Valdarno, to descry new lands,
> Rivers or Mountains in her spotty globe.*

(*Paraíso perdido*, Canto I, versos 284-291)

Talvez essa visão ambivalente manifeste a nostalgia de Milton por uma visita real a Galileu quando o cientista estava, por determinação da Inquisi-

---

* ... seu ponderoso escudo / De têmpera etérea, maciço, grande e pesado / Atrás de si lançado; a larga circunferência / Pendia de seus ombros como a lua, cujo orbe / Pelo cristal ótico o artista toscano observa / À noite, do topo de Fiésole ou em Valdarno, / Para novas terras, rios ou montanhas / Em seu globo irregular descobrir.

ção, em prisão domiciliar em Fiésole, no vale do rio Arno, e o "artista toscano" permitiu que o poeta inglês observasse a lua por meio de um telescópio. Embora para alguns críticos essa pareça uma referência obscura, ela me impressiona principalmente como um elogio ao transigente Galileu, que, sensato, desejava evitar o destino de Giordano Bruno, "terrivelmente queimado" vivo em Roma uma geração antes pela Inquisição. Há controvérsias quanto à real ocorrência do encontro de Milton com Galileu — como afirma o autor em seu mais famoso tratado em prosa, *Aeropagitica*, uma defesa da liberdade de imprensa —, mas isso não tem grande importância. Samuel Johnson elogiou Milton por essa passagem, observando que "ele enche a imaginação", um comentário desenvolvido por meu "único genitor" na crítica, Angus Fletcher, em *Allegory* (Alegoria), quando menciona que o Milton de Johnson tinha um estilo de alusão "transpositivo". Em *The Figure of Echo* (A figura do eco), de Hollander, a transposição é chamada de eco metaléptico e se torna a figura principal de alusão interpretativa em toda a poesia pós-shakespeariana-miltoniana. Philip Roth, em sua importante fase recente, transpõe Falstaff em *O teatro de Sabbath*, Shylock em *Operação Shylock* e a Cordélia de *Rei Lear* em *Homem comum*. Naquilo a que me refiro neste livro como a morte da Europa em nossa Terra do Anoitecer, a alusão transpositiva se expande e alcança dimensões titânicas.

Hollander, um estudioso, poeta e crítico de imensa erudição, define a alusão transpositiva com útil tenacidade, mas pode ser simplificado para leitores comuns (como eu) voltando-se a Galileu em Milton. John Guillory, em *Poetic Authority* (Autoridade poética) (1983), indica que Galileu é o único contemporâneo vivo cujo nome é mencionado em *Paraíso perdido*. Consigo detectar alusões sutis a Cromwell, Charles I e ao conde de Clarendon, entre outros, na épica, mas Galileu, primeiro como "o artista toscano", depois como "astrônomo" (Canto III, 589), aparece como si mesmo na terceira menção (Canto V, 261-63):

> As when by night the glass
> Of Galileo, less assured, observes
> Imagined lands and regions in the moon.*

---

* Como quando à noite o telescópio / De Galileu observa inseguro / Terras e regiões imaginadas na lua.

Todas as três menções enfatizam tanto a arte ou ciência de Galileu quanto suas limitações se comparadas à visão dos anjos, fossem eles caídos ou não. Galileu, assim como um aspecto do poeta Milton, é necessariamente um epígono, mas a retórica que reverte o tempo proporciona ao aspecto visionário de Milton um triunfo de que Galileu não dispunha. Historicamente, Galileu se retratou embora soubesse estar certo. Milton, cego e desgraçado pela Restauração, que queimou seus livros e o aprisionou por algum tempo, não se retratou de nada. Sem dúvida, seu heroísmo era temperamental, mas será que Milton não reconheceu que esse heroísmo tinha afinidades com o de seu próprio Satã de seu grande poema?

Nunca haverá dois leitores autênticos que concordem totalmente quanto à relação entre Milton e sua criatura, Satã. Para mim — um judeu gnóstico herege confesso —, Satã é o daimon de Milton, seu alter ego, talvez o gênio miltoniano de fato. Blake, Shelley, Hazlitt, Empson, Nuttall e Forsyth assumem essa postura, e eu me junto a sua companhia visionária. A influência de Shakespeare sobre Milton — em que nível de consciência não me é possível saber — talvez seja a maior sobredeterminação da grandiosidade ambígua de Satã. Arrisco-me a afirmar que Satã é tanto Iago quanto Otelo, tanto Edmundo quanto Lear, tanto Hamlet transtornado quanto Hamlet são, tanto Macbeth antes do início da peça quanto Macbeth na tragédia de sua queda sangrenta.

Mas o que falta é uma representação de fato do momento do solilóquio shakespeariano em que Lúcifer se entreouve e, com o choque, transforma-se em Satã. Forsyth argumenta que, no grande solilóquio que vem logo após o início do quarto canto, nos versos 32-113 (citados acima, no capítulo "O Hamlet de Milton"), ouvimos tanto a interioridade niilista do Lúcifer hamletiano antes da queda quanto a autodevoração narcisista de Satã após a queda, de um sentimento de mérito não reconhecido semelhante ao de Iago e de um desespero imaginativo macbethiano. Como sabemos que o solilóquio de Satã sobre o monte Nifate foi composto anos antes para servir de abertura a *Adam Unparadised* (Adão expulso do paraíso), uma obra mais dramática que épica, o argumento de Forsyth é de um embasamento filológico claro.

Ainda assim, o que falta é o *momento de mudança*, uma invenção shakespeariana que Milton evita. Qualquer um que tenha assistido à transmutação de Zero Mostel em um rinoceronte na versão cinematográfica da peça de Ionesco sabe o que eu quero dizer. A transformação do humano em rinoceronte, um triunfo da mímica mosteliana, é minúscula se comparada à queda de Lúcifer, o Filho da Manhã, para se tornar Satã, o rebelde deformado. Shakespeare nos mostra a queda de Ricardo II, Otelo, Macbeth e até de Hamlet, que maltrata Ofélia com tanta brutalidade que a leva à loucura. Esse foi um *agon* no qual Milton não quis entrar. Por quê?

Em *Milton's Poetry of Choice and Its Romanic Heirs* (A poesia preferida de Milton e seus herdeiros românicos) (1973), Leslie Brisman segue o próprio Milton, que afirmava ter-se libertado de Shakespeare ao escolher seguir "um caminho melhor" — a própria expressão, contudo, é de Shakespeare, em *Rei Lear*. Para Shakespeare, Chaucer foi um recurso, assim como Spenser o foi para Milton. Mas, para escritores tão poderosos quanto Milton e Joyce, Shakespeare é a mais perigosa das fontes. É como Jacó lutando contra o Anjo da Morte e conseguindo contê-lo, porém à custa de tornar-se coxo para sempre. Como se progride *além* de Shakespeare? Milton acreditava que o conseguiria por meio da autolimitação, do refreamento de sua imaginação. Mas Satã *quer* ser mais parecido com Hamlet, Macbeth, Iago e seus companheiros protagonistas. Ele também quer o que não pode nunca ter: a glória plena de Lúcifer. Joyce, que tinha uma compreensível antipatia irlandesa pelo Milton cromwelliano, mas uma admiração romântica pelo Milton rebelde, identificou-se de modo bastante complexo com o Satã miltoniano. Joyce também se recusava a servir, fosse na forma de seu primeiro representante, Stephen, ou como si próprio. E, embora Joyce tenha relutantemente classificado Shakespeare acima de Dante — em resposta à clássica pergunta da ilha deserta, Joyce respondeu, contrariado, que desejava poder levar Dante, mas que Shakespeare era mais *rico* —, considerava acertadamente ser Dante superior a Milton, e costumava superestimar a influência de Dante sobre *Paraíso perdido*. A influência de Dante sobre *Finnicius revém* fica atrás da de Shakespeare, e a de Milton muito atrás da de Dante, mas me surpreende que Milton, não obstante, permaneça. Nas cadências finais de Anna Livia Plurabelle, ouvimos a saída do Éden que encerra *Paraíso perdido*.

A linguagem de *Finnicius revém* é mais miltoniana do que shakespeariana, ainda que o texto esteja tão permeado pela produção de Shakespeare. Bardos cegos e quase míticos, como Homero, Joyce, e Milton, escrevem para os ouvidos, não para os olhos, enquanto Shakespeare se dirige a todos

os cinco sentidos, como no relato de Bottom de seu sonho sem fundo.*
Associamos apropriadamente Joyce a Lewis Carroll, mas *Finnicius revém* nos ensina, de maneira mais surpreendente, a agrupar *Paraíso perdido* com Carroll e até com os livros do *Nonsense* de Edward Lear. Ouvem-se sonoridades miltonianas, tennysonianas e joyceanas em "The Courtship of the Yonghy-Bonghy-Bo" (A corte do Yonghy-Bonghy-Bo) e "The Dong with a Luminous Nose" (O dong de nariz luminoso).

A defesa de Joyce contra Shakespeare se dá na forma de apropriação total; a de Milton na de uma repressão altamente seletiva. Resulta que estranhamente a influência de Shakespeare é menos distrativa em *Finnicius revém* do que em *Paraíso perdido*. Essa é uma vantagem estética do mestre irlandês das palavras sobre o porta-voz cromwelliano da Inglaterra, como acredito que tenha reconhecido o astuto Joyce. Às vezes me desconcerta o fato de que Milton, o poeta de autoconsciência mais precisa depois de Píndaro, esteja estranhamente inconsciente de seus ecos quase acústicos do "bardo maior". Aqui está Cláudio, em *Medida por medida*, exortando com temor sua irmã Isabela (uma noviça) a se prostituir a Ângelo para salvá-lo da morte, seguido de Belial debatendo no inferno e advogando a sobrevivência da consciência pela consciência:

> Ay, but to die, and go we know not where;
> To lie in cold obstruction, and to rot;
> This sensible warm motion to become
> A kneaded clod; and the delighted spirit
> To bathe in fiery floods, or to reside
> In thrilling region of thick-ribbed ice;
> To be imprison'd in the viewless winds,
> And blown with restless violence round about
> The pendant world; or to be worse than worst
> Of those that lawless and incertain thoughts
> Imagine howling!—'tis too horrible!
> The weariest and most loathed worldly life

---

* No original, há um jogo de palavras entre o nome do tecelão, Bottom (fundo), e *bottomless* (sem fundo).

> That age, ache, [penury], and imprisonment
> Can lay on nature is a paradise
> To what we fear of death.*

(*Medida por medida*, Ato III, cena 1, 117-131)

> And that must end us, that must be our cure,
> To be no more; sad cure; for who would lose,
> Though full of pain, this intellectual being,
> Those thoughts that wander through eternity,
> To perish rather, swallowed up and lost
> In the wide womb of uncreated night,
> Devoid of sense and motion?**

(*Paraíso perdido*, Canto 2, versos 145-151)

São palpáveis os ecos de Cláudio em Belial, mas qual seria sua finalidade cognitiva e estética? Não me ocorre nenhuma, e concluo que a alusão é totalmente involuntária. Pode ser que Milton tenha um controle excelente de suas alusões, mas esse está longe de ser o único exemplo dos "ventos invisíveis" soprando do cosmos de Shakespeare para o de Milton. James Joyce teve o cuidado de não internalizar Shakespeare a ponto de absorver sua interioridade profunda. John Milton leu Shakespeare com mais intimidade, o que teve um custo maior para ele. Shakespeare, "mais rico" que Dante, não obstante não pôde possuir a Joyce como possuiu a Milton. Em

---

* Mas morrer e ir sabe-se lá para onde? / Jazer em fria rigidez e decompor-se; / Transformar-se este calor sensível e móvel / Numa massa amolgada; o espírito encantado / Banhar-se em enchentes de fogo ou habitar / Uma região arrepiante de espessas escarpas geladas; / Ser prisioneiro dos ventos invisíveis, / E soprado com incansável violência / Pelo mundo suspenso; ou estar pior que os piores / Que pensamentos incertos e incontroláveis / Imaginam uivando! É por demais horrível! / A mais penosa e odiosa vida terrena / Que a idade, a dor, [a penúria] e a prisão / Possam impor a nossa natureza é um paraíso / Se comparada a nosso temor diante da morte.

** Para nós sendo a morte o único anelo. / Que triste anelo! Quem, mesmo pungido / De cruas aflições pelo árduo acúleo, / A vida intelectual perder deseja / E os pensamentos que sublimes voam / Por toda a vastidão da Eternidade? / Quem deseja que morto o engula e esconda / Da incriada Noite o seio imenso, escuro, / E estar latente ali sem fim, sem termo, / Imprestável, imóvel, insensível?

1630, Milton, aos 21 anos, compôs "On Shakespeare" (Sobre Shakespeare), um poema de sete dísticos celebrando "nosso assombro e espanto" e observando sombriamente:

> Then thou, our fancy of itself bereaving,
> Dost make us marble with too much conceiving.*

Esquecemos nosso próprio poder imaginativo ao nos defrontarmos com o de Shakespeare e nos tornamos *seu* monumento de mármore. Talvez seja impossível decidir quem encontrou a melhor maneira de enfrentar Shakespeare: Joyce ou Milton. O grande poeta e prosista irlandês e o maior dos poetas ingleses depois de Chaucer e Shakespeare nunca diferem tanto quanto em suas lutas com Shakespeare. O *agon* de Milton é mais misterioso do que o de Joyce, no mínimo porque somos levados a enxergá-lo através das lentes dos poetas românticos, cujas dívidas para com Shakespeare e Milton eram praticamente iguais. O Satã de *Paraíso perdido* não é um mero herói-vilão jacobino; ele é um ator, e poderia ter sido interpretado tanto pela estrela da companhia de Shakespeare, Richard Burbage, quanto por Edward Alleyn, tão eminente quanto ele, pertencente à companhia de Marlowe. Joyce escreveu uma peça ibseniana, *Exilados*, e era ele próprio ator e cantor amador de certo talento. Mas mesmo que *Adam Unparadised* (Adão expulso do paraíso) tivesse sido concluída ou que a irrepresentável *Sansão agonista* tivesse sido de fato encenada, teríamos ficado perplexos se Milton tivesse atuado em qualquer uma das duas. É, afinal de contas, uma questão de personalidade. Joyce podia ser tímido, mas se deleitava com a companhia dos amigos; Milton, política e pessoalmente, foi ofuscado pela Restauração. Shakespeare, um ator profissional que se enquadraria no que chamamos hoje de "ator de tipos", lamenta em um soneto ter feito papel de bufão, e evidentemente desistiu de atuar enquanto preparava a produção de *Otelo* e *Medida por medida*.

Finnicius revém foi descrito pelos críticos como uma obra dramática, mas somente para o teatro da mente, enquanto partes de *Ulisses* foram encenadas e filmadas. Mas nem Joyce nem Milton investiram sua exube-

---

* Então tu, ao de nossa imaginação nos despojar, / Transforma-nos em mármore de tanto imaginar.

rância criativa no teatro. *Ulisses* é o apocalipse do romance, seja de Flaubert ou Dickens, e *Finnicius revém* está no mesmo gênero de *As quatro zoas*. *Paraíso perdido* abandona o drama pela épica de Homero, Virgílio e Dante, e pelos romances visionários de Tasso e Spenser. Shakespeare bloqueou essencialmente a grandeza do palco para todos que o sucederam em inglês até os dias de hoje. Molière, Racine, Schiller, Tchekhov e Pirandello não teriam funcionado em inglês. Beckett escapou de *Ulisses* e *Finnicius revém* em sua trilogia *Molloy* — e em grande medida se esquiva de Shakespeare em *Esperando Godot*. *Fim de jogo* continua sendo a grande exceção. Nela, o protagonista Hamm é claramente Hamlet, e Clov é um Horácio que por fim abandona o serviço. Beckett, que talvez tenha sido o último grande autor original da tradição literária ocidental — sendo o digno herdeiro de Joyce, Kafka e Proust —, era um agonista autêntico demais para seguir evitando Shakespeare para sempre. *Fim de jogo* luta com *Hamlet*, assim como Tchekhov e Pirandello tentaram travar esse duelo impossível, em que se sabiam destinados a perder.

T. S. Eliot, digno guardião da cultura europeia monarquista conservadora anglo-católica, rejeitou bravamente *Hamlet*, qualificando-a como um "fracasso estético", ao mesmo tempo em que elogiou a Djuna Barnes, Wyndham Lewis e Pound, "o melhor criador", que nos disse que "toda a parte judia da Bíblia é magia negra". A minha preferida dentre as máximas de Eliot é sua afirmação de que, enquanto cristão, sua fé proibia seu antissemitismo nem sempre muito educado. Críticos honestos — dos quais existem poucos —, como Louis Menand e Christopher Ricks, tentaram exorcizar o ódio de Eliot pelos judeus como mera excentricidade. Sem seu ódio e desdém, seria coerente o criador de Bleistein e Rachel, esta última batizada com o sobrenome Rabinowich? Assim como o papa emérito Bento, Eliot nos garantiu que a cultura europeia morreria se o cristianismo europeu morresse. Ele *está* agonizando, e a religiosidade do mundo — para mais e melhor — se encontra em outros lugares: na Ásia, na África, nas Américas, com os novos cristianismos e o islamismo militante. Eliot, um poeta primoroso em seus melhores trabalhos, enquanto profeta merece ser incluído na mesma categoria que C. S. Lewis, G. K. Chesterton e W. H. Auden — embora *este* definitivamente não fosse antissemita).

Immanuel Kant nos advertiu acertadamente que todo gosto estético é subjetivo, mas a experiência me faz duvidar da formidável *Crítica do Juí-*

zo. Por que, afinal de contas, nos aventuramos a justapor Joyce a Dante e Shakespeare? Se você viveu a maior parte de sua vida no século XX, os escritores de sua época foram Proust e Joyce, Kafka e Beckett, ou, para aqueles que amam os grandes versos mais que a prosa de ficção, os poetas de sua era foram Yeats e Valéry, Georg Trakl e Giuseppe Ungaretti, Osip Mandelstam e Eugenio Montale, Robert Frost e Wallace Stevens, Luis Cernuda e Hart Crane, Fernando Pessoa e Federico García Lorca, Octavio Paz e T. S. Eliot, entre muitos outros. O número de dramaturgos de valor universal é menor: talvez apenas Pirandello, numa perspectiva pós-ibseniana mais longa. Eu mesmo dou valor especial aos escritores que compuseram grandes obras em prosa *e* verso, principalmente Hardy e Lawrence. Joyce escreveu uma peça ibseniana, *Exilados*, dois volumes de poemas líricos, um excelente livro de contos, *Dublinenses*, e um romance de amadurecimento bastante convencional, *Retrato do artista quando jovem*. No entanto, Joyce só desafia aos maiores — Dante, Shakespeare, Milton — em suas épicas em prosa, *Ulisses* e *Finnicius revém*. Proust compete com todos os romancistas anteriores desde Cervantes com *Em busca do tempo perdido*, enquanto Kafka, até mais que o próprio Joyce, tornou-se o Dante de sua era, sobressaindo principalmente em fragmentos e aforismos. Beckett, romancista, dramaturgo e poeta, assim como Kafka, destaca-se como um ícone da criatividade ou, melhor dizendo, um criador de ícones. De maneiras distintas, Jorge Luis Borges e Italo Calvino têm algo dessas mesmas funções.

Apreciações comparativas de valor estético podem parecer arbitrárias a menos que sejam excêntricas o suficiente. Se um aluno, amigo ou conhecido me dissesse que prefere Pearl S. Buck a James Joyce e Marcel Proust ou que Stephen King é comparável a Franz Kafka e Samuel Beckett, eu nem tentaria discutir. Eu poderia considerar que o Prêmio Nobel de Literatura foi concedido a Buck, mas não a Joyce ou Proust, e que King recebeu um prêmio pelo conjunto de sua obra da organização que concede o National Book Awards.

Tente imaginar alguém refletindo sobre um *agon* entre Buck e Joyce ou discursando sobre a influência de Proust sobre King. A estética de Kant é digna demais para esse tipo de conjectura, e mesmo as capelas de ruínas dos Estudos Culturais têm escrúpulos em desprezar a dignidade estética. Isso se deve à pragmática da atenção: Joyce não poderia substituir Shakespeare, mas *Ulisses*, juntamente com *Hamlet* e outras obras de Shakespeare a sua altura — *A tempestade*, *Henrique IV, parte 1*, *Macbeth*, *Rei Lear* e algumas outras — contaminaram o cosmos da "informação" e da estranhamente denominada "cultura popular". Isso era mais claro na minha infância, quando as revistas do grupo de Henry Luce (*Time*, *Life*, *Fortune*) eram escritas com cadência e dicção joyceanas, o que ainda prevalece, embora de maneira difusa, em suas rivais e sucessoras atuais.

Joyce, obcecado por Shakespeare, o inglês rico em palavras, queria preferir Dante, mas não conseguia. Joyce acabou cedendo à preponderância mundial de Shakespeare. Ele invejava o público do rei inglês da palavra no Globe, mas esse não é o cerne de sua emulação criativa do bardo maior. O egoísmo de Joyce teria sido absoluto se Shakespeare não tivesse existido. Apesar de sua estrutura homérica, *Ulisses* é um poema dramático para vozes e se aproxima muito da arte de Shakespeare. Relemos *Ulisses* por Poldy, que é uma fusão de Bottom e dos aspectos mais amáveis de Falstaff.

Joyce, porém, desconfiava de Poldy, assim como Shakespeare percebeu que Falstaff não poderia ser limitado, aprisionado e confinado. Falstaff e Hamlet escapam de Shakespeare. Gosto da fantasia de Orson Welles, que escreveu que, ao chegar à Inglaterra, Hamlet fixou residência e se transformou em Falstaff. Stephen, o Hamlet para o Falstaff de Poldy, não está à altura — propositalmente — da tarefa de revivificar o rei Henrique V. Joyce, que também desejava encontrar um modelo em Ibsen, caiu no fastio de *Exilados*. Será que Joyce, assim como Milton — e Henry James —, não tinha talento para a tragicomédia?

O agente agregrador que mantém Shakespeare, Milton e Joyce unidos é o entendimento comum quanto ao princípio do sentido, que se dá necessariamente no transbordamento. Falstaff, Hamlet, Adão, Satã e Bloom são inquietantes porque não declaram sua própria ficcionalidade. A efluência, e não a influência, é sua verdadeira função na história da literatura. Quantos outros autores transcendem o significado por meio da repetição? Poucos, sem dúvida: Montaigne; Dickens, talvez. "Montaigne" é uma grande criação, e Dickens flui eternamente.

DR. JOHNSON E A INFLUÊNCIA CRÍTICA

Aos 9 anos de idade, Samuel Johnson lia *Hamlet* pela primeira vez, sentado sozinho na cozinha de sua casa, e, ao chegar à cena da entrada do Fantasma, levantou-se e saiu, "para poder ver gente à sua volta". Muitos anos depois, em *Observations on Macbeth* (Observações sobre Macbeth), Johnson recordou aquele momento: "Aquele que lê Shakespeare com atenção, olha em volta, alarmado, e começa a se descobrir só." Aí está a suma de Johnson sobre Shakespeare: aqui estão o autor e seu crítico, que nos fazem tremer como um ser culpado pego em flagrante ao nos depararmos pela primeira vez com a mais vívida imediação que a literatura imaginativa pode nos oferecer.

Para mim, o valor maior de Johnson como crítico literário está em sua recepção de Shakespeare, embora eu considere *Vidas dos poetas ingleses*, um de seus últimos livros, sua obra-prima crítica. Shakespeare põe Johnson frente a um dilema inestimável. De sua maneira singular e inovadora, Johnson me parece essencialmente um crítico *biográfico*. Os universais johnsonianos são sempre biográficos, ou seja, psicológicos, e essa é a chave de seu amor e compreensão de Shakespeare. Para Johnson, Shakespeare é o poeta absoluto da natureza humana, sobretudo de nossos afetos. Agora, pouco mais de três séculos após o nascimento de Johnson (18 de setembro de 1709), temos informações de um detalhamento absurdo sobre a vida de Shakespeare, mas absolutamente nada relacionado a sua interioridade.

Nesse aspecto, acho que talvez saibamos menos do que insinuou Johnson, já que o coração e a mente deste eram maiores que os nossos, e os de Shakespeare foram sem dúvida os mais vastos nos anais da humanidade.

Sob sua aspereza, o ursino Johnson escondia uma ternura imensurável diante do sofrimento humano. Nesse e em muitos outros aspectos, meu professor johnsoniano, W. K. Wimsatt, era muito semelhante a nosso herói em comum.

Em seus escritos sobre Shakespeare, Johnson tem momentos que eu descreveria como epifanias críticas. Aqui temos o duque Vicêncio, em *Medida por medida*, aconselhando o jovem Cláudio a receber de braços abertos sua execução:

> Duque: Não tens juventude nem velhice:
> Mas como numa espécie de sesta,
> Sonhando com ambas.

E aqui temos o Midrash de Johnson:

> Isso é de uma imaginação primorosa. Quando jovens, ocupamo-nos em conceber estratagemas para tempos posteriores e perdemos as alegrias a nossa frente; quando velhos, entretemos a languidez da idade com a lembrança dos prazeres ou feitos da juventude; de modo que nossa vida, que em nenhum momento é dedicada ao tempo presente, assemelha-se a nossos sonhos durante a sesta, quando os eventos da manhã misturam-se aos planos para a noite.

A música cognitiva barroca nas sucessivas frases de Johnson nos remete a Sir Thomas Browne, um século antes, e ao sutil ensaio de Walter Pater sobre *Medida por medida*, um século depois. T. S. Eliot, cativado pela cadência lânguida do duque Vicêncio, empregou essa passagem como a epígrafe de seu *Gerontion*, do qual minha primeira lembrança imediata é o minúsculo judeu agachado, um emblema do ódio de Eliot pelo pensamento livre. Johnson, imune ao rancor, elogia Shakespeare por sua formulação perfeita de nosso fracasso universal em viver no momento presente.

Universal é uma palavra-chave para o entendimento de Johnson sobre a importância de Shakespeare, pois os "universais" impregnam o estilo crítico johnsoniano, empírico porém profundamente erudito, uma disciplina paralela à filosofia de David Hume. Johnson e Hume, embora distantes em questões religiosas, partilham do mesmo senso comum, do mesmo apelo ao leitor comum e da mesma posse de universais psicológicos. Contudo, Johnson amava Shakespeare, enquanto Hume — assim como Wittgenstein — manifestava ressentimento contra ele, que fora o maior dos pensadores, subsumindo a tudo e a todos, inclusive os filósofos. Hume, tão poderoso como historiador quanto como filósofo, não teria ficado feliz com a preferência de Johnson pela biografia sobre a história, enquanto este provavelmente teria concordado com Emerson quando diz que "não há história, somente biografia".

Lembro-me de discutir com Wimsatt a singular injustiça de Johnson para com Jonathan Swift, cujo *O conto de tonel* teve mais ou menos o mesmo efeito sobre Johnson que tem sobre mim, o que me ajuda a entender a mais poderosa obra em prosa de nossa língua depois de Shakespeare e da Bíblia inglesa. Durante os últimos sessenta anos, desde meu aniversário de 19 anos, releio religiosamente a cada seis meses *O conto de tonel* e o texto que o acompanha, *Uma digressão a respeito da loucura*. Acabo de relê-los novamente, talvez pela 120ª vez, e me dou conta de que agora os sei de cor. Nada me deixa mais incomodado, e imagino o fantasma de Wimsatt rindo: "Bem feito!" A defesa de Johnson contra o poder do livro sobre si foi duvidar da autoria de Swift — uma esquisitice que me lembra a insistência defensiva de Freud em afirmar que as obras de Shakespeare tinham sido escritas pelo conde de Oxford.

Talvez os maiores ironistas — Swift e Johnson, Shakespeare e Freud — não sobrevivam nas auras uns dos outros. Ben Jonson era um satirista; Shakespeare, mesmo em *Troilo e Créssida*, era outra coisa. Apesar de toda sua adoração a Pope, Johnson não se permitiu ser um satirista. Parte dessa recusa se deve ao medo de se transformar em Swift, a respeito do qual Johnson escreveu em *Vidas dos poetas ingleses*: "Ele não foi um homem que merecesse ser amado ou invejado. Parece ter desperdiçado a vida em descontentamento, pela raiva do orgulho desprezado e o languescer do desejo não satisfeito." A acidez da sátira absoluta não é johnsoniana nem shakespeariana. De tudo o que já li sobre Shakespeare, o que mais me ajudou foi o prefácio de Johnson a sua edição das peças do bardo. Nenhum outro texto dedicado a Shakespeare leva ao sublime de todas as obras da literatura um ser humano completo cujos dons cognitivos e afetivos rivalizam com as peças que ele encara de forma tão carinhosa.

Porém, mais uma vez, como crítico de Shakespeare, Johnson tem uma séria limitação. Sempre um moralista acima de tudo, Johnson é inteligente demais para não ver que o objetivo de Shakespeare é muito diferente:

> Seu primeiro defeito é aquele ao qual se pode atribuir grande parte dos males dos livros e dos homens. Ele sacrifica a virtude em favor da conveniência e se preocupa tão mais em agradar do que em instruir que parece escrever sem nenhum propósito moral. É possível de fato selecionar de seus escritos um sistema de dever social, pois aquele que pensa de maneira razoável deve necessariamente pensar de maneira moral; porém, seus preceitos e axiomas são largados casualmente; ele não faz nenhuma distinção justa do bem ou do mal e nem sempre tem o cuidado de demonstrar nos virtuosos uma censura aos malvados; arrasta seus personagens com indiferença através do certo e do errado e, no fim, dispensa-os sem maior preocupação, deixando que seus exemplos funcionem ao acaso. Esse é um defeito que não pode ser atenuado pela barbaridade de sua época, pois o dever de um escritor é sempre fazer do mundo um lugar melhor, e a justiça é uma virtude que independe de lugar e ocasião.

Hoje, poucos concordariam com ele, mas, de certo modo, Johnson tem razão. Como pessoa e como escritor, Johnson era um cristão devoto. Se Shakespeare também o era, não sabemos, mas suas peças não são cristãs e seu público é assim considerado apenas por uma convenção social. No entanto, a triste conclusão de Johnson, segundo a qual Shakespeare não busca nos tornar pessoas melhores, é posta de lado pela confissão do crítico de que "devemos tudo a ele". Essas quatro palavras são tremendas e memoráveis; Johnson não teria dito o mesmo de Homero ou Pope.

Concordo que devemos tudo a Shakespeare, ainda que essa afirmação provoque o escárnio dos agitadores de sempre: contadores de vírgula, materialistas "culturais", novos e mais novos historicistas, comissários do gênero e todos os demais impostores acadêmicos, falsos jornalistas, rapsodos amadores e bons soletradores. Sem Shakespeare, o que saberíamos? Não mais reconhecemos o que queremos dizer por "natureza", a menos que seja a obra de Shakespeare. Apelar à natureza pela razão é simplesmente invocar Shakespeare.

Johnson tinha uma nostalgia das regras formalistas literárias neoclássicas, mas as dispensava sempre que não se adequavam a Shakespeare, pois somente Shakespeare nutre com fartura nossa "fome de imaginação". Reflita sobre essa expressão johnsoniana e evoque Falstaff, Hamlet, Iago, Cleópatra. Todos os quatro estão saciados em matéria de imaginação, e ainda assim todos têm fome de mais. Não importa se conhecemos bem os papéis; continuamos cientes da estranheza crescente de Shakespeare ao representá-los: eles não podem ser interpretados até o fim, não podem ser esgotados — o que não se aplica tanto a Hal/Henrique V, Otelo ou Antônio, grandes figuras que podem ser saqueadas e exauridas. Trata-se de uma *estranheza* no sentido arcaico de "estrangeiro". No entanto, poderíamos mais uma vez chamá-lo de "estranho" no estilo freudiano de *Unheimlich*: o estranhamento do familiar que discuti anteriormente. Johnson tem perfeita ciência desse fenômeno shakespeariano, embora evite lhe atribuir qualquer denominação específica. Na tradição de Longino, ele nos quer fazer perceber que Shakespeare está mostrando muitas coisas pela primeira vez ao mesmo tempo que nos dá a sensação de que já as conhecêramos desde sempre, mesmo que sem nos apercebermos disso.

Citar uma ou outra passagem do prefácio de Johnson a sua edição das obras de Shakespeare é uma maneira vã de tentar atingir seu poder de percepção. Subjacente a todo esse texto está a sensação de perigoso equilíbrio de Johnson, o risco de cair na loucura swiftiana em vez de imitar o "repouso na estabilidade da verdade", que seria shakespeariano. Para Johnson, esse é o valor de Shakespeare; mas reflitamos sobre essa expressão tremenda, "a estabilidade da verdade". O que será que Johnson quis dizer? Nada nem ninguém é estável em Shakespeare ou em nossas vidas, e Johnson sabe muito bem disso. *Tem de mudar* é a lei de Shakespeare e da vida; não temos juventude nem velhice, mas sonhamos com ambas. Em 1744, Johnson escreveu um prólogo para seu antigo aluno, o ator David Garrick, que inaugurava o teatro de Drury Lane:

> Quando o triunfo do Conhecimento
> Sobre o bárbaro inimigo sangrento

>   Pela primeira vez no palco se ergueu
>   Shakespeare imortal apareceu;
>   Cada mudança da vida multicolorida que desenhou,
>   Esgotou mundos, e novos logo imaginou:
>   A existência seu reino limitado o viu desdenhar,
>   E atrás dele correu em vão o Tempo a ofegar.
>   Suas poderosas pinceladas a Verdade impressionou,
>   E a Paixão, sem resistência, o peito arrebatou.*

Johnson resume a lição essencial de seu prefácio — 18 anos antes de escrevê-lo — nesses versos, que transmitem a usurpação da realidade por Shakespeare através do esgotamento. O próprio Shakespeare *é* mudança, e os limites da existência são rompidos e reformados porque é através de Shakespeare que somos lembrados de que a mente é uma atividade incessante. A vida humana é mais que pensamento, e, não obstante, nossa vida também é pensada quando seguimos a visão de Shakespeare. Wimsatt, quando eu era seu aluno e o ouvia falar sobre Johnson, gostava de enfatizar a aversão do grande crítico aos meros fatos e seu amor pela elaboração. Certa vez, durante uma aula de Wimsatt, afirmei que seu Johnson parecia uma espécie de neoplatônico barroco, e meu professor não discordou. Essa aula aconteceu no outono de 1951; 58 anos mais tarde, reflito sobre ela e me pergunto se o Shakespeare de Johnson não é um demiurgo neoplatônico ou hermético — o que não seria uma má descrição de Próspero.

O Shakespeare do prefácio é de uma semelhança extraordinária com o Bardo de Hazlitt e Coleridge, Lam e Keats: o criador de uma nova realidade em que — de forma parcialmente involuntária — nos encontramos da maneira mais verdadeira e mais estranha. Shakespeare despertava a veia romântica de Johnson, a mente que, usando todos os seus poderes, buscava exorcizar a vileza da melancolia e se afirmar contra um universo de morte.

---

* When Learning's triumph o'er her barbarous foes / First reared the stage, immortal Shakespeare rose; / Each change of many-colour'd life he drew, / Exhausted worlds, and then imagined new: / Existence saw him spurn her bounded reign, / And panting Time toil'd after him in vain. / His powerful strokes presiding Truth impress'd, / And unresisted Passion storm'd the breast.

O sublime cético

ANGÚSTIAS DE INFLUÊNCIA EPICURISTA

Dryden, Pater, Milton, Shelley, Tennyson, Swinburne, Stevens

Guardo com carinho e certa melancolia algumas lembranças de W. H. Auden em meados da década de 1960, quando chegou a New Haven para uma leitura de seus poemas em Ezra Stiles College. Havíamos nos encontrado diversas vezes antes em Nova York e Yale mas éramos apenas conhecidos. As obras iniciais de Auden continuam me interessando, mas grande parte de sua poesia posterior, frequentemente devocional, não me toca. Como nosso amigo em comum, John Hollander, estava no exterior, Auden me telefonou para perguntar se poderia ficar hospedado comigo e com minha esposa, mencionando sua aversão às acomodações universitárias para convidados.

O poeta chegou vestindo um sobretudo surrado e sem botões, que minha esposa insistiu em consertar. Sua bagagem era uma maleta contendo uma garrafa grande de gim, uma pequena de vermute, um copo plástico e uma pilha de poemas. Depois que lhe trouxemos um pouco de gelo, Auden me pediu que o lembrasse de quanto receberia pela leitura de seus poemas. O valor acordado fora mil dólares, um honorário respeitável na época, há mais de quarenta anos. Ele balançou a cabeça e disse que, como uma *prima donna*, não poderia se apresentar, apesar do compromisso já assumido. Encantado com sua reação, telefonei para o diretor da universidade — um grande amigo meu —, que praguejou com vontade, mas dobrou o valor quando lhe garanti que o poeta era tão obstinado quanto Lady

Bracknell, de *A importância de ser prudente*. Quando informado de que o diretor aquiescera, Auden sorriu docemente e se mostrou amável e brilhante durante o jantar, mais tarde durante a leitura e quando foi para a cama depois que voltamos para casa.

No dia seguinte, avisei a Auden que eu tinha de sair para dar uma aula sobre a poesia de Shelley. Depois de dizer que eu era um "professor excêntrico" e que ele gostava de professores excêntricos, insistiu em assistir a minha aula antes de voltar a Nova York. Eu sabia que ele não se interessava por Shelley e que essa sua falta de interesse se estendia também a Whitman e Wallace Stevens, sobre quem havíamos discutido durante o café da manhã. Os três estavam relacionados — para mim — por serem poetas lucrecianos, mas ele também não apreciava Lucrécio. Murmurei que ele não gostaria da aula, mas ele foi mesmo assim e saiu em silêncio ao final. Lembro-me de nunca antes ter ensinado Shelley com tamanha ferocidade.

Auden mostrava coerência ao condenar Shelley, Whitman e Stevens, que não eram poetas cristãos, mas sim céticos epicuristas, materialistas metafísicos e, acima de tudo, Altos Românticos. O celebrado poema de Auden, *In Praise of Limestone* (Em louvor ao calcário), ataca explicitamente a Stevens. Quando elogiei Shelley, Whitman e Stevens como mestres da nuance, Auden afirmou categoricamente que nenhum dos três tinha o menor ouvido para a língua. Discutir grandes poetas dos quais ele não gostava não era exatamente a especialidade de Auden, mas eu, contrariado, admirava seu surpreendente dogmatismo. Ele não sofria do vírus antissemita de Eliot e Pound e era capaz de uma amabilidade e uma atenção imensas na maioria das coisas, mas parecia bastante orgulhoso de suas limitações críticas. Aceitei seu convite para visitá-lo em Nova York, mas não consigo me lembrar de tê-lo visto novamente. Eu ainda era muito jovem na década de 1960 e perdidamente apaixonado por meus poetas preferidos.

Wallace Stevens menciona tanto Shelley quanto Whitman em sua poesia e os ecoa de maneira mais ampla e profunda do que notaram os críticos. Aparentemente, as obras de Shelley mais inescapáveis para Stevens são a prosaica *Defesa da poesia* e o poema "Ode to the West Wind" (Ode ao vento oeste), mas encontro também ecos de — ou alusões a — "Mont Blanc", *Alastor, Adonais*, "The Witch of Atlas" (A bruxa de Atlas) e canções de amor para violão em homenagem à falecida Jane Williams. No poema antimarxista "Mr. Burnshaw and the Statue" (Sr. Burnshaw e a estátua), Stevens saudou a visão de mudança de seu precursor do Alto Romantismo:

> In a mortal lullaby, like porcelain,
> Then, while the music makes you, make, yourselves,
> Long autumn sheens and pittering sounds like sounds
> On pattering leaves and suddenly with lights,
> Astral and Shelleyan, diffuse new day.*

Comentando esse poema, Stevens confirmou a homenagem: "As luzes astrais e shelleyanas não vão alterar a estrutura da natureza. Maçãs serão sempre maçãs, e quem for um lavrador de agora em diante será o que um lavrador sempre foi. Ainda assim, o astral e o shelleyano terão transformado o mundo." A transformação shelleyana volta com extraordinária energia mais adiante em "Mr. Burnshaw and the Statue":

> Mesdames, one might believe that Shelley lies
> Less in the stars than in their earthy wake,
> Since the radiant disclosures that you make
> Are of an eternal vista, manqué and gold
> And brown, an Italy of the mind, a place
> Of fear before the disorder of the strange,
> A time in which the poets' politics
> Will rule in a poets' world. Yet that will be
> A world impossible for poets, who
> Complain and prophesy, in their complaints,
> And are never of the world in which they live.**

---

* Numa canção de ninar mortal, como porcelana, / Então, enquanto a música os cria, criem, por conta própria, / Longos lustres outonais e tamboriladas como sons / Sobre folhas tamborilantes e de súbito com luzes, Astrais e shelleyanas, difundam um novo dia.
** Mesdames, seria possível acreditar que Shelley está / Menos nas estrelas que em seu rastro terreno, / Visto que as radiantes revelações que se faz / São de uma paisagem eterna, irrealizada e dourada / E marrom, uma Itália da mente, um lugar / De temor perante a desordem do estranho, / Um tempo em que a política dos poetas / Reinara num mundo de poetas. Porém, esse será / Um mundo impossível para poetas, / Que se queixam e profetizam em suas queixas / E nunca são do mundo em que vivem.

Auden, muito estranhamente, condenava a conclusão da *Defesa* de Shelley — "Os poetas são os legisladores não reconhecidos do mundo" —, interpretando-a como a incorporação dos poetas pelo Serviço Secreto. Stevens comete um acerto com "uma Itália da mente", similar à exaltação visionária de Shelley da antiga Atenas em *Hellas*. Um ateísmo lucreciano tem como base a necessidade de mudança, tanto em Stevens quanto em Shelley.

Walt Whitman é o precursor mais dominante da obra de Stevens; sua presença é tão ampla que sempre encontro algo de novo. Dos maiores poemas de Whitman, somente "Crossing Brooklyn Ferry", crucial tanto para William Carlos Williams quanto para Hart Crane, é relativamente secundário para Stevens. Suas obsessões são com "Song of Myself", "The Sleepers" e "Out of the Cradle Endlessly Rocking", nessa ordem. Logo depois deles, vêm "As I Ebb'd with the Ocean of Life", "When Lilacs Last in the Dooryard Bloom'd" e "By Blue Ontario's Shore", também nessa ordem. O lucrecianismo de Whitman é mais metafísico — ou seja, mais antitranscendental — do que a religião do Alto Romantismo de Shelley, Keats e Walter Pater, da qual Stevens partilha. O ceticismo intelectual montaigneano de Epicuro está longe de Whitman, mas não de Shelley ou Stevens. Arrependo-me de não ter perguntado a Auden sua opinião sobre Montaigne, temido e rejeitado por T. S. Eliot em nome de Pascal. Tenho quase certeza de que Auden, grande admirador do estilo aforístico, teria perdoado o inventor do ensaio familiar por seu lucrecianismo.

Stevens admirava Shelley como um artista da metamorfose, mas seu *agon* vitalício com o bardo da América é mais rico tanto em afeto quanto em ambivalência. A ambivalência é mais intensa em relação a "Out of the Cradle Endlessly Rocking". Meu exemplo stevensiano preferido para isso é Crispin, no desesperado "The Comedian as the Letter C" (O comediante como a letra c), um poeta

> too destitute to find
> In any commonplace the sought-for aid.
> He was a man made vivid by the sea,
> A man come out of luminous traversing,
> Much trumpeted, made desperately clear,
> Fresh from discoveries of tidal skies,

> To whom oracular rockings gave no rest.
> Into a savage color he went on.*

Mas será que Crispin é capaz de ir além de "Out of the Cradle Endlessly Rocking"? É claro que não, já que a fuga — a repressão — de nada serve em "The Comedian as the Letter C". A prioridade de Walt contribuiu para o autêntico mal-estar que deu fim à poesia de Stevens entre meados e o fim da década de 1920.

A tradição lucreciana não sofre menos de angústia que a protestante. Milton conseguiu subsumir a todos seus predecessores, exceto Shakespeare. Os lucrecianos que discuto aqui — Shelley e Leopardi, Whitman e Stevens — eram todos poetas fortes, mas não tinham os egos pétreos de Dante, Milton, Goethe e Wordsworth. Virgílio, embora fosse um epicurista sincero, não parece à vontade com o lucrecianismo avassalador de sua própria época. Ovídio, também prisioneiro de Lucrécio, aparentemente se regozija com sua dívida poética. Assim como Shakespeare, o hierofante da metamorfose é um eterno larápio, apropriando-se de maneira sensata do que julga útil.

Lucrécio não prospera na poesia britânica até o fim do século XVII. Shakespeare nunca o leu, mas incorporou algo de seu naturalismo cético por meio de Ovídio e Montaigne. Uma diferença entre Dante e Milton é que o mestre florentino nunca ouvira falar de Lucrécio e, portanto, podia considerar Virgílio um precursor adequado; uma alma naturalmente cristã, por assim dizer, e não o materialista epicurista da mera realidade. Milton, conhecendo sua genealogia poética e determinado a transformar tanto Lucrécio quanto Virgílio em seus epígonos, negou assim a tradição que não desejava seguir abertamente, ainda que sem deixar de se aproveitar dela.

John Dryden, à parte seu patente catolicismo, parece-me o poeta mais lucreciano da língua inglesa anterior a Shelley. Um magnífico mau tradutor, notório por ter iniciado sua versão da *Eneida* sem ter antes terminado uma primeira leitura do poema, Dryden produziu cinco fragmentos

---

* pobre demais para encontrar / Em qualquer lugar comum ajuda que buscava. / Era um homem a quem o mar dava vida, / Um homem saído de luminosa travessia, / Muito anunciado, desesperadamente claro, / Recém-chegado de descobertas de céus de maré, / A quem balanceios oraculares não davam descanso. / Adentrando uma cor selvagem, seguiu.

do *Da natureza* de Lucrécio, que são até hoje os melhores que conheço. Eis aqui uma passagem do final do livro III, "Against the Fear of Death" (Contra o medo da morte):*

> A morte, portanto, nada é para nós e em nada nos toca,
> visto ser mortal a substância do espírito.
> E, como não sentimos dor alguma quanto ao tempo passado,
> quando os cartagineses acorreram de todos os lados para o combate,
> quando o Universo, sacudido pelo tumulto trépido da guerra,
> tremeu de horror sob as altas abóbadas do céu
> e em todos os homens havia dúvida ansiosa sobre a qual
> dos dois caberia o domínio da terra e do mar,
> assim também, quando não existirmos,
> quando houver a separação do corpo e do espírito,
> cuja união forma a nossa individualidade,
> também a nós, que não existiremos,
> não nos poderá acontecer seja o que for
> nem impressionar-nos a sensibilidade,
> mesmo que a terra se misture com o mar e o mar com o céu.
> E se, depois de se separarem do nosso corpo,
> a substância do espírito e o poder da alma continuam sentindo,

---

* A tradução para o português desta e de todas as passagens de Lucrécio aqui citadas é de Agostinho da Silva, retirada da série *Os pensadores* da Câmara Brasileira do Livro, e de fato apresenta diferenças consideráveis se comparada à tradução de Dryden para o inglês: "What has this bugbear Death to frighten man, / If souls can die, as well as bodies can? / For, as before our birth we feel no pain, / When Punic arms infested land and main, / When heaven and earth were in confusion hurl'd / For the debated empire of the world, / Which awed with dreadful expectation lay, / Soon to be slaves, uncertain who should sway: / So, when our mortal frame shall be disjoin'd, / The lifeless lump uncoupled from the mind, / From sense of grief and pain we shall be free; / We shall not feel, because we shall not be. / Though earth in seas, and seas in heaven were lost, / We should not move, we only should be toss'd. / Nay, e'en suppose when we have suffered fate / The soul should feel in her divided state, / What's that to us? for we are only we, / While souls and bodies in our frame agree. / Nay, though our atoms should revolve by chance, / And matter leap into the former dance; / Though time our life and motion could restore, / And make our bodies what they were before, / What gain to us would all this bustle bring? / The new-made man would be another thing. / When once an interrupting pause is made, / That individual being is decay'd. / We, who are dead and gone, shall bear no part / In all the pleasures, nor shall feel the smart, / Which to that other mortal shall accrue, / Whom to our matter time shall mold anew." (N. da T.)

nada há nisso que nos interesse,
visto que é só pela ligação e adaptação da alma e do corpo
que existe a nossa individualidade.
Também, se o tempo depois de morrermos juntar toda a nossa
                                                    matéria
e de novo a dispuser onde agora está situada
e outra vez nos for dada a luz da vida,
nada nos importará o que se tiver feito,
visto que foi interrompido uma vez o curso da nossa memória.
Agora nada nos importa o que fomos,
nem nos afeta por isso qualquer angústia.

Lucrécio nos diz para não temer a morte porque nunca a experimentaremos: "a nós, que não existiremos, não [...] poderá [...] impressionar-nos a sensibilidade".* Dryden admira a franqueza de Lucrécio, embora ele mesmo afirme acreditar na imortalidade da alma. Sendo um homem abertamente duplo, vivia de contradições, subsumindo-as por meio do vigor e da clareza tanto de sua poesia quanto de sua prosa. Em relação a Lucrécio, Dryden não manifesta nenhuma ambivalência, o que não ocorre com sua postura relativamente a seus próprios precursores, Jonson e Milton. Seu amor declarado por Shakespeare e Chaucer é expresso com a paixão profunda de um grande crítico. Ninguém jamais produziu um elogio melhor que o de Dryden: de todos os poetas, Shakespeare "possuía a alma mais ampla e abrangente", enquanto os personagens de Chaucer levavam a exclamar: "Eis a abundância de Deus."

O único defeito poético de Lucrécio é sua parcialidade, um tipo de proselitismo excessivo que compartilha com Sigmund Freud. Mas Dryden não se incomoda muito com o fato de que Lucrécio tem intenções demasiado palpáveis para com o leitor. Apropriadamente, Dryden compara o epicurista didático a Thomas Hobbes, a "autoridade magistral" contemporânea que se comunica com "evidente sinceridade".

Milton, que permitiu que Dryden "adaptasse [seus] versos" — para a alegria de Marvell —, não pode ser descrito como um poeta lucreciano, assim como não deveria ser descrito como um poeta cristão — ou mesmo protestante —, platônico ou o que quer que seja. Ele é o mais miltoniano

---

* Na tradução de Dryden: "We shall not *feel*, because we shall not *be*". (N. da T.)

dos poetas, por mais absurdo que isso possa parecer. Dr. Johnson observou acertadamente que, quanto mais Milton se aproximava de seus precursores, mais distante os deixava. Há, porém, uma fascinante reviravolta em seu uso de Lucrécio, que se torna quase seu guia através do Caos em *Paraíso perdido*.

Lucrécio, assim como Montaigne, nos contagia de modo muito sutil a não ser que sejamos cautelosos. De uma maneira limitada, Lucrécio foi para Milton o que Montaigne fora para Shakespeare: o êxtase moderador do ceticismo. Shakespeare deu Hamlet a Shakespeare, mas Montaigne ajudou. Milton deu a Noite a Milton, mas Lucrécio comprovou ser uma fonte importante. Whitman, Shelley, Leopardi e Stevens teriam sido encontrados pela Noite, pela Morte, pela Mãe e pelo Mar mesmo que nunca tivessem lido Lucrécio, mas o exaltador epicurista do desvio foi um maravilhoso estímulo para um Sublime Cético.

Discípulo de Walter Pater e seu efebo Oscar Wilde, sou um crítico literário epicurista e confio nas sensações, percepções, impressões. Pater, muito mais do que se percebeu até hoje, foi o sumo sacerdote do modernismo literário: Yeats, Joyce, Pound, Eliot — que, culposo, zombava do sublime Pater — e mais um vasto séquito, no qual se incluem Freud, Hopkins, Rilke, Proust, Valéry, Stevens, Crane, Woolf e o último sobrevivente, Samuel Beckett. Pater, no belo romance histórico *Marius, the Epicurean* (Marius, o epicurista) (1885, 1892), que infelizmente não se lê mais, apropriou-se da epifania cristã para fins estéticos:

> Devido a um acidente com os arreios de seu cavalo na estalagem onde estava hospedado, Marius sofreu um atraso inesperado. Sentou-se num jardim de oliveiras, e tudo a sua volta e dentro de si voltando-se para devaneios... Um pássaro veio e se pôs a cantar entre os rosais: um animal que se alimentava se aproximou: a criança, sua dona, observava em silêncio: e com a cena e as horas ainda conspirando, ele passou daquela mera fantasia de um eu que não era ele mesmo, que o acompanhava em suas idas e vindas, para aquelas adivinhações de um espírito vivo e amigável em ação em todas as coisas...
>
> Nessa hora peculiar e privilegiada, sua estrutura corporal, como ele a reconhecia, embora naquele exato momento, na soma total de suas capacidades, tão inteiramente possuída por ele — não! de fato seu próprio ser — estava ainda assim determinada por um sistema de longo alcance de forças materiais que lhe eram externas... E não

poderia também a estrutura intelectual, ainda mais intimamente ele mesmo como era de fato, após a analogia da vida corpórea, ser apenas um momento, um impulso ou uma série de impulsos, um único processo? ... Com frequência a lembrança de sua brevidade estragara para ele os prazeres mais naturais da vida... Pelo menos naquele dia, na clareza peculiar de um momento privilegiado, ele parecia ter apreendido... um lugar permanente...

Ele próprio — suas sensações e ideias — nunca mais esteve tão precisamente em foco quanto naquele dia, porém fora enriquecido por sua experiência... Ela dera a ele a verificação definitiva da medida de sua necessidade moral ou intelectual, da exigência que sua alma deveria impor aos poderes, fossem eles quais fossem, que o trouxeram, tal como era, ao mundo.

Essa assimilação de "Spots of Time" (Pontos no tempo), de Wordsworth, à visão de mundo de Lucrécio corrige um naturalismo idealizador com o mais antigo dos materialismos. Gerard Manley Hopkins, aluno de Pater em Oxford, referiu essa "hora peculiar e íntegra" à epifania cristã, no que seria seguido por Eliot e Auden. Porém, a secularização cética de Pater se tornou mais influente por meio de Virginia Woolf — cuja tutora era uma das irmãs de Pater — e do Stephen de Joyce. Na poesia americana, os herdeiros de Pater foram Wallace Stevens e Hart Crane, cujo legado perdura em John Ashbery, agora o poeta de nosso clima.

Retorno dessa digressão pateriana para Milton e sua visão lucreciana da Noite e do Caos nos cantos II e III de *Paraíso perdido*. Satã, viajante heroico, contempla

> The secrets of the hoary deep, a dark
> Illimitable ocean without bound,
> Without dimension, where length, breadth, and height,
> And time and place are lost; where eldest Night
> And Chaos, ancestors of Nature, hold
> Eternal anarchy, amidst the noise
> Of endless wars, and by confusion stand.
> For Hot, Cold, Moist, and Dry, four champions fierce
> Strive here for mastery, and to battle bring
> Their embryon atoms; they around the flag

Of each his faction, in their several clans,
Light-armed or heavy, sharp, smooth, swift or slow,
Swarm populous, unnumbered as the sands
Of Barca or Cyrenë's torrid soil,
Levied to side with warring winds, and poise
Their lighter wings. To whom these most adhere,
He rules a moment; Chaos umpire sits,
And by decision more embroils the fray
By which he reigns: next him high arbiter
Chance governs all. Into this wild abyss,
The womb of nature and perhaps her grave,
Of neither sea, nor shore, nor air, nor fire,
But all these in their pregnant causes mixed
Confusedly, and which thus must ever fight,
Unless the almighty maker them ordain
His dark materials to create more worlds,
Into this wild abyss the wary fiend
Stood on the brink of hell and looked awhile,
Pondering his voyage; for no narrow frith
He had to cross.*

(Canto II, versos 891-920)

---

* Os virgens penetrais do imenso Abismo, / De trevas mar sem fim, onde se perdem / Tempo, espaço, extensão, largueza, altura. / Ali a negra Noite, o torvo Caos, / Da Natureza antigos ascendentes, / Eternal anarquia geram, guardam: / Ali, rodeados do confuso estrondo, / O fogo, ar, água e terra, em pugnas sempre, / Ao cru certâmen, generais forçosos, / Arremessam com fera valentia / Dos at'mos seus as fervidas falanges, / E honrosa primazia se disputam: / Lisos, agudos, rápidos, tardonhos, / Com leves ou pesadas armaduras / De cada uma facção junto à bandeira / Esses at'mos em densas pinhas surgem, / Tão bastos como a areia que levantam / Da tórrida Cirene e adusta Barca / Os belígeros ventos, por seguros / Com tal pendor firmar o nímio voo: / E o chefe que de si em torno agrega / Por qualquer tempo mais quantia de átomos, / Nesses instantes absoluto reina. / Ali o Caos, um árbitro do Abismo, / Dita sentado leis, que mais baralham / As desordens que o trono lhe sustentam: / Dele após, tudo rege o cego Acaso. / Nesta insondável confusão medonha / (Ventre que deu à luz a Natureza, / E que talvez se torne em seu jazigo) / Não há fogo, nem ar, nem mar, nem terras; / Mas os princípios genitais de tudo / Em tumulto e mistão ali existem / E ficarão destarte em guerra sempre / A não querer o Criador sublime / Desses negros embriões fazer mais mundos. / Então Satã aqui na orla do Inferno / Com cautela sagaz para, — e medita / A viagem sua, não de estreito breve / Mas de incógnito Abismo imensurável.

A expressão agourenta "His dark materials",* da qual Philip Pullman se apropriou de maneira esplêndida, seria um título adequado para essa passagem maravilhosa se ela fosse publicada como um poema independente. Lucrécio é traduzido precisamente "no ventre da natureza e talvez seu túmulo" [*the womb of nature and perhaps her grave*] (*Da natureza*, Livro V, 259). Estudiosos de Milton — John Leonard e David Quint em especial — exploraram o uso de Lucrécio por Milton, um empreendimento levado adiante recentemente por N. K. Sugimura em *Matter of Glorious Trial* (Matéria de provança ilustre) (2009). Na queda de Satã, Milton satirizou o *clinâmen* (desvio) lucreciano, ainda que sua visão da Matéria Prima seja baseada mais em Lucrécio do que em Aristóteles. A imaginação miltoniana defendia a ideia de um universo sem limites, que pode ser tão sugestivo quanto o sonho sem fim de Shakespeare em uma noite de verão.

A famosa visão do universo de *Da natureza* (Livro I, 969-983) é de algo ilimitado e, portanto, desgovernado, uma noção alheia à Bíblia hebraica e à tradição cristã posterior, que nunca acolhem um retorno ao vazio. Sugimura argumenta que Milton o acolhe ou no mínimo o aceita, mas apenas para sugerir que o material sombrio em si é espiritual, visto que a Noite e o abismo são figurações estoicas, e não epicuristas. O pensamento de Newton é análogo, sugere Sugimura. Eu faria outra pergunta: Por que Lucrécio? Se você é Shelley, Leopardi, Whitman, Stevens — que não são poetas cristãos —, então Lucrécio é um verdadeiro precursor. Embora Milton, em seu âmago, fosse uma seita de um homem só, sua escolha de Lucrécio, um ateu, como guia em direção ao abismo, é sugestiva. O platonismo e o neoestoicismo foram tão convenientes ao cego Milton quanto o cristianismo, mas sua visão da poesia como algo simples, sensual e apaixonado é inteiramente lucreciana. O poeta como poeta na épica miltoniana se sentia atraído por Lucrécio da mesma forma que Shakespeare amava Ovídio.

É possível passar a vida toda lendo os três maiores poetas da língua inglesa — Chaucer, Shakespeare e Milton — e só se dar conta gradualmente de que, embora eles *possam* ter sido cristãos, sua poesia resiste ao batismo. Em sua forma mais forte, a poesia, não "acredita" nem pode "acreditar" em

---

* Na tradução acima, de António José de Lima Leitão, "[D]esses negros embriões". A expressão inglesa "His dark materials" (literalmente, "Seus materiais sombrios") foi o título dado por Philip Pullman à trilogia fantástica publicada no Brasil como *Fronteiras do universo*. (N. da T.)

verdades definitivas. Muitos estudiosos afirmam que Montaigne, o rei de todos os possíveis ensaístas, era católico devoto. O que faço com essa afirmação? Releio "Da experiência", o último e maior dos *Ensaios*, e me pergunto que espaço ele reserva para a fé. Em matéria de mortes santas, leia Jeremy Taylor ou John Donne, mas fique longe de Montaigne, que lhe dirá de maneira esplêndida para não se dar o trabalho de pesquisar sobre a melhor maneira de morrer, porque, chegada a hora, você saberá fazê-lo bem o suficiente. Assim como Lucrécio, Montaigne sabe que a morte não é parte da experiência, embora morrer seja. Chaucer, Shakespeare e Milton — e eu acrescentaria Leopardi — são metafísicos naturais do materialismo.

Shelley não o era. No entanto, sua mente cética venceu o *agon* com seu coração idealizador. É um poeta lucreciano, ainda que de postura não muito epicurista. Epicuro e Lucrécio acreditavam em deuses mortais que não tinham nenhuma preocupação conosco. Serenas e pacíficas, as divindades lucrecianas não estão a nossa espera em uma morada futura. Shelley, Leopardi, Whitman e Stevens concordavam, mas não excluíram a morte de suas imaginações, como fez Lucrécio.

Shelley, o Hamlet dos poetas líricos, junta-se ao Príncipe da Dinamarca no que G. Wilson Knight chamou em *The Wheel of Fire* (A roda de fogo) (1930) de "a embaixada da morte". Lucrécio deu a Shelley seu imaginário de sombras em *The Triumph of Life* (O triunfo da vida), sua última obra-prima inacabada. Em Lucrécio, todos os objetos geram um fluxo de réplicas que golpeiam nossos sentidos. Lucrécio se refere a esse impacto como "sensação", que Shelley traduz como uma perda sensorial, sombras de não reconhecimento. Lucrécio, que, assim como Milton, negava uma criação *ad nihilo*, insiste mais enfaticamente em que as coisas materiais nunca poderiam ser reduzidas a nada. No cosmos de Shelley, as coisas emanam do nada e podem voltar à inexistência.

Lucrécio e sua tradição ensinaram a Shelley que a liberdade vinha do entendimento da causalidade. Em sua fase final, Shelley se antecipou a Nietzsche ao conjecturar que tanto causas quanto efeitos eram ficções. A grande tradição do naturalismo transita de Lucrécio para Montaigne, Hume e Freud. Shelley pertenceria a essa tradição, não fosse pelo fato de que, assim como Nietzsche, convertera "o quê é incognoscível" de Epicuro numa busca pelo mistério ou verdade das coisas: profundos e não imagéticos. Nietzsche instava à vingança da vontade contra o tempo e o "foi" do tempo. No entanto, o "foi" continua sendo parte do incognoscível "o quê": a vontade então buscaria vingar-se de um fantasma ou uma ficção. Shelley, que em *Prometeu libertado* observara que os sábios carecem de amor e os amantes carecem de sabedoria, acabou se perguntando no derradeiro *O triunfo da vida* por que o bem e os meios para o bem eram incompatíveis.

Enquanto você cai em direção ao cosmos sem fundo de Lucrécio, os átomos do seu corpo sofrem um desvio súbito, executando um clinâmen ao mesmo tempo injustificado e crucial. O momento e o local são aleatórios, e o desvio é leve, uma mera inclinação momentânea. Não obstante, todo nosso livre-arbítrio está nesse desvio, que não é uma ironia lucreciana, embora seja difícil precisar as complexidades de seu tom. Mas como exatamente é que vamos acolher uma teoria da liberdade que em si mesma parece longe de estar livre? Epicuro só fez algumas mudanças na teoria atômica de Demócrito, e o desvio é a mais notória delas; de fato, foi um ato desesperado. Ele não tem causalidade — e nem pode ter nenhuma em um cosmos entendido como um grande mecanismo. Não se pode ter uma pessoa autossuficiente em um universo totalmente determinado. Epicuro queria ambas: a escolha ética e a ausência absoluta de determinação. Daí o desvio involuntário.

Para Epicuro, a liberdade emana da *ataraxia*, uma espécie de indiferença sublime que nos deixa imunes a ansiedades e a medos irracionais. Seria a ataraxia fruto do desvio? A ideia parece grotesca, e sempre falta algo quando ponderamos as enormes certezas de Lucrécio e sua eloquência infinita. De modo muito semelhante a Freud, Lucrécio desempenha incessantemente o papel de Grande Explicador. Comparado a Lucrécio, Freud é surpreendentemente quase modesto: ele explicou apenas que as mulheres são um mistério. Não para Lucrécio, que considera o amor sexual uma calamidade e uma doença e, portanto, algo que não faz parte da grandeza do modo de ser das coisas. O ataque absurdo de C. S. Lewis aos anjos caídos de Milton — "Como assim perdemos o amor? Há um bordel perfeitamente aceitável virando a esquina!" — é meramente a postura lucreciana. Se você é infeliz no amor, o conselho pragmático do devoto epicurista é: agarre a primeira prostituta que aparecer.

Por mais revigorante que nos pareça Lucrécio, não há nada menos shelleyano. Por que então invocar Lucrécio ao ler e discutir o mais apaixonado celebrador do amor romântico da língua inglesa? Invocar Freud em um contexto shelleyano me entristece, mesmo quando vemos esses dois exponentes de Eros reunidos de maneira sutil e hábil por Thomas Frosch em *Shelley and the Romantic Imagination* (Shelley e a imaginação romântica) (2007). Freud é bem descrito por Philip Rieff como um racionalista romântico, mas é óbvio que Shelley é um Alto Romântico altamente racional, que exalta o desejo acima de qualquer satisfação possível. Para Freud, a infelicidade comum é um feito, enquanto, para Lucrécio, é uma posição de recuo. Shelley não a aceita e nos incita a recusar qualquer desejo a que falte sublimidade. Em minha idade avançada, reconheço contrariado que Yeats foi de fato o mais autêntico discípulo e intérprete de Shelley.

É possível ser um poeta lucreciano sem ser epicurista? A resposta surpreendente é um enfático "Sim". Shelley, Whitman e Stevens são os poetas mais lucrecianos da língua inglesa e eram céticos — ao contrário de Pater, cujo epicurismo sobrepuja seu próprio considerável ceticismo. Shelley, Whitman e Stevens são poetas do sublime lucreciano porque estão livres das religiões banais, sejam elas olímpicas ou pseudocristãs. A única reminiscência do epicurismo neles é uma dialética da cognição e da sensação, que exige alguns breves comentários a respeito da identidade da cognição e da visão em Epicuro.

Epicuro afirma que os deuses são visíveis como imagens que descendem do espaço e nos tocam a mente por meio de um tipo curioso de "visão". Os deuses são totalmente inúteis a menos que nos estimulem a imitar sua indiferença sublime. Seria essa imitação uma atividade ética ou seria a tranquilidade dos deuses um mero traço de distinção a ser traduzido com eloquência por Lucrécio?

Eis a invocação de Lucrécio a Epicuro no início do livro III:

> Ó tu que primeiro pudeste,
> de tão grandes trevas, fazer sair um tão claro esplendor,
> esclarecendo-nos sobre os bens da vida,
> a ti eu sigo, ó glória do povo grego,
> e ponho agora meus pés sobre os sinais deixados pelos teus,
> não por qualquer desejo de rivalizar contigo,
> mas porque por amor me lanço a imitar-te.
> De fato, como poderia a andorinha bater-se com o cisne,
> que poderiam fazer de semelhante em carreira

os cabritos de trêmulos membros e os fortes, vigorosos cavalos?
Tu, ó pai, és o descobridor da verdade,
tu me ofereces lições paternais, e é nos teus livros que nós,
semelhantes às abelhas que nos prados floridos tudo libam,
vamos de igual modo recolhendo as palavras de ouro,
de ouro mesmo, as mais dignas que houve desde que o tempo é
                                                                                         tempo.
Logo que a tua doutrina, obra de um gênio divino,
começa a proclamar a natureza das coisas,
dispersam-se os terrores do ânimo, apartam-se as muralhas do
                                                                                         mundo,
e vejo como tudo se faz pelo espaço inteiro.
Aparece o poder divino e as mansões tranquilas que nem os
                                                                                         ventos abalam,
nem as nuvens regam com suas chuvas,
nem a branca neve, reunida pelo frio agudo, profana, caindo,
e que um límpido céu sempre protege
e que sempre riem na luz largamente difundida.
Tudo lhes fornece a natureza, nada lhes toca em tempo algum a
                                                                                        paz da alma.
E, pelo contrário, jamais aparecem as regiões do Aqueronte,
e a Terra não impede que se veja tudo o que,
sob nossos pés, sucede nos espaços vazios;
perante tudo isto me tomam divina volúpia e temeroso respeito,
pelo fato de a natureza, descoberta pelo teu gênio,
assim se ter manifestado abertamente em completa nudez.

Comparados à maioria dos deuses, esses pelo menos são inofensivos. Tome-se como exemplo o Deus de Milton, um terrível ogro, a quem William Empson culpou com razão por ter causado toda a confusão. Epicuro se aferrou a seus deuses, desafiando os céticos, que instavam total desconfiança contra todos os sentidos. Isso eliminava tanto os deuses quanto qualquer sentimento humano de prazer e dor. Já Epicuro e Lucrécio poderiam ser qualificados como empiristas *brandos*. Um epicurista se prende a *sensações* puras, *percepções* mentais e *sentimentos* de preferência prazerosos. As reflexões são secundárias, e é melhor mantê-las perto da sensação, da percepção e do sentimento, pois, segundo Epicuro, ver *é* pensar, uma noção naturalmente atraente para poetas desde Lucrécio até hoje. Ruskin e Pater, ambos sob a influência inicial de Wordsworth, traduziram a percepção epicurista em um impressionismo crítico curiosamente moral em Ruskin, mas emancipado por Pater na liberdade perigosa das artes.

Mas deixo Ruskin e Pater de lado para voltar a Shelley, que era lucreciano apenas com respeito ao sublime, redefinido como a renúncia a prazeres mais fáceis em troca de prazeres tão difíceis que parecem dolorosos para a maioria dos seres humanos de qualquer época. Na busca sem concessões que durou toda sua vida, Shelley era de natureza nada ou quase nada hedonista. Traduziu, não obstante, a odisseia de sua alma, desde *Alastor*, uma de suas primeiras obras, até *O triunfo da vida*, e o efeito dessa busca implacável moldou a história literária mais do que até hoje se reconhece. A influência de Shelley começa com Byron, rival e amigo íntimo, e Keats, que resistiu a seu aspirante a amigo, contra quem guardava ressentimento. Na geração seguinte, Shelley inspirou figuras malditas, como Thomas Lovell Beddoes e George Darley, assim como o círculo de Cambridge de Arthur Henry Hallam, Alfred Tennyson e seus companheiros. Robert Browning foi o principal herdeiro de Shelley, assim como Tennyson foi o de Keats. Depois disso, a sequência é extraordinária: Swinburne, Shaw, Yeats, Hardy, Forster, Woolf e, surpreendentemente, Joyce e Beckett. Shelley se funde a Hardy e Whitman na poesia de D. H. Lawrence, e continua vivo em liristas americanos do século XX tão diversos quanto Elinor Wylie e Hart Crane.

Há três ensaios críticos extraordinários — embora sejam ao mesmo tempo mais e menos que isso — que são documentos cruciais para a transmissão das ideias de Shelley, além do agora subestimado *Defesa da poesia*, em si uma importante influência para Wallace Stevens. Esses três ensaios são, em ordem cronológica, a resenha de Hallam sobre *Poems, Chiefly Lyrical* (Poemas sobretudo líricos), de Tennyson (1831), "An Essay on Percy Bysshe Shelley" (Ensaio sobre Percy Bysshe Shelley), de Browning (1852), e "The Philosophy of Shelley's Poetry" (A filosofia da poesia de Shelley), de Yeats (1900). Todos os três são de uma atualidade notável. Acabo de relê-los em sequência, observando mais uma vez que Browning e Yeats são ambos afetados pela visão de Hallam sobre Shelley e que Yeats está claramente em dívida tanto com Hallam quanto com Browning.

Hoje em dia Hallam é lembrado como o amor perdido da vida de Tennyson e o sujeito elegíaco de uma série maravilhosa de poemas: "Ulysses" (Ulisses), "Tithonus" (Titono), "Morte d'Arthur" (Morte de Arthur) e "In Memorian", entre outros. Se Hallam tivesse sobrevivido — morreu subitamente aos 22 anos em um ataque epilético —, talvez o conhecêssemos hoje como um dos maiores críticos e estudiosos do século XIX, cuja obra se concentrou na influência da literatura italiana sobre os poetas ingleses, e como precursor de F. T. Prince, extraordinário poeta e acadêmico do século XX, autor de *The Italian Element in Milton's Verse* (O componente italiano do verso de Milton) (1954). O melhor exemplo de seu talento crítico é sua resenha de Tennyson, uma produção impressionante para alguém de apenas 21 anos.

Yeats, resumindo Hallam, repetiu a distinção feita por este entre a poesia da sensação (Shelley e Keats) e a poesia da reflexão (Wordsworth). Eis o que afirma Hallam sobre Keats e Shelley: "O deleite que acompanhava os simples esforços dos olhos e dos ouvidos era tão vívido que se misturava cada vez mais aos caminhos do pensamento ativo e tendia a incorporar todo seu ser à energia dos sentidos." De maneira profética, Hallam alargou esse entendimento e advertiu Tennyson contra as pressões da sociedade que viriam a sufocar o poeta laureado: "A sensação delicada de aptidão, que cresce com o crescimento dos sentimentos do artista e se fortalece com a força destes até adquirir uma rapidez e um peso decisivo praticamente iguais aos respectivos juízos da consciência, é enfraquecida cada vez que se cede a aspirações heterogêneas, não importando quão puras, elevadas ou adequadas à natureza humana sejam elas."

O Alto Romantismo exemplar de Hallam estimulou o jovem Tennyson, cuja reação é descrita com sensibilidade por Cornelia Pearsall em *Tennyson's Rapture* (O arrebatamento de Tennyson) (2008), um estudo de seus monólogos dramáticos. Talvez o dom mais extraordinário de Hallam, sua eloquência oratória, o tivesse levado à política ao lado de William Gladstone, uma vez que os dois foram amigos íntimos em Cambridge. Pearsall mostra que Hallam e Tennyson eram *Whigs*, liberais politicamente arcaicos, defensores retrógrados de um conservadorismo aristocrático que se opunha tanto à coroa quanto às massas. A Whig Reform Bill (Lei de Reforma Liberal) de 1832 criou um programa cuidadosamente limitado de reformas eleitorais defendidas ferrenhamente por Tennyson e Hallam, cujo pai era um importante historiador liberal.

O Alto Romantismo de Byron e o liberalismo se encaixavam perfeitamente, mas Shelley, revolucionário, e Keats, que vinha das classes mais baixas, eram os heróis poéticos de Hallam e, por meio dele, tornaram-se também os de Tennyson. A política epicurista é uma ideia deliciosamente absurda. Não se poderia adivinhar, lendo meu crítico favorito do século XIX, o sublime Walter Pater, que ele escreve na era de Gladstone e Disraeli — e para mim Tennyson produz suas melhores obras quando põe a política de lado. Pearsall, porém, mistura de maneira sutil o liberalismo de Hallam e Tennyson à teoria poética de Hallam e sua influência sobre a obra do amigo. No entanto, seu sinuoso quinto capítulo, "'Tithonus' and the Performance of Masculine Beauty" ("Titono" e a representação da beleza masculina), é um modelo de como ler um belo poema a partir de uma fundamentação histórica, e "Tithonus" é o mais belo poema de Tennyson, talvez até o mais belo poema da língua inglesa. Desejo acrescentar às conclusões de Pearsall apenas o entendimento de que a poética de Hallam é epicurista-lucreciana, o que explica por que Hallam é tão atraente para Pater e Yeats. Isso também ajuda a explicar a beleza virgiliana de "Tithonus", uma vez que Hallam e Tennyson têm um entendimento tácito de que Virgílio era um epicurista e ansioso herdeiro poético de Lucrécio. A recepção perturbada de Lucrécio por Tennyson lhe rendeu — e nos rendeu — "Lucretius" (Lucrécio), um monólogo dramático de radicalidade magnífica. Mas deixarei para tratar dele quando puder explicar a paixão providencial de Hallam pela poesia de Shelley.

O grande insight de Hallam foi entender que Shelley e Keats manifestavam "a energia do sentido", que consegue *enxergar* seus pensamentos e *pensar* suas sensações. O elogio um tanto equivocado de Eliot aos poetas metafísicos fica aquém do reconhecimento que faz Hallam da sensibilidade unificada dos representantes mais jovens do Alto Romantismo. Shelley, mais do que Keats, ou talvez mais do que qualquer outro poeta da língua inglesa, é assombrado por imagens internalizadas que contêm a energia e a vividez da visão imediata. Yeats se equivocou na escolha do título de seu ensaio sobre Shelley, visto que expõe o imaginário do poeta sem expor sua filosofia, mais aliada a Hume que a Platão. Suspeito que Shelley atraía o escritor em Hallam, fascinado pelos voos de ascensão em direção ao alto sublime.

> the one Spirit's plastic stress
> Sweeps through the dull dense world, compelling there,
> All new successions to the forms they wear;

Torturing th' unwilling dross that checks its flight
To its own likeness, as each mass may bear;
And bursting in its beauty and its might
From trees and beasts and men into the Heaven's light.

(*Adonais*, 381-387)*

  Tennyson teria estremecido se um crítico o descrevesse como um poeta lucreciano à sua revelia. Mas o que mais ele seria? Não faz muito sentido dizer que "contra o espírito lucreciano, Tennyson revela o virgiliano". Cito a esmo um dos inúmeros estudiosos de Tennyson. Sim, Tennyson *se esforça* por afirmar o espírito e os temores da renovação utilitarista da ética e metafísica epicuristas, cujo oráculo é Lucrécio e cujos exemplares são Darwin e seu buldogue, Thomas Huxley. Para o liberal Tennyson, o naturalismo é o inimigo, mas o inimigo interior é sua própria vocação de poeta das sensações — ou, se formos ainda mais longe, de poeta.
  "Lucretius" (Lucrécio) é um monólogo dramático de 280 versos, composto por Tennyson de outubro de 1865 a janeiro de 1868. O poeta tinha 56 anos quando o começou, mais de trinta anos após a morte de Hallam. Em 1850, ele se casara e se tornara poeta laureado. Antecipou-se a Browning em cerca de um ano quando, ao perder Hallam em 1833, inventou o monólogo dramático. Quando penso nesse gênero, Browning vem imediatamente à mente, uma vez que, mais do que Tennyson, foi ele o responsável por sua transmissão, primeiro para Dante Gabriel Rossetti, depois para Ezra Pound e T. S. Eliot, de quem o retomaram Randall Jarrell e Robert Lowell, até que Richard Howard retornou a Browning em um ato notável de ressurreição.
  Os monólogos dramáticos de Tennyson desviam de Keats assim como os de Browning desviam de Shelley, ainda que o elemento lírico esteja presente em ambos — um processo que Herbert F. Tucker descreve com brilhantismo em *Browning's Beginnings* (Os primórdios de Browning) (1980) e em *Tennyson and the Doom of Romanticism* (Tennyson e a ruína do Romantismo) (1988). Browning, que não apresenta elementos lucrecianos, não her-

---

* mas do Espírito a pressão / Plástica adentra o inerte mundo, e com ação / Força a obter forma toda nova geração, / Ferindo a escória que do voo se espolia / Em prol da imagem, qual a massa há de a exibir,/ E irrompendo em beleza e no poder que é seu / De árvores, de animais e de homens para a luz do céu. [Tradução de Péricles Eugênio da Silva Ramos]

dou de Shelley nem a doutrina nem o estilo, mas algo muito mais profundamente entremesclado: uma ideia de poeta e de poema. O estilo é o presente de Keats para Tennyson, cujo extraordinário transmembramento de Keats em Virgílio criou um idioma posteriormente apropriado por T. S. Eliot, que deu a ele um toque americano por meio da mescla de Whitman, assim como Pound temperou Browning, acrescendo-lhe por fim a voz de um bardo americano. Não precisamos mais acreditar nos mitos de Eliot e Pound, segundo os quais emergiram em direção ao sol ao mergulharem em Provença e Paris.

Tucker reproduz um fragmento de um caderno de 1832 que marca o início dos monólogos dramáticos de Tennyson:

> I wish I were as in the days of old,
> Ere my smooth cheek darkened with youthful down,
> While yet the blessèd daylight made itself
> Ruddy within the eaves of sight, before
> I looked upon divinity unveiled
> And wisdom naked—when my mind was set
> To follow knowledge like a sinking star
> Beyond the utmost bound of human thought.*

Dois importantes monólogos, "Tiresias" (1885) e o magnífico "Ulysses" (1842), têm aqui suas raízes, em que já se evidencia a cadência do grande monólogo virgiliano "Tithonus" (1864). "Lucretius" precisa ser lido junto com "Ulysses" e "Tithonus", uma vez que é uma palinódia involuntária. Qualquer um que entre em contato com Lucrécio aprende de imediato que ele manifesta um retorno do recalcado, um deslocamento do Tennyson virgiliano pelo lucreciano interior. Visto que Virgílio — para repetir essa verdade — é epicurista em sua fé e um ansioso seguidor poético de Lucrécio, isso não deveria nos surpreender.

São Jerônimo reuniu as calúnias cristãs contra Lucrécio e deu a elas sua forma definitiva num mito herdado por Tennyson. Enlouquecido por um elixir exótico ministrado por sua esposa negligenciada, o poeta epicu-

---

* Quem me dera ser como nos dias de outrora, / Antes de escurecidas minhas bochechas macias por penugem juvenil, / Enquanto era ainda a abençoada luz do dia / Avermelhada nos limites da visão, / Antes de ter contemplado a divindade desvelada / E a sabedoria nua — quando minha mente tendia / A seguir o conhecimento como uma estrela / Que se afunda além do limite extremo do pensamento humano.

rista compôs sua épica em intervalos de lucidez e depois se matou aos 42 anos, deixando sua obra perversa inacabada. Sendo Tennyson tão sofisticado, duvido que acreditasse nessa lenda, mas ou desejava aceitar esse absurdo ou, o que é mais provável, viu quão bem se encaixava no monólogo dramático escandaloso que escrevia.

O sensacional *Poems and Ballads* (Poemas e baladas) de Swinburne foi publicado em 1866, e Tennyson teve de sentir o desafio shelleyano de um poeta lírico mais jovem que revivia o paganismo grego e latino, inclusive a filosofia epicurista. Houve também a feroz provocação da tradução do *Rubayat* de Omar Khayyam por seu amigo íntimo Edward FitzGerald, um texto mais que epicurista, dirigido com astúcia contra as devoções de "In Memoriam" e levado à fama pelo entusiasmo dos infiéis pré-rafaelitas: D. G. Rossetti, Swinburne, William Morris e George Meredith. Suspeito que uma ansiedade mais profunda foi induzida por Browning, cujo *Dramatis Personae* (1864) confirmou o poder duradouro de *Men and Women* (Homens e mulheres) (1855), no qual Browning se apoderou definitivamente da invenção admirável de Tennyson, o monólogo dramático. Em certa medida, ao compor "Lucretius", o poeta laureado estava gritando a Swinburne, FitzGerald e Browning: "Tomem isso!"

Há mais de seis décadas, o monólogo tendencioso de Tennyson me causa tanto fascínio quanto ressentimento. É escandaloso que o sublime Lucrécio fale na voz de Tennyson e, contudo, nenhuma tradução de *Da natureza* para o inglês capte a sonoridade de Lucrécio como faz Tennyson. Forneço abaixo a descrição de uma tempestade por Lucrécio, eloquentemente traduzida por Rolfe Humphries seguida de uma tempestade no "Lucretius" de Tennyson:

>Sometimes, again, the violence of wind
>Hits from without on clouds already hot
>With a ripe thunderbolt, so fire erupts
>At once in any direction as the blast
>May make it go. And sometimes, also, wind
>Starts with no blaze at all, but catches fire
>As it speeds onward, losing in its course
>Large elements that cannot pass through air,
>Scrapes bodies infinitesimal in size
>From the same air, fire-particles—the way

A leaden bullet in its flight will lose
Its attributes of stiffness and of cold
And melt or burn in air. The force of wind
May even be cold, may be devoid of fire,
And yet cause fire just from the violence
Of impact, as we now and then observe
When cold steel strikes cold stone. It all depends
On timeliness; its own rush of energy
Converts the coldest of material,
Lukewarm to white-hot
stuff, or chill to fire.*

[De rerum natura (Da natureza), 6.281–92]

"Storm in the night! for thrice I heard the rain
Rushing; and once the flash of a thunderbolt—
Methought I never saw so fierce a fork—
Struck out the streaming mountain-side, and show'd
A riotous confluence of watercourses
Blanching and billowing in a hollow of it,
Where all but yester-eve was dusty-dry."**

("Lucretius", versos 26-32)

---

* Também acontece que a força do vento, concitada de fora, / Cai sobre uma nuvem pejada de maduros raios; / Logo que a rompe, se precipita aquele ígneo turbilhão / A que em nossa pátria linguagem damos o nome de raio. / O mesmo se passa em todo lado a que se dirigiu tal força. / Sucede ainda que a força do vento, emitida sem fogo, / Se incendeia pelo caminho devido ao longo espaço do percurso; / Enquanto vem, perde na carreira certos corpos maiores / Que não podem penetrar pelos ares com a mesma velocidade / E vai, do próprio ar, raspando e arrastando consigo pequenos corpos / Que, voando misturados, produzem o fogo; / É mais ou menos da mesma maneira que muitas vezes, / Correndo, se torna ardente a bola de chumbo, / Quando, abandonando muitos elementos do frio, / Recebe nos ares o fogo.
** "Tempestade na noite! pois três vezes ouvi a chuva / Precipitando-se; e uma vez o brilho de um raio — / Tão feroz forquilha jurei nunca ter visto — / Atingiu da montanha o costado, e mostrou / Uma tumultuosa confluência de cursos d'água / Embranquecendo e inundando uma depressão, / Que até a noite da véspera estava seca como pó."

Aqui e no resto do monólogo, a economia de Tennyson adapta Lucrécio de modo a aumentar a lucidez do original. Isso funciona para reforçar o horror da loucura no poeta de Tennyson, que alterna visões sexuais atormentadoras com esperanças epicuristas de tranquilidade.

As alucinações eróticas são as partes mais memoráveis do monólogo, pois temos de nos perguntar *de quem* são essas obsessões, uma vez que certamente não são as mesmas de *Da natureza*.

> "And here an Oread — how the sun delights
> To glance and shift about her slippery sides,
> And rosy knees and supple roundedness,
> And budded bosom-peaks..."*

(versos 188-191)

Tennyson sugeriu de maneira encantadora ao editor de uma revista que cortou esse trecho que ele seria melhor recebido nos Estados Unidos, onde os leitores eram menos melindrosos. Isso, porém, vem bem depois de uma imagem muito mais sedutora:

> "I thought that all the blood by Sylla shed
> Came driving rainlike down again on earth,
> And where it dashed the reddening meadow, sprang
> No dragon warriors from Cadmean teeth,
> For these I thought my dream would show to me,
> But girls, Hetairai, curious in their art,
> Hired animalisms, vile as those that made
> The mulberry-faced
> Dictator's orgies worse
> Than aught they fable of the quiet Gods.
> And hands they mixt, and yell'd and round me drove
> In narrowing circles till I yell'd again
> Half-suffocated,
> and sprang up, and saw—

---

* "E aqui uma oréade – como se deleita o sol / Contemplando e percorrendo seus resvaladiços costados, / Os rosados joelhos, a maleável redondez / E os picos brotados de seus seios..."

> Was it the first beam of my latest day?
> "Then, then, from utter gloom stood out the breasts,
> The breasts of Helen, and hoveringly a sword
> Now over and now under, now direct,
> Pointed itself to pierce, but sank down shamed
> At all that beauty; and as I stared, a fire,
> The fire that left a roofless Ilion,
> Shot out of them, and scorch'd me that I woke."*

(versos 47-66)

* * *

Isso supera Swinburne, como se advertisse o jovem de que ainda não estava na liga dos laureados. A erotomania magnífica expressa por Tennyson perdura em minha memória e ignora a conclusão absurdamente fraca do monólogo, quando rompe sua forma, tornando-se uma narrativa melodramática. Depois que o epicurista enfia uma faca em seu flanco, sua esposa grita que fracassou em seu dever para com ele. Em seu ponto mais baixo, o virtuoso Tennyson faz Lucrécio responder: "Teu dever? Que dever? Adeus!" Assim o poeta laureado pune seu próprio daimon, o poeta keatsiano da sensação inspirado por Hallam.

"Ulysses" e "Tithonus" são poemas mais fortes do que "Lucretius" porque não se sabotam no final. Após "Maud: A Monodrama" (Maud: um monodrama) (1855), Tennyson entra em declínio, embora "Tithonus" e "Lucretius" tenham vindo depois. O grande estilo nunca abandonou Tennyson, e começo a ver que foi tanto lucreciano-shelleyano quanto virgiliano-keatsiano. A morte de Hallam foi uma tragédia para a imaginação

---

* Sonhei que todo o sangue derramado por Sila / Precipitava-se sobre a terra como a chuva, / E onde se chocava com o prado avermelhado / Brotavam não guerreiros dragões dos dentes de Cadmo, / Como pensei que me mostraria meu sonho, / Mas moças, heteras, de estranha arte, / Animalismos de aluguel, vis como as que fizeram / Das orgias do Ditador de rosto amorado piores / Do que se inventa dos tranquilos Deuses. / E de mãos dadas, gritavam e giravam a minha volta / Em círculos cada vez menores até que gritei de novo / Meio sufocado, levantei-me de um salto e vi – / Seria esse o primeiro raio de meu último dia? // Então, então, da plena escuridão surgiram os seios / Os seios de Helena, e uma espada flutuante / Ora em cima ora embaixo, ora à frente, / Apontou-se para penetrar, mas afundou-se, / Envergonhada com toda aquela beleza; / E enquanto eu olhava, um fogo, / Aquele fogo que deixou Ílion sem teto, / Lançou-se deles, queimando-me e acordando-me.

de Tennyson, embora também lhe tenha proporcionado a intensidade elegíaca de que seu gênio precisava.

Passar de Tennyson a Walt Whitman é reaprender sobre a diferença americana que Emerson profetizou e que Hawthorne, Melville, Thoreau, Whitman e Dickinson concretizaram. Curiosamente, dessa meia dúzia somente Whitman tinha muita admiração por Tennyson. Ao encarar "Locksley Hall Sixty Years After" (Locksley Hall sessenta anos depois), um poema medonho de 1886 do poeta laureado — "Demos acaba provocando sua própria ruína" —, Whitman respondeu: "Podemos muito bem arcar com as advertências [...] de vozes como as de Carlyle e Tennyson." De maneira encantadora, Whitman previu nossa reverência contemporânea a Bruce Springsteen, referindo-se frequentemente a Tennyson como "o chefe de todos nós". Em 1855, na segunda de duas resenhas anônimas que escreveu sobre *Folhas de relva*, Whitman se comparou a Tennyson, zombou do espírito refinado deste, mas admitiu que "esse homem é um verdadeiro poeta de primeira classe, inserido em todo aquele fastio e aristocracia". Para Whitman, a poesia britânica era Shakespeare, Sir Walter Scott e Tennyson, seu contemporâneo. Tennyson leu alguns dos poemas de Whitman e reagiu com cautela, embora não de modo tão negativo quanto Matthew Arnold, o mais superestimado de todos os críticos da história. Swinburne, Hopkins, Wilde, Chesterton e, acima de tudo, Lawrence estão entre os admiradores ingleses de Whitman. Fascina-me imaginar Tennyson lendo os poemas de homoerotismo masculino explícito de *Cálamo*. Sempre ambivalente, não teria a beleza de Hallam o assombrado naquela época?

Whitman emergiu da matriz de Emerson, mas tinha em si uma forte influência epicurista e lucreciana agindo contra o idealismo emersoniano. Em parte, isso foi uma herança familiar; o carpinteiro Quaker dissidente, Walter Whitman, pai, fora seguidor de Thomas Paine e Frances Wright, autor do romance epicurista *A Few Days in Athens* (Alguns dias em Atenas) (1829), dedicado a Jeremy Bentham. Walt contou a Horace Traubel que assistira às palestras antiescravagistas e reformistas de Wright em Nova York em 1836 e 1838 e sem dúvida lera *A Few Days in Athens*, do qual seu pai tinha um exemplar. Lucrécio veio mais tarde: Whitman tinha uma cópia de *Da natureza* traduzida por John Selby Watson (1851) e fez anotações sobre o poema. Em *Vistas democráticas* (1871), Whitman expôs um programa que lhe parece central:

O que o romano Lucrécio buscava com grande nobreza mas de modo demasiado brando e negativo fazer por sua época e seus sucessores precisa ser feito de maneira positiva por algum grande literato vindouro, um poeta em especial, que, sem deixar de ser plenamente um poeta, absorverá o que quer que a ciência lhe indique, com espiritualidade, e a partir de tudo isso e de seu próprio gênio, escreverá o grande poema da morte.

Lucrécio escreveu o grande poema que nega qualquer preocupação com a morte, que recusa qualquer angústia com relação a morrer. Em 1865, Whitman escrevera o grande poema americano da morte em "When Lilacs Last in the Dooryard Bloom'd". Seria possível selecionar de *Folhas de relva* um conjunto extraordinário de poemas sobre a morte lado a lado com uma série de poemas exortando e promovendo mais vida. O Whitman de Stevens canta e muda aquilo que faz parte dele: "a morte e o dia". Eis aqui a glória do dia, a seção 6 de "Song of Myself":

A child said What is the grass? fetching it to me with full hands;
How could I answer the child? I do not know what it is any more than he.

I guess it must be the flag of my disposition, out of hopeful green stuff
    woven.

Or I guess it is the handkerchief of the Lord,
A scented gift and remembrancer designedly dropt,
Bearing the owner's name someway in the corners, that we may see and
    remark, and say Whose?

Or I guess the grass is itself a child, the produced babe of the vegetation.

Or I guess it is a uniform hieroglyphic,
And it means, Sprouting alike in broad zones and narrow zones,
Growing among black folks as among white,
Kanuck, Tuckahoe, Congressman, Cuff, I give them the same, I receive
    them the same.

And now it seems to me the beautiful uncut hair of graves.

Tenderly will I use you curling grass,

It may be you transpire from the breasts of young men,
It may be if I had known them I would have loved them,
It may be you are from old people, or from offspring taken soon out of
    their mothers' laps,
And here you are the mothers' laps.

This grass is very dark to be from the white heads of old mothers,
Darker than the colorless beards of old men,
Dark to come from under the faint red roofs of mouths.

O I perceive after all so many uttering tongues,
And I perceive they do not come from the roofs of mouths for nothing.

I wish I could translate the hints about the dead young men and women,
And the hints about old men and mothers, and the offspring taken soon
    out of their laps.

What do you think has become of the young and old men?
And what do you think has become of the women and children?
They are alive and well somewhere,
The smallest sprout shows there is really no death,
And if ever there was it led forward life, and does not wait at the end to
    arrest it,
And ceas'd the moment life appear'd.

All goes onward and outward, nothing collapses,
And to die is different from what any one supposed, and luckier.*

---

* Uma criança disse, O que é a relva? trazendo um tufo em suas mãos; / O que dizer a ela?.... sei tanto quanto ela o que é a relva. / Vai ver é a bandeira do meu estado de espírito, tecida de uma substância de esperança verde. // Vai ver é o lenço do Senhor, / Um presente perfumado e o lembrete derrubado por querer, / Com o nome do dono bordado num canto, pra que possamos ver e examinar, e dizer E seu? // Vai ver a relva é a própria criança....o bebê grassado pela vegetação. / Vai ver é um hieróglifo uniforme, / E quer dizer, Germino tanto em zonas amplas quanto estreitas, / Grassando em meio a gente negra e branca, Kanuck, Tuckahoe, Congressista, Cuff, o que lhes dou recebo, o que me dão, recebem. // E agora a relva parece a cabeleira comprida e bonita dos túmulos.// Vou usá-la com carinho, relva ressequida, / Quem sabe você transpire do peito dos rapazes, / Quem sabe eu os tivesse amado se os tivesse conhecido; / Quem sabe você grasse dos velhos, ou dos bebês arrancados dos colos das mães antes do tempo, / E aqui

Essa é uma passagem longa, de mais de trinta versos, mas não sei como cortá-la. Totalmente epicurista, poderia ter começado com o adágio do mestre: "o quê é incognoscível." Partindo dessa verdade, como poderia qualquer um de nós responder à criança? Quem entre nós conseguiria se deslocar, como faz Whitman, do não saber para intuições tão vitais? Mestre da metáfora, assim como seus discípulos Stevens, Eliot e Crane, Whitman aceita a verdade epicurista contra os platônicos — inclusive Emerson. O *quê* é incognoscível porque não há formas ou arquétipos ideais, mas apenas a própria coisa — ou o próprio fenômeno —, como a relva. Mas *Folhas de relva* é um grande tropo composto, baseado na frase bíblica "Toda carne é como a erva". Da bandeira da esperança, passamos pelo lenço insinuante de Deus, pelo bebê e pelo hieróglifo universal, até chegarmos ao tropo quase homérico: "E agora a relva parece a cabeleira comprida e bonita dos túmulos."

Não há dois críticos que estejam de acordo quanto ao significado de "morte" para Whitman, mas os inúmeros Walts também não concordam uns com os outros. De "The Sleepers" (1855) em diante, a Morte é parte dos quatro elementos whitmanianos: a Noite, a Morte, a Mãe e o Mar. Esse tropo composto ganha força em Federico García Lorca e Fernando Pessoa, Robinson Jeffers e Conrad Aiken, Wallace Stevens e T. S. Eliot, até receber sua expressão clássica em Hart Crane. Nesse tropo produtivo, estamos mais além de Lucrécio e talvez retornemos a Homero, à Bíblia, a Milton e a Coleridge em busca de imagens do poder da mente poética sobre um universo de morte.

O que Whitman quer dizer com imortalidade? David Bromwich postula um tropo de alteridade: "Perduramos no tempo somente como as palavras de um autor perduram nas mentes de seus leitores." Perspicaz, mas seria essa toda a aspiração de Whitman? Richard Poirier acredita que, para Whitman, "a arte é uma ação, e não o produto de uma ação", de modo que

---

é o colo das mães. // Esta relva é escura demais pra ser das cabeças brancas das velhas mães, // Mais escura que a barba incolor dos velhos, / Escura demais pra brotar sob os céus vermelhos e débeis das bocas./ Ah, percebo agora o que tantas línguas revelam! / E percebo que não é em vão que vem do céu das bocas. // Queria traduzir as pistas sobre essas moças e esses moços mortos. / E as pistas sobre os velhos e as mães, e sobre os rebentos tirados antes do tempo de seus ventres. // Que fim levaram os velhos e os jovens? / E que fim levaram as mulheres e as crianças? / Todos estão bem e vivos em algum lugar; / O menor broto mostra que a morte na verdade não existe, / E se um dia existiu, seguiu tocando a vida, sem ficar a espera para interrompê-la, / E deixou de ser assim que a vida apareceu. // Tudo segue e segue sem parar.... nada se colapsa, / E morrer é diferente do que se imaginava, bem mais afortunado. [A tradução deste e de todos os trechos da edição de *Folhas da relva* de 1855 aqui citados é de Rodrigo Garcia Lopes.]

a imortalidade seria apenas o resultado de ter gozado de uma recepção intensa pelos leitores. Em *Whitman's Drama of Consensus* (O drama do consenso de Whitman) (1988), Kerry Larson sugere que não pode haver conclusões em Whitman: "O desafio à morte e a todos os términos funciona de modo a sobredeterminar a indeterminação."

Conversando comigo, Kenneth Burke sugeriu que o imaginário material da morte em Whitman era tão forte que nada que o poeta escreveu conseguiu escapar a suas sombras de êxtase. Isso sem dúvida é verdade do Whitman elegíaco de 1860 a 1865, mas talvez fique aquém dos sinais ambíguos de "Song of myself" (1855). Stevens tinha uma admiração especial pelo breve poema lírico de 1881, "A clear Midnight" (Uma clara meia-noite):

> This is thy hour, O Soul, thy free flight into the wordless,
> Away from books, away from art, the day erased, the lesson done,
> Thee fully forth emerging, silent, gazing, pondering the themes
>   thou lovest best,
> Night, sleep, death and the stars.*

As estrelas substituem o oceano maternal, uma mudança revigorante. A força atraía Stevens, e a força de Whitman aumenta quando se entrega a sua queda pela diversidade, sua capacidade de conter multidões dentro de si. Segundo Schopenhauer, o *Tractatus* de Wittgenstein expressa o aforismo: "O que o solipsista *quer dizer* está certo, mas o que ele *diz* está errado." A respeito da morte, o que Whitman *quer dizer* está certo, mas o que ele *diz* está errado. Seu lucrecianismo e seu idealismo colidiam, e sua música cognitiva de sonoridade extraordinária às vezes se confundia.

Com Whitman, assim como com Tennyson, isso quase não importa; em "Experiência", Emerson afirma que "O daimon sabe como é feito". O daimon de Whitman, seu demônio e irmão sombrio, zomba dele na praia em "As I Ebb'd with the Ocean of Life":

> O baffled, balk'd, bent to the very earth,
> Oppress'd with myself that I have dared to open my mouth,

---

* Esta é tua hora, ó Alma, teu voo livre em direção ao inefável, / Para longe dos livros, longe da arte, o dia apagado, a lição feita, / Tu, emergindo plenamente, silenciosa, contemplando, / ponderando os temas que mais amas, / A noite, o sono, a morte e as estrelas.

Aware now that amid all that blab whose echoes recoil upon me I have
   not once had the least idea who or what I am,
But that before all my arrogant poems the real Me stands yet untouch'd,
   untold, altogether unreach'd,
Withdrawn far, mocking me with mock-congratulatory signs and bows,
With peals of distant ironical laughter at every word I have written,
Pointing in silence to these songs, and then to the sand beneath.

I perceive I have not really understood any thing, not a single object, and
   that no man ever can,
Nature here in sight of the sea taking advantage of me to dart upon me
   and sting me,
Because I have dared to open my mouth to sing at all.*

(seção 2)

Quando esse poema de ruptura dos receptáculos chega a sua conclusão, os indiferentes deuses de Lucrécio são tomados como testemunhas finais da crise do poeta:

> We, capricious, brought hither we know not whence, spread out
>   before you,
> You up there walking or sitting,
> Whoever you are, we too lie in drifts at your feet.**

Wellington, o Duque de Ferro, faleceu em 14 de setembro de 1852. Como poeta laureado, Tennyson prontamente produziu sua "Ode on the

---

* Oh, desconcertado, frustrado, curvado a terra, / Oprimido por meu próprio peso, por ter ousado abrir a boca, / Sabendo agora que em meio a todo este falatório, cujos ecos repercutem sobre mim, em momento algum tive a menor ideia do que sou, / Mas que perante todos os meus poemas arrogantes agora se encontra meu verdadeiro Eu, ainda intocado, irrevelado, totalmente inalcançado, / Afastado, zombando de mim com sinais e reverências de falsa congratulação, / Com estrépitos de distantes risos irônicos a cada palavra que escrevi, / Apontando em silêncio para essas canções, então para a areia abaixo. // Percebo que de fato não entendi nada, nem um único objeto, e isso / nenhum homem jamais poderá, / A natureza aqui à vista do mar, aproveitando-se de mim para lançar-se sobre mim e aferroar-me,/ Porque ousei abrir minha boca para cantar.

** Nós, caprichosos, aqui trazidos não sabemos de onde, estendidos perante ti, / Tu, aí em cima, caminhando ou sentado, / Quem quer que sejas, jazemos nós também a deriva a seus pés.

Death of the Duke of Wellington" (Ode à morte do duque de Wellington), um poema tenebroso na medida certa que começa assim:

> Bury the Great Duke
>   With an empire's lamentation,
> Let us bury the Great Duke
>   To the noise of the mourning of a mighty nation.*

Era talvez inevitável que Whitman, com sua admiração ambivalente pelo Chefe, aluda com astúcia à ode a Wellington em sua própria obra-prima da elegia, "When Lilacs last in the Dooryard Bloom'd" (1865). "Que dobre o sino", diz Tennyson, e Walt o supera: "Com o perpétuo retinir dos sinos que dobram, dobram." Embora Tennyson nos garanta que o Duque de Ferro nunca perdeu um canhão, o poema de 281 versos tem pouco mais que seja digno de lembrança. Com um tato esplêndido, Whitman evita elogiar a vitória de Lincoln sobre seus próprios compatriotas e cria uma elegia de 206 versos comparável ao "Lycidas" de Milton e o *Adonais* de Shelley.

    Assim como *A terra desolada*, seu descendente não reconhecido, "When Lilacs Last in the Dooryard Bloom'd" é uma elegia ao eu do próprio poeta. Uma elegia lucreciana é um oximoro, mas Whitman — assim como Shakespeare e Milton — desafia todas as formas e gêneros sistemáticos. Whitman não gostava que lhe dissessem que "When Lilacs Last in the Dooryard Bloom'd" era o ápice de sua obra. Seu ápice é necessariamente "Song of Myself", pois é aí — e não em qualquer outro lugar — que Walt Whitman atinge sua ficção suprema. E, contudo, "Lilacs" é até hoje o poema de autor americano mais plenamente desenvolvido. Com suas proporções primorosas, tem a vantagem de vir depois de "The Sleepers", "Crossing Brooklyn Ferry", "Out of the Cradle" e "As I Ebb'd", todos reprisados em um tom mais refinado. No ano passado, fiquei cinco meses internado no hospital, com as costas quebradas e outras enfermidades, e me perdi dia após dia, recitando mentalmente "Lilacs" para mim mesmo. Agora o tenho mais que de cor, já que foi em parte o anjo de minha modesta ressurreição. Seria uma completa ilusão supor que compartilha do poder curativo que Whitman exerca como enfermeiro volun-

---

* Enterrem o Grande Duque / Com o lamento de um império, / Enterremos o Grande Duque / Ao som do pranto de uma poderosa nação.

tário nos hospitais de Washington, D. C., durante a Guerra Civil? Encontro e continuarei encontrando uma beleza impressionante na quietude da terceira seção:

In the dooryard fronting an old farm-house near the white-wash'd
    palings,
Stands the lilac-bush tall-growing with heart-shaped leaves of rich green,
With many a pointed blossom rising delicate, with the perfume strong I
    love,
With every leaf a miracle—and from this bush in the dooryard,
With delicate-color'd blossoms and heart-shaped leaves of rich green,
A sprig with its flower I break.*

Essa é a ruptura do galho. Duvido que Whitman conhecesse a poesia sufi da Pérsia, a cuja tradição deu, porém, continuidade ao associar o lilás com o erotismo masculino. A estrela Vênus, o ramo de lilás e a canção do tordo eremita se fundem num galho composto, uma imagem da voz que *é* esse poema. O caixão de Lincoln, com sua longa procissão de Washington, D. C., a Chicago, dá unidade a boa parte do texto, mas o presidente martirizado praticamente não é invocado até ser qualificado como "a alma mais doce e sábia" de sua nação, três versos antes da conclusão do poema.

    O verbo mais revelador de Whitman, tanto aqui quanto em outros poemas, é passando *(passing)*, e sua expressão formidável, "resgates da noite" [*retrievements of the night*], ocorreu-lhe como uma reflexão posterior:

Passing the visions, passing the night,
Passing, unloosing the hold of my comrades' hands,
Passing the song of the hermit bird and the tallying song of my soul,
Victorious song, death's outlet song, yet varying ever-altering song,
As low and wailing, yet clear the notes, rising and falling, flooding the night,
Sadly sinking and fainting, as warning and warning, and yet again
    bursting with joy,

---

* No pátio em frente a uma velha casa de fazenda, perto da cerca caiada, / Encontra-se o arbusto de lilases, alto, com folhas de rico verde em forma de coração, / Com muitas flores erguendo-se, delicadas, com o forte perfume que amo, / Com cada folha, um milagre — e desse arbusto no pátio, / Com flores de cores delicadas e folhas de rico verde em forma de coração, / Arranco um ramo com sua flor.

Covering the earth and filling the spread of the heaven,
As that powerful psalm in the night I heard from recesses,
Passing, I leave thee lilac with heart-shaped leaves,
I leave thee there in the door-yard, blooming, returning with spring.

I cease from my song for thee,
From my gaze on thee in the west, fronting the west, communing with thee,
O comrade lustrous with silver face in the night.

Yet each to keep and all, retrievements out of the night,
The song, the wondrous chant of the gray-brown bird,
And the tallying chant, the echo arous'd in my soul,
With the lustrous and drooping star with the countenance full of woe,
With the holders holding my hand nearing the call of the bird,
Comrades mine and I in the midst, and their memory ever to keep, for the dead I loved so well,
For the sweetest, wisest soul of all my days and lands—and this for his dear sake,
    Lilac and star and bird twined with the chant of my soul,
    There in the fragrant pines and the cedars dusk and dim.*

(seção 16)

---

* Passando as visões, passando a noite, / Passando, soltando as mãos de meus camaradas, / Passando a canção do pássaro eremita e a canção talhante de minha alma, / Canção vitoriosa, canção de desabafo da morte, porem canção varia em constante alteração, / Baixa e lamentosa, porém claras as notas, subindo e descendo, inundando a noite, / Tristemente afundando e desvanecendo, como que alertando e alertando, / e mais uma vez explodindo de alegria, / Cobrindo a terra e enchendo todo céu, / Como aquele poderoso salmo que ouvi na noite dos recessos, / Passando, deixo-te, lilás com folhas em forma de coração, Deixo-te ali no pátio, florescendo, retornando com a primavera. // Interrompo minha canção para ti, / Meu olhar sobre ti no oeste, dirigido ao oeste, comunicando-se contigo, / O lustroso camarada de rosto prateado na noite. // Porem cada um deles e todos manter, resgates da noite, / A canção, o maravilhoso canto do pássaro marrom acinzentado, / E o canto talhante, o eco despertado em minha alma, / Com a brilhante estrela caída com o semblante cheio de dor, / Com os que seguravam minha mão aproximando-se ao chamado do pássaro, / Camaradas meus e eu em seu meio, e sua memória para sempre manter, pelo morto que tanto amei, / Pela alma mais doce e sabia de todos os meus dias e todas as minhas terras — e isto por ele, / Lilás e estrela e pássaro unidos com o canto da minha alma, / Lá nos pinheiros fragrantes e nos cedros sombrios e turvos.

Se a lesse atentamente, o que o Tennyson de 1866 teria achado dessa trenodia? Ela o desafia em sua própria forma de elegia virgiliana, e o verso final usurpa seu tom de modo a fazer com que ele parecesse um imitador epígono de Whitman. Virgílio, Tennyson e Whitman estão unidos pelo epicurista Lucrécio. Basta ir um passo além da sensibilidade de Tennyson para chegarmos ao "pensamento mediante a sensação" total de keatsianos mais radicais do que Tennyson — os pré-rafaelitas Pater, Wilde e o jovem Wallace Stevens.

Visto que Swinburne, assim como Whitman, tende a se concentrar no elegíaco e no comemorativo, volto-me para a conclusão de "Ave Atque Vale", a elegia (prematura) a Baudelaire:

> For thee, O now a silent soul, my brother,
>   Take at my hands this garland, and farewell.
>   Thin is the leaf, and chill the wintry smell,
> And chill the solemn earth, a fatal mother,
>   With sadder than the Niobean womb,
>   And in the hollow of her breasts a tomb.
> Content thee, howsoe'er, whose days are done;
>   There lies not any troublous thing before,
>   Nor sight nor sound to war against thee more,
> For whom all winds are quiet as the sun,
>   All waters as the shore.*

(188-198)

O poema tardio de Wallace Stevens, "Madame La Fleurie", retorna a essa terra solene, mãe e túmulo fatal:

> Weight him down, O side-stars, with the great weightings of the end.

---

* Por ti, o agora uma alma silenciosa, meu irmão, / Pegue de minhas mãos esta guirlanda, e adeus. / Fina e a folha, e frio o odor invernal, / E frio a solene terra, mãe fatal. / Mais triste que o útero de Niobe, / E no oco de seus seios um túmulo. / Contenta-te de qualquer forma, tu, cujos dias se foram; / Já não tens mais problemas pela frente, / Nem visão nem som para guerrearem contra ti, / Para quem todos os ventos são silenciosos como o sol, / Todas as águas, como a margem.

> Seal him there. He looked in a glass of the earth and thought he
> lived in it.
> Now, he brings all that he saw into the earth, to the waiting parent.
> His crisp knowledge is devoured by her, beneath a dew.*

As colorações pré-rafaelitas de *Harmonium*, uma coleção dos primeiros poemas de Stevens, provavelmente derivam de Swinburne, em uma curiosa incorporação do poeta britânico a Whitman, a quem Swinburne ora admirava, ora desprezava. Um traço lucreciano em comum permitiu essa incorporação, embora Stevens seja o mais epicurista dos três poetas. Apesar de Stevens ter se negado a admitir a influência de Pater, ela é bastante palpável. Ele não deveria a Pater nem a ninguém os prazeres da prioridade da percepção. Ainda assim, pensar por meio da visão, apreender por meio da sensação, é habitar o cosmo imaginativo de Epicuro e Lucrécio, para onde Shelley, Swinburne e Whitman se mudaram e que já habitavam antes de Stevens.

Em vez de repetir os comentários elaborados que dediquei aos principais poemas longos e sequências de Stevens, vou me concentrar no poema sobre a morte em que desvia de forma definitiva de uma metafísica materialista, "Of Mere Being" (Do mero ser). O modificador "mero" assume seu significado arcaico de "puro" ou não adulterado. O poema, talvez o último de Stevens, foi escrito logo antes de sua internação no hospital onde seria operado em abril de 1954. Os poemas de Yeats sobre Bizâncio, um eterno desafio para Stevens, assim como posteriormente para James Merrill, são rechaçados na visão final de Stevens:

> You know then that it is not the reason
> That makes us happy or unhappy.
> The bird sings. Its feathers shine.

---

* Sobrecarreguem-no, ó estrelas laterais, com as grandes cargas do fim. / Encerrem-no lá. Ele olhou num espelho da terra e pensou que vivia nela. / Agora traz tudo o que viu para dentro da terra, a progenitora que aguarda. / Seu nítido conhecimento é devorado por ela, sob o orvalho.

> The palm stands on the edge of space.
> The wind moves slowly in the branches.
> The bird's fire-fangled feathers dangle down.?*

Numa sátira, "Memorandum" (1947), Stevens entoara, sem muita elegância:

> Say that the American moon comes up
> Cleansed clean of lousy Byzantium.**

Muito mais sutil em seu expurgo de Yeats, o "além do último pensamento" de "Of Mere Being" enxerga cognitivamente um pássaro semelhante a uma fênix emergindo da palmeira, o emblema da Flórida de Stevens, o "solo venéreo". Esta também parece ser a "Palme" (Palma) de Paul Valéry, um contemporâneo que Stevens preferia a Yeats. Aqui estão as três estrofes finais das nove de "Palme":

> These days which, like yourself,
> Seem empty and effaced
> Have avid roots that delve
> To work deep in the waste.
> Their shaggy systems, fed
> Where shade confers with shade,
> Can never cease or tire,
> At the world's heart are found
> Still tracking that profound
> Water the heights require.
>
> Patience and still patience,
> Patience beneath the blue!
> Each atom of the silence
> Knows what it ripens to.
> The happy shock will come:

---

* Sabes então não ser esta a razão / Que nos faz felizes ou infelizes. / O pássaro canta. Suas plumas brilham. // A palmeira se ergue na beira do espaço. / O vento se move lentamente entre os galhos. / As plumas de fogo do pássaro dependuram-se.
** Diga que surge a lua americana / Totalmente expurgada da abominável Bizâncio.

A dove alighting, some
Gentlest nudge, the breeze,
A woman's touch—before
You know it, the downpour
Has brought you to your knees!

Let populations be
Crumbled underfoot—
Palm, irresistibly—
Among celestial fruit!
Those hours were not in vain
So long as you retain
A lightness once they're lost;
Like one who, thinking, spends
His inmost dividends
To grow at any cost.*

Stevens leu esse poema como a fábula da reimaginação de uma vida dedicada ao lento amadurecimento de seu próprio dom poético. O pássaro canta ao ar livre uma canção desprovida de significado e sentimento humano que talvez pertença às divindades epicuristas. O que importa é que "O pássaro canta. Suas plumas brilham". Ao nos aproximarmos do fim, ouvimos e vemos sem raciocinar. Assim como em "Palma", de Valéry, a leveza é a única resposta apropriada, uma paciência final:

The palm stands on the edge of space.

And yet we are not out of nature:

---

* Esses dias que lhe parecem vazios / E perdidos para o universo / Tem ávidas raízes / Que penetram fundo nos desertos / A substância felpuda / Escolhida pelas sombras / Nunca pode impedir-se, / Até as entranhas do mundo, / De seguir a água profunda / Que exigem as alturas. // Paciência, paciência, / Paciência no azul! / Cada átomo de silêncio / E a chance de um fruto maduro! / Chegara a feliz surpresa: / Uma pomba, a brisa, / A mais leve sacudidela, / Uma mulher que se apoia, / Fará cair a essa chuva / Que nos porá de joelhos. // Que venha agora a queda de um povo, // Palma! ... irresistivelmente! No pó que gira / Sobre os frutos do firmamento! / Não perdeste essas horas / Se leve permaneceres /Após esses belos abandonos; / Como aquele que pensa / E cuja alma se gasta / No aperfeiçoamento seus dons!

> The wind moves slowly in the branches.

That might be Valéry or one of a number of Lucretians, but the last line is mere Stevens:

> The bird's fire-fangled feathers dangle down.*

A vulgaridade encantadora de "plumas de fogo" (*fire-fangled feathers*) contraposta a "dependuram-se" (*dangle down*) sugere que afinal se desvia do esplendor auroral da autofabricação de Whitman. Whitman e Stevens expressam novamente a diferença americana na formulação de uma poética lucreciana distinta da de Dryden, Shelley, Swinburne e Pater. Podemos chamá-la de poética do Sublime Americano, inventada por Emerson, elevada à glória celebratória por Whitman e tanto escarnecida quanto exemplificada por Stevens.

---

* A palmeira se ergue na beira do espaço. / E não estamos, contudo, fora da natureza: / O vento se move lentamente entre os galhos. / Isso poderia ter sido escrito por Valéry ou vários outros lucrecianos, mas o último verso e mero Stevens: / As plumas de fogo do pássaro dependuram-se.

O DESVIO LUCRECIANO DE LEOPARDI

Embora seus *agons* imediatos fossem com Dante e Petrarca, o autêntico precursor italiano de Giacomo Leopardi (1798-1837) foi Lucrécio, que para Dante não existiu. De impressionante erudição em praticamente todos os idiomas e literaturas ocidentais, Leopardi valorizava Homero, Lucrécio e Rousseau acima de Dante, Petrarca e Tasso. Nenhum poeta italiano contemporâneo de Leopardi ou posterior a ele — nem mesmo Giuseppe Ungaretti, que reverenciava Leopardi — alcançou sua eminência. Se estivéssemos em busca de outro romântico classicista, poderíamos nos voltar para Walter Savage Landor como um análogo digno, pois ele também sabia escrever como Simônides. Na prosa, Landor às vezes se assemelha a Leopardi, pois ambos derivam de Lucrécio, mas na poesia os únicos que se comparam a ele são os maiores escritores românticos: Friedrich Hölderlin, Victor Hugo, Wordsworth, Keats, Shelley. Desses, Shelley foi o primeiro lucreciano e consegue trocar ideias com Leopardi de maneira mais fecunda do que conseguem Keats e Hölderlin. James Thomson, o poeta vitoriano James Thomson de "The City of Dreadful Night" (A cidade da noite terrível), funde Shelley, Novalis e Leopardi. Surpreende-me que Leopardi não tivesse uma significância maior para Stevens — que estudara com George Santayana —, mas Mark Strand, stevensiano, o compensa com seu esplêndido poema "Leopardi":

The night is warm and clear and without wind.
The stone-white moon waits above the rooftops
and above the nearby river. Every street is still
and the corner lights shine down only upon the hunched shapes of
   cars.
You are asleep. And sleep gathers in your room
and nothing at this moment bothers you. Jules,
an old wound has opened and I feel the pain of it again.
While you sleep I have gone outside to pay my late respects
to the sky that seems so gentle /and to the world that is not and
   that says to me:
"I do not give you any hope. Not even hope."
Down the street there is the voice of a drunk
singing an unrecognizable song
and a car a few blocks off.
Things pass and leave no trace,
and tomorrow will come and the day after,
and whatever our ancestors knew time has taken away.
They are gone and their children are gone
and the great nations are gone./ And the armies are gone that sent
   clouds of dust and smoke
rolling across Europe. The world is still and we do not hear them.
Once when I was a boy, and the birthday I had waited for
was over, I lay on my bed, awake and miserable, and very late
that night the sound of someone's voice singing down a side street,
dying little by little in the distance,
wounded me, as this does now.*

---

* A noite é quente e clara, sem vento. / A lua, branca como pedra, aguarda sobre os telhados / e acima do rio próximo. Todas as ruas estão em silêncio / e as luzes da esquina brilham sobre as formas encurvadas dos carros. / Tu dormes. E o sono se adensa em teu quarto / e nada neste momento te incomoda. Jules, / uma velha ferida se abriu e sinto novamente sua dor. / Enquanto dormes, saio para prestar minha última homenagem / ao céu que parece tão amável / e ao mundo que não é e que me diz: / "Não te dou nenhuma esperança. Nem sequer esperança." / Da rua, ouve-se a voz de um bêbado / cantando uma canção irreconhecível / e um carro a alguns quarteirões. / As coisas passam sem deixar rastro, / e amanhã virá, assim como o dia seguinte, / e o que quer que nossos ancestrais soubessem foi levado pelo tempo. / Eles se foram e seus filhos

A ANATOMIA DA INFLUÊNCIA 213

Esta é uma versão próxima e, contudo, muito livre, de "La sera del dì di festa" (A noite do dia de festa), influenciada pelo poeta simbolista Jules Laforgue:

> The Evening of the Holiday (A noite do dia de festa)
>
> The night is soft and bright and windless,
> and the moon hangs still above the roofs
> and kitchen gardens, showing every mountain
> clear in the distance. O my lady,
> now every lane is quiet, and night lights
> glow in the windows only here and there.
> You sleep, for sleep came easily to you
> in your still room. No worry
> The Evening of the Holiday
> The night is soft and bright and windless,
> and the moon hangs still above the roofs
> and kitchen gardens, showing every mountain
> clear in the distance. O my lady,
> now every lane is quiet, and night lights
> glow in the windows only here and there.
> You sleep, for sleep came easily to you
> in your still room. No worry
> and fall down on the ground and rage, and shake.
> Horrific days at such a tender age! Ah, on the road
> not far from me I hear the lonely song
> of the workman, coming late
> from his evening out to his poor home,
> and my heart is stricken
> to think how everything in this world passes
> and barely leaves a trace. Look, the holiday
> is gone, the workday follows our day of rest, and time makes off

---

se foram / e as grandes nações se foram. / E se foram os exércitos que levantaram nuvens de pó e fumaça / por toda a Europa. O mundo está em silêncio e não os escutamos. / Certa vez, quando eu era criança, e o aniversário pelo qual esperara / acabou, estava deitado em minha cama, acordado e inconsolável, e muito tarde / naquela noite, o som de uma voz que cantava numa rua lateral, / morrendo pouco a pouco ao longe, / feriu-me, como isto me fere agora.

with everything that's human. Where's the clamor
of those ancient peoples? Where is the renown
of our famed ancestors, and the great empire
of their Rome, her armies, and the din
that she produced on land and sea?
Everything is peace and quiet now,
the world is calm, and speaks no more of them.
In my young years, in the time of life
when we wait impatiently for Sunday,
afterwards I'd lie awake unhappy,
and late at night a song heard on the road
dying note by note as it passed by
would pierce my heart the same way even then.*

As cadências homéricas e virgilianas do poema de Leopardi se suavizam em uma das reflexões mais pungentes de Strand, quase um monólogo dramático tennysoniano, semelhante a Virgílio em sua cadência lânguida. O gênio de Leopardi tende a isolar os traços lucrecianos de Virgílio, os sofrimentos universais da limitação humana ao enfrentar as coisas tais como são. Strand, em grande medida um lucreciano por temperamento natural, mas também pela mediação de Whitman e Stevens, reelabora sutilmente

---

* É doce e clara a noite e não há vento. / E quieta sobre os tetos e entre os hortos / Repousa a lua, ao longe revelando / Serenas as montanhas. Minha amada, / Os sendeiros se calam, nos balcões / Tremula rara a lâmpada noturna: / Tu dormes: este céu, que tão benigno / É na aparência, a bendizer me ponho. / E a antiga natureza onipotente / Que à desdita me fez. Nego-te mesmo / Toda esperança, disse-me a esperança. / Se não de pranto, os olhos teus rebrilhem. / Tal dia foi solene: e dos folguedos / Bem logo me afastei: talvez te lembres / Em sonhos hoje a quantos aprouveste. / Quanto te aprouve a ti: mas eu, que nada espero, / Ao teu pensar recorro. E entanto imploro / Viver o que me resta, aqui por terra / Me arrojo, e grito, e tremo. Horrendos dias / Deste verão tão verde! Ai, pela estrada / Não longe escuto o solitário canto / Do artesão, que retorna em tarda noite / Depois da orgia ao seu modesto asilo: / E duramente o coração me punge / Ao pensar que no mundo tudo passa / Sem deixar quase rastro. Eis fugidio / Vai-se o dia festivo e lhe sucede / Outro dia vulgar, e assim o tempo / Desfaz a humana lida. Onde os clamores / Dos povos mais antigos? Onde a fama / De nossos ancestrais, e o grande império / Da Roma antiga, e esse fragor das armas / Que dela se espalhou por terra e oceano? / Tudo é paz e silêncio, já no mundo / Tudo é mudez, de tal não se cogita / Em minha tenra idade, quando ansiava / Avidamente o meu festivo dia, / Ou depois ao passar, dolente e vígil, / Premia o leito; e na calada noite / Pelos sendeiros um cantar se ouvia / Que na distância ia morrendo aos poucos. / Já no meu peito o coração pungia. [Tradução de Ivo Barroso]

Leopardi em nosso tom nativo. A tradução para o inglês de "La sera del dì di festa" por Jonathan Galassi demonstra de forma implícita o desvio lucreciano do Homero e do Virgílio leopardianos.

Em um dos primeiros registros do enorme *Zibaldone*,* Leopardi se elevou até sua visão soberbamente negativa do sublime:

> As obras do gênio têm em comum que, mesmo quando captam vividamente a nulidade das coisas, quando mostram claramente e nos fazem sentir a inevitável infelicidade da vida e quando expressam o desespero mais terrível, ainda assim, para uma grande alma, mesmo que se encontre em um estado de abatimento extremo, desilusão, nulidade, tédio e desespero de vida ou nas mais amargas e *mortíferas* das desgraças — sejam elas relacionadas a fortes paixões ou a qualquer outra coisa —, servem sempre de consolação, reacendendo o entusiasmo; e, embora tratem e representem apenas a morte, devolvem a essas almas, ao menos momentaneamente, a vida que perdera.
>
> E assim, aquilo que na vida real aflige e destrói a alma, abre e revive o coração quando aparece em imitações ou em outras obras de gênio artístico — como em poemas líricos, que não são exatamente imitações. Assim como o autor, que ao descrever e sentir com força o vazio das ilusões ainda as conservava em grande quantidade — o que provou ao descrever tão intensamente sua vacuidade —, também o leitor, não importa quão desenganado por si próprio e pela leitura esteja, é arrastado pelo autor a essa mesma ilusão oculta nos recônditos mais profundos da mente com que o leitor estava travando contato. E o próprio reconhecimento da vaidade e falsidade irremediáveis de tudo que é grande e belo é em si algo grande e belo que enche a alma quando trazido pelas obras do gênio. E o próprio espetáculo da nulidade como que expande a alma do leitor, a exaltando e reconciliando consigo e com seu próprio desespero. (Uma grande coisa e certamente uma fonte de prazer e entusiasmo: esse efeito magistral da poesia quando leva o leitor a uma visão superior de si mesmo, de suas desgraças, de seu abatimento e do aniquilamento de seu espírito.)

---

* Obra em forma de diário, contendo apontamentos e reflexões registrados por Leopardi ao longo de sua vida. (N. da T.)

Além disso, o sentimento de nulidade é o sentimento de algo morto e mortífero. Mas, se esse sentimento está vivo, como no caso a que me refiro, sua vivacidade prevalece na mente do leitor sobre a nulidade desse algo que o faz sentir, e a alma recebe vida — ainda que de modo passageiro — da mesma força na qual sente a morte perpétua das coisas e de si. Dentre os efeitos da percepção da grande nulidade, não são os menores ou menos dolorosos a indiferença e a insensibilidade que normalmente inspira e deve naturalmente inspirar quanto a essa mesma nulidade. A indiferença e a insensibilidade são removidas por meio da leitura ou da contemplação de uma tal obra do gênio: ela nos torna sensíveis à nulidade.

("Z")

Creio ser esse o sublime lucreciano: necessariamente homérico, mas profundamente colorido pela metafísica epicurista. É algo que Leopardi compartilha com Shelley e Whitman, Stevens e Crane, e que está presente de maneira brilhante em Mark Strand e Henri Cole, herdeiros da linhagem americana da sublimidade romântica. Somente Leopardi conseguiu captar tanto em prosa quanto em verso o tom preciso da exuberância intensamente sombria de Lucrécio em uma língua moderna. Sem dúvida o mais forte dos poetas italianos desde Dante e Petrarca, Leopardi, assim como Wordsworth, inaugurou a poesia moderna. Algo que vai de Homero e da Bíblia hebraica até Goethe e William Blake mudou para sempre com Wordsworth e Leopardi.

Seria difícil achar dois visionários românticos mais diferentes em termos de temperamento, crenças e esperanças do que Leopardi e Wordsworth. Não obstante, partilham — sem nenhum conhecimento da existência um do outro — dos padrões fundamentais do poema-crise do Alto Romantismo, em que o poeta se salva do desalento, ainda que apenas para escrever o próximo poema, para torná-lo possível.

A diferença mais profunda entre Leopardi e Wordsworth poderia ser definida em termos de esperança não apenas em si, mas na persistência histórica da poesia. Mais como Hölderlin e Shelley, Leopardi está empenhado em compor o que se poderia chamar "o último poema". Em vinte anos de escrita, Leopardi só produziu 41 poemas, uma obra tão incrivelmente esparsa e revisada quanto a de Crane. Galassi compara os *Cantos* a

Folhas de relva, muito embora, sendo Whitman tão vasto, o paralelo próximo se resuma a "Song of myself". Ainda assim, Whitman e Crane não têm nada parecido com o *Zibaldone*, grande rival dos *Cadernos* de Emerson, que juntos formam a obra-prima do Sábio de Concord. O *Zibaldone* — seria possível argumentar — é a contribuição definitiva de Leopardi, mas os *Cantos* inauguram a poesia continental moderna da mesma forma que Wordsworth inicia uma nova poesia inglesa e Whitman define o que será autenticamente americano em nossa poesia. Leopardi faz com que Victor Hugo, Charles Baudelaire e Heinrich Heine se tornem epígonos. Todos os poetas britânicos pós-Wordsworth são seus efebos, quer o saibam ou não, e, após Whitman, nossos poetas só podem reagir contra ele ou a seu favor, pois mesmo adversários como Eliot e Pound acabam finalmente voltando a ele, como em *The Dry Salvages* e *Os cantos pisanos*.

Galassi qualifica Leopardi como um romântico europeu a contragosto, mas todo o Alto Romantismo depende da autonegação, com a flagrante exceção de Victor Hugo, que falava como um deus. Para Leopardi, assim como para Keats e D. H. Lawrence, a lua é o tropo da autonegação masculina. O que Leopardi recusa é a retórica dos que optavam por "começar com o sol" (Lawrence), evitando assim um epigonismo consciente. Lawrence se voltou para Whitman para isso, enquanto Stevens, de maneira mais velada, encontrou a fonte solar de sua poesia no cantor bárdico que nos deu *Folhas de relva*. Whitman aspirava a ser tanto um novo Homero quanto uma bíblia americana. Leopardi cultuava Homero e Lucrécio como a poesia do passado e explorava seu epigonismo em relação a eles. Seu grego antigo e seu latim — de fato, até mesmo seu hebraico — eram tão fluentes quanto seu italiano, e seu retorno a esses precursores heroicos o ajudou a ver Dante e Petrarca como poetas tão epígonos quanto ele. Eu sugeriria que sua postura forte expõe uma considerável angústia da influência em relação aos poetas maiores italianos, embora também indique sua poderosa capacidade de revisá-los ao escrever seus próprios cantos, como faz de modo triunfante.

Galassi e o crítico italiano Nicola Gardini enfatizam o tropo da queda em Leopardi. Eu corrigiria isso indicando um clinâmen lucreciano: o ágil Leopardi tem o cuidado de *se desviar* ao cair. Para Leopardi, o ocidente, inclusive a Itália, sofreu um declínio desde a queda do Império romano. Mas a liberdade do poeta lucreciano é desviar-se, sendo a inclinação sua própria arte. Leopardi, assim como o Satã romântico de Milton, "cai obliquamente", e esse desvio nos *Cantos* é crucial para a poesia moderna. Em *Além do princípio de prazer*, Freud, em profunda consonância com Epicuro, observa que cada individualidade deseja morrer somente a seu próprio modo.

Leopardi não gostava de sua fria mãe cristã, e seu imaginário materno é extremamente hostil. A natureza em Leopardi é próxima à Vontade Feminina de Blake e nem um pouco wordsworthiana ou keatsiana. Leopardi, apaixonadamente heterossexual embora involuntariamente celibatário, foi certamente um "poeta de problemas", como Galassi o define. Iris Origo, na solidária biografia *Leopardi: A Study in Solitude* (Leopardi: um estudo em solidão) (1953), afirma que a vida dele terminou aos 21 anos. Viveu mais 18 anos somente de consolos estéticos. É de se duvidar que qualquer satisfação o teria satisfeito. O que Thomas De Quincey disse sobre o amigo Coleridge se aplica ainda mais a Leopardi: "Ele queria um pão melhor do que o que pode ser feito de trigo."

Embora a prosa contextualize oportunamente os *Cantos*, desconfio um pouco de tal exegese, dado que o poeta Leopardi é e não é o autor do *Zibaldone* e dos *Ensaios morais*, cujo título é enganoso. Tanto mais orgulhoso quanto mais vulnerável, o poeta lírico aposta a casa de seu espírito nos *Cantos*. Vence, mas a um altíssimo custo humano.

Sobrecarregado pelo fardo da autoconsciência, Leopardi, assim como Shelley, queria abandonar "a sombria idolatria do eu", mas ambos os agonistas do Alto Romantismo descobriram que isso não era possível. Walt Whitman sabia por instinto do contrário. Se os próprios Estados Unidos eram o poema maior, por que "Walt Whitman, um dos duros, um americano", não cantaria "Song of Myself"? As canções de Giacomo Leopardi tinham seu lugar certo na Itália pós-napoleônica, onde deram testemunho da sobrevivência de uma singularidade tão intensamente individual que estados e facções se esvaíam no silêncio.

Lucrécio clamava pelo fim de todas as irrealidades, ilusões religiosas e eróticas, entre outras. Leopardi assimilou parte da lição, mas a ilusão erótica expirou de forma lenta e dolorosa. Coleridge, um sábio cristão ofendido, notou que "o que em Lucrécio é poesia não é filosófico, e o que é filosófico não é poesia". Essa não é minha experiência de leitura de Lucrécio, assim como não é a de Leopardi. Lucrécio desdenha das consolações: por seu temperamento, Leopardi precisava delas, ainda que intelectualmente soubesse que eram inúteis. Chegou antes de Nietzsche à emancipação contida no entendimento de que possuímos a poesia para não sermos mortos pela verdade. E, muito antes do nietzschiano Wallace Stevens, Leopardi nos disse que a crença definitiva era acreditar em uma ficção sabendo bem que aquilo em que se acredita não é verdade.

O heroísmo moral de Leopardi, quando justaposto a sua solidão, leva ao assombro e à veneração. Lucrécio, Shelley e Stevens eram homens casados, embora não particularmente felizes, e eram todos livres de pressões financeiras. Nietzsche tinha os benefícios de uma aposentadoria por invalidez. Leopardi não tinha praticamente nada além de seu gênio, que não lhe rendeu nem patronagens nem nada além de um público mínimo. Penso em William Blake, mas ele tinha Catherine, uma esposa amorosa. Com apenas outras poucas exceções, entre elas John Clare, Leopardi estava totalmente nu frente à realidade tempestuosa. Walt Whitman nunca teve um companheiro permanente até sua fase final, em Camden, onde Horace Traubel cuidou dele, assim como Antonio Ranieri cuidou de Leopardi durante seus dois últimos anos, em Nápoles. Porém, mesmo esses anos foram sombrios.

Deles resultou seu poema mais forte, "Giesta, ou a flor do deserto",* que eu considerava intraduzível, mas Galassi se superou e nos proporcionou um Leopardi que parece ter escrito originalmente em inglês. Donald Carne-Ross, meu velho conhecido cujo breve livro sobre Píndaro deveria ser considerado um clássico, afirmou que somente Milton poderia ter transposto Leopardi para o inglês, no idioma de "Lycidas" e de *Sansão agonista*. Aqui está a estrofe final, bastante miltoniana, de "Giesta":

> And you, too, pliant broom,
> adorning this abandoned countryside
> with fragrant blossoms,
> you will soon succumb
> to the cruel power of subterranean fire
> which, returning to the place it knew before,
> will spread its greedy tongue
> over your soft thickets. And unresisting,
> your blameless head will bend under the deadly scythe,
> but never having bowed in vain till then,

---

* No original em inglês "Broom, or the Flower of the Desert".

abject supplicant before
your future oppressor, and never raised
by senseless pride up to the stars
or above the desert, which for you
was home and birthplace
not by choice, but chance.
No, wiser and much less fallible than man,
in that you did not believe
your frail generations were immortal,
whether due to destiny or yourself.*

Quinze anos antes de escrever "Giesta", Leopardi observou, afora Milton, ninguém jamais escrevera boa poesia sobre religião. Dante, um precursor muito ameaçador, paira sobre esse poema altamente lucreciano, uma vez que é um poema de purgação em que o Vesúvio assume o lugar do Monte Purgatório. Esse grande poema é tanto uma homenagem (involuntária) a Dante quanto uma feroz resistência a ele, sob o estandarte de Lucrécio e Epicuro.

No ano 79 da Era Cristã, uma erupção do Vesúvio destruiu as cidades de Pompeia e Herculano, enterrando-as sob cinzas ardentes. No deserto vulcânico, a giesta floresce, e sua persistência é estimada pelos italianos. Ecoando o primeiro canto do *Purgatório* com uma ironia considerável, Leopardi diz a seu século que este sonha com uma liberdade que significa na verdade uma volta à escravidão. Benedetto Croce encontrou em "Giesta" a descida do antiestético Leopardi à retórica política, mas ela funciona da mesma forma que a polêmica de Milton contra a igreja em "Lycidas": como um contracanto à elegia.

O livro I de *Da natureza* é invocado quando somos chamados a enfrentar nosso destino mortal tal qual esboçado por Epicuro. A natureza é rejeitada como uma maravilha que não se deve enaltecer: "a verdadeira culpada,

---

* E tu, complacente giesta, / Que de bosques perfumados / Estes campos desataviados enfeitas, / Também tu logo à cruel pujança / Sucumbirás do subterrâneo fogo, / Que, voltando ao lugar / Já conhecido, espalhará sua ávida orla / Sobre tuas suaves floradas. E baixarás / Ante a força mortal não renitente / Tua cabeça inocente: / Não porém curvada até essa hora em vão / Covardemente suplicando perante / O futuro opressor; mas não erguida / Com insensato orgulho às estrelas, / Nem no deserto, onde / A sede e os natalícios / Não por querer mas por sorte tiveste; / Porém mais sábia, e tão / Menos imperfeita que o homem, quanto as frágeis / Gerações tuas não julgaste / Feitas pelo acaso ou por ti mesma imortais. [Tradução de Luiz Antônio Lindo.]

que dos mortais/Mãe é de parto e de querer madrasta". Galassi, talvez lembrando o "insurgir-nos contra um mar de provocações"* [*Take up arms against a sea of troubles*] de Hamlet, introduz o tropo shakespeariano em Leopardi, por assim dizer. Isso me leva a observar quão alheio era Leopardi à postura romântica inglesa, miltoniana e coleridgeana, do poder da mente do poeta sobre um universo de morte, no qual a Noite, a Morte, a Mãe e o Mar cedem ante a liberdade da imaginação.

Para Leopardi, só existe o desvio, a liberdade limitada que têm os átomos de executar um clinâmen ao cair. Ele encara um céu vazio sob o qual qualquer um de nós é uma partícula cuja liberdade só pode ser um leve capricho. A magnífica última estrofe de "Giesta" hesita quando está a ponto de identificar o próprio Leopardi com a "complacente" flor do deserto. A giesta é menos imperfeita que a humanidade. A queda é nossa condição perpétua — no sentido epicurista, e não no cristão.

Se olharmos a poesia de Leopardi com certo distanciamento, talvez nossa impressão principal seja da sua visão tão lúcida e normativa da realidade humana cotidiana. Para um poeta do Alto Romantismo, isso é raro; somente John Keats é análogo. Apesar de seu pessimismo — uma fonte para Schopenhauer —, Leopardi é um humanista obstinado, benigno, compassivo e tristemente sábio. Comparado à magnificência autoconsciente de Dante e Petrarca, o orgulho moderado da autorrealização estética de Leopardi é muito cativante.

Essa era a pessoa no poeta, mas o poeta em si era feroz, como os poetas fortes têm de ser em seu *agon* com a tradição. Embora aficionado pelos antigos, Leopardi, com suas muitas expressões, tinha plena ciência de sua condição de herdeiro da poesia vernácula da Itália em sua imensa riqueza: Dante, Guido Cavalcanti, Petrarca, Jacopo Sannazaro, Torquato Tasso. O espírito de Ludovico Ariosto não tinha nenhum atrativo para o sombrio Leopardi, suspenso entre a história e a pastoral, porém intolerante à comédia a não ser pelo satírico Luciano.

Qualquer um que chegue depois de Dante e Petrarca dificilmente pode aspirar a formar um trio com eles, e ainda assim esse foi o feito de Leopardi. Ele se diferencia desses titãs não apenas por seu lucrecianismo generalizado. Seria possível argumentar que Homero era seu poeta preferido

---

* Tradução de Millôr Fernandes. (N. da T.)

e Rousseau um guia espiritual tão importante quanto Epicuro. Não obstante, Lucrécio deu a ele a chave de sua diferença salvadora em relação a Dante e Petrarca. Lucrécio e Homero, e também Virgílio em menor grau, eram para Leopardi não a poesia do passado — Dante e Petrarca —, mas de um ressurgimento de frescor perene ao qual Leopardi se integrou. Para Leopardi, a poesia do presente era um oximoro, pois nunca havia um momento presente. Tudo dependia de como se sentia, uma vez que a queda era a condição humana. E exatamente aí é que estava o lucrecianismo de Leopardi: pode-se cair, mas a liberdade está no desvio, em cair com uma diferença.

Blake, Byron e Shelley aprenderam em parte o clinâmen com o Satã de Milton, mas não há prometeanismo em Leopardi, cuja compreensão dos limites da ilusão humana marca praticamente toda sua prosa e poesia. Em muitos sentidos, ele antecipa o racionalismo romântico de Freud. Com uma eloquência inevitável, Leopardi nos ensina o teste da realidade: como se conciliar com a necessidade de morrer.

Os maiores poetas costumam ser os mais alusivos. Há alguns anos, uma de minhas melhores alunas, uma jovem de Ancona — a terra de Leopardi —, me disse que Leopardi, assim como Thomas Gray e T. S. Eliot, confiava demais em ecos conscientemente modulados de poetas anteriores, às vezes ocultos. Ela tinha razão, a não ser por subestimar o poder quase shakespeariano dele de transmutar seus ecos no mais puro Leopardi. Assim como os românticos ingleses — Shelley em relação a Milton e Wordsworth, Keats em resposta a Shakespeare —, o retórico em Leopardi monta um esquema metafórico ou metaléptico em que Dante e Petrarca retornam do mundo dos mortos vestindo as cores do próprio Leopardi. Homero, Lucrécio, Epicuro e Virgílio se juntam a Leopardi no que Stevens denominou um "candor sempre pronto" enquanto Dante e Petrarca se tornam cada vez mais epígonos.

Como Dante, Leopardi é um poeta de perguntas, não de respostas. Isso também distancia Dante e mais uma vez traz o lírico Leopardi para mais perto do dramático Shakespeare. Em nossa correspondência, o falecido A. D. Nutall retornava com frequência a seu entendimento de que Shakespeare se recusava a ser um solucionador de problemas para quem quer que fosse. Leopardi, comoventemente, não conseguiu resolver os dilemas de sua existência problemática. Não conseguiu encontrar uma saída do labirinto literário em que vivia e sofreu de uma angústia extraordinária. Dessa chama purgatória, gerou e poliu os *Cantos* e emerge para sempre como um poeta digno da companhia de Píndaro e Milton, Keats e Shelley, Yeats e Crane.

OS HERDEIROS DE SHELLEY

Browning e Yeats

Já faz muitos anos que os ensinamentos de Robert Browning são para mim uma imensa alegria, assim como para alguns de meus melhores alunos. Dei aulas sobre Browning pela primeira vez em 1956, num curso de pós-graduação sobre Tennyson e Browning. Depois de mais de meio século, ainda lembro o desafio que o poeta de *Men and Women* (Homens e mulheres) e *The Ring and the Book* (O anel e o livro) constituiu para os meus alunos — muitos deles mais velhos do que eu — e para mim. Um poeta difícil, Browning jaz nas sombras agora que a era do leitor já se tornou passado. Para apreender Browning, é preciso um vitalismo próximo ao daimônico. Yeats, perpetuamente fascinado por Browning, temia-o como influência, e cuidou de não lhe atribuir nenhuma das fases da lua em *Uma visão*, embora ele satisfaça os critérios tanto da Fase 16, o Homem Positivo, como da 17, o Homem Daimônico. Os Homens Positivos são Blake, Rabelais, Pietro Aretino e Paracelso; os Daimônicos são Dante, Shelley e Walter Savage Landor (e o próprio Yeats). Em termos yeatsianos, Browning está na fronteira entre Blake e Shelley, enquanto a posição de Yeats se firma mais no domínio shelleyano do quase-romance internalizado.

Alastor; or, The Spirit of Solitude (Alastor, ou o espírito da solidão), o primeiro poema consideravelmente mais longo que escreve, desvia-se do "Solitary" (Solitário) de Wordsworth em *The Excursion* (A excursão) e se torna um novo tipo de poema. Irei ainda mais longe: *Alastor* inaugura um tipo novo de poesia, que segue conosco em nossa Era de Ashbery. Esse novo tipo encontra uma de suas expressões mais visíveis na obra recente de Henri Cole, o herdeiro de Wallace Stevens e Hart Crane, ambos autores de versões de *Alastor* em "The Comedian as the Letter C" (O comediante como a letra c) e "Voyages" (Viagens), respectivamente.

Keats, que mantinha em relação a Shelley certa distância emocional, mesmo assim lutou pessoalmente contra ele em *Endymion*, que tem um relacionamento de negação com *Alastor*. O primeiro grande poema de Browning, "Pauline", é uma imitação amável de *Alastor*, e nunca foi legível. O poema yeatsiano mais longo na modalidade de *Alastor* é ótimo e merece mais leitores do que possui atualmente. *The Wanderings of Oisin* (As perambulações de Oisin) é tão duradouro que sua época talvez esteja por vir, embora ler poemas longos seja hoje um fenômeno raro. Conheço poucos leitores de *Sigurd the Volsung* (Sigurd, o Volsung), a maravilhosa saga em versos de William Morris, mas retorno a ele quase todo ano. Yeats, um esplêndido crítico de poesia — desde que ela não o ameaçasse —, era mais afeito aos romances em prosa de Morris, mas admirava *Sigurd the Volsung*.

Browning, o colega shelleyano de Yeats, provocava em Yeats uma ambivalência considerável. Em "The Autumn of the Body" (O outono do corpo) (1898), um ensaio inquietante, Yeats lança a culpa do declínio e queda da poesia sobre o formidável trio Goethe, Wordsworth e Browning. A poesia deles teria aberto mão "do direito de considerar todas as coisas do mundo um dicionário de tipos e símbolos, e [teria começado] a se autodenominar uma crítica da vida e uma intérprete das coisas como são". Matthew Arnold recebe assim de forma implícita a culpa de Goethe, Wordsworth e Browning — o que não é justo nem convincente. Yeats, contudo, admirava os poemas líricos e os monólogos dramáticos de Browning. O monólogo dramático não se tornou uma forma yeatsiana, mas existem afinidades marcantes entre "Abt Vogler" e "Byzantium" como poemas líricos dramáticos, e "Childe Roland to the Dark Tower Come" (Childe Roland à Torre Negra chegou), conquanto um monólogo extraordinário, esclareceu o mistério de "Cuchulain Comforted" (Cuchulain consolado).

O que atrai os poetas em *Alastor* — que incluiu uma simpatia não reconhecida do jovem T. S. Eliot — é o fato de fixar um paradigma para o que o século XVIII chamou de encarnação do caráter poético. O jovem Poeta de Shelley — claramente um autorretrato — embarca sozinho numa viagem simbólica, buscando a forma visionária de uma mulher, uma musa destrutiva de sua própria criação solipsista. A natureza se vinga do Poeta perseguindo-o com seu *alastor* — palavra grega antiga para espírito hostil —, que em Shelley é o princípio da solidão do próprio Poeta, sua sombra ou daimon. O Poeta definha e morre — um destino que o jovem Shelley esperava em breve para si devido a uma tuberculose que, na verdade, ele não tinha. Seu amigo, o romancista ironista e satírico clássico Thomas Love Peacock, conta-nos que curou o poeta visionário desafiando sua fé vegetariana com uma dieta de costeletas de carneiro bem apimentadas.

Yeats, ao contrário de Browning, não precisou negar um progenitor em sua obsessão por Shelley. Na verdade, havia sido apresentado à poesia de Shelley pelo pai, John Butler Yeats, um pintor boêmio. Mas Browning se converteu brevemente ao "Ateísmo" shelleyano até que sua mãe, evangélica ferrenha, pediu que escolhesse entre ela e seu poeta-herói. O amor materno prevaleceu, e uma sensação de integridade autotraída se tornou um aspecto permanente da poesia de Browning, desde o "Pauline" inicial, semelhante a *Alastor*, até seus maduros e ditos objetivos poemas líricos dramáticos e monólogos dramáticos.

Browning escreveu pouca prosa crítica. Seu empreendimento mais importante foi "An Essay on Percy Bysshe Shelley" (Um ensaio sobre Percy Bysshe Shelley), um prefácio a uma edição de 1852 de cartas espúrias que Shelley não poderia e nem queria ter escrito. Não obstante, o ensaio de Browning permanece notável, exercendo uma influência permanente sobre Yeats, que ecoou três passagens cruciais:

> Podemos descobrir em sua biografia se seu espírito viu e falou invariavelmente a partir da derradeira altura a que se alçara. Uma visão absoluta não é para este mundo, mas nos é permitida uma constante aproximação dela, cujas etapas devem proporcionar ao indivíduo, desde que ultrapasse a realização das massas, uma vantagem clara. O poeta chegou a alcançar uma plataforma mais alta do que onde repousava e exibiu um resultado? Sabia mais do que aquilo de que falava?
>
> (Browning, "An Essay on Percy Bysshe Shelley")

Escrevemos sobre grandes escritores, até mesmo sobre escritores cuja beleza teria outrora parecido uma beleza profana, com frases arrebatadas como aquelas que nossos ancestrais reservavam para as beatitudes e mistérios da Igreja. E, seja qual for a crença de nossos lábios, acreditamos com nossos corações que as coisas belas, como disse Browning em seu único ensaio em prosa têm "jazido ardentes na mão Divina", e que, quando o tempo começar a fenecer, a mão Divina cairá pesada sobre o mau gosto e a vulgaridade. Quando nenhum homem acreditava nessas coisas, William Blake acreditava.

[Yeats, "William Blake and the Imagination" (1897)]

O público de tal poeta incluirá não apenas as inteligências que, sem tal auxílio, não teriam percebido o sentido e o prazer mais profundos dos objetos originais, mas também os espíritos com um dom semelhante ao dele, os quais, por meio de sua abstração, podem imediatamente passar para a realidade de que foi feita, e então ou corroborar suas impressões das coisas já conhecidas, ou suprir a si mesmos com impressões novas do que quer que se apresente na variedade inesgotável da existência que possa ter até então escapado ao seu conhecimento. Tal poeta é propriamente o ποιητής, o modelador. E a coisa moldada, sua poesia, será forçosamente substantiva, projetada do poeta e distinta.

(Browning, "An Essay on Percy Bysshe Shelley")

A primeira das passagens reflete a traição pessoal que sentia Browning, em contraste com a integridade resoluta de Shelley, enquanto a segunda premia a subjetividade de Shelley em detrimento do que Browning considerava sua própria objetividade conquistada a duras penas. Na terceira passagem, que é tão difícil quanto um poema browningesco, ouvimos uma defesa de suas próprias realizações em matéria de "objetividade" — na qual Yeats, com sua busca *antitética*, era sagaz demais para acreditar. Os poemas mais fortes de Browning — "Childe Roland to The Dark Tower came", "Andrea del Sarto", "Fra Lippo Lippi", entre outros — são tão subjetivos quanto "Pauline". Também eles são fragmentos de uma grande confissão.

Por que o exuberantemente otimista Browning, caracterizado por Gerard Manley Hopkins como o "Browning robusto" (*bouncing Browning*), criou uma galeria de monomaníacos autoarruinados, charlatães, fracassos voluntários e suicidas grotescos? Cheguei a acreditar que Browning, consciente disso ou não, estava expiando o fracasso da vontade ao ceder à indignação evangélica de sua mãe, mas isso agora se afigura simplista. Interiormente, Browning era um daimon, da mesma forma como Ibsen era um troll. Energias sobrenaturais cresceram em Browning, que era em muitos aspectos bem mais subjetivo do que seu adorado Shelley, um cético sob o ponto de vista intelectual. Cabeça e coração se opunham em Shelley. Não sei se consigo distinguir o intelecto da emoção em qualquer trecho dos maiores poemas de Browning.

Shelley é o poeta lírico inglês perfeito: sua progênie — Browning, Yeats, Thomas Hardy — não pode ser caracterizada como lirista, já que até o Yeats inicial aspirou a compor escrituras esotéricas e místicas. Para encontrar um poeta lírico shelleyano de magnitude, recorro a Hart Crane, um rapsodo pindárico que transmite o estilo encantatório de Shelley século XX adentro. Em seu século, Browning foi seguido em seus monólogos dramáticos por Ezra Pound e pelo T. S. Eliot inicial. Em minha geração, o legado de Browning foi sustentado por Richard Howard e pelo Edgar Bowers tardio.

Hoje, quando dou aulas sobre Browning, com frequência constato que metade de minha turma se apaixona por sua obra, enquanto a outra metade segue intrigada com minha insistência veemente de que Browning e Whitman são os maiores poetas da língua depois dos Altos Românticos, superando até mesmo Yeats e Stevens. A resistência a Browning remonta a alguns de seus contemporâneos, inclusive Hopkins, que sentia fascínio e medo por Whitman, que parecia ao poeta jesuíta seu próprio eu sem máscara. Para Hopkins, normalmente arguto, Browning sequer era um poeta. Oscar Wilde concordou, mas acrescentou que Browning era "o mais supremo escritor de ficção, talvez, que jamais tivemos". Como um criador de personagens, Browning se aproximou de Shakespeare. Wilde, sendo quem era, não pôde evitar uma observação famosa: "O único homem que pode tocar a bainha da roupa dele é George Meredith. Meredith é um Browning da prosa, o que Browning também é. Ele usou a poesia como um meio de escrever prosa."

No tocante a Shakespeare, a crítica de personagens saiu de voga depois de A. C. Bradley, apesar de uma última e nobre tentativa de Harold Goddard e de meus próprios esforços mais recentes por reavivar os espíritos de Maurice Morgann e Goddard. Mesmo assim, surpreende-me que a melhor crítica de Browning atualmente se afaste de sua genialidade em criar homens e mulheres. Embora eu deva acrescentar que os maiores personagens shakespearianos — Falstaff, Hamlet, Iago, Lear, Macbeth, Cleópatra — são de uma ordem diferente dos personagens mais fortes de Browning: o Papa em *The Ring and the Book* (O anel e o livro), Fra Lippo Lippi, Andrea del Sarto, a voz que recita "Childe Roland to the Dark Tower Came" e Caliban. Os personagens de Browning são vozes antifônicas, mas não são exatamente seres humanos. Se essa inevitabilidade é uma limitação, é também uma originalidade tão estranha que desafia a classificação imediata. Captamos a natureza dessas vozes, mas não sua posição em qualquer escala de ser.

A mais perturbadora delas é o recitador de "'Childe Roland to the Dark Tower Came'", que nunca é identificado com Roland, mas que por conveniência chamarei assim. O poema é uma obsessão minha desde meus 12 anos, e, quase sete décadas depois, não consigo recitá-lo sozinho em voz alta sem mais uma vez me transformar em Roland. Parte do poder espantoso desse monólogo — que estranhamente também é um romance de busca — é a tensão induzida no leitor sensível. É difícil não se identificar com Roland — e mesmo assim ficamos céticos quanto ao que ele afirma ver. Se seguíssemos ao seu lado, observaríamos o que ele diz existir?

Qualquer poema é uma ficção de duração: qual o tempo decorrido do princípio ao fim da jornada à Torre Negra? Qual a distância que Childe (candidato a cavaleiro) transpõe? Trinta e quatro estrofes de seis versos de fantasmagoria controlada no tempo presente poderiam relatar uma jornada considerável, mas não aqui. Na oitava estrofe, Roland abandona sua via e adentra o caminho apontado e, sem reconhecê-la inicialmente, chega à Torre Negra na trigésima estrofe. Depois de muitos anos recitando e refletindo sobre o poema, passa-se a entender que o tempo de leitura das estrofes 8 a 30 é mais longo do que a duração da provação autoatormentada de Roland pela paisagem. Distorcendo e rompendo tudo que acredita ver, Roland também transforma um breve continuum de espaço-tempo em algo quase interminável.

Nenhum outro poema de Browning se compara a esse em sua superfície, a não ser o magnífico canto final "Thamuris Marching" (Marcha de Thamuris), que desfaz ponto a ponto a automistificação de Roland. "Em sua superfície", porque Roland tem afinidades profundas com outras consciências monomaníacas fracassadas em Browning, que vão do Bispo encomendador do túmulo ao perfeccionista masoquista Andrea del Sarto, bem como o vanglorioso Cleon e o grotesco Caliban. Nenhuma classificação única abrange as psiques arruinadas de Browning, mas nenhuma é tão implacável, assustadora e, mesmo assim, triunfante ao fim como Childe Roland.

Tudo no monólogo de Roland é ambíguo, inclusive o destemor com que se encerra. Browning compôs o poema em um só dia, uma aventura que continua me espantando. Teria sido um retorno poderoso do recalcado, para utilizar um clichê freudiano clássico? Sou cauteloso em interpretar o poema ainda outra vez, já que publiquei meia dúzia de interpretações dele nos últimos 35 anos, e o tempo precisa de uma pausa. Outra forma de penetrar no poema é pedir a mim mesmo uma explicação de por que continua me obcecando.

Como todas as pessoas que conheço bem, costumo antecipar excessivamente os eventos pelos quais anseio — uma prática fadada ao fracasso. O auspicioso é uma categoria que *ocorre*, de surpresa, mas a carreira de Roland é um infortúnio. Pense numa amiga ou conhecida próxima de cuja descrição de uma viagem ou encontro você aprendeu a duvidar. Ou ela vive numa fantasmagoria, ou vai contra o tempo e é, portanto, uma poetisa, ou as duas coisas ao mesmo tempo.

A primeira crise de Roland é sua visão do cavalo cego nas estrofes 13-14:

> As for the grass, it grew as scant as hair
>   In leprosy; thin dry blades pricked the mud
>   Which underneath looked kneaded up with blood.
> One stiff blind horse, his every bone a-stare,
> Stood stupefied, however he came there:
>   Thrust out past service from the devil's stud!
>
> Alive? he might be dead for aught I know,
>   With that red gaunt and colloped neck a-strain,
>   And shut eyes underneath the rusty mane;
> Seldom went such grotesqueness with such woe;
> I never saw a brute I hated so;
>   He must be wicked to deserve such pain.*

---

* Quanto à relva, era como o cabelo escasso / Dos leprosos; magras lâminas secas na lama / Que parecia ter por baixo uma sanguínea trama. / Um cavalo cego e rijo, ossos à vista, lasso, / Parava ali, estúpido; havia chegado àquele pedaço: / Rebento que o garanhão do diabo não

A reação do buscador é a de uma criança bem nova deixada sozinha com um gatinho gravemente ferido. Fechando os olhos, Roland se volta para dentro de si apenas para confrontar lembranças de dois cavaleiros desonrados, seus amigos e companheiros. Uma vez retomada A Marcha da Morte, sua imagística deformada "rompe" no sentido yeatsiano da palavra em "Byzantium" (tanto frustrar como criar): "Rompei fúrias amargas da complexidade / Essas imagens que todavia / Imagens novas criam" [*Break bitter furies of complexity, / Those images that yet / Fresh images beget*]. A criação frustrada de Roland se torna seu heterocosmo gnóstico, uma intensidade atormentada que precipita a segunda e última crise das estrofes 30-31:

> Burningly it came on me all at once,
>   This was the place! those two hills on the right,
>   Crouched like two bulls locked horn in horn in fight;
> While to the left, a tall scalped mountain . . . Dunce,
> Dotard, a-dozing at the very nonce,
>   After a life spent training for the sight!
>
> What in the midst lay but the Tower itself?
>   The round squat turret, blind as the fool's heart,
>   Built of brown stone, without a counterpart
> In the whole world. The tempest's mocking elf
> Points to the shipman thus the unseen shelf
>   He strikes on, only when the timbers start.*

---

reclama! // Vivo? A meu ver poderia muito bem já ter partido, / Com seu pescoço rubro, descarnado e macilento. / E os olhos fechados por sob o pelo bolorento; / Nunca o grotesco andou à desgraça tão unido; / E jamais senti por criatura ódio tão ardido: / Ele deve ser mau para merecer tal sofrimento. [A tradução deste e de todos os trechos de "'Childe Roland to the Dark Tower Came'" aqui citados é de Fabiano Morais.] (N. do T.)

* Veio a mim de imediato, como fogo em um milharal, / Era este o lugar! À direita, esses dois morros, agachados, / Como dois búfalos com os chifres enganchados; / Enquanto à esquerda, uma montanha alta... Boçal, / Imbecil, vacilar logo na hora mais crucial, / Você que treinou uma vida para ter olhos afiados! // E se a própria Torre estivesse no centro? Redonda // e atarracada, cega como um coração rasteiro, / Feita de pedra marrom, sem igual no mundo inteiro. / O elfo, caçoando da tempestade que o ronda, / Aponta ao timoneiro o banco que ninguém sonda. / Ele aporta, por pouco não rompendo do casco o madeiro.

Mesmo dentre os poemas mais fortes do mundo, poucos versos reverberam com tanto poder quanto a pergunta retórica: "E se a própria Torre estivesse no centro?" (*What in the midst lay but the Tower itself?*). Ao mesmo tempo corriqueira e incomum (para ele), a Torre Negra de Roland emana do *Prince Athanase* de Shelley, que também gerou "The Tower" (A Torre)" de Yeats, em que o Arquipoeta se concilia consigo mesmo. Aqui Browning ultrapassa tanto Shelley quanto Yeats, porque Roland atinge um clímax de autoaceitação heroica sem igual a não ser pelos heróis-vilões trágicos de Shakespeare, Hamlet e Macbeth em particular. A estrofe final é extraordinária, mesmo para Browning em seus píncaros:

> There they stood, ranged along the hill-sides, met
>   To view the last of me, a living frame.
>   For one more picture! in a sheet of flame
> I saw them and I knew them all. And yet
> Dauntless the slug-horn to my lips I set,
>   And blew. "*Childe Roland to the Dark Tower Came.*"*

A "súbita labareda" [*sheet of flame*], para leitores informados pela tradição romântica, situa-se entre "o fogo pelo qual todos anseiam" [*the fire for which all thrst*] de Shelley em *Adonais* e a Condição do Fogo de Yeats em *Per Amica Silentia Lunae* e *Uma visão*. Dirigindo-se às intempéries em sua "Ode to the West Wind", Shelley acaba se juntando ao vento. "Sê mediante meus lábios para a terra adormecida // a trombeta de uma profecia!" [*Be through my lips to unawakened earth // the trumpet of a prophecy!*]. Não é possível saber se "E, destemido, / Deixei meus lábios formarem um bramido" [*Dauntless the slug-horn to my lips I set, / And blew*] de Childe Roland alude a Shelley, mas os dois momentos se assemelham mais entre si do que aos três toques da trombeta em Roncesvalles, na *Chanson de Roland*. O desesperado aspirante a cavaleiro de Browning dificilmente é um poeta-profeta. Eles são raros em inglês — Milton, Blake, Shelley, Whitman, Lawrence, Crane. Assim como Yeats e poste-

---

* Ali estavam eles, pelos lados dos montes, unidos / Para assistir meu fim. Eu, uma moldura animada / Para mais um quadro! Numa súbita labareda / Eu os vi e reconheci a todos. E, destemido, / Deixei meus lábios formarem um bramido: / "Childe Roland à Torre Negra chegou", foi minha chamada.

riormente Stevens, Browning evitou, com ironia e dramaticidade, uma companhia tão visionária.

Contudo, Childe Roland não é uma paródia involuntária ou intencional de Shelley. A autoaceitação de Browning é ferrenha demais para isso, e o tempo verbal de seu poema-pesadelo memorável faz uma homenagem aberta à "Ode" de Shelley, mantendo-se no presente. Se Childe Roland está de fato experimentando "meu fim", está menos morrendo do que sendo capturado na mesma "súbita labareda" de seus predecessores. Yeats menciona ou ecoa muitos poemas de Browning, mas não me recordo de encontrar "Childe Roland to the Dark Tower Came" entre eles. Não obstante, não consigo meditar sobre a Condição do Fogo yeatsiana sem pensar também no candidato a cavaleiro arruinado e arruinador de Browning.

Em 1882, Yeats tinha 17 anos e sua consciência era um constante devaneio sexual assolado por imagens de *Alastor* e *Prince Athanase*, ambos romances de busca de Shelley. Os poemas iniciais do próprio Yeats, encontrados agora na edição Variorum de sua poesia, poderiam ser de Shelley. Eles empregam as duas principais figuras de Shelley, o Poeta de *Alastor*/herói de *Prince Athanase*, e Ahasuerus, o Judeu Errante de *Hellas*. Em suas *Autobiografias*, o Yeats idoso as considerou suas duas principais autoimagens: "Nos últimos anos, minha mente se entregou ao sonho gregário de Shelley de um homem jovem, cabelos encanecidos de pesar, estudando filosofia em alguma torre solitária, ou de seu homem velho, mestre de todo conhecimento humano, oculto da visão humana em alguma caverna cheia de conchas no litoral do Mediterrâneo."

Esses são os dois buscadores *antitéticos* de Yeats. Yeats adotara o *antitético* — ou o antinatural — de Nietzsche assimilando o perspectivista alemão a Blake. Shelley sempre se manteve como o arquétipo de Yeats do poeta lírico, e o reacionário anglo-irlandês, que chegava a ser quase fascista em seus pontos de vista, não obstante continuou se identificando com o visionário inglês da esquerda permanente. Ambos os poetas transformaram em poesia lírica todas as outras modalidades literárias, do drama revolucionário *Prometeu acorrentado* — o primeiro dos "Livros Sagrados" de Yeats — à bela má avaliação (*misprision*) de Yeats das peças nô em *At the Hawk's Well* (O poço do falcão) e *The Only Jealousy of Emer* (O único ciúme de Emer).

Talvez Theodor Adorno estivesse pensando em Shelley e Yeats, e não nos chamados modernistas, quando, em seu pungente "On Lyric Poetry and Society" (Sobre poesia lírica e sociedade), afirmou que a poesia lírica era a corporificação (ilusória) da voz aperfeiçoada e também a consequência do isolamento do artista na sociedade capitalista. Eu próprio creio que esse mito marxista do isolamento, mesmo no sutil Adorno, pode ser descartado através da dialética de Schopenhauer e do Wittgenstein inicial no *Tractatus*, em sua observação de que o que o solipsista *diz* é ironia, mas o que *quer dizer* está certo. O poeta shelleyano-yeatsiano, whitmaniano-stevensiano, que foi melhor personificado no século XX por Hart Crane — e não T. S. Eliot — tencionava um realismo para além do idealismo filosófico, platônico ou hegeliano, apesar de seu próprio aparente solipsismo. Como todos os marxistas, Adorno, ainda um hegeliano persistente, estava interessado — como R. Clifton Spargo observou — nas exclusões sociopolíticas contemporâneas pelo brado lírico. O que mais importa é o protesto lírico contra o tempo e o "já foi" do tempo na formulação pungente de Nietzsche. A poesia lírica de Yeats assume uma posição *dentro* da posição de Shelley, mas voltada contra o precursor. Yeats brincou com um sistema idealista em seu hermético *Uma visão*, mas sua precisão sombria ao calibrar as perdas e ganhos de depender da tradição romântica valida a própria precisão de Shelley ao perceber o lucro e a perda de herdar de Milton e de Wordsworth.

A identificação de Shelley com o Ariel de Shakespeare foi um gesto desesperado para escapar de seu dilema histórico. Nas simetrias ocultistas de *Uma visão*, Yeats, sem querer aceitar a demora, transformou a história e os poetas mortos em tropos. Apesar de sua amiúde bela prosa pateriana, *Uma visão* importa sobretudo porque deu a Yeats metáforas para os grandes poemas mitopoéticos de seus volumes mais fortes, *A torre* e *A escada em caracol*. Embora os acadêmicos às vezes custem a ver e dizer isso, ambos os livros são shelleyanos no estilo, embora dificilmente o sejam nas atitudes políticas.

O que Yeats sempre deveu a Shelley foi a ideia do poema: não o brado lírico, mas o brado do humano. Embora Wallace Stevens possa não ter percebido o quanto extraiu de Shelley e Whitman, *sua* "ficção das folhas" funde ambos os precursores principais. Em *Uma visão*, Yeats estranhamente reúne em sua Fase 17 três poetas bem diferentes: Dante, Shelley e Walter Savage Landor. Não mencionado mas evidente, esse é o próprio lugar do poeta Yeats, que se torna o quarto deles. O lugar é do daimon, e Yeats encara Dante, Shelley, Landor e a si próprio como instâncias de "the *Daimonic* Man" (o homem *daimônico*), que em seu auge possui uma imaginação pateriana —

"simplificação pela integridade" —, mas corteja a estética do desastre de "Dispersal" (Dispersão). Quando a mente de um homem assim funciona com criatividade verdadeira, é "através da emoção *antitética*", mas a consequência biográfica tende a ser a autorrealização imposta pela perda do amor.

Landor, poeta de uma contenção clássica, existe como um enigma pessoal, já que, ao contrário de Yeats, "convidou uma Musa marmórea". Dante sem dúvida estivera no lugar onde o daimon está, mas a descrição de Yeats de sua própria fase não perde Shelley de vista. Apropriadamente, a desleitura de Yeats de Shelley — e de Blake — se tornou progressivamente mais forte e resultou em alguns dos mais poderosos — conquanto às vezes incoerentes — poemas do século XX. O mais famoso é "The Second Coming", que fixou o estilo de uma era que prossegue até hoje.

Apesar de seu verso final, deveria se chamar "The Second Birth" (O segundo nascimento), já que celebra o retorno da esfinge egípcia, e não de Cristo. Em última análise, o ponto de partida de Yeats teria de ser o soneto escarpado "Ozymandias" de Shelley:

> I met a traveller from an antique land
> Who said: Two vast and trunkless legs of stone
> Stand in the desert . . . Near them, on the sand,
> Half sunk, a shattered visage lies, whose frown,
> And wrinkled lip, and sneer of cold command,
> Tell that its sculptor well those passions read
> Which yet survive, stamped on these lifeless things,
> The hand that mocked them, and the heart that fed:
> And on the pedestal these words appear:
> "My name is Ozymandias, king of kings:
> Look on my works, ye Mighty, and despair!"
> Nothing besides remains. Round the decay
> Of that colossal wreck, boundless and bare
> The lone and level sands stretch far away.*

---

* Conheci um viajante de uma terra ancestral / Contou-me: Sem tronco, duas pernas enormes / Erguem-se no deserto... Perto delas no areal, / Semienterrada, a cabeça em partes disformes, / Franze o cenho, e o escárnio de um comando glacial, / Mostra-nos que o escultor captou bem

Ozymandias é um outro nome para Ramsés II do Egito (século XIII a.C.), cuja tumba colossal em Mênfis tinha a forma de uma esfinge masculina, um corpo de leão com a cabeça de um homem. A esfinge tebana, que falava por enigmas e estrangulava quem não os decifrasse e que foi vencida por Édipo, tinha a cabeça de mulher. Yeats, um pré-rafaelita tardio, seguiu Swinburne e Wilde ao ver a esfinge feminina edipiana como a musa da autodestruição sadomasoquista. Aquela foi a esfinge da Geração Trágica de Yeats, seus amigos poetas da década de 1890: Ernest Dowson, Lionel Johnson, Arthur Symons, Victor Plarr. Mas a visão de Yeats sobre Édipo difere de qualquer outra que eu conheço. Ao contrário de seus colegas na poesia do século XX em inglês — Wallace Stevens, D. H. Lawrence, Hart Crane —, Yeats não tinha interesse na versão freudiana de Édipo. De fato, jamais achei uma menção sequer de Freud na vasta obra de Yeats, apesar das curiosas analogias entre o sistema misterioso de Yeats e o de Freud. É evidente que o fundador da psicanálise nunca deparou com a obra do grande poeta e ocultista anglo-irlandês, mas a obsessão de Freud com a telepatia e o paranormal teria sido gratificada pelo dito irracional Yeats. Admiradores que idolatram Yeats repreendem meu ceticismo, mas de forma redundante. O mistério de Yeats me encanta, e após certa resistência ele me abriu para suas variedades de gnosticismo. Acima de tudo, ele pensa magnificamente em imagens, o que denominou pensamento imagético, mas que devia ser chamado, mais tradicionalmente, pensamento retórico, semelhante ao de Shakespeare. E Shakespeare, mais do que Hume ou Wittgenstein, permanece o maior dos pensadores.

A versão final de *Uma visão* começa com "A Packet for Ezra Pound" (Um pacote para Ezra Pound), em que Yeats se dirige diretamente a Pound com uma nova e maravilhosa criação de mitos envolvendo Édipo:

> Envio-lhe a introdução de um livro que, quando terminado, proclamará uma nova divindade. Édipo jazia sobre a terra no ponto

---

o seu estado / Que ainda sobrevive estampado nessas pedras estéreis, / A mão que dele troçou e o coração que foi alimentado; / E no pedestal estão grafadas as seguintes palavras: / "Meu nome é Ozymandias, rei dos reis: / Ó Poderosos, rendei-vos ao olhar minhas obras!" / Nada além permanece. Ao redor do desolamento / Da ruína colossal, infinitas e desertas / As areias planas e solitárias se estendem ao vento. [Tradução de Alberto Marsicano e John Milton em *Sementes aladas: Antologia poética de Percy Bysshe Shelley*, São Paulo: Ateliê Editorial, 2010.]

médio entre quatro objetos sagrados, foi ali lavado como os mortos são lavados, e em seguida passou com Teseu para o coração da floresta até que, em meio ao som do trovão, a terra se abriu, "dilacerada pelo amor", e ele afundou, alma e corpo, terra adentro. Eu diria que contrabalançou Cristo, o qual, crucificado de pé, ascendeu ao céu abstrato de corpo e alma, e o vejo completamente apartado da Atenas de Platão, de toda aquela retórica do Bom e o Uno, de todo aquele gabinete de perfeição, uma imagem da era de Homero. Quando já estava certo de que deveria se submeter à sua própria maldição se não continuasse questionando, e ao receber a mesma resposta recebida pela Esfinge, acometido do horror que está em *Gulliver* e em *Fleurs du Mal*, não arrancou os próprios olhos? Ele se enfureceu com seus filhos, e sua raiva foi nobre, não devido a certa ideia geral, a alguma sensação de cumprimento da lei pública, mas porque parecia conter toda a vida, e a filha que o servia como Cordélia serviu a Lear — este também um homem da espécie homérica — parecia menos dedicada a um velho vagabundo rabugento do que à própria genialidade. Ele nada conhecia além de sua mente, mas, porque revelou tal mente, o destino a possuiu e reinos mudaram de acordo com suas bênçãos e suas maldições. Delfos, aquela rocha no centro do mundo, falava através dele, e, embora os homens estremecessem e o expulsassem, falavam de poesia antiga, louvando os ramos sobre a cabeça, a relva sob os pés, Colono e seus cavalos. Acho que ele carecia de compaixão, vendo que teria de ser compaixão por si mesmo, mas mesmo assim estava mais perto dos pobres do que santos ou apóstolos, e murmuro para mim histórias de Cruachan, ou de Crickmaa, ou do arbusto na beira da estrada mirrado pela maldição de Raftery. E se Cristo e Édipo ou, para mudar os nomes, Santa Catarina de Gênova e Michelangelo, são os dois pratos da balança, as duas pontas de uma gangorra? E se, a cada 2 mil e tantos anos, algo acontece no mundo para tornar uma pessoa sagrada, a outra secular, uma sábia, a outra tola, uma justa, a outra vil, uma divina, a outra diabólica? E se existe uma aritmética ou geometria capaz de medir exatamente a inclinação de uma balança, o ângulo de uma escala, e assim datar o advento desse algo?

"The Second Coming" (1919) foi escrito quase uma década antes, e parece amoldar esses "dois pratos da balança, as duas pontas de uma gangorra"*. O Édipo de Yeats é de difícil compreensão sem um pensamento intensamente retórico, porque Yeats o projeta como uma espécie de poeta do poeta. A Fase 15, um estado de beleza completa — "nada é aparente além da *Vontade* sonhadora e a *Imagem* sonhada" —, tem um fim mais misterioso do que qualquer outra passagem de *Uma visão*: "Mesmo para o mais perfeito, existe um tempo de dor, uma passagem por uma visão, onde o mal se revela em seu significado final. Nessa passagem, diz-se que Cristo pranteou a extensão do tempo e a indignidade do destino que o homem reserva ao homem, enquanto seu precursor pranteou e seu sucessor pranteará a brevidade do tempo e a indignidade do homem ao seu destino. Mas isso ainda não pode ser entendido." O "sucessor" não nomeado de Cristo, a "nova divindade", é o Édipo yeatsiano em oposição ao Édipo de Sófocles ou ao Édipo freudiano semelhante a Hamlet. Nesse aspecto, em que guarda uma curiosa semelhança com Freud, Yeats se mostrou ressentido e ambíguo em relação a Shakespeare. Yeats, em *Uma visão*, segue Joyce num protesto irlandês. Ele aspira às peças perdidas de Sófocles, mas desiste da luta ao admitir que os personagens de Shakespeare são "mais vivos do que nós". Yeats percebe de forma correta que, em Shakespeare, a "personalidade humana [...] explode como uma bomba". Mesmo assim, Yeats elege Édipo como o novo Deus em detrimento dos vitalistas de Shakespeare: Hamlet, Falstaff, Iago, Cleópatra.

Não existe nenhuma ilusão yeatsiana de que Édipo tenha sido um personagem histórico: o deus selvagem adventício, anunciado pelo renascimento da esfinge egípcia, é literário e mitológico, como convém. Yeats sentia, como William Blake, que tudo passível de crença era uma imagem da verdade. Mas, quando Yeats diz que Cristo "foi para o céu abstrato", também está sendo blakeano. O deus celeste é Jeová-Urizen, o limitador com os compassos. Édipo, que desce terra adentro para se tornar um deus oracular, é um emblema ideal da Fase 15: é heroico, divino, trágico e uma instância suprema da gnose. É o que o Yeats velho gostaria de ser: um poema encarnado.

Yeats tinha, no sentido freudiano, uma relação edipiana com seu próprio pai, o pintor pré-rafaelita John Butler Yeats, que lhe ensinou o concei-

---

* No original, "two scales of a balance, the two butt-ends of a seesaw".

to da Unidade do Ser. Mas como se rebelar contra um pai boêmio que se exila na cidade de Nova York, que não consegue tolerar John Milton e que insiste em que você preserve sua liberdade criativa acima de tudo? Existe uma emoção negativa recalcitrante em "The Second Coming" que pode estar relacionada à profecia yeatsiana de Édipo.

Retorno a esse poema perturbador, que mais do que triunfa sobre sua própria incoerência e, de fato, explora tal desordem sagrada. Por que a esfinge egípcia em vez da grega? Porque Yeats está pensando em Édipo ao delinear o que se tornará "The Second Coming", mas deseja intensamente excluir do poema sua "divindade nova". O motivo pode ter sido pessoal e familiar, mas também faz parte do fascínio pelo que é difícil, endêmico na obra de Yeats. Graças a Wilde e à Geração Trágica, Édipo e sua esfinge tebana eram familiares demais na ambiência de Yeats. Sempre na esteira da definição de Pater do romantismo como "acrescentar estranheza à beleza", o vidente de "The Second Coming" volta-se em vez disso à esfinge de "Ozymandias", lembrando que "a mão que os escarneceu" [*the hand that mocked them*] de Shelley brinca com os dois sentidos de *mocked*: imitado pela arte e desprezado. Shelley está interessado em Ramsés II como o tipo da tirania, e seu corpo de leão é negligenciado. Ainda que Yeats reprima Édipo, o leão movendo suas coxas lentas insinua a ameaça sexual da esfinge masculina, besta feroz respondendo à sedução da esfinge edipiana feminina da Geração Trágica.

"The Second Coming", escrito em janeiro de 1919, foi tardiamente considerado por Yeats como uma profecia do fascismo, cujos representantes Mussolini e Franco o poeta viria a apoiar. Existe um sabor fascista na teologia do Édipo de Yeats, que é o Homem Ocidental, livre da amorfia asiática e divinizado a ponto de se libertar de nossos romances de família. À semelhança de Cristo, Édipo é o Filho de Deus, embora, diferindo de Cristo, o Filho que cegou a si próprio não precise sofrer nenhuma crucificação.

Ninguém deve esperar que as incursões de Yeats na religião e na história tivessem alguma função além de proporcionar metáforas mais audaciosas a seus poemas e peças teatrais. Goethe observou que todos os poetas, enquanto poetas, eram politeístas, e Yeats nunca pôde ter deuses demais. Shelley, o ateu, talvez tenha feito de Eros seu deus, mas *O triunfo da vida*, seu poema de morte, cataloga a morte do amor para todos nós. Blake insistiu que todas as divindades residiam dentro de nós, e no final da vida se identificou com "o Homem Real, a Imaginação", o que é mais sugestivo de Wallace Stevens do que de Yeats.

Anunciar o advento de uma nova divindade foi para sempre um prazer yeatsiano, razão pela qual o Arquipoeta está tão fortemente em seu próprio lugar ao compor "The Second Coming", "Leda and the Swan" e "The Gyres". O influxo da divindade daimônica na natureza e no ser humano informa que estamos no país de Yeats, que ele enfim chamou de Bizâncio. Yeats é um poeta religioso, mas professa a religião da poesia, nas formas aliadas de Shelley e Blake. A elite do mundo ocidental mora agora no país de Yeats, a Terra do Entardecer é agora tanto a Europa Esclarecida como o Novo Mundo. Só se transformadas em grande literatura imaginativa é que a religião e a metafísica podem hoje alcançar nossos leitores profundos remanescentes. "The Second Coming", porém, não é religião transformada em poesia forte, mas poesia (Shelley e Blake) transfigurada no próprio gênero apocalíptico de Yeats. "The centre cannot hold" (O centro se desloca) é de Shelley: "o centro obstinado precisa / Ser disperso, qual nuvem de poeira de verão" ("A bruxa de Atlas") [*the stubborn centre must / Be scattered, like a cloud of summer dust* ("Witch of Atlas")].* A Bruxa de Shelley *é* a Imaginação dando adeus ao amor, já que as gerações moribundas são rejeitadas por ela e precisam perecer com a terra.

Não consigo imaginar outro poema do século XX em qualquer língua ocidental que se compare a "The Second Coming" em poder retórico. A anunciação violenta de Yeats é de uma relevância assustadora agora como foi em janeiro de 1919, quando foi escrito. Muitos, eu inclusive, meditaram sobre "aos melhores falta qualquer convicção / Enquanto os piores estão plenos de ardor"** [*the best lack all conviction, while the worst / Are full of passionate intensity*], quando as Torres Gêmeas desmoronaram, matando 3 mil inocentes. Fazemos nossa própria má avaliação de Yeats, que não teria compartilhado nosso horror. "The Second Coming" é uma celebração da besta-fera, e não uma lamentação. Nem um cristão, nem um humanista, Yeats foi um pagão apocalíptico, que teria observado e rido no que denominava "alegria trágica". Como Shakespeare, e por outro lado como Blake e Shelley, Yeats torna toda

---

* "o centro obstinado precisa / Ser disperso, qual nuvem de poeira de verão."
** Tradução de "The Second Coming" de Paulo Azevedo Chaves. (N. do T.)

moralização irrelevante à apreensão estética da realidade. Em *Uma visão*, somos informados de que "todas as relações imagináveis podem surgir entre um homem e seu Deus" [*all imaginable relations may arise between a man and his God*]. Politicamente, Yeats era de um ultraje revigorante, e pouco se preocupava com sua responsabilidade por seus surtos. Seu ensaio *On the Boiler* (Na caldeira — 1939) é um total absurdo em que "as massas treinadas e dóceis" [*the drilled and docile masses*], se não se submeterem, devem ser esmagadas pelos "habilidosos, montados em suas máquinas como os cavaleiros feudais montavam em seus cavalos blindados" [*the skilful, riding their machines as did the feudal knights their armoured horses*]. Este é Yeats vinte anos após "The Second Coming", mas o espírito é o mesmo.

A ocasião que provocou esse poema apocalíptico foi a invasão, patrocinada pelos Aliados em 1918, da Polônia pelos Freikorps alemães, com o intuito de romper as linhas do exército bolchevique de Trotski e encerrar a Revolução Russa. Trotski acabou vencendo, e os Freikorps, em desvantagem numérica, recuaram para a Alemanha, onde mais tarde forneceram quadros para Hitler. O manuscrito de Yeats de "The Second Coming" começa com "Os alemães chegaram agora à Rússia" [*The Germans are now to Russia come*], depois retirado do texto. Foi inserida no poema sua mudança decisiva de "The Second Birth" da esfinge egípcia para seu "The Second Coming". Essa mudança aumenta o poder do poema ao custo de reduzir sua coerência, já que O segundo advento de Jesus Cristo não tem nada a ver com ele. O Urizen de Blake, que despertará de seu "sono de pedra" (expressão de Blake), é a esfinge masculina renascida de Yeats. Mais sutilmente, Yeats transpõe o lamento do Prometeu de Shelley para uma observação mordaz da direita, contrapondo-se à esquerda shelleyana:

> The good want power, but to weep barren tears.
> The powerful goodness want: worse need for them.
> The wise want love; and those who love want wisdom;
> And all best things are thus confused to ill.*
>
> (*Prometheus Unbound* [*Prometeu libertado*], 1.625-28)

---

* Os bons querem poder; mas para enxugar lágrimas inúteis. / Os poderosos querem bondade; inútil para eles. / Os sábios querem amor; e aqueles que amam anseiam pela sabedoria. / E todas as melhores coisas são assim confundidas com o mal.

> The best lack all conviction, while the worst
> Are full of passionate intensity.*
>
> ("The Second Coming", 7-8)

Shelley e Blake são utilizados para uma visão política que teriam abominado. Mas quem consegue discutir com a sublime má avaliação que faz Yeats de seus dois principais precursores? Seu mal-entendido audaciosamente criativo *funciona*.

Jamais saberemos com certeza o que Shakespeare achava do suposto ateísmo de Marlowe, mas conjecturar é possível e útil. O Deus de Marlowe era retórico, a "persuasão patética" de seu Tamburlaine. O poeta-dramaturgo Shakespeare não tinha Deus e não precisava de um. Ele tinha uma musa de fogo, assim como Yeats tinha uma Condição do Fogo. Shelley escreveu do "fogo pelo qual todos anseiam" [*the fire for which all thirst*], e Los, o Artífice de Blake, moldou suas Formas na Fornalha da Aflição. A Condição do Fogo yeatsiana leva em conta todas essas coisas e as refunde ao modo ocultista dos platonistas de Cambridge Henry More e Ralph Cudworth. No mais belo de seus textos em prosa, *Per Amica Silentia Lunae*, Yeats deu uma voz permanente ao seu transmembramento de suas tradições: o Alto Romantismo, com seu crepúsculo estético em Walter Pater, e as doutrinas esotéricas ricas mas irracionais dos alquimistas espirituais das tradições neoplatônicas e herméticas. No silêncio amigável da lua, Yeats está livre para se aproximar de uma autorrevelação quase total, interpretada com clareza esplêndida e livre das complexidades duras de *Uma visão*.

Devo especulações fundamentais sobre a influência poética à leitura fundamentada de *Per Amica Silentia Lunae* que realizei como parte do longo trabalho (1963-69) de escrever uma grande exegese, *Yeats* (1970). Guardo até hoje na memória a maioria dos poemas de Yeats, bem como *Per Amica Silentia Lunae*. Meditar sobre os devaneios de Yeats sobre Shelley e Blake cristalizou em mim a percepção de que a influência poética mais frutífera foi uma desleitura ou uma má avaliação criativa. Atualmente sinto uma mescla perturbadora de uma familiaridade alienada e um choque do

---

* Aos melhores falta qualquer convicção / Enquanto os piores estão plenos de ardor.

novo quando retorno a três poetas que li e sobre os quais escrevi amplamente de sessenta a trinta anos atrás.

Para Yeats, o daimon era o "supremo eu" (*ultimate self*) de cada um de nós. Isso seguia a tradição antiga que culminou no daimon de Sócrates. Dos grandes poetas ocidentais, só Goethe foi tão obcecado pelo daimon quanto Yeats. E. R. Dodds, em *The Greeks and the Irrational* (Os gregos e o irracional), refere a ideia do daimon — ou eu oculto — ao xamanismo cita, que chegou à Grécia pela Trácia. Na tradição literária europeia, o daimon era entendido como o *alter ego* — ou gênio — do poeta. Yeats, eclético e esotérico, seguiu a ideia de Nietzsche do antitético, empregando-a em conjunção com o daimônico para caracterizar a criação poética ou antinatural. O eu antitético simplifica pela intensidade, uma marca da imaginação romântica, particularmente em sua reformulação por Pater.

Per Amica Silentia Lunae, mais do que *Uma visão*, é o Livro do Daimon de Yeats, que opera uma mudança bonita e original na tradição daimônica. O daimon do poeta, ou eu oposto, é também sua musa, a beldade irlandesa inatingível Maud Gonne.* Podemos chamá-la de o Gênio de Yeats que, por meio de uma frustração permanente, eleva-o à grandeza poética. Como Yeats veio a perceber com tristeza, nada teria sido pior para sua poesia do que o casamento com Gonne. O desejo que é satisfeito jamais seria desejo autêntico para o Yeats shelleyano. Suspeito que a maioria de nós, ao envelhecermos, remoemos o amor perdido e o desejo irrealizado. Se não somos um Yeats ou Hart Crane, meramente examinamos as nostalgias, e não conseguimos compor "A Dialogue of Self and Soul" (Diálogo do Eu e da Alma) ou "Voyages" (Viagens).

Para mim, o maior de todos os momentos yeatsianos vem em *Per Amica Silentia Lunae*: "Verei as trevas se tornarem luminosas, o vazio, frutífero quando entender que nada tenho, que os sineiros na torre atribuíram para o hímen da alma um sino passageiro" [*I shall find the dark grow luminous, the void fruitful, when I understand I have nothing, that the ringers on the tower have appointed for the hyman of the soul a passing bell*]. Aqui o homem natural, William Butler Yeats, e o buscador antitético se

---

* Atriz, feminista e ativista irlandesa lembrada por seu relacionamento turbulento com Yeats. (N. do T.)

fundem à perfeição como raramente fazem mesmo em seus poemas mais magníficos. Yeats observara que a tragédia do ato sexual era a virgindade perpétua da alma. Tocando no universal, Yeats inesperadamente se torna um escritor de sabedoria, o que está longe de ser sua forma habitual. O que, na criação de *Per Amica Silentia Lunae*, libertou o poeta para uma clarividência tão austera?

    O tropo central de todos os textos de Yeats é o que denomina Condição do Fogo, uma mescla de Shelley, Blake, Pater e as tradições esotéricas. Como uma metáfora, a Condição do Fogo é quase grande demais para ser analisada em seus componentes. O "fogo pelo qual todos anseiam" [*the fire for which all thirst*] de Shelley é uma instância exemplar de uma imagem conceitual no centro da especulação neoplatônica. A Condição do Fogo é análoga ao que Yeats denomina "o lugar do *daimon*", que de novo abrange o universal: "Estou no lugar onde o daimon está, mas não creio que ele esteja comigo até eu começar a fazer uma nova personalidade, selecionando entre aquelas imagens, buscando sempre satisfazer uma fome que não mais se contenta com a dieta diária. No entanto, ao escrever as palavras 'eu seleciono', estou cheio de incerteza, sem saber quando sou o dedo, quando a argila."* Esta longa e bonita frase, marcada por uma hesitação pateriana, pode ser considerada a culminação da tradição do pensamento daimônico. Empédocles chama nosso eu oculto de nosso daimon, "o portador da divindade potencial e culpa real do homem" (E. R. Dodds). O daimon revisionista de Yeats retoma Empédocles, contornando Sócrates e Goethe, e transmuta o daimônico no eu oposto, aliado à musa destrutiva. A busca de Yeats cada vez mais está "no lugar onde o daimon está", um lugar geralmente ocupado pelo primeiro precursor, Shelley, de *Alastor* até *Adonais*.

    Yeats tem tantos poemas líricos dramáticos permanentes que nenhum deles individualmente se destaca das dezenas de outros. Mesmo assim, não é arbitrário escolher "Bizantyum" (Bizâncio) como um triunfo notável de Yeats em sua luta incessante e adorável contra a influência conjunta de Shelley e Blake sobre ele.

---

* No original, "I am in the place where the daemon is, but I do not think he is with me until I begin to make a new personality, selecting among those images, seeking always to satisfy a hunger grown out of conceit with daily diet; and yet as I write the words 'I select,' I am full of uncertainty not knowing when I am the finger, when the clay".

Quatro anos separam a composição de "Sailing to Byzantium" (Rumo a Bizâncio) e "Bizantyum", poemas totalmente diferentes sobre uma cidade mental, captada em duas visões separadas historicamente por mais de quatro séculos. "Sailing to Byzantium" busca a Condição do Fogo, mas só a alcança de modo precário. "Byzantium" transcorre plenamente *dentro* da Condição do Fogo e, em certos aspectos, a celebra como uma vitória ocultista sobre a natureza.

"Sailing to Byzantium" indica que Yeats tinha uma espécie de incapacidade pungente de pensar livremente sobre seu passado sexual. Freud achava que, se orientadas por seus princípios, as psiques mais fortes iriam além das elucubrações temperamentais. Freud, acredito, idealizou: mesmo os maiores poetas — Dante, Shakespeare, Chaucer, Milton, Goethe — não experimentaram tal libertação, que teria de fato sobrepujado a *Commedia* e as melhores peças jamais escritas.

Em seus 60 anos, Yeats está no início do outono do corpo, e num esboço em prosa revê os amores sexuais de sua vida, prometendo viajar do país da juventude e de sua própria vitalidade minguante rumo a um domínio de perfeição sem idade. Porém, ele descobre que uma fuga da natureza para Bizâncio não é uma *fuga* da natureza, já que o "artifício da eternidade" continua dependendo das formas naturais. "Byzantium" é um poema bem diferente e assombroso, uma espécie de "Kubla Khan" para o século XX, junto com "The Owl in the Sarcophagus" (A coruja no sarcófago) de Wallace Stevens e "Voyages II" (Viagens II) de Hart Crane. Como o fragmento encantatório de Coleridge, esses são poemas de uma música cognitiva absoluta. Nós os procuramos para uma sensação estética que dificilmente encontramos alhures.

Na única vez em que encontrei Wallace Stevens, ele me surpreendeu citando de cor a estrofe que começa com "Os homens mal sabem quão belo o fogo é" [*Men scarcely know how beautiful fire is.*], uma das glórias de "Witch of Atlas", o poema longo mais visionário de Shelley. Yeats conhecia o poema ao menos tão bem quanto Stevens, e "Byzantium" é uma má avaliação exaltada da alta sofisticação da mitopoética de Shelley, bem como de *Adonais* e de certas passagens apocalípticas de Blake.

Nos termos de *Uma visão*, Yeats situa seu poema tanto na Fase 1 como na Fase 15, nenhuma das quais é uma encarnação humana. A cúpula iluminada pelas estrelas está no lado escuro da lua na Fase 1. A cúpula iluminada pela lua está na Fase 15, um estado de completa beleza, mesmo com a Fase 1 apresentando a completa plasticidade. Situar "Byzantium" tanto como um fenômeno estético de imagens poéticas e um emblema de uma morte-antes-da-vida ocultista dá a Yeats uma vantagem incômoda sobre nós, seus leitores. Simplesmente não podemos saber onde estamos, de modo que não sabemos realmente de que o poeta está falando, e talvez nem Yeats saiba. A retórica de "Byzantium" atinge tamanha altura e tem seus ritmos tão maravilhosamente modulados que não nos importamos muito. Com um poema de riqueza tão incomensurável, a incoerência não é um fardo maior aqui do que precisa ser em "The Second Coming".

Yeats estava voltando à vida após grave doença. É pouco provável que quisesse escrever uma elegia prematura ao seu eu poético, mas esse é um aspecto que se insinua no poema. Uma fantasmagoria obstinada, por parte de um poeta menor, poderia nos aborrecer, mas o maior poeta desde os Altos Românticos, Whitman, e Browning, consegue fazer conosco o que quer. Em que outro lugar tais cadências extáticas poderiam ser proferidas com audácia e autoridade, rompendo nosso ceticismo racional e nos transportando à loucura da arte?

Lembro que comentei em algum lugar que, ao contrário de Stevens, seu rival mais próximo no século passado, Yeats não era humano nem humanista. A condição humana é denegrida com selvageria em "Byzantium". Somos meras complexidades de fúria e lodo, uma turba desdenhada pelos artifícios yeatsianos. Esse fato não diminui o poder retórico ou visionário de "Byzantium", mas importa para mim e talvez para outros leitores. A poesia não precisa ser, como definiu Stevens, um dos engrandecimentos da vida, mas o menosprezo da única existência que temos pode não ser um objetivo legítimo da imaginação sublime.

O fascínio de "Byzantium" reside em parte em sua dificuldade. Lido atenta e repetidamente, também me parece um dos triunfos modernos da desleitura criativa, basicamente de Shelley, cuja voz e exemplo jamais abandonaram Yeats — ou, antes dele, Browning: o famoso poema da morte "oficial" de Yeats, "Under Ben Bulben" (Sob Ben Bulben), traz-nos de volta a "Witch of Atlas" de Shelley e a uma estrofe que assombra "Byzantium".

> By Moeris and the Mareotid lakes,
>   Strewn with faint blooms like bridal chamber floors,

> Where naked boys bridling tame water-snakes,
>   Or charioteering ghastly alligators,
> Had left on the sweet waters mighty wakes
>   Of those huge forms—within the brazen doors
> Of the great Labyrinth slept both boy and beast,
>   Tired with the pomp of their Osirian feast.*
>
> [505-12]

A Bruxa — que afinal não é Shelley, mas a consciência visionária enquanto tal — está perto o suficiente da depreciação do sangue e do lodo humanos empreendida por Yeats. Lembro que observei que ela olha para fora e para baixo ao contemplar nosso cosmo de sua cúpula como que bizantina, enquanto a perspectiva de Yeats é para dentro e para cima. Ela vive perpetuamente na Condição do Fogo, como à fonte ardente de *Adonais*. Sua frieza parece ter fascinado Yeats, que cultivava a mesma postura desapaixonada em relação ao sofrimento humano, sobretudo quando excluiu de seu *Oxford Book of Modern Verse* Wilfred Owen, o poeta da Primeira Guerra Mundial.

Afastando-se de "Byzantium", é possível chegar a uma perspectiva diferente da visão shelleyana de Yeats, tão arrebatadora que ironicamente naturaliza o leitor em um poema que rejeita a natureza. O próprio Yeats habita o poema somente na segunda de suas cinco estrofes? Por quê? Enquanto dura a estrofe, "Byzantium" se torna um poema lírico dramático, em vez de doutrinário de uma variedade esotérica. Yeats se vê na praça da catedral confrontando uma imagem flutuante, talvez um Virgílio para seu Dante, mas essa aparição não é elaborada nas três estrofes restantes. De novo, quero saber por quê — e não consigo encontrar nenhuma resposta persuasiva.

É provável que isso faça pouca diferença, já que as estrofes restantes são de um brilho impressionante, comparáveis a essas passagens abundan-

---

* À margem dos lagos Moeris e Mareotid, / Juncados de delicadas florescências como chãos de câmaras nupciais, / Onde meninos nus refreando cobras d'água amansadas, / Ou guiando carruagens de jacarés fantasmagóricos, / Deixaram nas águas doces poderosas ondas / Com aquelas enormes formas — dentro das portas brônzeas / Do grande Labirinto dormiam menino e fera, / Cansados da pompa de seu festim osiriano. (tradução livre)

tes em *Uma visão*, como na descrição da Fase 15: "Agora contemplação e desejo, unidos em um só, habitam um mundo onde toda imagem adorada possui forma corpórea, e toda forma corpórea é adorada." Quer estejamos nessa Fase 15 plotiniana, ou na plasticidade da Fase 1, Yeats consegue nos manter num estado mental ferido pelo encanto. De que outra forma reagir ao ataque sublime que sofremos na quarta estrofe?

> At midnight on the Emperor's pavement flit
> Flames that no faggot feeds, nor steel has lit,
> Nor storm disturbs, flames begotten of flame,
> Where blood-begotten
> spirits come
> And all complexities of fury leave,
> Dying into a dance,
> An agony of trance,
> An agony of flame that cannot singe a sleeve.*

A pergunta crítica clássica em relação ao trecho é: "Estamos contemplando a imagem na mente de um poeta ou nos está sendo concedida uma visão da vida antes do nascimento?" De algum modo, as duas coisas ao mesmo tempo, Yeats quis que acreditássemos. Compondo esses versos aos 65 anos, com mais oito anos à frente, Yeats estava se recuperando lentamente de complicações do pulmão e da febre de Malta, e a mortalidade pessoal necessariamente se tornou um de seus temas principais. "Byzantium", com bela indireta, torna-se uma elegia ao eu poético, seguindo o exemplo de *Adonais*, que rivaliza com "Witch of Atlas" como os precursores diretos mobilizados por Yeats. Quarenta anos atrás, eu estava inseguro quanto ao sucesso poético do engajamento, mas agora, aos 80, após várias aproximações da morte, não hesito em considerar "Byzantium" uma vitória da má avaliação poética.

---

* À meia-noite no pavimento do Imperador adejam / Chamas que nenhuma lenha alimenta, nem o aço iluminou, / Nem a tormenta perturba; chamas geradas em chama, / Onde chegam espíritos gerados em sangue / E todas as complexidades da fúria partem, / Morrendo em uma dança, / Uma agonia de transe, / Uma agonia de chamas que não conseguem queimar uma manga. (tradução livre)

Podemos dizer que os poemas de morte explícita de Yeats começam pelo encorajador "At Algeciras — A Meditation upon Death" (Em Algeciras — Uma meditação sobre a morte) em *The Winding Stair*. Continuam maravilhosamente em "Vacillation" e culminam em duas meditações majestosas: "The Man and the Eco" (O homem e o eco) e "Cuchulain comforted". "The Dark Tower" e o famoso "Under Ben Bulben" são indignos do grande poeta do século XX.

"Cuchulain Comforted" é uma obra-prima enigmática sob quaisquer critérios. É difícil em parte por utilizar desafiadoramente a mitologia estrita de *Uma visão* ao contemplar a vida após a morte. Cuchulain, o herói, encontra seus opostos nos covardes, que como ele estão transitando entre a morte e o futuro renascimento. O Livro 3 de *Uma visão* divide isso em seis períodos:

1) A Visão dos Irmãos de Sangue;
2) Meditação;
3) Mudanças;
4) Beatitude;
5) Purificação;
6) Presciência.

A Visão dos Irmãos de Sangue é simplesmente uma despedida das "imagens não purificadas da época". De forma mais complexa, a Meditação se divide em três: o Sonho com o Passado, o Retorno e a Fantasmagoria. Em Meditação, concede-se aos mortos uma imagem coerente de suas vidas completadas. Contudo, essa imagem emerge somente Sonhando com o passado turbulento. A Fantasmagoria é seguida pelas Mudanças, em que toda moral desaparece. Esse casamento do bem e do mal — numa desleitura um tanto fraca do *Casamento do céu e do inferno* de Blake — leva então à paradoxal Beatitude, ao mesmo tempo inconsciência e um momento conscientemente privilegiado. A Perfeição do Espírito é obra da Purificação, em que todas as complexidades são banidas. Na Presciência, o Espírito temeroso pode retardar seu próprio renascimento, mas somente por algum tempo — ainda que prolongado.

Em "Cuchulain Comforted", os Espíritos covardes se aproximam do fim das Mudanças e adentram a Beatitude somente no famoso último verso do poema. "Eles haviam mudado suas gargantas e tinham as gargantas de pássaros." Cuchulain, um pouco atrás deles, está passando da Meditação para as Mudanças. O porta-voz das Mortalhas dos Espíritos, que já são semelhantes a pássaros, insiste que Cuchulain prepare sua própria mortalha, e diz ao herói que eles temem o estrépito das armas que ele ainda carrega. Sabem que o renascimento está chegando, quando continuarão sendo covardes.

Maravilhosamente Yeats não permite que Cuchulain fale em nenhum momento no poema. O herói simplesmente aceita o linho que lhe foi ofertado, e começa a costurar sua mortalha. Junta-se assim à comunidade dos covardes, cujo temor de sua violência notória pode ser uma prolepse de sua própria perda do companheirismo na solidão do renascimento. É aqui palpável e convincente que, e em seu drama final incompleto, *The death of Cuchulain* (A morte de Cuchulain), Yeats se funde com seu herói. O que permanece um mistério é sua própria posição em relação à sua própria covardia, análoga ao silêncio de Cuchulain ao longo do poema. "Eles haviam mudado suas gargantas e tinham as gargantas de pássaros" [*They had changed their throats and had the throats of birds*] é certamente uma alusão sutil ao Brunetto Latini de Dante, que de algum modo está entre os vitoriosos, e não os derrotados. Mas por que Yeats encerra sua grandeza com esse surpreendente poema de morte?

Não existem alusões explícitas ao precursor conjunto Shelley-Blake em "Cuchulain Comforted", mas os mestres de Yeats pairam em suas bordas. Shelley teria admirado esse poema porque, como insistira com Yeats, é necessário moldar nosso remorso, e isso faz parte do fardo de "Cuchulain Comforted". Acredito que Blake teria dado as costas a ele, porque para ele a morte era uma mera passagem de um aposento para outro, e estranhava, portanto, essa mitologização da mortalidade.

Talvez nem mesmo Yeats possua um poema lírico dramático mais impressionante do que "Cuchulain Comforted". Após glorificar a violência em seus últimos anos e flertar com o fascismo irlandês e europeu, Yeats se desfaz do heroísmo homérico e irlandês antigo nessa visão dantesca, hábil e moderada do julgamento. Em *O triunfo da vida*, Shelley encerrou sua carreira poética aos 29 anos com uma crítica indireta à *Commedia*. Blake, morrendo aos 70, fizera sua própria crítica penetrante em suas notáveis ilustrações de Dante. Yeats, no final, não tinha rixa com Dante, embora o arquipoeta irlandês jamais tenha sido um cristão. "Cuchulain Comforted", para mim, é um dos triunfos dos relacionamentos de influência entre Yeats e os dois poetas que absorvera mais plenamente.

CONDIÇÃO DO FOGO DE QUEM?

Merrill e Yeats

Alguns críticos formam quartetos, como fez Northrop Frye em *Anatomy of criticism* (Anatomia da crítica) e outras obras, na trilha de William Blake. Já Dante trabalhava com noves: Beatriz foi a Dama Nove e a idade humana perfeita era nove vezes nove, os 81 anos a que seu poeta buscou chegar — e ele então entenderia finalmente tudo. Ele viveu para terminar a *Commedia*, o único verdadeiro páreo de Shakespeare, mas morreu, infelizmente, aos 56, um quarto de século antes da idade quando, segundo sua crença, o corpo de Jesus teria assumido a forma eterna *nesta* vida se não tivesse sido crucificado aos 33.

Seis, reza a tradição, é um número "perfeito", assim como 28. Não me agradam os números perfeitos, mas não consigo fugir deles. Seis dias de criação, através de suas interações cabalistas, deram-me seis tropos que chamei de "relações revisionais" e transformei em *Um mapa da desleitura* mais de trinta anos atrás. Começando com a ironia, considerada um desvio ou clinâmen lucreciano, passei para a sinédoque como o *tessera* (desejo de reconhecimento) dos cultos de mistérios e claramente a figura retórica mais característica de Whitman. A divisão metonímia/metáfora de Roman Jakobson reformulei como *kenosis/askesis*, a primeira uma medida da destruição e a segunda uma manobra de perspectivização. Entre elas veio a hipérbole, mas concebida como uma afirmação daimônica do gênio individual. Para concluir a sequência evoquei a metalepse, ou a metonímia de uma metonímia, a que atribuí a palavra ateniense *apophrades*, os dias infelizes (funestos) em que os mortos retornavam momentaneamente para recuperar suas antigas casas.

Meu sêxtuplo esotérico tem uma forma estranha de se manifestar em um bom número de poemas ambiciosos da tradição romântica, mas, como todos os instrumentos exegéticos, está sujeito a abusos, e parei de recomendá-lo aos meus alunos ou a quaisquer outros. Considero-o agora uma dança dialética puramente pessoal, parte da Cabala de Harold Bloom. É possível que seja mais um reflexo de minhas próprias angústias abundantes de influência: tradições judaicas, Freud, Gershom Scholem, Kafka, Kierkegaard, Nietzsche, Emerson, Kenneth Burke, Frye e, acima de tudo, os poetas. No labirinto *deste* livro, ele não pode fornecer um fio desejável, já que apenas Shakespeare e Whitman conseguem fazê-lo para mim.

Na velhice, deseja-se escrever a crítica de nosso clima, e esta parece minha última chance de fazê-lo. Sigo o exemplo de Walter Pater no ensaio "Poesia Estética", de *Appreciations* (1889), um volume exemplar de crítica literária. O tema é William Morris, o poeta de *The Defense of Guenevere* (A defesa de Guenevere — 1858) e do ciclo *The Earthly Paradise* (O paraíso terrestre). *Appreciations* também contém um ensaio sobre *Poems* (1870) de Dante Gabriel Rossetti. Como era de se esperar, negligencia Swinburne, cujos *Poems and Ballads* (Poemas e baladas — 1866) atraíram bem mais atenção — em grande parte escandalizada — do que a obra de Morris ou Rossetti, mas a prosa e os julgamentos de Swinburne induziram em Pater uma intensa angústia da influência. Por "poesia estética", Pater, o "crítico estético", quis dizer a poesia genuína de *sua* geração, que veio após Tennyson e Browning. Assim, com Pater a poesia pré-rafaelita ganhou seu autêntico crítico.

Os poetas de mais alta ordem em minha geração são John Ashbery, A. R. Ammons e James Merrill. Como discuto Ashbery e Ammons mais adiante neste livro, basicamente em suas relações com Whitman e Stevens, vou me concentrar aqui em Merrill. Ele não teve nenhuma ligação com Whitman, mas incorporou Stevens e Auden no épico *The Changing Light at Sandover* (A luz mutável em Sandover). Seu principal precursor foi Yeats, em um relacionamento angustiado que Mark Bauer relata de forma admirável em *The Composite Voice* (A voz composta — 2003). Ninguém pode reivindicar o mérito por despertar nos "leitos de sonhos / Horrendas Florações para provocar rivalidade em altos níveis" [*dreambeds / Hideous Blooms to stir up rivalry at high levels*] (maldosamente omito todas exceto duas letras maiúsculas), já que Yeats-em-Merrill fez o trabalho. O daimon sabe como é feito.

Em nossas conversas, Merrill evitou quaisquer discussões sobre a influência poética, uma precaução tranquila que com prazer compartilhei. Conclui-se que ele assumiu abertamente uma posição benigna nessa questão, como seu maravilhoso "Mirror" (Espelho) no poema com esse título: "a uma vontade sem rosto, / Eco da minha, sou receptivo" [*to a faceless will, / Echo of mine, I am amenable*]. A vontade de Yeats, porém, jamais poderia ser sem rosto. Merrill começou a lê-lo aos 16 anos e depois estudou o "sistema" de Yeats, *Uma visão*, a partir de 1955, sob o impacto de conversas via Tabuleiro Ouija* com seu "anjo" Ephraim.

Em *Braving the Elements* (Enfrentando as intempéries — 1972), o poema "Willowware Cup" é uma imitação e uma crítica implícita do soberbo "Lapis Lazuli" de Yeats, escrito em 1938, o ano anterior ao da morte do arquipoeta irlandês. Uma rapsódia sublimemente lunática, depreciando a iminente Segunda Guerra Mundial, "Lapis Lazuli" insiste que Hamlet e Lear são de algum modo alegres: "A alegria transfigurando todo aquele temor" [*Gaiety transfiguring all that dread*]. No entalhe em lápis-lazúli Yeats contempla dois sábios chineses ouvindo uma serenata de seu músico-criado:

> Every discolouration of the stone,
> Every accidental crack or dent,
> Seems a water-course or an avalanche,
> Or lofty slope where it still snows
> Though doubtless plum or cherry-branch
> Sweetens the little half-way house
> Those Chinamen climb towards, and I
> Delight to imagine them seated there;
> There, on the mountain and the sky,

---

* Tabuleiro com letras e outros símbolos usado em sessões de comunicação com os espíritos. (N. do T.)

> On all the tragic scene they stare.
> One asks for mournful melodies;
> Accomplished fingers begin to play.
> Their eyes mid many wrinkles, their eyes,
> Their ancient, glittering eyes, are gay.*

No delicado "Willowware Cup", Merrill analisa não a alegria trágica, mas o páthos do amor sexual: "algo cálido e claro" [*something warm and clear*]. Infelizmente Yeats vence esse *agon* pelo poder de fogo, e Merrill absorveu a lição. Seu épico *The Changing Light at Sandover* poderia ter por subtítulo "Resposta a Yeats", seguindo o modelo da *Resposta a Jó* de Jung. Merrill admirava muito esse livro e ficou um pouco triste quando lhe contei que não me agradava, como aliás todo o resto de Jung. À semelhança de Jung, Merrill valorizava o arquétipo de Prometeu pelo roubo do fogo, que o poeta de *Sandover* rouba da Condição do Fogo de Yeats, conforme exposto num precursor de *Uma visão*, o delírio pateriano *Per Amica Silentia Lunae*.

Mark Bauer mostra com precisão o fogo roubado em *The Country of the Thousand Years of Peace* (O país dos mil anos de paz — 1959), a obra yeatsiana de Merrill, bem como sua presença constante como um tropo predominante depois. O grande estudo crítico de Stephen Yenser sobre Merrill, *The Consuming Myth* (O mito consumidor — 1987), também trata do aspecto yeatsiano do Merrill maduro. Tivesse o elemento lírico em Merrill prevalecido, Yeats teria sido contido ao ser transmutado pelo poeta posterior. As ambições de *Sandover* desafiaram tudo isso, e deploro minha própria incapacidade de concordar com os exegetas de Merrill quanto ao seu sucesso em refrear Yeats no domínio cosmológico.

Um leitor esotérico por formação e por disposição, leio e ensino *The Changing Light at Sandover* com enorme prazer, mas sem total empatia.

---

* Cada descoloração da pedra, / Cada rachadura ou amassado acidental, / Parece um curso d'água ou uma avalanche, / Ou elevada encosta onde ainda neva / Embora, decerto, a ameixa ou o ramo de cerejeira / Adoce a pequena casa a meio caminho / Em cuja direção sobem aqueles chineses, e eu / Deleito-me ao imaginá-los ali sentados; / Ali, na montanha e no céu, / Em toda a cena trágica que contemplam. / Um pede lutuosas melodias; / Dedos talentosos põem-se a tocar. / Seus olhos em meio a muitas rugas, seus olhos, / Seus antigos, brilhantes olhos são alegres. (tradução livre)

Sou em parte irredimível em minha resistência involuntária às passagens angelicais extensas em letras maiúsculas que dominam a segunda e a terceira partes do épico de Merrill. Serei o único leitor que deseja menos disso e mais de J.M.? "The Book of Ephraim" (O livro de Ephraim) se beneficia muito por estar todo na voz de Merrill, e meus alunos compartilham o meu alívio ao mais tarde nos ser oferecida a adorável *canzone* "Samos" e o epílogo sublime "The Ballroom at Sandover" (O salão de baile em Sandover). O tato estético de Yeats excluiu fortemente as comunicações de sua esposa com espíritos. Desafiador, Merrill brincou de permitir ao mundo espiritual um acesso mais direto a nós.

O próprio Merrill era extraordinariamente delicado e gentil, infalível em sua benevolência pessoal. Que Yeats, ao contrário de Stevens e Auden, seja tratado com certa rudeza em *Sandover* é ainda mais surpreendente. Como o mais formidável poeta desde Robert Browning, ele é uma influência quase impossível de absorver. Merrill, um mestre formal, não teve opção senão lutar com Yeats, cujo estilo grandioso é essencialmente agressivo. De todos os poetas de real eminência no século XX, Merrill foi quem mais deveu a Yeats, superando até o efeito do vidente de *Uma visão* sobre poetas irlandeses como Seamus Heaney e Paul Muldoon. Mark Bauer indica com acerto que Merrill foi o principal herdeiro da estética de Pater, mediada por Yeats e pelo Proust ruskiniano. O que mais adoro em Merrill é sua defesa inflexível da religião da Arte.

Mas nada vem do nada, e Yeats pode ser um espírito caro. Existe um traço sadomasoquista na obra de Merrill, mas ele está livre da brutalidade de Yeats. O poder definido por Emerson em *A conduta para a vida* é no que consiste a poesia forte. Não se trata de controle político, mas do potencial para mais vida. Mesmo quando Ashbery e Ammons derivam um poder misterioso de Whitman, Merrill o obtém via Yeats. Whitman não é um personagem na poesia de Ashbery ou Ammons, mas Yeats é uma pessoa ou ser em *Sandover*, uma presença bem diferente da forma benigna de Auden e Stevens. Um estorvo que requer correção ou extinção e simplesmente não sai de cena, apesar da engenhosidade chocante de Merrill ao procurar exorcizar o verdadeiro pai da obra de sua vida.

Bauer demonstrou isso amplamente, e não preciso repeti-lo aqui. Minha parte favorita de *Sandover* é a *canzone* gloriosa, e volto-me agora ao *agon* com Yeats que forma sua trama oculta. Em Merrill, todas as viagens sentem o peso de *não* se dirigirem à Bizâncio de Yeats, já que em Merrill você veleja sempre para a Cidade da Arte e já na sua chegada encontra Yeats. O fogo une as cinco estrofes de 12 versos e o remate de cinco versos. De quem é o fogo? "O fogo do sonho / No qual [...] cada sentido humano / arde" [*The dream-fire / In which . . . each human sense / burns*], "fogo prismático / [...] da safira diluída do mar" [*prismatic fire / . . . of sea's dilute sapphire*], "a brasa pulsante do meio-dia revolvida pelo fogo" [*noon's pulsing ember raked by fire*], "fogo eterno, atemporal" [*timeless, everlasting fire*], "um fogo / fuga [...]" [*fire / escape . . .*], "pegássemos fogo" [*we've . . . taken fire*] — tudo isso e mais embeleza a *canzone* até que o remate conclui de forma impressionante:

> Samos. We keep trying to make sense
> Of what we can. Not souls of the first water—
> Although we've put on airs, and taken fire—
> We shall be dust of quite another land
> Before the seeds here planted come to light.*

A Bizâncio de Yeats é uma visão idealizada da cidade de Justiniano em cerca de 550 a.C. e deve tanto a Shelley quanto Merrill deve a Yeats. "O fogo sagrado de Deus" [*God's holy fire*] em "Sailing to Bizâncio" é uma forma em que a obra de arte absorveu em si todo o ser do artista. Merrill quer *ser* Samos, um lugar natural em vez de uma cidade da mente, mas um local igualmente capturado na Condição do Fogo pateriana de Yeats.

    Yeats definiu sua versão da imaginação romântica na fórmula "simplificação pela intensidade". Merrill estava pouco à vontade com seu Alto Romantismo e, na medida do possível, evitou as tinturas de Yeats, sobretudo com distanciamentos cômicos. Em Merrill ou em *seu* Yeats, tais autodeflações funcionam em tentativa e erro, até mesmo em "Samos", embora me incomode achar qualquer defeito nesse poema deslumbrante. Quem além de Merrill, no auge de seus poderes, poderia ter composto isso? Samos, em Merrill, é uma ilha paradisíaca: "a terra imaginada", como Wallace Stevens a teria chamado, "a suprema elegância". Numa dialética melhor captada

---

* Samos. Insistimos em tentar entender / O que podemos. Não almas da primeira água — / Embora assumíssemos ares superiores, e pegássemos fogo — / Seremos poeira de um país bem diferente / Antes que as sementes aqui plantadas brotem à luz.

por Stephen Yenser, Merrill quer ao mesmo tempo estar na natureza e fora dela. O conflito advém de "Sailing to Byzantium" de Yeats, e Merrill o habita.

A maioria dos leitores comuns bem informados, bem como os críticos literários sagazes, considerariam Yeats o mais forte dos poetas do século XX em qualquer língua ocidental. Eliot e Stevens, Auden e Heaney o reconheceram, não sem arrependimento. Merrill é único na escala e posição de sua batalha com Yeats, necessária porque Yeats o conheceu cedo e seguiu com ele até o fim. Existe um despedaçar dos vasos compartilhado por Yeats e Merrill. Eles concordaram com Blake quando diz que tudo em que se possa acreditar é uma imagem da verdade.

Recordo apenas duas ou três ocasiões em que estive a sós com Merrill. Ele me telefonava às vezes pedindo informações, às vezes sobre Yeats, Blake ou gnosticismo, uma ou duas vezes sobre Freud. A conversa, quer face a face ou por telefone, nunca foi fácil, devido às diferenças de temperamento. Walt Whitman, central para Ashbery e a Ammons, está tão ausente de Merrill que perguntei certa vez, quando estávamos sozinhos, por que considerava o melhor e mais americano de nossos poetas tão periférico. Merrill refletiu por um instante ou dois, afirmou o lugar de Whitman entre os maiores poetas e expressou perplexidade. Yeats tampouco foi tocado por Whitman, cuja liberdade de mitologias contribuiu para tornar Stevens o poeta antimitológico censurado por Auden em "In Praise of Limestone" (Em louvor ao calcário).

A ideia que Yeats fazia do poema e do poeta eram essencialmente shelleyanas, e foram adotadas por Merrill. Elinor Wylie, uma entusiasta do Merrill adolescente, tinha uma obsessão por Shelley que beirava a total identificação. O poema shelleyano arquetípico é um poema lírico dramático, mitológico e implacável, que parece um episódio de um grande romance. O que *Alastor* e *Prince Athanase* de Shelley haviam sido para Yeats, os poemas sobre Bizâncio, "Lapis Lazuli", "The Second Coming" e "Vacillation" se tornaram para Merrill. O padrão ontológico do eu e da alma em diálogo mútuo é yeatsiano em Merrill, whitmaniano em Ammons e Ashbery. Ammons, que situou Ashbery acima até de si próprio, não simpatizou com minha conversão a Merrill quando li e resenhei *Divine Comedies* (contendo "The Book of Ephraim") em 1976, o mesmo acontecendo a Robert Penn Warren, que expressou surpresa. A revelação do desafio de

Merrill a Yeats no terreno ocultista comunal superou minha longa cegueira em relação às realizações de Merrill.

Afastar-se de Merrill e Yeats pode ajudar a desenvolver uma compreensão mais profunda do processo da influência. Observo que Bauer não está livre do equívoco segundo o qual *A angústia da influência* sustenta uma especulação "masculina" e "heterossexual" da recepção literária, supostamente fundada num relato "edipiano" dos romances de família. Essa declaração refuta a si própria. O estudo admirável de Bauer sobre Yeats e Merrill se permite esses jargões, mas depois fornece uma demonstração longa e detalhada da luta vitalícia de Merrill contra a força paterna de Yeats.

O verdadeiro pai de William Butler Yeats foi o adorável pintor John Butler Yeats, que trocou a respeitabilidade britânica por uma vida boêmia na cidade de Nova York. A correspondência tardia entre o pintor e o poeta mostra um papel inverso, com W. B. dando conselhos paternais ao malandro afável. Em termos humanos esse relacionamento define uma distância importante entre Yeats e Merrill: o que John Butler Yeats e Charles Edward Merrill, cofundador da Merrill Lynch, teriam dito um ao outro se Manhattan alguma vez os juntasse? Pais à parte, a moda crítica contemporânea é obcecada pela orientação sexual e insistiria que a homossexualidade apaixonada de Yeats e o homoerotismo sistemático de Merrill forneceram uma diferença que protegeu este último poeta do fogo do precursor.

Mais uma vez, a angústia da influência, como a vi, ocorre entre poemas, e não entre pessoas. Temperamento e circunstâncias determinam se um poeta posterior *sente* ou não angústia em algum nível de consciência. Tudo que importa para a interpretação é o relacionamento revisional entre poemas, como manifestado em tropos, imagens, dicção, sintaxe, gramática, métrica e postura poética. Em sua introdução ao bonito *Selected Poems* (2008), os organizadores J. D. McClatchy e Stephen Yenser indagam como funciona o poema típico de Merrill, e respondem: pela dialética da metáfora e a afirmação da forma. Assim também é o poema de Yeats, ainda mais metafórico e formal.

Kimon Friar, o professor e amante de Merrill no Amherst College, foi um catalisador ao aprofundar o relacionamento do poeta com Yeats, em especial através da avaliação exagerada de Friar sobre *Uma visão*, que considerava uma obra-prima e esperava que Merrill "traduzisse" em um poema longo. O ceticismo de Merrill em relação a *Uma visão* foi um prelúdio à sua atitude dialética em relação às suas próprias aparições via Tabuleiro Ouija. No verão de 1955, com seu parceiro David Jackson desempenhando o papel da Sra. Yeats, de Mão para seu Escriba, Merrill contatou pela primeira vez Ephraim, judeu grego e musa de *Sandover*. Imediatamente retomou a leitura de *Uma visão*.

Friar estava quase tão envolvido com Hart Crane como estava com Yeats, e me pergunto por que Merrill não estava ligado a Crane. Felizmente isso foi algo que Merrill e eu discutimos. A consciência rapsódica das palavras e a densidade comprimida de Crane, combinadas com as aspirações whitmanianas de *A ponte*, de certa forma alienaram Merrill, conforme me contou. Lembro-me de uma conversa em que eu disse que, em seu auge, Crane parecia fundir um elemento lucreciano — aprendido de Shelley, Whitman, Stevens — com sua aspiração a ser um Píndaro da Era da Máquina. Respeitando Crane, mas mantendo distância, Merrill torceu o nariz e insinuou que ele próprio tinha pouco desejo de ser um poeta celebratório. Ele estava — e não estava — dividido também nessa questão.

O relacionamento agonístico de Hart Crane com T. S. Eliot se compara ao emaranhado Merrill-Yeats, mas difere porque Crane contestou a visão de mundo de Eliot. Allen Tate, amigo próximo de Crane, foi em tudo discípulo de Eliot. Isso já não se pode dizer de Merrill em relação a Yeats, embora o ocultismo de Yeats fosse um vínculo forte. O barbarismo calculado do Yeats tardio, aliado a um conceito repressivo da sociedade civil, felizmente inexiste no humano Merrill. Então por que Yeats se tornou o principal precursor? Poetas fortes não escolhem, mas são achados pelo registro imaginativo da afinidade de sangue. O poema lírico dramático inicial "Medusa" de Merrill, extrai muito de sua deliciosa decadência do mais famoso e influente de todos os poemas de Yeats, " The Second Coming". Eis a quinta e última estrofe de "Medusa":

> The blank eyes gaze past suns of no return
> On vast irrelevancies that form deforms,
> The maladies of dream
> Where the stone face revolves like a sick eye
> Beneath its lid: so we

> Watch through the crumbling surfaces and noons
> The single mask of stone
> And the dry serpent horror
> Of days reflected in a doubtful mirror
> With all their guileful melody, until
> We raise our quivering swords and think to kill.*

"Um olhar vazio e implacável como o sol" emana da besta feroz de Yeats, o segundo nascimento da esfinge masculina egípcia com um só olho de Mênfis, consagrada ao deus sol, que prognostica uma nova anunciação antitética, contrária ao Primeiro Advento Cristão. Um sadomasoquismo sutil no poema de Yeats se torna mais explícito em "Medusa", como acontecerá em toda a obra de Merrill.

"Medusa" é o Merrill aprendiz. "About the Phoenix" (Sobre a fênix), de *The Century of a Thousand Years of Peace*, procura bravamente revisar "Sailing to Byzantium", de novo Yeats em sua forma mais universal. Em sua contestação de Yeats, Merrill permaneceu destemido — uma postura difícil de sustentar no domínio ocultista de *Sandover*. A força de Yeats era ali inescapável, e o recurso de Merrill foi conceder a si e a nós uma paródia de Yeats, em alguns lugares desprezado com pouca dignidade. Isso mancha a própria dignidade estética de Merrill, e seria estranho — ele era o mais cortês dos homens — não fosse por revelar ainda mais quão angustiado Yeats o deixava, ao contrário de Stevens e Auden, que podiam ser mais prontamente assimilados.

"About the Phoenix" abafa as alusões a "Sailing to Byzantium", que mesmo assim pairam ao redor do poema. Cansado do "bombástico" (*high-flown*) yeatsiano, Merrill rejeita o pássaro dourado de Bizâncio e o metamorfoseia na Fênix, "entre ardor e cinzas". O fogo é a Condição do Fogo de *Per Amica*, que continua ardendo através de Merrill, que jamais cedeu totalmente à convicção apaixonada de Yeats de que a imaginação poética

---

* Os olhos vazios fitam sóis passados sem retorno / Em vastas irrelevâncias que a forma deforma, / As doenças do sonho / Onde o rosto pétreo revolve qual olho doente / Sob sua pálpebra: assim nós / Observamos pelas superfícies desmoronando e meios-dias / A singular máscara de pedra / E o seco horror da serpente / De dias refletidos num espelho duvidoso / Com toda sua melodia enganosa, até / Erguermos nossas espadas vibrantes e pensarmos em matar.

envolvia a "simplificação pela intensidade", a declaração pateriana que persuasivamente redefine a simplicidade como o que Yeats quis denominar "Unidade do Ser" (*Unity of Being*). No começo como no fim, Merrill duvidou de sua própria unidade pessoal. Assim como Byron, cada vez mais uma alternativa ao visionário Yeats, foi como parodista que Merrill encontrou sua liberdade estética. *Don Juan* imita o *Dunciad* de Pope como o épico da paródia, e Merrill em *Sandover* tentou acrescentar um terceiro sublime a essa tradição. A paródia em certos aspectos se defende contra a influência. Permitiu que Pope e Byron explorassem Milton sem cederem a ele. Por mais surpreendente que fosse como imitador, o sucesso de Merrill na paródia foi apenas relativo. Pope e Byron conseguem ser selvagens; Merrill era gentil demais.

Livre de ambições épicas, Merrill após *Sandover* se aperfeiçoou como parodista de Yeats, particularmente com "Santorini: Stopping the Leak" (Santorini: Parando o vazamento), em *Late Settings* (1985). Esse volume maravilhoso contém dois outros grandes poemas, "Clearing the Title" (Removendo o título) e "Bronze", mas "Santorini" é uma obra-prima rara, mesmo para o Merrill maduro. Começa como uma paródia aberta de Yeats:

— Whereupon, sporting a survivor's grin
I've come by baby jet to Santorin.*

Mesmo enquanto aperfeiçoa aspectos da mitologia pessoal de Merrill, "Santorini" se abre com audácia a ambos os poemas sobre Bizâncio de Yeats. Trata-se de um *agon* que somente Yeats poderia vencer, mas Merrill é astuto demais para se envolver em uma luta com Yeats no papel do Anjo da Morte. Escrevendo uma *ottava rima* suspensa entre Byron e Yeats, Merrill compõe conscientemente uma de suas melhores elegias de si mesmo, de leveza enganadora, como sempre consegue ser. O falecido Anthony Hecht e eu certa vez concordamos em uma conversa, de forma um tanto fantasiosa, que ouvir o quinteto em sol menor de Mozart nos fazia pensar em Merrill em seu seus frequentes e melhores poemas.

---

* Ao que, ostentando um sorriso de sobrevivente / Vim de *baby jet* a Santorini.

Em matéria e temperamento, Yeats tinha pouco em comum com Merrill, e poderia ter se irritado com ele caso tivessem se encontrado em um mundo pós-morte não concebido pelo visionário americano. Mas então me pergunto se personalidade e caráter estão muito envolvidos em ser escolhido por um precursor. Walt Whitman, que achou Oscar Wilde efusivo demais quando o esteta irlandês veio a Camden, Nova Jersey, mal conseguiria ter lidado com Hart Crane ou D. H. Lawrence se algum desses discípulos também tivesse se apresentado para uma homenagem. Yeats admirava homens de ação, mas a uma distância suficiente. Byron gostava do aventureiro Edward Trelawney, da Cornualha, que veio a abominar Byron e permaneceu fiel à memória de Shelley por toda sua longa vida, agora lembrada apenas por sua associação com os dois poetas.

"Santorini" se forja baseado na ambivalência de Merrill em relação a Yeats, embora uma despreocupação segura transmita a liberdade conquistada por este último poeta para zombar da retórica feroz do precursor:

> We must be light, light-footed, light of soul,
> Quick to let go, to tighten by a notch
> The broad, star-studded belt Earth wears to feel
> Hungers less mortal for a vanished whole.
> Light-headed at the last? Our lives unreal
> Except as jeweled self-windings, a deathwatch
> Of heartless rhetoric I punctuate,
> Spitting the damson pit onto the plate?*

Essas tonalidades são de fato mais leves do que o tom característico de Yeats, mas, com toda a maestria de Merrill, quem define os limites? Os poemas sobre Bizâncio, a sequência "Vacillation" e a prosa *Per Amica Silentia Lunae* ocupam um posto de escrituras sagradas em Merrill. Mais do que

---

* Precisamos ser leves, passo leve, alma leve, / Rápidos em abrir mão, em apertar mais um furo / O amplo cinto, adornado de estrelas, que a Terra veste para sentir / Fomes menos mortais por um todo desaparecido. / Cabeça leve enfim? Nossas vidas irreais / Exceto como cordas automáticas cheias de joias, um velório / De retórica insensível que entrecorto / Cuspindo o caroço da ameixa dentro do prato?

Auden e Proust, Stevens e Dante, defendem a poesia e todas as suas possibilidades perpétuas. A primazia de Yeats é diferente do papel de Eliot na luta de Crane contra a tradição ou de Stevens no desenvolvimento de Ashbery. Para Crane e Ashbery, Whitman é mediado por Eliot e Stevens, e, à medida que estes últimos poetas evoluíram, encontraram um refúgio fecundo na postura e no idioma de Whitman. A. R. Ammons era fascinado por Stevens e gostava de William Carlos Williams, mas desde o princípio derivou de Whitman. Merrill tentou usar Auden como um anteparo para Yeats, e tinha relações claras com Stevens e Elizabeth Bishop, mas o romance de família do poeta para ele permaneceu sempre yeatsiano.

Exceto pelo brilhante "Book of Ephraim", prefiro a realização de Merrill em seus poemas líricos e meditações ao épico *Sandover*, mas o tempo poderá dar preferência à jornada ocultista. Yeats, tanto antes como depois de *Sandover*, não importuna Merrill tanto quanto no épico. Bauer mapeia, plena e precisamente, a campanha de Merrill para se distanciar de Yeats em "Ephraim", onde o arquipoeta irlandês *não* tem permissão para falar, como se Merrill, acima de tudo, ao envelhecer não desejasse se tornar o mago de *Uma visão*. Em seu lugar, Proust é evocado como um precursor mais seguro, a ser carinhosamente saudado, mas nunca parodiado.

Merrill foi um imitador formidável, como sabe quem o viu representar. Assim como Byron, uma presença crescente no Merrill maduro, o artista da paródia triunfa através de *Sandover*. Linda Hutcheon, em *A Theory of Parody* (1985), sucintamente chama a forma paródica de uma "sinalização irônica da distância". Grande parte de *Sandover* é uma estação semafórica enviando a distância informes incessantes do declínio de W. B. Yeats. Sinais incessantes conspiram contra si próprios: quanto mais longe Merrill o exila, mais Yeats se aproxima.

Bauer observa com elegância o desempenho parodístico de Merrill no tocante ao um tanto inadequado "The Fases of the Moon" (As Fases da Lua), prólogo em versos de Yeats para *Uma visão*. O Merrill subjetivo inicial, imbuindo-se de alteridade, *até* e *em* "Ephraim", adota sua Nova Ciência de angelologia em *Mirabell* and *Scripts*. Aborrecem-me as listas, mesmo as merrillianas, e sem dúvida os gritos de morcego de Yeats incitaram os de Merrill, mas com que finalidade poética? Anjos-morcegos paródicos, mais popeanos que byrônicos, enchem *Mirabell*, e sua transmutação em um pavão ou dois não os torna menos caóticos. Fui repreendido com razão por Merrill em nossa correspondência por pedir mais J. M. em letras minúsculas e menos maiúsculas yeatsianas, uma súplica estética de minha parte. Com dignidade blakeana, ele respondeu que os Autores estavam na Eternidade e seu papel era anotar fielmente seus ditados. Um respeito johnsoniano pelo leitor comum não é compatível com *Sandover*, que exige de fato leitores incomuns. O limite em que ótimos modos se tornam maneirismo é oscilante, e a questão estética não se resolve facilmente. Recordo minha própria paixão pelas ficções de Ronald Firbank, que era mais fantasista do que parodista. Infelizmente, Firbank não é para o leitor comum. É uma questão de gênero? É possível que um épico, dentre todas as formas, seja inaceitável ao público letrado? Os épicos breves de Blake jamais terão um grande público, nem os poemas mais longos de Wallace Stevens e *A ponte* de Crane. Mas a *Commedia* também não tem mais, ao que podemos acrescentar *Paraíso perdido* e *The Dunciad*. O *Don Juan* de Byron poderia ter, se os leitores pudessem ser convencidos a retornar aos poemas longos. *Sandover* é uma excelente companhia como um épico parodístico, em alguns aspectos à altura de Pope e Byron, mas sua "ciência" yeatsiana, por mais distante que esteja, o sobrecarrega.

É perigoso quando usurpamos um grande poeta e depois o amansamos no papel de personagem passivo de nosso próprio poema. Claro que esta poderia ser uma advertência para qualquer exegeta. Blake quase consegue isso em *Milton*, seu breve épico, em contraste com o sucesso de Dante em sua apropriação total de Virgílio. Corrigir o precursor pode parecer arrogante em Blake, e fico apreensivo quando Dante escancaradamente nega o epicurismo de Virgílio. Virgílio é totalmente lucreciano e está longe de ser um precursor ansioso do triunfalismo cristão de Dante.

Merrill, com toda sua comédia cortês, em *Sandover* trata Yeats indelicadamente como um ator, o que traz resultados ambíguos. Empregar Auden para depreciar Yeats é indigno de Merrill, particularmente porque "In Memory of W. B. Yeats" (Em Memória de W. B. Yeats) de Auden é um poema um tanto inadequado. Merrill adapta a "constante extinção da personalidade" de T. S. Eliot à sua própria *kenosis* de eliminação do eu. Essa redução pode funcionar para Merrill e seu Auden, mas dá errado ao reduzir a personalidade do Alto Romantismo de Yeats. Fico desconfiado quando os médiuns de Merrill atacam a singularidade do eu poético. Eles detestam Yeats, condescendem com Stevens e teriam se rebelado contra Lawrence e Crane. Com toda sua própria singularidade amável, Merrill adere a uma cruzada ocultista contra o eu do Alto Romantismo, que triunfa em Byron, Whitman e Yeats. Aqui, nas páginas 486-87 de *Sandover*, está o debacle que o Yeats de Merrill não consegue tolerar:*

    Pla.   MÃE, PARA QUE SERVE AQUELE DE NOSSO BANDO QUE A MAIORIA MALTRATA, NOSSA MÃO?
    DJ.   (Mão suspensa mas tremendo do esforço) QUEM? EU?
    Nat. AHA, DE DENTRO DELA NÃO É QUE DIVISO UM ESCRIBA ANCIÃO RASTEJANDO?

    Como no *Capriccio,* quando o pobre *Monsieur Taupe* emerge da caixa do ponto (claro que neste caso a mão de *DJ*), emerge rijo de início uma figura de quatro. Ele se endireita enquanto uma cadência frenética flui pela casa extasiada; livra-se do pincenê e do pajem. Uma cançoneta profunda e segura pontua e sublinha as palavras que profere, dir-se-ia

---

* Tradução livre, em prosa. "*Pla.* MOTHER, WHAT USE FOR THAT ONE OF OUR BAND MOST PUT UPON, OUR HAND? / *DJ.* (Hand poised but trembling from the strain) Who? Me? *Nat.* HA, FROM WITHIN IT DO NOT I A CROUCHING ELDER SCRIBE ESPY? / As in *Capriccio* when poor *Monsieur Taupe* / Emerges from the prompter's box (of course / In this case *DJ's* hand) there scrambles up / Stiffly at first a figure on all fours. / He straightens as one wild cadenza pours / Through the rapt house; whips out pince-nez and page. / A deep, sure lilt so scores and underscores / The words he proffers, you would think a sage / Stood among golden tongues, unharmed, at center stage. / *WBY.* O SHINING AUDIENCE, IF AN OLD MAN'S SPEECH / STIFF FROM LONG SILENCE CAN NO LONGER STRETCH / TO THAT TOP SHELF OF RIGHTFUL BARD'S APPAREL / FOR WYSTAN AUDEN & JAMES MEREL / WHO HAVE REFASHIONED US BY FASHIONING THIS, / MAY THE YOUNG SINGER HEARD ABOVE / THE SPINNING GYRES OF HER TRUE LOVE / CLOAK THEM IN HEAVEN'S AIRLOOM HARMONIES. / *Nat.* NOT RUSTY AFTER ALL, GOOD YEATS. / The record ends.) NOW BACK INSIDE THE GATES / OF HAND. BUT FIRST MARK WHAT I SAY: / YOU ARE TO TAKE THAT HAND ON 'JUDGMENT DAY'/ AND PLEAD ITS CASE / WITH YOUR OWN ELOQUENCE IN A HIGH PLACE, / THAT IT NOT BE DIVIDED FROM / OUR SCRIBE IN ANY FUTURE SECULUM. / Bowing, Yeats crawls back under DJ's palm." (N. do T.)

um sábio postado entre línguas douradas, desarmado, no palco central.

WBY. Ó PÚBLICO BRILHANTE, SE O DISCURSO DE UM ANCIÃO, TENSO POR UM LONGO SILÊNCIO, JÁ NÃO CONSEGUE ALCANÇAR AQUELA ESTANTE SUPERIOR DOS TRAJES LEGÍTIMOS DE BARDO PARA WYSTAN AUDEN & JAMES MEREL, QUE NOS REMODELARAM MOLDANDO ISSO, QUE A JOVEM CANTORA OUVIDA ACIMA DOS TURBILHÕES DE SEU VERDADEIRO AMOR OS ENCUBRA NAS HARMONIAS ETÉREAS DO CÉU.

Nat. NADA ENFERRUJADO AFINAL, BOM YEATS. (O disco termina.) AGORA DE VOLTA PARA DENTRO DOS PORTÕES DA MÃO. MAS PRIMEIRO ATENTEM AO QUE DIGO: VOCÊS DEVERÃO LEVAR ESSA MÃO AO "JUÍZO FINAL" E DEFENDER SUA CAUSA COM SUA PRÓPRIA ELOQUÊNCIA NUM LOCAL ELEVADO, PARA QUE NÃO SEJA APARTADA DE NOSSO ESCRIBA EM NENHUM SÉCULO FUTURO. Fazendo uma reverência, Yeats rasteja de volta para sob a palma de DJ.

Bauer vê isso com objetividade, mas compreensivelmente se abstém de julgar. Repetindo-me: a angústia da influência como uma emoção do poeta tardio pouco me interessa. Minha preocupação é a imposição de um poema sobre outro, e não posso fingir que não vejo a diminuição absurda do mais forte poeta do século XX por um herdeiro genial que sabia das coisas. Afinal, de quem era a Condição do Fogo?

Whitman e a morte da Europa
na Terra do Anoitecer

EMERSON E UMA POESIA AINDA POR SER ESCRITA

Pai de grande parte — se não da maioria — da literatura e do pensamento americanos há cerca de seis gerações, Emerson gostava de se imaginar como um experimentador incessante sem nenhum passado às suas costas. Um grande poeta em prosa — e muito bom em verso —, ele se envolveu com seus diários, palestras e ensaios porque o vulto gigante de Wordsworth impediu que o profeta da Nova Inglaterra atingisse a plena voz em verso. Walt Whitman e Emily Dickinson, em parte através do efeito de Emerson sobre eles, finalmente deram aos Estados Unidos poetas capazes de rivalizar com Wordsworth.

Na verdade, todo o passado cultural *estava* às costas do sábio erudito, mas ele negou a existência da história. Havia apenas biografia. C. Vann Woodward, o eminente historiador que não era admirador de Emerson, me assegurou enfaticamente que Waldo — o nome preferido por Emerson — foi responsável por todos os excessos da revolução cultural do fim dos anos 1960 e dos anos 1970. Um amigo igualmente importante, o poeta-romancista Robert Penn Warren, contou-me repetidamente que o verdadeiro legado de Emerson foi toda a violência americana, de John Brown até hoje!

Eu mesmo consegui emergir de uma crise do meio-da-jornada-da-vida mergulhando em Emerson a partir de 1965. O comentário que mais me ajudou foi *Freedom and Fate* (Liberdade e destino) (1953), de Stephen

Whicher, que até hoje considero o mais útil livro sobre Waldo e suas metamorfoses incessantes. O famoso protesto de Henry James pai, discípulo de Emerson, permanece pertinente: "Ó, tu, homem sem uma alça!" [*O you man without a handle!*]. Tente agarrar o profeta americano, e Proteu escapa.

A leitura da cultura literária por Emerson — Platão, Montaigne, Shakespeare — é sempre uma extraordinária desleitura criativa. Animadamente, Emerson transforma Platão em Montaigne e Montaigne em Platão. Ceticismo e Idealismo Absoluto podem ser reunidos como uma emulsão — no máximo —, mas nos ensaios de Emerson todas as coisas fluem para todas, como rios para o mar. Shakespeare, aclamado primeiro como o poeta central de Waldo, reduz-se ao mestre dos festins para a humanidade. Toda poesia já escrita, todo pensamento já pensado é audaciosamente menosprezado em contraste com o que ainda está por vir. Daí a maior realização de Emerson ser seu *Journal* (Diário), desmedido e exuberantemente à vontade em sua atmosfera optativa. Compre a íntegra do *Journal*, de preferência uma edição mais antiga em vez da versão de Harvard, editada em excesso, e leia-o todas as noites durante alguns anos até terminar. Você entenderá a mente dos EUA, que permanece, num grau perturbador, a mente de Ralph Waldo Emerson.

Ler Emerson é às vezes estonteante, em parte porque ele é um aforista que pensa em frases isoladas. Seus parágrafos costumam ser espasmódicos, e seus ensaios — exceto por "Experience" — podem ser lidos de trás para a frente sem perder muita coisa. Tenho uma memória espantosa e recordo centenas de apotegmas emersonianos textualmente, mas com frequência tenho dificuldade para localizá-los com precisão em seus ensaios ou seu *Journal*. Ele definiu liberdade como o estado selvagem, e sua mente inquieta está sempre em uma encruzilhada, transpondo um abismo e lançando-se a um alvo novo. Você pode ler Waldo emboscando-o, mas geralmente, quando você dá um passo, ele já seguiu adiante.

Se tudo que está no passado é seu antagonista, nenhuma tradição pode lhe fazer uma oferta irrecusável.

Kerry Larson observa que a justiça em abstrato foi um tema que Emerson simplesmente não conseguiu dominar, expondo-o assim à sátira de Melville em *O vigarista*. Ainda que Larson defenda admiravelmente a lei da compensação de Emerson — "Nada vem do nada" [*Nothing is got for nothing*] —, prefiro levar a Religião Americana de Emerson mais a sério do que a maioria de seus defensores ou críticos ressentidos tendem a fazer. Sua retórica descontínua pretende desarmar as respostas convencionais, como qualquer discurso religioso original tem de fazer. É inútil ir a Emerson trazendo noções preconcebidas de moralidade e justiça social, como enfatiza Larson. O espírito de Emerson é agonístico, e ele quer que você lute com ele — uma exigência frustrante para o leitor, porque Waldo é fugidio demais para ser contido.

A história, que para todos nós é o que parecia ao Stephen de Joyce — um pesadelo do qual gostaríamos de acordar se fosse possível —, não era nenhum fardo para Emerson, que num ato de vontade obliterou sua existência. Isso deve ser encarado como uma ação religiosa, a não ser confundida com o que os que se ressentem de Emerson denominam "religiosidade", da qual ele não possuía nenhuma. A Autoconfiança é sua religião americana, mas hoje tendemos a achar essa formulação difícil. O tropo emersoniano da Autoconfiança tem sido literalizado e trivializado pela cultura popular, com a perda subsequente de suas implicações herméticas.

A interpretação sugestiva de David Bromwich para o ensaio "Self-Reliance" (Autoconfiança) explora seus vínculos indiscutíveis com a "Ode: Intimations of Immortality from Recollections of Early Childhood" ("Ode: Indícios de imortalidade de reminiscências da primeira infância"), de Wordsworth. Sutilmente, Bromwich analisa a rejeição por Emerson do mito da memória de Wordsworth:

> Emerson, por sua vez, acreditava que o poder individual tende a se enriquecer bem cedo em um tal repouso, mas quer que acreditemos que o oposto é sempre possível, e seu afastamento de Wordsworth está ligado ao seu próprio ódio violento da memória. À fé ostensiva da ode, segundo a qual nossas lembranças sedimentam o depósito do qual emergem nossos pensamentos mais profundos, Emerson responde em "Self-Reliance": "Por que você manteria sua cabeça sobre os ombros? Por que arrastar por aí esse cadáver de sua memória, a não ser que você contradiga algo que afirmou nesse ou naquele local público? Suponha que você devesse se contradizer; e daí?" Estamos de novo no momento em que a devoção natural, a coerência de opinião e o respeito pelos deveres impostos a si como ator no espetáculo da moralidade social começam a parecer nomes

diferentes da mesma coisa. Wordsworth, por mais que relute, é sensível a seus apelos, e Emerson não.
["From Wordsworth to Emerson" (De Wordsworth a Emerson, 1990)]

Bromwich é imparcial o suficiente para não tomar partido, mas implicitamente favorece Wordsworth, assim como favoreço Emerson. Embora Bromwich veja que a Autoconfiança pode ser interpretada como um termo religioso, parece preferir uma interpretação social. Mas sigo Emerson ao insistir que ela é uma designação religiosa que institui nossa fé nacional inconfessa: a Religião Americana. Isso depende da invenção por Emerson do que poderia ser chamado um inconsciente americano puramente daimônico:

> O magnetismo exercido por toda ação original é explicado quando investigamos a razão da autoconfiança. Quem é o Confiado? Qual é o Eu aborígine no qual a confiança universal pode ser baseada? Qual a natureza e poder daquele astro que desconcerta a ciência, sem paralaxe, sem elementos calculáveis, que emite um raio de beleza até mesmo nas ações triviais e impuras, se aparece o mínimo sinal de independência? A investigação nos leva a tal fonte, que é ao mesmo tempo a essência da genialidade, da virtude e da vida, e denominamos Espontaneidade ou Instinto. Denominamos essa sabedoria primária Intuição (*intuition*), enquanto todos os ensinamentos posteriores são instruções (*tuitions*).* Nessa força profunda, nesse fato último que a análise não consegue desvelar, todas as coisas acham sua origem comum.

Bromwich dá uma interpretação desespiritualizada disso, o que não funcionará, embora ele veja com clareza suficiente que Emerson, combativo, rejeita todos os mitos da anterioridade: "Quando tivermos uma nova percepção, de bom grado aliviaremos a memória do peso de seus tesouros

---

* No original em inglês, há uma correlação entre *tuition* (instrução) e, acrescido o prefixo *in-*, que em inglês e português tem significados semelhantes, *intuition* (intuição).

açambarcados como se fossem lixo velho." Emerson vocifera de forma sublime contra Coleridge, que foi para ele uma influência prematura já descartada: "Na hora da visão, não há nada que possa ser chamado de gratidão, ou propriamente de alegria."

A postura religiosa de Emerson foi melhor exposta por Stephen Whicher em *Freedom and Fate* (1971):

> A lição que ele assimilaria é a total independência do homem. O objetivo desse traço em seu pensamento não é a virtude, mas a liberdade e a maestria. É radicalmente anárquico, derrubando toda autoridade do passado, todo compromisso ou cooperação com outros, em nome do Poder, presente e agente na alma. [...]
> No entanto, seu verdadeiro objetivo não foi realmente um autodomínio estoico, nem a santidade cristã, e sim algo mais secular e difícil de definir — uma qualidade que ele às vezes denominou *inteireza*, ou *autounião*. [...]
> Na minha interpretação, essa unidade ou inteireza autossuficiente, transformando suas relações com o mundo à sua volta, é o objetivo central do Emerson egoísta ou transcendental, o profeta do Homem criado na década de 1830 por sua descoberta da extensão de sua própria natureza. Foi isso que quis dizer com "soberania" ou "maestria", ou a expressão notável, várias vezes repetida: "a posição ereta".

Emerson, de fato nem estoico nem cristão, foi um Orfeu americano, portanto tão xamanístico quanto Empédocles. Walt Whitman e Hart Crane, seus discípulos, estão imbuídos do orfismo de Emerson, que arrebatou o profeta de Concord por meio de Henry More e Ralph Cudworth, platonistas de Cambridge. O orfismo é a doutrina do eu oculto, não a psiquê, mas o daimon. Emerson costuma alterar tudo que recebe, e seu orfismo está livre de qualquer ideia de reencarnação e purificação. Orfeu em Emerson é o que os cabalistas chamavam de Adam Kadmon, o Homem Divino do corpus Hermético como Homem Primordial ou Central. Ele precede a Criação-Queda, e é profetizado como um Americano-Mais-Que-Cristo, que ainda não proclamou seu Reino do Homem sobre a Natureza.

O orfismo emersoniano aumenta o poder, ou *potentia*, e se aproxima da dialética da adivinhação de Giambattista Vico, que é ao mesmo tempo divinizadora ("Sabemos somente o que nós próprios fizemos") e protetora contra ameaças — internas ou sociais — ao eu por meio da profecia precisa. Seria de esperar que Emerson superasse Vico, e ele transforma cada brilho em algo que ele próprio fez. Daí a magnífica e talvez mais emersoniana das frases, do primeiro parágrafo de "Autoconfiança": "Em todo trabalho de gênio reconhecemos nossos próprios pensamentos rejeitados; eles retornam a nós com certa majestade alienada."

Quando se descarta toda a história, os historiadores literários se juntam às crônicas do império na pilha de lixo. Normalmente não percebemos o grau de extremismo de Emerson. Bart Giamatti, meu falecido amigo, presidente de Yale e mais tarde comissário de beisebol, encantou-me com sua sacação: "Emerson é tão doce quanto arame farpado." Stephen Whicher, mais brandamente, entendeu isso bem.

Fazer de Emerson a base de mais um feito acadêmico é traí-lo, já que a autounião não é um empreendimento social. O profético Waldo buscou o que Stevens viria a denominar uma época em que a majestade era um espelho do eu. Você não se tornará um cidadão melhor ou mais moral lendo Emerson, cujos propósitos estavam voltados a libertar mentes aptas à liberdade. No puro bem da teoria, ele aniquilou qualquer influência, incluindo a sua própria. Sou discípulo de Emerson desde 1965, e ele me deixa apropriadamente desconcertado quanto à influência. Contradizê-lo não é um problema. Um emersoniano natural, sou capaz de me contradizer em sentenças consecutivas. Mas a influência *é*: você não a abole pela negação. Emerson a afirma e nega animadamente, parágrafo por parágrafo.

A crise advém no maravilhosamente atormentado "Shakespeare; or, The Poet" (Shakespeare; ou O poeta) em *Representative Men* (1850). Nenhuma Bardolatria bloomiana se compara à observação de Emerson: "Ele escreveu o texto da vida moderna." Tornamo-nos assim seus personagens, ainda que ele não pudesse nos visitar. Emerson diz que Shakespeare foi "o pai do homem nos EUA", a melhor expressão de nossa dependência nacional do maior dos escritores que conheço:

> Shakespeare está fora tanto da categoria dos escritores eminentes quanto da multidão. Ele é inconcebivelmente sábio; os outros,

concebivelmente. Um bom leitor consegue de certo modo aninhar-se no cérebro de Platão e pensar a partir dali, mas não no de Shakespeare. Continuamos do lado de fora. Para a faculdade executiva, para a criação, Shakespeare é único. Nenhum homem consegue imaginar isso melhor. Na medida do que é possível a um eu individual, ele foi quem mais longe levou a sutileza — o mais sutil dos escritores, e apenas dentro das possibilidades da profissão de escritor. Essa sabedoria de vida é acompanhada por um equivalente dom de poder imaginativo e lírico. Ele vestiu as criaturas de sua lenda com forma e sentimentos, como se fossem pessoas que tivessem morado sob seu teto. E poucos homens reais deixaram personagens tão marcantes como essas ficções. E eles falavam em uma linguagem tão doce quanto adequada. Porém, seus talentos jamais o seduziram a uma ostentação, tampouco ficou martelando na mesma tecla. Uma humanidade onipresente coordena todas as suas faculdades. Dê a um homem de talento uma história para contar, e sua parcialidade logo transparecerá. Ele terá certas observações, opiniões, temas, que terão certa predominância acidental e que ele ordenará para exibir. Ele condensa uma parte e mata de fome uma outra, consultando não a aptidão da coisa, mas sua aptidão e sua força. Mas Shakespeare não possui nenhuma peculiaridade, nenhum tema inoportuno. Mas tudo é devidamente dado, sem inclinações, sem curiosidades: ele não é nenhum pintor de vacas, nenhum aficionado por pássaros, nenhum maneirista. Não tem nenhuma vaidade revelável: ele narra o grande com grandeza; o pequeno, de modo subalterno. Ele é sábio sem ênfase ou asserção; ele é forte, como a natureza é forte, erguendo a terra em encostas de montanhas sem esforço, e pela mesma regra com que faz uma bolha flutuar no ar, e gosta de fazer tanto uma coisa quanto a outra. Isso constitui a igualdade de poder na farsa, na tragédia, na narrativa e nas canções de amor, um mérito tão incessante que cada leitor duvida da percepção dos outros leitores.

Esse poder de expressão — ou de transferir a verdade mais íntima das coisas para a música e os versos — faz dele o poeta típico e acrescentou um problema novo à metafísica. É isso que o lança à história natural como um produto importante do globo, anunciando novas eras e melhorias. As coisas se espelhavam em sua poesia sem perda ou mancha. Ele sabia pintar o fino com precisão, o grande com compasso, o trágico e cômico indiferentemente e sem nenhuma distorção ou favorecimento. Ele levou sua execução poderosa a detalhes minúsculos, a um fio de cabelo. Finaliza um cílio ou uma covinha tão firmemente como desenha uma montanha, mas essas coisas, como as da natureza, sofrerão o escrutínio do microscópio solar.

Em suma, ele é a maior prova de que pouco importa se há mais ou menos produção, mais ou menos imagens. Ele tinha o poder de compor uma imagem. Daguerre aprendeu como deixar que uma flor gravasse sua imagem em sua chapa de iodo; e depois calmamente começa o processo de gravar um milhão. Sempre há objetos, mas nunca houve representação. Eis uma perfeita representação enfim. E agora deixemos que o mundo de imagens pose para seus retratos. Não é possível dar a receita de produção de um Shakespeare, mas a possibilidade de traduzir coisas em canções está demonstrada.

Para ser sábio sem ênfase ou afirmação: não podemos dizer o mesmo de Platão ou do próprio Emerson. Não consigo pensar em ninguém exceto Shakespeare e Montaigne com tamanha sabedoria além da tendenciosidade. Alegra-me que Emerson elogie Shakespeare mais precisamente do que toda a tradição de comentaristas shakespeareanos.

Até que chega a mais peculiar reversão em todos os textos do Sábio de Concord, em que Shakespeare é culpado por compartilhar "a incompletude e imperfeição da humanidade". O que Emerson quer? Como já observei, Thomas De Quincey observou sobre seu amigo Coleridge que este queria um pão melhor do que o obtido com trigo. Shakespeare é acusado por Emerson de ter "transformado os elementos, que aguardavam seu comando, em entretenimentos". Dá vontade de perguntar a Emerson: serão *Rei Lear* e *Macbeth* entretenimentos? Algo obscuro e sombrio dessa vez cega Emerson ao depreciar as melhores comédias já escritas — *Noite de reis* e *Sonho de uma noite de verão* — como apenas "outro retrato mais ou menos". Será que Emerson deseja mesmo que Shakespeare tivesse escrito outro Corão? Não, ele admite sem ânimo que os fundadores religiosos tornam a vida medonha e triste. De todos os anseios emersonianos pelo Homem Central que virá, este é o menos persuasivo: "O mundo ainda deseja seu poeta-sacerdote, um reconciliador, que não flertará com Shakespeare, o brincalhão."

O que aconteceu para virar Emerson de cabeça para baixo? Com toda razão estremecemos quando exegetas cristianizam o *Rei Lear* e *Macbeth*, como que para nos dar Shakespeare como poeta-sacerdote, o reconciliador. É óbvio que Emerson não pode querer dizer isso. Mas o que ele quer dizer? Ele não teria nenhuma paciência com os historicizadores de Shakespeare, no velho ou no novo estilo. Deleito-me com seu provável espanto ao constatar a existência de um Shakespeare francês, um Shakespeare feminista, um Shakespeare poético homossexual, um Shakespeare marxista, um Shakespeare pós-colonialista, e todas as outras atuais devoções de nossa academia. É bem simples saber o que Emerson não quis dizer, mas como compreenderemos qual reconciliação deve substituir a leviandade em torno de Shakespeare?

Não compreenderemos. Mas podemos recuar e indagar o que levou Emerson a esse lapso. Segundo seus próprios relatos, sua natureza ao mesmo tempo admitia e repelia toda influência. A eloquência foi seu forte, e talvez sua mais verdadeira ambição fosse alcançar uma eminência sobrenatural em eloquência. Nenhum outro autor americano é tão habilidoso na eloquência, com exceção de seu discípulo Whitman, que em grande parte se extinguiu após uma grande década, de 1855 a 1965. Mas Emerson, Whitman, Francis Bacon, Thomas Browne, Robert Burton, Thomas De Quincey, Walter Pater e W. B. Yeats conjuntamente não conseguem competir em eloquência com Falstaff, Hamlet, Iago, Cleópatra, Lear e Macbeth.

E então surge a questão adicional: a eloquência é suficiente? Em seus momentos mais autênticos, Emerson estava convencido disso. Quando se é extremamente eloquente, a influência parece uma questão secundária:

> Sua saúde e sua grandeza consistem em ser ele o canal pelo qual o céu flui até a terra; em suma, na plenitude em que um estado extático ocorre nele. É deplorável ser um artista quando, ao nos abstermos de ser artistas, poderíamos ser recipientes repletos de

transbordamentos divinos, enriquecidos pelas circulações da onisciência e da onipresença. Não existirão momentos na história do céu quando a raça humana não era contada por indivíduos, mas era apenas a Influenciada, era Deus em distribuição, Deus correndo em benefício multiforme? É sublime receber, sublime amar, mas esse anseio por transmitir como que a partir de *nós*, essa vontade de ser amado, o desejo de sermos reconhecidos como indivíduos — é finito; vem de uma propensão inferior.

["The Method of Nature" (O método da natureza) (1841)]

Acabei de reler isso umas 12 vezes, e fico fascinado e perplexo, como sempre fiquei. Essa "plenitude" — como Emerson sem dúvida sabe — era o pleroma gnóstico, o local de repouso ao qual anelamos retornar. O êxtase aqui é antitético ao trabalho de ser um artista. Qualquer artista ou agonista individual renunciou a uma humanidade que era "a Influenciada, era Deus em distribuição, Deus correndo em benefício multiforme". Esse êxtase jamais abandonou completamente Emerson, mas como pode escrever um poema, um ensaio ou qualquer empreendimento estilístico quem valoriza ser "Influenciado" como em uma condição divina?

Shakespeare é a contra-afirmação implícita dessa adoração do Influxo. Emerson, um grande crítico, viu e disse como Shakespeare transcendeu mesmo os mais fortes escritores: Homero, Dante, Chaucer, Cervantes. Mas onde está "Deus em distribuição" no mais individual de todos os artistas literários? *A tragédia do Rei Lear* é o sublime da literatura imaginativa, e é uma negação profunda de qualquer êxtase recebido. A Autoconfiança em Emerson depende de sua experiência, segundo a qual em seus maiores momentos *ele* é uma visão. Esses momentos não resultam da leitura de Shakespeare, mas fornecem uma base para a Religião Americana. Sem dúvida ler *Noite de reis* não é um caminho para o êxtase, mas só conseguimos escapar da peça por uma desleitura fraca, indigna do grande Emerson. Seu erro foi uma falha na má avaliação (*misprision*). Aqueles que ele inspirou, por mais que de forma apenas dialética, não foram mais hábeis em seus usos de Shakespeare. *Moby Dick* não consegue vencer quando Melville entra em um *agon* com *Rei Lear*, mas o envolvimento ajuda a conferir uma dignidade trágica à derrota de Ahab.

A obsessão vitalícia de Emerson foi com uma poesia *ainda por ser escrita* — e que nunca poderia ser escrita. Isso leva a potencialidade às raias da loucura. *Rei Lear* foi escrito, ainda que não pareçamos mais ser capazes de lê-lo. Emerson, um leitor esplêndido, foi uma figura de imaginação competente quando o quis. Teólogo de nossa Religião Americana, conhecia apenas o Deus interior. Esse conhecimento declinou lentamente nas décadas dos *Journals*. Shakespeare também nunca o abandonou. Aqui está uma anotação no diário em abril de 1864:

> Quando leio Shakespeare, como faço ultimamente, penso que a crítica e o estudo dele estão ainda em sua infância. O espanto surge de seu longo ostracismo. Como conseguiram esconder o único homem que já escreveu de todos os homens que se deleitam em ler? Depois, a coragem com que, em cada peça, ele aborda a questão principal, o problema maior, nunca se esquivando do difícil ou impossível, mas abordando isso instantaneamente — tão consciente de sua competência secreta e, ao mesmo tempo, como um aeronauta que enche seu balão com toda uma atmosfera de hidrogênio que o levará aos Andes se os Andes estiverem em sua rota.

Uma homenagem maravilhosa. Estas são ótimas palavras finais sobre Emerson e Shakespeare.

O CÔMPUTO* DE WHITMAN

Shakespeare, mesmo sendo o precursor universal de quase todos que vieram depois, não tem normalmente Whitman contabilizado em sua progênie. Muitos anos atrás, caminhando pelo Battery Park na ponta de Manhattan, Kenneth Burke, meu mentor crítico, e eu tivemos uma longa e divagante conversa, como uma reunião experimental entre Whitman e Shakespeare. Lembro que o ano foi 1975 ou 76, e que o lépido Burke, com cerca de 78 anos, cansou-se menos em nossa perambulação do que eu. Burke escrevera um esplêndido ensaio de centenário em 1955, "Policy Made Personal: Whitman's Verse and Prose-Salient Traits" (Política tornada pessoal: traços salientes da poesia e prosa de Whitman), no qual argumenta que Whitman possui três termos-chave: visões, folhas, lilases (*vistas, leaves, lilacs*). Eu acrescentaria mais um, cômputo (*tally*), mas o trio de Burke são todos, como ele me esclareceu, exemplos de cômputos. "Policy Made Personal" cita Whitman abordando Shakespeare, mas se trata de Whitman em seu ponto defensivo mais fraco, em *Democratic Vistas* (Visões democráticas — 1871), seu trabalho em prosa um tanto confuso: "Os grandes poemas,

---

* Em inglês, *tally*, palavra recorrente na poesia de Whitman, não só como substantivo — originalmente marca em madeira para contagem, mas que passou a designar cálculo, cômputo — mas também como verbo (computar, computado). (N. do T.)

Shakespeare incluído, são venenosos para a ideia do orgulho e da dignidade das pessoas comuns". Shakespeare foi "rico" — mesmo julgamento de James Joyce — mas "feudal". As "visões" de Whitman não são visões amplas ou gerais, mas panoramas, como quando olhamos um grupo de árvores derrubadas e, no espaço vazio, imaginamos que contemplamos o tempo futuro. Considero que Whitman, ao falar aqui de Shakespeare, não está distante de Emerson em *Representative Men*, em que Shakespeare é primeiro um deus que escreve o texto da vida, e depois é despachado a favor do poeta-dos-poetas que virá e, além de nos entreter, nos instruirá.

Whitman faz a contagem de suas visões. Ele as computa, como faz com sua ficção das folhas e seus ramos de lilás. Para Burke, tratou-se de uma personificação da política, já que, para Whitman, retórica, psicologia e cosmologia se fundiam. Burke me aconselhou a indagar o que o poeta estava tentando fazer para si *como uma pessoa* ao escrever o poema. Mas eu respondi que queria perguntar o que um poeta estava tentando fazer para si *como um poeta* ao compor um poema particular.

Com Whitman, temos sempre a liberdade de começar em qualquer parte, e um pouco menos arbitrariamente do que possa parecer, escolhi o maravilhoso conjunto de 12 poemas *Carvalho vivo com musgo*. Escrito possivelmente entre o fim de 1859 e o início de 1860, *Carvalho vivo com musgo* permitiu que Whitman criasse a esplêndida sequência homoerótica *Cálamo*, da "edição do leito de morte". *Cálamo*, junto com as duas grandes elegias de *Detrito marinho (Sea-Drift)* — "Out of the Cradle Endlessly Rocking" e "As I Ebb'd with the Ocean of Life" — é a nova glória da terceira edição de *Folhas de relva* (1860). Acrescente a elegia "When Lilacs last in the Dooryard Bloom'd" para Lincoln e cerca de uma dúzia de poemas mais curtos e fragmentos, e você tem o melhor de Whitman, embora no próximo capítulo eu dê uma ênfase especial a "Vigil Strange I Kept on the Field One Night" (Vigília estranha fiz no campo uma noite) de *Repiques de tambor (Drum-Taps)* (1861) e a trenodia "Lilacs" (Lilases), publicada naquele outono.

Carvalho vivo com musgo não chega a ser um manifesto homoerótico, estando mais próximo de, como defende a conjectura útil de Michael Moon, uma miniatura dos Sonetos de Shakespeare, que também foram, é claro, endereçados a um jovem e belo homem. Várias dezenas dos Sonetos estão entre os melhores poemas curtos da língua inglesa, mas o mesmo se dá com os 12 poemas de Whitman. Os Sonetos de Shakespeare parecem assombrar Whitman em certos movimentos, como no início do poema VI: "O que achas que empunho a pena para registrar?" [*What think you I have taken my pen to record?*] ou, em VIII, "Eu sou o que sou" [*I am what I am*]. À capacidade negativa de Shakespeare, conforme formulada por John Keats, Whitman opõe a "prensa poderosa de si mesmo" [*powerful press of himself*], o bardo americano ou personalidade heroica, política democrática traduzida em individualidade aguda. Como um agregado — um termo do próprio Whitman —, *Carvalho vivo com musgo* é notadamente variado, talvez competindo com qualquer dúzia de Sonetos de Shakespeare.

A obra-prima do agregado de Whitman é o famoso segundo poema, "I saw in Louisiana a Live-oak Growing" (Vi em Louisiana um carvalho americano crescendo), um dos grandes poemas líricos da língua americana:

I saw in Louisiana a live-oak growing,
All alone stood it, and the moss hung down from the branches,
Without any companion it grew there, glistening out joyous leaves of dark green,
And its look, rude, unbending, lusty, made me think of myself;
But I wondered how it could utter joyous leaves, standing alone there
    without its friend, its lover—For I knew I could not;
And I plucked a twig with a certain number of leaves upon it, and twined
    around it a little moss, and brought it away—And I have placed it in
    sight in my room,
It is not needed to remind me as of my friends, (for I believe lately I
    think of little else but them,)
Yet it remains to me a curious token—I write these pieces, and name
    them after it;
For all that, and though the live-oak glistens there in Louisiana, solitary
    in a wide flat space, uttering joyous leaves all its life, without a friend,
    a lover,
    near—I know very well I could not.*

---

* Vi em Louisiana um carvalho americano crescendo, / Solitário resistia e o musgo pendia dos galhos, / Sem nenhum companheiro ele cresceu lá emitindo festivas folhas de verde escuro, /

Em resposta a essa grandiosa meditação lírica, tenho gastado muito tempo contemplando os carvalhos perenes da Louisiana e Flórida — algo estranho para mim, pois não sou um grande amante da natureza. Entretanto, o carvalho americano é tão excessivo dentre as árvores quanto é Falstaff em meio aos outros personagens de Shakespeare. Para Whitman e seus leitores, o carvalho americano é um emblema de como o significado se inicia, em vez de ser meramente adiado ou repetido. A alusão ao "amor viril" (no décimo verso do poema só foi introduzida na quarta edição de *Folhas de relva* (1867). O verso central com certeza é "E quebrei um galhinho com um certo número de folhas, e enrolei nele um pouco de musgo" [*And I plucked a twig with a certain number of leaves upon it, and twined around it a littler moss.*], pois essa é a marca da contagem, que é a imagem central de Whitman.

Burke observa que as visões de Walt sobre o sul são perfumadas, mas o mesmo acontece com as marcas de contagem, sejam elas ramos de lilás ou musgos de carvalho. O cálamo, a gramínea aromática, poderia ser chamada de visão do norte de Whitman — para ser burkeano de novo —, já que Walt escreveu para William Michael Rossetti enfatizando seu "buquê fresco, aquático, pungente" e dando a entender que tinha a forma da genitália masculina — como em "Song of Myself", parte 24, em que faz parte de uma celebração narcisista, autoerótica.

As "folhas" de Whitman, para Burke, estão relacionadas à "relva" como os indivíduos aos grupos. Evitando — elegantemente — o óbvio, Kenneth observou que todos reconheceriam as alusões clássicas e bíblicas envolvidas: a metáfora das "folhas" whitmanianas começa — para mim — com Homero e prossegue por Píndaro, Virgílio, Dante, Spenser,

---

E seu jeito, rude, ereto, vigoroso, me fez pensar em mim mesmo, / Mas imaginei como ele podia emitir festivas folhas estando lá sozinho sem seus amigos por perto, pois eu sabia que eu não poderia, / E quebrei um galhinho com um certo número de folhas, e enrolei nele um pouco de musgo, / E o trouxe, e o coloquei à vista em minha sala, / Ele é desnecessário para me recordar de meus caros amigos, / (Pois creio que ultimamente não penso em nada exceto neles,) / Porém ele permanece para mim um símbolo curioso, me faz pensar em amor viril; / Por tudo isso, e embora o carvalho cintile lá em Louisiana solitário num espaço amplo e plano, / Emitindo festivas folhas toda a vida sem um amigo, um amante perto, / Sei muito bem que eu não poderia. [Tradução de Gentil Saraiva Junior, doutor em tradução poética. Disponível no site Poesia de Whitman.] (N. do T.)

Milton e Shelley antes que "Song of Myself" se apropriasse dela, transmitindo-a para Wallace Stevens, T. S. Eliot e uma série de americanos. A morte individual outonal é fundida por Whitman com a representação bíblica "Toda carne é erva".

Ainda mais sutil do que Burke, John Hollander aponta para a ambiguidade do título: *Folhas de relva [Leaves of Grass]*. Como interpretar esse rico *de of*? Será que a frase, palpavelmente não literal, significa basicamente que o livro da relva de Whitman tem sua afinidade com as folhas dos Sonetos de Shakespeare e outras ofertas autorais que Walt interpretou como intimidades homoeróticas, de Virgílio ao século XIX? A ênfase de Hollander dá apropriada primazia à *relva* do título da Bíblia americana. Os homens jovens feridos e agonizantes de que Whitman cuidou no hospital de guerra em Washington, D.C. se tornaram suas autênticas folhas. Sua carne ferida se tornou sua relva. Apenas dez anos antes, ele teve uma visão em Pisgah da riqueza desperdiçada de suas vidas e carne: "os belos cabelos não cortados dos túmulos" [*the beautiful uncut hair of graves*].

Burke encontrou nas *folhas* de Whitman a propensão bem americana desse poeta às partidas súbitas e constantes: Walt está sempre passando por nós, embora suas despedidas* nunca sejam finais. Assim como em Hart Crane, Burke rastreia a ponte de Whitman entre substantivos e verbos, caminhos rumo aos Estados Unidos e a mais que os Estados Unidos, se é que há algo que é mais que os Estados Unidos na visão de Whitman das folhas, que são "lâminas"** em vários sentidos, inclusive as lâminas gays dos eternos anseios do poeta.

O terceiro termo de Burke, *lilases*, é a síntese dialética das *visões* e *folhas*. O ramo de lilás, a marca de contagem, assombra os leitores de Whitman, seja Hart Crane em *A ponte* ou o condenado Jean Verdenal, amante de T. S. Eliot, que o conheceu em Paris levando seu ramo de lilás, emblema de um sacrifício heroico por vir na campanha dos Dardanelos. O perfume de lilás permeia tanto Whitman quanto Eliot. Uma incursão burkeana em uma crítica de violência sublime obscureceu a ligação, mas ela tem sido adotada por muitos de nós na esteira de Burke. Uma cadência bem burkeana sobre o cômputo pretende ser mais um tributo meu a Kenneth, nosso maior sábio americano depois de Emerson e William James.

---

* Em inglês, *leavings*, num jogo de palavras com *leaves*, folhas. (N. do T.)
** Em inglês, *blades*, que pode significar "lâminas" ou "folhas". (N. do T.)

Ascendendo dos mortos, Hart Crane disse com entusiasmo, Walt trouxe o "cômputo" e seu novo vínculo de amor entre os maiores poetas. Como Crane, eu acrescentaria a este último Emily Dickinson, cujo domínio do vazio intransigente emersoniano é ainda mais nuançado do que o de Wallace Stevens. Bem sutilmente, Crane, em sua fase final, truncada, alia-se tanto a Dickinson como a Whitman, uma fusão imaginativa que se contrapõe ao que Crane temeu que *A terra desolada* teria feito à poesia americana. Whitman traz o cômputo: ao mesmo tempo o emblema da entrega erótica e da continuidade afirmada. Dickinson traz um triunfo acertado sobre nosso temor da mortalidade: não um medo por nós, mas pela perda permanente dos nossos que já se foram.

Escrevi sobre o cômputo whitmaniano várias vezes e gostaria agora de fazer uma abordagem nova dessa imagem central na voz na literatura americana. Quando falamos da "voz" de um poeta, somos compelidos a ser metafóricos, já que estamos transferindo algo do auditivo para o visual ou, em termos transcendentais, ao visionário. O cômputo de Whitman nada mais foi que erótico: invoca a masturbação. Trata-se de autogratificação literal ou, como insiste toda uma escola de acadêmicos homoeróticos, um biombo para encontros imediatos entre gays?

O cômputo faz parte do linguajar comum do sudoeste americano e de partes da Inglaterra. Tanto o verbo como o substantivo designam uma contagem ascendente — registrar o número, como com entalhes num ramo — e uma contagem descendente, ou total final. Quando Whitman recorre fortemente à palavra, como em "Lilacs", ela é levada ao limite dos sentidos possíveis e mescla visões, folhas e lilases num tropo novo dos anseios transcendentais de Whitman pelos mortos queridos.

O cômputo se apresenta como uma manifestação inesquecível em "Song of Myself", parte 25:

Dazzling and tremendous how quick the sun-rise would kill me,
If I could not now and always send sun-rise out of me.

We also ascend dazzling and tremendous as the sun,
We found our own O my soul in the calm and cool of the day-break.
My voice goes after what my eyes cannot reach,
With the twirl of my tongue I encompass worlds and volumes of worlds.

Speech is the twin of my vision, it is unequal to measure itself,
It provokes me forever, it says sarcastically,
Walt you contain enough, why don't you let it out then?

Come now I will not be tantalized, you conceive too much of articulation,
Do you not know O speech how the buds beneath you are folded?

Waiting in gloom, protected by frost,
The dirt receding before my prophetical screams,
I underlying causes to balance them at last,
My knowledge my live parts, it keeping tally with the meaning of all things,
Happiness, (which whoever hears me let him or her set out in search of this day.)

My final merit I refuse you, I refuse putting from me what I really am,
Encompass worlds, but never try to encompass me,
I crowd your sleekest and best by simply looking toward you.

Writing and talk do not prove me,
I carry the plenum of proof and every thing else in my face,
With the hush of my lips I wholly confound the skeptic.*

---

* Deslumbrante e tremenda rápido a alvorada me mataria, /Se eu não pudesse agora e sempre produzir alvoradas. // Também ascendemos deslumbrantes e tremendos como o sol, / Achamos o nosso próprio Oh minha alma na calma e frescor da aurora. // Minha voz busca o que meus olhos não alcançam, / Com o giro de minha língua cinjo mundos e volumes de mundos. // A fala é gêmea de minha visão, ela é inconstante no medir-se, / Ela me provoca sempre, diz sarcasticamente, / *Walt tu conténs o bastante, por que não deixas sair então?* // Vem agora não serei atormentado, tu formulas demais a articulação, /Não sabes Oh fala como os botões sob ti são dobrados? // Aguardando na penumbra, protegidos pela geada, / O refugo recuando ante meus silvos proféticos, / Eu fundamentando causas para ponderá-las por fim, / Meu conhecimento minhas partes vivas, correspondendo ao sentido de todas as coisas, / Felicidade, (que quem me ouça ponha-se à procura do hoje.) // Meu mérito final te recuso, recuso a expulsar de mim o que realmente sou, / Cinge mundos, mas nunca tentes cingir-me, / Comprimo teu lustro e teu máximo com meu olhar. // Escrita e conversa não me revelam, / Carrego a com-

My knowledge my live parts, it keeping tally with the meaning of all
   things.

O nascer do sol internalizado de Walt *é* voz, que no tropo do poeta adquire uma nova espécie de equilíbrio:

My knowledge my live parts, it keeping tally with the meaning of all
   things [Meu conhecimento minhas partes vivas, correspondendo ao sentido de todas as coisas.]

O verso é um dos mais surpreendentes do poeta, já que reúne conhecimento e a genitália, cuja função é computar (*tally*) todo sentido possível. Como interpretaremos isso? Uma redução em prosa nos levaria a ver isso como autoerotismo e certamente existe tal implicação sempre que Walt faz o cômputo (*keeps tally*), como em "Spontaneouns Me" (Eu Espontâneo) ou mais abstratamente em "Chanting the Square Deific". Quanto aos desejos de Whitman, a poesia e o registro proclamam abertamente o homoerotismo. Mas o relato poderoso das autoexplorações de Whitman parece uma celebração igualmente exultante do orgasmo obtido pela masturbação.

Como um biombo para atividades homoeróticas, isso não convence. Existe pouquíssima poesia celebratória dedicada à autogratificação. Consigo me lembrar apenas de Goethe, que encerra cada um dos cinco atos de *Fausto, Parte 2* com masturbações metafóricas, e Theodore Roethke, escrevendo sob a influência de Whitman. Ora, nos primeiros anos do século XXI, estamos acostumados à literatura homossexual, mas não ao êxtase solipsista da masturbação. Whitman, sempre excedendo nossas crenças, explora aqui também a nova estrada. Mas por que insiste em nos contar mais do que precisamos saber?

Acrescentei *cômputo* a *visões, folhas* e *lilases* de Kenneth Burke, de modo a catalogar os quatro tropos principais de Whitman e enfim ver que as quatro ficções do eu são todas formas uma da outra. Somente Whitman veria que folhas são panoramas, lilases — mesmo florescendo

---

pletude da prova e tudo mais em meu rosto, / Com o calar de meus lábios confundo o céptico por completo. [Tradução de Gentil Saraiva Junior]. (N. do T.)

— continuam sendo folhas, cômputos são lilases, e pelo ciclo prosseguimos indefinidamente. Whitman escolhe o lilás por florescer tão cedo, mas absorve nele a queda da folha, olha para a clareira e, acima de todo o cômputo, sua assinatura.

Em "When Lilacs Lost in the Dooryard Bloom'd", a alma de Whitman, em referência àquilo que conhece tão pouco como nós, computa a voz do pássaro ermitão. Será que isso acontece porque Whitman agora associa sua alma à necessidade de morrer uma morte individual, que ele chama de "sã e santa"? De uma retórica impressionante, essa pode ser a maior falha em uma elegia extraordinária do eu — e não do presidente Lincoln.

"Lilacs" me parece o maior poema americano *porque* sua grandeza de visão é inevitavelmente expressa por uma métrica da qual o poeta se tornou um mestre. Existe uma reverberação bíblica na elegia de Whitman não só porque a canção de morte do pássaro ermitão ecoa a intensidade erótica do Cântico dos Cânticos.

O melhor texto de Whitman hoje disponível é *Leaves of Grass and Other Writings*, a Edição Crítica Norton, reorganizada de forma esplêndida por Michael Moon (2002), que nos dá os oito versos removidos da versão de 1860 de "You Felons on Trial in Courts":

O bitter sprig! Confession sprig!
In the bouquet I give you place also—I bind you in,
Proceeding no further till, humbled publicly,
I give fair warning, once for all.

I own that I have been sly, thievish, mean, a prevaricator, greedy, derelict,
And I own that I remain so yet.

What foul thought but I think it—or have in me the stuff out of which it is thought?
What in darkness in bed at night, alone or With a companion?*

---

* Ó amargo ramo! Ramo de confissão! / No ramalhete dou-te lugar também — ato-te, / Prosseguindo não mais até que, rebaixado publicamente, / Dou justo aviso, de uma vez por todas. // Admito que tenho sido astuto, furtivo, vil, um prevaricador, avaro, pária, / E admito que

O buquê são as *Folhas de relva* completas, o ramo serve como o cômputo, e a amargura confessional pairava sobre Whitman desde "Song of Myself" de 1855. Como não podemos saber o que em Whitman é figurativo e o que é literal, suponho que a experiência oculta aqui seja certa forma de fracasso homoerótico no inverno de 1859-60, uma crise cuja expressão mais perfeita é "As I Ebb'd With the Ocean of Life". O impulso de entregar o ramo ou cômputo é uma espécie de tema de castração que culminará na elegia "Lilacs".

Quando penso no cômputo de Whitman, chego primeiro ao lilás, mas o cálamo e suas ervas irmãs nunca estão muito distantes. Todos são emblemas da genitália masculina e de um pacto entre poetas, por mais que estejam separados pelo tempo. Num poema medíocre de 1860, Whitman nos diz que "computamos todos os antecedentes" [*tally all antecedents*], que é seu emprego mais amplo de seu tropo característico. A que pode se referir uma figuração senão talvez a outra metáfora, ainda mais em Whitman? Como *tally* é tanto substantivo quanto verbo — * ao contrário de *visão, folha, lilás* (*vista, leaf, lilacs*) —, vemos por que Whitman se apaixona pela palavra. Em si mesma, ela tanto une como conta. Devido à influência de Whitman, aberta *e* oculta, sobre Pound e Eliot, Hart Crane e D. H. Lawrence, William Carlos Williams e o sempre evasivo Wallace Stevens, o cômputo poderia ser tratado como a imagem central de grande parte da poesia americana pós-whitmaniana.

Através da masturbação, Whitman, em qualquer nível de literalidade, associou a composição de seus poemas a um homoerotismo idealizado — uma desleitura forte ou criativa do platonismo de Emerson. As realidades — sejam elas heterossexuais ou homossexuais — tendem a derrotar as idealizações. Crane, o principal herdeiro de Whitman, é prova disso por sua vida e obra, e ainda assim encontrou em Whitman o que precisava: "Ascendendo dos mortos / Trazeis cômputo" [*Upward from the dead / Thou bringest tally*]. Pound menosprezou Whitman, mas ainda assim deu voz a um

---

permaneço assim ainda. // Qualquer pensamento sujo eu penso — ou tenho em mim a / matéria da qual ele é pensado? / E o que na escuridão na cama à noite, sozinho ou com acompanhante? [Tradução de Gentil Saraiva Junior especialmente para este livro e acrescida ao site Poesia de Whitman]. (N. do T.)

* Em inglês. Em português temos o substantivo "cômputo" e o verbo "computar". (N. do T.)

grande retorno do pai poético em *Os cantos pisanos*. No Canto 82, confrontamos de novo o cômputo, e num contexto whitmaniano: "homem, terra: duas metades do cômputo / mas eu sairei disto sem conhecer ninguém / nem eles a mim" [*man, earth: two halves of the tally / but I will come out of this knowing no one / neither they me*]. Aqui a terra de Pisa substitui as águas que cercam Long Island, e a alienação predomina. O que parece claro é que Pound tinha uma impressão de Whitman bem mais profunda do que sua própria prosa insinua.

O triunfo do cômputo de Whitman é a elegia a Lincoln. Nela existem finalmente duas grandes formas de Whitman: a celebração e a lamentação. Quanto mais se permanece com ele, mais difícil fica separar as duas. "Song of Myself" possui uma tintura elegíaca, e "Lilacs", pela eloquência escandalosa e a beleza sonora de seu encerramento, pode parecer mais uma celebração de si do que uma autoelegia.

O nosso poeta nacional, como os poetas nacionais da Europa, nos projeta misteriosamente mais do que nos reflete. Shakespeare é tão vasto que a Inglaterra o domestica, revisando mesmo as grandes tragédias de modo que se tornem esperançosas, e às vezes fico estarrecido com um Shakespeare cristão — ou mesmo católico — estranho a *Otelo*, *Rei Lear* e *Macbeth*. Whitman, depois que paramos de negligenciá-lo, tem sido fracamente mal-entendido como um rebelde, um antiformalista e um pioneiro sexual. Sou sempre malcompreendido quando indago qual seria a consequência da eventual descoberta de que Robert Browning estava no armário — com Henry James — enquanto Walt se divertia com prostitutas. Nenhuma das orientações sexuais teve qualquer valor cognitivo ou estético em si.

O cômputo é ao mesmo tempo o poema, o ícone e o homem ou mulher. Shakespeare e Whitman são ícones de apelo universal que transcendem os interesses de qualquer Estado-nação de qualquer época. Você pode extrair de seus contextos os discursos patrióticos de Shakespeare, mas dentro das peças estão amenizados por ironias tão grandes que se tornam invisíveis. A persona de Walt Whitman, um americano, nos é quase inacessível em termos sociopolíticos, uma vez que os Estados Unidos se tornam cada vez mais uma plutocracia, uma teocracia e uma oligarquia.

* * *

Onde reencontraremos as visões shakespeareanas e whitmanianas? O grande crítico G. Wilson Knight é até hoje o melhor guia à problemática espiritual de Shakespeare, atualmente tão fora de moda quanto o próprio Knight. Whitman encontrou um guia assim em Angus Fletcher, mas sua crítica de Walt é na maior parte inadequada. Hart Crane ainda é o melhor profeta de seu precursor. *A ponte* é um cômputo épico que sintetiza o passado americano até 1930 e, como Whitman, mescla o elegíaco e o celebratório. A Ponte do Brooklyn substitui "Crossing Brooklyn Ferry" (Travessia da barca do Brooklyn), já que Crane também encontra símbolos. Se uma "Cognição acerada" [*steeled Cognizance*] é uma substituição adequada para as folhas de relva é uma questão a que eu próprio não sei responder. O Sublime Americano é compartilhado por Whitman e Crane, mas eles praticamente só o definem por exemplos. Aqui estão as partes finais de "Songs of Myself" em justaposição ao último poema das "Voyages" de Crane:

The spotted hawk swoops by and accuses me, he complains of my gab
   and my loitering.

I too am not a bit tamed, I too am untranslatable,
I sound my barbaric yawp over the roofs of the world.

The last scud of day holds back for me,
It flings my likeness after the rest and true as any on the shadow'd wilds,
It coaxes me to the vapor and the dusk.

I depart as air, I shake my white locks at the runaway sun,
I effuse my flesh in eddies, and drift it in lacy jags.

I bequeath myself to the dirt to grow from the grass I love,
If you want me again look for me under your boot-soles.

You will hardly know who I am or what I mean,
But I shall be good health to you nevertheless,
And filter and fibre your blood.

Failing to fetch me at first keep encouraged,
Missing me one place search another,
I stop somewhere waiting for you.*

["Song of Myself," parte 52]

Where icy and bright dungeons lift
Of swimmers their lost morning eyes,
And ocean rivers, churning, shift
Green borders under stranger skies,

Steadily as a shell secretes
Its beating leagues of monotone,
Or as many waters trough the sun's
Red kelson past the cape's wet stone;

O rivers mingling toward the sky
And harbor of the phoenix' breast—
My eyes pressed black against the prow,
—Thy derelict and blinded guest

Waiting, afire, what name, unspoke,
I cannot claim: let thy waves rear
More savage than the death of kings,
Some splintered garland for the seer.

---

* O falcão pintado arremete e me acusa, se queixa da minha lábia e vadiagem. // Também não sou nem um pouco manso, também sou intraduzível, / Lanço meu bárbaro alarido sobre os telhados do mundo. // A última ventania do dia refreia-se por mim, / Lança minha imagem após as outras e verdadeira como qualquer outra sobre a selva sombria, / Convence-me para o vapor e o poente. // Parto como o ar, agito meus cachos grisalhos ao sol fugaz, / Transbordo minha carne em turbilhões, e a arrasto em recortes rendados. // Entrego-me ao solo para brotar da relva que amo, / Se me quiseres de novo, procura-me sob as solas de tuas botas. // Mal saberás quem sou ou o que pretendo, / Mas serei boa saúde para ti não obstante, / E filtro e fibra em teu sangue. // Falhando em reaver-me no começo não perde o ânimo, / Errando um local busca em outro, / Paro em algum lugar te aguardando.

Beyond siroccos harvesting
The solstice thunders, crept away,
Like a cliff swinging or a sail
Flung into April's inmost day—

Creation's blithe and petalled word
To the lounged goddess when she rose
Conceding dialogue with eyes
That smile unsearchable repose—

Still fervid covenant, Belle Isle,
—Unfolded floating dais before
Which rainbows twine continual hair—
Belle Isle, white echo of the oar!

The imaged Word, it is, that holds
Hushed willows anchored in its glow.
It is the unbetrayable reply
Whose accent no farewell can know.*

["Voyages VI"]

---

* Onde masmorras glaciais e brilhantes erguem / Dos nadadores olhos matinais errantes, / E rios oceanos, encrespados, mudam / Verdes fronteiras embaixo de céus distantes, // Pouco a pouco, enquanto uma concha segrega / Suas léguas palpitantes de puro enfado, / Ou águas canalizam a quilha vermelha / Do sol pela pedra molhada deste cabo; // Oh, rios, que vão se mesclando rumo ao céu, / E do seio da fênix o seguro abrigo — / Meus olhos escurecidos de encontro à proa, / —Teu hóspede enceguecido, e perdido // Aguardo ardente indizível nome que não / posso reivindicar: empinem-se tuas vagas / Inda mais selvagens do que a morte de reis, / Ao vidente uma guirlanda destroçada. // Distante, além da colheita de siroco / Do solstício evadido ouve-se o retumbo, / Qual despenhadeiro oscilante ou uma vela / Arrojada de abril no dia mais profundo — // O júbilo e palavra petalada da / criação à deusa quando se ergueu, langorosa, / Concedendo diálogo com os seus olhos / Que sorriem uma calma mui misteriosa — // Aliança ainda fervorosa, ó Belle Isle, / — Estrado flutuante aberto diante / Do qual os arcos-íris envolvem cabelos / Contínuos — ó Belle Isle, do remo o eco branco! // A Palavra retratada é que mantém / Salgueiros silentes em seu brilho ancorados. / É a resposta que ninguém consegue trair, / Sotaque por nenhum adeus imaginado.

Escrevendo de forma igualmente perfeita, Whitman nos tranquiliza para não vermos imediatamente a desintegração de sua persona. Crane, após cinco "Voyages" de celebração erótica, invoca uma musa à maneira da descrição de Pater da Vênus de Botticelli. Começarei aqui com "Voyages" e depois retornarei a "Song of Myself".

Crane se dirige ao *seu* mar, o Caribe, que conheceu nos verões da infância que passou com sua mãe e onde optaria pelo suicídio três meses antes do 33º aniversário. Essa invocação do mar tem em seu fraseado uma segurança shakespeareana, ainda que, como "Song of Myself" de Whitman, parte 52, corteje a desintegração, conquanto a partida de Whitman seja epicurista-lucreciana e a de Crane, órfico-platônica. Não existe transcendência na partida de Whitman, enquanto Crane se junta ocultamente às mais velhas — e mais violentas — das antigas transcendências gregas.

Tanto Crane quanto Whitman estão baixando o tom: estes não são casos de cômputo. As estrofes de Crane são diferentes de quaisquer outras que escreveu, embora compartilhem sua firmeza habitual nos quartetos. Tampouco consigo descobrir em outras obras de Whitman o tranquilo poder de persuasão da parte 52 de "Song of Myself". Crane, cujo tom vai às alturas nas primeiras cinco "Voyages", busca e acha um outro tipo de eloquência.

Tanto Whitman como Crane são poetas do sublime, mas a semelhança não vai longe. Whitman está com frequência à espreita; Crane domina a forma agonística tanto quanto Píndaro. Crane consegue ser encantadoramente relaxado, como quando fala de "peônias com crinas de pôneis" ou saúda Whitman como tanto Pã quanto o pão celeste da existência diária. As descidas de Whitman ao comunal, suas listas das glórias do dia a dia, louvam até o refugo do litoral. A visão paralela de Crane vem na primeira estrofe de "Voyages VI":

> Where icy and bright dungeons lift
> Of swimmers their lost morning eyes,
> And ocean rivers, churning, shift
> Green borders under stranger skies,*

---

* Onde masmorras glaciais e brilhantes erguem / Dos nadadores olhos matinais errantes, / E rios oceanos, encrespados, mudam / Verdes fronteiras embaixo de céus distantes,

Ambos os poetas tiveram relações difíceis com seus pais: "As I Ebb'd with the Ocean of Life" mostrará um impulso de reconciliação por parte de Whitman. Morto aos 32 anos, Crane não tem uma guinada semelhante, ou talvez ela estivesse contida em sua ode da morte, "The Broken Tower" (A torre quebrada). Em "Lilacs", Abraham Lincoln substitui Walter Whitman pai com resultados magníficos, já que a nação dividida aguarda a restauração. "The Broken Tower" fala do "mundo rompido", que qualquer poeta tem dificuldade em restaurar. A busca de Crane é por "rastrear" a companhia visionária do amor — um empreendimento fadado ao fracasso. Como em "Proem: To Brooklyn Bridge" (Proêmio: À ponte do Brooklyn), Crane se dirige a um Deus estranho, além deste mundo.

O resultado é uma transcendência inominável. Whitman, em seus momentos mais transcendentais, hesita com reservas epicuristas naturalistas: "O quê é incognoscível." Crane, uma espécie de gnóstico natural, vive tentando nomear o que pode restituir o mundo rompido. Dois terços de um século após ler pela primeira vez "Atlantis", de Crane, continuo aturdido por seu poder.

> Migrations that must needs void memory,
> Inventions that cobblestone the heart,—
> Unspeakable Thou Bridge to Thee, O Love.
> Thy pardon for this history, whitest Flower,
> O Answerer of all,—Anemone,—
> Now while thy petals spend the suns about us, hold—
> (O Thou whose radiance doth inherit me)
> Atlantis,—hold thy floating singer late!*

O "tu" é a ponte, mas como Crane transformou a Ponte do Brooklyn? Certamente a tornou um daimon shelleyano-platônico, "inúmeros pa-

---

* As migrações requerem o vazio da memória, / Ficções que talham o coração, — / Indizível tu, Ponte, para ti, Ó Amor. / Absolve esta história, Flor imaculada entre as flores, / Ó Sapientíssima, Anêmona, / Enquanto as tuas pétalas consomem os astros que nos cercam, / Tu, Atlântida, cujo esplendor é meu herdeiro, / Sustém este flutuante bardo através do tempo. [Tradução de João de Mancelos em "Uma tradução de sete poemas de *The Bridge*, de Hart Crane", obtido na Internet.] (N. do T.)

res", mas a metamorfose está além disso. Em seus momentos mais exaltados, Whitman se torna um deus ou o sol como deus, emitindo auroras à vontade. Ele não precisou de Jesus porque ele próprio foi crucificado *e* ressuscitou em "Song of Myself", parte 38. Crane, que tinha apenas a Ciência Cristã de sua mãe como herança espiritual, foi desde o princípio um católico natural, heterodoxo devido ao seu gnosticismo. No entanto, em lugar nenhum encontramos uma concentração tão poderosa de anseio religioso quanto na poesia de Crane, que, como Oscar Wilde, vê Jesus como essencialmente um poeta. Crane procura outorgar um mito a Deus, que precisa ele próprio de um novo começo, e cujo Verbo é imaginado por Crane com uma procissão deslumbrante de figurações. Certa vez observei ao poeta John Frederick Nims, meu falecido amigo cuja versão de "Dark Night of the Soul" (Noite escura da alma) de São João da Cruz está profundamente entranhada em mim, que "To Brooklyn Bridge" é um poema americano companheiro da sublimidade de São João da Cruz. Nims, ele próprio um católico, admirava "To Brooklyn Bridge", mas não se entusiasmou com a comparação.

Crane especificou que "Proem" (Proêmio) deveria ser impresso em itálico, de modo a se distinguir de *A ponte*. Na conclusão, "To Brooklyn Bridge" adquire uma ressonância mais profunda, sem igual na poesia americana posterior a Whitman e Dickinson.

> *Again the traffic lights that skim thy swift*
> *Unfractioned idiom, immaculate sigh of stars,*
> *Beading thy path—condense eternity:*
> *And we have seen night lifted in thine arms.*
>
> *Under thy shadow by the piers I waited;*
> *Only in darkness is thy shadow clear.*
> *The City's fiery parcels all undone,*
> *Already snow submerges an iron year...*
>
> *O Sleepless as the river under thee,*
> *Vaulting the sea, the prairies' dreaming sod,*

> *Unto us lowliest sometime sweep, descend*
> *And of the curveship lend a myth to God.**

À semelhança precária com a Pietà em *"And we have seen night lifted in thine arms"* (E vimos a noite erguida nos teus braços), segue-se um par extraordinário de quadras:

> *Under thy shadow by the piers I waited;*
> *Only in darkness is thy shadow clear.*
> *The City's fiery parcels all undone,*
> *Already snow submerges an iron year ...*
>
> *O Sleepless as the river under thee,*
> *Vaulting the sea, the prairies' dreaming sod,*
> *Unto us lowliest sometime sweep, descend*
> *And of the curveship lend a myth to God.*

O tempo todo Crane celebrou a "curvatura" (*curveship*) da Ponte do Brooklyn, seu "arqueamento" (*vaulting*) ou "salto" (*leap*) ágil. Isso ainda está por ser visto, de ambas as margens, mas qualquer um de nós seria considerado bem estranho se expressasse sentimentos religiosos ao admirá-la. A ponte de Crane *é* Crane, como a ponte de Whitman é seu corpo. Ambas se arqueiam rumo à transcendência, e depois desmoronam sobre os fragmentos quebrados do amor.

Em "Cape Hatteras", uma parte brilhante mas desigual de *A ponte*, Crane confronta diretamente Whitman como o que Blake teria chamado de Anjo dos Estados Unidos:

---

* E de novo as luzes do trânsito que deslizam pelo teu idioma /Veloz e total, imaculado suspiro de estrelas / Ornando o teu caminho, condensam a eternidade: / E vimos a noite erguida nos teus braços. // Sob a tua sombra, esperei junto dos pilares; / Apenas na escuridão é a tua sombra nítida. / Os bairros flamejantes da cidade todos inacabados, / A neve submerge já um ano de ferro... // Ó Insone como o rio lá embaixo, / Em arco sobre o mar, erva sonhadora das pradarias, / Desce, vem até nós, os mais humildes, / E da tua curvatura empresta a Deus um mito. [De *A ponte*, tradução de Maria de Lourdes Guimarães. Lisboa: Relógio D'Água Editores, 1995.]

> "—Recorders ages hence"—ah, syllables of faith!
> Walt, tell me, Walt Whitman, if infinity
> Be still the same as when you walked the beach
> Near Paumanok—your lone patrol—and heard the wraith
> Through surf, its bird note there a long time falling...
> For you, the panoramas and this breed of towers,
> Of you—the theme that's statured in the cliff.
> O Saunterer on free ways still ahead!
> Not this our empire yet, but labyrinth
> Wherein your eyes, like the Great Navigator's without ship
> Gleam from the great stones of each prison crypt
> Of canyoned traffic . . . Confronting the Exchange,
> Surviving in a world of stocks,—they also range
> Across the hills where second timber strays
> Back over Connecticut farms, abandoned pastures,—
> Sea eyes and tidal, undenying, bright with myth!*

O labirinto são os Estados Unidos de Crane, andando trôpego rumo ao desastre. Mais para o início de "Cape Hatteras" nos é mostrada uma evocação ainda mais sombria do labirinto:

> What whisperings of far watches on the main
> Relapsing into silence, while time clears
> Our lenses, lifts a focus, resurrects
> A periscope to glimpse what joys or pain
> Our eyes can share or answer—then deflects

---

* "— Registradores eras adiante" — ah, sílabas de fé! / "Walt, diz-me, Walt Whitman, se o infinito / Ainda é o mesmo dos tempos em que caminhavas na praia / Perto de Paumanok — tua patrulha solitária — e ouvias o espectro / Na espuma das ondas, seu tom de pássaro ali caindo lentamente... / Para ti, os panoramas e essa espécie de torres, / De ti — o tema na estatura do penhasco. / Oh, Caminhante por livres caminhos à frente! / Este não é nosso império ainda, mas labirinto / Onde teus olhos, como os do Grande Navegador sem navio / Brilham das grandes pedras de cada cripta-prisão / De tráfego pelos cânions... Confrontando a Bolsa, / Sobrevivendo num mundo de ações, — eles também vagueiam / Pelos montes onde madeira ordinária espalha-se / Lá nas fazendas de Connecticut, pastos abandonados,— / Olhos marinhos, qual marés, inegáveis, brilhantes de mito!

Us, shunting to a labyrinth submersed
Where each sees only his dim past reversed...*

Diferente da maioria dos legatários de Whitman, Crane nunca *soa* como seu precursor visionário. Parte do esplendor de Hart Crane é sua invocação da ambiência dos versos livres de Whitman nos idiomas formais de Christopher Marlowe, Arthur Rimbaud, Herman Melville, Emily Dickinson e T. S. Eliot. Em alguns momentos, *A ponte* se liberta das quadras e oitavas típicas de Crane. Seu último grande poema, "The Broken Tower", é em quadras rimadas, que agem para juntar o êxtase e angústia da elegia do poeta para si.

A influência poética é um processo labiríntico que, em suas profundezas, está longe do eco e da alusão, conquanto não os exclua. Robinson Jeffers escreve com uma versão da forma aberta de Whitman, embora suas visões nunca sejam whitmanianas, enquanto D. H. Lawrence rompe com a métrica de Thomas Hardy para mergulhar na inovação whitmaniana, mas só raramente nos lembra Whitman, mesmo nos cantos libertadores de *Look! We Have Come Through!* (Veja! Conseguimos!).

Whitman, quando computa, mede todas as coisas, incluindo implicitamente a medida de sua própria poesia. De modo bem diferente, Whitman é um poeta tão formalista quanto foram nossos falecidos contemporâneos James Merrill e Anthony Hecht, que podem ser proveitosamente contrastados com o falecido A. R. Ammons e com John Ashbery, ambos fortemente influenciados pelo poeta de *Folhas de relva*. Ammons e o versátil Ashbery podem ser bem mais livres na forma do que Whitman chega a ser. A Bíblia do Rei Jaime é a maior influência sobre o estilo de Whitman, e o *paralelismo* hebraico irrompe nos mais fortes dos tradutores, William Tyndale e Miles Coverdale.

Não existe uma unidade métrica nas canções de Whitman, assim como suas enormes ampliações transcendem todas as noções anteriores do que pode constituir a matéria poética. Para manter coesa a vastidão de seus

---

* Quantos sussurros de distantes vigilâncias no mar / Sumindo no silêncio, enquanto o tempo aclara / Nossas lentes, realça um foco, ressuscita / Um periscópio para vislumbrar que alegrias ou dores / Nossos olhos podem compartilhar ou responder — logo nos / Desviam para um labirinto submerso / Onde cada um vê somente seu passado mortiço revertido...

temas e as dissoluções fluidas de seus tropos, Whitman teve de descobrir uma metáfora mestre — e a encontrou no cômputo, ao mesmo tempo seu "ramo de confissão" (*confession sprig*) e seus trinados encantados para o tempo-lilás.

O cômputo whitmaniano é o agente aglutinador de "When Lilacs last in the Dooryard Bloom'd", a sonora elegia para o martirizado Abraham Lincoln. Dos poemas de Whitman, junto com "As I Ebb'd with the Ocean of Life", "Lilacs" é o que tem a métrica mais formal. Sinto uma paixão por "Lilacs", embora o épico "Song of Myself" seja certamente o centro do cosmo poético whitmaniano. Henry e William James, T. S. Eliot — tardiamente — e Wallace Stevens associaram "Out of the Cradle Endlessly Rocking" a "Lilacs" porque existe uma afinidade clara entre a canção do pássaro-das-cem-línguas e a canção da morte gorjeada pelo pássaro ermitão. O menino Whitman contempla pela primeira vez o pássaro-das-cem-línguas "quando o aroma do lilás estava no ar". A diferença crucial entre "Out of the Cradle Endlessly Rocking" e "Lilacs" me parece ser o fato de que o mar no primeiro poema ceceia a baixa e deliciosa palavra *morte*, que se torna o peso da canção do pássaro ermitão em "Lilacs". Nos poemas anteriores, o pássaro-das-cem-línguas macho canta sobre o luto, mas não sobre a morte, embora ela esteja implícita.

Por que Whitman escolheu a palavra *tally* (cômputo) para o que julgo ser sua visão abrangente da voz poética? A palavra possui uma história curiosa. Deriva do latim *talea*, que significa uma muda, uma vara ou um bastão em que se registram pagamentos e dívidas. Em inglês, transmutou-se para a ideia de uma duplicata ou uma outra metade. Depois se associou ao amor ilícito. "*Live tally*" era morar junto sem se casar. Com o tempo, a palavra se expandiu para se tornar *tally-whacking* (masturbação), *tally woman* (amante) e *tally-wags* (genitália masculina).

Só podemos conjecturar quanto à razão de Whitman tê-la empregado tão amplamente. Em certa medida, é uma contagem de suas "mil canções respondentes ao acaso" [*thousand responsive songs at random*], que parece associada ao onanismo, embora, como já observei, o grupo que professa uma poética homossexual prefira ignorar o autoerotismo palpável e se ver desfrutando uma vida de encontros e relacionamentos gays livres. Agradar-me-ia que assim fosse, mas poucos indícios conseguem prová-lo. Ramos

de lilás eram importantes para Whitman, como era o cálamo aromático. Ambos representavam para ele a genitália masculina. Seu uso mais antigo de *tally*, pelo que me consta, está na parte 25 da "Song of Myself": "*My knowledge my live parts, it keeping tally with the meaning of all things.*"*
Trata-se, mesmo para Walt, de um verso bem ambicioso, reunindo o conhecimento, a genitália whitmaniana e *todas* as coisas que são significativas. Pragmaticamente isso sugere autoerotismo, descrito certa vez pelo falecido Norman Mailer como "lançar uma bomba em si mesmo" e ainda um tabu.

Anos depois, Whitman escreveu sobre a opção de "computar os maiores bardos" [*to tally greatest bards*] e insistiu que preferia a natureza a eles, Shakespeare incluído. Num estranho poema de 1866, "Chanting the Square Deific" (Cantando o quadrado deífico), ele diz de forma impressionante: "*All sorrow, labor, suffering, I, tallying it, absorb in myself.*"** *All* (todo) e *tallying* (computando) lhe parecem profundamente relacionados. Talvez isso explique a forma com que *tally* e *tallying* unem "When Lilacs Last in the Dooryard Bloom'd".

Ali, ao final da parte 7, abandonando seu ramo de lilás no ataúde de Lincoln, Whitman entrega o cômputo (*tally*) à obra do luto. Sinto o espanto e a pungência dessa entrega. Já passou uma década desde "Song of Myself", e a encarnação da personalidade poética em Walt reflui, mais do que ele poderia ter percebido em 1865. Na maravilhosa parte 14, o *tally* entra primeiro antes da canção da morte do pássaro ermitão: "*And the voice of my spirit tallied the song of the bird.*"*** Esse "*tallied*" é complexo. Significa "dobrado" ou "registrar o número"? Em ambos os casos, Whitman é o partícipe pleno da canção da morte, que explora o Eros do Cântico de Salomão, mas o ultrapassa ao sugerir uma união incestuosa entre a morte e o bardo:

---

* Que Gentil Saraiva Junior traduz como: "Meu conhecimento minhas partes vivas, correspondendo ao sentido de todas as coisas". (N. do T.)
** Que Gentil Saraiva Junior traduz como: "Todo pesar, trabalho, sofrimento, eu, computando, absorvo em mim mesmo". (N. do T.)
*** Que Gentil Saraiva Junior traduz como: "E a voz do meu espírito talhou a canção do pássaro." (N. do T.)

> *Lost in the loving floating ocean of thee,*
> *Laved in the flood of thy bliss O death.* *

Acho espantoso, a cada vez que recito "Lilacs", que o primeiro verso da parte 15 seguinte seja "*To the tally of my soul*".** Será essa a alma desconhecida da "Song of Myself"? Sim e talvez não, porque a grande década entre 1855 e 1865 transformou o mistério da alma no que pode ser conhecido: o cômputo. Como devemos interpretá-lo? Deve haver um elemento erótico nesse cômputo. Será que representa o anseio homossexual permanente de Whitman, um desejo talvez nunca plenamente gratificado?

O cômputo retorna no surpreendente verso-parágrafo final de "Lilacs", em que Whitman brada: "*And the tallying chant, the echo arous'd in my soul*".*** Trata-se claramente de uma alma transmutada, que pouco tem em comum com a "Song of Myself". O eco do canto do pássaro traz Walt de volta à canção da perda, do pássaro-das-cem-línguas, em "Out of the Cradle Endlessly Rocking", mas o efeito é bem diferente, já que a elegia "Cradle" se conclui pelo triunfo da morte, que não é a resolução de "Lilacs". O cômputo de Whitman, sendo erótico, abraçou com ambivalência tanto a vida como a morte — e aponta o caminho para fora da morte-em-vida. O leitor computa o ramo de lilás, o gorjeio do pássaro ermitão e a forma obtida pela elegia para Lincoln, que se tornam assim uma combinação da imagem que é a voz poética de Whitman.

Causa-me comoção imensa que a edição do leito da morte de *Folhas de relva* tenha uma epígrafe na página de título, assinada por Whitman, de um breve poema escrito, é claro, por ele em 1876. Ao que me consta, trata-se do uso final de *tallying* pelo visionário de *Folhas de relva*:

> Come, said my Soul,
> Such verses for my Body let us write, (for we are one,)

---

* Perdidos no teu flutuante oceano amoroso, / Banhado na torrente de teu êxtase Oh morte. [Tradução de Gentil Saraiva Junior.] (N. do T.)

** Que Gentil Saraiva Junior traduz como "Para a talha de minha alma", acrescentando a nota: "*Tally*, no original, que significa: talha, entalho, marca, ou incisão em madeira para contagem; conta, cálculo, cômputo, registro, grupo, série, rótulo, soma." (N. do T.)

*** "E o canto talhante, o eco acordado em minha alma" na tradução de Gentil Saraiva Junior no site Poesia de Whitman. (N. do T.)

> That should I after death invisibly return,
> Or, long, long hence, in other spheres,
> There to some group of mates the chants resuming,
> (Tallying Earth's soil, trees, winds, tumultuous waves,)
> Ever with pleas'd smile I may keep on,
> Ever and ever yet the verses owning—as, first, I here and now,
> Signing for Soul and Body, set to them my name,
>   Walt Whitman*

"My Soul" (Minha alma) está aqui mais próxima da "Oversoul" (Superalma) de Emerson do que em qualquer momento anterior, sendo uma culminação da evolução de "My Soul" a partir da incognoscibilidade de "Song of Myself" pelas elegias de *Detrito marinho* e "Lilacs". Retomando seus cantos, em qualquer que seja a esfera, Whitman nos oferece um dos mais poderosos de seus parênteses: "(Tallying Earth's soil, trees, winds, tumultuous waves)."

Foi no início do século XVIII que *tally* e *tallying* passaram da esfera comercial para a erótica. Aqui, em sua conclusão formal, o "*tallying*" de Walt abandona essas duas esferas por uma derradeira, que é forçosamente indizível. Para seus leitores dedicados, "*tallying*" tem aqui um escopo metafórico riquíssimo. Uma vez marcados (*tallied*), a terra, árvores, ventos e ondas se tornam imagens irradiadas de voz bárdica. O Whitman verdadeiramente não descoberto é o mestre do tropo, se distanciando de forma defensiva de seu maior precursor, Emerson. O triunfo de Walt encontra seu símbolo no cômputo (*tally*), um recurso nos poetas americanos ainda por vir, como foi para Ezra Pound e Hart Crane.

---

* Vem, disse minha Alma, / Tais versos a meu Corpo vamos escrever, (pois somos um), / Que eu retornasse após a morte invisivelmente, / Ou, muito, muito adiante, em outras esferas, / Lá a algum grupo de parceiros retomando os cantos, / (Marcando o solo, árvores, ventos, ondas tumultuosas da Terra,) / Sempre com sorriso satisfeito poderei seguir, / Sempre e sempre ainda reconhecendo os versos — como, primeiro, eu, aqui e agora, / Assinando por Alma e Corpo, aponho-lhes meu nome, / Walt Whitman [Tradução de Gentil Saraiva Junior.] (N. do T.)

A MORTE E O POETA

Refluxos whitmanianos

É de pouco interesse que a influência, como transmissão do anterior ao posterior, possa ser benigna. E, entre idiomas diferentes, ela jamais causa angústia. Stevens podia se fascinar com Paul Valéry sem qualquer medo de contaminação. Whitman, que *havia* composto os maiores poemas de nosso clima, apossou-se de Stevens — o que levou a ambivalências formidáveis. Nenhum outro poema que Stevens leu o assombrou tanto quanto "Out of the Cradle Endlessly Rocking" e "When Lilacs Last in the Dooryard Bloom'd". Que elemento específico desses dois o teria atingido?

Estou sempre retornando ao tropo mais abrangente de Whitman: Noite, Morte, a Mãe e o Mar. Como uma metáfora quádrupla, essa é tradicional, refletindo tanto a batalha de Javé com Tiamit e a visão oceânica de Homero. O que Whitman mudou foi o papel e a identidade da Mãe, já que ela afasta Noite, Morte e o Mar de um tema caótico monstruoso, aproximando-os de uma imagem de estímulo, conquanto nem sempre benigna.

Descobri a localização da pista derradeira sobre a visão de Whitman no extraordinário "The Sleepers" (Os adormecidos), que compartilhou a grandeza nas *Folhas de relva* originais de 1855 com "Song of Myself" e que me parece a que apresenta a mais difícil autenticidade das seis obras-primas de Whitman do longo poema, cada uma das quais deveria ser sempre lida como em sua publicação original. Inicialmente, o alto risco da perda potencial da identidade do poeta para a Noite e o Mar foi violentamente realçada. O Sono torna-se a forma composta que une a Morte e a Mãe com a Noite e o Mar, e é apenas nas e através das distorções do sono e do sonho que Whitman discerne sua desconhecida e para sempre incognoscível alma, em contraste com seu eu fictício, Walt Whitman, e seu "eu real" pungente, ou o "eu próprio".

O que significa encarar a própria alma como *o* aspecto desconhecido da natureza? O naturalismo metafísico de Whitman, seu epicurismo, pode ser estudado no romance epicurista de Frances Wright *A Few Days in Athens* (Alguns dias em Atenas), que sabemos que Whitman leu e estudou, talvez até sob a orientação direta de Wright. Como Shelley e Stevens, Whitman é um poeta lucreciano, embora, ao contrário deles, tenha conhecido *Da natureza* tardiamente. Mas com Wright aprendera o princípio epicurista de "o quê é incognoscível". Se a alma é incognoscível, o mesmo ocorre com o sono, nossa vida submersa povoada pela Morte e a Mãe, a Noite e o Mar.

A famosa conclusão de "The Sleepers" é superconfiante no tom e menos interessante do que o austero verso epicurista com 27 monossílabos que a precede:

> I know not how I came of you and I know not where I go with you,
> but I know I came well and shall go well. *

Do início até o "*but*" (mas), trata-se de eloquência epicurista. O conhecido é menos convincente que o "*know not*" (não sei). Como um poeta lucreciano, Whitman consegue ser tão sofisticado quanto Shelley e Stevens. Sempre que adere à "Atmosfera Optativa" (*Optative Mood*) de Emerson, pode parecer inquieto. Whitman, talvez mais até do que Emerson, foi o instigador do pragmatismo em William James, cujo amor por Whitman se tornou uma celebração da "saúde mental" do bardo americano. Henry James se tornou um idólatra do elegíaco Whitman, enquanto o irmão filósofo-psicólogo queria aceitar o Walt afirmativo como a voz ideal da nação.

* * *

---

* Não sei como eu vim de ti e não sei aonde vou contigo, mas sei que vim bem e irei bem. [Tradução de Gentil Saraiva Junior.] (N. do T.)

Li Whitman de uma maneira na minha juventude, de outra bem diferente na meia-idade, e agora na velhice tendo a me concentrar mais em seu incrível talento artístico. Nos meus 20 anos, ele era o Homem Central da literatura romântica americana. Mais tarde o vi como o profeta da Religião Americana. Aos 80, valorizo Walt sobretudo pela habilidade retórica, por suas inovações titânicas no que John Hollander me ensina a chamar de "o tropo da forma". O verso é solto — e não livre — em Whitman. James Wright, ele mesmo um esplêndido poeta whitmaniano, enfatizou com originalidade a "delicadeza" de Walt, um termo que teria agradado a Whitman. Randall Jarrell, emergindo do jargão da Nova Crítica para ser surpreendido pelo domínio whitmaniano da forma e da dicção, interessa-me menos do que as respostas mais sutis de James Wright, em especial à invenção do que Paul Fussell denominou de início a Ode Praiana, a resposta americana ao poema-crise wordsworthiano.

Em Wordsworth e no que se tornou *sua* tradição, a perda experimental era compensada pelo ganho imaginativo. Os emersonianos seguem uma lei da compensação mais sombria: "Nada vem do nada." Após a magnificência crepuscular da elegia "Lilacs" para Abraham Lincoln, Whitman terminou sua recepção de "resgates da noite" [*retrievements out of the night*]. Não permitia que ninguém considerasse "Lilacs" o maior de seus poemas, mas não só foi — e continua sendo — o sublime de sua realização pessoal, como até hoje não foi superado por mais nada escrito neste hemisfério em qualquer idioma: inglês, espanhol, português, francês, iídiche. Essa suprema elegia se tornou a profecia permanente do Novo Mundo de nosso destino como a Terra do Anoitecer da cultura literária ocidental. "Lilacs" é a glória do ocaso de Whitman — "More Life" (Mais vida), a bênção hebraica, dificilmente é sua carga, mas é um lema apropriado para o épico de si mesmo, o "deslumbrante e tremendo" nascer do Sol e poema básico de Whitman. Até hoje Whitman é esteticamente subestimado. Não consegue equiparar-se com Chaucer e Shakespeare, que repovoaram um mundo, mas seu lugar é com Milton, Blake, Wordsworth e Shelley, poetas do sublime.

No século XX, encontro esses poetas em Yeats, Stevens, Crane e o agora negligenciado D. H. Lawrence. Stevens depreciou Whitman defensivamente, mas está inundado por ele, assim como está Lawrence. O idioma de Crane nada tem daquele de Whitman, embora ele afirme espiritualmente sua filiação a Walt. Yeats é a exceção: as observações sobre Whitman em *Uma visão* são tolas. Perdido na Fase 6, em que a *Vontade* é "Individualidade Artificial", o maior escritor do Novo Mundo "criou uma Imagem do homem vago, semicivilizado, todo seu pensamento e impulso um produto da bonomia democrática". É preciso mais do que o ódio perene de Yeats à democracia para explicar esse colapso do julgamento em uma consciência literária tão importante.

James Merrill, um poeta profundamente yeatsiano, certa vez observou para mim que não conseguia absorver Whitman, mas achava que era por limitação sua. Robert Frost, Marianne Moore, Robert Penn Warren, Elizabeth Bishop e Merrill parecem ser os únicos poetas americanos de real projeção no século XX não afetados por Whitman. Poderíamos acrescentar John Crowe Ransom e Allen Tate, tradicionalistas sulinos e Novos Críticos. Robert Penn Warren, sábio e cauteloso, costumava me apaziguar dizendo que seu desgosto por Emerson era tão intenso que não conseguia aceitar Whitman, claramente emersoniano.

Os poetas de minha própria geração com frequência retornaram a Whitman por meio de Stevens e Crane, ou de William Carlos Williams e de discípulos poundianos como Charles Olson. Na velhice, a geração nascida entre 1923 e 1935 me parece de riqueza espantosa: Anthony Hecht, Edgar Bowers, Jack Gilbert, Gerald Stern, A. R. Ammons, John Ashbery, W. S. Merwin, James Wright, Philip Levine, Alvin Feinman, John Hollander, Irving Feldman, Gary Snyder, Allen Grossman, Mark Strand, Charles Wright, Jay Wright e outros. Se essa história parece motivada pela preferência machista, observarei apenas que Elizabeth Bishop, Jean Garrique, Muriel Rukeyser, May Swenson e Amy Clampitt vieram um pouquinho antes, e Grace Schulman, Louise Glück, Vicki Hearne, Jorie Graham, Gjertrud Schnackenberg, Rosanna Warren, Thylias Moss, Susan Wheeler e Martha Serpas, depois.

Dentre os poetas desse grupo, agora idoso — ou, infelizmente, falecido —, os mais amplamente lidos incluem provavelmente Ammons, Ashbery, Merwin, James Wright, Levine e Strand. Hollander é um escritor de enorme erudição, como foi Hecht, e se tornaram poetas de poetas — o que me entristece. Vou me concentrar em Ammons, Ashbery, Merwin, Charles Wright e Strand em seus relacionamentos com Whitman num capítulo posterior. Às vezes esses relacionamentos são diretos (Ammons, Ashbery, Wright) e, outras vezes, mediados (Merwin por Pound, Eliot e Strand por

Stevens). Whitman é uma insinuação em Pound, e volta a emergir em *Os cantos pisanos*. Em Eliot, Whitman é o cadáver enterrado no jardim que ressuscita em *A terra desolada* e *Quatro quartetos*, enquanto em Stevens o bardo americano é um nadador afogado que tenta emergir à superfície da água tantas vezes que o leitor aprende a esperá-lo. Tomados conjuntamente, Eliot e Stevens constituem um paradigma para a percepção de como a influência poética não precisa ser uma questão estilística. Ela opera nas profundezas da imagem e da ideia, e produz evasões intricadas que mesmo assim brotam e florescem.

James Wright morreu aos 52 anos. Encontrei-o apenas poucas vezes em Nova York e só consigo me recordar de uma conversa, em que expressei admiração por seu livro poderoso *Shall We Gather at the River* (Vamos nos reunir à beira do rio — 1968). Como muitos outros leitores, fiquei tocado sobretudo por "The Minneapolis Poem" (Poema de Minneapolis), com sua invocação plangente de Whitman:

> But I could not bear
> To allow my poor brother my body to die
> In Minneapolis.
> The old man Walt Whitman our countryman
> Is now in America our country
> Dead.
> But he was not buried in Minneapolis
> At least.
> And no more may I be
> Please God.*

Sete anos antes, eu ouvira a palestra de Wright sobre a "Whitman's Delicacy" (Delicadeza de Whitman), e o encontrei depois pela primeira vez. Conversamos brevemente sobre o conceito refinado de Paul Fussell da "The American Shore Ode" (Ode praiana americana), sobre a qual eu ouvira uma palestra de Fussell um ano antes, e Wright me lembrou de suas

---

* Mas não podia suportar / Deixar meu pobre irmão meu corpo morrer / Em Minneapolis. O velho homem Walt Whitman nosso compatriota / Está agora na América nosso país Morto. / Mas não foi enterrado em Minneapolis / Ao menos. / E tampouco seja eu / Se Deus quiser.

próprias Odes praianas bem poderosas, "At the Slackening of the Tide" (Ao atenuar da maré) em *Saint Judas* (1959) e "The Morality of Poetry" (A moralidade da poesia), que figura imediatamente antes no mesmo livro. Desde então, habituei-me a misturar lembranças, e mais de uma vez atribuí erroneamente a Wright a formulação da "The American Shore Ode", da qual ele foi um dos mestres, junto com Ammons, Clampitt, Stevens, Bishop, Swenson, Eliot (*The Dry Salvages* em *Quatro quartetos*) e Crane. Na sequência "Voyages" e nos poemas de Key West, Crane fica atrás apenas do Whitman de *Detrito marinho* como o gênio americano da praia.

Paul Fussell delineou algumas das características da "The American Shore Ode" (1962):

> Um poema lírico de certo comprimento e densidade filosófica falado — geralmente num lugar específico — em uma praia americana; seu tema tende a abranger o relacionamento da totalidade e do fluxo do mar com a separação e a fixidez dos objetos terrestres. Esse tipo de poema faz mais do que simplesmente se envolver em meditações transcendentais sobre o mar: o importante é a dessemelhança entre praia e mar, areia e água, separação e coesão, análise e síntese — uma dessemelhança que explica e justifica seu casamento paradoxal.

Um aliado da Ode praiana é o gênero antigo e mais inclusivo do "Poema passeio", descrito na obra *Calling from Diffusion: Hermeneutics of the Promenade* (Chamada da difusão: Hermenêutica do passeio — 2002), do falecido Thomas Greene. Ele descreve duas notáveis Odes praianas, "Beach Glass" (Vidro da praia) de Amy Clampitt e a famosa "Corson's Inlet" (Enseada de Corson) de A. R. Ammons, e depois passa para a obra-prima do subgênero, "As I Ebb'd with the Ocean of Life", de Whitman.

"Beach Glass", de Clampitt, segue o estilo dos devaneios litorâneos de Elizabeth Bishop, enquanto "Corson's Inlet" tem em comum com as meditações de Ammons uma relação profunda com *Detrito marinho*, de Whitman. Escrevi sobre "Corson's Inlet" muitos anos atrás, e aqui me concentrarei em "Beach Glass", que possui sua própria consciência sutil de Walt na linha d'água. A Ode praiana, como agora sugiro, é o equivalente americano à Ode romântica maior, que meu mentor M. H. Abrams fixou inicialmente como um subgênero. Tempos atrás, converti-a no poema lírico de crise antitético que analisei em *Um mapa da desleitura*. Em última análise, o devaneio interiorano inglês e o poema litorâneo americano descendem da Canzone 129 de Petrarca, de uma beleza angustiante — uma descendência que Greene eloquentemente denomina a descoberta do Poema passeio.

Eis a abertura de "Beach Glass":

> While you walk the water's edge,
> turning over concepts
> I can't envision, the honking buoy
> serves notice that at any time
> the wind may change,
> the reef-bell clatters
> its treble monotone, deaf as Cassandra
> to any note but warning. The ocean,
> cumbered by no business more urgent
> than keeping open old accounts
> that never balanced,
> goes on shuffling its millenniums
> of quartz, granite, and basalt.*

A ironia inicial justapõe o metafísico "revolvendo conceitos / que não consigo conceber" [*turning over concepts / I can't envision*] de seu companheiro à "boia sonora" (*honking*) e o "sino" (*clatters*) à beira d'água. Essa ironia contrasta com a sinédoque do embaralhamento (*shuffling*) milenar de quartzo, granito e basalto" [*of quartz, granite, and basalt*]. O embaralhamento, como percebeu Clampitt, é uma palavra shakespeareana rica, empregada três vezes em *Hamlet*. O Príncipe, em seu solilóquio mais famoso, medita sobre "quando enfim desenrolarmos toda a meada mortal" (*When we have shuffled off this mortal coil*). Quando Cláudio tenta rezar em seu aposento, ouvimos o usurpador falar sobre o céu: "onde não valem ma-

---

* Enquanto caminhas à beira d'água, / revolvendo conceitos / que não consigo conceber, a boia sonora / alerta que a qualquer momento / o vento pode mudar, / o sino do recife retine agudo e monótono, surdo qual Cassandra / a qualquer nota que não de advertência. / O oceano, / sobrecarregado por nada mais urgente / do que manter abertas velhas contas / que nunca fecharam, / continua embaralhando seus milênios / de quartzo, granito e basalto.

nhas" [*There is no shuffling there*], mas mais tarde vemos Cláudio instruindo Laertes a trocar os floretes "na confusão" (*with a little shuffling*). Se o oceano possui dois toques de Cláudio para um de Hamlet, simplesmente não sabemos. Perguntei isso certa vez jocosamente a Amy Clampitt enquanto caminhava com ela e Harold Korn, seu marido e meu velho amigo dos tempos da faculdade. Sempre reticente, Clampitt respondeu tão somente com um sorriso.

                       It behaves
toward the permutations of novelty—
driftwood and shipwreck, last night's
beer cans, spilt oil, the coughed-up
residue of plastic—with random
impartiality, playing catch or tag
or touch-last
like a terrier,
turning the same thing over and over,
over and over. For the ocean, nothing
is beneath consideration.
                            The houses
of so many mussels and periwinkles
have been abandoned here, it's hopeless
to know which to salvage. Instead
I keep a lookout for beach glass—
amber of Budweiser, chrysoprase
Of Almadén and Gallo, lapis
by way of (no getting around it,
I'm afraid) Phillips'
Milk of Magnesia, with now and then a rare
translucent turquoise or blurred amethyst
of no known origin.*

---

* Ele [o oceano] se volta / às permutações da novidade — / madeira flutuante e destroços de navios, as latas de cerveja / da noite passada, vazamento de óleo, o resíduo / descartado de plástico — com aleatória / imparcialidade, brincando de perseguir ou pegar / ou tocar por último como um terrier, / revirando a mesma coisa repetidas e repetidas / e repetidas vezes. Para o oceano, nada / está fora de cogitação./ As casas / de tantos mariscos e litorinas / foram

O primeiro parágrafo-verso aqui em geral esvazia o mundo da praia com nossa versão contemporânea do detrito marinho de Whitman:

Chaff, straw, splinters of wood, weeds, and the sea-gluten,
Scum, scales from shining rocks, leaves of salt-lettuce, left by the tide...*

Essa pobreza é aliviada pela descoberta encantadora de uma sublime miniatura de vidro da praia: âmbar, crisópraso, lápis-lazúli, turquesa, ametista. Um esplêndido movimento final confirma e desfaz essa sublimidade:

> The process
> goes on forever: they came from sand,
> they go back to gravel,
> along with the treasuries
> of Murano, the buttressed
> astonishments of Chartres,
> which even now are readying
> for being turned over and over as gravely
> and gradually as an intellect
> engaged in the hazardous
> redefinition of structures
> no one has yet looked at.**

A metáfora, que compreende a sequência de areia para vidro da praia para cascalho, é uma metáfora estética que conduz ao maravilhoso vidro vene-

---

abandonadas ali, não dá para / saber qual salvar. Em vez disso / fico de olho nos vidros da praia — / âmbar de Budweiser, crisópraso / de Almadén e Gallo, lápis-lazúli / por meio do (e não contornando, / infelizmente) Leite de Magnésia / de Phillips, com vez ou outra uma rara / e translúcida turquesa ou ametista manchada / de origem desconhecida.

* Farelo, palha, estilhas de madeira, ervas daninhas e o glúten marinho,/ Espumas, partículas de pedras brilhantes, folhas de alface-do-mar, deixadas pela maré [...] [Tradução de Gentil Saraiva Junior.] (N. do T.)

** O processo / Prossegue para sempre: vieram da areia, / retornam ao cascalho, / junto com os tesouros / de Murano, os espantos sustentados / por botaréus de Chartres, / que já agora estão se preparando / para serem revirados de novo e de novo tão gravemente e gradualmente como um intelecto / envolvido na arriscada / redefinição de estruturas / que ninguém ainda olhou.

ziano de Murano e aos vitrais da catedral de Chartres, que também deverão retornar ao cascalho. Trata-se de uma espécie de retorno dos artífices mortos, menos como símbolo da mutabilidade do que do triunfo limitado mas real do poema praiano de Clampitt sobre o tempo e, de uma forma modesta, sua conquista de um lugar à sombra de "As I Ebb'd with the Ocean of Life" de Whitman.

O talentoso romancista irlandês John Banville considera Henry James o supremo mestre da arte do romance em inglês. Tal avaliação é provocadora, já que situa James acima de Jane Austen, Charles Dickens e George Eliot. Suponho que Banville veja Joyce como um autor de épicos em prosa em *Ulisses* e *Finnicius revém*, que pertencem a uma categoria que poderia incluir *Moby Dick, Guerra e paz, Em busca do tempo perdido* e *A montanha mágica*, entre outras obras. Eu mesmo, se pudesse reler mais uma vez um único romance em inglês, escolheria *Clarissa*, de Samuel Richardson (1747-48). Nenhum personagem individual em James, nem mesmo Isabel Archer, possui a riqueza shakespeareana de Clarissa Harlowe. Mas, lendo os vinte romances de Henry James, você alcança tamanha consciência da narrativa em prosa que Dickens passa a parecer seu único real páreo. Como é de se esperar, James não fez nenhum elogio irrestrito a Dickens ou a George Eliot, cujo magnífico *Middlemarch* desprezou como "um todo indiferente". Balzac, seguramente diferente em linguagem e forma, levou James ao êxtase crítico, enquanto James admitiu em Jane Austen "sua limitada perfeição *inconsciente* da forma" [grifo meu].

Nenhum outro romancista americano, de Hawthorne até Faulkner e além deles, tem a eminência de James. Seu agonista americano, como ele talvez tenha percebido em 1865 em uma resenha negativa de *Repiques de tambor*, foi e é Walt Whitman. Ele passou a adorar o elegíaco Whitman, talvez até mais do que a obra de qualquer outro poeta exceto Shakespeare. Mal tendo completado 22 anos ao escrever sua resenha deplorável de Whitman, anos depois James recitaria "When Lilacs Last in the Dooryard Bloom'd" e "Out of the Cradle Endlessly Rocking" para William James e Edith Wharton, entre outros. Reúno Whitman e Henry James aqui como um experimento de identificação de um tipo de influência diferente de qualquer outra das formas sobre as quais refleti.

Quando James morreu em Londres no início de 1916, pouco mais de meio século decorrera desde a mais infeliz dentre todas as suas resenhas de livros. Eu analiso a resenha bem de perto, auxiliado por minha longa familiaridade com pseudodemolições. Começando por sua "melancolia" como leitor de Whitman, James não deixa nenhuma dúvida quanto ao seu próprio objetivo: "Exibe o afã de uma mente essencialmente prosaica em se elevar, por um esforço muscular prolongado, na poesia." Chamemos isso de Esforço Nativo, já que afinal a mente prosaica em questão é a de Walt Whitman, que *é* a própria literatura imaginativa americana. Angus Fletcher observa que a resenha nos revela mais sobre o Henry James de 22 anos do que sobre *Repiques de tambor*, que James não *leu*, ou não conseguiu ler. Não temos como saber se, em 1865, James teria rejeitado "Lilacs", a elegia para Lincoln, já que não constava da primeira edição de *Repiques de tambor*, tendo sido incluída numa segunda edição em 1865. Ainda que James a tivesse encontrado então, isso poderia não ter mudado a convicção do jovem mestre de que "esse volume é uma ofensa contra a arte".

Repiques de tambor incluiu o extraordinário "Vigil Strange I Kept on the Field One Night":

Vigil strange I kept on the field one night;
When you my son and my comrade dropt at my side that day,
One look I but gave which your dear eyes return'd with a look I shall never
    forget,
One touch of your hand to mine O boy, reach'd up as you lay on the
    ground,
Then onward I sped in the battle, the even-contested battle,
Till late in the night reliev'd to the place at last again I made my way,
Found you in death so cold dear comrade, found your body son of
    responding kisses, (never again on earth responding,)
Bared your face in the starlight, curious the scene, cool blew the
    moderate night-wind,
Long there and then in vigil I stood, dimly around me the battlefield
    spreading,
Vigil wondrous and vigil sweet there in the fragrant silent night,
But not a tear fell, not even a long-drawn sigh, long, long I gazed,

Then on the earth partially reclining sat by your side leaning my chin in
    my hands,
Passing sweet hours, immortal and mystic hours with you dearest
    comrade—not a tear, not a word,
Vigil of silence, love and death, vigil for you my son and my soldier,
As onward silently stars aloft, eastward new ones upward stole,
Vigil final for you brave boy, (I could not save you, swift was your death,
I faithfully loved you and cared for you living, I think we shall surely
    meet again,)
Till at latest lingering of the night, indeed just as the dawn appear'd,
My comrade I wrapt in his blanket, envelop'd well his form,
Folded the blanket well, tucking it carefully over head and carefully
    under feet,
And there and then and bathed by the rising sun, my son in his grave, in
    his rude-dug grave I deposited,
Ending my vigil strange with that, vigil of night and battle-field dim,
Vigil for boy of responding kisses, (never again on earth responding,)
Vigil for comrade swiftly slain, vigil I never forget, how as day brighten'd,
I rose from the chill ground and folded my soldier well in his blanket,
And buried him where he fell.*

---

* Vigília estranha fiz no campo uma noite; / Quando tu, meu filho e camarada, caíste ao meu lado aquele dia, / Um só olhar dei que teus queridos olhos retornaram com um olhar que nunca esquecerei, / Um toque de tua mão na minha, Oh garoto, esticada conforme jazias no chão, / Então adiante me apressei na batalha, a batalha igualmente disputada, / Até que tarde da noite liberado ao local por fim de novo avancei, / Encontrei-te na morte tão frio caro camarada, encontrei teu corpo, filho de beijos / receptivos, (nunca mais na terra correspondendo,) / Expus teu rosto à luz das estrelas, curiosa a cena, fresca soprou a branda brisa noturna, / Longamente lá em vigília fiquei, turvo ao meu redor o campo de batalha se expandindo, / Vigília maravilhosa e doce vigília lá na perfumada noite silenciosa, / Mas nem uma lágrima caiu, nem mesmo um alongado suspiro, longamente mirei, / Então na terra parcialmente reclinando-me sentei ao teu lado, apoiando meu queixo em / minhas mãos, / Passando doces horas, imortais e místicas horas contigo, caríssimo camarada — sem uma / lágrima, sem uma palavra, / Vigília de silêncio, amor e morte, vigília por ti meu filho e meu soldado, / Como à frente estrelas silenciosamente no alto, a leste novas esgueiraram-se para cima, / Vigília final por ti, bravo menino, (não pude salvar-te, rápida foi tua morte, / Fielmente amei-te e cuidei-te vivo, acho que certamente nos encontraremos de novo,) / Até que ao último arrastar-se da noite, de fato, assim que rompeu a aurora, / Meu camarada enrolei em sua colcha, envolvi bem sua forma, / Dobrei bem a colcha, recobrindo cuidadosamente a cabeça e cuidadosamente os

Cito esse poema completo porque não se pode entendê-lo de outra forma, tão perfeita é sua arte. Kenneth Burke certa vez comentou comigo que o talento artístico de Whitman ainda não se revelou plenamente aos críticos — uma atenuação da verdade por um dos melhores retóricos do século XX. Como "Vigil Strange" (Vigília estranha) é claramente uma elegia homoerótica e James em 1865 havia experimentado uma união de uma só noite com Oliver Wendell Holmes, Jr., ele próprio um herói da guerra, suspeito que essa seja uma das origens do desconforto do resenhista com Whitman. Ao longo de toda a resenha se faz presente uma exasperação que, porém, só se expressa no desdém hiperbólico pelas supostas pretensões do poeta.

"Vigil Strange" foi chamado de "um monólogo tanto lírico quanto dramático" por Michael Moon. Robert Browning separou os dois subgêneros. Whitman os funde em "Vigil Strange" e em outra parte de *Repiques de tambor*. Como esse monologuista é uma idealização do próprio Whitman, em qual papel ele fala? Esse Whitman soldado — que se envolveu na Guerra Civil apenas como um enfermeiro voluntário não remunerado — é apresentado de forma transgressora como o pai-amante de um jovem combatente, mesclando assim um elemento incestuoso ao "amor entre camaradas" *(love of comrades)*. A retórica do poema é tão convincente que poucos de seus leitores se ofenderam com o relacionamento aparentemente metafórico que é celebrado e pranteado. A palavra *vigília* (*vigil*) é usada 12 vezes nas 25 estrofes, constituindo uma espécie de refrão. A palavra inglesa *vigil*, derivada do latim *vigilia*, significava originalmente uma vigília devocional. "Vigil Strange" de Whitman é impressionante porque a estranheza consiste na recusa do monologuista a chorar ou lamentar sua dupla dor pelo filho e amante. R. P. Blackmur, apesar de suas reservas em relação a Hart Crane, apontou em Crane um talento absoluto para produzir significado através do ritmo e uma sensibilidade pelo "cerne das palavras". O elogio foi exato e se aplica igualmente bem a Whitman, cujo ritmo aqui é revivido na elegia

---

pés, / E ali banhado pelo sol nascente, meu filho em seu túmulo, em seu túmulo rude-cavado / depositei, / Terminando minha estranha vigília com isso, vigília da noite e do turvo campo de batalha, / Vigília pelo garoto de beijos respondentes, (nunca mais respondendo na terra,) / Vigília por companheiro repentinamente assassinado, vigília que nunca esqueço, como ao clarear do dia, / Ergui-me do chão gelado e cobri bem meu soldado com sua colcha, / E o sepultei onde ele caiu. [Tradução de Gentil Saraiva Junior especialmente para esta edição e disponível também em seu site Poesia de Whitman.] (N. do T.)

a Lincoln "When Lilacs Last in the Dooryard Bloomid" e cuja sensibilidade pelo cerne da palavra *vigília* é tão excepcional. Crane, que combateu a influência estilística de Eliot, nunca emprega uma métrica whitmaniana, mas aprende com Whitman a buscar o cerne das palavras.

Ainda que "Vigil Strange" seja provavelmente o melhor poema da primeira edição de *Repiques de tambor*, não há registro da reação de James a ele, fosse em 1865 ou mais tarde. Alguns críticos sugeriram que os relacionamentos homossexuais de James foram uma transferência de seu amor vitalício pelo irmão William, um ano mais velho que o romancista. Antes eu achava essa ideia intrigante, mas agora vejo nela certa plausibilidade. Caso tenha lido o poema atentamente, "Vigil Strange" deve ter despertado uma ambivalência poderosa de Henry James. Todavia, a proclamação evidente do homoerotismo por Whitman evocou apenas uma rejeição reprimida ou evadida por parte do jovem James, que se concentrou na temeridade whitmaniana de usurpar o papel do bardo americano. A frase autorreveladora da resenha está perto do final: "Você deve estar *possuído*, e deve lutar para possuir sua possessão." Aquela viria a ser a luta do próprio James, mas era natural em Whitman, totalmente possuído em sua missão poética e, em seu auge, possuindo maravilhosamente sua possessão. James acabou se juntando ao julgamento do irmão William ao considerar Whitman o mestre da poesia americana.

Por que a família James, e Henry em particular — em sua maturidade —, veio a preferir "Out of the Cradle Endlessly Rocking" e "When Lilacs Last in the Dooryard Bloom'd" a todos os demais poemas americanos? Uma resposta estética certamente seria suficiente. Se "Song of Myself", "Crossing Brooklyn Ferry", "The Sleepers" e "As I Ebb'd with the Ocean of Life" fossem acrescentados, então, na minha opinião, teríamos a meia dúzia de obras essenciais da poesia americana. No entanto, as recitações sonoras de Henry para "Out of the Cradle Endlessly Rocking" e "Lilacs" tiveram o efeito de um êxtase religioso para a família James e seu círculo. Algo da intimidade espantosa dos James, sobretudo William e Henry, guarda certa semelhança com a aura das maiores elegias de Whitman. Que precisamente esses poemas tivessem um efeito duradouro sobre Wallace Stevens me faz pensar no que parece ser a universalidade da Ode praiana de Whitman e sua trenodia para Abraham

Lincoln, o mártir de nossa nação na abolição da maldita escravidão dos negros.

Por ter sido a vida inteira um estudioso da influência na vida das artes, sobretudo a literatura, também me tornei um releitor e entoador obsessivo dos maiores poemas de Whitman. Na orquestração das obras-primas de Whitman, existe um esplendor barroco que exige mais análises formalistas do que as atualmente em voga. *A anatomia da influência* é em parte um estudo de Walt Whitman, mas como não posso oferecer interpretações completas aqui, desejo mostrar aspectos da alta arte desses esplendores em incessante elaboração. O falecido Anthony Hecht e eu, cada vez que nos encontrávamos, discutíamos o que ambos considerávamos as invenções complexas de nosso maior poeta formalista, evocador das canções americanas arquetípicas do pássaro-das-cem-línguas e do pássaro ermitão.

"Out of the Cradle Endlessly Rocking", inicialmente intitulado "A Child's Reminiscence" (Uma reminiscência infantil — Natal de 1859) e descrito por seu autor como seu "trinado curioso", foi subsequentemente chamado "A Word out of the Sea" (Uma palavra saída do mar), em que a palavra *morte* é protagonista, até Whitman decidir empregar o hipnótico verso de abertura como o título definitivo. Dos 183 versos da ode, cerca de 70 constituem a ária cantada pelo pássaro-das-cem-línguas.

Whitman, um dos mais metafóricos entre os poetas, tem pouco da desconfiança de Ezra Pound pelo tropo. A vida é metafórica; a morte, literal. O tratamento da morte em qualquer poema precisa ser metafórico: a morte, nossa morte em si, não é um poema:

> Não há vida em ti, agora, exceto aquela vida embaladora comunicada por um navio que joga docemente; recebida por este do mar, e, pelo mar, das inescrutáveis correntes de Deus. Mas enquanto esse sono, esse sonho estiver convosco, movei os pés ou as mãos uma polegada; largai, de qualquer modo que seja, vosso apoio, e vossa individualidade retornará aterrorizada. Pairais sobre vórtices cartesianos. E ao meio-dia, no mais belo tempo, com um grito semissufocado, caireis talvez através desse ar luminoso no mar estival, para não mais emergirdes. Prestai bastante atenção, panteístas!*

---

* Tradução de Péricles Eugênio da Silva Ramos. Herman Melville, *Moby Dick*, São Paulo: Abril Cultural, 1983. (N. do T.)

Devo ao há muito partido Stephen Whicher a justaposição dessa passagem do capítulo "O topo do mastro" de *Moby Dick* a "Out of the Cradle Endlessly Rocking". Conhecendo Whicher apenas ligeiramente antes disso, discuti com ele os vínculos entre Melville, Whitman, Stevens e Crane no tropo quádruplo de Noite, Morte, a Mãe e o Mar, no inverno de 1960-61, em Ithaca, no estado de Nova York. Na ocasião, tinha retornado à minha *alma mater* para dar algumas palestras e meu orientador de graduação, M. H. Abrams, nos reapresentou. Eu tinha 30 anos e Whicher, em torno de 45, e eu admirava muito *Freedom and Fate*, seu estudo sobre Emerson. Só tivemos tempo para apenas uma longa conversa, que não pôde se repetir, pois ele deu fim à própria vida logo depois. Recordo de seus *insights* com gratidão. Ele parecia distraído, mas não agitado ou atormentado, e nunca tive coragem de questionar Abrams, que era íntimo dele, sobre sua morte.

Eu havia comparecido à palestra de Whicher em setembro de 1960 sobre "Out of the Cradle Endlessly Rocking", mas não a li quando ele ainda era vivo. Quase meio século atrás, podia ser interpretada como um prelúdio aos seus próprios dias finais. Relendo-a agora, fico ao mesmo tempo comovido e intrigado. Escrevendo um século depois que Whitman compôs a pré-elegia "Craddle", Whicher intitulou seu ensaio "Whitman's Awakening to Death" (O despertar de Whitman para a morte).

No inverno de 1859-60, Whitman parece ter vivido uma crise supostamente causada por um fracasso homoerótico, um relacionamento malogrado. "As I Ebb'd with the Ocean of Life" e "Out of the Cradle Endlessly Rocking" se originaram dessa crise. O vitalismo solar do Whitman de 1855-58 diminuiu após um mau inverno. Os grandes poemas de *Cálamo* se concentram em 1859, sendo seguidos pelas duas grandes elegias de *Detrito marinho*. Whicher interpreta essas últimas como uma transgressão edipiana, que parece caracterizar mais claramente "As I Ebb'd with the Ocean of Life". Mas ele é preciso ao reconstruir o caminho de Whitman "da paixão à percepção", até o poeta aceitar a voz da mãe saída do mar como a palavra "lúcida e sagrada" *morte*, substituindo assim o companheiro de inverno que o abandonara ou de quem fugira.

Todas as explicações baseadas na orientação sexual me parecem inúteis no contexto da literatura imaginativa. Muitos dos grandes e ótimos poetas foram bissexuais, homoeróticos, heterossexuais ou nada disso. Além disso, muitos outros poetas fracos também foram de todas as orientações possíveis. Apanho um exemplar de uma grande antologia que está por perto, *Best Poems of the English Language*, que organizei em 2004, restringindo-a a poetas nascidos no século XIX ou antes. Ela termina com Hart Crane, nascido em 1899. Sem fazer a contagem, vejo que contém mais de cem homens e mulheres. Eu poderia percorrê-los para contabilizar quantos poetas eram de outras convicções sexuais, mas seria absurdo. Walt Whitman e Hart Crane não são "poetas homossexuais" e Lorde Byron não foi um "poeta bissexual". Nada nesses rótulos ajuda a estimar e apreciar o valor estético de Whitman, Crane e Byron. Não existe uma "tradição homoerótica" da autêntica poesia, e é inútil supor que deva haver uma.

Whitman desperta para um diferente sentido imaginativo da morte devido a um encontro homoerótico de 1859-60, enquanto John Keats despertou para um novo sentido da morte devido ao seu desejo frustrado por Fanny Brawne. Melville, quaisquer que fossem suas experiências iniciais como jovem marinheiro nos Mares do Sul, aturou um casamento torturante que não lhe servia, mas Thomas Hardy sofreu quase tanto quanto eles por desejos bem menos ambíguos. A frustração do desejo importa bem mais que o nome e a natureza do desejo. Foi Yeats quem escreveu: "O desejo que é satisfeito não é um grande desejo."

NOTAS VISANDO UMA SUPREMA FICÇÃO DO EU ROMÂNTICO

O que a tradição ocidental denominou o "sujeito" ou o "eu" sempre foi uma ficção, uma mentira salvadora para mitigar angústias. Heidegger e seus discípulos franco-americanos não me afetam nem um pouco quando desconstroem o eu. A não ser como uma imagem poética contando abertamente uma história do eu, a escritora mais forte pouco teria para nos contar. Virginia Woolf, discípula de Walter Pater, seguiu o grande esteta ao elaborar ficções conscientes do eu. Parece-me duvidoso que tal consciência seja uma vantagem estética. Mr. Pickwick me inpirou a amá-lo e me deleitar com ele; Mrs. Dalloway me fascina, mas com certa frieza. D. H. Lawrence dissolve até o eu de Birkin; Michael Henchard parece uma rocha até que a tragédia o divida. *Mulheres apaixonadas* é um romance permanente, mas *The Mayor of Casterbridge* (O prefeito de Casterbridge) possui momentos shakespeareanos. Thomas Hardy se saía melhor sem duvidar da estabilidade relativa do eu.

Para mim, o contraste é mais forte entre *Nostromo*, de Joseph Conrad, e *The Wings of the Dove* (As asas da pomba), de Henry James. No James maduro, o eu é claramente problemático. Conrad sabe o que James faz, mas opta por trabalhar com ideias antiquadas de erros fatais, o que ajuda a explicar sua influência sobre William Faulkner, F. Scott Fitzgerald e Ernest Hemingway. Sem seu elemento destrutivo, Conrad não poderia ter escrito as obras-primas *Under Western Eyes* (Sob olhos ocidentais), *O agente secreto*,

Vitória e *Nostromo*, o melhor de todos. Apesar de Joyce e James, Kafka e Proust, Conrad possui uma eminência singular própria. Ele agora saiu de moda e foi excluído do mundo acadêmico devido aos seus pecados "colonialistas". Ele retornará, como a literatura superior sempre retorna, enterrando seus coveiros acadêmicos.

Falar do eu, seja ele humano ou literário, como uma ficção já é uma banalidade cansativa. Na medida em que é verdade, também é trivial. Na vida e nas letras, é uma diferença que faz pouca ou nenhuma diferença. Sua época passou. A subjetividade não precisava de defesa. Difícil de alcançar, uma vez conquistada, se for um lugar-comum, é um valor. Essas são observações americanas, sem dúvida refletindo a influência do muito lamentado amigo Richard Rorty. A "teoria", embora persista nos grotões, foi e será estranha à literatura americana e à sua crítica mais útil.

A "nomeação" — como em Theodor Adorno e Walter Benjamin — se aproxima mais das preocupações reais da literatura. Sou inspirado aqui por meu esplêndido nome próprio, "Bloom" (floração). Em especial porque, entre os poemas de Whitman, meu preferido pessoal é "When Lilacs Last in the Dooryard Bloom'd". Fascinado também pelos derivativos stevensianos ("parou / no pátio junto à sua própria ampla floração", *stopped / In the door-yard by his own capacious bloom* e "Nossa floração terminou. Somos os frutos dela", *Our bloom is gone. We are the fruit thereof*), "Bloom" me parece o mais literário dos nomes, embora a certo custo. Sempre que leciono sobre *Ulisses* de Joyce, refiro-me ao herói como Poldy, já que meu nome se encontra — temporariamente — confiscado. Nunca sinto que meu nome vem de fora. Enquanto escrevo em meio ao frio deste abril, qualquer fragmento de floração fresca me alegra. Existe pouca lógica num nome que nos deleita, mas suspiro quando me dizem que é uma criação por catástrofe.

O nome que falta em *Paraíso perdido* é Lúcifer, a forma caída de Satã. Shakespeare nos mostra Macbeth, Otelo, Antônio, Lear e outros protagonistas trágicos antes e depois de começarem a decair e sair, mas Milton não é Shakespeare. Mal contemplamos um Satã pré-Queda, mas ele já é Satã. Como admirador de Milton, não gosto de achar defeitos nele, mas continuo me perguntando por que não nos mostrou um Lúcifer sublime. São-nos oferecidos Adão e Eva antes de *sua* queda, e merecemos Lúcifer, o principal dentre os anjos. A esse respeito, só podemos conjecturar, de modo que me permito suspeitar de uma angústia miltoniana em relação a Shakespeare.

Como um nome, Milton sabia que "Satã" significava o acusador do pecado, o advogado de acusação de Deus. "Lúcifer" é o portador da luz, ou Estrela da Manhã, uma designação grandiosa. Teria Milton temido que fosse grandiosa demais para Satã? Um passo à frente e teríamos o angelical C. S. Lewis nos aconselhando que a forma correta de ler *Paraíso perdido* é começar com uma boa manhã de ódio a Satã. Milton, um grande poeta e, sem saber, membro de seu próprio grupo de um, decerto discordaria de seus exegetas dogmáticos. Ele não gosta de Satã, mas certamente molda um herói-vilão vigoroso na tradição do drama elizabetano-jacobeano. É discutível afirmar que Hamlet, em um de seus inúmeros aspectos, possa ser categorizado como um herói-vilão, mas creio que Hamlet permeia Satã em sua declaração mais desafiadora:

> who saw
> When this creation was? Rememberst thou
> Thy making, while the maker gave thee being?
> We know no time when we were not as now;
> Know none before us, self-begot, self-raised
> By our own quickening power.*
>
> [5.856-51]

Lembro que li esses versos pela primeira vez cerca de sessenta anos atrás e me intriguei com *"our own quickening power"* (nosso próprio poder acelerado).** Em Satã, trata-se de um vitalismo antinatural, num supremo desafio a Santo Agostinho. Não teria John Milton, o mais orgulhoso e ambicioso dos poetas desde Dante — e por toda a vida um fugitivo de Shakes-

---

* Quem viu dos Céus fazer a imensa mole? / Lembras-te tu de como foste feito, / De quando aprouve a Deus assim formar-te? / Não conhecemos época nenhuma / Em que não existíamos como hoje; / Ninguém antes de nós não conhecemos. [Citações do *Paraíso perdido* neste capítulo extraídas da clássica tradução em língua portuguesa de António José de Lima Leitão (1787-1856) disponível na Internet.] (N. do T.)

** Na tradução portuguesa utilizada da nota acima esse trecho se perde. (N. do T.)

peare —, endossado o "autogerado" (*self-begot*) Satã *como um poeta*, embora não necessariamente como uma pessoa? Mais amplamente, continuo tomando Satã como uma fonte para todos os poetas do Alto Romantismo, de William Blake a Hart Crane, que afirmam sua dependência/independência paradoxal em relação aos precursores. Yeats, em tantos aspectos o apogeu do Alto Romantismo, adotou a máxima de Vico: "Só conhecemos o que fizemos nós mesmos." [*We only know what we ourselves have made*]. Porém, ele também disse que recorremos aos poetas para formar nossas almas.

Milton é sutil e demora muito para nomear Satã — que é a palavra hebraica antiga para "adversário". Uma vez completados os 26 versos da primeira invocação, Milton se volta ao herói-vilão (versos 27-83), primeiro chamado de "serpente infernal" (*the infernal serpent*) e só chamado de Satã no verso 82. Afinal, o poeta não teme o nome. Semelhante a essa lacuna de 55 versos na nomeação é a recusa de Milton a usar o nome pré-queda "Lúcifer" uma vez sequer no poema. E mais: somente no Livro 5 a perda do nome abolido é notada:

> but not so waked
> Satan, so call him now, his former name
> Is heard no more in heaven.*

[5.658-60]

A importância do nome censurado é realçada pela recusa de Milton a admiti-lo em seu poema. Podemos ver isso como o processo inverso à mudança do nome de Jacó para "Israel", ou de Enoque para o cabalístico "Metatron". Será que não existe um matiz pessoal para Milton, cuja cegueira pode recuar diante da imagem do portador da luz ou da Estrela da Manhã? Afinal, Milton considera seus próprios compatriotas mais decaídos do que ele próprio, já que escolheram "um líder que os levasse de volta *ao Egito*",** rejeitando a memória de Oliver Cromwell, o "maior dos homens" para o poeta.

---

* Porém com este fim Satã não vela / (Tal hoje o chamam; seu primeiro nome / Não mais foi desde então nos céus ouvido).
** Alusão ao Êxodo israelita e à relutância de um grupo em seguir para a Terra Prometida. (N. do T.)

Nomes são mágicos para todos os grandes poetas, que buscam a imortalidade para seus próprios nomes: Shakespeare, Milton, Wordsworth, Whitman. O que falta a um nome, quando é um destes? Pois são os mais fortes poetas em língua inglesa dos últimos quatro séculos. *Forte* (*strong*), conforme emprego aqui, traduz o *streng* alemão, e talvez devesse ser traduzido como "*strict*" (rigoroso). A força ou rigor é um paradoxo, uma afirmação fantástica da vontade que tanto aceita o peso da tradição quanto luta contra ela mediante a desleitura, ao mesmo tempo a rompendo e a refazendo, da mesma forma como o Satã de Milton aceita de Deus coisas demais para que daí suceda alguma liberdade.

Milton não permite que Satã afirme o eu relativamente autônomo de Lúcifer. Ele deve resistir a Deus e aos anjos não caídos no eu mais fraco do adversário, Satã. Em *Paraíso perdido*, a *história* de Satã é escrita pelo verdadeiro deus do poema, o Espírito Santo que inspira Milton, e não o mestre-escola irascível das almas que é chamado de Deus. É claro que ser autogerado por seu próprio poder de vivificação é uma inverdade, quer dentro ou fora do poema. Mas o que é verdadeiro para Satã ou para nós? A morte — a poesia existe para procrastinar a morte, para afastá-la. A ética freudiana consiste em testar a realidade, mas é justamente aí que Shakespeare e Milton, seus poetas favoritos, põem Freud de lado. O tempo é a morte, a história de Deus. A poesia vai contra o tempo. Nietzsche fala da vingança da vontade contra o tempo e o "foi" do tempo.

Satã é heroico porque, para ele, tudo é *agon*. Desesperadamente fraco no tocante à divindade, mesmo assim ele luta como se nada mais importasse exceto não ser derrotado. Ele é — para mim — o paradigma inevitável do poeta forte que contempla com rigor uma musa que é ingrata por já ter conhecido muitos outros antes dele.

Mas como podemos distinguir o grandioso do grande, já que ambos estão contando mentiras sobre si e sobre o passado? Aqui adentro os tormentos do canônico, em que é difícil anunciar profecias sobre a sobrevivência sem ofender. Nenhum crítico pode esperar receber uma nota melhor do que regular aqui. Samuel Johnson, o crítico dos críticos, canonizou Oliver Goldsmith de forma brilhante, mas errou no tocante ao prodígio de Laurence Sterne. Poucos dias decorrem sem que eu diga que a obra tal-e-tal não passa de uma peça de período, mas foi isso que o Grande Cã da literatura teve em mente ao dizer que "*Tristram Shandy* não perdurou".

A resposta mais rigorosa que um mestre poeta pode dar ao "foi" do tempo é propor uma suprema ficção do eu, em que a palavra crucial é *ficção*. Nos Estados Unidos, isso significa Whitman e sua progênie principal: Wallace Stevens, William Carlos Williams, Marianne Moore, Ezra Pound, T. S. Eliot, Hart Crane e John Ashbery. Acrescente-se Emerson como mestre de Whitman e a progênie incluirá Robert Frost. De Emily Dickinson, uma emersoniana um pouco diferente, pode-se prosseguir até Elizabeth Bishop, May Swenson, Amy Clampitt. De todos esses — e a lista pode ser aumentada à vontade —, os mais evidentes recriadores do eu como suprema ficção são Emerson, Whitman e o apropriador das ficções americanas supremas, Wallace Stevens.

No lado europeu, Goethe se inventou, "gênio da felicidade e do espanto", como uma ficção suprema. Seu descendente mais próximo na Grã-Bretanha, Thomas Carlyle, agora é negligenciado, mas Goethe também afetou Emerson, Byron e Shelley. Wordsworth teria negado veementemente que fez uma ficção de si, mas o que em *O prelúdio* importa mais que o próprio poeta como a mais suprema de todas as ficções? Emerson chama sua mentira salvadora contra o tempo de "o Homem Central", enquanto Whitman o chama de Walt tosco, o eu de "Song of Myself". Wallace Stevens, com as vantagens e desprazeres de se saber um retardatário, escreve seu romance do eu em *Notes Toward a Supreme Fiction* (Anotações visando uma suprema ficção — 1942). Um dos muitos prólogos à sua vitalizante canção do eu é "A High-Toned Old Christian Woman" (Uma velha mulher cristã pretensiosa — 1922):

> Poetry is the supreme fiction, madame.
> Take the moral law and make a nave of it
> And from the nave build haunted heaven.*

Por mais suprema que seja, a ficção continua sendo uma ficção. A expressão "suprema ficção" (*supreme fiction*) emana de Oscar Wilde, cujo "De Profundis" o mostra flertando com uma desnecessária ficção a mais, em que a sagacidade aprisionada se torna Cristo. Isso também fazia parte

---

* A poesia é a suprema ficção, madame. / Pegue a lei moral e faça uma nave de igreja dela / E a partir da nave construa o céu assombrado.

da ficção de Whitman. Stevens, cuja sensibilidade não era religiosa, não tem interesse em tal identificação, mas ainda assim procura definir "o herói fictício".

Os símbolos da busca emersoniana pelo Homem Central estão dispersos pelo transcendentalismo tímido das *Notes*: "vívida transparência" (*vivid transparence*), "homem maior" (*major man*), "homem-herói" (*man-hero*). Como Whitman, seu mestre oculto, Stevens é essencialmente um poeta celebratório, mas enquanto poeta é ainda mais evasivo que o tosco mas delicado Walt. Stevens aprendeu com Shakespeare uma postura de desinteresse e desligamento, de modo que *Notes* às vezes dá a impressão de amenizar todas as suas afirmações. Conforme me lembro de ter discutido certa vez com a formidável e admirável Helen Vendler, uma afirmação amenizada não é uma ressalva afirmada. *Notes* está claramente na Atmosfera Optativa de Emerson.

Todos os três cantos e 31 versículos brancos em terça rima de *Notes* conseguem expor com alegria as três necessidades de uma ficção suprema: deve ser abstrata no sentido que Paul Valéry dá a *abstractus*, trocando uma pseudorrealidade insípida por um frescor constantemente renovado. Deve mudar, já que uma ficção imutável deixa de dar prazer. E de fato precisa dar prazer, senão qual a razão de mentir contra o tempo?

Publiquei diversos comentários a *Notes*, embora mais de trinta anos atrás, e revisito agora somente o voo visionário do poema ao sublime, os versículos V-IX de "It Must Give Pleasure" (Precisa dar prazer). Essas são as passagens do Cânone Aspirina, em que o simpático personagem firbankiano sonha com um anjo, funde-se com ele e assim inspira Stevens a recuar e se declarar livre da ficção de sua própria ficção, o anjo do Cânone Aspirina. Existe uma analogia aqui com o distanciamento de Blake de seu Tigre, e talvez um eco daquela Canção da Experiência: "Em quais asas ousa ele aspirar?" [*On what wings dare he aspire?*]. O nome absurdo do Cânone, "Aspirina", é uma defesa dos investimentos alegres de Stevens com sua identidade parcialmente figurativa. O poeta do Alto Romantismo, o precursor conjunto de Stevens (Whitman, Wordsworth, Keats, Shelley), recebe um afetuoso — mas um tanto irônico — retrato no Cânone, que sonha ter se tornado um anjo miltoniano: "Adiante pois com enorme força patética / Direto à suprema coroa da noite ele voou" [*Forth then with huge pathetic force / Straight to the utmost crown of night he flew*].

Quando o Anjo-Cânone desce para impor ideias ilusórias de ordem, Stevens o exorta a silenciar, de modo a "ouvir / A melodia luminosa do som apropriado" [*hear / The luminous melody of proper sound*]:

> What am I to believe? If the angel in his cloud,
> Serenely gazing at the violent abyss,
> Plucks on his strings to pluck abysmal glory,
>
> Leaps downward through evening's revelations, and
> On his spredden wings, needs nothing but deep space,
> Forgets the gold centre, the golden destiny,
>
> Grows warm in the motionless motion of his flight,
> Am I that imagine this angel less satisfied?
> Are the wings his, the lapis-haunted air?
>
> Is it he or is it I that experience this?
> Is it I then that keep saying there is an hour
> Filled with expressible bliss, in which I have
>
> No need, am happy, forget need's golden hand,
> Am satisfied without solacing majesty,
> And if there is an hour there is a day.*

Respondendo a seu próprio desafio, Stevens alcança, além da ironia, seu Sublime Americano. Sua ficção romântica tinha fracassado, mas um ro-

---

* Em que devo acreditar? Se o anjo em sua nuvem, / Serenamente contemplando o abismo violento, / Dedilha suas cordas para colher a glória abissal, // Salta para baixo pelas revelações da noite, e / Em suas asas abertas, nada mais precisa senão de profundo espaço, / Esquece o centro dourado, o destino dourado, // Aquece-se no movimento imóvel de seu voo, / Serei eu que imagino tal anjo menos satisfeito? / Serão suas asas, o ar impregnado de lápis-lazúli? // Será ele ou serei eu que experimento isto? / Serei eu que vivo dizendo que existe uma hora / Repleta de bem-aventurança exprimível, em que não tenho // Nenhuma necessidade, sou feliz, esqueço a mão dourada da necessidade, / Estou satisfeito sem majestade confortante, / E se existe uma hora existe um dia.

mântico novo substitui um mais antigo. Essa declamação maravilhosa invoca e supera momentos cruciais em Wordsworth — e em Whitman. Em *O prelúdio*, 14.91-120, Wordsworth nos fornece seu autorreconhecimento poético:

> Like angels stopped upon the wing by sound
> Of harmony from Heaven's remotest spheres.*

Em "By Blue Ontario's Shore" ("Beirando o Ontário azul"), seção 18, Whitman apreende sua própria glória:

I will confront these shows of the day and night,
I will know if I am to be less than they,
I will see if I am not as majestic as they,
I will see if I am not as subtle and real as they,
I will see if I am to be less generous than they,
I will see if I have no meaning, while the houses and ships have meaning,
I will see if the fishes and birds are to be enough for themselves, and I am
    not to be enough for myself.**

A paixão tanto de Wordsworth como de Whitman permite que esqueçam momentaneamente que propõem ficções do eu. Stevens sabe que sua diferença está na percepção de que o eu e a poesia *são* ficções, uma tristeza da qual não poderá jamais fugir. Por mais supremas que sejam, são mentiras contra o tempo e contra a natureza. Uma inverdade vitalizante e antinaturalista é mais do que valiosa quando o tempo e a natureza explicitam a verdade da morte nossa morte.

---

* Qual anjos detidos sobre a asa pelo som / Da harmonia das esferas mais remotas do Céu.
** Confrontarei essas exibições do dia e noite, / Saberei se deverei ser menos que elas, / Verei se não sou tão majestoso quanto elas, / Verei se não sou menos generoso do que elas, / Verei se não tenho sentido, enquanto as casas e navios têm sentido, / Verei se os peixes e aves devem ser suficientes para si mesmos, e eu não deva ser / suficiente para mim mesmo.

PERTO DA VIDA

Lawrence e Whitman

O maior adversário da leitura profunda não são os "estudos teóricos e culturais" nem a predominância da mídia visual — televisão, cinema, computadores —, mas a profusão e velocidade extraordinárias das informações. Existe um vínculo autêntico entre a gnose americana, nossa religião nacional quase universal — disfarçada de cristianismo —, e nosso desejo por informação, seja ela um escândalo ou a contagem de vítimas de um desastre. Sob o domínio ambivalente de Whitman, D. H. Lawrence encontrou nele o maior e — para Lawrence — mais obsceno dos *conhecedores* americanos. Walt teria se divertido. Um dos meus jogos literários preferidos é conjecturar o que o bardo americano teria achado de *Estudos sobre a literatura clássica americana*, de Lawrence, cujos dois principais ensaios são sobre Melville e Whitman, este último recebendo os elogios mais pertinentes que já lhe dedicaram.

Existem hoje em dia vários grandes escritores que são negligenciados por diversas razões. Robert Browning foi suplantado por sua esposa, Elizabeth Barrett Browning, sem dúvida um ser humano estimável e agora outra heroína das críticas literárias feministas — ainda que, à exceção de alguns trechos, eu a ache pouco legível. Lawrence, cujas frases são sempre cheias de espírito e vida, me manteve maravilhado e pensativo desde que comecei a lê-lo sessenta anos atrás.

É curioso que o exuberante *Estudos sobre a literatura clássica americana* de Lawrence (1923) dedique dois capítulos a Fenimore Cooper mas nenhum a Emerson. Na versão final de "Whitman", que encerra o livro, Emerson é estranhamente estigmatizado por sustentar uma "superioridade" cansativa da alma sobre a carne. Lawrence, um leitor insaciável, não conseguiu absorver Emerson, por razões que posso apenas imaginar. Nas perspectivas de Lawrence — jamais existe uma só —, Emerson pode ter parecido um niilista, que aliás é uma descrição precisa do autor de *A conduta para a vida*. Entretanto, embora seus *insights* sobre Melville e Whitman permaneçam atuais e úteis, Lawrence encarou Emerson como uma espécie de moralista piegas. Talvez fosse preciso o homoerotismo visionário de Melville e Whitman para impelir Lawrence à Condição do Fogo pateriana-yeatsiana.

Estudos sobre a literatura clássica americana, apesar da cegueira em relação ao Homem Central, é até hoje a obra mais vitalizante sobre a essência da imaginação americana. Se Lawrence recorda ou não a ênfase de Goethe e Nietzsche em "é isto que escreve, não eu [*it writer, not I write*]", considera os Estados Unidos o único país que exalta ISTO (*it*), a "alma integral" em oposição à vontade: "A consciência americana tem sido até agora uma falsa aurora. O ideal negativo de democracia. Mas subjacentes, e contrários a esse ideal aberto, estão os primeiros sinais e revelações do ISTO. ISTO, a alma integral americana." Um aspecto da ênfase de Lawrence é desanimador: a política autoritária de romances tardios como *Aaron's Rod* (O bastão de Aarão), *Kangaroo* (Canguru) e *The Plumed Serpent* (A serpente emplumada) parece já profetizada nesse desprezo pela democracia americana. Mesmo assim, não convém chamar Lawrence de fascista — termo perfeitamente aplicável a Pound, Eliot e até alguns dos estados de espírito mais violentos de Yeats. À semelhança de Yeats, Lawrence foi um esotérico, embora não no ocultismo sistemático do arquipoeta irlandês. Ao pôr de lado a ideologia americana da democracia, Lawrence enfrentou uma crise em sua paixão extraordinária por Whitman, a quem deveu seu próprio renascimento como um poeta.

O relacionamento de Lawrence com Whitman disputa em ambivalência com a atitude de Hart Crane para com T. S. Eliot ou a própria filiação de Whitman a Emerson. Lawrence, um escritor explosivo, revisou incansavelmente o ensaio sobre Whitman de *Estudos sobre a literatura clássica americana*, em um ciclo enigmático. É melhor começar mais cedo, porém, com "Poetry of the Present" (Poesia do presente), a introdução à edição americana de *New Poems* (Novos poemas — 1918). Os leitores costumam achar estranho que Lawrence divida sua obra em "Rhyming Poems" (Poemas com rimas) — influenciados por Thomas Hardy — e "Unrhyming Poems" (Poemas sem rimas) — Whitman. Os três grandes volumes — *Look! We Have Come Through!* (Veja! Conseguimos! — 1917), *Birds, Beasts and Flowers* (Pássaros, feras e flores — 1923), *Last Poems* (Últimos poemas — 1932) — são marcadamente whitmanianos.

"Poetry of the Present" contrasta Shelley e Keats, ditos poetas do passado, com Whitman como o bardo do "momento imediato" (*the instant moment*]: "Porque Whitman incluiu isso em sua poesia, nós o temermos e respeitamos tão profundamente." A grandeza de Lawrence está no fato de "o temermos". O desvio de Whitman em *Look! We Have Come Through!* é que o incasável Walt é implicitamente evocado em uma série de poemas sobre luta conjugal e reconciliação, o amor perpétuo intensíssimo de Frieda e Lawrence. O esplêndido "Song of a Man Who Has Come Through" (Canção de um homem que conseguiu) funde a "Ode to the West Wind" de Shelley com a exaltação whitmaniana: "A rocha se partirá, e ficaremos extasiados, encontraremos as Hespérides" [*The rock will split, we shall come at the wonder, we shall find the Hesperides*].

A alegria de Lawrence, que ele transforma em gratificação estética, presumivelmente foi possibilitada pela superação da superexcitação sexual anterior por intermédio do sexo anal. É bom observar isso e depois se admirar com a arte da celebração de Lawrence, claramente baseada na de Whitman:

> Not I, not I, but the wind that blows through me!
> A fine wind is blowing the new direction of Time.
> If only I let it bear me, carry me, if only it carry me!
> If only I am sensitive, subtle, oh, delicate, a winged gift!
> If only, most lovely of all, I yield myself and am borrowed
> By the fine, fine wind that takes its course through the chaos
>   of the world.
> Like a fine, an exquisite chisel, a wedge-blade inserted;
> If only I am keen and hard like the sheer tip of a wedge

Driven by invisible blows,
The rock will split, we shall come at the wonder, we shall find
the Hesperides.*

A quádrupla repetição de "*if only*" (se ele/eu) ecoa a oração de Shelley ao Vento Oeste: "*if I were*" (se eu fosse) e "*If even / I were*" (Se eu chegasse a ser). Os dois poetas dão as boas-vindas ao vento, mas Shelley o vê como criador e destruidor. Lawrence, além da ambivalência, saúda o vento com exuberância whitmaniana, até que uma batida extraordinária intervém:

What is the knocking?
What is the knocking at the door in the night?
It is somebody wants to do us harm.

No, no, it is the three strange angels.
Admit them, admit them.**

Lawrence não é Abraão em Mamre recebendo Javé-como-Anjo acompanhado pelos Anjos da Morte e Destruição, e sim Lot em Sodoma salvando os três estranhos anjos de serem estuprados pelos lascivos sodomitas. Por que os anjos estão no poema de Lawrence? Um não conformista inglês em sua formação religiosa, Lawrence trocou-a por sua própria religiosidade vitalista, sendo desprezado pelo paroquiano T. S. Eliot em *After Strange Gods: A Primer of Modern Heresy* (Atrás de deuses estranhos: Um compêndio de heresia moderna — 1934). Eliot condenou Thomas Hardy e Lawrence como hereges da Luz Interior, o que é preciso o suficiente e mais reconfortante do que as modas atuais de condenação, em que Hardy e Lawrence são desprezados como supostos misóginos.

---

* Não eu, não eu, mas o vento que sopra através de mim! / Um bom vento sopra a nova direção do Tempo. / Se eu deixar me levar, me carregar, se ele me carregar! / Se eu for um mimo sensível, sutil, Oh, delicado, alado! / Se eu, o mais amável, me entregar e for tomado / Pelo bom vento cujo curso passa pelo caos do mundo, / Qual um bom, um raro cinzel, com lâmina na cunha; / Se eu for afiado e rígido como a ponta de uma unha / Enfiada por golpes invisíveis, / A rocha se partirá, e ficaremos extasiados, encontraremos as Hespérides. [Tradução de José Roberto O'Shea disponível na Internet.] (N. do T.)
** O que está batendo? / O que está batendo na porta à noite? / É alguém querendo nos fazer mal. // Não, não, são os três anjos estranhos. / Deixe-os entrar, deixe-os entrar.

O que explica a intromissão da saga de Lot na celebração de Lawrence? Proust invoca a Cidade da Planície para criar o belo mito dos descendentes de Sodoma e Gomorra sofrendo seus prazeres e dores no cosmo de *Em busca do tempo perdido*. Lawrence, reprimindo seu homoerotismo, associa a descoberta das Hespérides ou do paraíso perdido à sodomia homossexual — por assim dizer — e parece ofuscado pela parábola bíblica da queda de Sodoma e Gomorra. Ansioso por se dissociar dessa sombra, ele surpreendentemente conclui a "Song of a Man Who Has Come Through" incorporando os Anjos da Morte e Destruição ao seu poema.

Lawrence escreveu sem parar, e, como o autorrevisionista que era, costumava escrever versões totalmente novas de seus poemas e sua ficção. Especificamente falando, de 1917 a 1923, não conseguia parar de escrever versões de seu ensaio sobre Whitman. Ninguém antes ou depois escreveu sobre Whitman com uma percepção, uma eloquência, um amor e uma exasperação como os de Lawrence. Em certos momentos, Walt leva Lawrence a uma espécie de loucura. Ora hilárias, ora luminosas, as observações de Lawrence forçosamente revelam mais sobre o escritor inglês do que sobre o bardo americano, mas o drama da influência e seus descontentes raramente são tão ricos e valiosos como no *agon* de Lawrence com seu original americano.

Às vezes, Lawrence parte para sua própria fantasmagoria, como nesta insana e brilhante rapsódia do esquimó:

> Tão logo Walt *sabia* de algo, assumia uma Identidade Unitária com aquilo. Se sabia que um esquimó se sentava num caiaque, imediatamente ali estava Walt sendo pequeno e amarelo e oleoso, sentado num caiaque.
>
> Agora você me dirá exatamente o que é um caiaque?
>
> Quem é este que exige essa definição tacanha? Que ele me contemple *sentado em um caiaque*.
>
> Eu não contemplo tal coisa. Contemplo um homem velho e um tanto gordo de uma sensibilidade um tanto senil e constrangida.
>
> DEMOCRACIA. EN MASSE. UMA SÓ IDENTIDADE.
>
> O universo, em suma, resulta em UM.
>
> UM.
>
> I.

Qual é Walt.

Seus poemas *Democracia, En Masse* e *Uma Identidade* são longas operações de adição e multiplicação, cujas respostas são invariavelmente EU PRÓPRIO.

Ele alcança o estado de TOTALIDADE.

E então? Está tudo vazio. Apenas uma Totalidade vazia. Um ovo podre.

Walt não era um esquimó. Um pequeno, amarelo, esguio, sagaz, oleoso pequeno Esquimó. E quando Walt brandamente assumia a Totalidade, inclusive o Ser Esquimó, para si, estava apenas extraindo o vento de uma casca de ovo podre, nada mais. Os esquimós não são pequenos Walts. São algo que não sou, sei disso. Fora do ovo de minha Totalidade sorri o oleoso e pequeno esquimó. Fora do ovo da Totalidade de Whitman também.*

Não existe esquimó nem caiaque em nenhuma parte de *Folhas de relva*. Lawrence então é tão lunático quanto Carlyle em seu deplorável panfleto *The Nigger Question* (A questão dos negros), contemplando índios ocidentais imaginários destruindo abóboras maduras com seus dentes reluzentes. Carlyle compensa em parte essa falha em *Sartor Resartus* — se não me falha a memória —, ao sugerir que o Parlamento Britânico melhoraria se os pares do reino e parlamentares fossem nus em pelo a todas as sessões. Quantas vezes imagino um decreto exigindo que nossos senadores e deputados se reúnam e deliberem dentro da realidade do corpo e de sua ruína!

---

* As soon as Walt *knew* a thing, he assumed a One Identity with it. If /he knew that an Eskimo sat in a kyak, immediately there was Walt being little and yellow and greasy, sitting in a kyak. / Now will you tell me exactly what a kyak is? / Who is he that demands petty definition? Let him behold me *sitting in a kyak.*/ I behold no such thing. I behold a rather fat old man full of a rather senile, self-conscious / sensuosity. / Democracy. En Masse. One Identity. / The universe, in short, adds up to one. / ONE. / Which is Walt. / His poems, *Democracy, En Masse, One Identity,* they are long sums in addition and multiplication, of which the answer is invariably MYSELF. / He reaches the state of ALLNESS. / And what then? It's all empty. Just an empty Allness. An addled egg. / Walt wasn't an Eskimo. A little, yellow, sly, cunning, greasy little Eskimo. And when Walt blandly assumed Allness, including Eskimoness, unto himself, he was just sucking the wind out of a blown egg-shell, no more. Eskimos are not minor little Walts. They are something that I am not, I know that. Outside the egg of my Allness chuckles the greasy little Eskimo. Outside the egg of Whitman's Allness too.

Lawrence pôde cantar tantos caiaques inexistentes quantos quisesse devido à sua extraordinária transição à celebração de Whitman como "o primeiro aborígine branco":

> Whitman, o grande poeta, significou tanto para mim. Whitman, o único homem abrindo um caminho à frente. Whitman, o único pioneiro. E somente Whitman. Nenhum pioneiro inglês, nenhum francês. Nenhum pioneiro-poeta europeu. Na Europa os candidatos a pioneiros são meros inovadores. O mesmo nos EUA. À frente de Whitman, nada. À frente de todos os poetas, pioneiro na selva da vida não aberta, Whitman. Além dele, ninguém. Seu amplo e estranho acampamento ao final da grande rodovia. E montes de novos e pequenos poemas acampando no acampamento de Whitman agora. Mas nenhum indo realmente além. Porque o acampamento de Whitman fica no fim da estrada, e à beira de um grande precipício. Sobre o precipício, distâncias azuis, e o vazio azul do futuro. Mas não há caminho abaixo. É um final sem saída.
> Pisgah. Visões em Pisgah. E Morte. Whitman como um Moisés americano estranho, moderno. Medrosamente enganado. E ainda assim o grande líder.
> A função essencial da arte é moral. Não estética, não decorativa, não passatempo e recreação. Mas moral. A função essencial da arte é moral.
> Mas uma moralidade apaixonada, implícita, não didática. Uma moralidade que mude o sangue, e não a mente. Mude o sangue primeiro. A mente vem depois, na esteira.
> Ora, Whitman foi um grande moralista. Ele foi um grande líder. Ele foi um grande transformador do sangue nas veias dos homens.

Embaraçado, prostro-me diante de Lawrence por isso, reservando apenas a discordância de que uma criação estética triunfante valide a promessa de Whitman para nós:

> You will hardly know who I am or what I mean,
> But I shall be good health to you nevertheless,
> And filter and fibre your blood.

Failing to fetch me first keep encouraged,
Missing me one place search another,
I stop somewhere waiting for you.

["Song of Myself," parte 52]*

Lawrence estava obcecado com a liderança, a ponto de seus últimos romances, como *Aaron's Rod*, *Kangaroo* e *The Plumed Serpent* beirarem a histeria e o fascismo. A ideia que fazia Whitman de liderança era Abraham Lincoln. Politicamente, Lawrence e Whitman são irreconciliáveis, mas como poeta Lawrence se tornou quase totalmente whitmaniano, embora não esclareça sua postura com relação ao homoerotismo do precursor. O que herdou basicamente de Whitman foi sua mitologia da morte moderna.

Escrevo estas páginas em 2009, quando Lawrence não é muito lido. No entanto, dentre seus contemporâneos na língua inglesa, apenas W. B. Yeats e James Joyce parecem estar artisticamente à sua altura, o que significa valorizar Lawrence ainda mais do que Hardy, Conrad, Woolf ou T. S. Eliot. No continente europeu, podemos acrescentar Proust, Kafka, Mann, Beckett — já que escreve em francês e inglês — a Yeats e Joyce. Congêneres americanos incluem Stevens, Crane e Faulkner. Minha impressão sobre a recepção de Lawrence pelos atuais estudantes é que mais uma vez ele atrai uma elite, após uma época estranha em que foi obscurecido pela sociopolítica feminista de acadêmicos e jornalistas.

Em parte, o esplendor de Lawrence está em seu domínio versátil de quase todos os gêneros literários: poemas, contos curtos e mais longos, romances, ensaios, tratados, peças, cartas, profecias, crítica literária, história e textos sobre viagens. Basicamente sua originalidade e persistência canônica se fundam numa visão nova de como representar a consciência humana, que vai além daquela de Henry James e Conrad e se choca com

---

* Mal saberás quem sou ou o que pretendo, / Mas serei boa saúde para ti não obstante, / E filtro e fibra em teu sangue. // Falhando em reaver-me no começo não perde o ânimo, / Errando um local busca em outro, / Paro em algum lugar tão aguardando.

a de Joyce — talvez porque Lawrence careça de um componente cômico autêntico em sua genialidade. Tanto Lawrence quanto Joyce herdaram de Blake, Wordsworth e Shelley a exaltação romântica da vontade e do desejo. Blake e Joyce tinham certa afinidade com Rabelais, da qual Wordsworth, Shelley e Lawrence decididamente não partilharam.

Wordsworth e Joyce conseguiram persistir em um naturalismo heroico, mas Lawrence aderiu a uma tradição apocalíptica que vai, em sua fase mais moderna, de Joaquim de Flora, passando por Blake e Shelley, até Yeats, que admirava Lawrence. O julgamento mais perspicaz sobre Walt Whitman é o de Wallace Stevens, cujo Walt canta: "Nada é final", "Nenhum homem verá o fim". Lawrence tentou transformar Whitman no Melville Gnóstico, mas esta forte desleitura simplesmente não funciona. Whitman raramente escreve movido pela amargura: "Respondez!", "A Hand-Mirror" (Um espelho de mão) e apenas mais uns poucos poemas. Mas, para minha infelicidade estética, após *O arco-íris* (1915), sublime demais para ser amargo, até mesmo *Mulheres apaixonadas* (1920) recai na amargura. Assim como Whitman, Lawrence em seu ápice era pródigo demais para sentir amargura; por demais imbuído de compaixão pelos seres humanos sofredores.

Após muitos anos afastado, acabo de reler os dois maiores romances de Lawrence. *O arco-íris* me enche de estupor e assombro. Poderia ter chocado Tolstói, mas este teria encontrado nele algo de seus próprios poderes anormais de representação. Whitman também o teria admirado. *O arco-íris* poderia ser comparado a vários dos romances mais reais de Hardy tomados em conjunto. Penso em *The Woodlanders, The Return of the Native, The Mayor of Casterbridge. Mulheres apaixonadas* é inesquecível e falho, mas até suas falhas possuem grandeza, assim como *Tess D'Urbervilles* e *Judas, o obscuro*, ambos de uma imperfeição grandiosa. Schopenhauer estava próximo demais de Hardy. Assim como Nietzsche, ele se aproxima de Lawrence, mas por fim se evade.

Gershom Scholem gostava de conversar comigo sobre Whitman, que ele leu com prazer e aprovação, observando que o poeta de "Song of Myself" foi um cabalista original, nada devendo à tradição esotérica judaica. As analogias de Lawrence com a Cabala são rastreadas por Charles Burack em *D. H. Lawrence's Language of Sacred Experience* (A linguagem de D. H. Lawrence da experiência sagrada — 2005). Burack acredita no acesso de Lawrence ao Zohar, através de fontes tão duvidosas quanto Madame Blavatsky. Já eu costumo considerar o efeito de Whitman sobre Lawrence. Em linhas schopenhauerianas, parece possível que Lawrence, assim como Whitman, fosse um tipo de cabalista natural. A visão de Whitman sobre si mesmo como "Adam early in the morning" (Feito Adão de manhã cedo) faz dele o Homem-Deus Primordial, andrógino e anterior à Queda. A primeira geração dos Brangwens em *O arco-íris* parece se aproximar desse estado de espírito exaltado que o próprio Lawrence luta por recuperar nos poemas de *Look! We Have Come Through!*.

Um dos pontos altos do livro é "New Heaven and Earth", que sob alguns aspectos é o poema mais profundamente whitmaniano não escrito por Walt, apesar dos esforços hábeis de Lawrence por se distanciar de seu precursor titânico. As posturas variadas de Lawrence em relação a Whitman me lembram as estratégias similares de Baudelaire em relação a Victor Hugo, uma força da natureza. A chegada a um mundo poético novo se torna precária quando gigantes tomam para si todo o espaço:

And so I cross into another world
shyly and in homage linger for an invitation
from this unknown that I would trespass on.

I am very glad, and all alone in the world,
all alone, and very glad, in a new world
where I am disembarked at last.

I could cry with joy, because I am in the new world, just ventured in.
I could cry with joy, and quite freely, there is nobody to know.*

Lawrence poderia ter insistido que estava sozinho no novo mundo porque alcançar a harmonia sexual com uma mulher era precondição de entrada —

---

* Assim cruzo para outro mundo / tímido e deferente aguardo por um convite / desse desconhecido que eu violaria. // Estou muito contente, e solitário no mundo, / solitário, e muito contente, num novo mundo / onde desembarquei enfim. // Poderia chorar de alegria, porque estou no novo mundo, acabei de penetrar lá. / Poderia chorar de alegria, e livremente, não tem ninguém para saber.

dificilmente uma aspiração whitmaniana. A insistência, por mais que fosse digna, seria irrelevante, já que Whitman celebra tanto a heterossexualidade como "o amor entre camaradas". Ainda assim, existe uma pungência nos poemas de *Cálamo* totalmente diferente daqueles reunidos como *Descendentes de Adão*. A relutância de Lawrence em reconhecer a orientação sexual autêntica de Whitman talvez reflita a força repressiva de seu próprio homoerotismo, tão poderosamente exemplificado pelo relacionamento Birkin-Gerald, que ecoa de forma vibrante nos momentos finais de *Mulheres apaixonadas*.

Existe uma tentativa de afastamento de Whitman nas partes II-III de "New Heaven and Earth", mas ela é palpável demais para funcionar. "Tudo foi maculado por mim" [*Everything was tainted with myself*], Lawrence lamenta, mas essa forma é Whitman em seu auge, o poeta capaz de escrever "eu sou o homem, eu sofri, eu estava lá" [*I am the man. I suffered. I was there*] e "agonias são uma de minhas mudas de roupa" [*agonies are one of my changes of garments*]. A distância, a parte IV invoca de forma impressionante o horror das batalhas da Primeira Guerra Mundial, mas a forma é mais uma vez Whitman, o vidente de *Repiques de tambor*. Mesmo a morte e a ressurreição lawrenceanas, na parte seguinte, repetem o padrão de Whitman, e a parte transicional VI talvez nos leve inconscientemente à cena da praia de "As I Ebb'd with the Ocean of Life":

> The unknown, the unknown!
> I am thrown upon the shore.
> I am covering myself with the sand.
> I am filling my mouth with the earth.
> I am burrowing my body into the soil.
> The unknown, the new world!*

A Parte VII enfim consegue se libertar de Whitman, já que canta belamente a renovação das relações de Lawrence com Frieda. Contudo, de quem é a cadência que abre a parte final do poema?

---

* O desconhecido, o desconhecido! / Sou lançado sobre a praia. / Estou me cobrindo de areia. / Estou enchendo a boca de terra. / Estou enterrando o corpo no solo. / O desconhecido, o novo mundo!

Green streams that flow from the innermost continent of the new world,
what are they?
Green and illumined and travelling for ever
dissolved with the mystery of the innermost heart of the continent
mystery beyond knowledge or endurance, so sumptuous
out of the well-heads of the new world.—*

Esse é mais uma vez o melhor Whitman que Walt nunca compôs. Por pouco um canto majestoso do novo mundo pode ser dissociado do inventor poético na novidade. O dilema de Lawrence explica a ambivalência de suas visões e revisões de Whitman em *Estudos sobre a literatura clássica americana*. "Manifesto", outra sequência de grande exuberância, tenta se libertar tanto de Shelley como de Whitman:

>We shall not look before and after.
>We shall *be, now*.
>We shall know in full.
>We, the mystic NOW.**

Isso é vigoroso demais e fica aquém dos dois mestres poéticos de Lawrence. O poema final de *Look! We Have Come Through!* é "Craving for Spring" (Ansiando pela primavera), que me parece uma resposta à pergunta final da "Ode to the West Wind" de Shelley. Lawrence aplica um ardor shelleyano contra o cômputo ou a imagem da voz whitmanianos:

Oh, if it be true, and the living darkness of the blood of man is purpling
    with violets,
if the violets are coming out from under the rack of men, winter-rotten
    and fallen,

---

* Verdes torrentes que fluem do continente mais íntimo do novo mundo, / que são? / Verdes e iluminadas e viajando para sempre / dissolvidas com o mistério do cerne mais íntimo do continente / mistério além do conhecimento ou resistência, tão suntuoso / saído das nascentes do novo mundo.—
** Não olharemos antes e depois. / *Seremos, agora*. / Saberemos plenamente. / Nós, o AGORA místico.

we shall have spring.
Pray not to die on this Pisgah blossoming with violets.
Pray to live through.*

Creio que aqui Lawrence revela uma força poética adicional, que possibilitará os maiores poemas pós-whitmanianos de *Birds, Beasts, and Flowers*, inclusive "Medlars and Sorb-Apples" (Nêsperas e sorvas), "Snake" (Cobra) e a série "Tortoise" (Tartaruga). *Last Poems*, publicado postumamente em 1932, acrescenta os poemas sobre a morte: "Bavarian Gentians" (Gencianas bávaras), "The Ship of Death" (A nau da morte), o esplêndido "Shadows" (Sombras) e meu preferido pessoal de originalidade espantosa, "Whales Weep Not!" (Baleias, não chorem!), que faria Whitman invejar Lawrence. Gostaria, porém, de fechar esta justaposição de Whitman e Lawrence com as duas últimas sátiras de *Nettles* (1930). "Folhas de relva, flores de relva" questiona a metáfora central de Whitman:

> Leaves of grass, what about leaves of grass?
> Grass blossoms, grass has flowers, flowers of grass,
> dusty pollen of grass, tall grass in its midsummer maleness,
> hay-seed and tiny grains of grass, graminiferae
> not far from the lily, the considerable lily.**

Indiretamente, Lawrence contrasta suas flores de relva às *Folhas de relva* de Whitman, mas sua "relva alta em sua macheza de verão" [*tall grass in its midsummer maleness*] é o mais puro Whitman. O objetivo de Lawrence, que é rejeitar a democracia whitmaniana, fica claro em sua sátira final, "Magnificent Democracy" (Magnífica democracia):

> Oh, when the grass flowers, the grass
> how aristocratic it is!

---

* Oh, se for verdade, e a escuridão viva do sangue do homem estiver adquirindo a púrpura das violetas, / se as violetas estiveram surgindo de sob a ruína dos homens, apodrecidas pelo inverno e caídas, / teremos primavera. / Ore para não morrer neste Pisgah florescendo com violetas. / Ore para sobreviver.
** Folhas de relva, o que dizer das folhas de relva? / A relva floresce, a relva tem flores, flores de relva, / pólen poeirento de relva, relva alta em sua macheza de verão, / semente de feno e grãos minúsculos de relva, gramíneas / não distantes do lírio, o considerável lírio.

> Cock's-foot, fox-tail, fescue and tottering-grass,
> see them wave, see them wave, plumes
> prouder than the Black Prince,
> flowers of grass, fine men.
>
> Oh, I am a democrat
> of the grass in blossom,
> a blooming aristocrat all round.*

Dois poetas fortes e autênticos dificilmente poderiam diferir tanto em temperamento como Whitman e Lawrence. Em matérias de personalidade, Fernando Pessoa e Jorge Luis Borges estavam bem mais próximos de Whitman. Lawrence foi *descoberto* por Whitman devido à busca inevitável que compartilhavam, melhor expressa por Lawrence em "Poetry of the Present":

> Esta é a inquieta, inapreensível poesia do mero presente, poesia cuja própria permanência reside em seu trânsito como no vento. A poesia de Whitman é a melhor de sua espécie. Sem início e sem fim, sem qualquer base e frontão, passa de roldão para sempre, qual vento para sempre de passagem, e inacorrentável. Whitman realmente olhou antes e depois. Mas não suspirou pelo que inexiste. A chave para todas as suas elocuções reside na simples compreensão do momento imediato, a vida crescendo em alocução em sua própria nascente. A eternidade não passa de uma abstração do presente real. O infinito é apenas um grande reservatório de recordações, ou um reservatório de aspirações: feitas pelo homem. A hora ágil e vibrante do presente, essa é a alma do Tempo. Essa é a imanência. A alma do universo é o *eu pulsante, carnal*, misterioso e palpável. Sempre é assim.
>
> Porque Whitman pôs isso em sua poesia, nós o temermos e respeitamos tão profundamente. Não o deveríamos temer se

---

* Oh, quando a relva floresce, a relva / quão aristocrática ela é! / Dáctila, capim-rabo-de-raposa, festuca e treme-treme, / veja-os ondularem, veja-os ondularem, penachos / mais orgulhosos que o Príncipe Negro, / flores de relva, ótimos homens. // Oh, sou um democrata / da relva em flor, / um aristocrata florescente consumado.

cantasse somente as "velhas, infelizes e distantes coisas" ou as "asas da manhã". É porque seu coração bate com o premente, insurgente Agora, que está até sobre todos nós, que o tememos. Ele está tão perto da vida.*

Ele está tão perto da vida. Lawrence diz isso de Whitman sinceramente, e na melhor das hipóteses podemos dizer o mesmo dele. De quem mais? Certamente de Shakespeare, cujo Hamlet se apropria da vida como ninguém. Muitos grandes poetas — Milton, Wordsworth, Shelley, Yeats, Crane — têm a maioria dos outros dons, mas não a novidade, o Agora se declarando. A crítica formalista sempre erra com Lawrence: vide o debacle de R. P. Blackmur, que desprezou os poemas de Lawrence como "obra escrita por uma sensibilidade protestante torturada e sobre a base de uma mente incompleta, incomposta". O dogma tampouco entende Lawrence: T. S. Eliot é levado à histeria pela religiosidade de Lawrence. Pode ser que Lawrence, apesar de toda nossa negligência atual, venha a se mostrar o melhor apóstolo de Walt Whitman.

---

* No original, "He is so near the quick". (N. da E.)

MÃO DE FOGO

A magnificência de Hart Crane

Faz setenta anos que me apaixonei pela primeira vez pela poesia de Hart Crane no início do verão de 1940, ao me aproximar do meu décimo aniversário. Ensinei *A ponte* ontem a um grupo de discussão receptivo de estudantes de Yale e fui para casa exausto, já que o engolfamento emocional e cognitivo é o efeito constante de Crane sobre mim. Crane é um poeta difícil que requer uma leitura extraordinariamente atenta — palavra por palavra, frase por frase, verso por verso. Acrescente-se a isso a natureza raramente reconhecida de sua obra: ele é um poeta religioso sem sequer uma fé incrédula. Um admirador de *Harmonium* de Wallace Stevens, não viveu para ler *Notes Toward a Supreme Fiction*, escrito uma década após sua morte pela água. A crença final de Stevens é na ficção, com o conhecimento agradável de que aquilo em que você acredita não é verdade. Isso deixa intocada a verdade do que você *sabe*.

A ponte (1930) é o Verbo de Crane, uma Mão de Fogo blakeana. Mal-interpretado como uma obra fraca, foi julgado um "esplêndido fracasso" pelos antigos Novos Críticos (Allen Tate, Yvor Winters, R. P. Blackmur, Cleanth Brooks) e seus constantes mais ou menos seguidores dentro e fora do mundo acadêmico. Por minha experiência, a obra supera rivais como *Paterson*, os *Cantos* e *A terra desolada*, que costumam obter mais elogios. O neocristianismo, uma doença literária da qual Thomas Stearns Eliot foi o Vigário das Academias, foi uma espécie de fé acadêmica durante as décadas de 1950 e 1960, mas já quase desaparecido no despontar da segunda década do século XXI. Em Tate, discípulo de Eliot, encontrou um porta-voz prematuro, mesmo quando Tate escreveu um prefácio a *White Buildings* (Prédios brancos — 1926) de seu amigo Crane, obra que disputa com *Harmonium* de Stevens o título proeminente de "primeiro livro" escrito por um poeta americano desde *Folhas de relva* (1855):

> Existe a opinião no exterior de que a poesia de Crane é, em algum sentido indefinido, "nova". Provavelmente se apropriará dela um dos diversos cultos esotéricos da alma americana. Ela tende à formação de um estado mental cujo equivalente crítico seria com efeito um desmascaramento da confusão e irrelevância do atual jornalismo da poesia e de quão defasada está a inteligência crítica em relação ao impulso criativo no momento. Espera-se portanto que esse estado mental, onde possa ser de alguma forma registrado, não seja no seu princípio desviado para um falso contexto de valores religiosos obscuros, que uma barreira não se erga entre ele e a ordem racional da crítica.

A "ordem racional" significava *The Sacred Wood* (A floresta sagrada — 1920) de Eliot, um compêndio para o modernismo neoclássico. Crane é um Alto Romântico na acepção mais Alta do termo: seus pares são Shelley, Blake, Lawrence e Yeats, todos em busca de deuses estranhos — que também é a busca de *A ponte*, publicado em 1930, o ano da morte prematura de Lawrence, aos 44 anos. Traços de *O arco-íris* e *The Plumed Serpent* foram parar na obra de Crane, embora seja difícil imaginar o que Lawrence teria achado de Crane, um colega whitmaniano diferente, que não escreveu em cadências whitmanianas, mas em quadras e oitavas elizabetanas-elióticas. Lembro que discuti afinidades entre Crane e Lawrence com Tennessee Williams, que reverenciava ambos os precursores e tendia a compor poemas líricos craneanos e contos lawrenceanos antes de se libertar em suas peças teatrais, assombradas até hoje por seus precursores.

Não desejo repetir meu relato da Religião Americana aqui, mas encaminhar qualquer leitor interessado ao meu livro com esse título (1992, 2006) e à minha introdução a *American Religious Poems* (2006) da Library of America. O aspecto literário da Religião Americana começa com a doutrina de Emerson da Autoconfiança, formulada pelo Sábio de Concord em resposta ao pânico bancário de 1837. Porém, o credo popular precedeu Emerson em uma geração e começou na grande revivescência de Cane Ridge, Kentucky, uma enorme onda anticalvinista de entusiasmo religioso — e sexual — que espocou na segunda semana de agosto de 1801, na qual 25 mil renegados presbiterianos se mesclaram aos batistas, metodistas e outros sectários num êxtase de unidade com o Jesus americano — uma figura em nada semelhante ao Cristo Teológico Europeu.

A mãe de Hart Crane, Grace Hart Crane, foi uma cientista cristã, uma crença excêntrica que nunca afetou o jovem poeta — que não se interessava por nenhum credo nem por política. A melhor definição de sua espiritualidade é da admirável poetisa britânica Elizabeth Jennings em *Every Changing Shape* (Toda forma mutante — 1961): "Crane empregou muitas palavras, signos e símbolos cristãos. Mas, assim como Rilke, removeu essas coisas do domínio da ortodoxia estrita, dando-lhes uma vida livre própria. Sua imaginação as libertou da servidão do dogma."

A versão de Crane da Religião Americana procede de uma fusão de William Blake com a tradição nativa de Emerson, Whitman, Melville e Dickinson. Ele leu o até hoje útil *William Blake: His Philosophy and Symbols* (William Blake: Sua filosofia e símbolos — 1924), de S. Foster Damon, e elaborou uma visão espiritual da literatura americana clássica. A leitura de *The Man Who Died* (O homem que morreu) de Lawrence em 1931-32 exerceu um efeito complexo sobre o último grande poema de Crane, "The Broken Tower", conferindo uma imagem de ressurreição à transformação de seu relacionamento heterossexual inicial — e final —, semelhante ao do Jesus do romance de Lawrence, que ressuscita como um ser sexual no espírito da visão de Blake.

O vitalismo apocalíptico de Lawrence teve fontes esotéricas que incluem o nebuloso P. D. Ouspensky, que Crane também leu — ou tentou ler. Todavia, nem Lawrence nem Crane se tornaram teósofos, como ocorreu com Yeats, o supremo poeta do século XX e ao mesmo tempo o mais crédulo. Lawrence foi um pouco suscetível a charlatanismos cosmológicos, sobretudo em *The Plumed Serpent*, que interessou a Crane. Não obstante, o intelecto cético de Crane finalmente resistiu ao ocultismo sagrado, assim como rejeitou todos os dogmas em religião ou política. A afinidade mais profunda de Crane pode ser com Emily Dickinson: o seu

Verbo, assim como o Dela, é uma "Filologia Adorada" e não o Logos do Evangelho de João.

O amante secreto de Dickinson, que talvez tenha se tornado seu marido, o juiz Otis Phillips Lord, morreu em 1884. Em uma carta a Lord, ela afirmou a posição conjunta deles: "Ambos acreditamos e desacreditamos cem vezes por Hora, o que mantém a Crença ágil." Sua descrença era mais ágil, mas seu Deus fictício permaneceu pessoal. O Deus desconhecido de Crane não é pessoal nem impessoal. À semelhança de Blake, Crane foi um homem sem máscaras, e seus confrontos transcendentais buscam persuadir somente em nome de sua poesia. Serão Dickinson ou o Stevens maduro diferentes?

Seja lá como denominemos a obra de Crane, claramente *não* é poesia devocional, como tampouco é "Song of Myself" ou a obra de Frost, Stevens, William Carlos Williams ou Marianne Moore. Eliot, Tate, Auden e o jovem Robert Lowell visaram a devoção em uma série de poemas líricos e meditações célebres. Não os consigo ler sem me lembrar de novo das restrições de Dr. Samuel Johnson: o bem e o mal da Eternidade são grandes e graves demais para as asas da sagacidade. A mente afunda diante deles, satisfeita com a crença calma e a adoração humilde.

Isso pode produzir orações pungentes, mas apenas poesia fraca.

Crane, um devoto pindárico de Eros, necessariamente não separaria a carne do espírito. Seu primeiro poema religioso notável é o difícil "Lachrymae Christi", que nunca me entusiasmou, apesar de seus números misteriosos e intricados. As lágrimas de Cristo são o nome do vinho tinto doce de Nápoles, a que o poema evoca, introduzindo assim Dionísio, o deus do vinho, no poema. Nietzsche é invocado o tempo todo, formando uma tríade implícita com Jesus e Dionísio.

Numa passagem grandiosa de *Per Amica Silentia Lunae*, o devaneio pateriano de Yeats, que Crane jamais menciona mas que assombra seus dias e suas obras, o vidente irlandês exprimiu seu credo: "Verei as trevas se tornarem luminosas, o vazio, frutífero quando entender que nada tenho, que os sineiros na torre designaram para o himeneu da alma um dobre de finados." É nietzscheano também, mas não em sua forma dionisíaca, em que os sorrisos do deus arrebatado criam as divindades do Olimpo e suas lágrimas formam seres humanos. Dionísio é capturado em seu próprio arrebatamento, mas não tem nada nem ninguém, fadado qual Nietzsche e

Crane ao dobre de finados daqueles que nunca casarão. A crise de "Lachrymae Christi", o mais denso de todos os poemas líricos de Crane, vem num parêntese ardente:

> (Let sphinxes from the ripe
> Borage of death have cleared my tongue
> Once and again; vermin and rod
> No longer bind. Some sentient cloud
> Of tears flocks through the tendoned loam:
> Betrayed stones slowly speak.)*

Borragem (*borage*) é ao mesmo tempo um remédio purgante e um vinho bebido como estimulante. Aqui, pertence à morte e ressurreição. Grosseiramente parafraseada, essa estrofe entre parênteses declara: que as esfinges — ocultas, no sentido cabalista ou hermético de enigmas que o Adão Kadmon, ou Homem Divino, decifrará — repetidas vezes libertem a voz poética de Crane da servidão e punição (vermina e açoite). A natureza se ergue para verter lágrimas humanas, e pedras blakeanas lentamente adquirem o dom da fala.

Por que Crane insiste tão incansavelmente que o analisemos? A doutrina aqui é nietzscheana, bem como esotérica. Como ele a tornará sua própria doutrina — bem como nossa? Seu *agon* não é apenas com seus precursores heroicos — Whitman, Nietzsche, Yeats —, mas com o precursor estilístico Eliot, e também com William Carlos Williams, 16 anos mais velho e um potencial rival à herança poética americana em oposição a Pound e Eliot. Crane achou Williams útil como um concorrente, enquanto Williams seguiu a carreira de Crane com considerável angústia. Não conheço nenhum leitor que situe *Paterson* e *A ponte* no mesmo nível, porque os dois épicos são antitéticos. "Nada de ideias fora das coisas" [*No ideas but in things*] de Williams teve como resposta "A primeira ideia é uma coisa imaginada" [*The first idea is an imagined thing.*] de Stevens. O visionário Crane responde mais plenamente.

---

* (Que as esfinges da borragem madura / Da morte tenham aclarado minha língua / Repetidas vezes; vermina e açoite / Já não unem. Certa nuvem sensível / De lágrimas aflui pelos tendões da greda: / Pedras traídas falam devagar.)

Embora com grande respeito, em suas cartas, Crane despreza o "casual" em Williams. Após a autodestruição de Crane, Williams exibiu, mais do que compaixão, uma angústia agonística. O apóstolo fervoroso de um Novo Mundo Desnudo não estava a ponto de anunciar um visionário tardio do Alto Romantismo:

> Não posso me tornar enlevado como ele [...] evangelho do pós-guerra, o respondedor do apóstolo romântico de *A terra desolada*.

O reconhecimento de que tanto Crane como Eliot foram românticos é sagaz, mas o ressentimento de Williams em relação a Crane foi claramente defensivo. Ele odiou "Atlantis", que era, porém, o ápice da veia invocatória de Shelley, enquanto Williams era um adorador permanente de Keats.

Volto-me agora para *A ponte*, já que as "Voyages" de Crane já foram meu tema antes neste labirinto. Vou me concentrar em "Proem: To Brooklyn Bridge" e "Atlantis", com apenas vislumbres do resto do poema. Essa discussão me leva a por fim à leitura atenta do poema de morte "The Broken Tower".

O estranho julgamento de Crane como um "fracasso" — ainda que às vezes um fracasso "esplêndido" —, que prevalecia quando comecei a lecioná-lo em Yale em 1955, baseava-se em ensaios de Tate, Blackmur e Winters, todos os quais abominavam Emerson e Whitman. Depois de 55 anos, a autoridade desses comentaristas um tanto limitados declinou, e existem ótimos estudos de Crane escritos por John Irwin, Sherman Paul e Lee Edelman, entre outros. O dogma crítico, com frequência um neocristianismo (eliótico) ou uma moral social (homofóbica) disfarçados, cegou Tate e Blackmur. Winters foi um moralizador incessante, assim como Blackmur foi um poeta menor. Tate, um poeta mais considerável, não conseguiu superar a influência conjunta de Eliot e Crane.

A ponte é sem dúvida desigual, mas há nele cantos inteiros perfeitos, e em todo o poema a linguagem de Crane vive, comove, respira. Quase oitenta anos após sua publicação, mesmo os que preferem de longe Eliot, Pound ou Williams a Crane — o que obviamente não é o meu caso — podem ler o poema com precisão. Ter lido Crane durante setenta anos me torna inicialmente incapaz de ver quão difícil ele continua sendo para muitos. Sua originalidade retórica, que é sua maior força, desconcerta, porque nesse aspecto crucial ele teve por precursores apenas Marlowe e Shakespeare, que realizaram a relação entre retórica clássica e memória desenvolvendo ainda mais a visão de Ovídio de metamorfoses incessantes. (O brilhante estudo retórico de 1987 de Edelman *Transmemberment of Song* (Transmembramento da canção) ajuda a entender o relacionamento de Crane com Marlowe, Shakespeare, Shelley, Whitman e Eliot.) Tropos se entrecruzam incessantemente em Marlowe, e Shakespeare aumenta muito a mudança. Grandes celebrantes do desejo, Marlowe e Shakespeare dissolvem os elementos sincrônicos e estáticos da retórica em um fluxo através do tempo. "Hero and Leandro", de Marlowe — que Crane leu com prazer — e "Venus and Adonis" de Shakespeare atuam tropologicamente para se tornarem viçosos e pioneiros, e tornar sucessor o precursor Ovídio, como se *este* os estivesse imitando.

Em toda a obra de Marlowe, a preocupação com as palavras é uma intoxicação intencional, e é sujeita a uma diversidade de propósitos por Shakespeare, que se diferenciava em sua adoração por criar palavras novas — 1.800 ao todo, dois terços das quais ainda em uso. Crane também inventa palavras, duas ao menos encontradas agora em outros poetas e nos críticos: "*transmemberment of song*", de "Voyages", e *curveship* (curvatura), de "Proem: To Brooklyn Bridge". Uma transmutação que desmembra é o destino órfico de Crane, enquanto emprestar a Deus um mito é "of the curveship" (da tua curvatura) — o *leap* (salto) ou *vaulting* (arqueamento) da Ponte do Brooklyn.

Shakespeare é o precursor de todos, mas as peças preferidas de cada escritor diferem. Eliot estranhamente escolheu *Coriolano*, enquanto Stevens talvez devesse mais a *Sonho de uma noite de verão*. Crane reagiu com mais fervor a *A tempestade*, cujas canções de Ariel o afetaram tanto quanto afetaram Shelley. Seu soneto "To Shakespeare" (A Shakespeare) contrasta a serenidade de Próspero e a canção de Ariel com a dialética complexa de lágrimas e risos de Hamlet, e "Voyages" alude à canção "Full Fathom Five" (Teu pai está a cinco braças), de Ariel, rivalizando com a citação de *A terra desolada*. O transmembramento órfico de Crane é a "transformação profunda" (*sea-change*) de Shakespeare.

A ponte tem tanta vida local que seu projeto pode ser obscurecido quando nos detemos com excessiva alegria em eloquências passíveis de irromper em qualquer parte. Como todos os leitores de Crane, tenho dificuldade para tentar enunciar seu tema épico. A resposta melhor e mais simples é a própria Ponte do Brooklyn, mas isso abre mais panoramas do que é possível estudar. Como um grande poeta romântico, Crane perpetuamente confronta o tema central dessa tradição: o poder da mente do poeta sobre um universo de morte. A Ponte do Brooklyn manifesta o poder da visão de seu engenheiro-arquiteto John Roebling sobre as limitações naturais, inclusive sua própria condição de deficiente físico.

Crane constantemente repensou *A ponte*: isso traz vitalidade, mas em certos momentos ameaça a coerência. Foi para ele uma "Ponte de Fogo" sempre sob o risco de se reduzir a uma "Mão de Fogo". Como convém a um nietzscheano, Crane parece seguir uma poética de dor memorável, semelhante a Yeats e Stevens. Sua busca não é por consolo — não até a paz momentânea ao cabo de "The Broken Tower", seu poema da morte. O êxtase é preferido à sabedoria em *A ponte*. Uma marca da Religião Americana é a identificação da liberdade com a solidão — uma equiparação dolorosamente ensinada por "Voyages" e neutralizada de novo somente pela resolução de "The Broken Tower", uma resolução que se mostrou efêmera, como evidenciado pelo suicídio de Crane.

Uma forma de apreender o esplendor de *A ponte* é se deter em seu tropo central, o "arqueamento" (*vaulting*) ou "salto" (*leap*) amalgamados à ponte por John e Washington Roebling, pai e filho. A subida longiniana aos píncaros do sublime, a um prazer tão difícil que nos deixa impacientes com prazeres mais simples, cria uma experiência de limiar. Angus Fletcher, o exegeta órfico de limiares poéticos, localiza-os entre labirinto e templo. Como a seção "The Tunnel" demonstra, Crane é uma autoridade em labirintos. Ele saúda a Ponte do Brooklyn como templo fundido com limiar, mas a apóstrofe é brilhantemente precária. Talvez sua visão mais verdadeira esteja contida nas quatro estrofes finais do "Proem":

> *O harp and altar, of the fury fused,*
> *(How could mere toil align thy choiring strings!)*
> *Terrific threshold of the prophet's pledge,*
> *Prayer of pariah, and the lover's cry—*
>
> *Again the traffic lights that skim thy swift*
> *Unfractioned idiom, immaculate sigh of stars,*

Beading thy path—condense eternity:
And we have seen night lifted in thine arms.

Under thy shadow by the piers I waited;
Only in darkness is thy shadow clear.
The City's fiery parcels all undone,
Already snow submerges an iron year...

O Sleepless as the river under thee,
Vaulting the sea, the prairies' dreaming sod,
Unto us lowliest sometime sweep, descend
And of the curveship lend a myth to God.*

Na poesia americana, existem apenas momentos limitados de tamanha beleza: epifanias em Whitman, Dickinson, Stevens e em outros poemas de Crane. Aqui a assombrosa Pietà — *"and we have seen night lifted in thine arms"* *"e vimos a noite erguida nos teus braços"* — redime as sombras, mas ainda não *"an iron year"* *"um ano de ferro"*. A Jerusalém de Crane, sua ponte para Atlântida, é mais sua Nínive, a cidade à qual Jonas foi enviado no pequeno livro profético que é lido em voz alta nos templos judaicos na tarde do Dia do Perdão.

"Proem" recapitula uma tradição americana que vai de William Cullen Bryant, passando por Whitman, até William Carlos Williams e também reúne perspectivas visuais derivadas de El Greco e William Blake. Eliot é necessariamente uma ausência. Mesmo "Preludes", que assombra-

---

* Harpa e altar pelo furor unidos, / (Como pôde o simples trabalho alinhar as tuas cordas cantantes!), / Medonho limiar da promessa do profeta, / Prece de um pária, e grito de um amante, — // E de novo as luzes do trânsito que deslizam pelo teu idioma / Veloz e total, imaculado suspiro de estrelas / Ornando o teu caminho, condensam a eternidade: / E vimos a noite erguida nos teus braços. // Sob a tua sombra, esperei junto dos pilares; / Apenas na escuridão é a tua sombra nítida. / Os bairros flamejantes da cidade todos inacabados, / A neve submerge já um ano de ferro... // Ó Insone como o rio lá em baixo, / Em arco sobre o mar, erva sonhadora das pradarias, / Desce, vem até nós, os mais humildes, / E da tua curvatura empresta a Deus um mito. [De A Ponte, tradução de Maria de Lourdes Guimarães. Lisboa: Relógio D'Água Editores, 1995.] (N. do T.)

ram Crane, são postos de lado pela invocação da Ponte do Brooklyn, embore *A terra desolada* retorne em "The Tunnel".

Tão perfeita é a apóstrofe inicial de "To Brooklyn Bridge" — o poema concorre com "Voyages II" e "The Broken Tower" como talvez o melhor de Crane — que tendemos a subestimar "Ave Maria", um solilóquio sonoro e comovente de Colombo a bordo da nau rumo ao Novo Mundo. Sob a superfície do solilóquio está um diálogo entre Hart e Walt baseado em "Passage to India" (Passagem para a Índia) e "A Prayer of Columbus" (Oração a Colombo). Edelman aponta com astúcia a audácia de Crane no canto "Cape Hatteras" (Cabo Hatteras), de *A ponte*, ao atribuir ao precursor o emblema fundamental da vida e obra do poeta posterior: "*Our Meistersinger, thou set breath in steel, / And it was thou who on the boldest heel / Stood up and flung the span on even wing / Of that great Bridge, our Myth, whereof I sing!*" *

Este não é exatamente Crane nas alturas, sobrecarregado como é pela angústia implícita, mas o discípulo precisa tomar o Grande Original Americano em sua palavra divina. Em *A ponte*, a obra-prima dos Roeblings, Deus e Whitman são três-em-um. Ser o filho de Whitman de fato é ser o Filho de Deus, mas esse Deus é um labirinto vivo, como Crane sabia que ele mesmo era. Toda a poesia de Crane, como a de Whitman, é labiríntica, um único poema, folhas de relva transmembradas em uma só canção, uma ponte de fogo.

O ferro não é um dos elementos primários de Whitman, em contraste com terra, ar, água: não se concebe "Song of Myself" como um poema prometeico, ao contrário de *A ponte* ou de tantas obras de Blake, Shelley, Yeats — mesmo de Stevens e, um tanto curiosamente, Eliot. Milton evita qualquer menção a Prometeu em *Paraíso perdido*, enquanto Shakespeare reduz "o fogo prometeico certo" ao que o brilhante narcisista Berowne declara em *Trabalhos de amores perdidos* ser o objeto da busca dos homens nos olhos das mulheres. Para Stevens, o "Fogo é o símbolo: o possível celestial".

O elemento de Crane foi a morte pela água — e não a chama dura, semelhante a pedra preciosa, de Walter Pater, nem a Condição do Fogo pateriana de Yeats. A única vez em que encontrei Stevens, ele citou a

---

* Tradução livre. "Nosso Mestre Cantor, fixaste o fôlego em aço, / E foste tu que na mais ousada adernagem / Te ergueste e transpuseste a extensão em asa equilibrada / Daquela grande Ponte, nosso Mito, que canto!" (N. do T.)

estrofe de "Witch of Atlas", de Shelley, que começa com "Os homens mal imaginam quão belo é o fogo" [*Men scarcely know how beautiful fire is*]. Shelley e Stevens, ambos proféticos de Hart Crane, jogaram fora as luzes, as definições, e disseram do que viram no escuro que era isso ou aquilo, mas se recusaram a usar os nomes podres. Os emersonianos renomeiam em primeiro lugar desnomeando — Whitman e Dickinson — e Crane culminou sua tradição insistindo que a verdade é inominável. Confrontando as auroras do outono, Stevens tentou a destruição heroica de tornar essa coisa nomeada inominável, mas abriu a porta da casa de seu espírito "sobre chamas". De toda a poesia americana composta depois dele, eu gostaria que Crane tivesse sobrevivido para ler *The Auroras of Autumn*. Em "The Broken Tower", ele é acossado por "Sunday Morning", de *Harmonium*. Se tivesse prosseguido, seu talismã poderia ter se tornado a percepção de Stevens segundo a qual as auroras não eram um signo ou símbolo da maldade, e sim uma inocência da terra — uma visão que evoca Whitman e Keats.

O pensamento poético é sempre uma forma de memória. Basicamente é a memória de poemas anteriores. As teorias sociais e a historização das artes tropeçam na rocha da memória, já que um grande poema, para se realizar, precisa começar recordando outro poema. Se um contexto social ou evento histórico perturbador induz uma mulher ou um homem à poesia, tende a ser tratado como se já fosse um poema. Essas verdades óbvias — que ajudei a expor meio século atrás — foram obscurecidas por quarenta anos de contracultura e seus descontentes. Sim, *A tempestade* é um fato social e um evento histórico, mas *importa* por ser um poema dramático e drama teatral que não desaparecerá. Tampouco *A ponte* desaparecerá.

Quem tem autoridade para proclamar o que é ou não um poema permanente? De Arthur Rimbaud a John Ashbery, grandes poetas tendem a desprezar os críticos, mas sem autoridade crítica — nunca concentrada em uma consciência individual — nos afogamos em maremotos de versos sinceros ruins. O economista inglês Thomas Malthus, mais do que Darwin, Marx ou Freud, é a figura que realmente aterroriza o mundo literário. A superpopulação desafia a imaginação. O que resta por dizer? Quantos cada um de nós consegue ouvir?

Somente talentos prodigiosos conseguem agora reinventar a poesia para nós. Desde Shakespeare, o atraso governa. Ninguém mais irá nos reinventar. Após Hart Crane, Gerard Manley Hopkins e Dylan Thomas, a densidade impactada da retórica, da métrica e da intensidade afetiva não pode aumentar sem sacrificar a coerência. Keats e Shelley, desenvolvendo-se a partir de Shakespeare e Marlowe, foram os ancestrais diretos de Hopkins e Crane. Uma retórica que rompa os recipientes — um tropo gnóstico e cabalista — é necessariamente uma espécie de criação por catástrofe. A quebra dos recipientes por Crane é mais intensa no canto de "Atlantis", que agora encerra formalmente *A ponte,* mas na verdade foi a primeira parte do épico a ser escrita.

À semelhança de Shelley, Crane mantinha com Platão um relacionamento complexo e difícil de entender. Para os dois maiores poetas do Alto Romantismo, Platão é o criador ancestral de mitos, apreendido diretamente por Shelley — cujo grego antigo era tão esplêndido quanto o de Swinburne —, mas, para Crane, é mediado por Emerson e Pater. O que o *Simpósio* foi para Shelley, *Crítias* e *Timeu* foram para Crane — o primeiro pela lenda da Atlântida, o segundo pelo mito da criação demiúrgica.

Emerson, escrevendo sobre Platão, deu a Crane o que pode ter sido um ponto de partida: "Ele tem razão, como todo a classe filosófica e poética tem, mas ele também tem o que eles não têm: um forte sentido de solução para reconciliar sua poesia com a aparência do mundo e erguer uma ponte das ruas da cidade para Atlântida." Poseidon, o deus dos mares, criou o reino da Atlântida no oceano que ainda chamamos de Atlântico. Atlas, filho de Poseidon, funda a capital da Atlântida. Seu projeto inicial é construir uma ponte:

> Primeiro, fizeram pontes sobre os anéis de mar que estavam à volta da metrópole antiga, criando deste modo um acesso para o exterior e para a zona real. Esta zona real, fizeram-na logo de princípio no local onde estava estabelecida a do deus e a dos seus antepassados. Como cada um, quando o recebia do outro, adornava aquilo que já estava adornado, superava sempre, na medida do possível, o anterior, até que tornaram o edifício espantoso de ver graças à magnificência e beleza das suas obras.
>
> (Platão, *Crítias*, tradução de Rodolfo Lopes)

A "Atlantis" de Crane evoluiu de fevereiro de 1923 ao final de 1926, quando o que se chamara "Bridge: Finale" (A Ponte: Final) recebeu enfim seu título platônico. Como costuma ocorrer com Crane, um incessante autorrevisionista, o primeiro fragmento do poema desaparece por completo:

> And midway on that structure I would stand
> One moment, not as diver, but with arms
> That open to project a disk's resilience
> Winding the sun and planets in its face.
> Water should not stem that disk, nor weigh
> What holds its speed in vantage of all things
> That tarnish, creep, or wane; and in like laughter,
> Mobile, yet posited even beyond that time
> The Pyramids shall falter, slough into sand,—
> And smooth and fierce above the claim of wings,
> And figured in that radiant field that rings
> The Universe:—I'd have us hold one consonance
> Kinetic to its poised and deathless dance.*

Ao final de umas 1.926 folhas de trabalho, o verdadeiro início do poema se manifesta:

> O Bridge, synoptic foliate dome:
> Always through blinding cables to our joy
> —Of thy release, the square prime ecstasy.
> Through the twined cable strands, upward

---

* E no meio daquela estrutura eu me erguia / Um momento, não qual mergulhador, mas com braços / Que se abrem para projetar a resistência de um disco / Arejando o sol e os planetas em seu rosto. / A água não deveria deter aquele disco, nem pesar / O que conserva sua velocidade com vantagem sobre todas as coisas / Que mancham, rastejam ou minguam; e em riso igual, / Móveis, mas fixadas mesmo além daquele tempo / As Pirâmides oscilarão, caídas na areia, — / E suave e ardoroso sobre as pretensões das asas, / E figurado naquele campo radiante que circunda / O universo: Eu preferiria que mantivéssemos uma harmonia / Cinética à sua equilibrada e imortal dança.

> Veering with light, the flight of strings,
> Kinetic choiring of white wings... ascends.*

Essa "cúpula folhada sinóptica" (*synoptic foliate dome*) evoca a de Shelley em *Adonais*, o paradigma de "Atlantis" mais ou menos da mesma forma como *Alastor* estabeleceu os padrões de "Voyages". Shelley, ainda mais do que Whitman e Eliot, com o tempo talvez venha a parecer o precursor mais autêntico de Crane. Ambos os poetas *percorrem* Platão como fizeram Montaigne e Emerson para chegar a uma postura metafísica lucreciana, também predominante em Whitman, Melville e Stevens. Tanto em Shelley como em Crane existe um conflito perpétuo entre a forma como as coisas são e o poder exaltado da visão poética — as coisas como deveriam ser. Difícil de descrever, uma tensão entre a realidade e a grande ânsia por invocar a transcendência torna o estilo da apóstrofe nos dois poetas algo de valor peculiar. *Adonais* é ostensivamente uma elegia pastoral, enquanto "Atlantis" conclui um breve épico americano, mas o gênero desaparece quando reunimos os poemas. A "ponte" de Whitman e a "estrela" de Keats realizam um trabalho comum para Crane e Shelley. Talvez possamos pensar em *A ponte* como uma elegia estendida — parcialmente pastoral — para Walt Whitman, embora Crane não tivesse acolhido essa ideia. As 55 estrofes spenserianas de *Adonais* podem ser lidas como mais uma variante do romance de busca shelleyano baseado em *Alastor*.

Shelley e Crane costumam transformar todos os gêneros em poemas líricos. Sobre "Atlantis", Crane observou que nele a ponte se torna um navio, um mundo, uma mulher, mas crucialmente uma tremenda harpa eólia. Esse é o tropo de Shelley em *Defesa da poesia*, em que todos nós, mas os poetas em particular, formamos

> um instrumento sobre o qual uma série de impressões externas e internas são direcionadas, como as alternâncias de um vento sempre mutante sobre uma lira eólia.

---

* Ó ponte, cúpula folhada sinóptica: / Sempre por cabos cegantes para nosso júbilo / — De tua libertação, o êxtase primordial completo. / Pelos filamentos de cabos entrelaçados, acima / Virando com luz, o voo de cordas, / Coro cinético de asas brancas... ascende.

Em *Adonais*, esse vento, identificado com o espírito ardente invocado na "Ode to the West Wind", desce sobre o poeta numa conclusão triunfantemente suicida. "Atlantis", apesar de sua negatividade dialética, exalta a esperança ainda que a harpa-ponte se daimonize em um deus desconhecido. Isso é coerente com a eloquência desesperada de "Proem: To Brooklyn Bridge", cuja "curvatura" é invocada "para emprestar a Deus um mito". Sherman Paul certa vez observou que, para Hart Crane, *bride* (noiva) e *bridge* (ponte) são cognatos. Recordo de Kenneth Burk me contando de forma meio maliciosa, enquanto éramos conduzidos pela Ponte do Brooklyn Heights para Manhattan, que a Barca do Brooklyn para Whitman e a Ponte do Brooklyn para Crane eram travessias ou bênçãos, tropos para restituir sua incapacidade de amar mulheres.

A "Song of the Universe" (Canção do universo) de Whitman é citada por Paul como uma presença em "Atlantis". Compilada em 1874, já decorrido um bom tempo do declínio poético que se estendeu de 1866 até a morte do poeta em 1892, mesmo assim possui considerável páthos na luta de Whitman por recapturar seu daimon partido. Esse dificilmente é o fardo de "Atlantis", cuja força daimônica parece não atingir nenhum limite, mesmo quando seu verso final começa com um "sussurros" (*whispers*) whitmaniano. Em Whitman, são "sussurros de morte celestial" [*whispers of heavenly death*], recordando "Out of the Cradle Endlessly Rocking", em que o mar sussurra e ceceia "a baixa e deliciosa palavra morte" [*the low and delicious word death*]. Crane opta por encerrar sua obra-prima com "Sussurros antifônicos no oscilar azul" [*Whispers antiphonal in azure swing*], sabendo que o leitor informado deve se lembrar de "o mar sussurrou-me" [*The sea whisper'd me*], de Whitman. Se, juntos, Whitman e Crane constituem "Uma Canção, uma Ponte de Fogo!" (One Song, one Bridge of Fire!), os sussurros antifônicos de Crane também ceceiam para nós sobre a morte. Crane, eu creio, teria objetado: a Ponte de Fogo é uma visão do poente, mas também uma alvorada se inflamando.

"Atlantis" decerto não é o melhor poema de Crane, mas é seu poema mais relevante em matéria de visão e impacto. Fui um dos muitos jovens leitores arrebatados por ele em minha primeira leitura aos 10 anos. Já imerso em Blake e Shelley, Whitman e Shakespeare, estava preparado para seu êxtase, ainda que não conseguisse apreender por completo como sua música cognitiva intricada operava tão magicamente sobre mim. Lembro-

-me vagamente de minha sensação inicial: estava impregnado de *Moby Dick* e *A tempestade*, que já tinham me inundado. Crane transformou alguns rapazes e moças dentre meus amigos em poetas, mas, após absorvê-lo, comecei a tentar me tornar um exegeta — uma iniciativa fomentada em mim pela primeira vez por Blake. Com Blake e até certo ponto com Whitman, assimilei a compreensão da poesia ao meu conhecimento de interpretação bíblica, mas Crane, assim como Shakespeare, Shelley e Melville, iniciaram-me no caminho do apreço de Pater pela "contundência mais sutil das palavras".

"Atlantis" parece embriagado pelas palavras, mas isso é ilusório. Crane revisava com uma precisão meticulosa. Seus rascunhos exibem maravilhosamente seu dom artístico, progredindo com agilidade a partir de um fragmento inicial que conclui: "Eu preferiria que mantivéssemos uma harmonia / Cinética à sua equilibrada e imortal dança" [*I'd have us hold one consonance / Kinetic to its poised and deathless dance*]. Ao mesmo tempo cúpula e dança, a Ponte do Brooklyn desperta em seu observador uma revolução visionária em versos, que foram enviados ao fotógrafo Alfred Stieglitz no Dia da Independência de 1923:

> To be, Great Bridge, in vision bound of thee,
> So widely straight and turning, ribbon-wound,
> Multi-colored, river-harboured and upbourne
> Through the bright drench and fabric of our veins,—
> With white escarpments swinging into light,
> Sustained in tears, the cities are endowed
> And justified, conclamant with the fields
> Revolving through their harvest in sweet torment.*

Quando mais extático, "Atlantis" também é maravilhosamente contido. Existe uma reserva retórica sempre mantida à parte, mesmo quando Crane leva sua retórica até seus aparentes limites. Whitman é ao mesmo tempo o

---

* Para estar, Grande Ponte, em visão ligado a ti, / Tão amplamente reta e curva, sinuosa qual borracha, / Multicor, ancorada no rio e suspensa / Através da textura e da poção brilhante de nossas veias, — / Com brancas escarpas oscilando para a luz, / Sustidas em lágrimas, as cidades são dotadas / E justificadas, conclamantes com os campos / Revolvendo por sua colheita em doce tormento.

grande recurso e o problema permanente de *A ponte*, estranhamente de forma mais extensa em "Atlantis" do que em "Cape Hatteras", em que o bardo americano é o tema evidente. Nada é mais coerente na poesia americana pós-whitmaniana do que o próprio Whitman. Somente um punhado de nossos poetas centrais — Dickinson, Frost, Marianne Moore, Elizabeth Bishop, James Merrill — estão livres de *Folhas de relva*. Walt borbulha onde não é desejado — em "The Rock" de Stevens, *Burnt Norton* de Eliot, *Os cantos pisanos* de Pound — e vem à tona como a volta do reprimido. Em *A ponte*, ele é desejado, invocado, bem-vindo, mas nem sempre vem onde e quando chamado.

Whitman é e sempre será não apenas o mais americano dos poetas, mas a própria poesia americana, nosso defensor apotropaico contra a cultura europeia. Ele advertiu que não podia ser domado ou contido, e rejeitá-lo é rejeitar toda esperança por uma cultura americana que tenha trazido quaisquer valores autênticos e novos ao mundo. Pois o que demos ao mundo de supremo esplendor e novidade estética? Whitman e o *jazz*, eu diria, e *Folhas de relva* vai além mesmo da alegria e sabedoria de Louis Armstrong. Crane, tão sintonizado com o *jazz* quanto com Whitman, até agora tem se mostrado difícil demais de juntar a essa panóplia, mas, depois de Dickinson e Whitman, ele é nosso maior poeta. Desistindo da vida em desespero aos 32 anos, ele nos negou a colheita final de seus dons para a visão e a retórica, que superaram todos seus precursores americanos e aqueles que vieram depois na Era de Ashbery.

"Atlantis" é um experimento retórico assim como *Folhas de relva* de 1855 foram o que Whitman denominou um experimento de linguagem. A retórica é uma arte de persuasão, de defesa, de descoberta, mas acima de tudo de apropriação. Desde sua nascente, que é Emerson, a retórica americana se apropria a fim de *conhecer* a Autoconfiança, a Religião Americana. Trata-se de um conhecimento cujo conhecedor também é conhecido pelo Deus interior. Os dois poemas americanos centrais dessa gnose são agora "Song of Myself" e *A ponte*, nenhum dos quais é inteiramente igualado por maravilhas como *Notes Toward a Supreme Fiction*, *Paterson* e, mais recentemente, *Sphere* de Ammons, *Flow Chart* de Ashbery e "Book of Ephraim" de Merrill.

A Atlântida mítica de Platão se funde com os "espelhos do / Fogo pelo qual todos anseiam" [*mirrors of / The fire for which all thirst*] de Shelley no Canto de Catai de Crane. O Platão de Crane foi extraído de *Plato and Platonism* (1893), de Walter Pater, em que a harmonia e o sistema de Eros são enfatizados:

> Justamente ali, então, está o segredo da preocupação íntima de Platão com, seu poder sobre, o mundo sensível, as apreensões da faculdade sensorial: ele é um amante, um grande amante, um tanto à maneira de Dante. Para ele, assim como para Dante, no brilho apaixonado de suas concepções, o material e o espiritual se mesclam e fundem. Enquanto naquele fogo e ardor o que é espiritual adquire a visibilidade definitiva de um cristal, o que é material, por outro lado, perderá sua terrenalidade e impureza. É no temperamento amoroso, portanto, que você deve pensar em relação à juventude de Platão — nisso, em meio a toda a força do gênio de que é um componente tão grande, — cultivando, desenvolvendo, refinando as capacidades sensoriais, os poderes do olho e do ouvido, da imaginação também capaz de reformular, da fala capaz de melhor responder e reproduzir, suas apresentações mais vivas. Por isso, quando Platão fala de coisas visíveis, é como se você as tivesse visto.

Como praticamente uma elegia para Whitman, "Atlantis" canta o amor socrático, como é totalmente adequado ao que foi o princípio e o final de *A ponte*. Lembro-me de Allen Ginsberg me apontando que, apesar de nossas discordâncias estéticas, coincidíamos em nosso amor mútuo pela poesia de Hart Crane, sempre denominado por Ginsberg nosso "eminente platonista".

A composição de "Atlantis" foi um labor perpétuo para Crane, estendendo-se de fevereiro de 1923 a dezembro de 1929. Suas doze oitavas foram polidas pelo poeta em seu mais formidável desempenho retórico, repletas de alusões e resgatando e reabilitando deliberadamente os tropos de *White Buildings*. Os espíritos de Marlowe, Shelley e Melville juntam-se a Whitman e *A tempestade* nesses 96 versos, que agressivamente têm um alcance que poderíamos esperar de um poema dez vezes maior. "Atlantis" é o poema mais ambicioso de Crane, sendo uma sinédoque para *A ponte*, assim como *Adonais* participa de toda a poesia anterior de Shelley. Infelizmente, *Adonais* também profetiza o poema de morte inacabado de Shelley,

O triunfo da vida, mesmo enquanto "Atlantis" prenuncia "The Broken Tower".

Vozes proféticas tremulam na oitava de abertura, anunciando a ponte, como uma harpa eólia, gerando um deus desconhecido, possivelmente o mito emprestado a Deus pelo "Proem". Como leitores, estamos onde Crane está, nem observando a Ponte do Brooklyn, nem caminhando por ela, mas parte de sua estrutura, forçados ao seu salto, sua canção arqueada à meia-noite, iluminada pela lua e "mutável à luz, as suas cordas dedilhadas" [*veering with light, the flight of strings*]. Como em "Crossing Brooklyn Ferry", de Whitman, fundimo-nos com o poeta e seu poema.

Na segunda oitava, a fusão se torna "sinóptica": todas as marés, todos os navios no mar, todos os oceanos respondem ao brado platônico: "Que o teu amor seja devoto àquele a quem ofertamos a canção!" [*Make thy love sure—to weave whose song we ply!*]. E de súbito — ponte, poema, poeta, leitor — estamos juntos dentro do sonho:*

> And on, obliquely up bright carrier bars
> New octaves trestle the twin monoliths
> Beyond whose frosted capes the moon bequeaths
> Two worlds of sleep (O arching strands of song!)—
> Onward and up the crystal-flooded aisle
> White tempest nets file upward, upward ring
> With silver terraces the humming spars,
> The loft of vision, palladium helm of stars.**

O próprio Shakespeare talvez tivesse admirado "as redes da tempestade de neve" [*white tempest nets*] como uma metáfora para "velas" (*sails*). Crane descreve explicitamente seu poema — "New octaves" (Novas oitavas) — como parte da estrutura da ponte, "harpa e altar em fúria fundidas" [*harp*

---

* As traduções do poema "Atlantis" são de João de Mancelos em "Uma tradução de sete poemas de *The Bridge*, de Hart Crane", disponível na Internet. (N. do T.)
** E no fim, obliquamente acima dos molhes de carregamento, / Novas oitavas assentam sobre os monólitos gêmeos, os pilares, / E para lá dos seus cabos gelados, a lua testemunha / Dois mundos adormecidos (Ó curvas amarras do cântico!). / Mais alto ainda, sobre a nave inundada de cristal, / As redes da tempestade de neve reúnem-se e ressoam / Nas plataformas prateadas, os mastros zunindo, / Pináculo da visão, paládio, leme das estrelas.

and altar of the fury fused]. Como o "pináculo da visão, paládio, leme das estrelas", a ponte — estrutura e poema — substitui o domínio dos poetas heroicos da Antiguidade e daqueles que estes celebravam. O que essa terceira oitava esclarece é a extensão ascendente da visão imaginativa de Crane, amenizada pelo paradoxo de toda a sua poesia, o perpétuo olhar para baixo de seus olhos reais. É como se a intensidade marloviana de seu desejo fosse temperada por sua sensação de estar perdido no mundo mundano que ele mal suporta ver. Essa dicotomia de desejo e visão não solapa a validade da visão, mas reforça o reconhecimento típico de Crane sobre os limites da figuração. Como Stevens viria a formular uma década após a morte de Crane, a crença final é acreditar em uma ficção sabendo que sua crença não é verdadeira. Os Estados Unidos de Whitman e a ponte de Crane são ficções do conhecimento, imagens gigantes de desejos irrealizados.

Eis o prelúdio da quarta oitava, que abre com uma reprise esplêndida do "Proem":

> Sheerly the eyes, like seagulls stung with rime—
> Slit and propelled by glistening fins of light— *

Aqui Lee Edelman aponta corretamente para a negatividade poética de Crane. Enquanto um romântico tardio, o vidente de *A ponte* confessa que ao mesmo tempo se move pela vida como se fosse sonho ou pesadelo, mas é capaz de decifrar a "cifra-escrita do tempo" [*cipher-script of time*] como nós não somos. Ao solucionar a cifra, o poeta shelleyano-craneano transforma "Amanhãs no passado recente" [*Tomorrows into yesteryear*], a reversão metaléptica de precocidade e atraso que torna Crane o precursor de Shelley e Thomas, Eliot e Stevens, e não seu herdeiro tardio. A negatividade domina a admissão da ambivalência para com os ancestrais, que devem ser consumidos em "piras de amor e morte" [*smoking pyres of love and death*].

O Verbo de Crane, seu Logos órfico, reúne-se em seus precursores, mas ao alto custo de seu próprio despedaçamento órfico. Nas duas oitavas seguintes — "Como saudações ou despedidas" [*Like hails, Farewells*] e "Desabrochando das águas" [*From gulfs unfolding*] —, ouço o impulso

---

* Os olhos são diáfanos, quais gaivotas doridas pela geada, / Fendidas e impulsionadas pelas brilhantes, luminescentes asas.

cada vez mais intenso das 17 estrofes finais de *Adonais* de Shelley, que assolam toda "Atlantis". Crane leu Shelley aos 16 anos e retornou repetidamente ao poeta lírico do Alto Romantismo na década de 1920. *Alastor*, o romance de busca prematuro de Shelley, está embutido em "Voyages", e *Adonais* cada vez mais forneceu um modelo para "Atlantis". Olhando para trás, é difícil não associar a morte prematura de Shelley aos 29 anos com a de Crane aos 32. O afogamento de Shelley pode ter sido acidental ou suicida. Não sabemos. É totalmente fantasioso enxergar no relacionamento entre *Alastor* e "Voyages" ou *Adonais* e "Atlantis" um pacto implícito de morte pela água?

Existe uma passagem na metade de "Atlantis" que vai de "É o Amor, o teu puro e penetrante Paradigma!" [*O Love, thy white, pervasive Paradigm . . . !*] até "Abandonamos a enseada suspensa na noite" [*We left the haven hanging in the night*]. Após seis oitavas que ascendem sem remorsos, existe um movimento lateral para oeste, através do Pacífico, para chegar a Catai a quatro versos do final do poema. "Salmo de Catai!" [*Psalm of Cathay!*], o viajante de Crane canta exultante imediatamente antes da invocação da Ponte do Brooklyn, o paradigma difuso e branco do Amor como o conhecimento do Eros platônico em harmonia e sistema. Com o segundo movimento de "Atlantis" lançado para oeste, Crane aborda a ponte como conhecedora e conhecida:

> O Thou steeled Cognizance whose leap commits
> The agile precincts of the lark's return;
> Within whose lariat sweep encinctured sing
> In single chrysalis the many twain,—
> Of stars Thou art the stitch and stallion glow
> And like an organ, Thou, with sound of doom—
> Sight, sound and flesh Thou leadest from time's realm
> As love strikes clear direction for the helm.*

---

* Ó Tu, Sabedoria de Aço, cujo voo é íntimo / Dos ágeis circuitos do regressar da cotovia; / Dentro de cujo laço cantam / Inúmeros pares, enlaçados na mesma crisálida. / Tu és a unidade e o garanhão luminoso dos astros / E semelhante a um órgão de som apocalíptico, / Governas a visão, o hino, a carne a partir do teu reino temporal / Enquanto o Amor traça a rota perfeita para o leme.

Desde a minha infância, essa estrofe tem sido uma pedra de toque poética para mim, e pode ser considerada o ápice da arte de Crane. "*Commits*"* conecta ou situa ao mesmo tempo uma promessa e saltos, os arcos embutidos na ponte pela arte do projeto de John Roebling. Shelley, na estrofe mais famosa de *Adonais*, havia contrastado o Uno Neoplatônico com os muitos mutáveis que incluem todos nós:

> The One remains, the many change and pass;
> Heaven's light forever shines, Earth's shadows fly;
> Life, like a dome of many-coloured glass,
> Stains the white radiance of Eternity.
> Until Death tramples it to fragments.—Die,
> If thou wouldst be with that which thou dost seek!
> Follow where all is fled!—Rome's azure sky,
> Flowers, ruins, statues, music, words, are weak
> The glory they transfuse with fitting truth to speak.**

"Mancha" (*stains*) toma o duplo significado de "macula" (*defiles*) e "colore" (*colors*) nessa magnífica exibição equívoca da ambivalência de Shelley em relação à sobrevivência pessoal. Crane faz eco: "Inúmeros pares, enlaçados na mesma crisálida" [*In single chrysalis the many Twain*] "*Encinctured*" (enlaçados) significa necessariamente "cintado" (*belted*) ou "circundado" (*circled*), mas Crane enriquece a palavra jogando-a contra "*the agile precincts*" (dos ágeis circuitos) que tanto circundam como reduzem em divisões. A hipérbole marloviana "Tu és a unidade e o garanhão luminoso dos astros" [*Of stars Thou art the stitch and stallion glow*] confere à ponte um desejo masculino que invoca a Helena das versões de Fausto dos dois poetas da história e prepara para a transmutação da harpa eólia em órgão, enquanto

---

* Acima, traduzido como "é íntimo". (N. do T.)
** O Um fica, os muitos vão-se; a luz é permanente / No Céu, na Terra as sombras passam brevemente; / A Vida, como um domo em vidro multicor, / Mancha da Eternidade o branco resplendor, / Até que a Morte o pise e quebre. — É perecer, / Se como aquele que procuras queres ser! / Segue-os todos! De Roma o céu azul nitente, / Flores, ruínas, estátuas, música e falar / São fracos para a vera glória deles proclamar. [Tradução de Péricles Eugênio da Silva Ramos obtida na Internet.] (N. do T.)

a grande ponte muda de sexo de mulher para homem. O que se segue é um êxtase difícil e contínuo:

> Swift peal of secular light, intrinsic Myth
> Whose fell unshadow is death's utter wound,—
> O River-throated— iridescently upborne
> Through the bright drench and fabric of our veins;
> With white escarpments swinging into light,
> Sustained in tears the cities are endowed
> And justified conclamant with ripe fields
> Revolving through their harvests in sweet torment.*

Essa oitava já vinha evoluindo havia um bom tempo nos rascunhos de Crane. Em sua forma final, saúda a Ponte do Brooklyn como uma espiritualidade não patrocinada que tem uma relação ambígua com a morte. "*Unshadow*" (ausência de sombra) é uma criação de Crane que se opõe a uma imagem maravilhosa no "Proem":

> *Under thy shadow by the piers I waited;*
> *Only in darkness is thy shadow clear.***

A sombra então é a forma buscada pelo amante místico, implicando assim vida e valor. A "feroz ausência de sombra" [*fell unshadow*] é o inverso: uma queda obscura na morte e no caos. Com pungência, a ponte responde ao dia com uma colheita marcada por lágrimas e tormento, porém doce embora triste, como em "Ode to the West Wind" de Shelley. Na oitava seguinte, "*glittering*" (esplendorosa), "*white*" (alvo), "*silver*" (prata) e depois "*white*" novamente culminam na "Nova Palavra de Deus" [*Deity's young name*], uma ressurreição dionisíaca que termina com vigor em "ascende" (*ascends*).

---

* Ledo repique da luz secular, Mito intrínseco / Cuja feroz ausência de sombra é a ferida terminal da morte, / Ó garganta de Rio, iridescentemente elevada / Através da poção brilhante e pela textura das nossas veias; / Com brancas escarpas oscilando para a luz, / Sustidas pela angústia, as cidades são dotadas / E justificadas, conclamadas de campos amadurecidos, / E revolvem-se através das colheitas, em doce tormento.

** *Sob a tua sombra, esperei junto dos pilares; / Apenas na escuridão é a tua sombra nítida.*

As oitavas finais precisam ser captadas conjuntamente, já que levam ao ápice não só *A ponte*, mas também o arco da obra e vida de Hart Crane:

> Migrations that must needs void memory,
> Inventions that cobblestone the heart,—
> Unspeakable Thou Bridge to Thee, O Love.
> Thy pardon for this history, whitest Flower,
> O Answerer of all,—Anemone,—
> Now while thy petals spend the suns about us, hold—
> (O Thou whose radiance doth inherit me)
> Atlantis,—hold thy floating singer late!
>
> So to thine Everpresence, beyond time,
> Like spears ensanguined of one tolling star
> That bleeds infinity—the orphic strings,
> Sidereal phalanxes, leap and converge:
> —One Song, one Bridge of Fire! Is it Cathay,
> Now pity steeps the grass and rainbows ring
> The serpent with the eagle in the leaves . . . ?
> Whispers antiphonal in azure swing.*

Esse é o equivalente craneano da viagem de Shelley à morte e Eternidade na estrofe final de *Adonais*, outro voo não patrocinado do Sozinho para o Sozinho. Walt Whitman é o Respondedor, como John Keats foi para Shelley. A flor marinha, a mais branca Anêmona, é heráldica aqui no tocante a Whitman e a Blake, e para nosso espanto submete a ponte à ideia de amor, o "branco resplendor da Eternidade" [*white radiance of Eternity*] de Shelley.

---

* As migrações requerem o vazio da memória, / Ficções que talham o coração, — / Indizível tu, Ponte, para ti, Ó Amor. / Absolve esta história, Flor imaculada entre as flores, / Ó Sapientíssima, Anêmona, /Enquanto as tuas pétalas consomem os astros que nos cercam, / Tu, Atlântida, cujo esplendor é meu herdeiro, / Sustém este flutuante bardo através do tempo. // Assim, para a tua Onipresença, intemporal, / Como as azagaias ensanguentadas de uma estrela tocando a finados / E a sangrar eternidade — as órficas cordas, / Em falanges siderais, faíscam e convergem / — Um hino, uma Ponte inflamada! Terá chegado a hora de Catai, / Agora que a compaixão se impregna de erva e os arcos da aliança / Cercam a serpente junta com a águia nos ramos...? / Os sussurros antifonários oscilam no azul celeste.

Ainda que a ponte seja um "medonho limiar"[*Terrific threshold*], o templo branco se ergue mais além. A "Anêmona" obtém seu nome do grego antigo: é a filha do vento e como tal substitui a harpa eólia da ponte. Concordo com Edelman: Crane pretende uma figuração para Whitman em sua flor marinha, mas não vejo como isso feminiza Walt Whitman, um dos brutos, um americano. Assim como Adão de manhã cedo, Walt é o Deus-Homem não caído, um andrógino.

 Imaginando de forma maravilhosa o salto final da Ponte do Brooklyn como uma convergência com seu próprio poema *A ponte*, Crane é capaz de invocar a voz que é grande dentro de nós a uma elevação sublime: "Um hino, uma Ponte inflamada!" [*One Song, one Bridge of Fire!*]. A resposta a "Terá chegado a hora de Catai...?" [*Is it Cathay . . . ?*] depende da própria perspectiva do leitor, ou talvez de eventos por vir, à medida que a Catai moderna vai se aproximando diariamente. Whitman está sutilmente presente nos versos de encerramento de *A ponte*:

> Now pity steeps the grass and rainbows ring
> The serpent with the eagle in the leaves . . . ?
> Whispers antiphonal in azure swing.*

Folhas de relva subsistem aqui, assim como o arco-íris, sinal de um pacto recém-firmado entre Whitman e Crane. A serpente do tempo e a águia do espaço são emblemas shelleyanos e nietzscheanos que repetem o fim da parte "The Dance" (A dança) de *A ponte*. Sussurros são uma marca da voz de Whitman, seja ela vinda do mar ou da morte celestial. A antífona mescla as vozes de Crane e Whitman — o que é apropriado, uma vez que "Atlantis", e não "Cape Hatteras", é a elegia importante de Crane para Whitman.

 Quero me distanciar de "Atlantis" e fazer uma análise adequada, já que provavelmente jamais conseguirei escrever sobre Hart Crane de novo depois que encontrar a saída deste labirinto particular. Crane tem poemas mais perfeitos do que "Atlantis" — "Proem: To Brooklyn Bridge", "Voyages II", "Repose of Rivers", "The Broken Tower" —, mas "Atlantis" é a quintessência do poeta órfico americano. Este é seu ícone: o poema, o

---

* Agora que a compaixão se impregna de erva e os arcos da aliança / Cercam a serpente junta com a águia nos ramos...? / Os sussurros antifonários oscilam no azul celeste.

ícone e o homem. Todos seus dons perigosos se juntam aqui: uma alta retórica conceitual, uma sensibilidade sobrenatural aos cernes das palavras, um êxtase ditirâmbico que encontra sabedoria inevitável através da criação rítmica. "Atlantis" é seu Verbo encarnado: ao mesmo tempo uma reunião, uma fragmentação e algo mais. Podemos considerá-lo uma profecia irrealizada e irrealizável, um retrato dos Estados Unidos da América que ainda seriam uma presença sublime em si e para o mundo.

Se isso soa a pretensão e desespero, então insisto: "De volta a Emerson!" A Atmosfera Optativa passou de Emerson para Whitman e depois se encerrou com Crane. Dois dos amigos pessoais mais inteligentes de Crane, Allen Tate e Yvor Winters, tornaram-se seus inimigos críticos porque o romantismo americano — Emerson, Whitman e sua progênie — era para eles um anátema. Kenneth Burke, mais talentoso que ambos, contou-me que só chegou à plena compreensão da poesia de Crane depois da morte do poeta, embora o próprio amor informado que sentia por Emerson e Whitman tenha sido sempre pródigo.

Julgar *A ponte* um "fracasso", conquanto "esplêndido", leva-me à pergunta: qual poema longo americano do século XX é um "sucesso"? O tempo revela que Crane — mais do que Frost, Stevens, Eliot, Pound, Williams, Moore — foi o legítimo herdeiro de Emerson, Whitman, Melville e Dickinson, a tradição imaginativa central de nossa nação. "Atlantis", assim como *A ponte* de que foi tanto a origem como a conclusão formal, torna-se mais luminoso com o tempo. Oitenta anos após sua publicação, encontra mais plenamente um público leitor altamente receptivo. O que se afigurava difícil demais para estudantes décadas atrás está agora quase totalmente ao alcance deles. Contribui para isso o fato de cerca de metade de meus jovens alunos e alunas atuais em Yale serem asiático-americanos, com uma perspectiva nova sobre as formulações originais do mito dos EUA. Como Whitman, Crane é um poeta totalmente americano. T. S. Eliot, que fez tudo que pôde para se tornar inglês, permaneceu um poeta whitmaniano, apesar de todas as suas evasões a Whitman. Ausente em *East Coker* e *Little Gidding*, em que Yeats ocupa o lugar de Walt, a voz do bardo americano está clara em *The Dry Salvages* e machucada mas presente em *Burnt Norton*. Lecionar *A terra desolada* e "When Lilacs Last in the Dooryard Bloom'd" juntos é incrivelmente revelador, conforme os textos vão se mesclando. Crane foi tocado por Rimbaud e atormentado por seu próprio *agon* com Eliot, mas Whitman nunca o deixou. Tampouco puderam

Wallace Stevens e Eliot se libertar de Whitman. Em estilo, Crane nada deveu a Whitman, o que também foi o caso de Stevens e Eliot. Mas a postura poética de Walt, em vez de sua forma ou estilo, dificilmente consegue ser evitada por qualquer poeta americano posterior. *Folhas de relva* é uma atmosfera, uma visão, acima de tudo uma imagem de voz e enunciação. Talvez melhor do que tudo é o que Whitman denominou uma visão.

Felizmente Crane estava livre da política — inclusive nossa atual e cansativa política sexual — ao mesmo tempo em que estava livre da religião europeia ou recebida. Contudo, ele é, assim como Whitman, um poeta da Religião Americana não formulada, a fé incrédula da Autoconfiança emersoniana. A crítica até agora carece de instrumentos analíticos capazes de iluminar as espiritualidades de Whitman e Crane. Apesar da eloquência de suas cartas, Crane nunca ousou compor uma formulação religiosa no tocante a *A ponte*. E ele sistematicamente evitava falar demais sobre seu próprio entendimento do mito — ou sonho — norte-americano. *A ponte* não diz, mas materializa isso para ele. Mal se consegue fundir as estruturas do poema de Crane e da Ponte do Brooklyn, mas na ficção de Crane elas se fundem. Nesse entrelaçamento metafórico, Crane nos fornece uma alegoria das possibilidades americanas.

"The Broken Tower" é a despedida de Crane da arte poética que foi sua vida. Não conheço nenhum poema parecido, apesar de sua densa alusividade. Existem paralelos de igual distinção: "A Nocturnal upon Saint Lucy's Day" (Um noturno no Dia de Santa Luzia), de Donne, "Lycidas", de Milton, "The Mental Traveller", de Blake, "Ode to the West Wind", de Shelley e "As I Ebb'd with the Ocean of Life", de Whitman. Crane precisava desesperadamente se assegurar de que ainda era um poeta, mas não estava conseguindo. Seu suicídio talvez ocorresse mesmo que tivesse sido convencido de que seus grandes dons continuavam intactos. A vida inteira ele estivera ansiando pelo destino.

As fontes literárias e analogias de "The Broken Tower" são tão numerosas que me pergunto como um poema tão singular consegue sugeri-las e contê-las e, ainda assim, sair fortalecido — e não diluído. "Elegy Written in a Country Churchyard", de Thomas Gray, continua sendo provavelmente o poema mais popular da língua inglesa, com *O Rubaiyat de Omar Khayyam* de FitzGerald por pouco em segundo lugar. Ambos os poemas se tornaram estruturas de lugares-comuns alusivos e sobrevivem gloriosamente por causa disso. "The Broken Tower", mais difícil que popular, se assemelha à "Elegia" e ao *Rubaiyat* apenas por usurpar poderosamente seus precursores. O poema de Crane alude a Spenser e Milton por meio dos descendentes Shelley, Longfellow, Melville, Browning, Pater, Stevens, Yeats e Eliot — uma herança em parte partilhada por seu amigo Léonie Adams, cujo poema lírico "Bell Tower" (Torre do sino — 1929) foi outro ponto de partida:

>And these at length shall tip the hanging bell,
>And first the sound must gather in deep bronze,
>Till, rarer than ice, purer than a bubble of gold,
>It fill the sky to beat on an airy shell.*

Crane começou a escrever "The Broken Tower" em Taxco, México, durante a temporada de Natal de 1931, e o terminou na Páscoa de 1932. Antes disso, absorveu a novela *The Man Who Died*, de D. H. Lawrence, em que um Jesus ressuscitado rejuvenesce após fazer amor com uma mulher associada ao sol como deus. Essa é uma interpretação — não necessariamente de Crane — de seu surpreendente caso de amor com Peggy Baird Cowley, esposa divorciada de seu velho amigo Malcolm Cowley. Seja lá como "The Broken Tower" possa ser interpretado, a "ressurreição" de seu cantor está além da esperança.

Crane tinha feito leituras mais amplas e profundas do que reconhecem seus críticos. Como Kenneth Burke me indicou, sua "lógica da metáfora" é também uma história implícita da metáfora. O tropo de uma torre arruinada ou quebrada é endêmico na poesia inglesa e começa propriamente com o Saturno de Chaucer na Lenda do Cavaleiro.

>Min is the ruine of the high halles,
>The falling of the toures and of the walles.**

Crane também pode ter encontrado um verso evocativo de Edmund Spenser citado por algum poeta posterior:

---

* E esses inclinarão longamente o sino pendurado, / E primeiro o som se acumulará em bronze profundo, / Até que, mais raro que gelo, mais puro que bolha de ouro, / Encherá o céu para bater numa cápsula delicada.
** Minha é a ruína dos altos salões / A queda das torres e das muralhas.

> The old ruines of a broken toure.*

Consta do "Il Penseroso" de Milton a famosa imagem do hermetista-platonista em sua torre de contemplação:

> Or let my lamp at midnight hour,
> Be seen in some high lonely tower,
> Where I may oft outwatch the Bear,
> With thrice great Hermes, or unsphere
> The spirit of Plato to unfold
> What worlds, or what vast regions hold
> The immortal mind that hath forsook
> Her mansion in this fleshly nook.**

No fragmentário *Prince Athanase* (1817), Shelley retornou à forma de seu *Alastor*:

> He had a gentle yet aspiring mind;
> Just, innocent, with varied learning fed;
> And such a glorious consolation find
>
> In others' joy, when all their own is dead:
> He loved, and laboured for his kind in grief,
> And yet, unlike all others, it is said
>
> That from such toil he never found relief.
> Although a child of fortune and of power,
> Of an ancestral name the orphan chief,
>
> His soul had wedded Wisdom, and her dower

---

* As velhas ruínas de uma torre quebrada.
** Ou deixe minha lâmpada na hora da meia-noite, / Ser vista em alguma alta torre solitária, / Onde eu possa com frequência vigiar o Urso, / Com o triplamente grande Hermes, ou remover dos céus / O espírito de Platão para revelar / Quais mundos, ou quais vastas regiões contêm / A mente imortal que abandonou / Sua mansão neste canto carnal. (Tradução livre.)

> Is love and justice, clothed in which he sate
> Apart from men, as in a lonely tower.*

A imagem da "solitária torre" foi captada por Yeats, que a fez sua, iluminada pelas gravuras de Samuel Palmer para "Il Penseroso" de Milton. Outra torre shelleyana foi uma influência mais sombria sobre Browning, Melville e Yeats — e através deles sobre Crane. Em *Julian and Maddalo*, de Shelley, Lorde Byron (Conde Maddalo) insiste que Shelley (Julian) confronte uma torre escura, com base na história da loucura do poeta Torquato Tasso:

> "Look, Julian, on the west, and listen well
> If you hear not a deep and heavy bell."
> I looked, and saw between us and the sun
> A building on an island; such a one
> As age to age might add, for uses vile,
> A windowless, deformed and dreary pile;
> And on the top an open tower, where hung
> A bell, which in the radiance swayed and swung;
> We could just hear its hoarse and iron tongue:
> The broad sun sunk behind it, and it tolled
> In strong and black relief.
> . . . .
> "And such,"—he cried, "is our mortality,
> And this must be the emblem and the sign
> Of what should be eternal and divine!—
> And like that black and dreary bell, the soul,
> Hung in a heaven-illumined tower, must toll

---

* Ele tinha uma mente gentil mas ambiciosa; / Justa, inocente, com variados conhecimentos alimentada; / E tão gloriosa consolação achava // Na alegria dos outros, quando todas as suas estavam mortas: / Ele amava, e lutava por seus semelhantes na dor, / No entanto, ao contrário dos outros, se diz // Que de tal labuta jamais encontrou alívio. / Embora filho da fortuna e do poder, / De um nome ancestral o chefe órfão, // Sua alma desposara a Sabedoria, e seu dote / É o amor e justiça, coberto dos quais se sentava/ Apartado dos homens, como em solitária torre. (Tradução livre.)

> Our thoughts and our desires to meet below
> Round the rent heart and pray—as madmen do."*

Browning, que a vida inteira foi obcecado por Shelley, voltou a essa torre no romance de busca monológico *"Childe Roland to the Dark Tower Came"* (Childe Roland à Torre Negra chegou):

> What in the midst lay but the Tower itself?
>   The round squat turret, blind as the fool's heart,
>   Built of brown stone, without a counterpart
> In the whole world. The tempest's mocking elf
> Points to the shipman thus the unseen shelf
>   He strikes on, only when the timbers start.
>
> Not see? because of night perhaps?—why, day
>   Came back again for that! before it left,
>   The dying sunset kindled through a cleft:
> The hills, like giants at a hunting, lay,
> Chin upon hand, to see the game at bay,—
>   "Now stab and end the creature—to the heft!"
>
> Not hear? when noise was everywhere! it tolled
>   Increasing like a bell. Names in my ears
>   Of all the lost adventurers my peers,—
> How such a one was strong, and such was bold.
> And such was fortunate, yet each of old
>   Lost, lost! one moment knelled the woe of years.

---

* "Olha, Julian, no poente, escuta bem / Ouves um sino profundo e pesado?" / Vislumbrei entre nós e o sol, / Uma edificação disposta numa ilha — do tipo / Erguido de época a época para usos vis, / Uma construção sem janelas, disforme e lúgubre; / No alto via-se uma torre aberta onde pendia / Um sino, que no fulgor oscilava e balouçava; / Conseguimos ouvir sua férrea voz rouca; / O sol se punha atrás dele, que dobrava / Num perfil negro e forte. /"E isso", exclamou, "é a nossa mortalidade; / Isso é o emblema e o sinal / Do que deve ser eterno e divino! / A alma, como esse sino negro e lúgubre, / Pendida numa torre e iluminada pelo céu, dobrará / Nossos pensares e desejos que se encontrarão ao redor / Do coração partido e rezarão — assim como os loucos." [Tradução de Alberto Marsicano e John Milton em *Sementes Aladas: Antologia Poética de Percy Bysshe Shelley*. São Paulo: Ateliê Editorial, 2010.]

> There they stood, ranged along the hill-sides, met
> To view the last of me, a living frame
> For one more picture! in a sheet of flame
> I saw them and I knew them all. And yet
> Dauntless the slug-horn to my lips I set,
> And blew. *"Childe Roland to the Dark Tower Came".**

As sombras de Crane também estão na torre; os aventureiros perdidos, seus colegas: Marlowe, Shelley, Melville, Baudelaire, Rimbaud e outros. Yeats, que dizia temer a influência de Browning, escreveu sua própria versão de "Childe Roland" várias vezes, culminando em "The Tower". Não sei se Crane, que leu grande parte da obra de Pater, chegou a absorver o devaneio pateriano *Per Amica Silentia Lunae* de Yeats, mas seus próprios poemas iniciais mostram traços de Yeats, e ele associava com frequência o arquipoeta irlandês com Joyce, Pound e Eliot como os maiores modernistas. O melhor lema para "The Broken Tower" seria a mais famosa frase de *Per Amica*, que citarei uma última vez: "Verei as trevas se tornarem luminosas, o vazio, frutífero quando entender que nada tenho, que os sineiros na torre atribuíram para o hímen da alma um sino passageiro." [*I shall find the dark grow luminous, the void fruitful when I understand I have nothing, that the ringers in the tower have appointed for the hymen of the soul a passing Bell.*]

Crane, que leu amplamente a poesia americana de William Cullen Bryant a William Carlos Williams, só talvez tenha tomado conhecimento do

---

* E se a própria Torre estivesse no centro? Redonda / e atarracada, cega como um coração rasteiro, / Feita de pedra marrom, sem igual no mundo inteiro. / O elfo, caçoando da tempestade que o ronda, / Aponta ao timoneiro o banco que ninguém sonda. / Ele aporta, por pouco não rompendo do casco o madeiro. // Não vê-la? Talvez por conta da noite? — se o dia / Ressurgiu para isto! E antes de partir novamente / O poente brilhou por uma fenda rente: / As colinas, como gigantes caçadores na tocaia, / Esperando que a presa na armadilha caia — / "Agora ataquem e matem a criatura, inclementes". // Não ouvi-la? Com tantos sons à volta! O ribombar / dos sinos cada vez mais alto. Nomes nos meus ouvidos / Todos os aventureiros, meus companheiros perdidos — / Como, se um era tão forte, outro de tão corajoso bradar, / Outro tão afortunado, como foram perdidos acabar? / Um instante trazia tantos anos de sofrimentos renascidos. // Ali estavam eles, pelos lados dos montes, unidos / Para assistir meu fim. Eu, uma moldura animada / Para mais um quadro! Numa súbita labareda / Eu os vi e reconheci a todos. E, destemido, / Deixei meus lábios formarem um bramido: / "Childe Roland à Torre Negra chegou", foi minha chamada. [Tradução de Fabiano Morais disponível na Internet.]

poema lírico plangente de Longfellow "The Bells of San Blos", mas decerto conhecia *Piazza Tales*, de Melville. Ele alude a "The Encantadas" em "Repose of Rivers" e "O Carib Isle!", mas deveu quase tudo a "The Bell-Tower". Ali o Bannadonna prometeico constrói uma torre de sino com 90 metros de altura e concebe Haman, um monstro mecânico, como escravo-sacristão para soar o enorme sino: "Assim o escravo cego obedeceu ao seu senhor cegante; mas, em obediência, trucidou-o. Assim o criador foi morto pela criatura. Assim o sino foi pesado demais para a torre. Assim a principal fraqueza do sino foi onde o sangue do homem o rachara. E assim o orgulho antecedeu a queda."

Como sempre um firme autorrevisionista, Crane melhorou muito "The Broken Tower" em sua versão final. O rascunho ajuda a iluminar a relação do poema com seus precursores:

> Haven't you seen — or ever heard those stark
> Black shadows in the tower, that drive
> The clarion turn of God? — to fall and then embark
> On echoes of an ancient, universal hive?
>
> The bells, I say, the bells have broken their tower!
> And swing, I know not where... Their tongues engrave
> My terror mid the unharnessed skies they shower;
> I am their scattered — and their sexton slave.
>
> And so it was, I entered the broken world —
> To hold the visionary company of love, its voice
> An instant in a hurricane (I know not whither hurled)
> But never — no, to make a final choice!..."*

Todos os buscadores antitéticos, de Marlowe a Melville, são "aquelas desoladas / Negras sombras na torre" [*those stark / Black shadows in the tower*].

---

* Não viste — ou sequer ouviste aquelas desoladas / Negras sombras na torre, que impelem / A nota de clarim de Deus? — cair e então embarcar / Em ecos de uma colmeia antiga, universal? // Os sinos, eu digo, os sinos romperam sua torre! / E oscilam, não sei onde... Suas línguas gravam / Meu terror em meio aos céus desatrelados elas caem; / Sou sua dispersão — e seu escravo sacristão. // Foi assim que entrei no mundo rompido — / Para contemplar a companhia visionária do amor, sua voz, / Um momento em um furacão (não sei aonde lançado) / Mas nunca — não, fazer uma escolha final!... [No original, com rimas alternadas]

Aterrorizado e *disperso* — ao contrário de Deus, que é *congregado* ao alvorecer pela corda do sino —, o último visionário do Alto Romantismo se aproxima da conclusão. "The visionary company of love" ecoa o primeiro capítulo de *Gaston de Latour* (1896), de Pater, a história fragmentária de um jovem poeta fictício, discípulo de Ronsard e Du Bellay.

Podemos fazer uma seleção de alguns dos momentos supremos da poesia de Hart Crane, acrescentando aos dois já citados — de "Proem: To Brooklyn Bridge" e "Atlantis" — estes quatro:

> And so, admitted through black swollen gates
> That must arrest all distance otherwise,—
> Past whirling pillars and lithe pediments,
> Light wrestling there incessantly with light,
> Star kissing star through wave on wave unto
> Your body rocking!
>   and where death, if shed,
> Presumes no carnage, but this single change,—
> Upon the steep floor flung from dawn to dawn
> The silken skilled transmemberment of song;
>
> Permit me voyage, love, into your hands . . .
>
>   ["Voyages III"]*

> "Down, down—born pioneers in time's despite,
> Grimed tributaries to an ancient flow—
> They win no frontier by their wayward plight,
> But drift in stillness, as from Jordan's brow.
>
> You will not hear it as the sea; even stone
> Is not more hushed by gravity... But slow,

---

* Admitido assim por portões negros inchados / Que devem deter todas as distâncias de resto, — / Passando por pilastras giratórias e frontões ágeis, / A luz em luta incessante ali com a luz, / Estrelas se beijando de onda em onda / Até teu corpo balançar! /e onde a morte, se vertida, / Não supõe matança, mas esta única mudança, — / No chão íngreme arrojada de alvorada em alvorada / O transmembramento hábil e sedoso da canção; / Permita que eu viaje, amor, até tuas mãos...

As loth to take more tribute—sliding prone
Like one whose eyes were buried long ago

The River, spreading, flows—and spends your dream.
What are you, lost within this tideless spell?

["The River"]*

Whose head is swinging from the swollen strap?
Whose body smokes along the bitten rails,
Bursts from a smoldering bundle far behind
In back forks of the chasms of the brain,—
Puffs from a riven stump far out behind
In interborough fissures of the mind . . . ?

And why do I often meet your visage here,
Your eyes like agate lanterns—on and on
Below the toothpaste and the dandruff ads?
—And did their riding eyes right through your side,
And did their eyes like unwashed platters ride?
And Death, aloft,—gigantically down
Probing through you—toward me, O evermore!

["The Tunnel"]**

---

* Caiam — pioneiros natos no desprezo do tempo, / Sujos tributários de uma antiga corrente —/ Fronteira alguma alcançam com seu instável empenho, / Mas, qual da margem do Jordão, fluem calmamente. // Não o ouvirás como o mar; até a pedra lisa / Nem a gravidade mais acalma... Lentamente, / como que avesso às homenagens — de borco desliza / como alguém de olhos enterrados antigamente. // O Rio estende-se, flui — e consome teu sonho. / O que és, perdido nesse feitiço sem maré? (Tradução em versos de treze sílabas. No original, em decassílabos.)

** De quem é a cabeça balançando da tumefacta correia? / De quem é o corpo que fumega ao longo dos carris carcomidos, / Lá ao longe, relampeja uma trouxa em combustão / Nas bifurcações das cisuras cerebrais, — // Arquejos de uma cepa fendida no passado longínquo / Nas fissuras intersticiais da mente...? // E por que tantas vezes aqui me deparo com o teu semblante, / Teus olhos, chamas de ágata — ininterruptamente / Debaixo dos anúncios a dentifrícios e a produtos anticaspa? / E viajaram os seus olhos através do teu flanco, / Seus olhos, como

> The bells, I say, the bells break down their tower;
> And swing I know not where. Their tongues engrave
> Membrane through marrow, my long-scattered score
> Of broken intervals... And I, their sexton slave!
>
> Oval encyclicals in canyons heaping
> The impasse high with choir. Banked voices slain!
> Pagodas, campaniles with reveilles outleaping—
> O terraced echoes prostrate on the plain!...
>
> And so it was I entered the broken world
> To trace the visionary company of love, its voice
> An instant in the wind (I know not whither hurled)
> But not for long to hold each desperate choice.
>
> My word I poured. But was it cognate, scored
> Of that tribunal monarch of the air
> Whose thigh embronzes earth, strikes crystal Word
> In wounds pledged once to hope—cleft to despair?
>
> ["The Broken Tower"]*

Estas são seis pedras de toque permanentes para a poesia romântica americana, comparáveis ao sublime na expressão mundial, antiga e moderna. Em tais momentos, Crane transcende os argumentos. Ele mesmo considerou o "Proem: To Brooklyn Bridge" sua melhor obra. Após uma vida de

---

travessas sujas? / E a Morte, lá no alto, imensa, / Sondando através de ti, rumo a mim, Ó eternidade! (Tradução de João de Mancelos.)

* Os sinos, eu digo, os sinos derrubam seu campanário; / Dançando não sei onde. Seus badalos gravam /Membrana através do tutano, meu canto longamente disperso / De intervalos rompidos... E eu, seu escravo sacristão! // Cânions de encíclicas ovais que empilham / O impasse alto com coros. Uma confusão de vozes mortas! / Pagodes e campanários que soam a alvorada — / Ó ecos escalonados prostrados na planície!... // E assim eu próprio entrei no mundo quebrado / Para seguir a companhia visionária do amor, sua voz, / Um instante no vento (não sei onde lançada) / Mas não longamente me apegar a cada escolha desesperada. // Minhas palavras verti. Mas parentes, pontuados, / Daquele monarca do tribunal aéreo / Coxa bronzeando a terra e Verbo de cristal / Espancando até a esperança as chagas desesperadas? (Tradução livre.)

leitura, concedo o título a "The Broken Tower". Por quê? Os sinos, o dom lírico de Crane, foram fortes demais para a torre de sua consciência, e ele foi destruído não pela sociedade ou pelo romance de família, mas por sua própria grandeza em seus mais belos poemas. Ele não está dizendo, como seu admirador tardio William Empson, que são os poemas que ele perdeu, os desgostos, os encontros perdidos que fizeram seu coração expirar. Seus melhores poemas *o* encontraram: são os encontros aos quais compareceu — sem tê-los marcado —, e eles encerram sua vida e carreira poética.

O tribunal monarca do ar que marcou o Verbo de Crane — em todos os sentidos da palavra — é ao mesmo tempo Satã e Apolo, o anjo caído Apollyon da antiga tradição, que reaparece na monólogo-busca de Dark Tower, de Browning. O que costuma ser mal entendido em "The Broken Tower" são as duas estrofes finais:

> And builds, within, a tower that is not stone
> (Not stone can jacket heaven) — but slip
> Of pebbles,—visible wings of silence sown
> In azure circles, widening as they dip
>
> The matrix of the heart, lift down the eye
> That shrines the quiet lake and swells a tower...
> The commodious, tall decorum of that sky
> Unseals her earth, and lifts love in its shower." *

"*Slip*" ("argila de pedras") não é um píer nem roupa íntima feminina.** O termo se refere ao material pastoso usado em cerâmica. A nova torre interior de Crane não é pedra, mas uma mescla de fluidos sexuais masculinos e femininos, retornando assim ao barro de que fomos forjados. A imagem final do poema é extraída do *Paraíso* de Dante, canto 14:

---

* E constrói, por dentro, uma torre que não é pedra / (Não é pedra que consegue revestir o céu) — mas argila / de seixos, — asas visíveis de silêncio semeado / Em círculos azuis, alargando ao mergulharem // Na matriz do coração, baixarem o olho / Que santifica o lago tranquilo e avoluma uma torre... / O espaçoso, alto decoro daquele céu / Revela sua terra, e eleva o amor em sua chuva.
** O autor aqui se refere à ambiguidade do termo inglês "*slip*", que pode significar "faixa", "tira" ou "calcinha". (N. do T.)

> Qual si lamenta perchè qui si moia,
> per viver colà su, nor vide quive
> lo rifigerio dell'etterna ploia.

"Quem, por chegar a morte, sente espanto, Para lograr no céu viver divino, Da eterna chuva desconhece o encanto."*

Hart Crane não era cristão, mas — como Whitman, Melville, Dickinson — um poeta da Religião Americana, nossa estranha fusão de Gnosticismo, Orfismo e Autoconfiança. Seu maravilhoso tropo final recorre saudosamente a uma imagem de Dante: a ressurreição do corpo por uma eterna chuva de amor divino. Trata-se de uma conclusão eficaz para "The Broken Tower", mas não de todo compatível com o esplendor trágico da maior parte do poema. Existe um páthos profundo nessa resolução dantesca importada. É mais um empréstimo do que a concessão de um mito a Deus.

---

* Utilizamos a tradução clássica da *Divina Comédia*, de José Pedro Xavier Pinheiro. (N. do T.)

OS PRÓDIGOS DE WHITMAN

Ashbery, Ammons, Merwin, Strand, Charles Wright

Há longo tempo já tenho refletido sobre o relacionamento de Walt Whitman com poetas que são meus contemporâneos diretos, vários deles amigos pessoais: John Ashbery, W. S. Merwin, A. R. Ammons, Mark Strand e Charles Wright, entre outros. A influência de Whitman sobre essa geração é ainda maior: Allen Ginsberg, Philip Levine, Galway Kinnell, James Wright, o mais recente John Hollander são exemplos claros. Cinco, porém, de uma mesma geração bastam, no que concerne tanto à influência direta do bardo americano quanto à mediação através de Stevens, Eliot, Pound e William Carlos Williams.

Começar com Ashbery é o procedimento certo hoje, pois, desde a publicação de *Some Trees* (Algumas árvores — 1956), ele foi o poeta de sua época e o será até terminar sua canção. Wallace Stevens morrera em 1955, e ainda recordo ter comprado *Some Trees* na antiga livraria cooperativa de Yale no dia da publicação do livro. Quedei-me na livraria lendo-o inteiro, com uma sensação crescente de júbilo, pois o que se perdera com a morte de Stevens e Hart Crane havia sido recuperado. Outro grande poeta havia emergido como um dos pródigos de Walt Whitman.

Exagerei a influência de Stevens nos primeiros anos em que conheci Ashbery e sua poesia. Com a passagem das décadas, senti Whitman como o forte precursor de Ashbery, enquanto Stevens transmitiu certas nuances de Whitman que Ashbery absorveu ao estudar Stevens com F. O. Matthiessen, como aluno de graduação em Harvard. Com base nas conversas com Matthiessen, não creio que ele estivesse plenamente consciente do traço whitmaniano em Stevens. O poeta em Ashbery chegou a esse reconhecimento, em algum nível de consciência, ao ler Whitman por si mesmo.

"Hoon é o filho do velho Hoon", escreveu Stevens, de Yale, para Norman Holmes Pearson. Quando Pearson, honrando-me com seu presente — *Poems of Samuel Greenberg* (uma fonte oculta para Hart Crane) —, contou-me sobre a carta de Stevens, respondi: "Sim, Walt Whitman é o filho do carpinteiro quacre alcoólatra Walt Whitman pai." Existem diversos poetas perambulando pelas várias mansões de Ashbery, e alguns deles não são para mim: que os Poetas da L=I=N=G=U=A=G=E=M os levem embora! Existe, contudo, um Ashbery (ou Ashberys) básico(s), e ele canta suas próprias canções de si mesmo e compila suas próprias folhas de relva.

Cerca de dois meses atrás, Ashbery e seu parceiro David Kermani fizeram uma breve visita à minha esposa e eu em nosso apartamento em Greenwich Village, onde nunca tinham vindo. Pedi a Ashbery que autografasse exemplares de *Flow Chart* e do primeiro volume de seus *Collected Poems* pela Library of America. Vínhamos discutindo Whitman e em sua dedicatória, John citou, astuciosamente, de *Flow Chart*: "Estamos interessados na linguagem, que vocês chamam de fôlego." [*We're interested in the language, that you call breath.*] Nos *Collected Poems*, ele escreveu, de "Finnish Rhapsody" ("Rapsódia finlandesa"): "E será somente meio-estranho, realmente será apenas semibizarro." [*And it will be but half-strange, really be only semi-bizarre*] Ambas as passagens são pistas para o Whitman em Ashbery:

The one who runs little, he who barely trips along
Knows how short the day is, how few the hours of light.
Distractions can't wrench him, preoccupations forcibly remove him
From the heap of things, the pile of this and that:
Tepid dreams and mostly worthless; lukewarm fancies, the majority of
   them unprofitable.
Yet it is from these that the light, from the ones present here that luminosity
Sifts and breaks, subsides and falls asunder.
And it will be but half-strange, really be only semi-bizarre
When the tall poems of the world, the towering earthbound poetic utterances
Invade the street of our dialect, penetrate the avenue of our patois,

Bringing fresh power and new knowledge, transporting virgin might and
 up-to date enlightenment
To this place of honest thirst, to this satisfyingly parched here and now,
Since all things congregate, because everything assembles
In front of him, before the one
Who need only sit and tie his shoelace, who should remain seated,
 knotting the metal-tipped cord
For it to happen right, to enable it to come correctly into being
As moments, then years; minutes, afterwards ages
Suck up the common strength, absorb the everyday power
And afterwards live on, satisfied; persist, later to be a source of gratification,
But perhaps only to oneself, haply to one's sole identity.

["Finnish Rhapsody"]*

We're interested in the language, that you call breath,
if breath is what we are to become, and we think it is, the southpaw said.
 Throwing her
a bone sometimes, sometimes expressing, sometimes expressing something
 like mild concern, the way
has been so hollowed out by travelers it has become cavernous. It leads to
 death.

---

* Aquele que corre pouco, que mal sai por aí / Sabe quão curto é o dia, quão poucas as horas de luz. / Perturbações não conseguem afetá-lo, preocupações forçosamente o removem / Do monte de coisas, a pilha disto e daquilo: / Sonhos tépidos na maioria inúteis; caprichos indiferentes, a maioria sem proveito. / Porém é deles que a luz, daqueles presentes aqui que a luminosidade / Salpica e irrompe, declina e desaba. / E será somente meio-estranho, realmente será apenas semibizarro / Quando os poemas elevados do mundo, as elocuções poéticas mundanas altaneiras / Invadirem a rua de nosso dialeto, penetrarem na avenida de nosso jargão, / Trazendo poder renovado e novos conhecimentos, transportando força virgem e esclarecimento atualizado / A este local de sede honesta, a este aqui e agora satisfatoriamente sedento, / Já que todas as coisas se congregam, porque tudo se reúne / Em frente dele, diante daquele / Que precisa apenas se sentar e amarrar seu sapato, que deveria permanecer sentado, atando o cordão com ponta de metal / Para que a coisa dê certo, para permitir que surja corretamente / Como momentos, depois anos; minutos, em seguida eras / Absorvem a força comum, assimilam o poder diário / E depois continuam vivendo, satisfeitos; persistem, para serem mais tarde uma fonte de gratificação, / Mas talvez somente para si, quiçá para sua identidade solitária.

We know that, yet for a limited time only we wish to pluck the sunflower,
transport it from where it stood, proud, erect, under a bungalow-blue sky,
    grasping at the sun,
and bring it inside, as all others sink into the common mold. The day
had begun inauspiciously, yet improved as it went along, until at bed-
    time it was seen that we had prospered, I and thee.
Our early frustrated attempts at communicating were in any event long
    since dead.
Yet I had prayed for some civility from the air before setting out, as indeed
    my ancestors had done
and it hadn't hurt them any. And I purposely refrained from consulting *me*.

[*Flow Chart*, canto V]*

    A magia do possível *apophrades*, o dia dos mortos, quando (nefastamente) os ancestrais retornam para ocupar seus antigos limites, estava disponível a Ashbery desde o princípio. Já não consigo reler, recitar ou ensinar a seção 4 da "Song of Myself" sem *ouvir* Ashbery, que usurpou para sempre uma forma da enunciação de Whitman:

Trippers and askers surround me,
People I meet, the effect upon me of my early life or the ward and city I
    live in, or the nation,
The latest dates, discoveries, inventions, societies, authors old and new,
My dinner, dress, associates, looks, compliments, dues,

---

* Estamos interessados na linguagem, que vocês chamam de fôlego, / se fôlego é o que nos tornaremos, e achamos que é, o canhoto disse. / Atirando-lhe / um osso às vezes, às vezes expressando, às vezes expressando algo qual tênue preocupação, o caminho / foi tão escavado por viajantes que se tornou cavernoso. Conduz à morte. / Sabemos que, embora por um tempo limitado queremos apenas colher o girassol, / transportá-lo de onde se erguia, orgulhoso, ereto, sob um céu azul de bangalô, contemplando o sol, / e trazê-lo para dentro, enquanto todos os outros afundam no bolor comum. O dia / começara inauspiciosamente, mas melhorou ao avançar, até que na hora / de dormir viu-se que havíamos prosperado, eu e tu. / Nossas primeiras tentativas frustradas de nos comunicarmos estavam de qualquer modo desde longo tempo mortas. / Mas eu havia orado por certa civilidade do ar antes de partir, como de fato meus ancestrais fizeram / o que não os prejudicou. E eu de propósito me abstive de *me* consultar.

The real or fancied indifference of some man or woman I love,
The sickness of one of my folks or of myself, or ill-doing or loss or lack
    of money, or depressions or exaltations,
Battles, the horrors of fratricidal war, the fever of doubtful news, the
    fitful events;
These come to me days and nights and go from me again,
But they are not the Me myself.

Apart from the pulling and hauling stands what I am,
Stands amused, complacent, compassionating, idle, unitary,
Looks down, is erect, or bends an arm on an impalpable certain rest,
Looking with side-curved head curious what will come next,
Both in and out of the game and watching and wondering at it.

Backward I see in my own days where I sweated through fog with linguists
    and contenders,
I have no mockings or arguments, I witness and wait*

Eis a forma positiva de "Finnish Rhapsody" e *Flow Chart*, a "Song of Myself" do próprio Ashbery. Tendo arrebatado a bola, Ashbery corre com ela, embora corra pouco, apenas faça um passeio. A lição, porém, é mais a de "Palme", de Valéry, do que do próprio Whitman. Sonhos, devaneios:

Yet it is from these that the light, from the ones present here that luminosity

---

* Viajantes e inquiridores me rodeiam, / Pessoas que encontro, o efeito sobre mim de minha infância ou o distrito e a cidade em que vivo, ou a nação, / As últimas datas, descobertas, invenções, sociedades, autores velhos e novos, / Meu jantar, traje, parceiros, olhares, elogios, tributos, / A indiferença real ou fantasiada de algum homem ou mulher que amo, / A doença de um parente ou minha, ou malfeito ou perda ou falta de dinheiro, ou depressões ou exaltações, / Batalhas, os horrores da guerra fratricida, a febre de notícias duvidosas, os eventos incertos, / Essas coisas vêm a mim dias e noites e se vão de mim de novo, / Mas elas não são o Eu mesmo. // Entre o puxar e arrastar fica o que sou, / Fica divertido, complacente, compassivo, ocioso, unitário, / Abaixa os olhos, está ereto, ou dobra um braço num certo repouso impalpável, / Olhando de lado, curioso, o que virá a seguir, / Dentro e fora do jogo e o assistindo e o admirando. // No meu próprio passado vejo onde transpirei pela névoa com linguistas e contendores, / Não tenho escárnios ou argumentos, eu presencio e espero. [Tradução de Gentil Saraiva Junior disponível em seu site Poesia de Whitman.]

Sifts and breaks, subsides and falls asunder.*

Não tão forte ou bizarramente, pois a sede honesta ("pobreza", como Emerson e Stevens chamavam a fome honesta ou a necessidade de poesia) é memoravelmente aplacada pelos maiores poemas do mundo, por Whitman, Stevens, Ashbery, embora este último objete modestamente: "Mas talvez somente para si, quiçá para sua identidade solitária."

A "identidade solitária" de Ashbery possui alguns traços claramente definidos: nostálgica, experimental, hesitante, imbuída de uma qualidade visionária, melhor chamada de nobreza. No lado mais sombrio, existe uma aversão contida ao nosso discurso público e a nossa exaltação da irreflexão. No século XXI, Ashbery pode parecer, pessoalmente, um digno último sobrevivente da cultura imaginativa do fim do século XIX, assemelhando-se aos poetas de Harvard daquela época: Trumbull Stickney, George Cabot Lodge, o jovem Wallace Stevens. Sem esforço, ele é a perpétua vanguarda da poesia experimental americana e, paradoxalmente, encarna valores arcaicos.

Angus Fletcher esclarece o que pode ser denominada "a expressão de Ashbery" ou "a expressão de Whitman", baseando-se na imagem de uma onda. Se essa imagem, em poesia, é uma falha, então a falha é da própria natureza. Se bem que todo o *Flow Chart* pode ser lido como uma gigantesca elegia à mãe de Ashbery; diferindo de Whitman, Stevens e Crane, ele se afasta da figura quádrupla que reúne Noite, Morte, a Mãe e o Mar. Ele escreve em ondas, mas tenta viver uma liberdade da superdeterminação por uma musa externa.

A consequência é que ele rompe com a tradição miltônica-wordsworthiana que busca afirmar o poder da mente do poeta sobre um universo de morte. Esse grande tema ainda é corporificado por "As I Ebb'd with the Ocean of Life", "The Idea of Order at Key West" e "Voyages", mas é evitado em *Flow Chart* e *A Wave*. Ao escolher a vulnerabilidade, Ashbery se alia a Swinburne, um mestre da poética que tem sido absolutamente subestimado desde T. S. Eliot até o presente momento. Thomas Lovell Beddoes,

---

* Porém é deles que a luz, daqueles presentes aqui que a luminosidade / Salpica e irrompe, declina e desaba.

estranho lírico romântico antitético, é um dos favoritos de Ashbery, como outro exemplo de renúncia à postura antitética contra a natureza, que vai de Blake e Shelley até William Butler Yeats. Nietzsche, patrono do pensamento antitético, não é uma presença em Ashbery.

Existe uma perda, bem como um ganho, em renunciar à postura antitética contra a natureza. A poesia pode relaxar demais e parecer vir facilmente demais se você se abandona às ondas frasais e surfa nelas.

Você se pergunta, ao percorrer o Ashbery mais maduro, como poderia esperar apreender um fluxo subterrâneo de poesia que corre dentro dele o tempo todo. Ele quase sempre consegue evocar a poesia, mas nem sempre o poema. Enquanto Whitman vazava com o oceano da vida, a linguagem continuava fluindo, mas a poesia se tornava difusa e os poemas fortes, infrequentes. Ashbery, aparentemente exigindo menos, se sai melhor. Nenhum leitor fica satisfeito com Walt em suas mais tediosas catalogações, suas Canções do Respondente, de Júbilos, da Sequoia, da Terra Girante — e assim por diante. Existem oitocentas páginas de Whitman, e cerca de cem permanecem como a melhor obra jamais escrita por qualquer americano, incluindo Dickinson, Melville, Emerson, Hawthorne, Henry James, Stevens, Faulkner, ou quem você preferir. Mil páginas de Ashbery podem ser encontradas nos *Collected Poems, 1956-1987*, da Library of America, e o segundo volume deverá ser igualmente extenso. Sou grato, sigo apaixonado por sua poesia, mas há um problema de absorção com tal florescência.

Entretanto, existem livros inteiros de Ashbery sem um baixio ou local de repouso, e são numerosos demais para listar. A lição de Whitman foi aprendida sabiamente por Ashbery, como por Stevens, antes dele. Nem todo poema pode ser "Song of Myself" ou *As auroras do outono* ou *A Wave*. Esses são grandes exemplos do que Angus Fletcher, em *A New Theory for American Poetry* (2004), denomina poema-ambiente, baseado na "expressão" de Whitman:

> I. Whitman, conhecido por inventar o verso livre, ainda mais radicalmente inventou um tipo novo de poema, que devemos chamar de o *poema-ambiente*. Seus poemas não são *sobre* o ambiente, quer natural ou social. Eles *são* ambientes. Essa invenção genérica, conquanto não inteiramente sem precedente, e

não sem afinidades com certos textos sobre a natureza, é uma ideia estranha. Mais estranha do que se poderia imaginar inicialmente.

II. O princípio da ordem, forma, energia expressiva e, finalmente, da coerência para tais poemas-ambientes é a *expressão*, em seu sentido gramatical, e também gestual, mais amplo. O uso supremo da expressão explica o estilo de Whitman e, mais importante para sua poética, como ele dispõe as fronteiras e entranhas de seus poemas.

III. A expressão, ao controlar a forma dos poemas-ambientes necessários para expressar quaisquer verdades sobre um mundo jacksoniano —* sejam pragmáticas, políticas, místicas, estéticas ou outras —, extrai seu correlato físico e sua função metafísica da análise obsessiva de Whitman sobre os movimentos das ondas. Em termos icônicos: quando John Ashbery deseja superar seu próprio poema-prosa whitmaniano "The System", ou seu complexíssimo *Flow Chart*, simplesmente escreve "A Wave".

O romantismo americano, de Emerson a Ashbery, é visto por Fletcher como um retorno à tradição inglesa do século XVIII, da poesia "descritiva" e "pitoresca", e não ao sublime do Alto Romantismo de Wordsworth e Shelley, que alternavam visões transcendentais com suas próprias versões de precursores descritivos e pitorescos, *The Seasons*, de James Thomson, em particular.

Discordo, em parte, de Fletcher, ainda que apenas por suspeitar do gênero "poema-ambiente". Por que o *Paraíso perdido* e *Milton*, de Blake, não seriam também poemas-ambientes, ou a *Divina comédia*, por sinal? Leopardi poderia igualmente ser considerado um mestre da poesia-ambiente. O que é mais útil na nova teoria de Fletcher é sua formulação daquela entidade ondulatória, "a expressão de Whitman", tão fecunda em Stevens e Crane como em Ashbery e esplendidamente aplicável a Swinburne também, e até, em alguns momentos de *Prometeu libertado*, ao heroico precursor de Swinburne, o revolucionário Shelley. Ondulatória, a "expressão de Swinburne" confere uma absoluta coerência a um de meus poemas favoritos, a sequência "By the North Sea":

---

* Referente ao presidente americano Andrew Jackson. (N. do T.)

> A land that is thirstier than ruin;
>   A sea that is hungrier than death;
> Heaped hills that a tree never grew in;
>   Wide sands where the wave draws breath;
> All solace is here for the spirit
>   That ever for ever may be
> For the soul of thy son to inherit,
>   My mother, my sea.*

Despropositadamente, o filho de um almirante, e criado na ilha de Wight, Swinburne se imaginava emergente das ondas e considerava o sol pagão seu verdadeiro pai. Ashbery volta-se a ele em *Flow Chart* como um modelo para a sextina extraordinariamente dupla no canto V, começando com "Estamos interessados na linguagem, que vocês chamam de fôlego". Extraindo seu material do *Decameron*, 10–7, Swinburne, compôs, em novembro de 1869, "The Complaint of Lisa" (A queixa de Lisa), uma exibição brilhante de sua espantosa habilidade na versificação, que Dante Gabriel Rossetti denominou *dodicina*. Enfrentando belamente esse desafio, Ashbery ultrapassa o modelo de Swinburne em um desempenho virtuosista igualado apenas pela sextina "Samos", de Merrill, em *Scripts for the Pageant*.

Fletcher, o teórico literário órfico dos EUA, assim como Crane é seu poeta órfico, enfatiza em sua obra três imagens: labirinto, limiar, templo. Ambivalentemente o labirinto pode simbolizar o pânico ou um prazer em perambular. Entre o labirinto e o templo, imagem de centralidade, intervém um limiar, quase idêntico ao poeta-herói pesquisador. Hart Crane é o poeta de todas as três condições — labirinto, limiar, templo —, mas seu limiar é a Ponte do Brooklyn, mais do que sua frágil existência como um Orfeu condenado.

Ashbery está sempre num limiar, equilibrado entre um Eros labiríntico e um Tânatos templário. Uma beleza perigosa é a recompensa de seu leitor, particularmente nos poemas mais longos *A Wave* e *Flow Chart*. Como em outras partes, o texto precursor seminal, raramente aparente em

---

* Uma terra mais sedenta que ruína; / Mais famélico que a morte, um mar; / Pilhas de morros desnudos de árvores; / Areais onde a onda vem respirar; / Todo consolo aqui é para o espírito / Que para sempre possa perdurar / Para que a alma de teu filho herde, / Minha mãe, meu mar. (Tradução em decassílabos, preservando as rimas.)

eco, é "Song of Myself", embora as nuances brandas de Whitman sejam evitadas com difusões ainda mais sutis por seu neto pródigo — sendo T. S. Eliot/Wallace Stevens o pai poético compósito, interferente. Os leitores perceptivos, à frente dos acadêmicos, aprendem rapidamente a localizar Whitman em Eliot, que apenas perto do fim confessou sua dívida americana. Embora necessariamente ambivalente, Stevens deixou explícito seu relacionamento profundo com "Out of the Cradle Endlessly Rocking" e com a elegia "Lilacs" em particular. Lendo Ashbery, "Song of Myself" me vem primeiro à mente agora, e depois "Crossing Brooklyn Ferry", onde Ashbery se junta a Crane e William Carlos Williams como legatários. *A ponte* e *Paterson* são whitmanianos de maneiras bem diferentes de *A terra inculta* e *Notes Toward a Supreme Fiction*. Ashbery, sabidamente um herdeiro de toda essa riqueza, encontra ainda outro caminho a partir de Whitman e Stevens para seu maravilhoso "Tudo que sabemos / É que estamos um pouco adiantados" [*All we know / Is that we are a little early*].

Um crítico que se baseia no atraso não combina com Ashbery, como sabe muito bem o poeta. Deve ser por isso que me apaixonei por *Some Trees* e o grande número de outros volumes de Ashbery desde então, bem como aqueles aos quais espero viver para dar as boas-vindas. Fletcher observa sabiamente: "Whitman está sempre aguardando, olhando à frente, testando sua própria esperança", e Ashbery também. À semelhança de Wordsworth, o inaugurador da poesia moderna, ele celebra "algo eternamente prestes a acontecer". Agrada-me uma observação paralela de Fletcher:

> Quanto a isso Ashbery escreve com uma forma especial de prestar grande atenção. Você dirá que todas as atividades sérias, incluindo a atividade no poema e à sua volta, são certamente atentas. Mas na verdade grande parte da poesia é deliberadamente desatenta. Ela habita fórmulas memorizadas (baladas); ela habita exageros e hipérboles românticas ("Meu amor é qual rosa vermelha, vermelha"); ela habita as grandes tradições generalizadas do mito, aquelas histórias que aparecem por toda parte como as *estruturas* frouxamente ordenadas da poesia e da literatura; ela habita um caráter indireto e uma obliquidade que são o oposto exato da realidade atentamente observada. Os poemas parecem estar alhures, como bem sabem os vendedores de livros. Inspiradas, as mentes dos

poetas resvalam ou voam para o horizonte. [...] Mesmo poetas neoclássicos como Ben Jonson ou John Betjeman são menos assolados do que seria de se esperar por seus fatos sociais. Eles estão brincando com os princípios sociais. Assim, parece que uma poesia rigorosamente atenta é incomum, e precisará de uma definição própria. Mas, de novo, atenta em qual sentido? Se existe algo medidor e médico, bem como meditativo, na poesia de Ashbery, deveria haver uma ordem subjacente, algo como uma busca por saúde, ou o autoexame de um corpo que está funcionando bem ou não, talvez os primeiros estágios de um diagnóstico. Alguma regra de ordem opera aqui, embora em grande parte oculta.

(*A New Theory for American Poetry*)

A sequência medidora-médica-meditativa é ashberiana, assim como "descobrir a cena é descobrir o eu" de Fletcher modulado por Montaigne. *Flow Chart* (8 de dezembro de 1987-28 de julho de 1988), em suas 2 mil páginas, não descobre nenhuma das duas, o que não diminui esse longo poema. "Song of Myself" termina dissolvendo a forte identidade de Whitman no ar e na terra, enquanto *A ponte*, como *A terra inculta*, enfim submete o eu ao fogo e à água. Ashbery, permitindo que a tradição o escolha enquanto se recusa a estar atrasado nela, escreve a "Autobiografia de qualquer um", na expressão de John Shoptaw em *On the Outside Looking Out* (1994). Isso libertaria o poeta da evasão interior, mas Ashbery é um mestre tão provocador das evasões intricadas quanto Whitman e Stevens.

Com todo o seu notório pendor pela "impessoalidade" como poeta, Eliot, na verdade, é idiossincrásico, mais como Tennyson do que como Whitman, conquanto menos espinhoso que Browning e Pound. Ashbery ainda me conta que admira o Auden inicial, que se esquivou da personalidade. Se sinto falta de algo na poesia de Ashbery é da música encantatória do eu em Shelley e seus herdeiros: Beddoes, Yeats, Crane. Ashbery está imbuído deles, mas se afasta das vozes órficas, com que brinca maravilhosamente em seu próprio "Syringa".

Se existe uma progressão no movimento ondulatório de *Flow Chart*, isso emerge após repetidas leituras através da sensação de alcance de uma epifania na dupla sextina do canto V. Em retrospecto, o poema parece ascender gradualmente àquela iluminação e depois declinar. Isso funciona de forma bem diferente em "Song of Myself", que passa por duas crises (partes 28 e 38) antes da belíssima resolução nas partes 51-52. Mesmo assim, *Flow Chart* e o anterior *A Wave* são os mais whitmanianos dos poemas de Ashbery, em movimento e música cognitiva — ou, melhor dizendo, no fôlego.

Em seu utilíssimo capítulo sobre a expressão de Whitman, Fletcher observa que essa expressão "é ela própria modelada na praticamente infinita tradução da onda — na natureza, na arte, no pensamento e na experiência humana". Existe uma expressão de Ashbery? Seus pensamentos são invariavelmente cadenciados, como são os de Whitman, e a descrição de Fletcher de como Whitman pensa instantaneamente evoca muito de Ashbery para mim:

> Dizer que Whitman pensa intransitivamente, tendendo sempre para a voz do meio, é afirmar que ele vê em vez de narrar, tomando a palavra *ver* em seu sentido profético. É também afirmar que ele acha essa visão um indicador suficiente de uma possível ação implícita no gesto, um gesto napolitano, captado pela foto instantânea do que é visto. Não esqueçamos que, quando ele colocou uma gravura de sua fotogravura ao lado da folha de rosto de seu livro de 1855, queria sugerir que os leitores lessem seu livro de uma forma diferente. Além do formato largo que permitia que os longos versos permanecessem longos na página, ele quis que seguíssemos aqueles versos como um retratista segue um tema. Tudo é um esboço brilhante, quase um cartum (e de novo seu jornalismo é uma influência). Somos convidados a captar vislumbres de contornos, o que exige que não sejamos impedidos por ideias de concatenação lógica ou material. Para ler Whitman corretamente, temos de permanecer perpetuamente intransitivos, como a maioria de seus verbos de enunciação média, seus verbos de sensação, percepção e cognição.
>
> (*A New Theory for American Poetry*)

Ouço Lucrécio pairando nesta última sentença, e Ashbery é outro poeta epicurista ou lucreciano. Sei que ele é um anglicano, mas apenas como Walt foi um quacre. Em procedimento como no supremo éthos, Ashbery instrui seu leitor a ser perpetuamente intransitivo. Whitman pretende que isso também diz respeito a Eros, mas aqui Ashbery é dissimulado e evasivo.

Whitman não parava de revisar seu único livro, *Folhas de relva*. Ashbery, um poeta de muitos livros, é copioso demais para permitir que falemos do "Livro de John Ashbery", e prefere que seus volumes sejam publicados separadamente. Enquanto Whitman, hesitante e delicado no estilo, surpreendentemente busca a totalização, Ashbery parece compará-la à morte. Provavelmente não teremos um último poema dele, razão por que o primeiro poema em *A Wave*, "At North Farm" (Na fazenda norte), fascina muitos de seus leitores (inclusive a mim).

A amplitude de *Flow Chart* requer um sumário para ser prontamente captado, e recomendo que meus leitores consultem Shoptaw para uma explicação completa, ou a meditação de Fletcher sobre Ashbery, que oferece uma deslumbrante interpretação especulativa. Minha própria forma é estudar a má avaliação, neste caso o maravilhosamente criativo mal-entendido em que *Flow Chart* se aventura, implícita e persuasivamente, em relação a Whitman. O Walt de Ashbery é convertido em uma precocidade diferente por outro pranteador maternal, cuja postura elegíaca traz um novo frescor à antiga forma de Bion e Moschus, Teócrito e Virgílio, Spenser e Milton, Shelley e Swinburne.

Algures em *A Wave*, Ashbery evoca uma epifania:

> There are moments like this one
> That are almost silent, so that bird-watchers like us
> Can come, and stay awhile, reflecting on shades of difference
> In past performances, and move on refreshed.*

Os "matizes de diferença" entre Whitman e Ashbery são mais ondulatórios do que aqueles entre Whitman e Stevens. Embora Stevens seja mais dado à imagística da onda, seus desvios lucrecianos são abruptos, mais à maneira de Milton do que nos matizes polidos compartilhados por Whitman e Ashbery. Guiado por Ashbery, retorno à "Finnish Rhapsody", um de seus favoritos em seu vasto cânone, e nós, ashberianos, agradecemos a deixa. O título do poema reconhece amistosamente o épico nacional finlandês, o

---

* Existem momentos como este / Que são quase silentes, para que observadores de aves como nós / Possam chegar, e permanecer um pouco, refletindo sobre matizes de diferença / Em desempenhos passados, e ir em frente renovados.

Kalevala, cuja métrica foi transposta ao inglês pela primeira vez por Longfellow em sua "Song of Hiawatha" (Canção de Hiawatha), uma obra ainda bastante legível e particularmente cara para mim, porque a li pela primeira vez quando menino, na eloquente tradução iídiche de Yehoash (Solomon Bloomgarden). "At North Farm" é uma alusão ashberiana mais enigmática ao *Kalevala*. "Finnish Rhapsody" é belamente engraçado até alcançar a sublimação na estrofe final, supracitada, que Whitman teria celebrado. Esplendidamente equilibrado entre o êxtase e a dor, ele afirma, com Whitman e Stevens, que as palavras do mundo são a vida do mundo: "Sua identidade sozinha", por mais que se submeta, continua sendo autora de mais do que alguns dos "grandes poemas do mundo", as elocuções poéticas mundanas altaneiras.

A realização ashberiana é tamanha e tão bem-configurada que vou condensá-la aqui como se a dupla sextina do canto V de *Flow Chart* pudesse representá-la completamente. Sem dúvida isso é injusto com alguém que — a meu ver — tem sido nosso poeta nacional por mais de meio século, mas a dupla sextina é o poema mais canônico que Ashbery compôs. Como acontece com seu modelo swinburneano, a intrincada elegância formal de sua dupla sextina posterior sempre me surpreende.

Fletcher acha que Ashbery usa sua dupla sextina para se afastar de problemas de identidade. Se for esse o caso, tal estratégia, esplendidamente, não funciona:

Yet I had prayed for some civility from the air before setting out, as
   indeed my ancestors had done
and it hadn't hurt them any. And I purposely refrained from consulting *me*,
§
the *culte du moi* being a dead thing, a shambles. That's what led to me.
Early in the morning, rushing to see what has changed during the night,
   one stops to catch one's breath.
The older the presence, we now see, the more it has turned into thee
with a candle at thy side. Were I to proceed as my ancestors had done
we all might be looking around now for a place to escape from death,
for he has grown older and wiser. But if it please God to let me live until
   my name-day

I shall place bangles at the forehead of her who becomes my poetry,
    showing her
teeth as she smiles, like sun-stabs through raindrops. Drawing with a
    finger in my bed,
she explains how it was all necessary, how it was good I didn't break
    down on my way
to the showers, and afterwards when many were dead
who were thought to be living, the sun
came out for just a little while, and patted the sunflower

on its grizzled head. It likes me the way I am, thought the sunflower.
Therefore we all ought to concentrate on being more "me,"
for just as nobody could get along without the sun, the sun
would tumble from the heavens if we were to look up, still self-absorbed,
    and not see death.*

Dizer que *"the sun / would tumble from the heavens if we were to look up, still sef-absorbed, and not see death"* (o sol / desabaria do céu se fôssemos olhar para cima, ainda absortos, e não víssemos a morte) é análogo (num tom menor) ao grande desafio do predecessor Whitman:

Dazzling and tremendous how quick the sun-rise would kill me,

---

* Mas eu havia orado por certa civilidade do ar antes de partir, como de fato meus ancestrais fizeram / o que não os prejudicou. E eu de propósito me abstive de *me* consultar / § / o *culte du moi* sendo uma coisa morta, uma ruína. Foi isso que levou a mim. / De manhã cedo, correndo para ver o que mudou durante a noite, a gente para a fim de recuperar o fôlego. / Quanto mais velha a presença, vemos agora, mais se transformou em você / com uma vela ao seu lado. Se eu prosseguisse como fizeram meus ancestrais / poderíamos estar todos em busca agora de um lugar para escapar da morte, / pois ele ficou mais velho e sábio. Mas se aprouver a Deus deixar-me viver até o dia do santo com meu nome / porei braceletes na testa daquela que se tornar minha poesia, mostrando / seus / dentes enquanto ela sorri, qual punhaladas de sol por gotas de chuva. Desenhando com um dedo na minha cama, / ela explica como tudo foi necessário, como foi bom eu não sucumbir no meu caminho / às chuvas, e depois quando muitos estavam mortos / que se julgava estarem vivos, o sol / saiu apenas um pouquinho, e afagou o girassol // em sua cabeça grisalha. Ele gosta de mim como sou, pensou o girassol. / Portanto deveríamos todos nos concentrar em ser mais "eu", / pois assim como ninguém conseguiria ir longe sem o sol, o sol / desabaria do céu se fôssemos olhar para cima, ainda absortos, e não víssemos a morte.

If I could not now and always send sun-rise out of me.

("Song of Myself", parte 25)*

Não creio que Ashbery desistirá de fugir de Ashbery, e uma vez que isso serve a sua poesia, por que deveríamos nos importar? Embora o eu seja uma ficção, a abolição do eu também é uma ficção, e em geral mais cansativa (ao menos para mim). Como convém, a dupla sextina de Ashbery se encerra com um remate de seis versos, invocando a mãe do poeta:

A história que ela me contou ainda fervilha em mim, conquanto ela esteja morta estes vários meses, deitada como que em uma cama. As coisas que costumávamos fazer, eu com você, você comigo, ainda importam, mas o sol aponta o caminho inexoravelmente para a morte, embora seja apenas o seu, não o nosso caminho. Engraçada a forma como o sol consegue levar você até ela. E enquanto você pausa para respirar, lembre isso, agora que está feito, e sementes refulgem no girassol.

O girassol está enfim vivo, refulgindo com sementes. Isso levará aos versos finais do canto V, repousando sobre "esta posição favorável, pela qual / tanto se lutou, dificilmente conquistada" [*this vantage point so / deeply fought for, hardly won*]. Essa fraseado merecidamente orgulhoso não é, absolutamente, whitmaniano. Em parte alguma Walt admitirá a grande importância de seu aprendizado com Emerson e a Bíblia do Rei Jaime, que levaram à sua revolução visionária de 1854-55. Mas, então, é também improvável que Ashbery proclame um triunfo sobre as dificuldades de modo a obter postura, tom, voz. Ele sempre será o verdadeiro neto de Whitman, que o bardo americano teria acolhido.

Entristece-me sobremaneira voltar a escreve sobre Archie Randolph Ammons (1926-2001), já que resisto à ideia de que ele está morto. Fomos muito amigos de 1968 até sua partida, um terço de século depois, uma amizade que se recusa a terminar.

---

* Deslumbrante e tremendamente rápido a alvorada me mataria, / Se eu não pudesse agora e sempre produzir alvoradas.

Ammons, às vezes, se permite fingir ser afetado por William Carlos Williams, mas isso me parece uma questão trivial. Houve uma influência mais substancial do Stevens mais maduro sobre o Ammons mais maduro, mas isso também se afigura periférico. O que ouvi mais cedo em Ammons esteve presente até o fim: Walt Whitman, Emerson e Dickinson, até Wordsworth, foram diferenças que fizeram diferença para Ammons, mas Whitman está quase sempre ali. Walt e Archie são ambos dissimulados: eles *parecem* fáceis, mas são evasivos e oferecem prazeres difíceis. Ambos são entusiastas cômicos do Sublime Americano de Emerson. Eles não zombam dele mesmo dependendo dele, como fez Stevens, mas, ao contrário de Hart Crane, seu devotamento a ele é ambivalente.

Dentre todos os seus contemporâneos, Archie foi o que mais valorizou Ashbery, não o Ashbery das eloquências descartáveis, mas o poeta de *The Double Dream of Spring*. Os dois compartilharam algo semelhante à estima pelo trabalho mútuo de Edwin Arlington Robinson e Robert Frost. Não me lembro de ter estado presente a um encontro de Ammons e Ashbery, mas eles se encontraram em diversas ocasiões e até deram uma palestra conjunta. Lembro que falei com Ashbery sobre minha insatisfação pela exclusão, em seus *Selected Poems,* de poemas essenciais, como "Evening in the Country" (Noite no campo), "Fragment" (Fragmento) e "The One Thing That Can Save America" (Aquilo que pode salvar os EUA), e lembro também da concordância lacônica de Ammons ao telefone. Mas Archie entendeu que ele e Ashbery eram co-herdeiros de Whitman, mais abertamente do que Stevens, Eliot, Pound e Williams.

Ammons nunca se afastou das elegias de *Detrito marinho*. Certa vez comentei com Archie que "Detrito marinho" seria um título admirável para os *Poemas reunidos de A. R. Ammons* — mas ele fez um sinal de não com a cabeça e respondeu com uma única palavra: "Dunas."

Como as margens d'água de Whitman, as dunas de Ammons vivem se reformando. Certa vez, ouvindo minha mulher reclamar do meu mau hábito de dizer "estou devagar, quase parando", Archie aconselhou: "Fique apenas à deriva, Harold."* Menciono isso porque interpreto grande parte

---

* No original, "I am just oozing along" e "Just drift along, Harold". São expressões idiomáticas sem correspondentes exatos em português. *Ooze along* designa o movimento lento de uma substância pastosa, p. ex., uma pasta de dentes saindo do tubo. *Drift along* significa andar à deriva. (N. do T.)

de Ammons como levando à deriva (*drifting*) o Sublime Americano. Em "Song of Myself", parte 25, Whitman escreveu:

Dazzling and tremendous, how quick the sun-rise would kill me,
If I could not now and always send sun-rise out of me.

We also ascend dazzling and tremendous as the sun,
We found our own O my soul in the calm and cool of the day-break.*

Lembro que recitei esses versos junto com Archie, sem dúvida com grande frequência, durante o ano acadêmico de 1968-69, em Cornell. Sua resposta sutil ao desafio de Whitman surge inicialmente na conclusão de seu esplêndido "The Arc Inside and Out" (O arco dentro e fora), nas páginas finais de *Collected Poems, 1951—71*:

> . . . neither way to go's to stay, stay
> here, the apple an apple with its own hue
> or streak, the drink of water, the drink,
>
> the falling into sleep, restfully ever the
> falling into sleep, dream, dream, and
> every morning the sun comes, the sun.**

Uma resposta ainda mais grandiosa a Whitman conclui o tardio e inédito "Quibbling the Colossal" (Escapando do colossal):

> . . . so,
> shine on, shine on, harvest moon: the computers
>
> are clicking, and the greatest dawn ever is
> rosy in the skies.

---

* Deslumbrante e tremendamente rápido a alvorada me mataria, / Se eu não pudesse agora e sempre produzir alvoradas. // Também ascendemos deslumbrantes e tremendos como o sol, / Achamos o nosso próprio Oh minha alma na calma e frescor da aurora.
** ... não ir por nenhum lugar é ficar, ficar / aqui, a maçã uma maçã com seu próprio matiz / ou cor, o beber da água, o beber, // o cair no sono, serenamente sempre o / cair no sono, sonhar, sonhar, e / todas as manhãs o sol surge, o sol.

CAST THE OVERCAST*

Eu próprio discuto com Archie sobre a palavra *quibbling*.** Empregamo-la agora na Terra do Anoitecer no sentido de evasão ou negação, e isso poderia convir a Stevens, mas não a Ammons. Suponho então que Archie tivesse em mente o sentido arcaico, um jogo de palavras latino com *qui*, o "quem" ou "o quê?" dos documentos legais. "Colossal" remete a *colossus*, uma estátua enorme ou algo que, em importância e proporção, pode ser equiparado a uma figura dessa magnitude. Talvez Walt Whitman, ele próprio um magnífico trocadilhista (*quibbler*), fosse o Colosso Americano, nosso Sublime. Com uma despreocupação digna do próprio Walt, Ammons deixa entrar uma nova luz e prossegue, dando a muitos de nós mais espaço para respirarmos e nos alongarmos.

Ammons foi quase tão prolífico quanto Ashbery, mas aqui me limitarei principalmente aos imediatamente disponíveis *Selected Poems* (edição ampliada, 1986) e *Sphere* (1974). Um homem das montanhas da Carolina do Norte, desde o princípio Ammons entoou uma música misteriosa, diferente daquela de Whitman, mas relacionada a uma de suas formas de indireta:

> so I look and reflect, but the air's glass
> jail seals each thing in its entity:
>
> no use to make any philosophies here:
>   I see no
> god in the holly, hear no song from
> the snowbroken weeds: Hegel is not the winter
> yellow in the pines: the sunlight has never
> heard of trees: surrendered self among
>   unwelcoming forms: stranger,
> hoist your burdens, get on down the road.***

["Gravelly Road"]

---

* ... portanto, / prossiga brilhando, prossiga brilhando, lua da colheita; os computadores / estão estalando, e a maior aurora jamais vista está / rósea no céu. CONJURE AS NUVENS [Jogo de palavras com *cast* (conjurar) e *overcast* (cobertura de nuvens).] (N. do T.)
** Jogo de palavras com *quibble* (discutir) e *quibbling* (fuga). (N. do T.)
*** assim olho e reflito, mas o ar é vidro / prisão encerra cada coisa em sua entidade: // não adianta fazer quaisquer filosofias aqui: / não vejo nenhum / deus no sagrado, não ouço nenhu-

Esse *conhecimento* é uma marca do que aprendi a chamar de Religião Americana, nosso Estilo Nativo ou gnose, da qual Emerson foi o teólogo e Whitman e seus pródigos os videntes órficos, até o contemporâneo Charles Wright. Ammons é mais tradicional, até mais shelleyano do que Whitman ao contar com um vento inspirador:

Guide

    You cannot come to unity and remain material:
in that perception is no perceiver:
    when you arrive
you have gone too far:
    at the Source you are in the mouth of Death:
you cannot
    turn around in
the Absolute: there are no entrances or exits
    no precipitations of forms
to use like tongs against the formless:
    no freedom to choose:

to be
    you have to stop not-being and break
off from *is* to *flowing* and
    this is the sin you weep and praise:
origin is your original sin:
    the return you will long for will ease your guilt
and you will have your longing:

    the wind that is my guide said this: it
should know having
    given up everything to eternal being but
direction:

---

ma canção das / ervas dilaceradas pela neve: Hegel não é o inverno / amarelo nos pinheiros: a luz solar nunca / ouviu falar de árvores: eu capitulado entre / formas hostis: estrangeiro, / iça tuas cargas, prossegue estrada abaixo.

> how I said can I be glad and sad: but a man goes
> from one foot to the other:
> wisdom wisdom:
> to be glad and sad at once is also unity
> and death:
> wisdom wisdom: a peachblossom blooms on a particular
> tree on a particular day:
> unity cannot do anything in particular:
>
> are these the thoughts you want me to think I said but
> the wind was gone and there was no more knowledge then.*

A totalidade dessa entrega do eu é surpreendente: o único paralelo em Whitman vem na parte final de "Song of Myself":

> I depart as air, I shake my white locks at the runaway sun,
> I effuse my flesh in eddies, and drift it in lacy jags.**

Walt se desintegra, como o Rocketman no romance *Gravity's Rainbow*. Ammons não ouve mais falar do vento após sua palavra "saudade" (*longing*). Anos depois, na dedicatória ao longo e whitmaniano *Sphere: The Form of a Motion*, o vento e Ammons estão mutuamente apartados:

---

* Guia / Não podes atingir a unidade e continuar material: / nessa percepção não há percebedor / quando chegas / foste longe demais: / na Origem estás na boca da Morte: / não podes / dar meia-volta / no Absoluto: não há entradas nem saídas / nenhuma precipitação de formas / para usar qual línguas contra o informe: / nenhuma liberdade para escolher: // para ser / tens de parar de não ser e passar / do *é* para *fluindo* e / este é o pecado que choras e louvas: / origem é teu pecado original: / o retorno pelo qual ansiarás mitigará tua culpa / e terás tua saudade: // o vento que é meu guia disse isto: ele / deve saber tendo / submetido tudo ao eterno ser exceto / direção: // como eu disse posso estar contente e triste: mas um homem alterna / entre um pé e outro: / sabedoria sabedoria: / estar contente e triste ao mesmo tempo também é unidade / e morte: / sabedoria sabedoria: uma flor de pêssego floresce em uma árvore / particular em um dia particular: / a unidade não pode fazer nada de particular: // são estes os pensamentos que queres que eu pense eu disse mas / o vento partira e não havia mais conhecimento então.
** Parto como o ar, agito meus cachos grisalhos ao sol fugaz, / Transbordo minha carne em turbilhões, e a arrasto em recortes rendados.

I went to the summit and stood in the high nakedness:
the wind tore about this
way and that in confusion and its speech could not
get through to me nor could I address it:
still I said as if to the alien in myself
    I do not speak to the wind now:
for having been brought this far by nature I have been
brought out of nature
and nothing here shows me the image of myself:
for the word *tree* I have been shown a tree
and for the word *rock* I have been shown a rock,
for stream, for cloud, for star
this place has provided firm implication and answering
    but where here is the image for *longing:*
so I touched the rocks, their interesting crusts:
I flaked the bark of stunt-fir:
I looked into space and into the sun
and nothing answered my word *longing:*
    goodbye, I said, goodbye, nature so grand and
reticent, your tongues are healed up into their own
element
and as you have shut up you have shut me out: I am
as foreign here as if I had landed, a visitor:
so I went back down and gathered mud
and with my hands made an image for *longing:*
    I took the image to the summit: first
I set it here, on the top rock, but it completed
nothing: then I set it there among the tiny firs
but it would not fit:
so I returned to the city and built a house to set
the image in
and men came into my house and said
    that is an image for *longing*
and nothing will ever be the same again*

---

* Subi até o topo e me ergui na alta nudez: / o vento soprava loucamente aqui / e ali em confusão e sua fala não conseguia / chegar até mim nem eu conseguia me dirigir a ele: / mesmo

Essa foi a síntese de Ammons. Ele prosseguiu escrevendo por mais 28 anos com um constante poder de invenção, mas não conseguiu superar esse poema, nem precisou, pois nem mesmo Ashbery possui algo tão elevado.

Será "subi até o topo e me ergui na alta nudez" [*I went to the summit and stood in the high nakedness*] uma retratação em relação a "Guia" ou essencialmente um esclarecimento? "Saudade" reflui até uma imagem para "*saudade*". Em Whitman, "adesividade" (*adhesiveness*) reflui com o oceano da vida, e o amor aos companheiros se generaliza ainda mais no canto fúnebre do enfermeiro para todos os veteranos. A imagem de Ammons para saudade se assemelha plenamente à imagem de Whitman para voz, o cômputo (*tally*). Disse isso a ele certa vez, e ele assentiu silenciosamente com a cabeça —, mas então ele já havia desenvolvido o tropo do cômputo de Whitman por vários anos. Lera Whitman cedo e amiúde. Embora concordássemos quanto a quais seriam seus melhores poemas, Ammons estava intimamente ligado a "The Sleepers", mais do que a "Song of Myself" e às elegias maiores.

Dentre os poemas ambiciosos de Whitman, "The Sleepers" me parece o mais difícil, e inclui em sua origem não apenas grande parte de Ammons, mas também "The Owl in the Sarcophagus", de Wallace Stevens, uma elegia do poeta para o amigo Henry Church, e talvez a obra mais exigente do que qualquer outra de Stevens. Quando eu disse certa vez a Ammons que o surrealista "The Sleepers" não parecia sua forma, ele recitou a parte 43 de *Esfera*:

---

assim falei como se ao estrangeiro em mim / não falo para o vento agora: / por ter sido trazido tão longe pela natureza fui trazido / para fora da natureza / e nada aqui me mostra a imagem de mim: / para a palavra *árvore* me mostraram uma árvore / e para a palavra *rocha* me mostraram uma rocha / para regato, para nuvem, para estrela / este lugar forneceu firme implicação e resposta / mas onde está aqui a imagem para *saudade*: / então toquei nas rochas, suas crostas interessantes: / descasquei a casca de um pinheiro anão: / olhei para o espaço e para o sol / e nada respondeu à minha palavra *saudade*: / adeus, eu disse, adeus, natureza tão grandiosa e / reticente, tuas línguas se curaram em seu próprio /elemento / e ao te calares me excluíste: sou / tão estrangeiro aqui como se tivesse aterrissado, um visitante: / assim voltei para baixo e recolhi lama / e com minhas mãos fiz uma imagem de *saudade* / levei a imagem ao topo: primeiro / coloquei-a aqui, na rocha do alto, mas ela não completou / nada: depois a coloquei ali entre os pinheiros minúsculos / mas ela não se enquadrou: / assim retornei à cidade e construí uma casa para colocar / a imagem dentro / e homens vieram à minha casa e disseram / esta é uma imagem de *saudade* / e nada será igual novamente

> home at night and go to bed like a show folding: it's
> great to get back in the water and feel time's underbuoys,
> the cradling saliences of flux, re-accept and rock me off;
>
> then, in nothingness, sinking and rising with everyone not
> up late: the plenitude: it's because I don't want some
> thing that I go for everything: all the people asleep with
>
> me in sleep, melted down, mindlessly interchangeable,
> resting with a hugeness of whales dozing: dreams nudge us
> into zinnias, tiger lilies, heavy roses, sea gardens of
>
> hysteria, as sure of sunlight as if we'd been painted by
> it, to it: let's get huzzy dawn tangleless out of bed,
> get into separateness and come together one to one*

A semelhança é clara, embora o afeto seja oposto. Algumas décadas atrás, o poeta-crítico Richard Howard designou o grande tema de Ammons como o "despir-se da carne e assumir o universo". A segunda parte dessa fórmula é whitmaniana, a primeira não, exceto nos momentos em que Walt caiu em desespero. Ammons, como qualquer poeta completo que expressa o plenamente humano, guarda suas obscuridades americanas e universais, e ele desgastou seus primeiros (e impressionantemente assustadores) impulsos e desejos transcendentais, sua *saudade (longing)*.

No entanto, a maioria de seus leitores dedicados o considera um poeta brilhante, alguns de uma forma epifânica whitmaniana, mas outros com uma frequência surpreendente. Um poema mais longo, posterior, "Reli-

---

* em casa de noite e vou para a cama como um espetáculo se desenrolando: / é ótimo estar de volta na água e sentir as sub-boias do tempo, / as saliências acalentadoras do fluxo me reaceitarem e embalarem; // depois, no nada, afundando e subindo com todos sem acordar / tarde: a plenitude: é porque não quero certa coisa / que vou atrás de tudo: todas as pessoas adormecidas comigo // dormindo, fundidas, descuidadamente intercambiáveis, / repousando com uma grandeza de baleias cochilando: sonhos nos cutucam / e transformam em zínias, lírios asiáticos, rosas pesadas, jardins marinhos de // histeria, tão certos da luz solar como se tivéssemos sido pintados por / ela, para ela: vamos sair na madrugada quente desembaraçadamente da cama, / alcançar a separação e nos juntar um a um.

gious Feeling" (Sentimento religioso — não incluído no volume final, *Bosh and Flapdoodle*) é experimental, mesmo para Ammons, mas parece uma continuação do admirável "Easter Morning" (Manhã de Páscoa), o grande poema adicionado aos *Selected Poems* expandidos.

"Easter Morning" são vários poemas em um, mas em seu centro está o luto pelo irmãozinho do poeta, que morreu jovem. Caminhando nos morros de sua Carolina do Norte natal no final da meia-idade, chorando todos os seus mortos familiares, Ammons tem uma visão:

> Though the incompletions
> (& completions) burn out
> standing in the flash high-burn
> momentary structure of ash, still it
> is a picture-book, letter perfect
> Easter morning: I have been for a
> walk: the wind is tranquil: the brook
> works without flashing in an abundant
> tranquility: the birds are lively with
> voice: I saw something I had
> never seen before: two great birds,
> maybe eagles, blackwinged, whitenecked
> and -headed, came from the south oaring
> the great wings steadily; they went
> directly over me, high up, and kept on
> due north; but then one bird,
> the one behind, veered a little to the
> left and the other bird kept on seeming
> not to notice for a minute: the first
> began to circle as if looking for
> something, coasting, resting its wings
> on the down side of some of the circles:
> the other bird came back and they both
> circled, looking perhaps for a draft;
> they turned a few more times, possibly
> rising—at least, clearly resting—

> then flew on falling into distance till
> they broke across the local bush and
> trees: it was a sight of bountiful
> majesty and integrity: the having
> patterns and routes, breaking
> from them to explore other patterns or
> better ways to routes, and then the
> return: a dance sacred as the sap in
> the trees, permanent in its descriptions
> as the ripples round the brook's
> ripplestone: fresh as this particular
> flood of burn breaking across us now
> from the sun.*

Eu poderia esperar achar este entre um dos últimos poemas de Robert Penn Warren (ele admirava imensamente Ammons), ou em Whitman, e me surpreendi ao encontrá-lo quando Ammons me enviou o texto datilografado de "Easter Morning". Helen Vendler vê um consolo wordsworthiano no poema, mas não estou convencido disso. À medida que envelheço, volto sempre a Lucrécio, e recordo conversas sobre Lu-

---

* Embora as incompletudes / (& conclusões) se extingam / postadas na brilhante e altamente ardente / estrutura momentânea de cinza, ainda é uma / manhã de Páscoa de livro ilustrado, / letras perfeitas: saí para um / passeio: o vento está tranquilo: o arroio / suscita sem cintilar uma abundante / tranquilidade: os pássaros estão animados de / voz: vi algo que nunca / vira antes: duas grandes aves, / talvez águias, asas negras, pescoços e cabeças / brancas, vieram do sul remando com / as grandes asas regularmente; passaram / direto por mim, bem alto, e prosseguiram / rumo ao norte; mas eis que um pássaro, / o de trás, virou um pouco para a / esquerda e o outro pássaro prosseguiu parecendo / não perceber por um minuto: o primeiro / pôs-se a voar em círculos como se procurasse algo, planando, repousando suas asas / na parte de baixo de alguns dos círculos: / o outro pássaro voltou e ambos / circularam, em busca talvez de uma corrente; / viraram mais umas vezes, possivelmente / subindo — ao menos, claramente repousando — / depois prosseguiram voo caindo na distância até / transporem o mato e árvores / locais: uma visão de abundante / majestade e integridade: o ter / padrões e rotas, rompendo com / elas para explorar outros padrões ou / melhores acessos às rotas, e depois a / volta: uma dança sagrada como a seiva / nas árvores, permanente em suas descrições / qual ondulações em volta da pedra / lançada no regato: vigorosa como essa torrente / particular de calor que nos atinge agora / vinda do sol.

crécio com Archie em que nos deleitamos rastreando juntos o poeta epicurista em Shelley, Whitman, Stevens e ele próprio. Sou precedido aqui por Donald Reiman e outros, e gosto de ver que esse aspecto real de Ammons é reconhecido.

Lucrécio tempera e acho, enfim, que anula quaisquer ânsias religiosas que Ammons possuísse, como poeta ou pessoa. Em nossa era pós-freudiana, uma versão difusa da psicanálise continua a tendência lucreciana. Na poesia de Ammons há sinais de recuo em relação ao próprio pai, que ele preferiu nem mencionar ao recordar a infância.

Por mais esperançoso que um leitor considere "Easter Morning", o próprio Ammons começa "Religious Feeling" invocando sua preocupação com a hierarquia. Rapidamente isso se modula em um curioso Uno Neoplatônico, que não tolera qualquer espaço, já que a ambivalência logo predomina, embora Ammons seja ambivalente sobre a ambivalência. O melhor poema de seu último livro é "In View of the Fact" (Em vista do fato), um confronto direto da perda crescente de amigos para a morte. Aos 80, leio-o com resignação e reconhecimento:

> now, it's this that and the other and somebody
> else gone or on the brink: well, we never
>
> thought we would live forever (although we did)
> and now it looks like we won't: some of us
>
> are losing a leg to diabetes, some don't know
> what they went downstairs for, some know that
>
> a hired watchful person is around, some like
> to touch the cane tip into something steady,
> so nice: we have already lost so many,
> brushed the loss of ourselves ourselves*

---

* Agora, é este aquele e o outro e mais / alguém que se foi ou está na iminência: bem, nós nunca // achamos que iríamos viver para sempre (embora achássemos) / e agora parece que não viveremos: alguns de nós // estão perdendo uma perna para a diabetes, outros esqueceram / o que vieram pegar aqui embaixo, alguns sabem que // uma pessoa vigilante contratada está por

Ao ler o Ammons maduro, sinto falta, sem pesar, de algo como a "mitologia da morte moderna" whitmaniana. Quanto a isso, Stevens está mais próximo de Whitman do que Ammons. Se você dissesse a Archie que suas primeiras experiências transcendentais estavam aquém dele, ele tenderia a silenciar, embora pelo menos uma vez ele me tenha dito: "Não, Harold, eu é que fiquei aquém delas."

Sphere não é tão amplamente lido como deveria, mesmo por entusiastas de Ammons. Talvez volte a ser, daqui a dois ou três anos, quando uma edição completa de seus poemas for enfim publicada. Atualmente o poema divide seus críticos, exceto pelo canto de dedicatória, que muitos consideram seu melhor poema curto. *Sphere* é ambicioso demais, segundo alguns, e com certeza é uma obra abertamente agonística, que peleja com o meditativo Stevens num terreno que Ammons não consegue usurpar. No entanto, sua própria magnificência não para de romper os recipientes no qual ele espera contê-la:

> I am not a whit manic
> to roam the globe, search seas, fly southward and northward
> with migrations of cap ice, encompass a hurricane with
>
> 146
> a single eye: things grown big, I dream of a clean-wood
> shack, a sunny pine trunk, a pond, and an independent income:
> if light warms a piney hill, it does nothing better at the
>
> farthest sweep of known space: the large, too, is but a
> bugaboo of show, mind the glittering remnant: things to do
> while traveling: between entrance and exit our wheels
> contact the ribbon of abstract concrete: speed-graded curves
> destroy hills: we move and see but see mostly the swim of
> motion: distance is an enduring time: here, inside, what
>
> have we brought: between blastoff and landing, home and
> office, between an event of some significance and another
> event of some significance, how are we to entertain the time

---

perto, alguns gostam / de tocar na ponta da bengala para sentir algo firme, // tão bom: já perdemos tanta gente, / nós próprios sentimos de perto a perda de nós próprios.

147
and space: can we make a home of motion*

A forma de um movimento para Ammons quase sempre leva a uma alegoria do exílio, como seria de se esperar de um secularista impregnado da Bíblia. Lembro-me de ter dito a ele que o mandamento crucial de Javé, quer para Abraão, Moisés ou Israel no Egito, foi *yetziat*, "erguei-vos e ide", o que reverte o exílio. Ammons, em sua forma mais típica, fala ao lugar que Deus desocupou, ao que os gnósticos denominaram *kenoma*.

Ele respondeu às expressões whitmanianas não da plenitude do ser, mas do vazio:

Of the turbid pool that lies in the autumn forest,
Of the moon that descends the steeps of the soughing twilight,
Toss, sparkles of day and dusk—toss on the black stems that decay in the muck,
Toss to the moaning gibberish of the dry limbs.**

("Song of Myself", parte 49)

---

* Eu não sou um whit maníaco / para percorrer o globo, explorar mares, voar para o sul e norte / com migrações de calotas de gelo, abranger um furacão com // 146 / um só olho: as coisas crescem, sonho com uma cabana de madeira / boa, um tronco de pinheiro ensolarado, um laguinho, e uma renda independente: / se a luz aquece um morro com pinheiros, nada faz de melhor na // extensão mais remota do espaço conhecido: o grande, também, não passa de um / fantasma de ostentação, atente para o restante reluzente: coisas a fazer / durante viagens: entre a entrada e saída nossas rodas // contactam a borracha do concreto abstrato: curvas graduadas pela velocidade / destroem morros: avançamos e vemos mas vemos sobretudo o nado do / movimento: a distância é um tempo duradouro: aqui, dentro, o que // trouxemos: entre o lançamento e a aterrissagem, casa e / escritório, entre um evento de certa importância e outro / evento de certa importância, como iremos entreter o tempo // 147 / e espaço: podemos fazer um lar do movimento.

** Da túrbida poça que jaz na floresta outonal, / Da lua que desce as ladeiras do suspirante crepúsculo, / Agitai, centelhas do lusco-fusco — agitai nos negros talos que apodrecem no estrume, / Agitai para a algaravia lastimosa dos galhos secos. (tradução de Gentil Saraiva Junior)

De "The Sleepers" ele citou a terceira parte como sua favorita, onde um nadador corajoso luta contra a morte, e estranhamente mencionou seu breve poema "Offset" (Compensação) como tematicamente comparável:

>Losing information he
>rose gaining
>view
>till at total
>loss gain was
>extreme:
>extreme & invisible:
>the eye
>seeing nothing
>lost its
>separation:
>self-song
>(that is a mere motion)
>fanned out
>into failing swirls
>slowed &
>became continuum.*

Antes eu pensava que, porque eu lia tantos livros, não conseguia conhecer pessoas suficientes, mas continuo sem saber se conhecer tantos poetas me fez desejar ou precisar de mais ou menos poemas. A última vez em que vi Anthony Hecht, que morreu em 2004, foi pouco antes de ele lecionar em Yale (não recordo o ano). Subi para vê-lo antes que ele descesse para lecionar, abracei-o e sussurrei "Magister Ludi" em seu ouvido. Ele e Ammons não tinham quaisquer afinidades, mas me vi naquela manhã lendo com ele, lado a lado, um "último poema" de cada um deles. "In View of the Fact", de Ammons (citado acima) e o poema final de Hecht, *The Darkness and the Light* (As trevas e a luz), cuja última estrofe repercute em meu próprio espírito respondedor:

---

* Perdendo informações ele / se ergueu ganhando / visão / até que na perda / total o ganho foi / extremo: / extremo & invisível: / o olho / nada vendo / perdeu sua / separação: / canção de si / (um mero movimento) / espalhou-se / em turbilhões falhos / desacelerou & / tornou-se contínua.

> Like the elderly and frail
> Who've lasted through the night,
> Cold brows and silent lips,
> For whom the rising light
> Entails their own eclipse,
> Brightening as they fail.*

Passo a um poeta vivo e amigo, William Stanley Merwin. O Proteu da poesia americana, Merwin migrou por cerca de uma dúzia de fases, começando em 1952 com *A Mask for Janus* (Uma máscara para Janus) e continuando com *The Shadow of Sirius* (2008). Comecei a lê-lo em 1952 e tenho sido um constante admirador seu até este momento, quando me parece seu auge. Aqui está sua recente versão de "Animula", atribuída ao Imperador Adriano, que destruiu grande parte da vida judaica, esmagando a insurreição de Bar Kochba e o grande Rabi Akiba, fundador do judaísmo normativo:

> Little soul little stray
> little drifter
> now where will you stay
> all pale and all alone
> after the way
> you used to make fun of things**

Quem quer que tenha escrito isso, e não importa para qual alma, está melhor ainda em Merwin do que no original. Mas aí penso em William Merwin como um revitalizador de originais perdidos, como um criador de "originais sem moldura" (título de uma de suas obras em prosa, de 1982). Um perpétuo tradutor, Merwin evitou as academias, exceto como um menestrel apresentando sua própria poesia. Em algum ponto no início da década de 1960 (talvez em 1961?) lembro que apresentei uma palestra em Yale na qual ele recitou belamente "Departure's Girl-Friend" (Namorada da

---

* Como os idosos e frágeis / Que perduraram pela noite, / Frontes frias e lábios silentes, / Aos quais a luz surgindo /Acarreta seu próprio eclipse, /Brilhando enquanto fraquejam.
** Pequena alma pequeno errante / pequeno vagabundo / agora onde ficarás / toda pálida e toda sozinha / depois da maneira /como costumavas zombar das coisas.

partida), um poema que memorizei à primeira audição. Adoro esse poema desde então:

> Loneliness leapt in the mirrors, but all week
> I kept them covered like cages. Then I thought
> Of a better thing.
>
> And though it was late night in the city
> There I was on my way
> To my boat, feeling good to be going, hugging
> This big wreath with the words like real
> Silver: *Bon Voyage*
>
>   The night
> Was mine but everyone's, like a birthday.
> Its fur touched my face in passing. I was going
> Down to my boat, my boat,
> To see it off, and glad at the thought.
> Some leaves of the wreath were holding my hands
> And the rest waved good-bye as I walked, as though
> They were still alive.
>
> And all went well till I came to the wharf, and no one.
>
> I say no one, but I mean
> There was this young man, maybe
> Out of the merchant marine,
> In some uniform, and I knew who he was; just the same
> When he said to me where do you think you're going,
> I was happy to tell him.
> But he said to me, it isn't your boat,
> You don't have one. I said, it's mine, I can prove it:
> Look at this wreath I'm carrying to it,
> *Bon Voyage*. He said, this is the stone wharf, lady,
> You don't own anything here.
>   And as I

> Was turning away, the injustice of it
> Lit up the buildings, and there I was
> In the other and hated city
> Where I was born, where nothing is moored, where
> The lights crawl over the stone like flies, spelling now,
> Now, and the same fat chances roll
> Their many eyes; and I step once more
> Through a hoop of tears and walk on, holding this
> Buoy of flowers in front of my beauty,
> Wishing myself the good voyage.*

Esse poema foi publicado em *The Moving Target* (1963): é original, plangente e diferente de quase todas as outras coisas de Merwin. Saber um poema de cor através de quase meio século produz artimanhas mentais: afinal de quem é a namorada? Uma mulher esplêndida outrora desesperada que se identifica com o texto de Merwin (ela nunca o conheceu pessoalmente) contou-me alguns anos atrás que leu o título como se "Partida" fosse uma de uma série de namoradas desaparecendo. Essa não é minha interpretação, mas parece bastante válida, particularmente porque estou

---

* A solidão saltou para os espelhos, mas a semana toda /Mantive-os cobertos qual gaiolas. Depois pensei / Em algo melhor. // E embora fosse tarde de noite na cidade / Ali estava eu a caminho / De meu barco, sentindo-me bem por estar indo, abraçando / Essa grande grinalda com as palavras qual prata / Legítima: *Bon Voyage*. // A noite / Era minha mas de todos, como um aniversário. / Sua pele roçou minha face de passagem. Eu estava / Descendo ao meu barco, meu barco, / Para vê-lo partir, e contente com o pensamento. / Algumas folhas da grinalda continham minhas mãos / E o resto dava tchau enquanto eu andava, como se / Ainda estivessem vivas. // E tudo transcorreu bem até eu chegar ao cais, e ninguém. // Digo ninguém, mas quero dizer / Que havia aquele homem jovem, talvez / Egresso da marinha mercante, / Em certo uniforme, e eu sabia quem era; exatamente o mesmo / Quando me perguntou onde você acha que vai / De bom grado informei. / Mas ele me disse, não é teu barco, / Não tens nenhum. Eu disse, é meu, posso provar: / Olha esta grinalda que estou levando para lá, / *Bon Voyage*. Ele disse, este é o cais de pedra, senhora, / Não possuis nada aqui. / E quando eu / Estava me afastando, a injustiça daquilo / Iluminou os prédios, e eis que eu estava / Na outra e odiada cidade / Onde nasci, onde nada está ancorado, onde / As luzes rastejam sobre a pedra qual moscas, conjurando agora, / Agora, e as mesmas chances gordas olham / Com seus muitos olhos; e piso outra vez / Por uma argola de lágrimas e prossigo, segurando esta / Boia de flores diante de minha beleza, / Desejando-me a boa viagem.

felizmente perplexo com a abundância de interpretações que "Departure's Girl-Friend" parece acolher.

Cada vez que deparo com alguma outra coisa de Merwin, esse poema muda aos meus olhos. Recentemente li a bela meditação em prosa *The Mays of Ventadorn* (Os maios de Vendadorn — 2002), que eu havia negligenciado até que o autor gentilmente a enviou para mim. Um leitor de seus primeiros volumes — *A Mask for Janus*, *The Dancing Bears* (1954), *Green with Beasts* (1956), dos quais alguns poemas estão reunidos em *Migration* (2005) — tinha que ouvir neles as cadências de T. S. Eliot e Ezra Pound:

> A falling frond may seem all trees. If so
> We know the tone of falling. We shall find
> Dictions for rising, words for departure;
> And time will be sufficient before that revel
> To teach an order and rehearse the days
> Till the days are accomplished: so now the dove
> Makes assignations with the olive tree,
> Slurs with her voice the gestures of the time:
> The day foundering, the dropping sun
> Heavy, the wind a low portent of rain.
>
> ["Dictum: For a Masque of Deluge"
> (Sentença: Para uma máscara do dilúvio)]*

> It is for nothing that a troupe of days
> Makes repeated and perpetual rummage
> In the lavish vestry; or should sun and moon,
> Finding mortality too mysterious,

---

* Uma fronde cadente pode parecer todas as árvores. Neste caso / Conhecemos o tom da queda. Encontraremos / Dicções para elevação, palavras para partida; / E o tempo será suficiente antes desse festim / Para ensinar uma ordem e ensaiar os dias / Até que os dias se consumam: assim agora a pomba // Tem encontros secretos com a oliveira, / Gagueja com sua voz os gestos do tempo: / O dia afundando, o sol se pondo / Pesado, o vento um baixo portento de chuva.

Naked and with no guise but its own
—Unless one of immortal gesture come
And by a mask should show it probable—
Believe a man, but not believe his story?
Say the year is the year of the phoenix.
Now, even now, over the rock hill
The tropical, the lucid moon, turning
Her mortal guises in the eye of a man,
Creates the image in which the world is.

["East of the Sun and West of the Moon"
(A leste do Sol e oeste da Lua)]*

What you remember saves you. To remember
Is not to rehearse, but to hear what never
Has fallen silent. So your learning is,
From the dead, order, and what sense of yourself
Is memorable, what passion may be heard
When there is nothing for you to say.

["Learning a Dead Language"
(Aprendendo uma língua morta)]**

Quando retorno ao mais novo e esplêndido volume de Merwin, *The Shadow of Sirius* (A sombra de Sirius), mal consigo associar o que encontro ao bardo aprendiz:

---

* É em vão que uma trupe de dias / Faz repetidas e perpétuas buscas / Na opulenta sacristia; ou deveriam sol e lua, / Achando a mortalidade misteriosa demais, / Nus e sem disfarce além de seus próprios /— Exceto se alguém com gesto imortal vier / e com uma máscara mostrar ser provável — / Crer num homem, mas não crer em sua história? / Digamos que o ano é o ano da fênix. / Agora, mesmo agora, sobre o morro rochoso / A tropical, a lúcida lua, volvendo / Suas aparências mortais ao olho de um homem, / Cria a imagem na qual o mundo está.
** O que recordas te salva. Recordar / Não é ensaiar, mas ouvir o que nunca / Silenciou. Assim teu aprendizado é, / Dos mortos, ordem, e qual sensação de si / É memorável, qual paixão pode ser ouvida / Quando não há nada para dizeres.

The Laughing Thrush

O nameless joy of the morning

tumbling upward note by note out of the night
and the hush of the dark valley
and out of whatever has not been there

song unquestioning and unbounded
yes this is the place and the one time
in the whole of before and after
with all of memory waking into it

and the lost visages that hover
around the edge of sleep
constant and clear
and the words that lately have fallen silent
to surface among the phrases of some future
if there is a future

here is where they all sing the first daylight
whether or not there is anyone listening*

Não que a tradição de Eliot-Pound tenha acabado, mas Merwin, talvez sem um plano consciente, retornou à origem poética americana *deles*: Whitman, cantor do pássaro ermitão naquele que ainda considero o poema americano essencial, a elegia "Lilacs", para Lincoln, embora ao próprio Whitman não agradasse essa avaliação, já que considerava todas as *Folhas de relva*, desde "Song of Myself" até suas despedidas, como um só vasto

---

* O Tordo-Risonho // Ó indizível alegria matinal // Subindo aos pinotes nota por nota saída da noite / e do silêncio do vale escuro / e saída do que quer que não estava lá // canção incondicional e ilimitada / sim este é o lugar e o momento certo / em todo o antes e depois / com toda a memória acordando para ele // e os semblantes perdidos que pairam / em torno da margem do sono / constantes e claros / e as palavras que ultimamente silenciaram / para assomar entre as frases de algum futuro / se houver futuro // aqui é onde todos cantam a primeira alvorada / quer haja ou não alguém escutando.

poema "destes Estados". Se agora vejo Merwin também como um dos pródigos de Whitman, quero dizer que, mediado por Eliot e Pound — os filhos renegados de Walt —, ele encontrou seu próprio caminho de volta às origens. E esse, aplicado a "Departure's Girl-Friend", é o caminho que agora sigo para meu poema favorito de Merwin e suas visões.

Em *The Mays of Ventadorn*, Merwin relata, de forma comovente, sua peregrinação como universitário para uma visita a Pound no St. Elizabeths Hospital, em Washington, D.C., depois da qual recebeu cartões-postais do poeta, um deles com os dizeres: "Leia sementes, não galhos E.P." A imagem do jovem Merwin me comove, conquanto Pound não seja exatamente um ícone para minha contemplação.

"Departure's Girl-Friend" é um monólogo dramático em última análise, resultante da transformação de Tennyson e Browning por Eliot-Pound que parece dissolver parte da distância entre poeta e orador. Nós não confundimos Browning com seu Childe Roland ou Tennyson com seu Ulisses, mas ninguém consegue separar Eliot de Prufrock ou Gerontion. Merwin está longe de ser a namorada da partida, ainda que num alto nível ela fale por ele, ou melhor, por sua vocação como poeta.

Definir esse "alto nível" é envolver o transcendentalismo de Merwin, sua versão do Esforço Nativo emana de Emerson, floresce em Whitman e é rejeitado por Eliot e seus acólitos. Filho de um pastor presbiteriano, em sua poesia Merwin define os deuses como "aquilo que não conseguimos nos tornar" [*what has failed to become of us*]. Essa definição está longe da afirmação confiante de Emerson de que os poetas são como deuses libertadores. Sempre apenas o outro lado de uma perspectiva visionária, Merwin é um poeta puro sustentando-se em uma época que quer transformar todos os poetas em profetas. Sua forma verdadeira são textos de sabedoria, não profecias, e volto a "Departure's Girl-Friend" para descobrir uma sabedoria que ele já manifestou antes de alcançar o meio da jornada.

Amar a partida mais do que a chegada: será essa uma insensatez tipicamente americana? A solidão, uma leoa do descontentamento, esconde-se de sua imagem espelhada e parte nas trevas da cidade, "onde nada está ancorado". Entretanto, esse é seu local de nascimento, ainda que se recuse a admitir que se trata da sua cidade e a reconhecer que o barco não é seu:

and I step once more
Through a hoop of tears and walk on, holding this

> Buoy of flowers in front of my beauty,
> Wishing myself the good voyage.*

"Boia" (*buoy*) e "beleza" (*beauty*) contrastam entre si, e as "folhas da grinalda" (*leaves of wreath*) constituirão "uma argola de lágrimas" (*a hoop of tears*) enquanto ela prossegue. Ela está, contudo, entre os vitoriosos, não os derrotados, uma espécie de Brunetto Latini** para o Dante de Merwin. Se Merwin é Proteu, ela é uma grinalda para o mar, abandonada por algumas de suas folhas, mas não todas.

O poema é fantasmagoria, mais irreal do que surreal. Os devaneios oníricos de Eliot portam traços reprimidos de "The Sleepers" de Whitman e, possivelmente através de Eliot, Walt é uma presença viva em "Departure's Girl-Friend". Quem além de Whitman é tão enfático em desejar a si boa viagem? Se qualquer poeta americano — pondo Dickinson de lado — quiser tocar o universal, não poderá trilhar um caminho onde não haja conhecimento, mas deverá conhecer Whitman. Pode ser que Merwin jamais escrevesse um poema tendo Whitman em mente, mas Walt lá está assim mesmo:

> The River of Bees
>
> In a dream I returned to the river of bees
> Five orange trees by the bridge and
> Beside two mills my house
> Into whose courtyard a blind man followed
>
> The goats and stood singing
> Of what was older
> Soon it will be fifteen years
>
> He was old he will have fallen into his eyes

---

* e piso outra vez / Por uma argola de lágrimas e prossigo, segurando esta / Boia de flores diante de minha beleza, / Desejando-me a boa viagem.
** Filósofo florentino do século XIII. (N. do T.)

I took my eyes
A long way to the calendars
Room after room asking how shall I live

One of the ends is made of streets
One man processions carry through it
Empty bottles their
Image of hope
It was offered to me by name

Once once and once
In the same city I was born
Asking what shall I say

He will have fallen into his mouth
Men think they are better than grass

I will return to his voice rising like a forkful of hay

He was old he is not real nothing is real
Nor the noise of death drawing water

We are the echo of the future

On the door it says what to do to survive
But we were not born to survive
Only to live*

---

* O Rio das Abelhas // Em um sonho retornei ao rio das abelhas / Cinco laranjeiras junto à ponte e / Ao lado de dois moinhos minha casa / Em cujo pátio um homem cego seguiu // As cabras e postou-se cantando / Sobre coisas mais antigas // Logo decorrerão quinze anos // Ele era velho e terá caído em seus olhos // Levei meus olhos / Por longo caminho aos calendários / Quarto após quarto indagando como viverei // Uma das extremidades é feita de ruas / Procissões de um só homem carregam por elas / Garrafas vazias sua / Imagem de esperança / Foi--me oferecida pelo nome // Certa vez certa vez e certa vez / Na mesma cidade onde nasci / Perguntando o que direi // Ele terá caído em sua boca / Os homens pensam que são melhores do que a relva // Voltarei à sua voz se elevando qual forcado de feno // Ele era velho ele não é

Esse é um entre a dezena de poemas de Merwin que todos os meus alunos chegam a decorar: "The River of Bees" (O rio das abelhas), de *The Lice* (Os piolhos — 1967). Eu próprio o sei de cor desde 1967, e ele vive mudando para mim. O que não muda são as cadências da elegia americana, que Whitman captou para sempre.

O próprio Merwin retorna a um sonho anterior, que inclui Homero cego cantando e recitando as coisas que se tornaram parte dos poetas americanos depois de Whitman, "morte e dia" (Stevens). Acerca da relva o bardo americano entoou homericamente: "E agora parece a cabeleira comprida e bonita dos túmulos." [*And now it seems to me the beautiful uncut hair of graves*]. O bíblico "Toda carne é erva" [*All flesh is grass*] retorna em Merwin também: "Os homens pensam que são melhores do que a erva" [*Men think they are better than grass*]. Nem o tom nem o sentimento são whitmanianos, mas o contexto elegíaco necessariamente sugere *Folhas de relva*. Tudo menos minimalista, o sublime Walt compartilha com Merwin a preocupação de naturalista com a ecologia, e os dois escrevem formas diferentes do poema-ambiente de Angus Fletcher. *The Shadow of Sirius*, maravilhoso do começo ao fim, oferece-nos o que Merwin denomina "Um credo momentâneo".

> I believe in the ordinary day
> that is here at this moment and is me
>
> I do not see it going its own way
> but I never saw how it came to me
>
> it extends beyond whatever I may
> think I know and all that is real to me
>
> it is the present that it bears away
> where has it gone when it has gone from me
> there is no place I know outside today
> except for the unknown all around me

---

real nada é real / Nem o ruído da morte extraindo água // Somos o eco do futuro // Na porta está escrito o que fazer para sobreviver / Mas não nascemos para sobreviver / Apenas para viver.

> the only presence that appears to stay
> everything that I call mine it lent me
>
> even the way that I believe the day
> for as long as it is here and is me*

Esse é o credo whitmaniano, que para ele, porém, foi perpétuo.

Conheço Mark Strand há meio século e leio sua poesia há uns 45 anos. Como seus grandes precursores, Walt Whitman e Wallace Stevens, Strand é um eterno autor de elegias do eu, menos como pessoa do que como poeta, que é a forma de "sempre viver, sempre morrer" que aprendeu com Whitman e Stevens.

Se eu tivesse que indicar os poemas mais representativos de Strand, poderiam ser "The Story of Our Lives" (A história de nossas vidas), "The Way It Is" (A maneira como é), "Elegy for My Father" (Elegia para meu pai) e o longo poema ou sequência stevensiana *Dark Harbor* (Porto escuro). Eu costumava brincar com Mark que seu verso arquetípico era "O espelho não era nada sem ti", mas agora que envelheci prefiro um momento grandioso do canto final de *Dark Harbor*, onde alguém fala de poetas que perambulam e que gostariam de estar vivos de novo: "Eles estavam prontos para dizer as palavras que haviam sido incapazes de dizer."

Mesmo quatro décadas atrás, sempre li cada poema e livro novo de Mark Strand na feliz expectativa de que ele estaria pronto para dizer as palavras que havia sido incapaz de dizer. Através das décadas, vivo intrigado com o fato de que realmente não existem palavras que ele fosse incapaz de dizer. Embora com uma produção bem mais esparsa do que a de Whitman, Stevens e Ashbery, Strand desenvolveu uma versatilidade capaz de rivalizar com a deles.

A elegia para o eu talvez seja o mais americano de todos os gêneros poéticos, porque nossos dois maiores criadores sempre serão Walt Whitman

---

* creio no dia comum / que está aqui neste momento e sou eu // não o vejo tomar seu próprio caminho / mas tampouco vi como chegou até mim // estende-se além do que eu possa / pensar que sei e tudo que é real para mim // é o presente que ele leva embora / para onde foi quando se afastou de mim // não existe lugar que eu conheça afora hoje / exceto todo o desconhecido em volta de mim // a única presença que aparece para ficar / tudo que chamo de eu me emprestou // mesmo a forma como creio no dia / enquanto está aqui e sou eu. (Tradução livre.)

e Emily Dickinson, e eles sempre estiveram à vontade com essa forma. Como Ashbery, Strand é um descendente legítimo do avô Whitman e do pai Stevens. Será talvez um descendente legítimo demais? Às vezes acho que é um filho bom demais e gostaria que fosse, em vez disso, mais whitmaniano.

Strand está sempre à frente desses desejos e publicou *Dark Harbor* em 1993, pouco antes de completar 60 anos, como sua magnífica resposta ao amadurecimento de um *agon* criativo. Longo poema, de 48 páginas, em 45 partes, *Dark Harbor* é a suprema autoelegia de Strand, na forma de Whitman, e sua encantadora resposta, por incorporação, ao Stevens de *The Auroras of Autumn* e "The Rock".

Começo bem antes com a quase crestomatia *The Monument* (O monumento — 1978) de Strand, cujas 52 partes indicam que se trata de sua própria "Song of Myself". Juntar na mesma pilha Octavio Paz, Miguel de Unamuno, Shakespeare, Sir Thomas Browne, Chekhov, Nietzsche, Robert Penn Warren, Whitman, Stevens, Juan Ramón Jiménez, Borges, Wordsworth e outros pareceria aceitável apenas como um caderno de anotações do poeta, mas Strand faz com que funcione como um monumento, na forma esplendidamente estranha do poema "The Monument", de Elizabeth Bishop. Dirigindo-se a "você", seu tradutor não nascido, Strand aposta esse poema-prosa no futuro. A parte 35 recebe o título audacioso de "Song of Myself":

> First silence, then some humming,
> then more silence, then nothing
> then more nothing, then silence,
> then more silence, then nothing.
>
> Song of My Other Self: There is no other self.
>
> The Wind's Song: Get out of my way.
>
> The Sky's Song: You're less than a cloud.
> The Tree's Song: You're less than a leaf.
>
> The Sea's Song: You're a wave, less than a wave.
>
> The Sun's Song: You're the moon's child.

The Moon's Song: You're no child of mine.*

Whitman salvou-se para a poesia dividindo o eu: Walt Whitman, um dos durões, um americano, e o eu real ou eu próprio. Não existe (em 1978) um Mark real, o vento não inspira, e a nuvem, a folha, a onda da "Ode ao Vento do Oeste" zombam do poeta tardio, renegado pelo Sol, seu pai, e pela Lua, sua mãe. Escrevendo em sua idade cristológica, 33, na parte 30 Strand cita o Evangelho de Marcos: "O que vos digo, a todos o digo: Vigiai." É também Elizabeth Bishop, dentro de seu poema "The Monumento" (O Monumento), clamando e clamando: *Olhe bem para ele.*

Existem monumentos e monumentos, poetas e poetas, o "monumento incessante" de Shakespeare e "os monumentos quebrados de meus grandes desejos" de Sir Walter Raleigh. O que deve ser o monumento dos monumentos é sua última parte, e esta é Walt Whitman:

... Oh, como suporto continuar vivendo! E como suportaria morrer agora!

[Nietzsche, *Assim Falou Zaratustra*]

O living always, always dying!
O the burials of me past and present,
O me while I stride ahead, material, visible, imperious as ever;
O me, what I was for years, now dead, (I lament not, I am content;)
O to disengage myself from those corpses of me, which I turn and look at
    where I cast them,
*To pass on, (O living! always living!) and leave the corpses behind.***

[*The Monument*, parte 52]

---

* Primeiro silêncio, depois algum zumbido, / depois mais silêncio, depois nada // depois mais nada, depois silêncio / depois mais silêncio, depois nada. // Canção do Meu Outro Eu: Não existe outro eu. // A Canção do Vento: Saia do meu caminho. // A Canção do Céu: Você é menos que uma nuvem. / A Canção da Árvore: Você é menos que uma folha. // A Canção do Mar: Você é uma onda, menos que uma onda. // A Canção do Sol: Você é o filho da lua. // A Canção da Lua: Você não é minha filha.
** Oh, sempre vivendo, sempre morrendo!/ Oh, os meus enterros passados e presentes,/ Oh, eu, enquanto avanço, material, visível, altivo como sempre;/ Oh, eu, o que fui por anos, agora morto, (não lamento, estou contente;)/ Oh, desembaraçar-me desses cadáveres meus, que viro e examino onde os lanço,/ Para prosseguir, (Oh vida! Sempre vivendo!) e deixar os cadáveres para trás.

Mas não totalmente Whitman; o clamor que o precede é de Strand.
Dark Harbor, 15 anos depois, é a figuração capaz de Strand, que, assim como Whitman, ele desvencilha dos autoenterros de seus mortos:

Of this one I love how beautiful echoed
Within the languorous length of his sentences,
Forming a pleasing pointless commotion;

Of another the figures pushing each other
Out of the way, the elaborate overcharged
Thought threatening always to fly apart;

Of another the high deliberate tone,
The diction tending toward falseness
But always falling perfectly short;

Of another the rush and vigor of observation,
The speed of disclosure, the aroused intelligence
Exerting itself, lifting the poem into prophecy;

Of this one the humor, the struggle to locate high art
Anywhere but expected, and to gild the mundane
With the force of the demonic or the angelic;

Of yet another the precision, the pursuit of rightness,
Balance, some ineffable decorum, the measured, circuitous
Stalking of the subject, turning surprise to revelation;
And that leaves this one on the side of his mountain,
Hunched over the page, thanking his loves for coming
And keeping him company all this time.

[*Dark Harbor*, canto XXVII]*

---

* Deste adoro quão belamente ecoado / Na extensão langorosa de suas sentenças, / Formando uma agradável e inútil comoção; // De outro as figuras expulsando umas às outras / Do caminho, o elaborado e sobrecarregado / Pensamento ameaçando sempre se afastar; // De outro o tom alto e deliberado, / A dicção tendendo à falsidade / Mas sempre perfeitamente desapon-

Sem consultar Strand, interpretei os sete tercetos como, nesta ordem: Whitman, Stevens, Crane, Bishop, Marianne Moore, Eliot e um Strand reconciliado. Como crítico literário, sou uma espécie de sobrevivente arcaico, um dinossauro, e defendo particularmente o brontossauro, um monstro bastante amigável. Não acredito que a poesia tenha algo a ver com política cultural. Peço de um poema três coisas: esplendor estético, poder cognitivo e sabedoria. Encontro as três na obra de Mark Strand.

Uma das realizações singulares de Strand é elevar o confronto pungente do eu com a mortalidade a uma dignidade estética que me assombra. Seu volume anterior, *Darker* (Mais escuro — 1970), chega às alturas em seus poemas finais "Not Dying" (Não morrendo) e o mais longo "The Way It Is", a primeira obra em que Strand se aventura fora do seu campo de visão primordial para uma arte maior. "Not Dying" se inicia em desespero narcisista e não chega a nenhuma conclusão, mas sua paixão pela sobrevivência é prodigiosamente convincente. "Sou movido pela inocência", o poeta protesta, mesmo quando, como uma criatura de Beckett, rasteja da cama à cadeira e de volta à cama, até achar a obstinação para proclamar uma versão grotesca do sobrenaturalismo natural:

> I shall not die.
> The grave result
> and token of birth, my body
> remembers and holds fast.*

"The Way It Is" extrai seu tom de Stevens em seu lado mais sombrio ("O mundo é feio/ E as pessoas são tristes", *The world is ugly / And the people are sad*") e alcança discretamente uma fantasmagoria privada até se fundir

---

tando; // De outro o ímpeto e vigor de observação, / A velocidade da revelação, a inteligência excitada / Se exercendo, alçando o poema em profecia; // Deste aqui o humor, a luta por localizar a grande arte / Onde menos esperada, e de dourar o mundano / Com a força do demoníaco ou do angélico; // De ainda outro a precisão, a busca da justeza, / Equilíbrio, algum decoro inefável, a calculada, tortuosa / Espreita do tema, transformando surpresa em revelação; // E aquele deixa este do lado de sua montanha, / Encurvado sobre a página, agradecendo aos seus amores por virem / E lhe fazendo companhia o tempo todo.

* Não morrerei. / O túmulo resultado / e sinal do nascimento, meu corpo / recorda e resiste.

com a fantasmagoria pública que todos habitamos agora. A consequência é um poema mais surpreendente e profundo do que o justamente celebrado "Aos mortos da união", de Robert Lowell, uma justaposição que se torna inevitável pela audácia de Strand em se apropriar da mesma área visionária:

> I see myself in the park
> on horseback, surrounded by dark,
> leading the armies of peace.
> The iron legs of the horse do not bend.
>
> I drop the reins. Where will the turmoil end?
> Fleets of taxis stall
> in the fog, passengers fall
> asleep. Gas pours
>
> from a tricolored stack.
> Locking their doors,
> people from offices huddle together,
> telling the same story over and over.
>
> Everyone who has sold himself wants to buy himself back.
> Nothing is done. The night
> eats into their limbs
> like a blight.
>
> Everything dims.
> The future is not what it used to be.
> The graves are ready. The dead
> shall inherit the dead.*

---

* Vejo-me no parque / montado a cavalo, cercado de trevas, / liderando os exércitos da paz. / As patas de ferro do cavalo não se dobram. // Solto as rédeas. Onde cessará o tumulto? / Frotas de táxis empacam / na neblina, passageiros / adormecem. Gás emana // de uma pilha tricolor. / Trancando suas portas, / pessoas de escritórios se amontoam, / contando a mesma história repetidamente. // Todo aquele que se vendeu quer se comprar de volta. / Nada se faz. A noite / corrói seus membros / qual praga. // Tudo se turva. / O futuro não é o que costumava ser. / As tumbas estão prontas. Os mortos / herdarão os mortos.

O talento de Strand é dissimulado, mas não esparso.

Dark Harbor, como alguns poemas anteriores de Strand, é uma homenagem aberta a Wallace Stevens. É como se, deixando de lado as ansiedades da influência, Strand quisesse uma reconciliação com seu precursor crucial. "Proem" declara vigorosamente: *"A vontade / Ardente do tempo, soprando acima, seria sua musa"* (*The burning / Will of wather, blowing overhead, would be his muse*). Mas, no canto IV, todos ficamos sabendo que estamos no mundo de Stevens:

> There is a certain triviality in living here,
> A lightness, a comic monotony that one tries
> To undermine with shows of energy, a devotion
>
> To the vagaries of desire, whereas over there
> Is a seriousness, a stiff, inflexible gloom
> That shrouds the disappearing soul, a weight
>
> That shames our lightness. Just look
> Across the river and you will discover
> How unworthy you are as you describe what you see,
>
> Which is bound by what is available.
> On the other side, no one is looking this way.
> They are committed to obstacles,
>
> To the textures and levels of darkness,
> To the tedious enactment of duration.
> And they labor not for bread or love
>
> But to perpetuate the balance between the past
> And the future. They are the future as it
> Extends itself, just as we are the past
>
> Coming to terms with itself. Which is why
> The napkins are pressed, and the cookies have come
> On time, and why the glass of milk, looking so chic

In its whiteness, begs us to sip. None of this happens
Over there. Relief from anything is seen
As timid, a sign of shallowness or worse.*

Essa é a voz do mestre, particularmente em "An Ordinary Evening in New Haven" (Uma noite comum em New Haven). Astuciosamente, Strand desfaz Stevens com o copo de leite, pondo de lado quaisquer preocupações metafísicas. Um esforço é feito, através de 15 cantos, para domesticar Stevens, mas a grande voz, de Stevens e Strand fundidos, retorna no canto XVI:

It is true, as someone has said, that in
A world without heaven all is farewell.
Whether you wave your hand or not,

It is farewell, and if no tears come to your eyes
It is still farewell, and if you pretend not to notice,
Hating what passes, it is still farewell.

Farewell no matter what. And the palms as they lean
Over the green, bright lagoon, and the pelicans
Diving, and the glistening bodies of bathers resting,

Are stages in an ultimate stillness, and the movement
Of sand, and of wind, and the secret moves of the body
Are part of the same, a simplicity that turns being

---

* Existe certa trivialidade em viver aqui, / Uma leveza, uma monotonia cômica que se tenta / Solapar com mostras de energia, uma devoção // Aos caprichos do desejo, enquanto adiante / Existe uma seriedade, uma rígida, inflexível tristeza / Que envolve a alma em desaparição, um peso // Que envergonha nossa leveza. Basta olhar / Do outro lado do rio e descobrirás / Quão indigno és ao descreveres o que vês, // Que é limitado pelo que está disponível. / Do outro lado, ninguém está olhando assim. / Eles estão comprometidos com obstáculos, // Com as texturas e níveis das trevas, / Com a encenação tediosa da duração. / E labutam não por pão ou amor // Mas para perpetuar o equilíbrio entre o passado / E o futuro. Eles são o futuro em / Sua extensão, assim como somos o passado // Conciliando-se consigo mesmo. Razão por que /Os guardanapos são prensados, e os biscoitos chegaram / Na hora, e por que o copo de leite, parecendo tão chique // Em sua brancura, pede que beberiquemos. Nada disto acontece / Adiante. Alívio de qualquer coisa é visto / Como tímido, sinal de superficialidade ou pior.

> Into an occasion for mourning, or into an occasion
> Worth celebrating, for what else does one do,
> Feeling the weight of the pelicans' wings,
>
> The density of the palms' shadows, the cells that darken
> The backs of bathers? These are beyond the distortions
> Of chance, beyond the evasions of music. The end
>
> Is enacted again and again. And we feel it
> In the temptations of sleep, in the moon's ripening,
> In the wine as it waits in the glass.*

É Stevens quem nos conta que sem paraíso todas as despedidas são definitivas. O que me encanta aqui são as variações strandianas em torno do adeus. Ondas e lágrimas cedem às palmeiras stevensianas, e aos pelicanos da Flórida, solo venéreo. Uma meditação maior, adequada a Strand e Stevens como videntes do clima, chega no canto XXIV:

> Now think of the weather and how it is rarely the same
> For any two people, how when it is small, precision is needed
> To say when it is really an aura or odor or even an air
>
> Of certainty, or how, as the hours go by, it could be thought of
> As large because of the number of people it touches.
> Its strength is something else: tornados are small

---

* É verdade, como disse alguém, que num / Mundo sem paraíso tudo é adeus. / Quer acenes com a mão ou não, // É adeus, e se nenhuma lágrima vier aos seus olhos / Ainda assim é adeus, e se você fingir não perceber, / Odiando o que se passa, ainda é adeus. // Adeus não importa o quê. E as palmeiras ao reclinarem / Sobre a lagoa verde, brilhante, e os pelicanos / Mergulhando, e os corpos luzidios de banhistas repousando, // São estágios em uma suprema quietude, e o movimento / Da areia, e do vento, e os deslocamentos secretos do corpo / Fazem parte do mesmo, uma simplicidade que transforma o ser // Num ensejo de luto, ou numa ocasião / Digna de celebração, pois o que mais se faz, / Sentindo o peso das asas dos pelicanos, // A densidade das sombras das palmeiras, as células que escurecem / As costas dos banhistas? Estão além das distorções / Do acaso, além das evasões da música. O final // É encenado repetidas vezes. E nós o sentimos / Nas tentações do sono, no amadurecer da lua, / No vinho enquanto aguarda no cálice.

But strong and cloudless summer days seem infinite
But tend to be weak since we don't mind being out in them.
Excuse me, is this the story of another exciting day,

The sort of thing that accompanies preparations for dinner?
Then what say we talk about the inaudible—the shape it assumes,
And what social implications it holds,

Or the somber flourishes of autumn—the bright
Or blighted leaves falling, the clicking of cold branches,
The new color of the sky, its random blue.*

Será esse terceto final Strand ou Stevens? Conforme a sequência se fortalece, ecos deliberados de Ashbery, Paz e Wordsworth são evocados por Strand, até alcançar uma grandiosa apoteose em seu canto final:

I am sure you would find it misty here,
With lots of stone cottages badly needing repair.
Groups of souls, wrapped in cloaks, sit in the fields

Or stroll the winding unpaved roads. They are polite,
And oblivious to their bodies, which the wind passes through,
Making a shushing sound. Not long ago,

I stopped to rest in a place where an especially
Thick mist swirled up from the river. Someone,
Who claimed to have known me years before,

---

* Agora pensa no clima e como é raramente o mesmo / Para quaisquer duas pessoas, como quando pequeno precisão é necessária / Para distinguir quando é realmente uma aura ou odor ou mesmo um ar // De certeza, ou como, conforme as horas passam, poderia ser imaginado / Como grande devido ao número de pessoas que afeta. / Sua força é algo diferente: tornados são pequenos // Mas dias de verão fortes e sem nuvens parecem infinitos / Mas tendem a ser fracos pois não nos importamos em sair neles. / Desculpe, é esta a história de outro dia empolgante, // O tipo de coisa que acompanha os preparativos para jantar? / Então que tal conversarmos sobre o inaudível — a forma que assume, / E quais implicações sociais encerra, // Ou os sombrios floreios do outono — as folhas / Brilhantes ou secas caindo, o estalo de galhos frios, / A nova cor do céu, seu azul aleatório.

Approached, saying there were many poets
Wandering around who wished to be alive again.
They were ready to say the words they had been unable to say—

Words whose absence had been the silence of love,
Of pain, and even of pleasure. Then he joined a small group,
Gathered beside a fire. I believe I recognized

Some of the faces, but as I approached they tucked
Their heads under their wings. I looked away to the hills
Above the river, where the golden lights of sunset

And sunrise are one and the same, and saw something flying
Back and forth, fluttering its wings. Then it stopped in midair.
It was an angel, one of the good ones, about to sing.*

A aura é de Dante, e estamos num lugar misterioso — paraíso dos poetas ou purgatório dos poetas. Se um verso acima de todos em *Dark Harbor* repercute dentro de mim, ainda é "Estavam prontos para dizer as palavras que haviam sido incapazes de dizer". A cadência permanece como a do Stevens maduro, mas com uma diferença que é de Mark Strand: uma transcendência ainda mais negativa.

* * *

---

* Estou certo de que você achará aqui brumoso, / Com montes de cabanas de pedra precisando de reparos urgentes. / Grupos de almas, envoltas em mantos, sentadas nos campos // Ou percorrendo as estradas de terra sinuosas. São polidas / E esqueceram seus corpos, que o vento perpassa, / Fazendo um som abafado. Não faz muito tempo // Parei para descansar num lugar onde uma névoa / Especialmente densa subiu do rio. Alguém, / Que afirmava me ter conhecido anos atrás, // Se aproximou, dizendo que havia muitos poetas / Perambulando por lá que gostariam de estar vivos de novo. / Estavam prontos para dizer as palavras que haviam sido incapazes de dizer — // Palavras cuja ausência havia sido o silêncio do amor, / Da dor e mesmo do prazer. Depois se uniu a um pequeno grupo, / Reunido em torno de uma fogueira. Creio ter reconhecido // Alguns dos rostos, mas ao me aproximar meteram / Suas cabeças sob suas asas. Olhei para os montes distantes / Acima do rio, onde as luzes douradas do poente // E do nascente são exatamente as mesmas, e vi algo voando / Para lá e para cá, batendo as asas. Depois parou no meio do ar. / Era um anjo, daqueles bons, prestes a cantar.

A forma de transcendência negativa própria de Charles Wright americaniza o gnosticismo antigo mais profundamente do que eu poderia julgar possível. Aqui estão dois versos de "Disjecta Membra", de Wright, que condensam a gnose valentiniana.

> The restoration of the nature of the ones who are good
> Takes place in a time that never had a beginning.*

Através de sua obra, Wright, cada vez mais, compõe um único poema longo e contínuo. Sua forma natural é o diário em versos. O modelo inicial agora está distante. Suspeito dos *Cantos Pisanos* de Pound, mas já não consigo achar seus ecos. Wright tem o dom singular de fazer levantar dos túmulos os mortos poderosos entre os poetas e realizar essa ressurreição sem inibição. É como se ele soubesse que já está entre seus ancestrais espirituais: Georg Trakl, Dino Campana, Franz Kafka, Paul Celan. Seus poetas fazem parte de suas paisagens, que estão igualmente livres de inibições. Considero esse dom de Charles Wright bem misterioso.

Admirador dos poemas de Hart Crane desde a infância, fui arrebatado pelo *"Portrait of the Artist with Hort Crane"* (Retrato do artista com Hart Crane):

> It's Venice, late August, outside after lunch, and Hart
> Is stubbing his cigarette butt in a wine glass,
> The look on his face pre-moistenedand antiseptic,
> A little like death or a smooth cloud.
> The watery light of his future still clings in the pergola.**

Crane nunca alcançou Veneza, mas sua presença na pérgola, onde plantas caem por treliças, é totalmente natural, já que os poetas mortos estão tão em casa na visão de Wright. O maior dos poetas visionários americanos, o Alto Romântico Crane traz em sua expressão a luz aquosa de seu túmu-

---

* A restauração da natureza daqueles que são bons / Ocorre num tempo que jamais teve princípio.
** É Veneza, fim de agosto, lá fora após o almoço, e Hart / Está apagando seu toco de cigarro num cálice de vinho, / O olhar em seu rosto pré-umedecido e antisséptico, / Um pouco como a morte ou uma nuvem calma. / A luz aquosa de seu futuro ainda adere à pérgola.

lo caribenho. Somente um poeta com o domínio contemplativo de Wright poderia nos dar algo da proximidade de Crane num lugar que este nunca alcançou. Como Wright prossegue dizendo, o tema de todos os poemas é o relógio, e um dia a mais é um dia a menos, já que produzir uma linguagem onde nada permanece é a eterna tarefa e aflição do poeta.

Em um livro posterior, *Buffalo Yoga* (2004), Wright evoca Kafka:

> Kafka appears in a splotch of sunlight
> >   beyond the creek's course,
> Ready, it seems, to step off the *via dolorosa* he's walked through
>   the dark forest.
> I offer him bread, I offer him wine and soft cheese,
> But he stands there, hands in his pockets,
> Shaking his head no, shaking his head,
> >   unable, still,
> To speak or eat or to drink.
> Then raises his right hand and points to the lilacs,
> >   smiles, and changes back into sunlight.
>
>   ["Buffalo Yoga Coda II"]*

À semelhança da visão de Hart Crane, a aparição de Kafka é ao mesmo tempo misteriosa e engenhosa, comum e revoltante. Os lilases, próprios de Whitman, insinuam a primavera que sempre retorna e a iminência perpétua do luto, sempre captado na música campestre dos versos curtos, casualmente abruptos, de Wright, misturados à rica textura de seus versos mais longos, de 13 sílabas. Algo primorosamente adequado a Kafka, que foi mais autêntico nas parábolas e nos fragmentos, como na história extraordinariamente fragmentada do "Hunter Gracchus" (Caçador Graco), que nunca cessou de assombrar Wright.

---

* Kafka aparece em uma mancha de luz do sol / além do curso do regato, / Pronto, ao que parece, para sair da *via dolorosa* que percorreu pela / floresta escura. / Ofereço-lhe pão, ofereço-lhe vinho e queijo macio, / Mas ele se posta lá, mãos nos bolsos, / Acenando que não com a cabeça, acenando com a cabeça, / incapaz, ainda, / De falar ou comer ou beber. / Depois ergue a mão direita e aponta para os lilases, / sorri, e volta à luz do sol.

Não é por acaso que Wright é atraído pelos grandes poetas modernos da desesperança e do anseio trágico: o órfico Dino Campana, os igualmente enlouquecidos John Clare e Georg Trakl e o suicida Paul Celan, vítima derradeira do Holocausto. Existe um patos heroico na poesia de Wright que lhe é própria e, ainda assim, o associa à companhia visionária que Crane celebrou e depois saiu para conhecer através da morte pela água.

Dos maiores poetas americanos da geração anterior a Charles Wright, somente John Ashbery permanece; James Merrill e A. R. Ammons já se foram. Existe uma radiância tranquila na poesia de Wright que prevalecerá, uma consciência antiego que cura a violência da mente contra si mesma. Wallace Stevens disse que a poesia era um dos engrandecimentos da vida. Charles Wright merece esse julgamento, mas algo mais também. Todos trazemos conosco as histórias, mais curtas ou mais longas, de nossas sombras. A poesia não é, não pode ser terapia, mas numa época em que toda a espiritualidade é manchada pela exploração política, ou pela política cultural depravada do mundo acadêmico e da mídia, uns poucos poetas conseguem nos lembrar da possibilidade de uma espiritualidade mais autêntica. Charles Wright, preeminentemente, é um desses poetas.

DESFECHO

Ao olhar de volta esses capítulos lembro-me de experiências de leitura prematuras que ocorreram 75 anos atrás. Um rapaz desajeitado, então com uma sensação fraca de equilíbrio, pairei sobre os *Collected Poems* de Hart Crane na seção de Melrose da Biblioteca Pública do Bronx. Eu abrira ao acaso no canto "Atlantis" de *A ponte* e fiquei maravilhado com o som e o movimento da linguagem. Quando li *A terra inculta* logo depois, o tom encantatório me arrebatou, mas percebi que Crane estava lutando, o máximo possível, contra o feitiço da música de Eliot.

Em janeiro de 1973 recebi um cartão-postal de Robert Penn Warren, expressando gentilmente seu interesse em meu recém-publicado *A angústia da influência* e me convidando para almoçar. Fomos colegas por muitos anos, mas nossas poucas conversas anteriores tinham sido difíceis, pois seus amigos eram meus inimigos. Depois disso, viramos amigos e assim permanecemos até sua morte. Almoçávamos juntos toda semana, conversávamos com frequência ao telefone e nos correspondíamos, sobretudo sobre sua poesia, que tardiamente se afastara de Eliot para uma voz decididamente de Warren. Inevitavelmente, falávamos sobre sua relação com Eliot, que mudara apenas com *Incarnations* (1968) e o longo poema *Audubon: A Vision* (1969).

Warren observou que minha expressão "a angústia da influência" era uma metáfora para a própria poesia, que é meu ponto de partida para este breve desfecho. A influência de Shakespeare sobre si mesmo não o marca como único, mas importou mais do que o efeito combinado de Marlowe, Ovídio, Chaucer e a Bíblia inglesa. O mal-entendido criativo de Milton, Whitman e Yeats em relação a si próprios foi menor que o de Milton em relação a Shakespeare, de Emerson em relação a Whitman e de Shelley em relação a Yeats. A influência de Whitman sobre a poesia do mundo continua vasta, enquanto sobre a criação americana é quase infinita. Apenas uns poucos dos mais fortes — Robert Frost, Elizabeth Bishop, James Merrill — não responderam a ele. Wallace Stevens, T. S. Eliot e Hart Crane pertencem a uma tradição particular em que a forma quase não é afetada por Whitman, mas os movimentos internos de postura, tropo e autoconsciência cada vez mais revelam sua filiação ao Homero americano.

A poesia ocidental, talvez diferindo da oriental, é incuravelmente agonística. O conflito de Homero foi com a poesia do passado, mas, depois de Homero, todos lutaram contra ele: Hesíodo, Platão, Píndaro, os autores de tragédia atenienses e os retardatários latinos. A poesia hebraica da Bíblia é mais sutilmente agonística, mas a disputa entre autoridade e inspiração continua predominando. Dante triunfantemente incorporou Virgílio e a Idade Média latina, dando ao Ocidente o único rival possível a Shakespeare.

Quando comecei a formular a imagem da angústia da influência, baseei-me desde o início em Lucrécio, cujo clinâmen, "desvio", tornou-se meu modelo para a relação retórica entre poetas anteriores e posteriores. Daí grande parte deste livro ser dedicado aos poetas lucrecianos: Shelley, Leopardi, Whitman, Stevens e outros. Poderíamos acrescentar Robert Frost, talvez o mais lucreciano de todos os nossos poetas.

Paul Valéry disse sabiamente que nenhum poema é jamais encerrado, mas meramente abandonado. Não existe saída do labirinto da influência literária depois que se atinge o ponto onde ela começa a interpretá-lo mais plenamente do que você consegue incorporar outras imaginações. Esse labirinto é a própria vida. Não consigo encerrar este livro porque espero continuar lendo e buscando a bênção de mais vida.

AGRADECIMENTOS

Sou grato aos meus agentes literários Glen Hartley e Lynn Chu, que me apoiam desde 1988. Na Yale University Press, minha editora Alison MacKeen ajudou-me imensamente a conceber a forma deste livro. Minha preparadora de originais Susan Laity, com extrema competência, completou o que Alison começou. Por muitos anos conto com meu amigo e auxiliar de pesquisas Brad Woodworth, sem o qual este livro não poderia ter sido concluído.

Expresso meu profundo apreço por meu gerente editorial, John Donatich, que deu a este livro seu título e subtítulo, e que quero continuar tendo por gerente editorial pelo resto de minha vida.

ANEXO

Trecho original de *Paraíso perdido* (*Paradise Lost*) de John Milton.

> O thou that with surpassing glory crowned,
> Lookst from thy sole dominion like the God
> Of this new world; at whose sight all the stars
> Hide their diminished heads; to thee I call,
> But with no friendly voice, and add thy name
> O sun, to tell thee how I hate thy beams
> That bring to my remembrance from what state
> I fell, how glorious once above thy sphere;
> Till pride and worse ambition threw me down
> Warring in heaven against heaven's matchless king:
> Ah wherefore! he deserved no such return
> From me, whom he created what I was
> In that bright eminence, and with his good
> Upbraided none; nor was his service hard.
> What could be less than to afford him praise,
> The easiest recompense, and pay him thanks,
> How due! Yet all his good proved ill in me,
> And wrought but malice; lifted up so high
> I sdeigned subjection, and thought one step higher

Would set me highest, and in a moment quit
The debt immense of endless gratitude,
So burdensome, still paying, still to owe;
Forgetful what from him I still received,
And understood not that a grateful mind
By owing owes not, but still pays, at once
Indebted and discharged; what burden then?
O had his powerful destiny ordained
Me some inferior angel, I had stood
Then happy; no unbounded hope had raised
Ambition. Yet why not? Some other power
As great might have aspired, and me though mean
Drawn to his part; but other powers as great
Fell not, but stand unshaken, from within
Or from without, to all temptations armed.
Hadst thou the same free will and power to stand?
Thou hadst: whom hast thou then or what to accuse,
But heaven's free love dealt equally to all?
Be then his love accursed, since love or hate,
To me alike, it deals eternal woe.
Nay cursed be thou; since against his thy will
Chose freely what it now so justly rues.
Me miserable! Which way shall I fly
Infinite wrath, and infinite despair?
Which way I fly is Hell; myself am Hell;
And in the lowest deep a lower deep
Still threatening to devour me opens wide,
To which the hell I suffer seems a heaven.
O then at last relent: is there no place
Left for repentance, none for pardon left?
None left but by submission; and that word
Disdain forbids me, and my dread of shame
Among the spirits beneath, whom I seduced
With other promises and other vaunts
Than to submit, boasting I could subdue
The Omnipotent. Ay me, they little know

How dearly I abide that boast so vain,
Under what torments inwardly I groan;
While they adore me on the throne of hell,
With diadem and scepter high advanced
The lower still I fall, only supreme
In misery; such joy ambition finds.
But say I could repent and could obtain
By act of grace my former state; how soon
Would height recall high thoughts, how soon unsay
What feigned submission swore: ease would recant
Vows made in pain, as violent and void.
For never can true reconcilement grow
Where wounds of deadly hate have pierced so deep:
Which would but lead me to a worse relapse
And heavier fall: so should I purchase dear
Short intermission bought with double smart.
This knows my punisher; therefore as far
From granting he, as I from begging peace:
All hope excluded thus, behold instead
Of us outcast, exiled, his new delight,
Mankind created, and for him this world.
So farewell hope, and with hope farewell fear,
Farewell remorse: all good to me is lost;
Evil be thou my good; by thee at least
Divided empire with heaven's king I hold
By thee, and more than half perhaps will raign;
As man ere long, and this new world shall know.

CRÉDITOS

A. R. Ammons, "The Arc Inside and Out", "Guide" e "Offset", de *Collected Poems: 1951—1971*, de A. R. Ammons, copyright © 1972 de A. R. Ammons. Usado com permissão de W. W. Norton and Company, Inc.

A. R. Ammons, "Easter Morning", de *The North Carolina Poems*, de A. R. Ammons, copyright © 1986 de A. R. Ammons. Usado com permissão de W. W. Norton and Company, Inc.

A. R. Ammons, "For Harold Bloom", de *The Selected Poems: Expanded Edition*, de A. R. Ammons, copyright © 1987 de A. R. Ammons. Usado com permissão de W. W. Norton and Company, Inc.

A. R. Ammons, "Gravelly Run", de *Selected Poems*, de A. R. Ammons, copyright © 1968 de A. R. Ammons. Usado com permissão de W. W. Norton and Company, Inc.

A. R. Ammons, "Sphere, section 43", de *Sphere: The Form of a Motion*, de A. R. Ammons, copyright © 1974 de A. R. Ammons. Usado com permissão de W. W. Norton and Company, Inc.

John Ashbery, "Finnish Rhapsody", de *April Galleons*, de John Ashbery, copyright © 1984, 1987 de John Ashbery. Reproduzido com permissão de Georges Borchardt, Inc., em nome do autor, e de Carcanet Press Limited.

John Ashbery, "Flow Chart", de *Flow Chart*, de John Ashbery, copyright © 1991 de John Ashbery. Reproduzido com permissão de Georges Borchardt, Inc., em nome do autor, e de Carcanet Press Limited.

John Ashbery, "A Wave", de *A Wave*, de John Ashbery, copyright © 1981, 1982, 1983, 1984 de John Ashbery. Reproduzido com permissão de Georges Borchardt, Inc., em nome do autor, e de Carcanet Press Limited.

Amy Clampitt, "Beach Glass", de *Collected Poems of Amy Clampitt*, de Amy Clampitt, copyright © 1997 de the Estate of Amy Clampitt. Usado com permissão de Alfred A. Knopf, uma divisão da Random House, Inc., e Faber and Faber Ltd.

Hart Crane, "Atlantis", "Cape Hatteras" e "Lachrymae Christi", de *Complete Poems and Selected Letters and Prose of Hart Crane*, de Hart Crane, copyright © 1924, 1930 de Hart Crane. Usado com permissão de Liveright Publishing Corporation.

Hart Crane, "The Bridge (to Alfred Stieglitz)", de *The Bridge: A Poem*, de Hart Crane, copyright © 1930 de Hart Crane. Usado com permissão de Liveright Publishing Corporation.

Hart Crane, "The Broken Tower", de *Complete Poems*, de Hart Crane, copyright © 1932 de Hart Crane. Usado com permissão de Liveright Publishing Corporation.

Hart Crane, "Proem: To Brooklyn Bridge", de *Complete Poems of Hart Crane*, de Hart Crane, organizado por Marc Simon. Copyright 1933, 1958, 1966 de Liveright Publishing Corporation. Copyright © 1986 de Marc Simon. Usado com permissão de Liveright Publishing Corporation.

Hart Crane, "Voyages III" e "Voyages VI", de *Voyages*, de Hart Crane, copyright © 1926 de Hart Crane. Usado com permissão de Liveright Publishing Corporation.

Anthony Hecht, "The Darkness and the Light Are Both Alike to Thee", de *The Darkness and the Light: Poems*, de Anthony Hecht, copyright © 2001 de Anthony E. Hecht. Usado com permissão de Alfred A. Knopf, uma divisão da Random House, Inc.

Giacomo Leopardi, tradução inglesa de Jonathan Galassi, "The Evening of the Holiday" (XIII) e trecho de "Broom, or The Flower of the Desert" (XXXIV), de *Canti: Bilingual Edition*, de Giacomo Leopardi, traduzido para o inglês e comentado por Jonathan Galassi. Copyright da tradução © 2010 de Jonathan Galassi. Reproduzido com permissão de Farrar, Straus and Giroux, LLC, e Penguin Classic, uma divisão da Penguin Books Ltd.

D. H. Lawrence, "Song of a Man Who Has Come Through", de *The Complete Poems of D. H. Lawrence*, de D. H. Lawrence, organizado por V. de Sola Pinto e F. W. Roberts, copyright © 1964, 1971 de Angelo Ravagli e C. M. Weekley, Testamenteiros do Patrimônio de Frieda Lawrence Ravagli. Usado com permissão de Viking Penguin, uma divisão da Penguin Group (USA) Inc.

James Merrill, "Santorini: Stopping the Leak", de *Collected Poems*, de James Merrill, organizado por J. D. McClatchy e Stephen Yenser, copyright © 2001 do Espólio Literário de James Merrill na Universidade de Washington. Usado com permissão de Alfred A. Knopf, uma divisão da Random House, Inc.

W. S. Merwin, "Animula", de *The Carrier of Ladders*, de W. S. Merwin, copyright ©1967 de W. S. Merwin. Usado com permissão da Agência Wylie.

W. S. Merwin, "Departure's Girl-Friend", de *The Moving Target*, de W. S. Merwin, copyright © 1963 de W. S. Merwin. Usado com permissão da Agência Wylie.

W. S. Merwin, "East of the Sun and West of the Moon", "Learning a Dead Language" e "Dictum: For a Masque of Deluge", de *Migration: New and Selected Poems*, de W. S. Merwin, copyright © 2005 de W. S. Merwin. Usado com permissão da Agência Wylie.

W. S. Merwin, "The Laughing Thrush" and "A Momentary Creed", de *The Shadow of Sirius*, de W. S. Merwin (Bloodaxe Books, 2009) (Copper Canyon Press, 2009), copyright © 2008 de W. S. Merwin. Usado com permissão da Agência Wylie, Bloodaxe Books e Copper Canyon Press, www.coppercanyonpress.org.

W. S. Merwin, "The River of Bees", de *The Lice*, de W. S. Merwin, copyright © 1969 de W. S. Merwin. Usado com permissão da Agência Wylie.

Mark Strand, "Leopardi", de *Selected Poems*, de Mark Strand, copyright © 1979, 1980 de Mark Strand. Usado com permissão de Alfred A. Knopf, uma divisão da Random House, Inc.

Mark Strand, "Monument", de *The Monument*, de Mark Strand, copyright © 1978 de Mark Strand. Usado com permissão de Alfred A. Knopf, uma divisão da Random House, Inc.

Mark Strand, "The Way It Is", de *Reasons for Moving; Darker; and The Sargentville Notebook: Poems*, de Mark Strand, copyright © 1973 de Mark Strand. Usado com permissão de Alfred A. Knopf, uma divisão da Random House, Inc.

Charles Wright, "Buffalo Yoga", de *Snake Eyes*, de Charles Wright, copyright © 2004 de Charles Wright. Usado com permissão de Farrar, Straus and Giroux.

Charles Wright, "Portrait of the Artist with Hart Crane", de *The Southern Cross*, de Charles Wright, copyright © 1981 de Charles Wright. Usado com permissão de Farrar, Straus and Giroux.

James Wright, "The Minneapolis Poem", de *Selected Poems*, de James Wright, copyright © 1968 de James Wright. Usado com permissão de Farrar, Straus and Giroux

ÍNDICE

Abrams, M. H., 12, 309, 319
Adams, Léonie, "Bell Tower", 372
Adler, Jacob, 127
Adorno, Theodor, 232-33, 322
Agaton, 62
Aiken, Conrad, 200
alegres comadres de Windsor, As, 92, 120
Alexander, Peter, 118
Alleyn, Edward, 161
Ammons, A. R., 22, 32, 251, 254, 256, 262, 299, 307, 309, 361, 383, 398-403, 405-12, 436
Antônio e Cleópatra, 15, 44, 48, 53, 55-58, 61-62, 65, 68, 70, 81, 83, 90-94, 96, 102-3, 107, 109, 112, 115, 123, 126-27, 136, 149, 169, 228, 237, 277, 322, 445
A angústia da influência (Bloom), 15-20, 26, 39, 46, 75, 437
Arendt, Hannah, 98
Aretino, Pietro, 223
Ariosto, Ludovico, 221

Aristófanes, 62
Aristóteles, 40, 59, 148, 183
Armin, Robert, 68, 83, 98
Arnold, Matthew, 197, 224
Ashbery, John, 22, 29, 32, 181, 224, 251, 254, 256, 262, 299, 307, 326, 355, 361, 383-84, 286-96, 398-99, 401, 405, 423, 424, 432, 436
Como gostais, 62, 76, 99
Auden, W. H., 44, 95, 101, 162, 173-74, 176, 181, 251, 254, 256, 259, 262-65, 348, 393
Austen, Jane, 55, 313
Austin, J. L., 59
Austin, Norman, 20, 73

Bacon, Francis, 115, 119, 277
Balzac, Honoré de, 43, 55, 123, 313
Banville, John, 313
Barber, C. L., 89, 110
Barfield, Owen, 35, 107

Barnes, Djuna, 162
Baudelaire, Charles, 37, 43, 206, 217, 339, 376
Bauer, Mark, 251, 253-54, 257, 262, 265
Beardsley, Monroe, 31
Beaumont, Francis, 65
Beckett, Samuel, 62, 67, 101, 147-49, 151-52, 154, 162-63, 180, 188, 337, 427
Beddoes, Thomas Lovell, 188, 388
Benjamin, Walter, 322
Bentham, Jeremy, 197
Bíblia, 72, 86, 88-89, 104, 116, 119, 126, 140, 145, 147, 151, 154, 162, 167, 183, 200, 216, 217, 284, 299, 398, 411, 438
Bishop, Elizabeth, 262, 307, 309, 326, 361, 424, 425
Blackmur, R. P., 316, 344-45, 350
Blake, Catherine, 219
Blake, William, 15, 23, 27, 38, 40, 82, 86, 89, 93, 125-27, 134-35, 142, 145-47, 151-53, 157, 216, 218-19, 222-23, 226, 231-32, 234, 237-244, 248-50, 256, 263, 297, 306, 324, 327, 338, 345-49, 353-54, 359-60, 368, 371, 389, 390
Bloom, Harold, 48, 55, 118, 251
Boccaccio, Giovanni, 72, 87
Boileau, Nicolas, 33
Bom pastor, O (filme), 47
Booth, Stephen, 109
Borges, Jorge Luis, 22, 34, 41, 56, 163, 343, 424
Bourdieu, Pierre, 20-21, 31
Bowers, Edgar, 227, 307
Bradley, A. C., 54, 68, 78, 94, 105, 227
Brawne, Fanny, 320
Brisman, Leslie, 158
Bromwich, David, 158, 200, 271-72
Brooks, Cleanth, 345
Browne, Thomas, 166, 277, 424

Browning, Elizabeth Barrett, 330
Browning, Robert, 34, 95, 101, 135-36, 188, 191-93, 223-29, 231-32, 245, 251, 254, 290, 316, 330, 372, 374-76, 381, 393, 419
Bruno, Giordano, 97, 146-47, 151, 154, 156
Buck, Pearl S., 163
Budgen, Frank, 146
Burack, Charles, 338
Burbage, Richard, 68, 83, 161
Burckhardt, Jakob, 20
Burgess, Anthony, 11, 78, 108, 117, 145, 152
Burke, Edmund, 33, 34
Burke, Kenneth, 16, 46, 54, 63, 117, 201, 251, 280, 281, 283-84, 287, 316, 370, 372
Burton, Robert, 11, 12, 277
Bush, George W., 17
Byron, George Gordon, Lorde, 126-27, 152, 188, 190, 222, 260-64, 320, 326, 374

Calvino, João, 132
Calvino, Italo, 163
Campana, Dino, 434, 436
Campbell, Gordon, 135
Campbell, Joseph, 145
Carlyle, Thomas, 147, 148, 197, 326, 335
Carne-Ross, Donald, 219
Carroll, Lewis, 145, 151, 159
Cavalcanti, Guido, 70, 221
Celan, Paul, 434, 436
Cernuda, Luis, 163
Cervantes, Miguel de, 34, 43, 48, 58, 71, 93, 111, 145, 149, 151, 163, 278

Chapman, George, 75, 111
Chaucer, Geoffrey, 53, 72, 86, 87, 89, 92, 133-34, 136, 143, 154, 158, 161, 179, 183-84, 244, 278, 306, 372, 438
Cheng, Vincent John, 150
Chesterton, G. K., 118, 133, 162, 197
Church, Henry, 405
Circe, 128
Clampitt, Amy, 22, 307, 309-11, 313, 326
Clare, John, 219, 436
Cole, Henri, 32, 216, 224
Coleridge, Samuel Taylor, 25, 39, 54, 58, 100, 170, 200, 218, 244, 273, 276
Colie, Rosalie, 114
Collins, William, 25
A comédia dos erros, 77, 100
Conrad, Joseph, 149, 200, 321, 322, 337
Conto de inverno, 44-45, 61, 93, 98, 100-1
Cook, Eleanor, 154
Cooper, James Fenimore, 331
Coriolano 44-45, 351
Corns, Thomas N., 135
Coverdale, Miles, 299
Cowley, Malcolm, 372
Cowley, Peggy Baird, 372
Crane, Grace Hart, 347
Crane, Hart, 12, 15-16, 23, 25, 27, 44, 53, 60, 95, 101, 103, 110, 163, 176, 181, 188, 200, 224, 227, 233, 235, 242, 244, 258, 261, 273, 284-85, 289, 291, 295, 299, 303, 316, 320, 324, 326, 331, 345, 347, 355 56, 359, 362 63, 368 69, 378, 382-84, 391, 399, 434-35, 437-38
Croce, Benedetto, 220
Cromwell, Oliver, 133-34, 156, 158-59, 324
Cudworth, Ralph, 241, 273
Cimbeline, 44

Damon, S. Foster, 27, 347
Dante, 19, 29, 34, 43, 48, 64, 67, 70-71, 93, 104, 114, 126, 137, 140, 142, 144-45, 148, 150-51, 153-54, 158, 160, 162-64, 177, 191, 211, 216-17, 220-23, 233-34, 244, 246, 249-51, 262-63, 278, 283, 323, 362, 381-82, 391, 420, 433, 438
Darley, George, 188
Darwin, Charles, 191, 355
Day, Larry, 84
de Man, Paul, 27
Demócrito, 185
De Quincey, Thomas, 218, 276-77
Desai, R. W., 90
Descartes, René, 43, 132, 147
Dickens, Charles, 48, 55, 67, 147, 162, 164, 313
Dickinson, Emily, 86, 125, 135, 197, 269, 285, 296, 299, 326, 347-48, 353, 355, 361, 370, 382, 389, 399, 420, 424
Dodds, E. R., 25, 242, 243
Dois cavalheiros de Verona, 92
Dois nobres parentes (Fletcher/Shakespeare), 149
Donaldson, Talbot, 87
Donne, John, 61, 184, 371
Dostoievski, Fiodor, 54, 58, 67
Dowson, Ernest, 24, 235
Dryden, John, 22, 39, 173, 177-79
Dumas, Alexandre, pai, 150

Edelman, Lee, 350-51, 354, 364, 369
Edgar (*Rei Lear*), 12, 48, 55, 57, 62-63, 67, 71, 76-85, 88-89, 92, 106-7, 127, 227, 307
Edmund (*Rei Lear*), 54-58, 62-63, 76-81, 83-85, 88-89, 91-92, 106, 114, 121, 126, 138, 143, 157

Eliot, T. S., 23, 29, 89, 107, 126-27, 139, 162-63, 166, 176, 191-92, 200, 222, 224, 227, 233, 258, 263, 284, 299, 300, 326, 331, 333, 337, 344, 370, 388, 392, 416, 438
Elisha ben Abuya, 47, 127
Ellmann, Mary, 153
Ellmann, Richard, 19
Ellwood, Thomas, 134
Elsinore, castelo de, 90
Elton, William, 72, 76, 80
Emerson, Ralph Waldo, 12, 16, 17, 22-23, 28, 31, 39, 43, 46, 111-12, 125, 135, 167, 197, 200-1, 210, 217, 251, 254, 269-74, 276-79, 281, 284, 289, 303, 305, 307, 319, 326-27, 331, 347, 350, 356, 358, 361, 370, 388-90, 398-99, 402, 419, 438
Empédocles, 25, 243, 273
Empson, William, 16, 54, 66, 74, 89, 115, 125, 132, 141, 154, 157, 187, 381
Epicuro, 176, 184-88, 207, 218, 220, 222
Eurípides, 59
Evan, J. M., 135
Eva, 135-38, 322

Falstaff, Sir John 87, 89-96, 106, 109, 112, 114-15, 117-18, 120, 123, 139, 143, 147, 149-50, 156, 164, 169, 228, 237, 277, 283
Faulkner, William, 82, 149, 313, 321, 337, 389
Fausto (personagem de Marlowe), 65, 70, 76, 94, 97-99, 104, 120, 287, 366
Feinman, Alvin, 307
Feldman, Irving, 307
Ferdinand, 98, 100, 102-3

Finnicius revém (Joyce), 19, 41, 44, 137, 144-55, 158-59, 161-63, 313
Firbank, Ronald, 263
Fitton, Mary, 111
FitzGerald, Edward, *Rubáiyát of Omar Khayyám,* 193, 371
Fitzgerald, F. Scott, 321
Flaubert, Gustave, 20, 43, 144, 162
Fletcher, Angus, 11, 39, 59, 61, 65, 121-23, 156, 291, 314, 352, 388-96, 422
Fletcher, John, 101
Florio, John, 116
Fludd, Robert, 142
Foakes, Reginald, 142
Ford, John, 65
Forster, E. M., 188
Forsyth, Neil, 127, 140, 154, 157
Foucault, Michel, 20
Fowler, Alistair, 125
Freud, Anna, 28
Freud, Sigmund, 17, 23, 28-29, 33-34, 44, 46, 59, 60-61, 63, 89, 146, 148, 150, 167, 179-80, 184-86, 218, 222, 235, 237, 244, 251, 256, 325, 355
Friar, Kimon, 257-58
Frosch, Thomas, 186
Frost, Robert, 163, 307, 326, 348, 361, 370, 399, 438
Frye, Northrop, 15, 19, 32, 46, 250-51
Fussell, Paul, 306, 308, 309

Galassi, Jonathan, como tradutor de Leopardi, 215-19, 221
Galileu, 155-57
García Lorca, Federico, 163, 200
Gardini, Nicola, 217
Garrick, David, 169
Garrique, Jean, 307

Giamatti, A. Bartlett, 274
Gibbon, Edward, 17
Gilbert, Jack, 307
Ginsberg, Allen, 362, 383
Gladstone, William, 189-90
Glasheen, Adaline, 150
Glück, Louise, 307
Goddard, Harold, 54, 66, 94, 227
Goethe, Johann Wolfgang von, 25, 43-44, 62, 67, 93, 147, 177, 216, 224, 238, 242-44, 287, 326, 331
Goldsmith, Oliver, 325
Gonne, Maud, 242
Graham, Jorie, 307
Gray, Thomas, 222, 371
Greenberg, Samuel, 384
Greene, Robert, 59
Greene, Thomas M., 110-14, 309-10
Gross, Kenneth, 149
Grossman, Allen, 307
Guillory, John, 156

Hallam, Arthur Henry, 188-91, 196-97
Hamilton, Emma, 113
Hamlet, 23-24, 29, 35, 43-44, 48, 53-59, 61-68, 71, 76, 78, 80-83, 88-94, 103, 106-7, 109, 111-12, 114-19, 121-24, 126-27, 132, 134, 138-43, 145, 149, 155, 157-58, 162-64, 169-80, 184, 228, 231, 237, 252, 277, 311, 323, 344, 351
Hamlet, 15, 23, 43, 45, 59, 61-62, 64, 68, 82-83, 89-90, 101, 107, 116-19, 145, 149, 155, 162-63, 165, 310
Hamlet: Poema ilimitado (Bloom), 106, 141
Hardy, Thomas, 135-36, 163, 188, 227, 299, 320-21, 332-33, 337-38
Harvey, Gabriel, 118

Hathaway, Anne, 117
Hawthorne, Nathaniel, 197, 313, 389,
Hazlitt, William, 16, 39, 54, 127, 170,
Heaney, Seamus, 254, 256
Hearne, Vicki, 307
Hecht, Anthony, 260, 299, 307, 318, 412
Hegel, Georg Wilhelm Friedrich, 53
Heidegger, Martin, 122, 321
Heine, Heinrich, 217
Hemingway, Ernest, 321
Henrique IV, Parte 1, 61, 74, 92-93, 99, 106, 115, 120, 164
Henrique IV, Parte 2, 61, 91-93, 99, 106, 115, 120
Henrique V, 55, 61, 70, 72, 92, 120
Henrique VI, peças, 120
Henrique VIII, 95
Hill, Christopher, 134
Hobbes, Thomas, 132, 179
Hodgart, Matthew, 145-47, 150, 152
Hölderlin, Friedrich, 211, 216
Hollander, John, 155-56, 173, 284, 306, 383
Holmes, Oliver Wendell, Jr., 316
Homero, 20, 25, 34, 38, 41, 73, 88, 126, 155, 158, 162, 168, 200, 211, 215-17, 221-22, 236, 278, 283, 304, 384, 422, 438
Hopkins, Gerard Manley, 180-81, 197, 227, 356
Howard, Richard, 191, 227, 406
Hugo, Victor, 21, 36, 43, 123, 139, 211, 217, 339
Hume, David, 59, 167
Humphries, Rolfe, traduções por, 193
Hutcheon, Linda, 262
Huxley, Aldous, 87, 88
Huxley, Thomas, 191

Iago (*Otelo*), 35, 44, 54-58, 62-63, 65, 68, 71, 78-79, 81, 83, 85, 88, 90-4, 107, 109, 112, 114, 121, 123, 126, 138, 143, 149, 157-58, 169, 228, 237, 277
Ibsen, Henrik, 62, 64, 67, 164, 227
Ionesco, Eugene, 158
Irwin, John, 350

Jackson, David, 258
Jakobson, Roman, 250
Jaime I, 82-83, 133
James, Henry, 29, 44, 46, 95, 101, 149, 163-64, 290, 305, 313-14, 316-17, 321-22, 337, 389
James, Henry, pai, 270
James, William, 284, 300, 305, 313
Jarrell, Randall, 191, 306
Jarry, Alfred, 123
Javé, 150, 304, 333, 411
Jeffers, Robinson, 200, 299
Jennings, Elizabeth, 347
Jerônimo, São, 128, 192
Jesus, 58, 116, 121, 135, 137, 150, 240, 250, 296, 347-48, 372
Jó, 82
Johnson, Lionel, 24, 235
Johnson, Michael, 38
Johnson, Samuel, 11-12, 16, 22, 31, 33, 35-36, 38-39, 46, 54, 61, 71, 94, 106, 115, 137, 156, 165-70, 180, 325, 348
Jonson, Ben, 55, 61-62, 65, 71, 76, 101, 104, 111, 120, 167, 179, 393
Joyce, James, 12, 19, 21, 36, 41, 55, 83, 89, 91, 93, 104, 117, 125, 137, 144-55, 158-64, 180-81, 188, 237, 271, 281, 313, 322, 337-38, 376
Júlio César, 91, 95
Jung, Carl, 253

Kafka, Franz, 34, 46, 125, 144, 149, 151, 162-63, 251, 322, 337, 434-35
Kalevala, 396
Kant, Immanuel, 18, 33-35, 162-63
Keats, John, 21, 23, 36, 53, 67, 170, 176, 188-89, 190-92, 196, 206, 211, 217-18, 221-22, 224, 282, 320, 327, 332, 350, 355-56, 358, 368
Kemp, Will, 68, 83, 119
Kermani, David, 384
Kermode, Frank, 54
Kerrigan, William, 137, 140
Kierkegaard, Søren, 17, 28, 46, 54, 56, 251
King, Stephen, 24
Kinnell, Galway, 383
Kleist, Heinrich von, 62
Knight, G. Wilson, 105, 124, 184, 291
Knights, L. C., 105
Korn, Harold, 311
Kyd, Thomas, 59, 73, 76, 118, 120

Laforgue, Jules, 213
Landor, Walter Savage, 211, 223, 233-34
Lanham, Richard, 109-10
Lanier, Emilia Bassano, 111
Larson, Kerry, 201, 270-71
Lawrence, D. H., 12, 22, 37, 57, 82, 124-35, 149, 163, 188, 197, 217, 231, 235, 261, 264, 289-99, 306, 321, 330-44, 346-47, 372
Lear, Edward, 159
Leonard, John, 183
Leonardo da Vinci, 42
Leopardi, Giacomo, 12, 22, 29, 36, 44, 46, 177, 180, 183-84, 211, 214-22, 390, 438
Levin, Harry, 63

Levine, Philip, 307, 383
Lewis, C. S., 122, 127, 139, 154, 162, 185
Lewis, Wyndham, 162
Lincoln, Abraham, 203-4, 281, 288, 290, 295, 300-2, 306, 314, 317-18, 337, 418
Lodge, George Cabot, 388
Loewenstein, Joseph, 59
Longfellow, Henry Wadsworth, 372, 377, 396
Longinus, 19, 30-34, 169
Lord, Otis Phillips, 348
Lowell, Robert, 191, 348, 428
Luciano, 221
Lúcifer, 121-22, 127-28, 138-40, 142-43, 157-58, 322-25
Lucrécio, 12, 22, 29, 36, 137, 174, 177-81, 183-88, 190-93, 195-97, 200, 202, 206-7, 211, 216-20, 222, 394
Lutero, Martinho, 132

Macbeth, 15, 24, 44-45, 54-56, 61-63, 65-68, 70, 72, 76, 82-83, 92-93, 103, 105-107, 111, 117, 121, 126, 138, 140-41, 149, 152, 157-58, 164-65, 228, 231, 276-77, 290, 322
Mailer, Norman, 301
Makari, George, 28
Mallarmé, Stéphane, 41-43
Malthus, Thomas, 355
Mandelstam, Osip, 163
Mann, Thomas, 149, 151, 337
Manzoni, Alessandro, 67
mapa da desleitura, Um (Bloom), 250, 310
Marlowe, Christopher, 18, 21, 29, 55, 59, 61, 65, 69-73, 75-76, 78, 81, 83, 86-87, 89, 92, 97-99, 104, 111, 116, 118-20, 146, 161, 241, 299, 351, 356, 362, 376, 377, 438, 449

Marvell, Andrew, 61, 179
Massinger, Philip, 87
Matthiessen, F. O., 384
Maiakovski, Vladimir, 22
McCarthy, Cormac, 126
McClatchy, J. D., 257
Medida por medida, 36, 68, 93, 103, 112, 159-61, 166
Melville, Herman, 67, 118, 149-50, 197, 270, 278, 299, 318-20, 330-31, 338, 347, 358, 360, 362, 370, 372, 374, 376-77, 382, 389
Menand, Louis, 162
Mercador de Veneza, 48, 110
Meredith, George, 193, 227
Merrill, Charles Edward,
Merrill, James, 12, 24, 28, 29, 207, 250-64, 299, 307, 361, 391, 436, 438
Merwin, W. S., 22, 307, 383, 413, 415-20, 422
Middleton, Thomas, 65, 119
Mill, John Stuart, 123
Miller, Arthur, 68
Milton, John, 15, 21-24, 28-29, 31, 34, 36, 38-40, 42, 53, 61, 72, 86-87, 93, 113, 121-22, 125-28, 132-33, 134-47, 147, 150-52, 154-61, 163-64, 173, 177, 179-85, 187, 189, 200, 203, 217, 219-22, 231, 233, 235, 238, 244, 260, 263, 284, 306, 322-25, 327, 344, 354, 371-75, 390, 395, 438, 441
Molière, 43, 62-64, 68, 162
Montaigne, 28, 43, 59, 63, 72, 89, 92 93, 116-17, 139, 164, 176-77, 180, 184, 270, 276, 258, 393
Montale, Eugenio, 44, 46, 151, 163
Moon, Michael, 281, 288, 316
Moore, Marianne, 307, 326, 348, 361, 370, 427

More, Henry, 241, 273
Morgann, Maurice, 54, 227
Morris, William, 193, 224, 251
Moisés, 108, 336, 411
Moss, Thylias, 307
Mostel, Zero, 157
Muldoon, Paul, 254

Negro, Lucy, 111
Nelson, Horatio, 113
Newton, Isaac, 183
Nietzsche, Friedrich, 17, 20, 34, 46, 56, 58, 71, 106, 110, 124, 184, 219, 232-33, 242, 251, 325, 331, 338, 348-49, 389, 424-25
Nims, John Frederick, 296
Nuttall, A. D., 54, 72, 76-77, 124, 126, 134, 137-38, 140, 142, 146, 150, 154, 157

O'Brien, Edna, 148
O'Casey, Sean, 64
Édipo, visão de Yeats de, 235-38
Olson, Charles, 307
Origo, Iris, 307
Otelo, 15, 45, 54-55, 57, 62, 68, 76, 79, 82-83, 88, 91, 93, 97, 127, 157, 158, 161, 169, 290, 322
Ouspensky, P. D., 27, 347
Ovídio, 72, 86-87, 89, 92, 177, 183, 351, 438
Owen, Wilfred, 246

Paine, Thomas, 197
Palmer, Samuel, 374
Paracelso, 223

Paraíso perdido, 263, 322-23, 325, 334, 354, 390, 441
Pascal, Blaise, 176
Pater, Walter, 166, 173, 176, 180-81, 186-88, 190, 206-7, 210, 233, 238, 241-43, 251, 253-55, 257, 260, 277, 294, 321, 331, 345, 348-49, 354, 356, 360-62, 372, 376, 378, 392
Paul, Sherman, 350, 359
Paz, Octavio, 163
Pearsall, Cornelia, 189
Pearson, Norman Holmes, 384
Peele, George, 120
Pembroke, Earl of, 66-67, 90, 111, 113-15, 146
Pessoa, Fernando, 163, 200, 343
Petrarca, 29, 211, 216-17, 221-22, 310
Picasso, Pablo, 92
Píndaro, 32, 34, 159, 219, 222, 258, 283, 294, 438
Pirandello, Luigi, 62, 64, 67, 162-63
Plarr, Victor, 235
Platão, 20, 34, 40, 62, 72-73, 86, 122, 139, 145, 154, 190, 236, 270, 275-76, 356, 358, 361-62, 373, 438
Plutarco, 91
Poe, Edgar Allan, 22, 43
Poirier, Richard, 200
Pope, Alexander, 34, 36, 38-39, 167-68, 260, 263
Pound, Ezra, 191, 227, 235, 303, 318, 326, 416
Primeiro Fólio (Shakespeare), 80, 85, 104, 120
Prince, F. T., 189
Prometeu, 126, 139-41, 152, 185, 232, 240, 253-54, 390
Prometeu acorrentado (Ésquilo), 128

Proust, Marcel, 43, 55, 93, 144, 147, 149, 151, 153, 162-63, 180, 254, 262, 322, 334, 337
Pullman, Philip, 183

Quakers, 134
Quint, David, 134

Rabelais, François, 43, 223, 338
Racine, Jean, 43, 62, 64, 123, 162
Ranieri, Antonio, 219
Ransom, John Crowe, 307
Redgrave, Michael, 105
Rei João, 66, 73, 83, 91-92
Rei Lear, 15, 20, 25, 45, 59, 62, 64, 67-73, 76-82, 84, 88-89, 93, 105-6, 117, 119, 127, 141, 148, 156, 158, 164, 276-79, 290
Reiman, Donald, 409
Reynolds, Mary, 153
Ricardo II, 87, 99
Ricardo III, 70, 72, 99
Richardson, Samuel, 313
Ricks, Christopher, 162
Rieff, Philip, 186
Rimbaud, Arthur, 299, 355
Robinson, Henry Morton, 145
Roebling, John, 352, 366
Roebling, Washington, 352
Roethke, Theodore, 287
Rogers, John, 138
Romeu e Julieta, 67
Rorty, Richard, 322
Rossetti, Dante Gabriel, 191, 193, 251, 391
Rossetti, William Michael, 283
Roth, Philip, 156

Rousseau, Jean-Jacques, 211, 222
Rukeyser, Muriel, 307
Ruskin, John, 39, 104, 188

Sainte-Beuve, Charles Augustin, 16
Sannazaro, Jacopo, 221
Santayana, George, 211
Safo, 32
Satã de Milton, 121, 126, 141, 222, 325
Saurat, Denis, 142
Schelling, Friedrich Wilhelm Joseph von, 34
Schiller, Friedrich von, 62, 162
Schnackenberg, Gjertrud, 307
Scholem, Gershom, 338
Schopenhauer, Arthur, 147, 201, 221, 233, 338
Schulman, Grace, 307
Schwartz, Maurice, 127
Scott, Walter, 197
Serpas, Martha, 307
Shakespeare, Hamnet, 117
Shakespeare, William, 12, 15, 18-26, 28-29, 31-36, 38-41, 43-48, 51, 53-112, 114-128, 133-34, 136-51, 153-54, 157-70, 177, 179-80, 183-84, 197, 203, 222, 227, 231, 233, 235, 237, 239, 241, 244, 250-51, 270, 274-84, 290-91, 301, 306, 313, 322-23, 325, 327, 344, 351, 354, 355-56, 359-60, 363, 424-25, 438
Shakespeare: a invenção do humano (Bloom), 105, 150
Shaw, George Bernard, 20, 92, 188
Shelley, Percy Bysshe, 12, 15-16, 21-23, 26, 31, 33, 41, 95, 101, 103, 125-27, 134-35, 137, 141, 152, 157, 173-77, 180, 183-86, 188-92, 203, 207, 210-11, 216, 218-19, 222-27, 231-35, 238-41,

243-46, 249, 255-56, 258, 261, 284,
305-6, 326-27, 332-33, 338, 341, 344,
346, 350-51, 354-56, 358-62, 364-68,
371-76, 389-90, 393, 395, 409, 438
Shoptaw, John, 393
Sidney, Philip, 61
Simão Mago, 98
Simônides, 211
Smith, William, 33
Snyder, Gary, 307
Sócrates, 25, 62, 139
Salomão, 34, 82
Sonetos (Shakespeare), 59, 60, 66-7, 72-5,
90, 105, 108-15, 136, 142, 281-2, 284
Sófocles, 20, 237
Southampton, Earl of, 66-67, 74-76, 90,
111-15
Spargo, R. Clifton, 233
Spenser, Edmund, 61, 126, 137, 140, 155,
158, 162, 283, 358, 372, 395
Spinoza, Baruch, 132
Springsteen, Bruce, 197
Stein, Gertrude, 24
Stendhal, 67, 123
Stern, Gerald, 307
Sterne, Laurence, 137, 325
Stevens, Wallace, 12, 15, 22-3, 31-2, 34,
39, 44-6, 60, 137, 151, 163, 173-77,
180-81, 183-84, 186, 188, 198, 200,
201, 206-11, 214, 216-17, 219, 222,
224, 227, 232-33, 235, 239, 244-45,
251, 254-56, 258-59, 262-64, 274,
284-85, 289, 300, 304-9, 317, 319,
326-29, 337-38, 345-46, 348-49,
351-55, 358, 361, 364, 370-72,
383-84, 388-90, 392-93, 395-96, 399,
401, 405, 409-10, 422-23, 427,
429-33, 436, 438
Stickney, Trumbull, 388

Stieglitz, Alfred, 360
Strand, Mark, 22, 211, 214, 216, 307,
383, 423-33
Strauss, Leo, 133
Suetônio, 91
Sugimura, N. K., 183
Swenson, May, 307, 309, 326
Swift, Jonathan, 137, 143, 151, 167, 182,
296, 315, 352, 367
Swinburne, Algernon Charles, 37, 54, 173,
188, 193, 196-97, 206-7, 210, 235, 251,
356, 388, 390-91, 395
Symons, Arthur, 24, 235

Tasso, Torquato, 221, 374
Tate, Allen, 258, 307, 345-46, 348, 350,
370
Tate, Nahum, 71
Taylor, Jeremy, 54
Tchekhov, Anton, 62, 64, 67, 162
Tempestade, 44-45, 61, 73, 77, 86, 93,
95-102, 104, 164, 193-94, 230, 351,
355, 360, 362-63, 376
Tennyson, Alfred, Lorde, 22-23, 173,
188-89, 190-92, 193, 195-97, 201-3,
206, 223, 251, 393, 419
Thomashefsky, Boris, 127
Thomson, James, 211, 390
Thoreau, Henry David, 197
Timão de Atenas, 44, 108, 112
Ticiano, 44, 84
Titus Andronicus, 70, 73, 87, 92, 99, 120
Todd, Ann, 105
Tolstoi, Lev, 22, 43, 48, 54, 59, 60, 71, 93,
111, 149
Trakl, Georg, 163, 434, 436
Traubel, Horace, 197, 219
Trelawney, Edward, 261

Troilo e Créssida, 108, 116, 167
Trotski, Leon, 240
Tucker, Herbert F., 191
Tudo bem quando termina bem, 54, 68
Turner, J. M. W., 104
Tyndale, William, 86-87, 92, 154, 299

Ulisses (Joyce), 19, 44, 89, 116, 144, 146-53, 155, 161-64, 189, 313, 322, 419
Unamuno, Miguel de, 151
Ungaretti, Giuseppe, 163, 211
Updike, John, 44
Ur-*Hamlet*, 118

Valéry, Paul, 16, 41-43, 45-46, 92, 151, 163, 180, 208-10, 304, 327, 387, 438
Vane, Henry, o Jovem, 134, 142
Vendler, Helen, 327, 408
Verdenal, Jean, 284
Virgílio, 59, 126, 162, 177, 190, 192, 206, 214-15, 222, 246, 263, 283-84, 395, 438
Vico, Giambattista, 92, 147, 153-54, 274, 324
Voltaire, 123

Wagner, Richard, 123
Walsingham, Francis, 76
Warren, Robert Penn, 25, 256, 269, 307, 408, 424, 437
Warren, Rosanna, 307
Watkins, W. B. C., 137
Watson, John Selby, 197
Webster, John, 65
Welles, Orson, 164
West, Nathanael, 152

Wharton, Edith, 313
Wheeler, Susan, 307
Wheelwright, John Brooks, 27
Whicher, Stephen, 270, 273-74, 319
Whitman, Walt, 12, 15, 17, 22-25, 28-29, 31-32, 40, 43, 45-46, 48, 60, 67, 84, 93, 104, 124-25, 135, 137, 147, 151, 174, 176-77, 180, 183, 184, 186, 188, 192, 197-98, 200-1, 203-4, 206-7, 210, 214, 216-19, 227, 231, 233, 245, 250-51, 254, 256, 258, 261-62, 264, 267, 269, 273, 277, 280-85, 287-91, 294-309, 312-14, 316-20, 322, 325-27, 329-32, 334-44, 347, 349-51, 353-55, 358-64, 368-71, 382-84, 386-88, 390, 392-403, 405, 408-10, 418-20, 422, 423-27, 435, 438
Whitman, Walter, pai, 197
Wilde, Oscar, 16-17, 30, 37, 39, 53, 180, 197, 206-27, 235, 238, 261, 296, 326
Wilder, Thornton, 145
Williams, Jane, 174
Williams, Tennessee, 346
Williams, William Carlos, 176, 262, 289, 307, 326, 348-50, 353, 370, 376, 383, 392, 399
Wimsatt, William K., Jr., 30-31, 33, 166-67, 170
Winters, Yvor, 345, 350, 370
Wittgenstein, Ludwig, 59-60, 167, 201, 233, 235
Wolfe, George C., 96
Woodward, C. Vann, 269
Woolf, Virginia, 39, 149, 180-81, 188, 321, 337
Wordsworth, William, 21, 23, 26, 33, 137, 177, 181, 188-89, 211, 216-17, 222-24, 233, 269, 271-72, 306, 325-27, 329, 338, 344, 390, 392, 424, 432

Wright, Charles, 22, 383, 402, 434-36
Wright, Frances, 197, 305-7
Wright, James, 22, 307-8
Wright, Jay, 307
Wylie, Elinor, 188, 256

Xenofonte, 139

Yates, Frances, 124
Yeats, John Butler, 225, 237, 257
Yeats, William Butler, 12, 15, 22-25, 29, 31, 39, 63-64, 124, 144-46, 151-54, 163, 180, 186, 188-90, 207-8, 222-27, 231-35, 237, 238-65, 277, 306-7, 320, 324, 331, 337-38, 344, 346-49, 352, 354, 370, 372, 374, 376, 389, 393, 438
Yenser, Stephen, 253, 256-57

1ª EDIÇÃO [2013] 1 reimpressão

ESTA OBRA FOI COMPOSTA EM AGARAMOND PELA ABREU'S SYSTEM E IMPRESSA
PELA LIS GRÁFICA EM OFSETE SOBRE PAPEL PÓLEN SOFT DA SUZANO S.A.
PARA A EDITORA SCHWARCZ EM FEVEREIRO DE 2022

A marca FSC® é a garantia de que a madeira utilizada na fabricação do papel deste livro provém de florestas que foram gerenciadas de maneira ambientalmente correta, socialmente justa e economicamente viável, além de outras fontes de origem controlada.